La lionne blanche

Henning Mankell

La lionne blanche

ÉDITIONS FRANCE LOISIRS

Titre original : *Den vita lejoninnan*
Éditeur original : Ordfront Förlag, Stockholm

Traduit du suédois par Anna Gibson

Édition du Club France Loisirs,
avec l'autorisation des Éditions Seuil.

Éditions France Loisirs,
123, boulevard de Grenelle, Paris
www.franceloisirs.com

© Henning Mankell, 1993.
© Éditions du Seuil, mars 2004, pour la traduction française.
ISBN : 2-7441-7711-3

À mes amis du Mozambique

« Tant que nous continuerons à accorder aux gens une valeur différente selon la couleur de leur peau, nous souffrirons de ce que Socrate appelle le mensonge dans les profondeurs de notre âme. »

Angurumapo simba, mcheza nani ?
(Qui ose jouer quand le lion rugit ?)

Prologue

AFRIQUE DU SUD – 1918

Le 21 avril 1918, trois hommes s'étaient donné rendez-vous en fin d'après-midi dans un café sans prétention du quartier de Kensington, à Johannesburg. Ils étaient jeunes. Le cadet, Werner van der Merwe, avait tout juste dix-neuf ans, Henning Klopper, l'aîné, en avait vingt-deux ; le troisième, Hans du Pleiss, fêterait ses vingt et un ans quelques semaines plus tard. Leur réunion concernait les préparatifs de la fête, et aucun d'entre eux n'imaginait qu'elle allait revêtir une signification historique. Il ne fut jamais question ce jour-là de l'anniversaire de Hans du Pleiss. Quant à Henning Klopper et auteur de la proposition qui, à terme, allait transformer de fond en comble la société sud-africaine, il n'avait pas la moindre idée des conséquences de ses méditations encore inabouties.

Ces trois jeunes gens étaient très différents par les goûts et le tempérament. Mais ils avaient un point commun. Décisif. Ils étaient boers. Tous trois étaient issus de familles prestigieuses, dont les ancêtres avaient débarqué en Afrique du Sud lors d'une des premières grandes vagues d'immigration de huguenots hollandais dans les années 1680. Lorsque l'influence anglaise s'était intensifiée, pour se muer peu à peu en oppression ouverte, les Boers avaient entamé leur longue pérégrination vers l'intérieur des terres, vers les plaines infinies du Transvaal et de l'Orange. Pour ces trois jeunes gens, comme pour tous les Boers, l'indépendance était une question vitale, engageant la survie de leur langue et de leur culture, seule manière d'empêcher toute fusion avec cette population anglaise qu'ils haïssaient et, *a fortiori*, avec les Noirs ou avec la minorité indienne qui se livrait essentiellement au commerce dans les villes côtières comme Durban, Port Elizabeth ou Le Cap.

Henning Klopper, Werner van der Merwe et Hans du Pleiss étaient des Boers. Impossible pour eux de l'oublier ou d'en faire abstraction. Avant tout, ils en étaient fiers. Dès l'enfance, on leur avait inculqué l'idée qu'ils appartenaient à un peuple élu. Ce sujet n'était jamais abordé lors de leurs réunions quotidiennes dans le petit café. C'était pour eux une évidence, le fondement implicite de leur amitié, le ciment même de leurs pensées et de leurs émotions.

Tous trois étaient employés par la Compagnie sud-africaine des Chemins de fer. Après le travail, ils se rendaient ensemble au café. D'habitude, il était question de filles, de rêves d'avenir, et de la Grande Guerre qui faisait encore rage en Europe.

Mais ce jour-là, Henning Klopper, d'habitude le plus loquace des trois, observait un silence pensif.

— Tu es malade ? Tu as la malaria ?

Silence. Hans du Pleiss haussa les épaules et se tourna vers Werner van der Merwe comme pour le prendre à témoin.

— Laisse-le, dit Werner. Il réfléchit. Il se demande comment faire passer son salaire de quatre à six livres par mois dès cette année.

C'était l'un de leurs sujets de discussion préférés : comment convaincre leurs supérieurs de leur accorder une augmentation. Ils ne doutaient pas que leur carrière au sein de la Compagnie les mènerait à terme à des postes dominants. Tous trois avaient une bonne dose d'assurance personnelle. Ils étaient intelligents et énergiques. Le seul problème était, de leur propre avis, la lenteur invraisemblable du processus.

Henning Klopper effleura ses cheveux soigneusement peignés et vérifia du bout des doigts la rectitude de son haut col blanc.

— Je vais vous raconter une histoire, dit-il. Une histoire qui s'est passée il y a quarante ans.

Werner van der Merwe le dévisagea derrière ses lunettes aux verres nus.

— Tu es trop jeune, Henning. Dans dix-huit ans, d'accord, tu pourras nous raconter tes...

Henning Klopper secoua la tête.

— Il ne s'agit pas de moi. Je veux vous parler d'un sergent anglais qui s'appelait George Stratton.

Hans du Pleiss, qui essayait en vain depuis tout à l'heure d'allumer un cigarillo, l'interrompit.

— Depuis quand t'intéresses-tu aux Anglais ? Un

bon Anglais est un Anglais mort, qu'il soit sergent, politicien ou inspecteur de mine.

— Il est mort, ne t'inquiète pas. C'est précisément ça que j'allais vous raconter. La mort du sergent Stratton, il y a quarante ans.

Hans du Pleiss voulut protester, mais Werner van der Merwe posa la main sur son épaule.

Henning Klopper but une gorgée de café et essuya délicatement sa fine moustache claire.

— C'était en avril 1878. Au cours de la guerre contre les tribus africaines qui s'étaient révoltées.

— La guerre qu'ils ont perdue, coupa Hans du Pleiss. Seuls les Anglais peuvent perdre une guerre contre les sauvages. À Isandlwana et à Rorke's Drift, leur armée a démontré ce qu'elle valait. Tout juste bonne à se faire massacrer par les sauvages.

— Tais-toi à la fin ! Laisse-le raconter !

— Merci, Werner. L'histoire s'est passée quelque part au bord de Buffalo River, le fleuve que les indigènes appellent Gongqo. La section des Mounted Rifles que commandait Stratton avait dressé le camp et pris position sur un terrain découvert au bord du fleuve, face à une montagne dont j'ai oublié le nom. Derrière, des guerriers xhosas les attendaient. Peu nombreux, mal armés. Les soldats de Stratton n'étaient pas inquiets. D'après leurs éclaireurs, la troupe xhosa semblait sur le point de battre en retraite. En plus, ils attendaient des renforts dans la journée. Mais soudain le sergent Stratton, pourtant connu pour son sang-froid, a commencé à se comporter de manière étrange. Il a fait le tour de ses soldats et il leur a dit adieu. D'après des témoins, il semblait brusquement pris de fièvre. Puis il a levé son pistolet et il s'est tiré une balle dans la tête. Là, devant ses hommes. Il avait vingt-six ans. Quatre ans de plus que moi.

Henning Klopper se tut, comme si la fin de sa propre histoire l'avait pris au dépourvu. Hans du Pleiss souffla un cercle de fumée ; il attendait la suite. Werner van der Merwe appela d'un claquement de doigts le serveur noir qui essuyait une table au fond du local.

— C'est tout ? fit Hans du Pleiss.

— Oui. Ça ne te suffit pas ?

— Je crois qu'il nous faut un autre café, dit Werner van der Merwe.

Le serveur, qui boitait, prit la commande avec une courbette et disparut.

— Et alors ? insista Hans du Pleiss. Un sergent anglais victime d'insolation qui se tire une balle...

— Vous ne comprenez donc pas ? Vous ne comprenez *vraiment pas* ?

Sa surprise était sincère. Il n'y avait de sa part ni jeu ni affectation. Lorsqu'il avait découvert l'histoire de la mort du sergent anglais au hasard d'une revue feuilletée chez ses parents, il avait tout de suite pensé que cela le concernait. Confusément, à travers le destin de Stratton, il lui semblait entrevoir le sien. Cette réflexion l'avait d'abord laissé perplexe, à cause de son invraisemblance même. Que pouvait-il avoir de commun avec un sergent anglais qui s'était fait sauter la cervelle dans un accès de démence ?

En réalité, ce n'était pas la description du sort de Stratton qui avait capté son intérêt, mais les dernières lignes de l'article. Un soldat, témoin de la scène, racontait longtemps après que, au cours de cette dernière journée, le sergent Stratton n'avait cessé de répéter une phrase, comme une formule conjuratoire. *Plutôt me suicider que tomber vivant entre les mains des guerriers xhosas.*

C'était précisément ainsi que Henning Klopper percevait sa propre situation en tant que Boer dans une Afrique du Sud de plus en plus dominée par les Anglais. L'alternative du sergent Stratton était la sienne.

La soumission, avait-il pensé. Rien ne peut être pire que de vivre selon des conditions que l'on n'a pas choisies. Mon peuple est contraint de vivre sous la loi anglaise, la supériorité anglaise, le mépris anglais. Partout, notre culture est menacée, délibérément humiliée. Les Anglais vont tenter de nous démolir, systématiquement. Le plus grand danger de la soumission, c'est lorsqu'elle devient une habitude, lorsqu'elle s'insinue comme un poison paralysant dans les veines, sans même qu'on s'en aperçoive. Alors, la résignation est un fait accompli. Le dernier rempart est tombé, la conscience est obscurcie et commence lentement à mourir.

Il n'avait jamais encore fait part de ces pensées à Hans du Pleiss et à Werner van der Merwe. Mais, dans leurs échanges sur les injustices commises par des Anglais, l'amertume et l'ironie prenaient de plus en plus souvent le dessus. La rage, celle qui avait poussé son propre père à partir en guerre contre les Anglais, la rage qui aurait dû leur venir à eux naturellement, était absente.

Cela lui avait fait peur. Qui résisterait aux Anglais à l'avenir, si sa propre génération baissait les bras ? Qui défendrait les droits des Boers si lui-même ne le faisait pas ? Lui, ou Hans du Pleiss, ou Werner van der Merwe...

L'histoire du sergent Stratton lui avait fait voir clairement ce qu'il savait déjà. Soudain, il ne pouvait plus échapper à la prémonition.

Plutôt me suicider que me soumettre. Mais puisque je veux vivre, ce sont les causes de la soumission qui doivent être éliminées.

Telle était l'alternative. Univoque, parfaitement simple et parfaitement difficile.

Pourquoi avoir choisi ce jour-là pour raconter à ses amis l'histoire du sergent Stratton ? Il l'ignorait. C'était venu tout seul ; le sentiment qu'ils ne pouvaient plus attendre, se contenter de rêver vaguement d'avenir et d'organiser des fêtes d'anniversaire. C'était l'avenir lui-même, l'avenir *réel* qui était en jeu. Les Anglais qui ne se plaisaient pas dans le pays pouvaient toujours retourner en Angleterre ou demander leur mutation dans un autre avant-poste de leur empire apparemment infini. Mais pour Henning Klopper, comme pour les autres Boers, il n'y avait rien d'autre que l'Afrique du Sud. Deux cent cinquante ans plus tôt, ils avaient brûlé les ponts, fui les persécutions religieuses et découvert ce pays comme un paradis inespéré. Les privations avaient renforcé leur conviction d'être un peuple élu. Leur avenir était ici, aux confins du continent africain. Leur avenir, ou alors une soumission qui entraînerait à terme leur anéantissement pur et simple.

Le vieil homme revint en boitant avec le plateau. Il débarrassa maladroitement la table avant de disposer les tasses propres et la cafetière pleine. Henning Klopper alluma une cigarette.

— Nous sommes face à un choix, dit-il. Le même que celui du sergent Stratton.

Werner van der Merwe ôta ses lunettes et les essuya avec un mouchoir.

— Je dois te voir clairement, Henning. Je dois être sûr que c'est vraiment toi qui me parles.

— Ne comprenez-vous pas ce qui se passe ? Si nous ne sommes pas prêts à défendre notre droit à être boers, alors qui ? Qui le sera ? Notre peuple doit-il attendre d'être piétiné, affaibli au point qu'il ne lui reste pas d'autre issue que celle de Stratton ?

Werner van der Merwe secoua la tête. Lorsqu'il prit la parole, Henning Klopper crut déceler dans sa voix une nuance d'excuse.

— Nous avons perdu la guerre. Nous avons permis aux Anglais de prendre trop de place dans ce pays, le nôtre. Nous sommes obligés de nous entendre avec eux. Tout le reste est impossible. Nous sommes trop peu nombreux, et nous le resterons. Même si nos femmes ne font plus rien d'autre qu'enfanter.

— Il ne s'agit pas de nombre. Il s'agit de foi. Et de responsabilité.

— Pas seulement. Je comprends maintenant où tu voulais en venir avec ton histoire. Et je pense que tu as raison. Moi aussi, peut-être plus qu'un autre, j'ai besoin qu'on me rappelle qui je suis. Mais tu es un rêveur, Henning Klopper. La réalité est ce qu'elle est. Ton sergent mort ne peut rien contre ça.

Hans du Pleiss déposa son cigarillo sur le bord du cendrier.

— Tu penses à quelque chose, dit-il. Que devrions-nous faire, à ton avis ? Imiter les communistes en Russie ? Prendre les armes, nous cacher dans le Drakensberg ? Tu oublies que les Anglais ne sont pas seuls à être trop nombreux dans ce pays.

La principale menace contre notre mode de vie vient des indigènes. Des Noirs.

— Les Noirs n'auront jamais la moindre importance. Ils nous sont si inférieurs qu'ils feront toujours ce que nous leur ordonnons de faire et qu'ils penseront ce que nous décidons pour eux. L'avenir, c'est la lutte entre nous et les Anglais, rien d'autre.

Hans du Pleiss finit sa tasse et fit signe au serveur qui attendait, immobile, près de la double porte. Ils étaient seuls dans le café, en dehors de quelques vieux plongés dans une interminable partie d'échecs.

— Tu n'as pas répondu à ma question. Tu penses à quelque chose...

— Mais oui, acquiesça Werner. Henning Klopper a toujours de bonnes idées. Qu'il s'agisse d'améliorer l'organisation des gares de triage ou de faire la cour aux jolies femmes...

Klopper sourit. Ses amis commençaient enfin à l'écouter. Le vieux serveur s'était approché de la table.

— Du porto ! ordonna Hans du Pleiss – il se tourna vers ses compagnons. C'est le vin préféré des Anglais, je sais. Mais ce sont encore les Portugais qui le fabriquent.

— Non. Les Anglais possèdent la plupart des grandes caves. Ils sont partout, ces maudits Anglais. Partout.

En débarrassant, le serveur renversa par mégarde un pot de crème.

Le silence se fit. Brusquement, Werner van der Merwe se leva, empoigna le vieil homme par l'oreille et le secoua brutalement.

— Tu as taché ma chemise ! siffla-t-il.

Il le gifla. L'homme recula sous l'impact du coup.

Mais il ne dit rien et se hâta vers les cuisines pour chercher le porto.

Werner van der Merwe se rassit et essuya sa chemise avec un mouchoir.

— L'Afrique aurait pu être un paradis, dit-il. Si les Anglais n'avaient pas existé. Et si les indigènes n'avaient pas été plus nombreux que nécessaire.

— Nous allons faire de l'Afrique du Sud un paradis, rétorqua Henning Klopper. Nous allons rappeler à tous les Boers de notre âge ce qui nous est demandé. Nous allons restaurer notre orgueil. Les Anglais doivent comprendre que nous ne nous soumettrons jamais. Nous ne sommes pas des George Stratton. Nous ne sommes pas des fuyards.

Il se tut pendant que le serveur déposait sur la table trois verres et une demi-bouteille de porto.

— Tu ne t'es pas excusé, *kaffir*, dit Werner van der Merwe.

— Je demande pardon pour ma maladresse, répondit le serveur en anglais.

— Bientôt tu apprendras à le dire en afrikaans. Chaque *kaffir* surpris à parler anglais sera placé devant un peloton et exécuté comme un chien. Va-t'en maintenant. Disparais !

— Qu'il nous offre le porto, proposa Hans du Pleiss. Il a taché ta chemise. Qu'il paie donc sur son salaire, ce n'est que justice.

Werner van der Merwe hocha la tête.

— Tu as compris, *kaffir* ?

— Je vais naturellement payer le vin, répondit le serveur.

— Avec joie...

— Je vais payer le vin avec joie.

Lorsqu'ils furent à nouveau seuls, Henning

Klopper reprit au point où il avait été interrompu. L'épisode du serveur était déjà oublié.

— J'ai pensé que nous pourrions créer une association. Ou peut-être un club. Uniquement réservé aux Boers, bien entendu. Un lieu de discussion, et d'étude de notre histoire. L'anglais y sera interdit, on ne parlera que notre langue. On chantera nos propres chants, on lira nos propres écrivains, on mangera nos propres mets. Si l'on commence ici, à Johannesburg, le phénomène se diffusera peut-être. À Pretoria, Bloemfontein, King William's Town, Pietermaritzburg, Le Cap... Ce qu'il nous faut, c'est un réveil collectif. Un rappel que les Boers ne se soumettront pas, que leur âme ne sera jamais vaincue. Je crois que beaucoup de gens attendent ce moment.

Ils levèrent leurs verres.

— J'espère juste qu'il nous restera un peu de temps pour nous occuper des dames, dit Hans du Pleiss.

— Bien sûr. Tout sera comme avant. Nous allons seulement y ajouter un élément jusqu'à présent réprimé. Qui va donner un sens entièrement neuf à nos vies.

La résonance un peu solennelle, voire grandiloquente, de ces derniers mots ne lui échappa guère. Mais sur le moment, cela lui parut juste. Ses paroles traduisaient de grandes pensées, décisives pour l'avenir de tout le peuple boer. Pourquoi alors ne pas être solennel ?

— Y aura-t-il des femmes dans l'association ? Comment envisages-tu la chose ?

La question, prudente, venait de Werner van der Merwe.

— Non. C'est réservé aux hommes. Nos femmes ne vont pas commencer à courir à des réunions. Ça n'a jamais fait partie de nos traditions.

Ils trinquèrent. Henning Klopper s'aperçut soudain que ses deux amis se comportaient déjà comme si cette idée de restaurer ce qui avait été perdu dans la guerre contre les Anglais, achevée seize ans pus tôt, venait d'eux et non de lui. Mais au lieu de l'agacer, cette découverte le soulagea. Il avait donc vu juste.

— Un nom, dit Hans du Pleiss. Statuts, conditions d'admission, forme et fréquence des réunions. Tu as déjà dû envisager tout cela...

— Il est encore trop tôt. Nous devons faire attention. Si nous allons trop vite en besogne, nous risquons d'échouer. Et cela ne doit pas se produire. Une association de jeunes Boers ne manquera pas d'irriter les Anglais. Ils vont tout faire pour nous empêcher, nous gêner, nous menacer. Je propose que nous nous accordions un délai de trois mois avant de prendre une décision. D'ici là, nous pouvons poursuivre nos échanges. Nous nous retrouvons ici tous les jours. Pourquoi ne pas inviter des amis et entendre leurs points de vue ? Mais avant tout, nous devons nous sonder nous-mêmes. Suis-je prêt à entreprendre cette action ? Suis-je prêt à sacrifier quelque chose pour mon peuple ?

Henning Klopper se tut. Son regard allait de l'un à l'autre.

— Il se fait tard dit-il. J'aimerais rentrer dîner. Je propose que nous reprenions cette conversation demain.

Hans du Pleiss répartit le fond de la bouteille entre les trois verres. Il se leva.

— Portons un toast au sergent George Stratton. Donnons un exemple de la force d'âme des Boers en levant nos verres à la mémoire d'un Anglais mort. Ils trinquèrent debout.

De la porte des cuisines, le vieil Africain les observait. La douleur de l'injustice qu'il venait de subir lui martelait le crâne. Mais elle passerait. Du moins, elle s'enfouirait dans l'oubli qui assourdit tout chagrin. Dès le lendemain, il servirait à nouveau leur café aux trois jeunes gens.

Un mois plus tard, le 5 juin 1918, Henning Klopper, Hans du Pleiss, Werner van der Merwe et un certain nombre de leurs amis fondèrent un club qu'ils choisirent de baptiser *Jeune Afrique du Sud*.

Quelques années plus tard, alors que le nombre des adhérents avait considérablement augmenté, Henning Klopper suggéra un changement de nom. Ils s'appelleraient désormais *Broederbond*, la « Confrérie ». L'accès au club n'était plus réservé aux jeunes de moins de vingt-cinq ans ; mais les femmes n'y seraient jamais admises.

L'innovation la plus importante eut lieu dans une salle de réunion de l'hôtel Carlton de Johannesburg, dans la nuit du 26 août 1921. Il fut alors décidé que la Confrérie deviendrait une société secrète, avec rites d'initiation et serment d'allégeance au principal objectif du groupe : défendre les droits des Boers, le peuple élu, dans leur patrie, l'Afrique du Sud, qu'ils domineraient un jour sans partage. La Confrérie entrait dans la clandestinité ; ses membres seraient désormais actifs sans être visibles.

Trente ans plus tard, l'emprise de la Confrérie sur les principaux rouages de la société sud-africaine était presque totale. Impossible d'accéder à la charge suprême sans être membre, ou sans disposer au moins de l'aval de la Confrérie. Impossible d'entrer au gouvernement ou d'être nommé à un poste clé sans son soutien. Prêtres, juges, professeurs, propriétaires de journaux ou hommes d'affaires, les détenteurs du pouvoir à tous les échelons avaient sans exception prêté serment de loyauté et de silence.

Sans la Confrérie, les grandes lois de l'apartheid, adoptées en 1948, n'auraient jamais été entérinées. Mais Malan, le nouveau Premier ministre, chef du Parti nationaliste unifié, n'avait aucune raison d'hésiter. Dès lors, la séparation entre les races inférieures et le peuple des seigneurs fut réglée par une législation agressive, garantissant une fois pour toutes que l'Afrique du Sud ne se développerait jamais que dans le sens choisi et voulu par les Boers. Il n'y avait qu'un seul peuple élu. C'était, et cela demeura, la condition *sine qua non* de tout le reste.

En 1968, le cinquantième anniversaire de la Confrérie fut célébré dans le plus grand secret. Henning Klopper, seul survivant des signataires de 1918, tint à cette occasion un discours qui s'achevait ainsi : *Savons-nous réellement, au tréfonds de notre conscience, quelles forces inouïs sont rassemblées ce soir entre ces quatre murs ? Montrez-moi une organisation qui ait une influence plus grande en Afrique. Montrez-moi une organisation qui ait une influence plus grande où que ce soit dans le monde !*

Vers la fin des années 1970, l'hégémonie de la Confrérie sur la politique sud-africaine décrut de façon spectaculaire. Le système de l'apartheid, fondé sur une oppression systématique des Noirs et des métis, se désintégrait. Les Blancs libéraux ne voulaient plus, ou n'osaient plus, voir approcher la catastrophe sans protester.

Surtout, la majorité noire et métisse en avait assez. L'insoutenable suscitait des réponses radicales, de plus en plus organisées. L'heure de la grande confrontation approchait.

À ce moment-là cependant, d'autres forces au sein des Boers avaient commencé elles aussi à envisager l'avenir.

Le peuple élu ne se soumettrait jamais. Plutôt mourir que s'asseoir un jour à une table pour partager un repas avec un Noir ou un métis. Telle était leur position fondamentale. Le fanatisme n'avait pas disparu à la faveur de la baisse d'influence de la Confrérie.

En 1990, Nelson Mandela quittait la prison de Robben Island, après vingt-sept ans de détention.

Tandis que le reste du monde acclamait sa libération, beaucoup de Boers virent dans ce geste une déclaration de guerre. Le président De Klerk devenait à leurs yeux un traître, un pur objet de haine.

Ce fut à cette époque qu'un petit groupe se réunit dans le plus grand secret pour prendre en main l'avenir des Boers. Ces hommes étaient prêts à défendre leurs droits inaliénables par n'importe quel moyen. À leurs propres yeux, ils obéissaient à une injonction divine. Ils ne se soumettraient jamais. Et ils ne choisiraient pas l'issue du sergent Stratton.

La décision fut prise. Ils allaient déclencher une guerre civile qui ne pourrait se terminer que d'une seule manière. Dans un bain de sang dévastateur.

Cette même année, Henning Klopper mourut à l'âge de quatre-vingt-quatorze ans. Dans les derniers temps de sa vie, il s'était souvent en rêve confondu avec le sergent Stratton. Au moment d'appuyer le canon du pistolet contre sa tempe, il se réveillait chaque fois en sueur. Il avait beau être vieux, et ne plus trop s'intéresser à ce qui se passait autour de lui, il voyait bien qu'une ère nouvelle se profilait en Afrique du Sud. Une ère où il ne se sentirait jamais chez lui. Immobile dans son lit, il tentait d'imaginer cet avenir. Mais l'obscurité était compacte, et il ressentait parfois une grande inquiétude. Comme dans un rêve lointain, il se voyait en compagnie de Hans du Pleiss et de Werner van der Merwe dans le petit café de Kensington ; il entendait sa propre voix évoquant la responsabilité qui était la leur, pour assurer leur destin et celui du peuple boer.

Quelque part en Afrique du Sud, des jeunes gens se réunissaient encore dans d'autres cafés… Malgré l'angoisse qui l'accablait parfois, Henning Klopper mourut avec la certitude que ses successeurs ne suivraient pas l'exemple du sergent Stratton au bord du fleuve Gongqo, un jour d'avril 1878.

Le peuple boer ne se soumettrait jamais.

Une femme d'Ystad

1

Le vendredi 24 avril, peu après quinze heures, l'agente immobilière Louise Åkerblom sortit des bureaux de la Caisse d'épargne de Skurup et s'attarda sur le trottoir pour respirer l'air printanier. Que faire ? Plus que tout, elle aurait voulu conclure sa journée de travail et rentrer chez elle. Mais elle avait promis de passer voir une maison du côté de Krageholm... Combien de temps lui faudrait-il ? Une bonne heure, pas beaucoup plus. Il fallait aussi acheter du pain. Robert, son mari, pétrissait d'habitude lui-même le pain de la famille. Cette semaine-là, il avait été trop occupé. Elle traversa la place et entra dans une boulangerie. Elle était la seule cliente. La boulangère, qui s'appelait Elsa Person, se rappellerait par la suite que Louise Åkerblom avait semblé de bonne humeur. Elles avaient un peu parlé du printemps qui était enfin arrivé, quelle joie.

Elle demanda un pain de seigle et décida dans la foulée de surprendre sa famille avec des pâtisseries pour le dessert. Son choix se porta sur des tartelettes pomme vanille. Elle se dirigea ensuite vers le parking où elle avait laissé sa voiture, derrière la

Caisse d'épargne. En chemin, elle croisa le jeune couple de Malmö avec qui elle venait de faire affaire. Ensemble, ils avaient signé la promesse de vente, le chèque, les formulaires d'emprunt. Elle sympathisait avec leur joie de posséder enfin leur propre maison. Mais elle s'inquiétait un peu. Seraient-ils en mesure de faire face aux traites ? Elle avait soigneusement étudié l'état de leurs finances. À la différence d'autres jeunes, ils n'avaient pas fait collection inconsidérée de factures de Carte bleue. Et la jeune épouse lui semblait du genre économe ; ils y arriveraient sans doute. Dans le cas contraire, la maison se retrouverait sur le marché, et ce serait peut-être elle, ou Robert qui s'occuperait à nouveau de la transaction. Pour eux, le fait de vendre la même maison deux ou trois fois en l'espace de quelques années n'avait plus rien d'inhabituel.

Elle déverrouilla les portières et composa le numéro de l'agence. Elle écouta la voix de Robert sur le répondeur, disant que l'agence Åkerblom avait fermé pour le week-end, mais qu'elle rouvrirait lundi matin à huit heures.

Tiens. Pourquoi était-il rentré de si bonne heure ? Puis elle se rappela que Robert avait rendez-vous chez le comptable cet après-midi-là. Au répondeur, elle dit : « Salut, je vais jeter un coup d'œil à la maison de Krageholm. Il est trois heures et quart. Je serai à la maison à cinq heures au plus tard. »

Elle replaça le téléphone de voiture sur son socle. Robert repasserait peut-être par l'agence après son entrevue avec le comptable.

Elle prit la chemise plastifiée posée sur le siège avant et étudia l'itinéraire qu'elle avait tracé

30

d'après les indications de la propriétaire, une veuve qui l'avait appelée le matin même, et qui souhaitait vendre rapidement. La propriété était située au bord d'un petit chemin, entre Krageholm et Vollsjö. Il fallait compter une bonne heure en tout pour se rendre là-bas, visiter la maison et le terrain et rentrer à Ystad. Elle hésita. Cela pouvait peut-être attendre...

J'ai une meilleure idée, pensa-t-elle. Je prends par la côte et je m'arrête un moment pour regarder la mer. J'ai déjà vendu une maison aujourd'hui, ça devrait suffire.

Elle mit le contact et quitta Skurup en fredonnant un psaume. Mais au moment de s'engager sur la route de Trelleborg, elle hésita à nouveau. Elle n'aurait pas le temps de visiter cette maison le lundi, ni le mardi. La veuve, déçue, se tournerait peut-être vers une autre agence... Ils ne pouvaient pas se le permettre. La concurrence était féroce. Personne ne refusait une affaire, à moins que l'objet ne soit vraiment à désespérer...

Avec un soupir, elle choisit l'autre direction, en jetant par intermittence un coup d'œil aux indications de la veuve. La semaine suivante, elle achèterait un porte-cartes, pour ne plus avoir à tourner la tête sans cesse. L'endroit ne devait pas être si difficile à trouver. Elle n'avait jamais emprunté le chemin décrit par la veuve, mais elle connaissait le coin par cœur. Dans un an, avec Robert, ils fêteraient les dix ans de l'agence.

Dix ans déjà... Le temps avait passé tellement vite ! Pendant ces années, elle avait donné naissance à ses deux filles et travaillé avec acharnement, aux côtes de Robert, pour assurer l'avenir de leur entreprise. À leurs débuts, la conjoncture avait été favorable ; on s'en rendait compte à présent. S'ils avaient dû se lancer maintenant, ils n'auraient jamais réussi à s'implanter sur le marché. Dieu avait été bon pour elle et pour sa famille. Elle allait reparler à Robert ; ils devaient pouvoir augmenter le montant de leurs dons à l'association Aide à l'Enfance. Il hésiterait, bien sûr. Il s'inquiétait pour l'argent bien plus qu'elle. Mais elle finirait par le convaincre ; c'était en général le cas.

Soudain, elle s'aperçut que la pensée de sa famille et des dix années révolues lui avait fait manquer la première sortie. Elle rit tout bas et s'assura que la voie était libre avant de faire demi-tour sur la chaussée.

La Scanie était une belle région. Belle et ouverte. Mais secrète aussi. Un paysage de prime abord parfaitement plat pouvait receler des replis profonds où les fermes émergeaient tels des îlots solitaires. Elle s'étonnait encore des variations de cette terre qu'elle sillonnait pourtant chaque jour pour évaluer des biens ou les montrer à des acheteurs potentiels.

Peu après Erikslund, elle s'arrêta pour étudier une fois de plus les indications de la veuve. Elle était sur la bonne voie. En tournant à gauche, elle aperçut la route de Krageholm, comme une ligne douce et sinueuse à travers la forêt de feuillus, avec le scintillement du lac derrière les arbres. Elle avait pris cette route d'innombrables fois, mais elle ne s'en lasserait jamais.

Après environ sept kilomètres, elle chercha la dernière sortie. La veuve avait décrit un chemin de traverse parfaitement carrossable. Elle freina en le découvrant, tourna à droite ; la maison devait se trouver sur sa gauche, un kilomètre plus loin.

Le chemin s'interrompait après trois kilomètres ; elle s'était donc fourvoyée. Un court instant, elle fut tentée de rentrer chez elle. Elle retourna sur la route de Krageholm et s'engagea sur un autre chemin après cinq cents mètres. Là non plus, aucune maison ne correspondait aux indications. Elle soupira, fit demi-tour. Elle avait cru apercevoir une habitation, sur la droite. Peut-être pourrait-elle demander à quelqu'un... Elle descendit de voiture et s'arrêta un instant pour inspirer la senteur fraîche des arbres. Puis elle se dirigea vers la bâtisse, une ferme basse, blanche, typiquement scanienne. Ici, il ne subsistait qu'une aile du quadrilatère d'origine. Au centre de la cour, un puits avec une pompe ancienne, peinte en noir.

Elle hésita. Le lieu semblait abandonné. Peut-être valait-il mieux rentrer, tout compte fait, en espérant que la veuve ne s'en formaliserait pas.

En passant devant une grange badigeonnée en rouge, elle jeta un regard par les portes entrebâillées.

Surprise. Il y avait deux voitures. Elle ne s'y connaissait guère, mais impossible de ne pas reconnaître une Mercedes et une BMW haut de gamme.

Il y a donc bien quelqu'un, pensa-t-elle en se dirigeant vers la maison. Quelqu'un qui ne manque pas d'argent...

Elle frappa. Aucune réaction. Elle frappa à nouveau, plus fort. Les rideaux étaient tirés. Elle frappa une troisième fois, avant de contourner la bâtisse. Il y avait peut-être une porte de service.

Elle découvrit un verger à l'abandon ; les pommiers n'avaient pas été taillés depuis vingt ou trente ans. Quelques meubles de jardin achevaient de pourrir sous un poirier ; une pie s'envola dans un froissement d'ailes. Aucune porte de ce côté. Elle revint sur ses pas.

Je frappe encore une fois. Si personne ne m'ouvre, je retourne à Ystad. J'ai le temps de m'arrêter au bord de la mer avant de préparer le dîner.

Elle frappa, très fort cette fois.

Pas de réponse.

Soudain, elle sentit une présence dans son dos et fit volte-face.

L'homme se tenait à cinq mètres et la dévisageait, absolument immobile. Elle vit qu'il avait une cicatrice au front.

Brusque malaise. D'où avait surgi cet homme ? Pourquoi ne l'avait-elle pas entendu venir, sur le gravier ?

Elle fit quelques pas vers lui et tenta de prendre une voix normale.

— Désolée de vous importuner, je représente une agence immobilière et je me suis égarée. Pouvez-vous me renseigner ?

L'homme ne répondit pas. Peut-être ne comprenait-il pas le suédois ? Sa physionomie, toute son apparence avaient quelque chose d'étranger.

Elle sentit brusquement qu'elle devait partir. L'homme immobile au regard froid lui faisait peur.

— Je ne vais pas vous déranger davantage, dit-elle. Pardonnez-moi encore.

Elle s'éloigna de quelques pas. Elle se retourna. L'homme était soudain devenu vivant. Il avait tiré un objet de sa poche. Tout d'abord, elle ne vit pas ce que c'était. Puis elle comprit. Lentement, il leva son arme vers elle.

Mon Dieu, eut-elle le temps de penser.

Mon Dieu, aidez-moi. Il veut me tuer.

Mon Dieu, aidez-moi.

Il était quinze heures quarante-cinq, le 24 avril 1992.

2

En arrivant au commissariat d'Ystad le lundi 27 avril au matin, Kurt Wallander était d'humeur exécrable. La rage avait laissé une trace visible sur sa joue, sous la forme d'un sparadrap. Il s'était coupé en se rasant.

Il répondit au bonjour de ses collègues par des grognements. Puis il claqua la porte de son bureau, décrocha le combiné du téléphone, s'affala dans son fauteuil et se mit à regarder fixement par la fenêtre.

Kurt Wallander, commissaire principal de la brigade criminelle d'Ystad, avait quarante-quatre ans. Il était généralement considéré comme un policier habile, entêté, faisant preuve par moments d'une certaine acuité d'esprit. Mais ce matin-là, il n'éprouvait que de la colère et un découragement croissant. Le dimanche qu'il venait de vivre était... non, il préférait l'oublier.

À cause de son père, en premier lieu. Leur relation, complexe depuis toujours, ne s'était pas simplifiée du jour où Wallander avait commencé à s'apercevoir qu'il lui ressemblait. En imaginant sa propre vieillesse à l'image de celle de son père, il sentait tout courage l'abandonner. Finirait-il lui aussi dans la peau d'un vieillard irascible, imprévisible, capable de caprices frisant... la folie pure ?

Il lui avait rendu visite dans l'après-midi, comme d'habitude. Comme d'habitude, ils avaient joué aux cartes, avant de prendre le café dehors, sous un beau soleil printanier. Et c'était là, tout à trac, que son père lui avait annoncé son intention de se marier. Wallander crut d'abord qu'il avait mal entendu.

— Non, dit-il fermement. Je ne vais pas me marier.

— Je ne te parle pas de toi. C'est moi qui me marie.

Silence. Wallander lui jeta un regard méfiant.

— Toi ? Tu vas avoir quatre-vingts ans...

— Je ne suis pas encore mort. Je fais ce que je veux. Demande-moi plutôt avec qui.

— Avec qui ?

— Tu es bête ou quoi ? Je croyais que les policiers étaient payés pour tirer des conclusions.

— Tu ne connais personne de ton âge. Tu passes ton temps tout seul.

— Je connais quelqu'un. Et qui a dit qu'il fallait se marier avec quelqu'un de son âge ?

Tout à coup, Wallander comprit. Il n'y avait qu'une seule possibilité. Gertrud Anderson, la femme qui venait faire le ménage chez son père trois fois par semaine. Elle avait cinquante ans.

— Tu vas te marier avec *Gertrud ?* Est-ce que tu lui as au moins demandé son avis ? Elle a trente ans de moins que toi ! Et comment penses-tu que tu vas pouvoir partager la vie de quelqu'un, toi qui n'as jamais réussi à le faire, pas même avec maman ?

— Je suis plus facile à vivre maintenant, répondit son père d'une voix douce.

Wallander n'en croyait pas ses oreilles. Plus facile à vivre ? Maintenant, alors qu'il était plus impossible que jamais ?

Ensuite, ils s'étaient disputés. Pour finir, son père avait jeté sa tasse dans le parterre de tulipes et s'était enfermé dans la remise où il peignait ses éternels couchers de soleil dans un paysage d'automne, avec ou sans coq de bruyère au premier plan, selon les désirs du commanditaire.

Wallander avait repris sa voiture. Il roulait beaucoup trop vite. Il fallait stopper cette initiative insensée. Comment était-il possible que Gertrud Anderson, qui travaillait tout de même chez son père depuis un an maintenant, n'ait pas encore compris qu'il n'était absolument pas possible de vivre avec lui ?

Il laissa la voiture en bas de chez lui et décida d'appeler immédiatement sa sœur Kristina à Stockholm. Il lui demanderait de venir en Scanie. Personne n'avait de prise sur son père. Mais peut-être pourrait-on faire entendre raison à Gertrud Anderson...

Le coup de fil à sa sœur n'eut jamais lieu. En arrivant sur le palier du dernier étage, il vit que sa porte avait été fracturée. Quelques minutes plus tard, il constatait que les voleurs avaient emporté sa chaîne stéréo toute neuve, y compris le lecteur de CD, ainsi que tous ses disques, le téléviseur et le magnétoscope, ses montres et un appareil photo. Il passa un long moment comme paralysé sur une chaise sans savoir quoi faire. Puis il appela le commissariat et demanda à parler à l'inspecteur Martinsson, qui était de garde ce dimanche-là.

Il attendit longtemps. Martinsson devait être à la cafétéria en train de prendre le café avec les collègues chargés du grand contrôle routier du week-end.

— Martinsson. C'est à quel sujet ?

— C'est Wallander. Tu peux venir ?

— Quoi, dans ton bureau ? Je croyais que tu étais de repos.

— Je suis chez moi. Viens.

Martinsson parut comprendre, car il ne posa plus de questions.

— J'arrive.

Le reste de la journée fut consacré à l'examen technique de l'appartement et à la rédaction d'un rapport. Martinsson, le plus jeune des collaborateurs de Wallander, pouvait se montrer négligent et impulsif. Mais il l'appréciait malgré tout, en raison surtout de sa présence d'esprit souvent surprenante. Après le départ de Martinsson et du technicien, il s'occupa de réparer, très provisoirement, sa porte d'entrée.

Il passa une bonne partie de la nuit à penser aux cambrioleurs. S'il leur mettait la main dessus, il leur démolirait le portrait. Après, lorsqu'il n'eut plus la force de se lamenter sur la perte de sa collection de disques, il se demanda avec une résignation croissante ce qu'il allait bien pouvoir faire de son père.

À l'aube, il se leva, fit un café et finit par dénicher les papiers de l'assurance. Assis à la table de la cuisine, il parcourut les documents en s'irritant de leur jargon incompréhensible. Pour finir, il laissa tout en plan et alla se raser. Lorsqu'il s'entailla la joue, il résolut de se porter pâle et de se recoucher, la tête sous l'oreiller. Mais la perspective de rester dans l'appartement sans même pouvoir mettre un disque était au-dessus de ses forces.

Il était maintenant neuf heures et demie, et Wallander était retranché dans son bureau. Avec un soupir, il replaça le combiné sur son socle. Le téléphone sonna aussitôt. C'était Ebba, de la réception.

— Désolée pour le cambriolage, dit-elle. Ils ont vraiment pris tous tes CD ?

— Ils ont laissé quelques 78 tours. Je vais les écouter ce soir. Si je trouve un tourne-disque.

— C'est terrible.

— C'est comme ça. Pourquoi m'appelles-tu ?

— J'ai un homme ici qui veut à tout prix te parler.

— À quel sujet ?

— Une disparition.

Wallander considéra la pile de rapports d'enquête entassés sur son bureau.

— Svedberg ne peut pas s'en occuper ?

— Svedberg est à la chasse.

— Ah. Il chasse quoi ?

— Un jeune taureau qui s'est échappé d'une ferme du côté de Marsvinsholm. Le taureau se balade sur l'autoroute et gêne la circulation.

— Et la police routière ? Elle sert à quoi ?

— C'est Björk qui a dépêché Svedberg là-bas.

— J'hallucine.

— Je te l'envoie alors ? L'homme à la disparition ?

Wallander hocha la tête dans le combiné.

— Envoie-le.

Le coup frappé à la porte une minute plus tard fut si discret que Wallander se demanda s'il ne l'avait pas rêvé. Mais lorsqu'il cria « entrez » à tout hasard, la porte s'ouvrit aussitôt.

L'homme avait un physique banal. Trente-cinq ans environ, costume bleu foncé, cheveux blonds coupés court, lunettes.

Wallander vit immédiatement autre chose. Son visiteur était très inquiet. Tiens donc, je ne suis pas le seul à avoir passé une nuit blanche... Il se leva et lui serra la main.

— Commissaire Kurt Wallander.

— Robert Åkerblom, dit l'homme. Ma femme a disparu.

L'entrée en matière était plutôt directe.

— Je propose qu'on prenne les choses par leur début. Asseyez-vous, je vous en prie. Le fauteuil est malheureusement cassé, l'accoudoir gauche a tendance à tomber, mais ce n'est pas grave.

L'homme obéit.

Puis, soudain, il éclata en sanglots. Wallander, de surprise, en resta les bras ballants, debout derrière son bureau. Il s'assit et attendit.

L'homme finit par se calmer. Il se moucha.

— Excusez-moi. Il a dû arriver quelque chose à Louise. Elle n'aurait jamais disparu de son plein gré.

— Vous voulez un café ? On peut aussi apporter une viennoiserie.

— Non, merci.

Wallander dénicha un bloc-notes dans un tiroir. Il se servait de blocs ordinaires à petits carreaux qu'il achetait à la papeterie et payait de sa poche. Il n'avait jamais réussi à maîtriser le torrent d'imprimés dont la direction centrale inondait les commissariats du pays. Un jour, il écrirait un article dans *Le Policier suédois* pour suggérer aux auteurs des formulaires de pré-imprimer aussi les réponses.

— Tout d'abord, dit-il, j'aurais besoin de quelques renseignements personnels.

— Je m'appelle Robert Åkerblom. Avec ma femme Louise, je gère l'agence immobilière Åkerblom.

Wallander prit note. Il connaissait cette agence. Elle se trouvait à côté du cinéma Saga.

Nous avons deux enfants, poursuivit Robert Åkerblom. Deux filles. Elles ont quatre ans et sept ans. Nous habitons un lotissement, l'adresse est Åkarvägen 19. Je suis né ici. Ma femme vient de Ronneby.

Il s'interrompit pour prendre dans sa poche intérieure une photographie qu'il posa sur le bureau. Un portrait réalisé en atelier, d'une femme au physique ordinaire. Elle souriait. Wallander pensa vaguement que cela lui allait bien d'être mariée à Robert Åkerblom.

— La photo a été prise il y a trois mois, dit celui-ci. C'est tout à fait elle.

— Elle a donc disparu ?

— Vendredi, elle a conclu une affaire à la Caisse d'épargne de Skurup. Elle devait ensuite visiter une maison proposée à la vente. De mon côté, j'ai passé l'après-midi avec notre comptable, dans son bureau. Avant de rentrer, je suis repassé par l'agence. Elle avait laissé un message sur le répondeur, disant qu'elle serait revenue à dix-sept heures au plus tard. Il était quinze heures quinze au moment de son appel. Depuis lors, on ne l'a pas revue.

Wallander fronça les sourcils. On était lundi. Cela

41

faisait donc presque trois jours. Trois jours, avec deux petites filles qui l'attendaient à la maison...

Il sentit intuitivement que ce n'était pas une disparition ordinaire. En général, les gens disparus finissaient par revenir, et on découvrait alors une raison tout à fait naturelle à leur absence. Souvent, ils avaient simplement oublié d'annoncer qu'ils comptaient partir en voyage quelques jours ou une semaine. Mais parmi eux, il n'y avait pas beaucoup de mamans.

— Avez-vous conservé ce message ?

— Oui. Je n'ai pas pensé à apporter la cassette.

— On s'en occupera plus tard. Savez-vous d'où elle a appelé ?

— De la voiture.

Wallander posa son crayon et considéra l'homme assis en face de lui. Son inquiétude paraissait absolument sincère.

— Pouvez-vous imaginer une raison à son absence ?

— Non.

— Elle n'a pas pu rendre visite à des amis ?

— Non.

— La famille ?

— Non.

— Aucune autre possibilité ?

— Non.

— J'espère que vous ne le prendrez pas mal si je vous pose une question personnelle.

— Nous ne nous sommes jamais disputés... si c'est à cela que pense le commissaire.

— Oui. C'était bien le sens de ma question.

Il reprit depuis le début.

— Vous dites qu'elle a disparu vendredi après-midi.

42

Vous avez pourtant attendu trois jours avant de venir au commissariat.

— Je n'osais pas le faire.

Wallander haussa les sourcils.

— Aller voir la police, ça revient à admettre qu'il s'est passé quelque chose de terrible.

Oui. Wallander comprenait parfaitement.

— Vous l'avez évidemment cherchée.

— Bien sûr.

— Et à part cela, qu'avez-vous fait ?

— J'ai prié Dieu, répondit Robert Åkerblom simplement.

Wallander s'interrompit dans sa prise de notes.

— Pardon ?

— Nous sommes méthodistes. Hier nous avons prié ensemble, toute la communauté, avec le pasteur Tureson, pour qu'il ne soit rien arrivé à Louise.

Wallander sentit son estomac se nouer. Pourvu que l'autre ne s'en aperçoive pas. Une mère de deux enfants membre de l'Église méthodiste ne disparaît pas de son plein gré. À moins d'une crise aiguë, ou de ruminations religieuses. Une mère va rarement dans la forêt se suicider. Ça arrive, mais c'est très rare...

Deux possibilités, autrement dit. Un accident. Ou un crime.

— Vous avez bien entendu envisagé l'hypothèse d'un accident ?

— J'ai appelé tous les hôpitaux de Scanie. Elle n'est nulle part. S'il lui était arrivé quelque chose, on m'aurait prévenu, j'imagine. Louise avait toujours sa carte d'identité sur elle.

— Sa voiture ?

43

— Une Toyota Corolla. Bleu foncé. Immatriculée MHL 449.

Wallander prit note. Puis, méthodiquement, il interrogea Robert Åkerblom sur l'emploi du temps de sa femme au cours de l'après-midi du vendredi 24 avril. Ensemble, ils étudièrent différentes cartes de la région.

Pas un meurtre de femme, pensa-t-il. Tout, mais pas ça.

À onze heures moins le quart, il posa son crayon.

— Louise va sûrement revenir, dit-il en essayant de chasser le doute de sa voix. Mais nous allons bien entendu donner suite à votre déclaration.

Robert Åkerblom s'était tassé dans son fauteuil. Wallander eut peur qu'il se remette à pleurer. Soudain, il ressentait une pitié infinie pour cet homme. Il aurait voulu le consoler. Mais comment le faire sans révéler sa propre inquiétude ? Il se leva.

— J'aimerais écouter son message téléphonique. Ensuite, j'irai à Skurup. Avez-vous quelqu'un qui peut vous aider, avec les filles ?

— Je n'ai pas besoin d'aide. Je m'en occupe moi-même. Que croyez-vous ? Qu'a-t-il pu arriver à Louise ?

— Je ne crois rien pour l'instant. Sinon qu'elle va bientôt rentrer à la maison.

Je mens, pensa-t-il. Je ne le crois pas. Je l'espère.

Wallander suivit la voiture de Robert Åkerblom jusqu'à l'agence. Dès qu'il aurait écouté le message et examiné le contenu des tiroirs de Louise Åkerblom, il retournerait au commissariat pour parler à Björk. La procédure avait beau être rigide, Wallander voulait avoir un maximum de personnel à

44

sa disposition. Les circonstances de cette disparition suggéraient d'emblée la possibilité d'un crime.

L'agence Åkerblom était logée dans une ancienne épicerie. Wallander s'en souvenait, du temps de ses premières années à Ystad, jeune policier débarqué de Malmö. Maintenant, la boutique était occupée par deux bureaux ; il y avait aussi plusieurs présentoirs chargés de photographies et de descriptifs de divers biens immobiliers ainsi qu'une table entourée de chaises, où les acquéreurs potentiels pouvaient se plonger dans les dossiers. Au mur, deux cartes d'état-major constellées d'épingles multicolores. Derrière l'agence proprement dite se trouvait une petite cuisine.

Ils étaient entrés par l'arrière. Wallander avait cependant eu le temps de voir l'affichette manuscrite « L'agence est fermée aujourd'hui » scotchée sur la porte d'entrée.

— Quel bureau est le vôtre ? demanda Wallander.

Robert Åkerblom le lui indiqua. Wallander s'assit devant le deuxième, qui était vide, à l'exception d'un calendrier, d'une photographie des enfants, de quelques dossiers et d'un porte-crayon. Wallander eut le sentiment qu'on y avait récemment fait le ménage.

— Qui s'occupe de l'entretien ?

— Nous avons une femme de ménage qui vient trois fois par semaine. Mais nous vidons nous-mêmes les corbeilles à papier chaque jour.

Wallander regarda autour de lui. Seul détail sortant de l'ordinaire, un petit crucifix fixé au mur près de l'entrée de la cuisine. Il indiqua le répondeur.

— C'est le premier message sur la cassette, dit

Robert Åkerblom. Le seul qui ait été enregistré vendredi après quinze heures.

La première impression.... pensa Wallander. Alors ouvre tes oreilles.

Salut, je vais jeter un coup d'œil à la maison de Krageholm. Puis je rentre à Ystad. Il est trois heures et quart. Je serai à la maison à cinq heures au plus tard.

Contente. Joyeuse. Aucune peur, aucune tension.

— Encore une fois, dit-il. Mais d'abord je voudrais entendre votre propre message de vendredi. Si vous l'avez conservé.

Robert Åkerblom enfonça une touche.

Bienvenue chez Åkerblom Immobilier. Nous sommes actuellement en visite à l'extérieur. Vous pourrez nous joindre lundi matin à partir de huit heures. Vous pouvez aussi laisser un message ou envoyer un fax à ce même numéro. Merci de votre appel et à bientôt.

À l'évidence, Robert Åkerblom n'était pas très à l'aise devant un micro.

Puis il réécouta le message de Louise Åkerblom. Plusieurs fois.

Il tentait de déceler un contenu implicite. Lequel ? Il n'en avait pas la moindre idée. Au bout de dix tentatives, il renonça.

— Je voudrais emporter la bande, dit-il. Au commissariat, on a la possibilité d'amplifier le volume.

Robert Åkerblom récupéra la mini-cassette et la lui tendit.

— J'aimerais que vous me rendiez un service pendant que j'examine ses tiroirs, dit Wallander. Faites la liste de tout ce qu'elle a fait ou devait faire vendredi. Qui elle devait voir, et où. Notez aussi le chemin qu'elle a pris, ou pu prendre à votre avis. Notez les horaires. Je veux aussi l'adresse de cette maison de Krageholm.

— Impossible.

— Pourquoi ?

— C'est Louise qui a pris l'appel de la cliente. Elle a dessiné l'itinéraire elle-même et elle l'a emporté. Normalement, elle aurait rangé tous les documents dans un dossier après le week-end. Si l'on s'était occupé de la vente, elle y serait retournée aujourd'hui, pour photographier la propriété.

Wallander réfléchit un instant.

— Jusqu'à présent, il n'y a donc que Louise qui sait où elle se trouve.

— Oui.

— Quand devait-elle vous rappeler ? La cliente.

— Aujourd'hui. C'est pour cela que Louise voulait voir la maison dès vendredi.

— Il faut que vous soyez là au moment de son appel. Dites que votre femme y est allée, mais qu'elle est malheureusement malade aujourd'hui Redemandez-lui le chemin, et prenez son numéro de téléphone. Appelez-moi tout de suite après.

Robert Åkerblom fit signe qu'il avait compris. Puis il s'assit pour établir la liste demandée.

Wallander ouvrit les tiroirs l'un après l'autre. Rien de notable. Il souleva le sous-main vert, révélant une recette de croquettes de viande arrachée à un magazine. Il considéra le portrait des deux petites.

Il se leva et alla à la cuisine. L'un des murs était orné d'un calendrier et d'une citation de la Bible brodée au point de croix. Sur une étagère, une petite boite de café non entamée. Et plusieurs variétés de thé. Il ouvrit le réfrigérateur. Un litre de lait et un paquet de margarine ouvert.

Il repensa à la voix de Louise Åkerblom, et à ce qu'elle avait dit dans son message. La voiture était à l'arrêt lorsqu'elle l'avait enregistré, il en était certain. Sa voix était stable. En plus, Louise Åkerblom était sûrement une personne prudente et respectueuse de la loi, qui n'allait pas risquer sa vie ou celle de son prochain en téléphonant au volant.

Si les horaires coïncident, elle est à Skurup. Elle a conclu son affaire et s'apprête à prendre la route de Krageholm. Mais avant, elle veut appeler son mari. Vendredi après-midi, fin de la semaine. Il fait beau. Elle a toutes les raisons d'être contente.

Wallander revint sur ses pas, se rassit à la table de Louise Åkerblom et feuilleta son agenda. Robert Åkerblom lui tendit la liste qu'il venait de compléter.

— Je n'ai qu'une question pour l'instant, dit Wallander. Ce n'est pas une question à proprement parler, mais c'est important. Quel est le caractère de Louise ?

Il avait veillé à parler au présent. Mais, dans ses pensées, Louise Åkerblom était déjà quelqu'un qui n'existait plus.

— Elle est aimée de tous, répondit Robert Åkerblom avec simplicité. Elle rit beaucoup, elle a un contact facile avec les gens. Et elle se laisse facilement émouvoir, et a parfois du mal à conclure certaines affaires. Pour les négociations complexes, elle s'en remet à moi. Vous voyez ? Elle a tendance à s'identifier aux autres.

— Et à part cela ? Un trait de caractère spécial ?

— Comment cela ?

— Nous avons tous nos particularités.

Robert Åkerblom réfléchit.

— Je ne vois pas, dit-il.

Wallander se leva. Il était déjà midi moins le quart, et Björk n'allait pas tarder à rentrer chez lui pour déjeuner. Il voulait lui parler avant.

— Je vous rappellerai cet après-midi, dit-il. Essayez de ne pas trop vous en faire. Voyez si vous avez pu oublier quelque chose qui nous serait utile.

Ils ressortirent par la porte de service.

— Qu'a-t-il pu se passer ? demanda à nouveau Robert Åkerblom en lui serrant la main.

— Son absence a sûrement une raison toute naturelle.

Wallander intercepta Björk de justesse. Comme d'habitude, il paraissait stressé. Du point de vue de Wallander, la place de chef de police n'avait rien d'enviable.

— Désolé pour le cambriolage, dit Björk avec une mine qui se voulait compatissante. Espérons que les journaux n'en diront rien. Ça ferait mauvaise impression, un commissaire cambriolé. Notre taux d'élucidation est mauvais. La police suédoise est à la traîne dans les statistiques internationales.

— Je peux te parler quelques minutes ?

Ils étaient dans le couloir, devant le bureau de Björk. Il comprit qu'il fallait insister.

— Ça ne peut pas attendre cet après-midi.

Björk retourna dans le bureau, suivi de Wallander.

Celui-ci lui raconta en détail sa rencontre avec Robert Åkerblom.

— Une mère de deux enfants, très croyante, disparue depuis vendredi, résuma Björk Ce n'est pas bien.

— Non. Pas bien du tout.

Björk le dévisagea gravement.

— Tu soupçonnes un crime ?

— En tout cas, ce n'est pas une disparition ordinaire. Je pense qu'on ne peut pas se contenter de la procédure attentiste habituelle.

— Je suis d'accord. Qui veux-tu ? Tu sais qu'on est en sous-effectif jusqu'au retour de Hansson. Il s'est vraiment cassé la jambe au mauvais moment, celui-là.

— Martinsson et Svedberg, dit Wallander. Au fait, Svedberg a retrouvé le taureau de l'autoroute ?

Björk se rembrunit.

— C'est un paysan qui a fini par le capturer. Au lasso. Svedberg s'est tordu la cheville en glissant dans une fosse d'égout. Mais il est encore de service.

Wallander se leva.

— Je vais à Skurup. Je propose qu'on se retrouve à seize heures trente pour une première synthèse. Mais il faut rechercher sa voiture dès maintenant.

Il posa un papier sur la table.

— Toyota Corolla, lut Björk. Très bien, je m'en occupe.

Wallander quitta la ville. Il avait besoin de réfléchir. Il prit la route de la côte, à petite vitesse.

Le vent s'était levé. Des nuages déchiquetés se

pourchassaient dans le ciel. Un ferry venant de Pologne approchait du port.

À hauteur de Mossby Strand, il s'engagea sur le parking, freina à côté du kiosque fermé et s'attarda dans la voiture, en repensant à l'année précédente, lorsqu'un canot pneumatique s'était échoué à cet endroit. Il songea à la femme qu'il avait rencontrée à Riga. Baiba Liepa. Il ne l'avait pas oubliée ; pourtant, il avait fait des efforts.

Un an plus tard, il pensait encore sans cesse à elle.

Une femme assassinée, c'était la dernière chose dont il avait besoin en ce moment. Ce dont il avait besoin, c'était de calme et de repos. Il pensa à son père, qui allait se marier. Au cambriolage et à toute la musique qui avait disparu. Quelqu'un lui avait volé une part importante de sa vie.

Il pensa à sa fille Linda, qui suivait une formation à Stockholm. Il lui semblait avoir perdu le contact avec elle.

C'était trop d'un coup.

Il remonta la fermeture Éclair de sa veste et descendit sur la plage. L'air était froid. Il frissonna.

Mentalement, il déroula le récit de Robert Åkerblom, en envisageant différents scénarios. Pouvait-il y avoir une explication naturelle ? Un suicide ? Il repensa à sa voix sur le répondeur. Son entrain...

Peu avant treize heures, Kurt Wallander reprit la route de Skurup. Sa conclusion était sans appel.

Louise Åkerblom était morte.

3

Kurt Wallander faisait fréquemment un rêve éveillé qu'il croyait partager avec beaucoup de gens. Il imaginait qu'il réussissait un hold-up qui frappait le monde de stupeur. Ce rêve posait aussi une question : combien d'argent y a-t-il dans une agence bancaire de taille moyenne ? Moins que ce que l'on pourrait croire ? Mais quand même plus qu'assez ? Il ne savait pas exactement de quelle manière il comptait s'y prendre. Mais il y pensait souvent.

Il sourit. Un sourire vite réprimé par la mauvaise conscience.

Il était convaincu qu'on ne retrouverait jamais Louise Åkerblom vivante. Il n'avait aucune preuve, aucun indice, rien. Pourtant, il savait.

L'image des deux petites filles sur la photo le hantait.

Comment explique-t-on l'inexplicable ? Et comment Robert Åkerblom va-t-il pouvoir continuer à prier son Dieu après une telle trahison ?

Wallander faisait les cent pas dans le hall de la Caisse d'épargne de Skurup, en attendant le retour de l'employé qui avait assisté Louise Åkerblom au cours de la transaction du vendredi, et qui était chez le dentiste. Un quart d'heure plus tôt, en arrivant, il avait vu le directeur, Gustav Halldén, qui était une connaissance. Il lui avait dit la vérité, tout en lui demandant de respecter le caractère confidentiel de sa démarche.

— Vous vouliez me rencontrer ?

Une voix étouffée dans son dos. Wallander se retourna.

— Fondé de pouvoir Moberg ?

— C'est moi.

Il était jeune – d'une jeunesse surprenante, par rapport à l'idée que se faisait Wallander de l'âge normal d'un fondé de pouvoir. Mais surtout, il avait la joue incroyablement enflée. Wallander détourna le regard, mais trop tard.

— C'est à cause de l'anesthésie, expliqua Moberg. J'ai un peu de mal à parler.

— On essaie quand même. Je n'ai pas beaucoup de temps. Si cela ne vous coûte pas trop ?

Le fondé de pouvoir le précéda dans une petite salle de réunion au fond de l'agence.

— Nous étions ici. Vous êtes assis au même endroit que Louise Åkerblom vendredi. Halldén m'a dit que c'était à son sujet. Elle a disparu ?

— Elle est probablement en visite dans sa famille. Elle a simplement oublié d'en avertir son mari.

À l'expression du visage enflé, il vit que ces réserves étaient accueillies avec le plus grand scepticisme. Évidemment. Les gens ne disparaissent pas à moitié.

— Que voulez-vous savoir ? demanda Moberg en se servant un verre d'eau à l'aide de la carafe posée sur la table.

— Ce qui s'est passé vendredi après-midi. En détail. L'heure, ce qu'elle a fait, ce qu'elle a dit. Je veux aussi le nom des acquéreurs et du vendeur. Connaissiez-vous Louise Åkerblom ?

— Oui. Nous avons collaboré dans le cadre de quatre transactions immobilières.

— Parlez-moi de vendredi.

Moberg sortit un petit agenda de la poche de son veston.

— Nous avions fixé le rendez-vous à quatorze heures quinze. Louise est arrivée avec quelques minutes d'avance. Nous avons parlé du temps.

— Paraissait-elle tendue ou inquiète ?

— Non, dit-il après un instant de réflexion. Au contraire, elle paraissait contente. Il m'est arrivé, je dois le reconnaître, de la trouver sèche et... un peu coincée. Mais pas vendredi.

Wallander lui fit signe de poursuivre.

— Les clients sont arrivés. Un jeune couple, les Nilson. Et le vendeur, qui représentait une succession à Sövde. Nous nous sommes installés ici même, et nous avons mené à bien la procédure. Rien de spécial. Tous les papiers étaient en ordre. Titre de propriété, bordereau d'inscription hypothécaire, autorisations bancaires, chèque certifié par la banque. Ça s'est fait très vite. Tout le monde s'est souhaité un bon week-end, et voilà.

— Louise Åkerblom était-elle pressée ?

Silence.

— Peut-être bien. Peut-être, oui. Mais je n'en suis pas sûr. En revanche, je suis certain d'une chose.

— Quoi ?

— Elle n'a pas repris sa voiture directement.

Le fondé de pouvoir indiqua la fenêtre, qui donnait sur une petite aire de stationnement.

— C'est notre parking. J'ai vu qu'elle y avait laissé sa voiture à son arrivée. Mais après son départ de l'agence, il s'est écoulé un bon quart d'heure avant qu'elle la reprenne. J'étais au téléphone. C'est pour

54

ça que je l'ai vue. Je crois qu'elle portait un sac à ce moment-là, en plus de son porte-documents.

— Quel genre de sac ?

Moberg haussa les épaules.

— À quoi ressemble un sac ? Il était en papier, je crois. Pas en plastique.

— Puis elle a démarré ?

— Elle a commencé par téléphoner.

À son mari. Jusque-là, ça collait.

— Il était un peu plus de quinze heures. J'avais un autre rendez-vous à quinze heures trente, que j'étais censé préparer. Mais mon coup de fil s'est éternisé.

— L'avez-vous vue démarrer ?

— Non. À ce moment-là j'étais déjà de retour dans mon bureau.

— C'est donc là que vous l'avez vue pour la dernière fois ? En train de téléphoner depuis sa voiture ?

— Oui.

— C'est quoi, comme voiture ?

— Je n'y connais rien. Mais elle était foncée. Noire. Ou peut-être bleue.

Wallander referma son bloc-notes.

— Si quelque chose vous revient, prévenez-moi. Tout peut être important.

Il laissa Moberg, après avoir obtenu le nom et le téléphone du vendeur et des acquéreurs. En sortant de l'agence, il jeta un regard circulaire à la place.

Un sac en papier… Une boulangerie ? Il se rappela en avoir vu une dans la rue parallèle à la voie de chemin de fer. Il traversa la place et prit à gauche.

La vendeuse lui rendit sa photo.

— Je n'ai pas vu cette dame. Mais il y a une autre boulangerie près d'ici.

— Où donc ?

C'était bon. La deuxième boulangerie n'était pas plus éloigné de l'agence. Il s'y rendit. La boulangère, une dame d'un certain âge, alla chercher ses lunettes pour examiner la photo, avec une curiosité non dissimulée.

— Il s'est passé quelque chose ? Qui est-ce ?

— Je vous demande juste de me dire si vous la reconnaissez, répondit Wallander aimablement. Vendredi après-midi, peu après quinze heures...

— Mais oui. Il me semble qu'elle a acheté quelques gâteaux. Oui, ça me revient. Des tartelettes pomme vanille. Et du pain ordinaire.

— Combien de tartelettes ?

— Quatre. Je m'en souviens, je voulais les mettre dans un carton, mais elle a dit qu'un sac, ça irait très bien. Elle semblait pressée.

— Avez-vous vu dans quelle direction elle est partie ?

— Non. J'avais d'autres clients.

— Bien, je vous remercie pour votre aide.

— Que s'est-il passé ?

— Rien du tout. Simple routine.

Il quitta la boulangerie et se rendit sur le parking de la Caisse d'épargne.

Voilà. Fin de la piste. Elle laisse un message sur le répondeur et elle démarre. Elle est de bonne humeur, elle a acheté des gâteaux et elle compte être rentrée pour dix-sept heures.

Il regarda sa montre. Quinze heures moins trois minutes. Cela faisait exactement trois jours que

Louise Åkerblom avait été vue pour la dernière fois, à l'endroit même où il se tenait.

Wallander regagna sa voiture et glissa une cassette dans la fente. La voix de Placido Domingo remplit l'habitacle. Quatre tartelettes, ça faisait une tartelette pour chaque membre de la famille Åkerblom. Récitaient-ils le bénédicité avant de manger des gâteaux ? Quel effet ça faisait, de croire en Dieu ?

Cela lui donna une idée. Il avait le temps, avant la réunion de seize heures trente. Comment s'appelait-il déjà, ce pasteur ?

Il prit le téléphone et demanda à Ebba de lui dénicher le pasteur Tureson, et de le prévenir que Wallander souhaitait le voir sur-le-champ. Ebba le rappela alors qu'il entrait dans Ystad. Le pasteur se trouvait au temple méthodiste et le recevrait volontiers.

— Ça ne te fera pas de mal de mettre les pieds au temple, dit Ebba.

Wallander songea à la nuit qu'il avait passée dans une église de Riga l'année précédente, avec Baiba Liepa. Il n'avait pas le temps de penser à elle pour l'instant.

Le pasteur Tureson était un homme d'un certain âge. Grand, costaud, épaisse crinière blanche, poignée de main vigoureuse. Le décor était très simple. Wallander n'eut pas le sentiment d'oppression qui lui venait en général dans les lieux de culte. Ils s'assirent sur des chaises en bois, devant l'autel.

— J'ai appelé Robert il y a quelques heures, dit le pasteur Tureson. Pauvre homme, il est complètement démoli. Vous n'avez pas encore retrouvé Louise ?

— Non.

— Je ne comprends pas. Elle n'est pourtant pas du genre à s'exposer au danger.

— Parfois, on ne peut pas s'y soustraire.

— Pardon ?

— Il y a les dangers auxquels on s'expose. Et ceux auxquels on est exposé malgré soi. Ce n'est pas tout à fait la même chose.

Le pasteur Tureson écarta les mains d'un geste résigné. Son inquiétude paraissait authentique, tout comme sa sympathie pour les Åkerblom.

— Parlez-moi d'elle, dit Wallander. La connaissiez-vous depuis longtemps ? Comment était-elle ?

— Pourquoi parlez-vous au passé ?

— C'est une mauvaise habitude. Pardonnez-moi, je reprends. Comment est-elle ?

— Je suis ici depuis cinq ans – je suis originaire de Göteborg, comme vous l'avez peut-être deviné à mon accent – et à mon arrivée, les Åkerblom faisaient déjà partie de la communauté. Ils viennent tous deux de familles méthodistes, ils se sont rencontrés par l'Église, et ils élèvent leurs filles dans la foi. Robert et Louise sont des gens bien. Travailleurs, économes, généreux. Il m'est difficile de les décrire autrement. Ou même de les décrire séparément. Tout le monde est consterné. Je l'ai bien senti hier, pendant la prière.

La femme parfaite en somme. Seule anicroche : elle avait disparu.

— Le commissaire semble penser à quelque chose ?

— Je pensais à la faiblesse. N'est-ce pas un principe de base de toutes les religions ? Demander à Dieu qu'il nous aide à surmonter nos faiblesses ?

— C'est exact.

— Mais Louise Åkerblom, elle, n'en a aucune ?

— Louise est ainsi.

— Une sorte d'ange ?

— Pas tout à fait. Je me souviens d'un jour où elle s'est brûlée par mégarde alors qu'elle préparait du café pour l'un de nos groupes de prière. J'avoue que je l'ai entendue jurer à haute voix.

Bien. Il fallait attaquer autrement.

— Aucune mésentente avec son mari ?

— Absolument pas.

— Un autre homme ?

— Bien sûr que non ! J'espère que vous ne poserez pas cette question à Robert.

— A-t-elle pu être saisie d'un doute sur le plan religieux ?

— Cela me paraît exclu. J'en aurais été informé.

— Peut-elle avoir eu une raison de se suicider ?

— Non.

— Une crise, même passagère ?

— Et pourquoi donc ? C'est une femme harmonieuse.

Silence.

— La plupart des gens ont un secret, dit Wallander doucement. Pouvez-vous imaginer que Louise Åkerblom ait un secret qu'elle ne partage avec personne, pas même avec son mari ?

Le pasteur Tureson secoua la tête.

— Il est vrai que beaucoup de gens portent des secrets. Des secrets souvent bien lourds. Mais je suis persuadé que Louise ne cache rien qui ait pu la pousser à partir ainsi en affolant tout son entourage.

Wallender se leva.

— Je devrai parler aux autres membres de votre communauté, dit-il. Si Louise ne revient pas.

— Elle doit revenir. Le contraire est impensable.

Il était seize heures passées de cinq minutes lorsque Wallander quitta le temple méthodiste, en frissonnant sous le vent et la pluie fine qui s'était mise à tomber. Dans la voiture, il attendit quelques instants avant de mettre le contact. Il était fatigué. Comme s'il ne pouvait affronter l'idée de deux petites filles privées de leur mère.

À seize heures trente, ils étaient rassemblés dans le bureau de Björk. Martinsson dans le canapé, Wallander sur une chaise, Svedberg debout, appuyé contre le mur, se grattant le crâne comme d'habitude, peut-être à la recherche de ses cheveux disparus. Björk était au téléphone. En raccrochant enfin, il ordonna à Ebba de ne lui transmettre aucun appel dans la demi-heure, sauf s'il venait de Robert Åkerblom.

— Alors ? Où en sommes-nous ?

— Nulle part, dit Wallander.

— J'ai informé Svedberg et Martinsson de la situation. La Toyota est recherchée. On a pris toutes les mesures habituelles.

— Si c'était un accident, on le saurait à l'heure qu'il est. Pour moi, il s'agit d'un crime. Je suis malheureusement convaincu qu'elle est morte.

Martinsson voulut intervenir, mais Wallander lui coupa la parole et se lança dans un compte rendu de ses initiatives de la journée, pour bien leur faire comprendre qu'une femme comme Louise Åkerblom n'abandonnait pas sa famille de son plein gré.

Quelqu'un ou quelque chose l'avait empêchée d'être de retour chez elle pour dix-sept heures.

— En effet, dit Björk. C'est embêtant.

— Elle en a peut-être eu assez ? proposa Martinsson. Agence immobilière, temple méthodiste, famille... ça fait beaucoup pour une seule femme. Elle achète des gâteaux, elle se met en route. Soudain, elle fait demi-tour et elle prend le bateau jusqu'à Copenhague.

— On doit retrouver la voiture, dit Svedberg. Sans ça, on n'aura rien.

Wallander acquiesça.

— On doit surtout retrouver la maison qu'elle devait visiter. Robert Åkerblom n'a pas appelé ?

Personne n'avait reçu d'appel.

— Si elle est allée là-bas, on devrait pouvoir la suivre à la trace.

— Peters et Norén ont écumé les petites routes autour de Krageholm, dit Björk. Aucune Toyota Corolla. Par contre, ils ont trouvé un camion volé.

Wallander tira de sa poche la mini-cassette du répondeur. Après quelques efforts, on réussit à dénicher un magnétophone adéquat. Penchés sur la table, ils écoutèrent la voix de Louise Åkerblom.

— Il faut examiner cette bande, dit Wallander. Je ne sais pas trop ce que les techniciens pourraient trouver, mais bon.

— Une chose est sûre, dit Martinsson. Quand elle enregistre ce message, elle n'est ni menacée ni contrainte, ni inquiète, ni malheureuse, ni désespérée.

— Il s'est donc passé quelque chose. Entre quinze heures et dix-sept heures, quelque part entre Skurup, Krageholm et Ystad, il y a maintenant trois jours de cela.

— Comment était-elle habillée ? demanda Björk.

Wallander s'aperçut qu'il avait oublié de poser au mari cette question élémentaire.

— Désolé, dit-il. Au temps pour moi.

— Je crois tout de même qu'il peut y avoir une explication naturelle, dit Martinsson pensivement. Tu l'as dit toi-même, Kurt. Cette femme n'est pas du genre à disparaître de son plein gré. Un meurtre, ça reste tout de même rare. Je trouve qu'on doit travailler comme d'habitude, sans hystérie inutile.

— Je ne suis pas hystérique, coupa Wallander. Mais certaines conclusions me paraissent évidentes.

Björk allait intervenir lorsque le téléphone sonna. Il jeta à l'appareil un regard courroucé.

— J'ai pourtant dit à Ebba…

Wallander avait déjà saisi le combiné.

— Kurt Wallander.

— Ici Robert Åkerblom. Avez-vous retrouvé Louise ?

— Pas encore.

— La veuve a téléphoné. Elle m'a donné les indications, j'ai dessiné une carte. Je pars à sa recherche.

— Attendez ! Je viens avec vous. J'arrive tout de suite. Pouvez-vous faire quelques copies de la carte en attendant ? Cinq, ça suffira.

— D'accord.

Les croyants étaient décidément des gens respectueux de l'autorité. Personne n'aurait été en droit d'empêcher Robert Åkerblom de partir à la recherche de sa femme de son côté.

Il raccrocha avec brusquerie.

— Ça y est, on a l'adresse. On commence avec deux voitures. Robert Åkerblom veut venir. Je l'emmène.

— C'est tout ? demanda Martinsson.

— D'abord, on doit voir où c'est et élaborer un plan. Ensuite, on mettra le paquet.

— Prévenez-moi dès que vous aurez du nouveau, dit Björk. Ici ou chez moi.

Wallander partit au pas de course. Il voulait savoir si la piste se perdait dans le vide. Ou si Louise Åkerblom était là, quelque part, dans la nature.

Ils avaient étalé sur le capot la carte crayonnée par Åkerblom sous la dictée de la veuve. Svedberg avait essuyé la laque mouillée avec son mouchoir.

— Voyons voir, dit-il. L'autoroute E14 jusqu'à la sortie vers Katslösa et Kadesjö. À gauche vers Knickarp, puis à droite, encore à gauche. Ensuite, il faut chercher un chemin de traverse.

— Pas si vite. Si vous partiez de Skurup, quelle route prendriez-vous ?

Il y avait plusieurs possibilités. Après une courte discussion, Wallander se tourna vers Robert Åkerblom.

— Je crois que Louise aurait pris par les routes secondaires. Elle n'aimait pas le stress de l'autoroute. Je crois qu'elle aurait pris par Svaneholm et Brodda.

— Même si elle devait être rentrée pour dix-sept heures ?

— Oui.

— Alors vous prenez par là, ordonna Wallander à Martinsson et à Svedberg. Nous, on y va par l'autoroute. On reste en contact.

Ils quittèrent Ystad. Wallander se laissa doubler par Martinsson, qui avait l'itinéraire le plus long. Robert Åkerblom regardait droit devant lui, en se frottant les doigts comme s'il ne pouvait se décider à croiser les mains. Wallander lui jetait un regard de temps à autre. Il sentait la tension dans tout son corps. Mais qu'espérait-il trouver ?

Juste avant la sortie vers Kadesjö, il freina pour laisser passer un poids lourd. Deux ans plus tôt, il avait pris cette même route, vers une ferme isolée où un vieux couple d'agriculteurs avait été tué. Il pensa à Rydberg. Chaque fois qu'il se trouvait devant une enquête sortant de l'ordinaire, l'expérience et les conseils du vieux lui manquaient toujours autant. Deux ans déjà qu'il s'était éclipsé...

— On est sur la bonne route ? dit-il pour rompre le silence.

— Oui. Il faudra tourner à gauche après la prochaine côte.

Ils entrèrent dans la forêt de Krageholm. Le lac scintillait entre les arbres. Wallander ralentit pour ne pas louper le chemin de traverse.

Ce fut Robert Åkerblom qui l'aperçut alors que Wallander l'avait déjà dépassé. Il repartit en marche arrière.

— Restez ici, dit-il. Je vais jeter un coup d'œil.

L'entrée du chemin était en partie masquée par la végétation. En s'agenouillant, Wallander découvrit des traces de pneus. Le regard de Robert Åkerblom était collé à sa nuque.

Il revint vers la voiture et appela Martinsson et Svedberg, qui arrivaient tout juste à Skurup.

— On est à l'embranchement, dit-il. Allez-y mollo quand vous y serez, il y a des traces de pneus.

— Message reçu.

Wallander s'engagea sur le chemin en évitant les

empreintes. Deux voitures, pensa-t-il. Ou une seule voiture, aller et retour.

Il progressait lentement ; le chemin était marécageux et mal entretenu. Il y avait en principe un kilomètre jusqu'à la maison, qui portait sur la carte un nom surprenant : *La Solitaire.*

Le chemin s'arrêtait après trois kilomètres. Robert Åkerblom jeta un regard à la carte, puis à Wallander.

— Bon, dit celui-ci. On n'a pas pu la rater, elle doit se trouver au bord du chemin.

De retour sur la route, ils progressèrent très lentement. Cinq cents mètres plus loin, ils découvrirent un autre embranchement. Contrairement au premier, il présentait plusieurs traces de pneus entrecroisées. Il donnait aussi l'impression d'être mieux entretenu.

Là non plus, pas de maison. Il y avait bien une ferme, visible entre les arbres, sur la droite, mais ils la dépassèrent puisqu'elle ne correspondait pas du tout au descriptif. Après quatre kilomètres, Wallander s'arrêta.

— Avez-vous le numéro de téléphone de la veuve Wallin ? Elle n'a pas l'air d'avoir un sens de l'orientation très aigu.

Robert Åkerblom sortit de sa poche un petit carnet. Un ange tenait lieu de marque-page.

— Expliquez-lui que vous êtes perdu.

Mme Wallin mit longtemps à décrocher. Il s'avéra qu'elle n'avait en effet pas d'idée très précise du nombre de kilomètres avant la bifurcation. Wallander avait choisi de ne pas brancher le haut-parleur.

— Demandez-lui un point de repère. Il doit bien

y en avoir un. Sinon il faudra envoyer une voiture la chercher.

— Un chêne foudroyé, dit Robert Åkerblom en raccrochant. On doit tourner juste avant.

Ils continuèrent. Deux kilomètres plus loin, ils découvrirent effectivement un tronc scindé par la foudre. Là aussi, un chemin s'ouvrait sur la droite. Wallander rappela l'autre voiture et décrivit le chêne. Puis, pour la troisième fois, il s'agenouilla à la recherche de traces de pneus, mais n'en aperçut aucune. Cela ne signifiait rien en soi, la pluie avait pu les effacer. Malgré tout, il éprouva une sorte de déception.

La maison se trouvait à l'endroit prévu, un kilomètre plus loin, au bord du chemin. Ils descendirent. Le vent avait forci et la pluie tombait à nouveau.

Soudain, Robert Åkerblom se mit à courir vers la bâtisse en criant le nom de sa femme. Wallander resta un instant pétrifié avant de s'élancer à sa suite. La voiture n'est pas là, pensa-t-il.

Derrière la maison, Robert Åkerblom s'était emparé d'une brique cassée qu'il s'apprêtait à balancer contre une fenêtre. Wallander lui saisit le bras.

— Ça ne sert à rien, dit-il avec douceur.

— Elle est peut-être à l'intérieur ! cria Robert Åkerblom.

— Vous avez dit vous-même qu'elle n'avait pas les clés. Lâchez cette brique et nous pourrons chercher une éventuelle porte fracturée. Mais je pense qu'elle n'est pas ici.

Robert Åkerblom s'affaissa.

— Alors où est-elle ?

Wallander n'avait aucune idée de ce qu'il

pourrait bien répondre. Il l'aida simplement à se relever.

— Ce n'est pas le moment de perdre la boule. Maintenant on fait le tour de la maison et on regarde.

Il n'y avait pas de porte fracturée. Par les fenêtres dépourvues de rideaux, ils virent des pièces vides et rien d'autre. Wallander venait de conclure qu'il n'y avait rien de plus à voir lorsque la voiture de Martinsson et Svedberg freina dans la cour. Il les rejoignit.

— Rien, dit-il.

Discrètement, il posa un doigt sur ses lèvres. Il ne voulait pas de questions. Il ne voulait pas avoir à répondre devant Robert Åkerblom que Louise n'était sans doute jamais arrivée jusque-là.

— Rien non plus de notre côté, dit Martinsson.

Wallander regarda sa montre. Dix-huit heures passées de dix minutes. Il se tourna vers Robert Åkerblom et tenta un sourire.

— Je pense que le mieux que vous puissiez faire maintenant, c'est de retourner auprès de vos filles. Svedberg va vous raccompagner. De notre côté, nous allons organiser les recherches. Essayez de ne pas vous inquiéter. Tout va sûrement s'arranger pour le mieux.

— Elle est morte, dit Robert Åkerblom à voix basse. Elle ne reviendra plus.

Les trois policiers gardèrent le silence.

— Non, dit enfin Wallander. Il n'y a aucune raison de croire une chose pareille. Svedberg va vous ramener chez vous. Je vous appellerai. Je vous le promets.

Après le départ d'Åkerblom et de Svedberg, Wallander se tourna vers Martinsson.

— Allez, on s'y met sérieusement.

L'inquiétude le taraudait.

Ils s'assirent dans la voiture. Wallander commença par appeler Björk. Qu'il lui envoie au plus vite toutes les voitures disponibles, rendez-vous au pied du chêne. Martinsson avait déjà commencé à échafauder un plan de quadrillage systématique des routes et des chemins des environs. Wallander demanda à Björk de leur procurer des cartes dignes de ce nom.

— On continue tant qu'il y a de la lumière. Si ça ne donne rien, on reprendra à l'aube. Contacte aussi l'armée. Il faut envisager une battue.

— Des chiens, dit Martinsson. Il nous faut des chiens dès ce soir.

Björk s'engagea à venir personnellement pour prendre la direction des recherches.

Wallander raccrocha et regarda Martinsson.

— Je t'écoute, dit-il.

— Elle n'est jamais arrivée jusqu'ici. Elle pouvait être dans les environs, ou complètement ailleurs. On doit retrouver la voiture. Il faut commencer ici même. Quelqu'un a pu la voir. Il faudra faire la tournée des voisins. Björk devrait organiser une conférence de presse demain. Il faut montrer qu'on prend cette disparition au sérieux.

— Qu'a-t-il pu se passer ?

— Je préfère ne pas l'imaginer.

La pluie martelait le toit de la voiture.

— Et merde, dit Wallander.

— Oui. C'est ça.

Peu avant minuit, les policiers épuisés, trempés et frigorifiés se rassemblèrent une dernière fois devant la maison que Louise Åkerblom n'avait sans doute jamais visitée Aucune trace de la voiture bleue, encore moins de Louise. Seul détail remarquable, les chiens avaient découvert les cadavres de deux élans. Par ailleurs, un policier avait failli entrer en collision avec une Mercedes lancée à grande vitesse sur un chemin de traverse, alors qu'il revenait à la ferme pour le rassemblement.

Björk remercia les hommes. Après un bref conciliabule avec Wallander, il les informa qu'ils pouvaient rentrer chez eux. Les recherches reprendraient le lendemain matin à six heures.

Wallander fut le dernier à partir. Il avait appelé Robert Åkerblom de la voiture, et celui-ci l'avait prié de passer le voir, malgré l'heure tardive.

Avant de démarrer, Wallander appela aussi sa sœur à Stockholm. Kristina se couchait tard. Il lui raconta que leur père voulait épouser sa femme de ménage. À sa grande surprise, elle éclata de rire. Mais elle promit de venir en Scanie au début du mois de mai.

Soulagé, Wallander replaça le téléphone dans son support et prit la route d'Ystad. Les rafales de pluie balayaient le pare-brise.

Il finit par dénicher l'adresse de Robert Åkerblom. Une villa semblable à des milliers d'autres. Il y avait de la lumière au rez-de-chaussée. Il ferma les yeux.

Elle n'est jamais arrivée là-bas.

Que s'est-il passé en chemin ?

Il y a quelque chose qui cloche complètement, dans cette disparition. Je ne la comprends pas.

4

Sonnerie du réveil. Cinq heures moins le quart. Wallander gémit et se cacha la tête sous l'oreiller.

Je dors beaucoup trop peu. Je voudrais être un policier qui oublie son travail quand il rentre chez lui.

Il repensa à sa courte visite chez Robert Åkerblom, la veille au soir. Son visage implorant face à lui, Wallander, obligé de lui dire qu'on n'avait pas retrouvé sa femme. Il avait quitté la villa le plus vite possible, le cœur chaviré. Une fois dans son lit, il était resté éveillé jusqu'à trois heures du matin, alors même qu'il était épuisé, à la limite de l'implosion.

Il faut la retrouver. Maintenant. Morte ou vivante. On n'a pas le choix.

Il était convenu avec Robert Åkerblom qu'il repasserait le voir dans la matinée, quand les recherches auraient repris. Il devait explorer les effets personnels de Louise, découvrir qui elle était. Cette disparition était plus que bizarre. Il fallait creuser son histoire.

Wallander s'obligea à se lever, fit du café, voulut allumer la radio, et jura à haute voix en se rappelant le cambriolage. Personne n'avait évidemment pu s'en occuper, vu les circonstances.

Il se doucha, s'habilla et but son café. Le temps n'arrangeait rien. Il pleuvait sans discontinuer, et le vent avait encore forci. La pire des météos pour une battue. Toute la journée, les champs et les bois de Krageholm seraient écumés par des policiers mal lunés, des chiens désorientés, des recrues du

70

contingent exaspérées d'avoir été appelées en renfort. Mais c'était le souci de Björk. Pour sa part, il allait s'occuper des effets personnels de Louise Åkerblom.

Il récupéra sa voiture et prit la route jusqu'au chêne foudroyé. Björk faisait les cent pas au bord du fossé.

— Saleté de temps, dit-il en apercevant Wallander. Pourquoi est-ce qu'il pleut toujours quand on cherche des gens ?

— Oui, c'est bizarre.

— J'ai parlé à un certain lieutenant-colonel Hernberg. Il va m'envoyer deux cars de recrues à sept heures. Mais on peut s'y mettre dès maintenant. Martinsson a tout préparé.

Bien. Martinsson était très fort pour organiser les battues.

— J'ai prévu une conférence de presse à dix heures, poursuivit Björk. Ce serait bien si tu pouvais y assister. D'ici là, il nous faut une photo.

Wallander lui donna celle qu'il trimballait dans sa poche. Björk contempla le visage de Louise Åkerblom.

— Jolie fille, dit-il. J'espère qu'on la retrouvera vivante. C'est ressemblant ?

— D'après son mari, oui.

Björk rangea la photo dans une chemise plastifiée qu'il avait tirée de sa veste.

— Je vais chez les Åkerblom, dit Wallander. Je crois que je peux me rendre plus utile là-bas.

— Qu'est-ce que tu en penses, Kurt ? Elle est morte ? C'est un crime ?

— Je ne vois pas d'autre possibilité. À moins qu'elle ne soit blessée. Mais je n'y crois pas trop.

— C'est très ennuyeux.

71

Wallander revint vers Ystad le long d'une mer grise hérissée d'écume. À la Villa d'Åkarvägen, il fut accueilli par deux petites filles au regard grave.

— Je leur ai expliqué que vous étiez policier, dit Robert Åkerblom. Elles savent que leur maman a disparu et que vous la recherchez.

Wallander essaya de sourire, malgré la boule dans sa gorge.

— Je m'appelle Kurt, dit-il. Et vous ?

— Maria.

— Moi, c'est Magdalena.

— Ce sont de jolis noms. Ma fille à moi s'appelle Linda.

Elles doivent passer la journée chez ma sœur, dit Robert Åkerblom. Elle va bientôt venir les chercher. Puis-je vous offrir du thé ?

— Avec plaisir.

Il enleva sa veste, ôta ses chaussures et le suivit dans la cuisine. Les deux petites le regardaient depuis la porte.

Par où dois-je commencer ? Va-t-il comprendre que je suis obligé d'ouvrir chaque tiroir, de feuilleter tous ses papiers ?

La tante arriva et repartit avec les enfants. Wallander buvait son thé.

— Il y aura une conférence de presse à dix heures, commença-t-il. Cela signifie que nous allons rendre public le nom de votre femme, en demandant à toute personne qui l'aurait vue de prendre contact avec nous. Cela signifie aussi autre chose. Nous ne pouvons plus écarter la possibilité qu'un crime ait été commis.

Wallander avait prévu que Robert Åkerblom s'effondrerait peut-être pour de bon. Mais l'homme pâle au regard creusé, au costume et à la cravate impeccables, semblait ce matin-là maître de lui.

— Nous devons continuer à croire en une explication naturelle, reprit Wallander. Mais nous ne pouvons plus rien exclure.

— Je comprends. Je le sais depuis le début.

Wallander remercia pour le thé et se leva.

— Je propose que nous fassions le tour de la maison ensemble. Ensuite, j'espère que vous le comprenez, je devrai malheureusement examiner les affaires de votre femme. Ses vêtements, ses tiroirs, tout ce qui peut avoir une importance.

— Louise est une personne ordonnée, répliqua Åkerblom.

Ils commencèrent par le rez-de-chaussée et le premier étage, avant d'explorer la cave et le garage. Louise Åkerblom aimait les teintes pastel. Nulle part, il ne vit de rideaux sombres ou de nappes ternes. La maison respirait la joie de vivre, avec un mélange d'ancien et de contemporain. En buvant son thé, il avait déjà constaté que la cuisine était bien équipée. La vie matérielle des Åkerblom n'était visiblement pas empreinte d'un puritanisme excessif.

— Je dois faire un saut au bureau, dit Robert Åkerblom après la visite. Je peux vous laisser ?

— Aucun problème. Au besoin, je vous appellerai. Il faut juste que je retourne au commissariat vers dix heures pour la conférence de presse.

— Je serai de retour d'ici là.

Une fois seul, Wallander fouilla méthodiquement la maison, en commençant par la cuisine. Tiroirs, placards, frigo, congélateur... Seule surprise : un respectable assortiment d'alcools rangé dans un placard sous l'évier. Cela ne correspondait pas à l'image qu'il s'était faite de la famille Åkerblom.

Il continua dans le séjour. Rien. Il monta à l'étage. Laissant de côté la chambre des filles, il entra dans la salle de bains, déchiffra les étiquettes dans l'armoire à pharmacie et prit quelques notes. Il y avait un pèse-personne. Il monta dessus et fit la grimace. Puis il entra dans la chambre à coucher. Il éprouvait toujours un malaise au moment d'examiner les vêtements d'une femme. Comme si quelqu'un épiait à son insu. Il tâta les poches, ouvrit les boîtes en carton dans la penderie. Il s'attaqua à la commode où elle rangeait sa lingerie. Rien n'attira son attention. Quand il eut fini, il s'assit au bord du lit et jeta un regard circulaire.

Rien, pensa-t-il. Absolument rien.

Avec un soupir il aborda la pièce suivante, qui était un bureau. Il s'assit à la table, ouvrit les tiroirs l'un après l'autre, se plongea dans les albums photos et les liasses de lettres. Il ne trouva pas une seule photographie où Louise Åkerblom n'était pas en train de rire ou de sourire. Il replaça le tout avec soin et poursuivit. Déclarations d'impôts, papiers d'assurance, bulletins scolaires, certificats immobiliers, rien ne le fit réagir. Mais en ouvrant le dernier tiroir, il fut surpris. En tâtant le fond, derrière une rame de papier blanc, ses doigts avaient rencontré un objet métallique. Il le prit et resta assis, sourcils froncés.

C'était une paire de menottes. Pas un jouet. De vraies menottes. Fabriquées en Angleterre.

Il les posa devant lui sur la table.

Cela ne signifie rien. Mais elles étaient bien

cachées. Et je pense que Robert Åkerblom s'en serait occupé s'il avait été au courant de leur existence.

Il referma le tiroir et rangea les menottes dans sa poche. Puis il descendit dans le garage. Sur une étagère au-dessus d'un petit établi, il découvrit quelques maquettes d'avion en balsa habilement exécutées. Robert Åkerblom... Peut-être nourrissait-il autrefois le rêve de devenir pilote ?

Le téléphone sonna au rez-de-chaussée. Il se hâta d'aller répondre. Il était déjà neuf heures.

— Je voudrais parler au commissaire Wallander, dit la voix de Martinsson.

— C'est moi.

— Il faut que tu viennes.

Le cœur de Wallander fit un bond.

— Vous l'avez trouvée ?

— Non. Mais une maison a brûlé dans le coin. Plus exactement, elle a explosé. Je pense qu'il peut y avoir un lien.

— J'arrive.

Il griffonna un message à l'intention de Robert Åkerblom et le posa sur la table de la cuisine. Sur la route de Krageholm, il essaya de comprendre ce qu'avait voulu dire Martinsson. Une maison avait explosé ? Mais quelle maison ?

Il dépassa trois poids lourds à la file. Il pleuvait si fort que les essuie-glaces peinaient à dégager le pare-brise.

Juste avant de parvenir au chêne foudroyé, il vit un pilier de fumée noire au-dessus des arbres. Une voiture l'attendait au pied du chêne. L'un des policiers lui fit signe de faire demi-tour. En quittant la route principale, Wallander constata que c'était l'un des chemins où il s'était engagé par erreur la veille ; celui qui portait de nombreuses traces de pneus.

Il y avait aussi autre chose, à propos de ce chemin... Quoi ?

Parvenu sur le lieu de l'incendie, il se rappela avoir aperçu cette maison la veille, à peine visible depuis le chemin. Les pompiers étaient déjà au travail. La chaleur était intense. Martinsson vint à sa rencontre.

— Des victimes ?

— Pas à notre connaissance. Mais on ne peut pas entrer pour l'instant, à cause du feu. La maison est restée vide pendant plus d'un an, depuis la mort du propriétaire. Un agriculteur est passé, c'est lui qui me l'a dit. Les héritiers n'arrivent pas à décider s'il faut la louer ou la vendre.

— Raconte-moi, dit Wallander en contemplant l'épaisse fumée.

— J'étais sur la route. Il y avait un problème du côté des militaires. Tout à coup, ça a explosé. Comme une bombe. Au début, j'ai cru qu'un avion s'était écrasé. Puis j'ai vu la fumée. Il m'a fallu cinq minutes pour venir, pas plus. Tout était en flammes. Pas seulement la maison, la grange aussi.

Wallander essayait de réfléchir.

— Une fuite de gaz ?

— Non. Vingt bonbonnes n'auraient pas suffi à provoquer une explosion pareille. Les arbres fruitiers à l'arrière de la maison ont été déracinés.

— Ça grouille de policiers et de soldats dans le coin. Drôle de moment pour déclencher un incendie volontaire...

— Oui. C'est bien pour ça que j'ai pensé qu'il pouvait y avoir un lien.

— Tu as une idée ?

— Aucune.

— Renseigne-toi sur les héritiers. Je suis d'accord, ce n'est peut-être pas une coïncidence. Où est Björk ?

— Il est retourné au commissariat pour préparer la conférence de presse. Tu sais bien, ça le rend nerveux de parler aux journalistes qui s'entêtent toujours à déformer ses propos. Mais il est au courant. Svedberg lui a parlé. Et il sait que tu es là.

— Je reviendrai quand l'incendie sera éteint. Il faut mettre une partie des troupes sur les environs immédiats.

— À la recherche de Louise Åkerblom ?

— De la voiture, en premier lieu.

Martinsson repartit interroger l'agriculteur. Wallander resta debout à contempler les flammes.

S'il y avait un lien, à quoi ressemblait-il ? Une femme disparue et une maison qui explose. Sous le nez d'un énorme dispositif policier...

Il regarda sa montre. Dix heures moins dix. Il fit signe à un pompier.

— Quand est-ce qu'on pourra commencer à fouiller là-dedans ?

— Ça brûle vite. Cet après-midi, je pense qu'il sera possible d'approcher de la maison.

— C'était une grosse explosion, à ce qu'on m'a dit.

— Ça n'a pas commencé avec une allumette, pour sûr. Je pencherais plutôt pour cent kilos de dynamite.

Wallander reprit la route d'Ystad, après avoir appelé Ebba pour lui demander d'avertir Björk de son arrivée.

Soudain, il comprit ce qui lui avait échappé un peu plus tôt. La veille au soir, un policier s'était plaint. Sa voiture avait failli être percutée par une Mercedes lancée à toute allure sur un chemin de traverse.

Wallander était pratiquement sûr que c'était ce chemin-là. Cela faisait beaucoup de coïncidences.

Dans le hall du commissariat, il découvrit Björk qui faisait les cent pas, l'air inquiet.

— Je ne m'y habituerai jamais à ces conférences de presse. Et qu'est-ce que c'est que cette histoire d'incendie ? Svedberg ne paraissait pas dans son état normal. Il a dit que la maison et la grange avaient explosé. Quelle maison ? Qu'est-ce que ça veut dire ?

— Svedberg t'a dit la stricte vérité. Mais comme ça n'a rien à voir avec la conférence de presse, je propose qu'on en reparle plus tard. Les collègues auront peut-être découvert quelque chose entre-temps.

— Bon. On va faire simple. Un résumé clair et bref de la disparition, distribution des photos, appel au public. Les questions sur l'état de l'enquête, tu t'en charges.

— Il n'y a pas d'état de l'enquête. Si au moins on avait retrouvé sa voiture...

— Alors invente quelque chose. Un policier aux mains vides est une proie facile. N'oublie jamais ça.

La conférence de presse dura un peu plus d'une demi-heure. En dehors de la radio locale et des journaux scaniens, seuls les localiers des tabloïds, *Expressen* et *Idag*, avaient jugé bon de venir. Aucun représentant des quotidiens de la capitale.

Ils ne viendront que lorsqu'on l'aura trouvée, pensa Wallander. À condition qu'elle soit morte.

Björk déclara la conférence de presse ouverte et informa les journalistes qu'une femme avait disparu dans des circonstances jugées préoccupantes par la police. Il donna son signalement, décrivit la voiture et distribua les copies de la photo. Y avait-il des questions ? Björk se rassit et fit signe à Wallander, qui grimpa sur la petite estrade.

— Que croyez-vous qu'il s'est passé ? demanda un reporter de la radio locale, que Wallander n'avait encore jamais vu – cette radio semblait changer sans cesse de collaborateurs.

— Nous ne croyons rien. Mais les circonstances nous obligent à prendre au sérieux la disparition de Louise Åkerblom.

— Alors parlez-nous de ces circonstances.

Wallander prit son élan.

— Il faut bien voir que la plupart des gens qui disparaissent dans ce pays finissent tôt ou tard par reparaître. Deux fois sur trois, nous découvrons une explication toute naturelle, la plus fréquente étant la distraction. Mais parfois, certains éléments nous poussent à traiter l'information avec un plus grand sérieux.

Björk leva la main.

— Il ne faut évidemment pas en conclure que la police ne considère pas toutes les disparitions avec sérieux.

Wallander gémit intérieurement.

Le reporter d'*Expressen*, un jeune homme à la barbe rousse, demanda la parole.

— Pourriez-vous être un peu plus concret ? Vous dites que vous n'excluez pas la possibilité d'un crime. Pourquoi ? Il me semble aussi que vous n'avez pas dit grand-chose sur les fameuses circonstances. Où a-t-elle disparu ? Qui l'a vue en dernier ?

Le journaliste avait raison. Björk avait été vague sur plusieurs points.

— Elle a quitté l'agence de la Caisse d'épargne de Skurup vendredi après-midi peu après quinze heures. Un employé l'a vue monter dans sa voiture et téléphoner à quinze heures quinze. Nous sommes absolument certains de l'horaire. Après cela, personne ne l'a vue. Nous savons par ailleurs qu'elle a pu emprunter deux itinéraires possibles. Soit l'autoroute E14 en direction d'Ystad. Soit la route de Slimminge et Rögla vers Krageholm. Comme nous l'avons déjà dit, Louise Åkerblom exerce la profession d'agente immobilière. Elle peut avoir choisi de visiter une maison proposée à la vente. Ou alors elle a pu rentrer chez elle. Nous ne savons pas encore quelle décision elle a prise.

— Où se trouve cette maison ?

— Je ne peux pas répondre à cette question.

La conférence de presse prit fin d'elle-même. La radio locale fit une interview de Björk, pendant que Wallander parlait dans le couloir au représentant d'un journal de la région. Puis il alla chercher un café, s'enferma dans son bureau et appela Svedberg, qui l'informa que Martinsson avait déjà réorganisé une partie des troupes pour explorer les environs de la ferme incendiée.

— Je n'ai jamais vu un truc pareil, dit Svedberg. Il ne restera pas une poutre intacte dans cette maison.

— Je passerai cet après-midi. Là tout de suite, je retourne chez Robert Åkerblom. Tiens-moi au courant.

— Qu'ont dit les journalistes ?

— Rien d'intéressant.

Il raccrocha. Au même instant, Björk frappa à la porte. Il paraissait satisfait.

— Ça s'est très bien passé. Pas d'impertinences, rien que des questions raisonnables. Reste à espérer qu'ils écriront ce qu'on veut qu'ils écrivent.

— Demain, il faudra mettre deux bonshommes sur le standard, coupa Wallander. On risque de recevoir beaucoup d'appels, y compris de gens qui n'ont rien vu. Avec des bénédictions et des prières pour la police.

— À moins qu'elle ne reparaisse dans la journée, dit Björk.

— Je n'y crois pas plus que toi.

Puis il lui parla de l'incendie mystère. Björk l'écouta d'un air soucieux.

— Qu'est-ce que ça signifie ?

Wallander écarta les mains.

— Aucune idée. Je retourne chez Robert Åkerblom et je continue à parler avec lui.

— Réunion dans mon bureau à dix-sept heures, dit Björk sur le seuil.

Soudain, Wallander s'aperçut qu'il avait oublié de demander un service à Svedberg. Il refit le numéro.

— Tu te souviens de la voiture de police qui a failli percuter une Mercedes hier soir ?

— J'ai une mauvaise mémoire.

— Rassemble tout ce que tu pourras trouver là-dessus. J'ai une forte impression que cette Mercedes a un lien avec l'incendie. Avec Louise Åkerblom, c'est moins sûr.

— Je prends note. Autre chose ?

— Réunion ici à dix-sept heures.

81

Quinze minutes plus tard, il était à nouveau dans la cuisine de Robert Åkerblom, assis sur la même chaise, devant une nouvelle tasse de thé.

— Il arrive qu'on soit dérangé par une intervention urgente, dit-il. Il y a eu un énorme incendie. Mais il est maîtrisé maintenant.

— Je comprends, dit poliment Robert Åkerblom. Votre métier ne doit pas être facile.

Wallander considéra l'homme assis en face de lui. Il n'était pas enchanté à l'idée de l'interrogatoire qui allait suivre.

— J'ai quelques questions, dit-il. On peut peut-être rester ici, dans la cuisine.

— Bien sûr. N'hésitez pas à me poser toutes les questions que vous voudrez.

Wallander s'irrita de ce ton sentencieux.

— Ma première question est sans doute dénuée de fondement. Votre femme a-t-elle un problème médical ?

Åkerblom écarquilla les yeux.

— Comment cela ?

— Elle a pu apprendre qu'elle était atteinte d'une maladie grave. S'est-elle rendue récemment chez un médecin ?

— Non. De toute manière, si elle avait été malade, elle me l'aurait dit.

— Il y a certaines maladies dont les gens hésitent à parler. Du moins, il leur faut quelques jours pour faire le tri de leurs émotions. Souvent, c'est la personne malade qui se retrouve à devoir consoler son entourage.

Robert Åkerblom réfléchit avant de répondre.

— Je suis certain que tel n'était pas le cas.

Wallander hocha la tête.

— Votre femme a-t-elle un problème de boisson ?

Robert Åkerblom sursauta.

— Pourquoi cette question ? Nous ne buvons jamais une goutte d'alcool, ni elle ni moi.

— Le placard sous l'évier est rempli de bouteilles.

— Cela ne nous dérange pas que les autres boivent. En quantité raisonnable, bien sûr. Il nous arrive d'avoir des invités. Une agence, même modeste comme la nôtre, doit parfois faire face à certaines petites mondanités.

Wallander n'avait aucune raison de mettre en doute cette réponse. Sans quitter Robert Åkerblom, du regard, il tira les menottes de sa poche et les posa sur la table.

Comme prévu. Perplexité sur toute la ligne.

— Vous avez l'intention de m'arrêter ?

— Non. Mais j'ai trouvé ces menottes dans le bureau du premier étage. Dans le dernier tiroir, sous une rame de papier.

— Des menottes... Je ne les avais jamais vues.

— Je pense que nous pouvons exclure vos filles. C'est donc votre femme qui les a rangées là.

— C'est incompréhensible.

Soudain, Wallander crut sentir que l'homme mentait. Un glissement imperceptible dans la voix, un rapide mouvement du regard. Mais il l'avait perçu.

— Quelqu'un d'autre peut-il les avoir mises dans ce tiroir ?

— Je ne sais pas. Nous ne recevons chez nous que des membres de notre communauté. En dehors des mondanités dont je parlais tout à l'heure. Et nos invités ne montent jamais à l'étage.

— Personne d'autre ?

— Nos parents. La famille. Les amis des petites.

— Ça fait pas mal de monde.

— C'est incompréhensible, répéta Robert Åkerblom.

Ce qui te parait incompréhensible, pensa Wallander, c'est peut-être comment tu as pu oublier de les ôter de là.

Pour la première fois, Wallander se demanda si Robert Åkerblom, avait pu tuer sa femme. Mais il écarta aussitôt cette pensée.

Les menottes et le mensonge éventuel ne suffisaient pas à transformer l'opinion qu'il s'était faite de cet homme.

— Êtes-vous certain de ne pas pouvoir m'expliquer la présence de ces menottes dans le tiroir ? Je dois peut-être préciser que la loi n'interdit aucunement d'avoir des menottes chez soi. Pas besoin de licence.

— Vous croyez que je ne vous dis pas la vérité ?

— Je ne crois rien. Je veux seulement savoir pourquoi ces menottes se trouvent cachées dans votre maison.

— Je vous l'ai déjà dit. Je l'ignore complètement.

Wallander hocha la tête. Inutile de lui mettre la pression. Du moins pour le moment. Mais il était certain que l'homme avait menti. Se pouvait-il que le ménage Åkerblom cache une vie sexuelle spectaculaire ? Cela pouvait-il à son tour expliquer la disparition de Louise ?

Wallander repoussa sa tasse pour marquer la fin de l'entretien. Il rangea les menottes dans sa poche, enveloppées dans un mouchoir. L'examen technique pourrait éventuellement préciser à quoi elles avaient servi.

— C'est tout pour l'instant dit-il en se levant. Je vous rappelle dès que j'ai du nouveau. Vous devez vous préparer au fait qu'il y aura de l'agitation ce soir, après la parution des journaux et le bulletin d'information de la radio locale. Nous espérons bien entendu que cela va nous aider.

Robert Åkerblom hocha la tête sans répondre.

Wallander lui serra la main et sortit. Le temps avait changé. Une pluie fine tombait ; presque pas de vent. Wallander prit sa voiture jusqu'à Fridolfs Konditori, près du terminal des autobus. Il avala quelques tartines avec un café. Il était midi trente lorsqu'il reprit la direction de la ferme incendiée. Laissant sa voiture, il franchit le périmètre de sécurité. La maison n'était plus qu'une ruine fumante. La grange également. Mais les techniciens n'avaient pas encore pu se mettre au travail. Wallander s'approcha du chef des pompiers, Peter Edler, qu'il connaissait bien.

— On noie les flammes, commenta Edler. On ne peut rien faire de plus. C'est un incendie volontaire ?

— Aucune idée. As-tu vu Svedberg ou Martinsson ?

— Je crois qu'ils sont partis déjeuner à Rydsgård. Et le lieutenant-colonel Hemberg a rapatrié ses recrues à la caserne. Mais ils vont revenir.

Wallander s'éloigna. Un maître-chien mangeait un sandwich un peu plus loin, pendant que son chien creusait avec entrain dans le gravier mouillé et noir de suie.

Soudain, l'animal se mit à aboyer comme un fou. Le policier tira impatiemment sur la laisse. Puis Wallander le vit sursauter et lâcher son sandwich. Cédant à la curiosité, il s'approcha de quelques pas.

— Qu'est-ce qu'il a trouvé ?

Le policier leva la tête. Il était livide. Wallander le rejoignit très vite et se pencha à son tour.

À ses pieds, dans le gravier sale, il y avait un doigt.

Un doigt humain. De couleur noire.

Wallander se redressa avec un haut-le-cœur.

Puis il ordonna au maître-chien de prendre immédiatement contact avec Svedberg et Martinsson.

— Dis-leur de venir tout de suite. Tant pis pour le déjeuner. Il y a un sac en plastique sur la banquette arrière de ma voiture. Apporte-le.

Le policier obéit. Wallander resta seul avec son vertige.

Un doigt. Noir. Tranché. En pleine Scanie.

Le policier revint avec le sac, et Wallander dressa une petite tente provisoire au-dessus du doigt. La rumeur s'était déjà répandue. Les pompiers faisaient cercle autour de la trouvaille.

— Il va falloir fouiller les ruines, dit Wallander à Edler. Dieu sait ce qui a pu se passer ici.

— Un doigt..., répétait Edler, complètement incrédule.

Vingt minutes plus tard, Svedberg et Martinsson arrivaient au pas-de-course. Ensemble, ils se penchèrent sur la découverte du chien, avec une perplexité et un malaise partagés. Personne ne savait quoi dire.

— Une seule chose est sûre, dit enfin Wallander. Ce doigt-là n'appartient pas à Louise Åkerblom.

5

À dix-sept heures, ils étaient réunis au commissariat. Wallander pensa qu'il n'avait sans doute jamais vu assemblée plus silencieuse.

Le doigt, enveloppé de plastique, était posé au centre de la table. Björk avait tourné sa chaise de manière à ne pas le voir.

Après un long moment, la voiture de l'hôpital arriva. Le doigt fut emporté. Alors seulement, Svedberg alla chercher du café pour tout le monde, et Björk ouvrit la réunion.

— Je reste muet, dit-il. Une fois n'est pas coutume. L'un d'entre vous a-t-il une explication plausible à me proposer ?

Question absurde.

— Wallander, essaya Björk. Donne-nous un résumé.

— Ça ne va pas être facile. Reprenez-moi si j'oublie quelque chose.

Il feuilleta son bloc-notes.

— Louise Åkerblom a disparu voici quatre jours. Quatre-vingt-dix-huit heures plus exactement. Personne ne l'a vue pendant ce laps de temps. Au cours des recherches, une maison explose, dans le périmètre où nous espérions retrouver sa voiture. Nous savons que cette maison fait partie d'une succession. Le mandataire est un avocat de Värnamo, qui se déclare perplexe. La maison est inhabitée depuis plus d'un an. Les héritiers n'ont pas encore décidé s'ils allaient la vendre ou non ; il est possible que l'un d'entre eux rachète les autres parts. L'avocat

87

s'appelle Holmgren. Nous avons demandé aux collègues de Värnamo, de lui rendre visite. En particulier, nous voulons connaître le nom des héritiers et leur adresse.

Il avala une gorgée de café avant de poursuivre.

— L'incendie s'est déclenché à neuf heures. Tout porte à croire qu'on s'est servi d'un puissant explosif équipé d'un détonateur à retardement. L'incendie accidentel semble tout à fait exclu. L'avocat, Holmgren, affirme qu'il n'y avait aucune bonbonne de gaz dans la maison. L'électricité a été refaite il y a un an. Pendant que les pompiers travaillaient à éteindre l'incendie, un chien policier a déterré un doigt humain, à vingt-cinq mètres environ de la maison. L'index ou le majeur d'une main gauche, appartenant, selon toute vraisemblance, à un homme. Un Noir. Nos techniciens ont ratissé tous les endroits accessibles sans découvrir autre chose. Les chiens non plus n'ont rien trouvé. Nous avons mené une battue dans le secteur. Résultat nul. La voiture reste introuvable, tout comme Louise Åkerblom. Une maison a explosé et nous avons trouvé un doigt appartenant à un Noir. C'est tout.

Björk fit la grimace.

— Que disent les médecins ?

— Maria Lestadius y a jeté un coup d'œil, dit Svedberg. Mais elle nous a tout de suite orientés vers le labo de la police scientifique. Elle dit qu'elle ne sait pas lire dans les doigts.

— Tu peux répéter ?

— C'est l'expression qu'elle a utilisée, dit Svedberg avec résignation.

Björk avait la manie de s'arrêter à des détails sans importance.

— C'est vraiment ennuyeux, dit-il. En d'autres termes, on ne sait rien. Robert Åkerblom n'a-t-il rien pu nous apprendre ?

Wallander résolut de taire l'épisode des menottes. Il ne voulait pas lancer le groupe sur des associations d'idées douteuses. En plus, ces menottes n'avaient peut-être aucun lien avec sa disparition.

— Rien, dit-il. Je crois bien que les Åkerblom étaient la famille la plus heureuse de ce pays.

Björk ne s'avouait pas vaincu.

— A-t-elle pu avoir une crise de folie mystique ? Avec tout ce qu'on lit sur ces sectes délirantes...

— Les méthodistes ne peuvent pas être traités de secte délirante. C'est l'une des plus anciennes communautés religieuses de Suède. Mais je dois avouer que j'ignore leur programme.

— Il faut s'en occuper, dit Björk. Comment allons-nous poursuivre ?

— On espère que le public va se manifester, répondit Martinsson.

— J'ai déjà prévu du personnel supplémentaire au standard. Autre chose ?

— Oui, dit Wallander. Il existe quelque part un Noir à qui il manque un doigt de la main gauche. Il a dû aller à l'hôpital, ou alors il va le faire. Il se peut aussi qu'il contacte la police. On suppose que les gens ne se coupent pas un doigt volontairement. Mais il se peut évidemment qu'il ait déjà quitté le pays.

— Empreintes, dit Svedberg. Si ça se trouve, elles figurent dans nos fichiers. On peut aussi adresser la question à Interpol. Plusieurs États africains ont commencé à constituer des fichiers criminels valables ces dernières années. J'ai lu un article là-dessus dans *Le Policier suédois* il y a quelques mois. Je suis du même avis que Kurt. Même si nous ne voyons pas le lien avec la disparition de Louise Åkerblom, il faut s'en occuper.

— Faut-il en parler aux journaux ? *Police recherche propriétaire d'un doigt.* Cela donnerait au moins des titres intéressants.

— Pourquoi pas ? dit Wallander. On n'a rien à perdre.

— Je vais y réfléchir. Mais je suis d'accord pour prévenir les hôpitaux. N'ont-ils pas le devoir de nous informer s'ils soupçonnent un crime ?

— Ils sont tenus au même secret professionnel que nous, dit Svedberg. Mais on va les contacter. Les hôpitaux, les dispensaires, tout. Quelqu'un sait-il combien il y a de médecins dans ce pays ?

Silence.

— Demande à Ebba de se renseigner, proposa Wallander.

Il fallut dix minutes à Ebba pour joindre le secrétariat de l'Ordre des médecins.

— Un peu plus de vingt-cinq mille, annonça Svedberg lorsqu'elle lui eut communiqué le chiffre.

Surprise générale. Vingt-cinq mille toubibs !

— Et ils sont où, quand on a besoin d'eux ? fit Martinsson.

Björk s'impatientait.

— Autre chose ? On a du pain sur la planche. Réunion de synthèse demain matin, huit heures.

Lorsque le téléphone sonna, Martinsson et Wallander étaient déjà dans le couloir. Björk les rappela. Il était écarlate.

— Ça y est ! Ils croient avoir trouvé la voiture. Je viens de parler à Norén. Un agriculteur s'est présenté sur le lieu de l'incendie en demandant si ça intéressait la police de voir ce qu'il avait découvert dans une mare à quelques kilomètres de là, du côté de Sjöbo, il me semble. Norén est parti, et il a vu une antenne radio qui pointait. L'agriculteur est certain qu'elle n'y était pas une semaine plus tôt.

— On y va, dit Wallander. Ça ne peut pas attendre demain. On fait venir des projecteurs et une grue et on la sort de là.

— J'espère qu'il n'y a personne dedans, dit Svedberg.

— Allez, viens.

L'étang se trouvait dans un endroit inaccessible, à côté d'un bois, au nord de Krageholm, sur la route de Sjöbo. Il fallut plus de trois heures pour installer la grue mobile et les projecteurs. Il était vingt et une heures trente lorsqu'ils réussirent enfin à fixer le câble. Entre-temps, Wallander avait glissé dans l'étang. Norén lui prêta une combinaison de travail qu'il gardait toujours dans son coffre. Wallander était trempé et frigorifié, mais il s'en rendait à peine compte. Toute son attention était concentrée sur la voiture.

Mélange d'excitation et de malaise. Il espérait que ce serait bien la Corolla. Mais il redoutait de trouver Louise Åkerblom à l'intérieur.

— Une chose est sûre, dit Svedberg. La voiture n'est pas là par accident. On a voulu la cacher, sans doute en pleine nuit. C'est pour ça qu'ils n'ont pas dû voir l'antenne qui pointait.

Wallander hocha la tête. Lentement, le câble se tendit. La grue s'arc-bouta et commença à treuiller.

Le coffre de la voiture émergea. Wallander se tourna vers Svedberg. C'était lui, l'expert automobile.

— Alors ?

— Attends, je ne vois rien encore.

Soudain, le câble céda. La voiture disparut dans la boue. Il fallait tout reprendre de zéro.

Une demi-heure plus tard, la grue recommença à tirer. Le regard de Wallander allait de la voiture à Svedberg. Celui-ci hocha la tête.

— C'est elle. Une Toyota Corolla. Aucun doute.

Wallander ajusta le faisceau d'un projecteur. La voiture était bleu foncé. Lentement, elle sortit de l'eau boueuse. Svedberg et Wallander échangèrent un regard avant d'approcher, ensemble. La voiture était vide.

Wallander ouvrit le coffre. Rien.

— Elle est peut-être au fond, dit Svedberg.,

Wallander considéra le problème. Une centaine de mètres de circonférence ; mais l'antenne avait été visible. L'étang était peu profond.

— Il nous faut des plongeurs, dit-il à Björk. Maintenant, tout de suite.

— Ils ne verront rien en pleine nuit. On attend demain.

— Ils doivent juste marcher au fond. Avec une drague. Je ne veux pas attendre.

Björk finit par céder, et alla téléphoner d'une voiture. Pendant ce temps, Svedberg avait ouvert la portière du côté conducteur et éclairait l'intérieur avec une lampe torche. Avec précaution, il détacha le téléphone de voiture noyé.

— Le dernier numéro appelé s'enregistre en général. Elle a pu passer un autre coup de fil, après avoir laissé le message au bureau.

— Bien vu, Svedberg.

En attendant les plongeurs, ils fouillèrent la voiture. Sur la banquette arrière, Wallander aperçut un sac en papier contenant des restes de gâteaux détrempés.

Jusque-là, ça coïncide. Mais que s'est-il passé ensuite ? En chemin ? Qui as-tu rencontré, Louise ? Avais-tu rendez-vous ?

Ou quelqu'un voulait-il te rencontrer à ton insu ?

— Pas de sac à main, dit Svedberg. Pas de porte-documents. Dans la boîte à gants, il n'y a que les papiers de la voiture et ceux de l'assurance. Et le Nouveau Testament.

— Cherche une carte manuscrite, dit Wallander.

Svedberg n'en découvrit aucune. Wallander fit lentement le tour du véhicule. Il était intact. Louise Åkerblom n'avait pas eu d'accident.

Ils s'assirent dans l'une des voitures. Il y avait un thermos de café. Ils se servirent. Il avait cessé de pleuvoir et le ciel était presque entièrement dégagé.

— Tu crois qu'elle est au fond ? demanda Svedberg.

— Je ne sais pas. Peut-être.

Deux jeunes plongeurs débarquèrent dans une voiture de pompiers. Svedberg et Wallander les connaissaient bien. Ils se saluèrent.

— Qu'est-ce qu'on cherche ?

— Peut-être un corps. Peut-être un porte-documents, ou un sac à main. Ou autre chose.

Les plongeurs se préparèrent et s'immergèrent dans l'eau boueuse avec leur drague.

Les policiers les contemplaient en silence.

Martinsson arriva au moment où ils venaient de finir une première traversée de l'étang.

— C'est la bonne voiture, je vois.

— Louise est peut-être au fond, répliqua Wallander.

Les plongeurs travaillaient avec méthode. De temps à autre, l'un des deux s'arrêtait pour mieux racler. Divers objets commençaient à s'empiler sur la berge : un traîneau cassé, quelques fragments d'une batteuse, des branches pourries, une botte en caoutchouc.

Il était minuit passé. Toujours pas de trace de Louise Åkerblom.

À deux heures moins le quart, les plongeurs remontèrent sur la berge.

— Il n'y a rien d'autre. Mais si vous voulez, on peut continuer demain.

— Non, dit Wallander. Elle n'est pas ici.

De retour chez lui, il avala une bière et quelques biscottes. La fatigue l'empêchait de réfléchir. Sans même se déshabiller, il s'allongea sur le lit, avec une couverture.

À sept heures trente, le mercredi 29 avril, Wallander était de retour au commissariat.

Une pensée l'avait frappé en chemin. Il chercha le numéro du pasteur Tureson. Celui-ci décrocha presque aussitôt. Wallander s'excusa de le déranger de si bonne heure. Pouvait-il passer le voir dans la journée ?

— Vous voulez me rencontrer pour une raison particulière ?

— Non. Quelques réflexions qui me sont venues, sur lesquelles j'aimerais avoir votre opinion. Tout peut être important.

— J'ai écouté les informations locales, et j'ai lu les journaux. Rien de neuf ?

— Elle est toujours disparue. Malheureusement je ne peux pas vous en dire beaucoup plus.

— Je comprends. Pardonnez ma question. Je suis bouleversé par la disparition de Louise.

Ils convinrent de se retrouver à onze heures au temple méthodiste.

Wallander se rendit dans le bureau de Björk, où il trouva Svedberg en train de bâiller, Martinsson au téléphone et Björk lui-même tambourinant contre la table. Martinsson raccrocha avec une grimace.

Les gens commencent à appeler, dit-il. Rien d'intéressant jusqu'ici. Quelqu'un affirme, sans l'ombre d'un doute, avoir vu Louise Åkerblom à l'aéroport de Las Palmas jeudi dernier. La veille de sa disparition, autrement dit.

— C'est bon, coupa Björk. On commence.

Le chef avait visiblement mal dormi.

— On reprend les choses au point où on les a laissées hier soir, dit Wallander. La voiture doit être examinée, les appels du public doivent être traités au fur et à mesure. Moi, je vais sur le lieu de l'incendie pour voir où en sont les techniciens. Le doigt a été envoyé au labo. Question : faut-il en parler ou non ?

— Oui, dit Björk avec une détermination inattendue. Martinsson va m'aider à rédiger un communiqué de presse. Je peux vous dire que ça va semer la pagaille dans les rédactions.

— Je propose que Svedberg s'en charge à ma place, dit Martinsson. Je suis en train de prendre contact avec vingt-cinq mille médecins. Sans compter des centaines de dispensaires et de services d'urgence. Ça prend des heures.

— D'accord, dit Björk. De mon côté, je m'occupe de l'avocat de Värnamo. On se retrouve cet après-midi. À moins qu'il n'y ait du neuf entre-temps.

Wallander sortit sur le parking. Belle journée en perspective. Il s'arrêta pour inspirer la fraîcheur de l'air. Pour la première fois cette année, il sentit que le printemps arrivait.

Deux surprises l'attendaient sur le lieu de l'incendie.

Au cours de ces premières heures, le travail des techniciens avait donné des résultats. Sven Nyberg vint à sa rencontre. Il n'était à Ystad que depuis quelques mois, après avoir servi à Malmö, et Wallander n'avait pas encore eu trop affaire à lui. D'après la rumeur, c'était un technicien hors pair. À part ça, il avait pu constater par lui-même que c'était un gars cassant, d'un contact difficile.

— Viens voir.

Il suivit Nyberg jusqu'à une petite tente montée sur quatre pieux. Il vit quelques fragments de métal tordus posés sur une bâche.

— Une bombe ?

— Non, dit Nyberg. Mais c'est au moins aussi intéressant. Une installation radio.

— Quoi ?

— Un émetteur-récepteur combiné. Je ne peux pas te dire le modèle ni la marque. Mais il n'est pas destiné à des amateurs. On peut trouver étrange de retrouver un engin pareil dans une maison déserte, dynamitée de surcroît.

— En effet.

Nyberg souleva un autre fragment métallique.

— Et ça ? Tu vois ce que c'est ?

— Ça ressemble à un barillet.

— Eh oui. Le revolver devait être chargé, et le chargeur a explosé dans l'incendie. Je soupçonne que ce n'est pas un modèle courant. Le barillet est étiré, comme tu le vois. Ce n'est pas un Luger ni un Beretta.

— Quoi alors ?

— Trop tôt pour le dire. Mais je te préviendrai dès qu'on le saura.

Nyberg bourra sa pipe.

— Qu'en penses-tu ?

— Aucune idée, dit Wallander. Je ne vois aucun lien. Tout ce que je sais, c'est que je cherche une femme disparue et que je n'arrête pas de tomber sur des trucs bizarres. Un doigt coupé, un émetteur radio, un revolver rare. Alors quoi ? Il faut peut-être partir de là ? De cette étrangeté ?

— Patience. On finira bien par découvrir le lien.

Nyberg retourna à son puzzle laborieux. Wallander traîna encore un peu sur le site de l'incendie en essayant de formuler une nouvelle synthèse. Puis il laissa tomber, monta dans la voiture et appela Ebba au commissariat.

— On reçoit beaucoup d'appels ?

— Ça n'arrête pas. Svedberg est passé tout à l'heure. Il a dit qu'il y avait peut-être des trucs intéressants. Je n'en sais pas plus.

Wallander lui donna le numéro du temple méthodiste. Après sa conversation avec le pasteur, il retournerait à l'agence et il fouillerait systématiquement le bureau de Louise Åkerblom. Jusque-là, il s'était contenté d'une exploration superficielle. Ça lui donnait mauvaise conscience.

Il retourna à Ystad. Il était en avance. Laissant sa voiture sur la place centrale, il entra dans le magasin de hi-fi. Sans trop réfléchir, il signa pour l'achat à crédit d'une nouvelle chaîne stéréo. Puis il revint à Mariagatan et l'installa à la place de l'ancienne. Au passage il avait acheté un CD. *Turandot* de Puccini. Il le glissa dans le lecteur, s'allongea sur le canapé et essaya de penser à Baiba Liepa. Mais le visage de Louise Åkerblom s'interposait.

Il se réveilla en sursaut, regarda sa montre et jura tout haut. Il aurait dû être au temple depuis dix minutes.

Le pasteur Tureson l'attendait dans une pièce qui servait à la fois de remise et de bureau. Aux murs, des citations de l'Évangile. Une cafetière électrique était posée sur l'appui de la fenêtre.

— Désolé pour le retard, dit Wallander.

— Je comprends, la police a beaucoup de travail.

Wallander s'assit sur une chaise et sortit son bloc-notes, en déclinant le café que lui proposait Tureson.

— J'essaie de me faire une image de Louise Åkerblom, commença-t-il. Tout ce que j'ai appris jusqu'à présent me donne l'impression d'une femme épanouie qui n'aurait jamais de son plein gré quitté son mari et ses enfants.

— C'est bien ainsi que nous connaissons Louise.

— Cela me rend un peu méfiant.

— Pardon ?

— Tout être humain a ses zones d'ombre. Cela doit valoir aussi pour Louise Åkerblom. Elle n'est tout de même pas partie parce qu'elle ne supportait plus son propre bonheur ?

— Tous les membres de notre communauté vous diront la même chose que moi, répliqua Tureson.

Qu'était-ce donc ? Impossible de mettre le doigt dessus. Mais la vigilance de Wallander fut soudain en éveil. Le pasteur défendait l'image de Louise Åkerblom, alors que celle-ci n'était attaquée que par les points de vue d'ordre très général formulés par Wallander. Ou bien défendait-il autre chose ?

Aussitôt il changea de tactique et posa une question qui lui avait paru jusque-là secondaire.

— Parlez-moi de la communauté. Pourquoi choisit-on de devenir méthodiste ?

— Parce que notre interprétation de la Bible semble être la bonne.

— Est-ce le cas ?

— Selon moi et selon les membres de ma communauté, oui. Mais d'autres ne pensent évidemment pas la même chose. C'est naturel.

— Y a-t-il quelqu'un, au sein de la communauté, qui n'aimait pas Louise Åkerblom ?

La réponse tarda un peu trop.

— Cela me paraît difficile à croire.

À nouveau. Quelque chose de fuyant, d'évasif.

— Comment se fait-il que je ne vous croie pas ?

— Vous devriez. Je connais bien les membres de ma communauté.

Wallander se sentit soudain très fatigué. Il comprit qu'il devait s'y prendre autrement s'il voulait ébranler le pasteur. Attaque frontale, en d'autres termes.

— Je sais que Louise Åkerblom a des ennemis au sein de la communauté, dit-il. Peu importe comment j'ai obtenu cette information. Mais j'aimerais avoir votre commentaire.

Tureson le regarda longuement avant de répondre.

— Pas d'ennemis, dit-il. Mais il est vrai qu'il y a quelqu'un qui entretient avec elle… une relation malheureuse, je dirais.

Il se leva, approcha de la fenêtre.

— J'ai beaucoup hésité. Hier soir j'ai failli vous appeler. Mais je ne l'ai pas fait. Nous espérons tous que Louise reviendra et que son absence a une cause toute naturelle. En même temps, j'avoue que mon inquiétude ne cesse de croître.

Il revint s'asseoir.

— J'ai aussi certains devoirs vis-à-vis des autres membres de la communauté. Je ne voudrais pas mettre quelqu'un dans une position délicate en affirmant des choses qui se révéleraient infondées.

— Cette conversation n'est pas un interrogatoire, dit Wallander. Tout ce que vous me direz restera entre nous.

— Je ne sais pas comment aborder ce sujet.

— Dites-moi simplement ce qu'il en est.

— Voilà. Il y a deux ans, nous avons accueilli un homme parmi nous. Il travaillait comme machiniste à bord des ferries polonais. Il a commencé à assister à nos réunions. Divorcé, trente-cinq ans, aimable, timide. Il s'est vite fait apprécier de tous. Mais il y a environ un an, Louise Åkerblom m'a demandé un entretien. Elle tenait absolument à ce que son mari n'en sache rien. Nous étions dans cette pièce. Elle m'a raconté alors que notre nouvelle recrue avait commencé à la harceler. Il lui envoyait des lettres, il la suivait, lui téléphonait. Elle l'avait découragé avec douceur. Mais il s'entêtait. La situation devenait intenable. Louise m'a demandé de lui parler. Je l'ai fait. Et là, il s'est transformé du tout au tout. Il est entré dans une rage folle, affirmant que Louise l'avait trahi, et que c'était moi qui avais une mauvaise influence sur elle. En réalité, disait-il, Louise l'aimait et voulait quitter son mari pour lui. C'était complètement absurde. Il a cessé de venir à nos réunions, il a quitté son travail ; nous avons cru qu'il avait disparu pour de bon. Aux membres de la communauté, j'ai seulement dit qu'il avait déménagé et que la timidité seule l'avait empêché de nous dire au revoir. Louise était soulagée, naturellement. Puis, il y a de cela trois mois environ, ça a recommencé. Un soir, elle l'a surpris devant sa maison. Vous imaginez le choc ! Il a recommencé à la harceler. Je dois avouer, commissaire Wallander, que nous avons envisagé de prendre contact avec la police. Aujourd'hui je regrette naturellement que nous ne l'ayons pas fait. C'est peut-être une coïncidence, bien sûr. Mais, à chaque heure qui passe, je m'interroge davantage.

Enfin, pensa Wallander.

— Comment s'appelle cet homme ?

— Stig Gustafson.

— Avez-vous son adresse ?

— Non. Mais j'ai son numéro de Sécurité sociale. Il nous avait aidés à réparer les canalisations de l'église et je l'avais payé.

Tureson se leva pour feuilleter un dossier sur une table.

— Voilà. 570503-0470.

Wallander releva le numéro et referma son bloc.

— Vous avez bien fait de m'en parler. Tôt ou tard,

101

je l'aurais de toute façon appris. Mais vous nous avez fait gagner du temps.

— Elle est morte, n'est-ce pas ? dit soudain Tureson.

— Je ne sais pas. Honnêtement, je n'ai pas de réponse à cette question.

Wallander serra la main du pasteur et quitta le temple. Il était midi et quart.

Enfin, pensa-t-il à nouveau. Il se rendit tout droit au commissariat. Alors qu'il s'apprêtait à battre le rappel de ses collègues, le téléphone sonna. C'était Nyberg.

— Je viens d'identifier la marque du revolver. Celui dont on a trouvé le barillet.

— Je note, dit Wallander en prenant son bloc.

— J'avais raison, ce n'est pas une arme courante. Je ne pense pas qu'il y en ait beaucoup d'exemplaires dans ce pays.

— Tant mieux.

— C'est un Astra Constable 9 mm. Je l'ai vu autrefois à une exposition, à Francfort. J'ai une bonne mémoire des armes.

— Où est-il fabriqué ?

— C'est ça qui est bizarre. À ma connaissance, il n'est fabriqué sous licence que dans un seul pays.

— Lequel ?

— L'Afrique du Sud.

Wallander posa son crayon.

— Comment ça se fait ?

— C'est comme ça. Va savoir pourquoi les gens s'entichent d'une arme dans tel pays et pas dans un autre.

— Fichtre ! L'Afrique du Sud...

— Cela nous donne au moins un lien possible avec le doigt.

— Que fait un revolver sud-africain en Suède ?

— Ça, c'est ton travail.

— Bon. Tu as bien fait de m'appeler tout de suite. On aura l'occasion d'en reparler.

Wallander se leva et alla à la fenêtre. Quelques minutes plus tard, il avait pris sa décision.

Ils devaient se concentrer sur deux fronts : Louise Åkerblom et Stig Gustafson. Tout le reste était pour l'instant accessoire.

Voilà où on en est, pensa-t-il. Après cent dix-sept heures de disparition.

Il prit le téléphone. Sa fatigue était comme envolée.

6

Peter Hanson exerçait le métier de voleur.

Avec un succès mitigé. Mais en général, il s'acquittait des missions que lui confiait Morell.

Ce matin-là, veille de la Sainte-Walpurgis, il ne portait pourtant pas Morell dans son cœur. Il avait prévu de profiter de ce long week-end, comme tout le monde, et peut-être même de s'offrir le luxe d'une escapade à Copenhague. Mais la veille, tard dans la soirée, Morell l'avait appelé.

— Il me faut quatre pompes à eau. Modèle traditionnel. De celles qu'on trouve dans chaque cour de ferme.

— Ça peut peut-être attendre...

Hanson dormait quand le téléphone avait sonné, et il n'aimait pas être réveillé en sursaut.

— Tu plaisantes ? Le client habite en Espagne. Il part après demain en voiture.

Classique. Le « client » revendait les pompes à d'autres Suédois de là-bas. Des sentimentaux, prêts à payer cher pour avoir une vieille pompe suédoise devant leur hacienda.

— Où veux-tu que je trouve quatre pompes ? Et tu oublies que c'est férié demain. Les maisons secondaires vont être surpeuplées.

— Tu t'y mets de bonne heure et tout ira bien.

Silence.

— Sinon, je serai obligé de vérifier dans mes registres combien ton frère me doit.

Peter Hanson avait raccroché brutalement. Morell, il le savait, interpréterait cela comme un oui. Sachant qu'il ne parviendrait pas à se rendormir, il se rhabilla, fit le trajet de Rosengard jusqu'au centre-ville, entra dans un pub et commanda une bière.

Peter Hanson avait un frère du nom de Jan-Olof. Ce frère était son malheur personnel. Jan-Olof jouait à Jägersro, et parfois aussi sur les autres champs de courses du pays. Il misait beaucoup et mal, perdait alors qu'il n'en avait pas les moyens, et il était tombé aux mains de Morell. Comme il n'était pas solvable, Peter Hanson était *de facto* devenu son garant.

Morell était en premier lieu receleur. Mais au cours des dernières années, en bon entrepreneur, il avait compris qu'il fallait choisir : ou bien réduire ses activités à une branche précise, ou bien les élargir. Il avait choisi la seconde solution. Outre son important réseau de commanditaires, aux désirs extrêmement pointus, il avait lancé un commerce de traiteur. Et il comptait bien multiplier son chiffre d'affaires.

Morell avait un peu plus de cinquante ans. Après une longue carrière d'escroc, il s'était reconverti à la fin des années 1970 pour construire un empire du recel dans le sud de la Suède. Une trentaine de voleurs et de chauffeurs figuraient sur sa liste salariale occulte. Chaque semaine, la marchandise était acheminée vers l'entrepôt qu'il possédait dans le port de Malmö, avant de rejoindre les clients à l'étranger. Chaînes stéréo, téléviseurs et téléphones portables affluaient du Småland ; des caravanes de voitures volées quittaient le Halland vers le sud, avant de trouver acquéreur en Pologne, et désormais aussi dans l'ex-RDA. Un nouveau marché non négligeable commençait à s'ouvrir dans les pays Baltes, et il avait déjà livré quelques voitures de luxe en Tchécoslovaquie. Peter Hanson était l'un des rouages les plus insignifiants de cette organisation. Morell doutait encore de ses capacités, et l'utilisait avant tout pour des missions ponctuelles de caractère un peu spécial. Quatre pompes à eau, c'était un objectif taillé sur mesure pour lui.

Telles étaient les raisons pour lesquelles Peter Hanson se retrouvait à jurer tout haut au volant de sa voiture en ce petit matin de la veille de la Sainte-Walpurgis. Morell avait saboté son week-end. En plus, la mission lui déplaisait. Il y avait trop de gens qui circulaient ce jour-là.

Peter Hanson était né à Hörby ; il connaissait la Scanie comme sa poche. Il n'y avait pas une route, pas un chemin de traverse qu'il n'eût emprunté au moins une fois, et il avait bonne mémoire. Cela faisait maintenant quatre ans qu'il travaillait pour

105

Morell, depuis ses dix-neuf ans. Il pensait parfois à tout ce qu'il avait chargé dans sa camionnette déglinguée. Un jour, il avait volé deux jeunes taureaux. À Noël, il n'était pas rare qu'on lui commande des porcs. Plusieurs fois aussi, il avait traîné des pierres tombales en se demandant qui pouvait bien être ce client complètement malade. Il avait démonté des portes d'entrée pendant que les occupants de la maison dormaient sur leurs deux oreilles. Il avait même volé une flèche d'église avec l'aide d'un grutier embauché pour l'occasion. Des pompes à eau, ça n'avait rien d'inhabituel. Mais le jour était mal choisi.

Il avait résolu de commencer par le secteur situé au nord de l'aéroport de Skurup. Il avait mis une croix sur l'Österlen. Chaque maison de cette campagne chic serait habitée ce jour-là.

Sa seule chance était le triangle compris entre Skurup, Hörby et Ystad. Il y avait pas mal de fermes abandonnées dans le coin. Avec un peu de veine, on lui ficherait la paix.

Ce fut peu après Krageholm, en direction de Sövde, sur une petite route serpentant à travers la forêt, qu'il découvrit sa première pompe, dans la cour d'une ferme en ruine protégée des regards. La pompe était rouillée, mais intacte. Il inséra son pied-de-biche. La ferrure se détacha d'un bloc ; pourrie jusqu'à la moelle. Puis il s'attaqua à l'assemblage de planches qui masquait l'ouverture du puits. Il ne serait peut-être pas impossible de procurer à Morell ses quatre pompes, tout compte fait. Encore trois fermes abandonnées... Il n'était que huit heures dix. Il serait de retour à Malmö en début d'après-midi. La soirée à Copenhague pouvait encore être sauvée.

D'un dernier effort, il arracha la pompe. Les planches s'écroulèrent. À tout hasard, il jeta un regard dans le puits. Il y avait quelque chose au fond.

Des cheveux blonds. Une tête humaine.

Un corps compressé, écrasé, tordu.

Une femme.

Il lâcha la pompe, partit en courant, sauta dans sa voiture, démarra en trombe. Après quelques kilomètres, juste avant Sövde, il freina, ouvrit la portière et vomit.

Puis il tenta de réfléchir. Il n'avait rien inventé. Il y avait bien une femme dans ce puits.

Une femme recroquevillée dans un puits. Une femme assassinée.

Au même moment, il réalisa qu'il avait laissé ses empreintes sur la pompe.

Et ses empreintes étaient fichées.

Morell, pensa-t-il dans une confusion totale. Morell s'en chargera.

Il traversa Sövde, beaucoup trop vite, et prit à gauche vers Ystad. Sa seule idée était de revenir à Malmö et de s'en remettre à Morell. Le client repartirait en Espagne sans ses pompes.

Le voyage prit fin juste avant la sortie vers la décharge d'Ystad. Il avait voulu allumer une cigarette. Il tremblait trop. La voiture dérapa, percuta une clôture et démolit une rangée de boîtes aux lettres avant de s'immobiliser. Peter Hanson avait bouclé sa ceinture ; cela lui évita de traverser le pare-brise. Mais il était sonné.

Un voisin occupé à tondre sa pelouse avait tout vu. Il commença par s'assurer que le conducteur n'était pas blessé. Puis il retourna chez lui en courant pour appeler la police. Ensuite, il se posta à côté du véhicule pour empêcher toute tentative de fuite. Ivresse au volant. Pourquoi sinon perdrait-on le contrôle de sa voiture dans une ligne droite ?

La patrouille arriva un quart d'heure plus tard. Peters et Norén, deux policiers expérimentés, avaient reçu l'appel. Après s'être assuré qu'il n'y avait pas de blessés, Peters commença à diriger la circulation, pendant que Norén s'asseyait à l'arrière de la voiture de police avec Peter Hanson pour tenter de tirer l'histoire au clair. Il le fit souffler dans le ballon, sans résultat. L'homme paraissait en proie à une confusion totale et n'avait aucune envie de s'expliquer sur les circonstances de l'accident. Norén commençait à croire que le type était faible d'esprit. Il parlait de façon incohérente de pompes à eau, d'un receleur à Malmö, d'une maison abandonnée, d'un puits.

— Il y a une femme dans le puits, ajouta-t-il soudain.

— Ah bon. Une femme dans un puits ?

— Elle... elle était morte.

Norén sentit venir le malaise. Qu'était-il en train de lui dire, cet homme ? Qu'il avait trouvé une femme morte dans le puits d'une ferme abandonnée... ?

Norén lui dit de rester dans la voiture et rejoignit Peters, qui gesticulait un peu plus loin pour chasser les automobilistes curieux.

— Il dit qu'il a trouvé une femme morte dans un puits.

Les bras de Peters retombèrent.

— Louise Åkerblom ?

— Je n'en sais rien. Je ne sais même pas si c'est vrai.

— Appelle Wallander, dit Peters. Tout de suite.

Au commissariat d'Ystad, il régnait ce matin-là une atmosphère pleine d'expectative. Les enquêteurs s'étaient rassemblés à huit heures, et Björk avait mis le turbo. Pour l'heure, la femme disparue n'était pas son principal souci. La nuit de la Sainte-Walpurgis était traditionnellement l'une des plus agitées de l'année. Il fallait préparer la mobilisation.

La réunion fut entièrement consacrée à Stig Gustafson. Dès la veille, Wallander avait lancé ses troupes sur la piste de l'ex-machiniste. Après son compte rendu de l'entrevue avec le pasteur Tureson, tous avaient partagé son sentiment : c'était une percée. Le doigt coupé et l'incendie attendraient. Martinsson avait même suggéré qu'il pouvait bien s'agir d'une coïncidence, tout compte fait.

— C'est déjà arrivé. Qu'on soit à la recherche d'un bouilleur de cru et qu'on découvre que le voisin auquel on demandait son chemin est en fait un receleur.

Vendredi matin, ils n'avaient pas encore réussi à localiser, Stig Gustafson.

— Il faut trouver son adresse, dit Wallander. Même s'il n'y est pas, on saura s'il est parti en toute hâte.

Le téléphone sonna. Björk décrocha, écouta un instant et se tourna vers Wallander.

— C'est Norén. Il s'occupe d'un accident de la route aux abords de la ville.

— Il croit qu'on n'a que ça à faire ?

Exaspéré, il prit le combiné. Martinsson et

Svedberg, qui connaissaient bien les réactions de Wallander et savaient décrypter ses moindres changements d'humeur, comprirent immédiatement qu'il y avait du nouveau.

Wallander raccrocha lentement et regarda ses collègues.

— Norén est à la sortie vers la décharge municipale, dit-il. Un accident de la route sans gravité. Un homme prétend qu'il a trouvé une femme morte dans un puits.

Silence tendu.

— Si j'ai bien compris, ce puits est à cinq kilomètres de la maison que devait visiter Louise Åkerblom. Et plus près encore de l'étang où on a retrouvé sa voiture.

Le silence se prolongea. Puis tous se levèrent en même temps.

— Alerte maximale ? fit Björk.

— Non. Il nous faut d'abord une confirmation. Norén a dit que l'homme était dans un état de confusion totale.

— Je l'aurais été aussi à sa place, dit Svedberg. Si j'avais vu une femme morte dans un puits et que j'avais eu un accident juste après...

— Exactement.

Ils quittèrent la ville à bord de deux voitures de police ; Wallander avec Svedberg, et Martinsson seul, derrière. Wallander mit la sirène.

— Arrête, dit Svedberg. Il n'y a personne sur la route.

— Et alors ?

Parvenus sur les lieux, ils chargèrent le pâle Peter Hanson à l'arrière et suivirent ses indications.

— Ce n'est pas moi, répétait-il.

— Ce n'est pas moi qui quoi ?

— Ce n'est pas moi qui l'ai tuée.

— Qu'est-ce que tu faisais là-bas alors ?

— Je devais juste voler la pompe.

Wallander et Svedberg échangèrent un regard.

— Morell m'a appelé hier soir pour me commander quatre pompes. Mais je ne l'ai pas tuée.

Wallander ne comprenait rien. Mais Svedberg réagit.

— Il y a un receleur à Malmö qui s'appelle Morell. Il est connu comme le loup blanc, là-bas. Les collègues n'ont jamais réussi à mettre la main dessus.

— Mais pourquoi des pompes… ?

— Des antiquités, si tu préfères.

Ils s'engagèrent dans la cour de la ferme abandonnée et descendirent de voiture. Wallander eut le temps de penser que ce serait une belle fête de la Sainte-Walpurgis. Ciel limpide, pas un souffle de vent, seize ou dix-sept degrés dans l'air, alors qu'il n'était que neuf heures du matin.

Il considéra le puits et la pompe arrachée qui traînait dans l'herbe. Puis il prit une profonde inspiration, s'avança et jeta un regard dans le trou.

Martinsson et Svedberg attendaient à l'arrière-plan avec Peter Hanson.

C'était bien Louise Åkerblom.

Jusque dans la mort, elle avait gardé un sourire figé.

Wallander dut s'accroupir pour parer la nausée.

Martinsson et Svedberg s'avancèrent. Ils eurent le même mouvement de recul.

— Saloperie, murmura Martinsson.

Wallander déglutit et s'obligea à inspirer profondément. Il pensait aux deux petites filles. Et à Robert Åkerblom.

— C'est elle, dit-il. Aucun doute.

Martinsson courut jusqu'à sa voiture pour appeler Björk. Alerte maximale. Et des pompiers, aussi, Pour dégager le corps. Wallander s'assit avec Peter Hanson dans la véranda pourrie et écouta son histoire. De temps à autre il posait une question ; mais il savait d'ores et déjà que Hanson lui disait la vérité. En réalité, la police aurait dû le remercier d'être parti ce matin-là pour voler de vieilles pompes à eau. Autrement, on aurait pu attendre longtemps avant de retrouver Louise.

— Note ses coordonnées et relâche-le, dit-il à Svedberg quand ce fut fini. Mais ce Morell devra confirmer son histoire.

Svedberg acquiesça.

— Qui est le procureur de garde ? poursuivit Wallander.

— Il me semble que Björk a parlé de Per Åkeson.

— Appelle-le. Dis-lui qu'on l'a retrouvée. C'est un meurtre. Je lui donnerai mon rapport dans l'après-midi.

— Et Stig Gustafson ?

— Tu vas t'en occuper seul pour l'instant. Je veux que Martinsson soit présent pour le premier examen du corps.

— Je serai content de ne pas être là, dit Svedberg avec simplicité.

Wallander inspira à fond plusieurs fois de suite avant de retourner au puits.

Il ne voulait pas être seul quand il raconterait à

112

Robert Åkerblom, à quel endroit ils avaient retrouvé sa femme.

Il fallut deux heures pour extraire le corps. Les jeunes pompiers qui avaient dragué l'étang deux jours plus tôt le hissèrent à l'aide d'un harnais de sauvetage et le déposèrent sous la tente dressée à côté du puits. Dés l'instant où il l'avait vue à la lumière du jour, Wallander n'avait plus eu de doute sur ce qui avait causé sa mort. Une balle en plein front. Une fois de plus, il fut rattrapé par l'intuition que rien dans cette enquête n'était naturel. Il n'avait toujours pas rencontré Stig Gustafson. Mais celui-ci l'aurait-il abattue, de face qui plus est ? Ça ne collait pas.

Il alla voir Martinsson.

— Donne-moi ta première réaction.

— Une balle dans le front, ça ne m'évoque pas un amant désespéré. Ça m'évoque une exécution de sang-froid.

— Je suis d'accord.

Les pompiers vidèrent l'eau du puits. Puis ils descendirent. En remontant, ils avaient le sac à main de Louise Åkerblom, son porte-documents et une chaussure. L'autre était restée à son pied. L'eau pompée avait été recueillie dans une cuve en plastique montée à la hâte. L'eau fut filtrée ; Martinsson n'y trouva rien de remarquable.

Les pompiers retournèrent au fond du puits, mais leurs puissantes lampes torches n'éclairèrent que le squelette d'un chat.

La légiste était toute pâle lorsqu'elle sortit de la tente.

— C'est épouvantable, dit-elle à Wallander.

— Oui. On sait déjà le plus important, la cause du décès. Deux choses m'intéressent : la balle premièrement, et en deuxième lieu, s'il y a des traces indiquant qu'elle ait été maltraitée ou détenue, tout ce que tu pourras trouver. Et bien entendu, s'il y a eu des violences sexuelles.

— La balle est restée à l'intérieur. Je ne vois pas de point de sortie.

— Il faut aussi examiner ses poignets et ses chevilles. Je veux savoir si on lui aurait passé des menottes.

— Des menottes ?

— C'est ça. Des menottes.

Björk s'était tenu à l'arrière-plan pendant le travail. Lorsque l'ambulance eut emporté le corps, il prit Wallander à part.

— Nous devons annoncer la nouvelle à son mari.

Nous ? pensa Wallander. Moi, tu veux dire.

— Je vais demander au pasteur Tureson de m'accompagner, dit-il.

— Il faudra lui dire de prévenir rapidement les proches, poursuivit Björk. On ne pourra pas garder le secret très longtemps. D'autre part je ne comprends pas comment vous avez pu relâcher ce voleur dans la nature. Qu'est-ce qui l'empêche d'aller vendre la nouvelle à un tabloïd ?

Ce ton critique exaspéra Wallander. Mais Björk avait raison. Le risque était réel.

— C'était une erreur. J'en prends la responsabilité.

— Je croyais que c'était Svedberg qui l'avait relâché.

— Non. C'est moi, et j'en prends la responsabilité.

— C'est pas la peine de te mettre en rogne.

— Je suis en rogne contre celui qui a fait ça à Louise Åkerblom. Et à ses filles. Et à son mari.

Un périmètre avait été dressé autour de la ferme ; le ratissage se poursuivait. Wallander appela le pasteur Tureson, qui décrocha aussitôt. Il lui dit ce qu'il en était. Le pasteur resta longtemps silencieux.

— Je vous attends devant le temple, dit-il enfin.

— Vous pensez qu'il va s'effondrer ?

— Robert met sa confiance en Dieu.

On verra bien si ça suffira, pensa Wallander. Mais il ne dit rien.

Le pasteur Tureson, voûté, l'attendait dans la rue.

Sur le chemin du retour, Wallander avait eu du mal à rassembler ses pensées. Rien n'était plus difficile que d'annoncer aux proches un décès brutal. Accident, suicide ou meurtre, cela ne faisait pas de réelle différence. Ses paroles étaient sans pitié, peu importe la délicatesse de la formulation. Il était le messager de la tragédie. Il se rappela un propos de Rydberg, son collègue et ami, quelques mois avant sa mort. *Il n'y aura jamais une bonne manière de présenter ce genre de nouvelle. C'est pourquoi nous devons continuer à le faire, et ne jamais déléguer cette mission à d'autres. Nous sommes sans doute plus résistants, nous qui avons vu tant de fois ce que nul ne devrait voir.*

Il avait pensé aussi que cette inquiétude qui le taraudait, cet *insaisissable* qui caractérisait toute l'enquête, devait bientôt trouver une explication. Il poserait la question sans détour à Martinsson et à Svedberg. Avaient-ils le même sentiment que lui ? Y avait-il un lien entre la maison brûlée, le doigt coupé et la mort de Louise Åkerblom ? Ou n'était-ce qu'une série de coïncidences ?

Il y avait aussi une troisième possibilité. Une confusion délibérément orchestrée par quelqu'un.

Mais pourquoi cette mort ? Le seul mobile qu'on ait envisagé jusqu'à présent, c'est l'amour malheureux. Mais de là à tuer, il y a de la marge. Avec un tel sang-froid, en plus... Dissimuler le corps à un endroit, et la voiture à un autre...

On n'a peut-être rien trouvé du tout. Que fait-on si la piste de Stig Gustafson se révèle sans intérêt ?

Il pensa aux menottes. Au sourire perpétuel de Louise Åkerblom. À la famille heureuse qui n'existait plus.

Qu'est-ce qui s'était fissuré ? L'image parfaite ? Ou la réalité ?

Le pasteur Tureson monta à l'avant. Il avait les larmes aux yeux. Wallander sentit immédiatement sa gorge se serrer.

— Nous l'avons retrouvée près d'une ferme abandonnée à quelques dizaines de kilomètres d'Ystad. Je ne peux pas vous en dire plus pour l'instant.

— Comment est-elle morte ?

Wallander réfléchit très vite avant de répondre.

— Elle a été tuée par balle.

— Pensez-vous qu'elle ait beaucoup souffert ?

— Même si je le savais, je dirais à son mari que la mort a été instantanée.

Il freina devant la villa. Avant de se rendre au temple méthodiste, Wallander était passé au commissariat récupérer sa propre voiture. Il ne voulait pas débarquer chez Robert Åkerblom dans un véhicule de la police.

Robert Åkerblom ouvrit immédiatement. Il nous a

vus, pensa Wallander. Dès qu'une voiture freine dans la rue, il se précipite.

Il les fit entrer dans le séjour. Wallander tendit l'oreille. Les deux petites semblaient absentes.

— Je dois malheureusement vous annoncer le décès de votre femme, commença-t-il. Nous l'avons trouvée près d'une ferme abandonnée à une dizaine de kilomètres de la ville. Elle a été assassinée.

Robert Åkerblom, le regardait. Inexpressif, figé. Comme s'il attendait une suite.

— Je suis désolé, poursuivit Wallander. Mais je ne peux que vous dire ce qu'il en est. Je dois malheureusement aussi vous demander de l'identifier. Mais ça peut attendre. D'ailleurs, le pasteur Tureson peut le faire à votre place.

Robert Åkerblom le dévisageait toujours sans ciller.

— Vos filles sont-elles à la maison ? demanda doucement Wallander.

Silence. Il jeta un regard implorant au pasteur.

— Nous allons nous entraider, déclara Tureson.

— Merci d'être venu me le dire, dit soudain Robert Åkerblom. Toute cette incertitude... Ça a été terrible.

— Je suis désolé, dit Wallander. Sincèrement. Tous les enquêteurs qui ont travaillé avec moi espéraient trouver une explication naturelle à l'absence de votre femme.

— Qui ? demanda Robert Åkerblom.

— Nous allons le découvrir. Je vous le promets.

— Vous n'y arriverez pas.

— Qu'est-ce qui vous fait penser cela ?

— Personne n'a pu vouloir tuer Louise. Alors comment pourrez-vous trouver le coupable ?

Wallander ne sut que répondre. Robert Åkerblom, venait de mettre le doigt sur leur principal souci.

Quelques minutes plus tard, il se leva pour prendre congé. Le pasteur Tureson le raccompagna dans le vestibule.

— Vous disposez de deux heures pour contacter la famille, dit Wallander. Appelez-moi si vous n'avez pas fini d'ici là. Nous ne pourrons pas garder le secret très longtemps.

— Je comprends.

Soudain, le pasteur Tureson baissa la voix.

— Stig Gustafson ?

— Nous le cherchons encore. Nous ne savons pas si c'est lui.

— Avez-vous d'autres pistes ?

— Peut-être. Je ne peux malheureusement pas vous en dire plus. Wallander vit qu'il avait encore une question.

— Oui ?

Le pasteur Tureson baissa encore le ton. Wallander comprit à peine ce qu'il disait.

— Est-ce que c'est un crime sexuel ?

— On n'en sait rien encore. Mais ce n'est évidemment pas exclu.

Wallander ressentait un curieux mélange de faim et d'oppression en quittant la villa des Åkerblom. Il s'arrêta à un kiosque d'Österleden et avala un hamburger. Quand avait-il mangé pour la dernière fois ? Au commissariat, il fut accueilli par Svedberg, qui lui annonça que Björk avait dû improviser en toute hâte une conférence de presse. Vu qu'il ne voulait pas déranger Wallander chez Robert Åkerblom, il s'était adjoint les services de Martinsson.

118

— Tu devines d'où vient la fuite ?

— Oui, dit Wallander. Peter Hanson.

— Non.

— L'un d'entre nous ?

— Pas cette fois. C'est Morell. Le receleur de Malmö. Ce type est manifestement une ordure. Mais du coup, les collègues vont enfin pouvoir l'épingler. Demander à quelqu'un de voler quatre pompes à eau, c'est puni par la loi.

— Il n'aura qu'une peine avec sursis.

Ils allèrent à la cafétéria.

— Comment Robert Åkerblom, a-t-il pris la nouvelle ? demanda Svedberg.

— Je ne sais pas. Je crois qu'on ne peut pas imaginer ce que c'est tant qu'on ne l'a pas vécu. Moi en tout cas, je ne peux pas. Tout ce que je sais, c'est qu'on doit se réunir tout de suite après la conférence de presse. D'ici là, je vais essayer de faire une synthèse.

— Je pensais de mon côté faire le point des appels qu'on a reçus jusqu'à présent. Il se peut que quelqu'un ait vu Louise Åkerblom vendredi en compagnie d'un homme qui pourrait être Stig Gustafson.

— Fais-le. Et donne-nous tout ce que tu pourras trouver sur lui.

La conférence de presse s'éternisait. Une heure et demie plus tard, alors qu'elle s'achevait enfin, Wallander avait rédigé un mémo en plusieurs parties et tenté de formuler une stratégie pour l'étape suivante de l'enquête.

Björk et Martinsson étaient épuisés en arrivant dans la salle de réunion.

119

— Maintenant je comprends l'état dans lequel ça te met, dit Martinsson en se laissant tomber dans un fauteuil. La seule question qu'ils n'ont pas posée, c'est quelle était la couleur de ses sous-vêtements.

— Tu aurais pu t'épargner ce commentaire.

Martinsson eut un geste d'excuse.

— Bon, dit Wallander. Je résume. Le début de l'histoire, on le connaît, je passe. Nous avons donc retrouvé Louise Åkerblom. Elle a été abattue d'une balle dans le front. Je devine qu'elle a été tuée presque à bout portant. Nous le saurons bientôt avec certitude. Nous ne savons pas si elle a été victime d'un crime sexuel. Nous ne savons pas si elle a été maltraitée ou détenue. Nous ne savons pas non plus à quel endroit elle a été tuée, ni à quel moment. Mais nous pouvons être sûrs qu'elle était morte quand on la enfouie dans le puits. Il nous faut le rapport préliminaire de l'hôpital le plus rapidement possible. S'il s'agit d'un crime sexuel, il va falloir s'occuper de tous les candidats notoires.

Wallander vida son gobelet de café.

— Pour ce qui est du mobile et d'un auteur éventuel, nous n'avons jusqu'à présent qu'une seule piste. Le machiniste Stig Gustafson, qui l'a harcelée de déclarations d'amour sans espoir. Nous ne l'avons pas encore localisé. On a lancé un appel au public ; Svedberg va nous faire un point là-dessus tout à l'heure. D'autre part, on a le mystère du doigt coupé et de la maison incendiée. Cela ne s'arrange pas du fait que Nyberg a retrouvé dans les ruines de l'incendie les restes d'un émetteur radio professionnel, ainsi que le barillet d'une arme qui est en usage principalement en Afrique du Sud, si j'ai bien compris. De ce point de vue, l'arme et le doigt coupé pourraient avoir un rapport. Mais cela ne rend pas les choses plus claires pour autant. Surtout s'il existe un lien avec la mort de Louise Åkerblom.

Wallander fit signe à Svedberg, qui feuilletait ses papiers perpétuellement en désordre.

— Bon, dit Svedberg, je commence par les appels. Un jour, je ferai un livre qui s'intitulera *Les gens qui veulent aider la police* et il me rendra riche. Comme d'habitude, nous avons reçu des malédictions, des bénédictions, des mensonges, des aveux, des rêves, des hallucinations, et une ou deux informations raisonnables. D'après moi, il n'y en a qu'une qui peut se révéler intéressante dans l'immédiat. L'intendant de la ferme de Rydsgård affirme avoir vu Louise Åkerblom passer en voiture vendredi après-midi. Les horaires coïncident. Cela signifie que nous savons quelle route elle a prise. Pour le reste, il n'y a presque rien. Comme on le sait, les meilleures infos nous parviennent en général au bout de quelques jours seulement. Les gens qui ont un peu de jugeote hésitent avant de nous contacter. Pour ce qui est de Stig Gustafson, nous n'avons pas réussi à découvrir sa nouvelle adresse. Mais il aurait une tante à Malmö. Malheureusement nous ne connaissons pas son prénom. On peut chercher les Gustafson dans l'annuaire de Malmö. Il y en a un sacré paquet. Il faudra se répartir la tâche. C'est tout ce que j'ai à dire.

Wallander garda le silence. Björk lui jeta un regard impérieux.

— Nous devons nous concentrer, dit Wallander. Nous devons retrouver Stig Gustafson, c'est le plus important. Si notre seule possibilité est de rechercher la tante à Malmö, alors on le fait. Toute personne capable de soulever un combiné dans cette maison devra nous aider. Je vais m'y atteler moi-même. Avant cela, il faut juste que j'appelle l'hôpital pour les bousculer un peu.

Il se tourna vers Björk.

— On continue toute la soirée. On n'a pas le choix.

— Très bien. Je suis ici s'il y a du nouveau.

Svedberg commença à organiser la recherche de la tante, pendant que Wallander retournait dans son bureau. Avant d'appeler l'hôpital, il composa un autre numéro. Il attendit longtemps. Son père devait être dans l'atelier. Lorsqu'il répondit enfin, Waffander perçut d'emblée sa mauvaise humeur.

— Salut, c'est moi.

— Qui ?

— Ton fils.

— Ah. J'avais oublié le son de ta voix.

Wallander réprima de justesse l'impulsion de raccrocher.

— Je travaille, dit-il. J'ai trouvé une femme morte dans un puits aujourd'hui. Je n'ai pas le temps de passer te voir. J'espère que tu le comprends.

À sa grande surprise, son père changea de ton.

— Je comprends. Ça paraît désagréable.

— Ça l'est, dit Wallander. Je voulais juste te souhaiter une bonne soirée. J'essaierai de passer demain.

— Si tu en as le temps. Bon, il faut que je te laisse.

— Pourquoi ?

— J'attends de la visite.

Wallander resta assis le combiné à la main. Son père avait déjà raccroché...

Une visite... Gertrud Anderson venait donc le voir en dehors de ses heures de travail.

Il secoua la tête, plusieurs fois. Il faut que je m'occupe de lui. Ce serait une catastrophe s'il se mariait.

Après avoir appelé l'hôpital – aucun résultat pour l'instant –, il se rendit dans le bureau de Svedberg, qui lui donna une liste de noms et de numéros de téléphone. De retour dans son bureau, il commença, par le premier de la liste, en pensant qu'il devait aussi contacter le procureur dans l'après-midi.

À seize heures, on n'avait toujours pas trouvé la tante.

À seize heures trente, Wallander réussit à joindre Per Åkeson à son domicile. Il lui résuma les derniers événements et l'informa que l'enquête se concentrait maintenant sur Stig Gustafson. Åkeson n'avait pas d'objection. Il demanda à Wallander de le rappeler dès qu'il y aurait du nouveau.

À dix-sept heures quinze, Wallander alla chercher sa troisième liste dans le bureau de Svedberg. Toujours aucun résultat. C'était bien leur veine de faire ce boulot à la veille de la Sainte-Walpurgis, alors que les gens étaient tous partis pour le week-end.

Deux numéros. Sonnerie dans le vide. Troisième numéro. Une vieille dame affirmant avec beaucoup de détermination qu'elle n'avait pas de neveu prénommé Stig.

Wallander ouvrit la fenêtre. Il commençait à avoir mal au crâne. Puis il composa le quatrième numéro. Il allait raccrocher lorsqu'on lui répondit enfin. Une jeune femme, à juger par la voix. Il se présenta.

— Bien sûr, dit la femme, qui se prénommait Monika. J'ai un demi-frère qui s'appelle Stig. Oui, il travaille comme machiniste. Il lui est arrivé quelque chose ?

Wallander sentit la fatigue le quitter d'un coup.

— Non. Mais on aurait besoin d'entrer en contact avec lui. Vous savez peut-être où il habite ?

— Bien entendu. À Lomma. Mais il n'est pas chez lui.

— Où est-il alors ?

— À Las Palmas. Mais il revient demain. Il atterrit à Copenhague à dix heures. Avec la Scanair, je crois.

— Parfait, dit Wallander. Si vous pouviez me donner son adresse et son téléphone...

Il prit note et s'excusa pour le dérangement. Puis il se précipita dans le bureau de Svedberg, attrapant Martinsson au passage. Personne ne savait où était passé Björk.

— On va à Malmö, dit Wallander. Les collègues nous aideront. Surveillance des terminaux et contrôle des passeports à tous les ferries. Björk se chargera de les prévenir.

— A-t-elle dit depuis combien de temps il était parti ? demanda Martinsson. S'il a pris une semaine de vacances, ça veut dire qu'il serait parti samedi dernier.

Ils échangèrent un regard. L'importance de la remarque de Martinsson était manifeste.

— Je propose que vous rentriez chez vous, dit Wallander. Qu'il y ait au moins deux personnes reposées demain. On se retrouve ici à huit heures.

Wallander réussit à joindre Björk, qui promit d'appeler son homologue de Malmö pour mettre en place la surveillance. À dix-huit heures quinze, Wallander rappela l'hôpital. La légiste lui donna des réponses vagues.

— Il n'y a pas de lésions visibles sur le corps. Pas d'ecchymoses, aucune fracture. Au terme de l'examen superficiel, il ne semble pas s'agir d'un crime sexuel. Mais ce n'est pas encore une certitude. Je n'ai pas trouvé de marques aux chevilles ou aux poignets.

— Bien, dit Wallander. Merci. Je vous rappelle demain.

Il quitta le commissariat et prit la route de Kåseberga. Il resta un moment assis au sommet de la colline, à regarder la mer.

Peu après vingt et une heures, il était de retour chez lui.

7

À l'aube, Kurt Wallander fit un rêve.

Sa main était devenue noire. Il ne portait pas de gant ; c'était bien sa peau. Sa main ressemblait à celle d'un Africain.

Dans le rêve, il balançait entre horreur et satisfaction. Rydberg était là lui aussi, l'air réprobateur, et lui demandait pourquoi seule l'une des deux était noire.

— Parce qu'il faut bien garder quelque chose pour demain.

Au réveil, il s'était interrogé sur cette réponse faite à Rydberg. Qu'avait-il voulu dire ?

Il se leva et vit par la fenêtre que le 1er mai de cette année serait en Scanie un jour limpide et ensoleillé, mais très venteux. Il était six heures.

Deux heures de sommeil seulement, mais il n'était pas fatigué. Ce matin, avec un peu de chance, ils sauraient si Stig Gustafson avait un alibi valable pour le vendredi précédent.

Si l'on résout l'affaire aujourd'hui, pensa-t-il, l'enquête aura été vraiment facile. D'abord, c'était le calme plat. Puis tout est arrivé d'un coup. Une enquête criminelle a sa propre vie, son propre rythme, qui est rarement celui du quotidien. Ses horloges tordent le temps, l'immobilisent, ou le déchaîment. Personne ne peut savoir à l'avance.

À huit heures, ils étaient rassemblés. Wallander prit la parole.

— Il n'y a aucune raison d'impliquer la police danoise. Si l'on en croit sa demi-sœur, Stig Gustafson va atterrir à dix heures à Copenhague sur un vol de la Scanair. Svedberg, tu vas contrôler le vol et l'horaire. Ensuite, il a trois possibilités pour se rendre à Malmö : le ferry de Limhamn, les hydroglisseurs ou l'hovercraft de la SAS. On installe un dispositif aux trois terminaux.

— Un ancien machiniste choisirait le ferry, non ? dit Martinsson.

— Il en a peut-être sa claque. On devra être deux à chaque poste. Il faudra l'intercepter fermement et lui expliquer nos raisons. Une certaine prudence est de mise. Après, on le ramène ici. Je compte lui parler le premier.

— Deux personnes, ça me semble peu, dit Björk. Je propose au moins une patrouille en réserve.

— D'accord.

— J'ai parlé aux collègues de Malmö, poursuivit Björk. Nous aurons besoin d'aide. Je vous laisse discuter avec eux de la manière dont la police des frontières va vous signaler son arrivée.

Wallander regarda sa montre.

— Si c'est tout, je propose qu'on abrège. On a intérêt à être en avance à Malmö.

— Le vol peut être retardé de vingt-quatre heures, dit Svedberg. Je vais vérifier tout de suite.

Quinze minutes plus tard, il annonça que le vol de Las Palmas était attendu à Kastrup dès neuf heures vingt.

— Il a déjà décollé. Et les vents sont favorables.

Ils partirent immédiatement pour Malmö, conférèrent avec les collègues et se répartirent les postes. Wallander se chargea du terminal de la SAS avec un assistant du nom d'Engman qui venait d'arriver à Ystad en remplacement d'un certain Näslund, avec lequel Wallander avait collaboré pendant de nombreuses années. Näslund était originaire de Gotland et, lorsqu'un poste s'était libéré à Visby, il n'avait pas hésité un instant à retourner sur son île ; Wallander le regrettait parfois, en raison surtout de sa bonne humeur. Martinsson se chargea du port de Limhamn avec un collègue ; Svedberg s'occuperait des hydroglisseurs. Ils étaient en contact par talkie-walkie. À neuf heures trente, le dispositif était en place. Wallander persuada les collègues de leur apporter du café.

— C'est la première fois que je participe à l'arrestation d'un tueur, dit Engman.

— On ne sait pas si c'est lui. Dans ce pays, on est innocent jusqu'à preuve du contraire. Ne l'oublie pas.

Son propre ton professoral lui déplut et il voulut le corriger en ajoutant une phrase aimable. Mais aucune ne lui vint à l'esprit.

À dix heures trente, Svedberg et son collègue procédèrent à une interpellation sans histoires. Stig Gustafson était un homme de petite taille, maigre, le cheveu rare, bronzé après ses vacances.

Svedberg lui expliqua qu'il était soupçonné de meurtre, lui passa les menottes et l'informa qu'il serait interrogé à Ystad.

— Que me voulez-vous ? protesta Gustafson. Pourquoi des menottes ? Pourquoi dois-je aller à Ystad ? Qui est-ce que j'aurais tué ?

Svedberg pensa malgré lui que le machiniste était peut-être innocent.

À midi moins dix, Wallander prenait place face à Gustafson dans une salle d'interrogatoire du commissariat, après avoir informé le procureur de la réussite de l'interpellation. Il commença par lui proposer un café. Gustafson refusa.

— Je veux rentrer chez moi. Et je veux savoir pourquoi je suis ici.

— Pour répondre à quelques questions. Ensuite, je déciderai si vous pouvez ou non rentrer chez vous.

Il procéda par ordre. Deuxième prénom : Emil. Né à Landskrona. L'homme était nerveux, il transpirait. En soi, cela ne signifiait rien. La peur de la police existait au même titre que la peur des serpents.

L'interrogatoire débuta. Wallander alla droit au but, tendu, à l'affût des réactions du suspect.

— Vous êtes ici pour répondre du meurtre de Louise Åkerblom.

L'homme se figea. Avait-il cru que le corps ne serait pas découvert si vite ? Ou était-il sincèrement surpris.

— Louise Åkerblom a disparu vendredi dernier, poursuivit Wallander. Son corps a été retrouvé il y a quelques jours. Elle a vraisemblablement été tuée dès vendredi, en fin de journée. Qu'avez-vous à dire à ce sujet ?

— S'agit-il de la Louise Åkerblom que je connais ? Wallander nota qu'il avait peur maintenant.

— Oui. Celle que vous avez connue chez les méthodistes.

— Elle a été tuée ?

— Oui.

— Mais c'est épouvantable !

Wallander sentit aussitôt l'appréhension lui vriller l'estomac. Ils s'étaient trompés du tout au tout. L'émotion de Gustafson semblait absolument sincère. Il avait beau savoir par expérience que certains tueurs, parmi les pires, avaient la faculté de jouer l'innocence avec un art consommé...

— Je veux savoir ce que vous avez fait vendredi dernier. Commençons par l'après-midi.

La réponse le prit complètement au dépourvu.

— J'étais au commissariat.

— Pardon ?

— Oui. À Malmö. Je devais partir pour Las Palmas le lendemain et j'ai découvert que mon passeport était périmé. J'y suis allé. Les bureaux venaient de fermer, mais ils ont été serviables. À seize heures, j'avais mon nouveau passeport.

Au fond de lui, Wallander comprit en cet instant

que Stig Gustafson était hors de cause. Mais c'était comme s'il refusait de l'admettre. Ils avaient désespérément besoin de résoudre ce meurtre au plus vite. Et ce serait carrément une faute professionnelle de laisser son intuition dominer l'interrogatoire.

— J'avais laissé ma voiture devant la gare centrale, ajouta Gustafson. En sortant du commissariat, je suis allé au pub boire une bière.

— Quelqu'un peut-il confirmer votre présence dans ce pub ?

Stig Gustafson réfléchit.

— Je ne sais pas. J'étais seul. Peut-être l'un des serveurs se souviendrait-il de moi ? Mais je vais très rarement au pub. Je ne suis pas franchement un habitué.

— Combien de temps y êtes-vous resté ?

— Peut-être une heure. Pas davantage.

— Jusqu'à dix-sept heures trente à peu près. C'est bien cela ?

— Sans doute. Je voulais passer par *Systemet** avant la fermeture.

— Quel dépôt ?

— Celui qui se trouve derrière le grand magasin NK. Je ne connais pas le nom de la rue.

— Vous y êtes allé ?

— Oui. J'ai acheté quelques bières.

— Quelqu'un peut-il le confirmer ?

Gustafson réfléchit.

— Je me rappelle juste que le vendeur avait une barbe rousse. Mais j'ai peut-être gardé le reçu. La date est inscrite dessus, n'est-ce pas ?

* Chaîne de magasins d'État détenant le monopole de la vente d'alcool, en Suède. *(N.d.T.)*

— Continuez.

— J'ai repris ma voiture. Je voulais acheter une valise au centre commercial de Jägersro.

— Quelqu'un là-bas pourrait-il vous reconnaître ?

— Je n'ai rien acheté, en définitive. Elles étaient trop chères. J'ai pensé qu'il faudrait me contenter de ma vieille valise. J'étais déçu.

— Qu'avez-vous fait ensuite ?

— J'ai mangé un hamburger au McDonald's de là-bas. Mais les employés sont tous des gamins. Ça m'étonnerait qu'ils se souviennent de quoi que ce soit.

— Les jeunes ont souvent bonne mémoire, dit Wallander en pensant à une employée de banque qui leur avait été d'une aide précieuse au cours d'une enquête, quelques années plus tôt.

— Quelque chose me revient, dit brusquement Stig Gustafson. Quand j'étais au pub.

— Quoi donc ?

— Je suis allé pisser. Et là, j'ai parlé à un type, qui se plaignait parce qu'il n'y avait pas de serviettes en papier pour s'essuyer les mains. Il était un peu ivre, mais pas trop. Il m'a dit qu'il s'appelait Forsgård et qu'il était fleuriste à Höör.

Wallander prit note.

— On va vérifier ce point. Revenons au McDonald's de Jägersro. Il devait être... dix-huit heures trente, par là ?

— Sans doute, oui.

— Qu'avez-vous fait ensuite ?

— Je suis allé chez Nisse pour jouer aux cartes.

— Qui est Nisse ?

— Un vieux charpentier que j'ai connu en mer il y a longtemps. Nisse Strömgren. Il habite dans

Föreningsgatan. On joue aux cartes de temps à autre, un jeu qu'on a appris en Asie, très compliqué, mais très amusant. Il s'agit de collectionner des valets.

— Combien de temps avez-vous passé chez lui ?

— Il ne devait pas être loin de minuit quand je suis rentré. Un peu tard, vu que je devais me lever tôt. Le bus partait à six heures de la gare centrale. Le bus de l'aéroport de Copenhague, je veux dire.

Wallander hocha la tête. Stig Gustafson avait un alibi. S'il disait la vérité. Et si Louise Åkerblom avait vraiment été tuée le vendredi.

Il n'y avait pas pour l'instant de motif suffisant pour le retenir en garde à vue. Le procureur ne donnerait jamais son accord.

Ce n'est pas lui, pensa Wallander. Si je commence à lui mettre la pression pour le harcèlement de Louise Åkerblom, ça ne nous mènera à rien.

Il se leva.

— Attendez ici.

Le groupe d'enquête rassemblé dans la salle de réunion écouta avec abattement le résumé de Wallander.

— On va vérifier son alibi. Mais sincèrement, je ne pense plus que ce soit lui.

— Je trouve que tu vas trop vite en besogne, protesta Björk. Nous ne savons pas encore si elle a été tuée le vendredi après-midi. Stig Gustafson peut très bien avoir fait la route de Lomma à Krageholm après la partie de cartes.

— Ça paraît peu probable. Qu'est-ce qui aurait retenu Louise Åkerblom là-bas pendant tout ce temps ? N'oublie pas qu'elle avait laissé un message sur le répondeur disant qu'elle serait rentrée pour dix-sept heures. Ça, c'est une certitude. Il s'est passé quelque chose avant.

Silence. Wallander jeta un regard circulaire.

— Je dois parler au procureur, dit-il. Si vous n'avez rien à ajouter, je propose qu'on relâche Stig Gustafson.

Personne ne fit d'objection.

Kurt Wallander se rendit dans l'aile réservée aux procureurs et donna à Per Åkeson un compte rendu de l'interrogatoire. Comme à chaque visite, il était surpris par le désordre ambiant. Tables et chaises encombrées de dossiers, corbeille à papier débordante... Mais Per Åkeson était compétent. Personne n'avait jamais pu lui reprocher d'avoir égaré le moindre document de valeur.

— Une garde à vue serait injustifiable, dit-il quand Wallander eut fini. Je suppose qu'on peut confirmer son alibi rapidement ?

— Oui. Ce n'est pas lui.

— Quelles sont vos autres pistes ?

— Pas grand-chose. On s'est demandé s'il avait pu la faire tuer par quelqu'un d'autre. On va faire une synthèse approfondie cet après-midi. Nous n'avons pas d'autre suspect. Il va falloir continuer à ratisser large. Je te tiens au courant.

Per Åkeson plissa les yeux.

— Est-ce qu'il t'arrive de dormir, Kurt ? Tu devrais te regarder dans une glace. Tu as une tête épouvantable.

— Ce n'est rien comparé à ce que je ressens à l'intérieur.

Wallander longea les couloirs dans l'autre sens jusqu'à la salle d'interrogatoire.

— Nous allons vous raccompagner à Lomma, dit-il. Mais il est probable qu'on vous recontacte.

— Je suis libre ?

— Vous n'avez jamais cessé de l'être.

— Je ne l'ai pas tuée. Je ne comprends pas comment vous avez pu croire une chose pareille.

— Ah bon ? Vous lui avez pourtant collé aux basques.

Une ombre d'inquiétude passa sur le visage de Gustafson.

Très bien. Qu'il sache au moins qu'on est au courant.

Il le raccompagna jusqu'au hall d'accueil et demanda qu'on le ramène chez lui en voiture.

Ce type-là, pensa-t-il, on ne le reverra jamais. On peut tirer un trait dessus.

Après une pause déjeuner d'une heure – Wallander en avait profité pour rentrer chez lui et manger quelques sandwiches dans sa cuisine –, ils se réunirent à nouveau.

— Où sont passés tous nos voleurs ordinaires ? soupira Martinsson quand tout le monde fut assis. C'est une histoire à dormir debout. Une méthodiste enterrée dans un puits. Et un doigt qui traîne dans la nature.

— Ce doigt existe. On n'y peut rien.

— Il y a trop de fils épars qui se baladent, dit Svedberg avec irritation. On doit rassembler les éléments. Tout de suite. Sinon, on ne pourra jamais continuer.

Wallander crut déceler une critique voilée contre sa façon de conduire l'enquête. Ce n'était pas entièrement injustifié. Il y avait toujours un danger à se concentrer trop vite sur une piste unique. Le langage imagé de Svedberg ne reflétait que trop bien sa propre confusion.

— D'accord. Voyons donc de quels éléments nous disposons. Louise Åkerblom a été assassinée. Nous ne savons pas où, ni par qui. Mais nous avons un horaire approximatif. Une maison déserte explose dans les environs. Nyberg découvre sur les lieux des fragments d'un émetteur radio et un barillet brûlé appartenant à un revolver fabriqué sous licence en Afrique du Sud. Nous trouvons aussi dans la cour un doigt noir coupé. Par ailleurs, quelqu'un a essayé de cacher la voiture de Louise Åkerblom dans un étang. C'est un pur coup de chance que nous l'ayons retrouvée si vite. Pareil pour son corps. Nous savons aussi qu'elle a été tuée d'une balle en plein front, ce qui évoque une exécution sommaire. J'ai appelé l'hôpital avant la réunion. Rien n'indique un crime sexuel. Elle a été abattue, point.

— Il faut mettre de l'ordre dans tout ça, dit Martinsson. Il nous faut plus de précisions concernant le doigt, l'émetteur, le revolver. Il faut tout de suite prendre contact avec cet avocat de Värnamo. Il y avait forcément quelqu'un dans cette maison.

— On va se répartir le travail. Pour ma part, j'ai seulement deux questions.

— Vas-y, dit Björk.

— Qui a pu tuer Louise Åkerblom ? Un violeur aurait été envisageable. Mais apparemment, on peut écarter cette piste. Aucune trace non plus de mauvais traitements ou de captivité. Elle n'a pas d'ennemis. Mon hypothèse à moi, c'est qu'il s'agit d'une erreur. Elle a été tuée à la place de quelqu'un d'autre. Deuxième possibilité : elle aurait été un témoin indésirable.

— Ça collerait avec la maison incendiée, dit Martinsson. Elle se trouve à proximité immédiate de la propriété que devait visiter Louise Åkerblom. Et il est évident qu'il se passait des trucs là-bas. Elle a pu voir quelque chose. Peters et Norén ont jeté un coup d'œil à la propriété en question, celle de la veuve Wallin. Tous deux sont d'avis qu'il est très facile de se tromper de chemin.

— Continue.

— C'est tout. On imagine mal que le doigt coupé soit un résultat de l'explosion, qui serait plutôt du genre à pulvériser un être humain. Le doigt était tranché, mais intact.

— Je ne sais pas grand-chose de l'Afrique du Sud, intervint Svedberg, sinon que c'est un pays raciste et violent. On n'a pas de lien diplomatique avec eux. On ne joue pas au tennis avec eux, on ne fait pas d'affaires avec eux, du moins pas officiellement. Alors une piste, ici en Suède, qui aurait une origine en Afrique du Sud, ça me parait complètement invraisemblable. N'importe où, soit, mais pas ici.

— C'est peut-être précisément pour ça, marmonna Martinsson.

Wallander réagit aussitôt.

— Que veux-tu dire ?

— Rien. Je pense juste qu'on devrait changer complètement de point de vue dans cette enquête.

— Je suis d'accord, dit Björk. Je veux que chacun d'entre vous me fasse un commentaire écrit d'ici à demain. Voyons si un peu de réflexion peut nous faire avancer.

Ils se répartirent le travail. Wallander se chargea de l'avocat de Värnamo à la place de Björk, qui veillerait de son côté à obtenir un rapport préliminaire concernant le doigt coupé.

Wallander composa le numéro du cabinet et demanda à parler d'urgence à maître Holmgren. Celui-ci se fit attendre, ce qui exaspéra Wallander.

— Il s'agit de la propriété dont vous vous occupez en Scanie. La maison qui a brûlé.

— C'est incompréhensible. J'ai vérifié que l'incendie était bien couvert par l'assurance. C'est le cas. La police a-t-elle une explication ?

— Non. Mais on y travaille. J'ai un certain nombre de questions à vous poser.

— J'espère que ça ne prendra pas trop de temps. Je suis très occupé.

— Si on ne peut pas le faire au téléphone, les collègues de Värnamo vous conduiront au commissariat.

Silence.

— Allez-y, dit l'avocat. Je vous écoute.

— Nous attendons toujours le fax précisant le nom et l'adresse des héritiers.

— Je vais demander qu'on vous l'envoie.

— D'autre part, je voudrais savoir qui est concrètement responsable de la propriété.

— C'est moi. J'ai peur de ne pas comprendre le sens de votre question.

— Une maison, ça s'entretient. Il faut remplacer des tuiles, chasser les souris, etc. Vous vous occupez aussi de ça ?

— L'un des héritiers habite Vollsjö. C'est lui qui se charge de l'intendance. Il s'appelle Alfred Hanson.

Wallander nota l'adresse et le téléphone.

— La maison est donc inhabitée depuis un an ?

— Davantage. Les héritiers n'ont pas réussi à se mettre d'accord sur une vente éventuelle.

— Personne n'habitait la maison pendant ce temps-là ?

— Bien sûr que non.

— Vous en êtes certain ?

— Je ne comprends pas où vous voulez en venir. La maison était inhabitée. Hanson m'appelait de temps à autre pour me dire que tout était en ordre.

— Quand vous a-t-il appelé pour la dernière fois ?

— Comment voulez-vous que je m'en souvienne.

— J'aimerais une réponse.

— Vers le Nouvel An, il me semble. Mais je ne pourrais pas en jurer. En quoi cela a-t-il une importance ?

— Jusqu'à nouvel ordre, tout est important. Je vous remercie pour ces renseignements.

Wallander vérifia l'adresse d'Alfred Hanson sur la carte, prit sa veste et sortit.

— Je vais à Vollsjö, dit-il en passant la tête par la porte du bureau de Martinsson. C'est bizarre, cette histoire de maison qui a explosé.

— Tout me paraît bizarre. Je viens de parler à Nyberg. Il affirme que l'émetteur radio pourrait être fabriqué en Russie.

— Quoi ?

— C'est lui qui l'a dit. Si tu veux en savoir plus, appelle-le.

— La Suède, l'Afrique du Sud, la Russie. Et puis quoi encore ?

Une bonne demi-heure plus tard, il s'engageait dans la cour d'une maison relativement moderne qui tranchait vivement sur celles du voisinage. Quelques bergers allemands aboyaient derrière une clôture grillagée. Seize heures trente déjà. Wallander sentit qu'il avait faim.

Un homme d'une quarantaine d'années apparut sur le perron. Hirsute, en chaussettes. En approchant, Wallander constata qu'il sentait l'alcool.

— Alfred Hanson ?

Hochement de tête.

— Je suis de la police d'Ystad.

— Et merde, dit l'homme avant même que Wallander ait pu dire son nom.

— Pardon ?

— Qui a cafté ? Ce salaud de Bengtson, je parie.

Wallander réfléchit avant de répondre.

— La police protège tous ses informateurs.

— Ça doit être Bengtson. Vous venez m'arrêter ?

— On peut en discuter.

L'homme le laissa entrer dans la cuisine. Forte odeur de gnôle. C'était donc ça.

Entre-temps, Hanson s'était laissé tomber sur une chaise et se grattait la tête.

— Toujours la même déveine, soupira-t-il.

— On parlera de ça plus tard. Je viens aussi pour autre chose.

— Quoi donc ?

— La maison qui a brûlé.

— Je ne sais rien.

Inquiétude visible.

— Vous ne savez rien à quel sujet ?

L'homme alluma une cigarette froissée. Ses mains tremblaient.

— En fait, je suis laqueur. Mais je n'ai pas la force de me lever tous les matins à sept heures.

Alors je me suis dit que je pouvais bien louer la baraque si ça intéressait quelqu'un. Je veux vendre. Mais la famille fait un tas d'histoires.

— À qui l'avez-vous louée ?

— Un type de Stockholm. Il avait fait le tour du coin pour chercher une maison, et celle-là lui a plu. Je me demande encore comment il a eu mon adresse.

— Comment s'appelait-il ?

— Il a dit qu'il s'appelait Nordström. Mais j'ai mes doutes.

— Pourquoi ?

— L'accent. Les étrangers ne s'appellent quand même pas Nordström.

— Il a voulu louer cette maison ?

— Oui. Il m'a proposé dix mille couronnes par mois. Ce n'est pas une somme qui se refuse. Et puis ça ne fait de tort à personne. On me donne un peu d'argent pour m'occuper de la maison. La famille n'était pas obligée d'être au courant. Holmgren de Värnamo non plus.

— Combien de temps comptait-il la louer ?

— Il est venu au début du mois d'avril. Il voulait la maison jusqu'à fin mai.

— Vous a-t-il dit dans quel but ?

— Pour des gens qui voulaient peindre en paix.

Wallander pensa à son père.

— Comment ça, peindre ?

— Des artistes, quoi. Et il a posé les billets sur la table. C'est clair, j'ai pas hésité.

— Quand l'avez-vous revu ?

— Jamais.

— Pardon ?

— Ça faisait partie du marché. Je ne devais pas y

aller. Je n'y suis pas allé. Je lui ai donné les clés, et c'est tout.

— Vous a-t-il rendu les clés ?

— Non. Il a dit qu'il me les enverrait par la poste.

— Et vous n'avez pas d'adresse ?

— Non.

— Pouvez-vous décrire cet homme ?

— Il était énorme.

— À part ça ?

— Qu'est-ce que vous voulez que je vous dise ? Il était gros. Presque plus de cheveux, la figure cramoisie, et énorme. Je ne plaisante pas. Gros comme une barrique.

— Avez-vous gardé une partie de cet argent ? demanda Wallander, qui pensait aux empreintes.

— Pas un centime. C'est pour ça que je me suis remis à distiller.

— Si vous arrêtez tout de suite, je ne vous ramène pas à Ystad.

Alfred Hanson n'en crut pas ses oreilles.

— C'est la vérité. Mais je vais vérifier que vous avez tenu parole. Et débarrassez-vous de ce que vous avez déjà.

Wallander sortit, laissant l'homme bouche bée à la table de la cuisine.

Faute professionnelle. Mais là tout de suite, je n'ai pas le temps de m'occuper des bouilleurs de cru.

Il reprit la route d'Ystad. Sans savoir pourquoi, il s'arrêta sur un parking près du lac de Krageholm et descendit jusqu'au rivage.

Quelque chose dans cette enquête autour de la mort de Louise Åkerblom l'effrayait. Comme si l'histoire venait à peine de commencer.

J'ai peur. J'ai l'impression que ce doigt est pointé vers moi. Je suis tombé sur un truc que je n'ai pas les moyens de comprendre.

Il s'assit sur un rocher. La pierre était humide. Mais soudain, la fatigue et le découragement étaient trop forts.

Il regarda le lac en pensant qu'il y avait une ressemblance fondamentale entre cette enquête et le sentiment intérieur qui était le sien. Le contrôle lui échappait. Il poussa un soupir qui lui parut sur-le-champ pathétique. Il était aussi perdu dans sa vie qu'il l'était dans la chasse au meurtrier de Louise.

Et maintenant ? demanda-t-il à haute voix. Je ne veux pas avoir affaire à des tueurs. Je ne veux pas être mêlé à une violence qui me sera incompréhensible jusqu'à ma mort. La prochaine génération de flics aura peut-être une autre expérience et un autre regard sur le métier. Mais pour moi, c'est trop tard. Je ne serai jamais autre chose que ce que je suis. Un policier à peu près compétent dans un district moyen de la province suédoise.

Il se leva et contempla une pie qui s'envolait d'un arbre.

Je n'ai aucune réponse. Je consacre ma vie à essayer de capturer des criminels. Parfois je réussis, la plupart du temps non. Mais le jour où je mourrai, j'aurai échoué à résoudre l'essentiel. La vie reste pour moi une énigme étrange. Je veux voir ma fille. Parfois elle me manque si fort que ça me fait mal. Je dois retrouver un homme noir qui a perdu un doigt. Si c'est lui qui a tué Louise Åkerblom, j'aurai une question à lui poser, et je ne le lâcherai pas avant d'avoir la réponse. *Pourquoi as-tu fait ça* ?

Je dois suivre Stig Gustafson, ne pas l'oublier trop tôt, même si je suis convaincu de son innocence.

Il retourna à la voiture.

La peur et la répulsion ne le quittaient pas. Le doigt était toujours pointé vers lui.

L'homme du Transkei

8

L'homme était à peine visible, accroupi à l'ombre d'une carcasse de voiture. Son visage immobile se confondait avec le noir de la carrosserie.

Il attendait depuis le début de l'après-midi. Le soleil disparaissait maintenant derrière la silhouette poussiéreuse du ghetto de Soweto. La terre rouge et craquelée brûlait dans la lumière du couchant. On était le 8 avril 1992.

Il avait fait un long voyage pour être à ce rendez-vous. Le Blanc lui avait dit de prévoir une bonne marge. Pour des raisons de sécurité, ils ne voulaient pas lui donner l'heure exacte. Peu après le coucher du soleil, c'était tout.

Il ne s'était écoulé que vingt-six heures depuis que le Blanc, un dénommé Stewart, avait surgi devant sa baraque de Ntibane. En entendant frapper, il avait cru tout d'abord à une descente des flics. Il s'écoulait rarement plus d'un mois entre leurs visites. Dès qu'un hold-up ou un meurtre avait été commis, un enquêteur de la brigade criminelle d'Umtata se présentait chez lui. Parfois on l'emmenait en ville pour l'interroger. Mais, le plus souvent, son alibi était accepté, même si, ces

147

derniers temps, cet alibi se réduisait à avoir été saoul dans un bar du secteur.

L'individu dressé dans le soleil devant sa baraque lui était inconnu. Stewart ? À d'autres. Il s'exprimait en anglais, mais son accent était celui d'un Boer. Et les Boers ne s'appelaient pas Stewart.

C'était l'après-midi. Victor Mabasha dormait quand on avait frappé à la porte. Il ne s'était pas pressé pour enfiler son pantalon. En général, s'il avait de la visite, c'était quelqu'un à qui il devait de l'argent. Ou quelqu'un d'assez bête pour croire qu'il lui en prêterait. Ou alors les flics. Mais ceux-là ne frappaient pas discrètement. Ils cognaient comme des brutes. Ou ils arrachaient la porte.

Le dénommé Stewart pouvait avoir une cinquantaine d'années, et il suait à grosses gouttes sous son costume mal coupé. Il avait laissé sa voiture sous un baobab. Victor remarqua qu'elle était immatriculée dans le Transvaal. Pourquoi s'était-on donné la peine de venir de si loin pour le voir ?

L'homme ne demanda pas à entrer. Il lui tendit simplement une enveloppe, en disant que quelqu'un voulait le rencontrer le lendemain près de Soweto pour une affaire importante.

— Toutes les informations sont dans l'enveloppe.

Quelques enfants à moitié nus s'amusaient près de la baraque avec un enjoliveur cabossé. Victor leur cria de disparaître. Ils se dispersèrent aussitôt.

— Qui ? demanda-t-il.

Il se méfiait de tous les Blancs. Mais surtout des Blancs qui ne savaient pas mentir et qui croyaient en plus qu'il se contenterait d'une enveloppe de la main à la main.

— Je ne peux pas vous le dire.

— Il y a toujours quelqu'un qui veut me voir. Mais est-ce que je veux le voir, moi ?

— Tout est dans l'enveloppe, répéta Stewart.

Victor la prit. Aussitôt, il sentit la liasse à l'intérieur. C'était à la fois rassurant et inquiétant. Il avait besoin d'argent. Mais pourquoi lui en donnait-on ? Il ne voulait pas être impliqué dans une sale histoire.

Stewart s'essuya la figure et la nuque avec un mouchoir trempé.

— Il y a une carte, dit-il. Le lieu du rendez-vous est indiqué. Pas loin de Soweto. Vous connaissez ?

— Je sais à quoi ressemblait Soweto il y a huit ans. Mais aujourd'hui....

— Ce n'est pas à Soweto. C'est sur la bretelle de l'autoroute vers Johannesburg. Là, rien n'a changé. Il faudra partir demain matin de bonne heure.

— Qui veut me voir ? insista Victor.

— Il préfère ne pas dire son nom. Vous le verrez demain.

Victor lui rendit l'enveloppe.

— Je veux un nom.

Le Blanc hésita. Victor était parfaitement immobile. Stewart finit par comprendre qu'il ne changerait pas d'avis. Il regarda autour de lui. Les enfants avaient disparu. Il y avait une cinquantaine de mètres jusqu'à l'habitation la plus proche, une bicoque en tôle aussi pourrie que celle de Mabasha. Devant, une femme pilait du maïs dans un tourbillon de poussière. Quelques chèvres fouillaient la terre rouge à la recherche d'un brin d'herbe.

— Jan Kleyn, dit-il à voix basse. C'est lui qui veut te voir. Oublie ce que je viens de te dire. Mais il faudra être à l'heure.

Il s'éloigna vers sa voiture. Victor le vit démarrer dans un nuage de poussière, beaucoup trop vite. C'était typique. L'homme blanc se sentait faible et démuni dès qu'il s'aventurait dans les quartiers noirs. Pour ce Stewart, c'était comme de se risquer en territoire ennemi. Et il avait raison.

Cette pensée le fit sourire.

Les Blancs avaient la peur au ventre.

Puis il se demanda comment Jan Kleyn avait pu s'abaisser à recourir à un tel messager. À moins que ce ne soit encore un mensonge ? Peut-être n'était-il pas du tout envoyé par Jan Kleyn...

Les enfants étaient de retour avec l'enjoliveur. Il retourna dans sa baraque, alluma la lampe à pétrole, s'assit sur le lit bancal et examina l'enveloppe.

Par habitude, il l'ouvrit par le bas. Les lettres piégées avaient presque toujours le détonateur placé dans la partie supérieure. Les gens qui ne se méfiaient pas ouvraient leur courrier mécaniquement par le haut.

L'enveloppe contenait un plan détaillé, soigneusement tracé au feutre noir. Une croix rouge marquait le lieu du rendez-vous. Il visualisa l'endroit. Impossible de le louper. Il y avait aussi une liasse de coupures de cinquante rands. Sans compter, Victor évalua la somme à cinq mille.

C'était tout. Aucun message.

Victor posa l'enveloppe sur la terre battue et s'allongea. Les draps sentaient le moisi. Un moustique invisible bourdonnait au-dessus de son visage. Il tourna la tête vers la lampe à pétrole.

Jan Kleyn veut me voir. Ça fait deux ans maintenant. À l'époque, il avait dit qu'on ne se reverrait jamais. Alors pourquoi ?

Il regarda sa montre. S'il voulait être à Soweto le lendemain, il devait prendre le bus dès ce soir. Stewart s'était trompé. Il ne pouvait pas attendre le matin. Il y avait près de neuf cents kilomètres jusqu'à Johannesburg.

Toute décision était superflue. En acceptant l'argent, il s'était engagé à faire le voyage. Il n'avait aucune envie de devoir cinq mille rands à Jan Kleyn. Cela reviendrait à mettre sa tête à prix. S'il savait une chose, concernant cet homme, c'était qu'il n'avait jamais laissé personne le trahir impunément.

Il prit le sac de sport rangé sous le lit. Ne sachant pas combien de temps il serait absent, ni ce que Jan Kleyn lui demanderait, il se contenta d'y fourrer quelques chemises, quelques caleçons, et une paire de grosses chaussures. En cas de mission prolongée, il achèterait le nécessaire. Puis il détacha avec précaution le panneau de la tête de lit, découvrant ses deux couteaux bien graissés, enveloppés de plastique. Il essuya la graisse avec un chiffon, ôta sa chemise et détacha la ceinture spéciale suspendue à un crochet du plafond. Il constata avec satisfaction qu'il pouvait toujours la boucler au même cran. Malgré les mois passés à boire de la bière, il n'avait pas grossi. Il était encore en forme, malgré ses trente et un ans bientôt sonnés.

Il glissa les couteaux dans leurs étuis respectifs après avoir vérifié leur tranchant du bout des doigts. Une pression infime suffisait à faire perler le sang. Il détacha une autre partie du panneau de lit et récupéra son revolver, également enduit de graisse de coco et enveloppé de plastique. Un Parabellum 9 mm. Assis sur le lit, il le nettoya avec soin. Puis il le chargea. Ces balles-là se trouvaient uniquement chez un armurier clandestin de Ravenmore. Il choisit deux chargeurs supplémentaires et les enveloppa dans l'une des chemises. Il boucla son holster et y glissa le revolver. Il était prêt à rencontrer Jan Kleyn.

Après avoir donné un tour de clé au cadenas rouillé de la porte, il se dirigea vers l'arrêt de bus, qui se trouvait quelques kilomètres plus loin, sur la route d'Umtata.

Il plissa les yeux vers le soleil rouge qui disparaissait rapidement au-dessus de Soweto. Sa dernière visite là-bas remontait à huit ans. Un marchand local lui avait offert cinq cents rands pour abattre un concurrent. Comme d'habitude, il avait soigneusement préparé son coup et observé la plus grande prudence. Mais le plan avait vite déraillé, à cause d'une patrouille de police qui passait là par hasard. Il avait dû fuir Soweto précipitamment. Depuis, il n'y était jamais retourné.

Le crépuscule africain était très bref. Soudain, la nuit l'enveloppa. Il entendait la rumeur de l'autoroute qui se scindait un peu plus loin, vers Le Cap et vers Port Elizabeth. Une sirène de police hurla dans le lointain. Jan Kleyn devait avoir une raison très particulière de faire appel à lui. Les volontaires prêts à tuer n'importe qui moyennant mille rands étaient légion. Mais Jan Kleyn lui avait donné cinq mille rands d'avance, et ça ne pouvait pas être juste parce qu'il était considéré comme le tueur professionnel le plus performant et le plus froid de toute l'Afrique du Sud.

Bruit de moteur. Peu après, une lumière de phares, approchant. Il recula parmi les ombres, dégaina son revolver et ôta le cran de sûreté. La voiture s'immobilisa au bout de la bretelle d'accès. Les phares éclairaient les broussailles et les carcasses démantelées recouvertes de poussière. Victor Mabasha attendit dans l'ombre. À l'affût.

Le conducteur descendit de voiture. Ce n'était pas Jan Kleyn. Pas de surprise. Kleyn se déplaçait rarement en personne.

Victor décrivit un arc de cercle pour s'approcher de lui par-derrière. La voiture s'était arrêtée à l'endroit prévu, et il avait répété son déplacement afin qu'il soit parfaitement silencieux.

Lorsqu'il fut juste derrière l'homme, il appuya le canon de l'arme contre sa nuque. L'autre sursauta.

— Où est Jan Kleyn ?

L'homme tourna très lentement la tête. Il avait peur.

— Je vais te conduire à lui.

— Où est-il ?

— Près de Pretoria. À Hammanskraal.

C'était bon. Il avait déjà une fois rencontré Jan Kleyn là-bas. Il rengaina le revolver.

— Alors il vaut mieux qu'on y aille, dit-il. Il y a cent kilomètres jusqu'à Hammanskraal.

Il monta à l'arrière. Le conducteur gardait le silence. Bientôt, il vit les lumières de Johannesburg, que l'autoroute contournait par le nord.

D'un coup, il sentit remonter la haine intense qu'il avait toujours éprouvée pour cette ville. Comme une bête qui le poursuivait, qui ressurgissait à la moindre occasion pour lui rappeler tout ce qu'il aurait préféré oublier.

Victor Mabasha avait grandi à Johannesburg. Son père ne se montrait presque jamais à la maison. Il avait trimé pendant des années dans les mines de diamant de Kimberley, puis dans les mines au nord-est de Johannesburg, à Verwoerdburg. À quarante-deux ans, il avait les poumons détruits. Victor se rappelait l'année précédant sa mort, le sifflement atroce, son père luttant pour respirer, l'angoisse dans son regard. Pendant toutes ces années, sa mère avait tenté coûte que coûte de faire tourner la maison et d'élever les neuf enfants. Ils vivaient dans un bidonville. Victor se souvenait de toute son enfance comme d'une humiliation prolongée, sans fin. De bonne heure il avait choisi la révolte, mais confuse, mal orientée. Il s'était retrouvé dans une bande, des voleurs qui étaient tous aussi jeunes que lui. Il s'était fait prendre. Les policiers blancs lui avaient cassé la gueule dans sa cellule. Avec une amertume redoublée, il était retourné à la rue et à la délinquance. Ensuite, contrairement à certains autres, il avait suivi son propre chemin pour échapper à l'humiliation. Au lieu de rejoindre le mouvement de prise de conscience noire qui émergeait peu à peu, il avait choisi la voie contraire. C'était l'oppression blanche qui détruisait sa vie, pourtant il pensait que sa seule chance de s'en sortir était de s'entendre avec les Blancs. Il commença à exécuter divers vols de commande pour le compte de rece-leurs blancs, en échange de leur protection. Un jour, alors qu'il venait d'avoir vingt ans, on lui offrit mille deux cents rands pour tuer un politicien noir qui avait offensé un commerçant blanc. Il n'avait pas hésité. Ce serait la preuve ultime, pour les Blancs, qu'il était de leur côté, sa revanche étant qu'ils ne comprendraient jamais à quel point il les méprisait. Ils le prenaient pour un *kaffir* simple d'esprit, qui savait comment devait se comporter un Noir en Afrique du Sud. Mais, dans son for intérieur, il les haïssait, et c'était paradoxalement pour cela qu'il acceptait de travailler pour eux.

Parfois, dans le journal, il apprenait que l'un ou l'autre de ses anciens camarades avait été pendu ou condamné à une lourde peine de prison. Il pouvait compatir à leur sort, mais la certitude d'avoir pris la bonne décision pour survivre, et peut-être se construire enfin une vie en dehors des *townships,* ne l'avait jamais quitté.

À vingt-deux ans il avait rencontré Jan Kleyn. Celui-ci avait le même âge que lui, mais cela ne l'empêchait pas de le traiter avec une supériorité méprisante.

Jan Kleyn était un fanatique. Victor Mabasha savait que, pour lui, les Noirs étaient des animaux qui devaient sans cesse être remis à leur place. Il avait rejoint de bonne heure le groupe fasciste *Résistance boer*, où il avait atteint en quelques années une place dominante. Mais ce n'était pas un politicien. Il travaillait dans l'ombre, grâce à sa position dans les services. Sa principale ressource était son cynisme. Pour lui, abattre un Noir ou tuer un rat, cela revenait au même.

Victor Mabasha haïssait et admirait Jan Kleyn. Sa conviction absolue d'appartenir au peuple élu, sa froideur et son mépris total de la mort l'impressionnaient. Cet homme était capable de contrôler ses pensées et ses émotions dans n'importe quelle situation. Il avait tenté de lui découvrir un point faible. Mais il n'en avait aucun.

Mabasha avait exécuté deux meurtres pour le compte de Jan Kleyn. Il s'en était acquitté de façon satisfaisante. À cette époque, ils s'étaient vus plusieurs fois, mais jamais Jan Kleyn ne lui avait serré la main.

Les lumières de Johannesburg avaient disparu. La circulation était moins dense vers Pretoria. Victor Mabasha se laissa aller contre la banquette et ferma les yeux. Jan Kleyn lui avait dit qu'ils ne se reverraient plus. Alors... ? Malgré lui, il sentait monter l'excitation. Jan Kleyn ne l'aurait jamais fait venir à moins de circonstances exceptionnelles.

La maison se trouvait à une dizaine de kilomètres de Hammanskraal, au sommet d'une colline. Protégée par de hautes clôtures et par des bergers allemands en liberté.

Les domestiques avaient été renvoyés chez eux. Dans une salle aux rideaux tirés, tapissée de trophées de chasse, deux hommes buvaient du whisky autour d'une table recouverte de feutre vert. Ils parlaient à voix basse, comme si quelqu'un avait malgré tout pu les entendre.

L'un des deux était Jan Kleyn. D'une maigreur extrême, à croire qu'il se relevait d'une grave maladie, son visage évoquait un oiseau aux aguets. Il avait des yeux gris, des cheveux clairsemés. Il portait un costume sombre, une cravate et une chemise blanche. Quand il s'exprimait, c'était d'une voix enrouée, avec retenue, presque avec lenteur.

L'autre homme était tout son contraire. Très grand, très gros, le visage couperosé, en sueur, le ventre débordant de la ceinture. C'était un couple mal assorti qui attendait, en cette soirée d'avril 1992, l'arrivée de Victor Mabasha.

— Il sera là dans une demi-heure, dit Kleyn en regardant sa montre.

— Je l'espère.

Jan Kleyn tressaillit comme si l'on avait pointé une arme vers lui.

— Pourquoi ? Est-ce qu'il m'arrive de me tromper ?

Il parlait à voix basse. Mais la menace était palpable.

Franz Malan le considéra pensivement.

— Pas encore. Je réfléchissais tout haut.

— Tu réfléchis de travers. Tu gaspilles ton temps à t'inquiéter pour rien. Tout va se passer comme prévu.

— Dans le cas contraire, ma tête sera mise à prix.

Jan Kleyn lui sourit.

— Et moi, je n'aurai plus qu'à me suicider. Mais je n'ai aucune intention de mourir. Quand on aura tout reconquis, je me retirerai. Pas avant.

Jan Kleyn avait fait une carrière météorique. Sa haine radicale contre tous ceux qui voulaient en finir avec l'apartheid était célèbre. Beaucoup voyaient en lui le membre le plus fou de *Résistance boer*. D'autres, qui le connaissaient mieux, savaient que c'était un homme froid et calculateur, dont le cynisme ne conduisait jamais à des actes irraisonnés. Il se décrivait lui-même comme un chirurgien politique, chargé d'éliminer les tumeurs qui menaçaient le corps sain des Boers d'Afrique du Sud. Peu de gens savaient qu'il était l'un des agents les plus expérimentés et les plus efficaces au sein des renseignements.

Franz Malan travaillait depuis plus de dix ans pour l'armée sud-africaine. En tant qu'officier d'active, il avait conduit des opérations secrètes dans l'ex-Rhodésie du Sud et au Mozambique. À quarante-quatre ans, sa carrière avait pris fin avec une crise cardiaque. Mais ses opinions et ses compétences l'avaient conduit tout droit à une reconversion dans les services de sécurité de l'armée, avec des missions variées : attentats à la voiture piégée contre des opposants à l'apartheid, actions terroristes contre des représentants de l'ANC. Lui aussi était membre de *Résistance boer*. Mais, tout comme Jan Kleyn, il travaillait essentiellement en coulisse. Ensemble, ils avaient imaginé et peaufiné l'opération qui se déclencherait ce soir avec l'arrivée de Victor Mabasha. Pendant des jours et des nuits, ils avaient discuté des moindres détails, et avaient soumis le plan finalisé à l'organisation secrète qu'on n'appelait jamais autrement que le « Comité ».

Le Comité était à l'origine même du projet. Tout avait commencé lors de la libération de Nelson Mandela. Pour Jan Kleyn et Franz Malan, comme pour tous les Boers bien-pensants, cette libération revenait à une déclaration de guerre. De Klerk avait trahi son peuple. À moins d'une action énergique, l'apartheid serait bientôt démantelé. Un certain nombre de Boers haut placés avaient compris que des élections libres conduiraient immanquablement au règne de la majorité noire ; il fallait empêcher cette catastrophe à n'importe quel prix.

Le Comité s'était donc réuni dans cette même maison de Hammanskraal, propriété de l'armée sud-africaine, qui servait de cadre aux rendez-vous confidentiels. Officiellement, les renseignements et l'armée n'avaient aucun lien avec les sociétés secrètes. Leur loyauté, allait au gouvernement et à la Constitution. Mais la réalité était différente. Comme du temps de la Confrérie, Jan Kleyn et Franz Malan avaient des contacts au plus haut niveau dans toute la société sud-africaine. L'action qu'ils envisageaient avait sa base au sein du commandement de l'armée, du mouvement Inkhata opposé à l'ANC, et parmi des entrepreneurs et banquiers fortunés du pays.

Mais l'idée de l'opération proprement dite venait de Jan Kleyn. Franz Malan et lui se trouvaient dans cette même pièce, à boire du whisky autour du tapis vert, lorsqu'il avait dit soudain :

— Qui est la personne la plus importante en Afrique du Sud aujourd'hui ?

Franz Malan n'avait pas eu besoin de beaucoup réfléchir pour comprendre où il voulait en venir.

— Imagine, avait poursuivi Jan Kleyn. Imagine-le mort. Pas de cause naturelle. Cela ferait de lui un saint. Non, imagine-le assassiné.

— Ce serait la révolution dans les banlieues noires. Grève générale. Un chaos sans précédent. Le reste du monde nous isolerait encore plus.

— Continue. Imagine qu'on puisse prouver qu'il a été tué par un Noir.

— Cela ne ferait qu'augmenter la confusion. L'Inkhata et l'ANC entreraient en guerre ouverte. On pourrait rester les bras croisés et admirer le spectacle pendant qu'ils s'entre-tueraient à coups de lances et de machettes.

— Tout juste. Mais va plus loin. Imagine que le tueur soit un membre de l'ANC.

— Cela sèmerait le chaos dans le parti. Les princes héritiers s'entr'égorgeraient.

Jan Kleyn hocha la tête.

— Tout juste. Mais encore ?

— Pour finir, ils se tourneraient sans doute vers les Blancs. Comme le mouvement noir serait à ce moment-là dans un état d'anarchie totale, on serait obligé de faire intervenir l'armée et la police. Une courte guerre civile. Avec une bonne préparation, nous pourrions éliminer tous les Noirs qui comptent. Le reste du monde en pensera ce qu'il voudra, il sera obligé d'admettre que ce sont les Noirs qui ont déclenché la guerre.

Franz Malan se tut.

— C'est sérieux ? demanda-t-il lentement.

— Comment ça ?

— On va le tuer ?

— Bien sûr que c'est sérieux ! On l'aura liquidé avant l'été. Ce sera l'*Opération Spriengboek*.

— Pourquoi ?

— Tout doit avoir un nom. Tu n'as jamais tué une antilope ? Si tu vises bien, l'animal fait un bond avant de mourir. Et c'est ce bond que j'ai l'intention de proposer à notre grand ennemi.

Ils avaient veillé jusqu'à l'aube. Franz Malan fut impressionné malgré lui par l'ampleur systématique des préparatifs de Jan Kleyn. Le projet était audacieux, sans pour autant présenter de risques inutiles. Lorsqu'ils étaient sortis au petit matin pour s'étirer sur la terrasse, Franz Malan n'avait plus qu'une seule objection.

— Tu pars du principe que Victor Mabasha ne flanchera pas. Tu oublies que c'est un Zoulou. Ces gens-là ont un point commun avec les Boers. En dernier ressort, leur loyauté ne va qu'à eux-mêmes et à leurs ancêtres. Tu lui confies une immense responsabilité. Il sera riche, plus riche qu'il n'a jamais rêvé de l'être. Mais ton projet repose entièrement sur le fait qu'on fasse confiance à un Noir.

— Je n'ai pas besoin de réfléchir pour te répondre. Je ne fais confiance à personne. Sauf à toi. Mais tout le monde a son point faible. Je remplace le manque de confiance par la prudence et les garanties.

— Tu ne fais confiance qu'à toi-même, répliqua Franz Malan.

— Oui. Chez moi, tu ne trouveras jamais de point faible. Victor Mabasha sera surveillé en permanence. S'il nous trahit, il doit savoir que sa mort sera si longue et si effroyable qu'il maudira le jour de sa naissance. Victor Mabasha sait ce qu'est la torture. Il comprendra ce que nous exigeons de lui.

Quatre mois plus tard, le plan était dévoilé au Comité, et ses membres avaient tous prêté serment de silence.

Franz Malan avait passé une laisse aux chiens. Victor Mabasha, qui détestait les bergers allemands, resta dans la voiture jusqu'à ce qu'il soit sûr de ne pas être attaqué. Jan Kleyn l'accueillit sur la terrasse. Mabasha ne put résister à la tentation de lui tendre la main. Jan Kleyn l'ignora et lui demanda comment s'était passé le voyage.

— Quand on reste assis toute une nuit dans un bus, on a le temps de formuler de nombreuses questions.

— Parfait. Tu auras toutes les réponses dont tu as besoin.

— Qui en décide ?

Avant que Jan Kleyn puisse répondre, Franz Malan se détacha de l'ombre. Lui non plus ne lui serra pas la main.

— Rentrons, proposa Jan Kleyn. Nous avons beaucoup de choses à nous dire et peu de temps.

— Je m'appelle Franz, dit Franz Malan. Lève les mains.

Victor ne protesta pas. Cela faisait partie des règles tacites, de laisser les armes dehors avant une négociation. Franz Malan lui prit son revolver et inspecta ensuite les couteaux.

— Ils sont fabriqués par un maître africain, dit Victor Mabasha. Parfaits pour la lutte rapprochée comme pour le lancer.

Ils prirent place autour du tapis vert, pendant que le chauffeur préparait du café à la cuisine.

Victor Mabasha attendit, en espérant que les deux autres ne remarqueraient pas son état de tension extrême.

— Un million de rands, annonça Jan Kleyn. Commençons, pour une fois, par la fin. Je veux que tu saches dès le départ le prix que nous te proposons pour le service que nous comptons te demander.

— Un million, ça peut être beaucoup ou peu, dit Victor Mabasha. Cela dépend des circonstances. Et qui est ce « nous » ?

— On garde les questions pour plus tard. Tu me connais, tu sais que tu peux me faire confiance. Quant à Franz ici présent, considère-le comme mon bras droit. Tu peux lui faire confiance autant qu'à moi.

Victor Mabasha hocha la tête. Le jeu avait commencé. Tout le monde s'assurait mutuellement de sa fiabilité. Mais, en réalité, chacun ne se fiait qu'à lui-même.

— Nous voudrions te demander un petit service, répéta Jan Kleyn, comme s'il lui proposait d'aller chercher un verre d'eau. Qui est ce « nous », cela n'a aucune importance en ce qui te concerne.

— Un million de rands... Supposons que ce soit une grosse somme. Supposons que vous me demandiez de liquider quelqu'un. Dans ce cas, un million, c'est trop d'argent. Considérons que c'est trop peu au contraire. Quelle est alors la réponse ?

— *Trop peu* ? Un million de rands ? s'indigna Franz Malan.

Jan Kleyn leva la main.

— Disons plutôt que c'est un bon prix pour une mission très concentrée.

— Vous voulez que je tue quelqu'un.

Jan Kleyn le dévisagea longuement avant de répondre. Il sembla soudain à Victor Mabasha qu'un vent froid traversait la pièce.

— C'est exact, dit-il lentement.

— Qui ?

— Tu le sauras en temps voulu.

Victor Mabasha sentit poindre l'inquiétude. Cela aurait dû être la première carte abattue par Jan Kleyn.

— C'est une mission très spéciale, poursuivit celui-ci. Elle implique des voyages, plusieurs mois de préparation, une répétition générale et une vigilance extrême. Je dirai simplement qu'il s'agit d'un homme haut placé.

— Sud-Africain ?

Jan Kleyn hésita un instant.

— Oui.

Victor Mabasha réfléchit rapidement. Tout cela restait très obscur. Et qui était ce gros type suant enfoncé dans les ombres de l'autre côté de la table ?

Il lui semblait vaguement le reconnaître. Mais d'où ? Sa photo dans un journal ?

Le chauffeur apporta un plateau qu'il posa au centre du tapis vert. Ils attendirent en silence qu'il ait refermé la porte derrière lui.

— Nous voulons que tu quittes le pays sous une dizaine de jours, reprit Jan Kleyn. En sortant d'ici, tu retournes directement à Ntibane. Tu diras que tu pars dans le Botswana travailler chez un oncle quincaillier à Gaborone. Tu recevras une lettre datée du Botswana te proposant le job. Tu montreras cette lettre à tout le monde. Le 15 avril, tu prendras le bus pour Johannesburg. Tu seras accueilli à la gare routière. Tu passeras la nuit dans un appartement où tu me rencontreras pour les dernières instructions. Le lendemain, tu prendras l'avion pour Londres. De là, tu partiras pour Saint-Pétersbourg. Sur ton passeport, tu auras la nationalité zimbabwéenne. Tu pourras choisir ton nom toi-même. À Saint-Pétersbourg, quelqu'un t'attendra à l'aéroport. Vous prendrez le train pour la Finlande, puis le bateau jusqu'en Suède. Tu resteras là-bas pendant quelques semaines. On t'y donnera les instructions les plus importantes. À une date non encore fixée, tu reviens en Afrique du Sud. À ce moment-là, je prends la responsabilité de la dernière phase. Fin juin au plus tard, tout sera terminé. L'argent sera déposé sur un compte dans un pays de ton choix. Cent mille rands d'acompte dès que tu auras accepté de nous rendre ce petit service.

Jan Kleyn se tut pour observer sa réaction. Victor Mabasha crut avoir mal entendu. Saint-Pétersbourg ? La Finlande ? La Suède ? Il essaya

164

vainement de se représenter une carte de l'Europe.

— J'ai une question, dit-il après un silence. Qu'est-ce que cela signifie ?

— Que nous sommes des gens prudents et consciencieux. Tu devrais l'apprécier, puisque cela garantit aussi ta propre sécurité.

— Je me charge moi-même de ma sécurité. Qui m'accueillera à Saint-Pétersbourg ?

— Comme tu le sais peut-être, l'Union soviétique a beaucoup changé ces dernières années. Ces changements nous réjouissent. D'un autre côté, beaucoup de gens compétents se retrouvent au chômage. Nous recevons sans cesse des offres de service d'anciens du KGB, prêts à tout pour un droit de séjour dans notre pays.

— Je ne travaille pas avec le KGB. Je ne travaille avec personne. Je fais ce que je dois, et je le fais seul.

— C'est exact. Tu vas travailler seul. Mais tu profiteras de l'expérience de nos amis de Saint-Pétersbourg. Ils sont très forts.

— Pourquoi la Suède ?

Jan Kleyn but une gorgée de café.

— Bonne question. En premier lieu, il s'agit d'une manœuvre de diversion. La Suède est un petit pays neutre, insignifiant, qui a toujours eu une attitude très agressive envers nous. Personne n'imagine que l'agneau se cache dans la tanière du loup. Deuxièmement, nos amis de Saint-Pétersbourg ont de bons contacts en Suède. C'est très facile d'entrer dans le pays. Les contrôles aux frontières sont sporadiques, pour ne pas dire inexistants. Beaucoup de nos amis russes se sont déjà établis là-bas sous une raison sociale d'emprunt. Troisièmement, il est facile, grâce à nos amis, de trouver sur place les hébergements adaptés. En dernier lieu, tu ne dois pas rester en Afrique du Sud. Trop de gens sont intéressés par mes agissements ici.

Victor Mabasha secoua la tête.

— Je dois connaître l'identité de ma cible.

— Au moment venu. Pas avant. Laisse-moi te rappeler pour finir une conversation que nous avons eue il y a bientôt huit ans. Tu as dit qu'on pouvait tuer *n'importe qui* à condition d'avoir un plan à toute épreuve. Nous attendons ta réponse.

Victor Mabasha comprit au même instant de quoi il retournait.

C'était vertigineux. Mais parfaitement cohérent. La haine de Jan Kleyn pour les Noirs, la libéralisation en cours en Afrique du Sud... Un homme haut placé...

Ce ne pouvait être que De Klerk.

Sa première impulsion fut de refuser. Le risque était trop grand. Comment franchir le barrage des gardes du corps qui entouraient le président en permanence ? Comment en réchapper ? Cette cible-là était bonne pour un kamikaze.

Mais un million de rands. C'était une perspective inouïe. Il ne pouvait pas refuser.

— Trois cent mille d'avance, dit-il. Sur un compte londonien, après-demain au plus tard. Je veux conserver le droit de refuser le plan final si je l'estime trop risqué. Dans ce cas, je m'engage à proposer une solution de rechange. À ces conditions, j'accepte.

Jan Kleyn sourit.

— Parfait, dit-il. Je ne m'attendais pas à une autre réponse.

— Le passeport sera établi au nom de Ben Travis, ajouta Mabasha.

— Très bien. C'est un excellent nom. Facile à mémoriser.

Jan Kleyn tira d'une pochette plastifiée une enveloppe portant le cachet de la poste du Botswana et la lui tendit.

— Le 15 avril, il y a un bus pour Johannesburg qui part d'Umtata à six heures du matin. Je veux que tu y sois.

Jan Kleyn et le dénommé Franz se levèrent.

— On te raccompagne chez toi en voiture. Le temps est compté. Il vaut mieux partir dès cette nuit. Tu pourras dormir à l'arrière.

Victor Mabasha acquiesça. Il était pressé de rentrer. Une semaine n'était pas de trop pour tout ce qu'il avait à faire. Par exemple, découvrir qui était ce Franz.

Il s'agissait maintenant de sa propre sécurité. Cela requérait sa pleine concentration.

Ils se séparèrent sur la terrasse. Cette fois, Victor Mabasha ne tendit pas la main. On lui restitua ses armes et il monta à l'arrière de la voiture.

De Klerk…, pensa-t-il. Personne n'échappe à son destin. Pas même toi.

Jan Kleyn et Franz Malan regardèrent la voiture disparaître entre les grilles du portail.

— Je crois que tu as raison, dit Franz Malan. Il va y arriver.

— Bien sûr. J'ai choisi le meilleur.

— Tu crois qu'il a compris ?

— Il doit penser à De Klerk. C'est presque inévitable.

— C'était ton intention, n'est-ce pas ?

— Je ne fais rien sans intention précise. Maintenant, je propose qu'on se sépare. J'ai un rendez-vous important à Bloemfontein demain.

Le 17 avril, Victor Mabasha prit l'avion pour Londres sous le nom de Ben Travis. Il savait désormais qui était Franz Malan. Cela avait fini de le convaincre que sa cible était bien De Klerk. Dans sa valise, il emportait quelques livres consacrés au président. Il devait en apprendre le plus possible sur lui.

Le lendemain, il continua vers Saint-Pétersbourg, où il fut accueilli par un dénommé Konovalenko.

Deux jours plus tard, le ferry de Finlande accostait à Stockholm. Après un long trajet en voiture vers le sud, ils parvinrent en fin de soirée à une ferme isolée. Son accompagnateur parlait un excellent anglais, avec un fort accent russe.

Le lundi 20 avril, Victor Mabasha se réveilla à l'aube et sortit pisser dans la cour. Les champs étaient presque invisibles sous la brume. Il frissonna.

Suède, pensa-t-il. Tu accueilles Ben Travis avec du brouillard, du froid et du silence...

9

Ce fut Botha qui découvrit le serpent. Il était près de minuit. La plupart des membres du gouvernement s'étaient retirés dans les bungalows. Autour du feu de camp, il ne restait, outre le président, que Botha le ministre des Affaires étrangères, Vlok le ministre de l'Intérieur et son secrétaire, ainsi que quelques gardes du corps. Il s'agissait exclusivement d'officiers ayant prêté serment de loyauté à De Klerk personnellement. Un peu plus loin, à peine visibles depuis le feu de camp, des serviteurs noirs attendaient dans l'ombre.

C'était un mamba vert. Presque invisible, immobile, à la périphérie du cercle de lumière vacillante. Botha ne l'aurait jamais découvert s'il ne s'était penché pour se gratter la cheville. Il tressaillit et s'immobilisa. Les serpents ne peuvent voir et attaquer que des proies en mouvement.

— Il y a un serpent à deux mètres de moi, dit-il à voix basse.

Le président était plongé dans ses pensées. Il avait incliné sa chaise longue pour mieux s'étendre. Un peu à l'écart comme d'habitude. Il lui était arrivé de penser que c'était une marque de respect : ses ministres ne plaçaient jamais leur siège trop près du sien lorsqu'ils étaient rassemblés autour du feu de camp. Cela lui convenait à merveille. De Klerk était un homme qui éprouvait souvent un besoin intense de solitude.

Il leva la tête.

— Tu as dit quelque chose ?

— Il y a un serpent vert devant moi, répéta Pik Botha. Un mamba. Je crois n'en avoir jamais vu d'aussi gros.

De Klerk se redressa avec précaution. Il détestait les serpents. Il avait une peur irraisonnée des reptiles et des insectes en général. Les domestiques du palais devaient se livrer chaque jour à une inspection minutieuse des moindres recoins en quête d'araignées, de scarabées et autres bestioles. Même chose pour ceux qui s'occupaient de l'entretien des bureaux du président, de ses voitures et des salles de réunion du cabinet.

Il tourna légèrement la tête et découvrit le serpent. Nausée immédiate.

— Tue-le.

Le ministre de l'Intérieur s'était assoupi dans sa chaise longue. Son secrétaire écoutait de la musique, un casque sur les oreilles. L'un des gardes du corps tira lentement un couteau glissé dans sa ceinture et frappa avec précision. Le mamba fut décapité. Le garde saisit le corps qui fouettait l'air. Puis il le jeta dans le feu. De Klerk vit avec épouvante que la tête tranchée continuait d'ouvrir et de fermer sa gueule en montrant ses crocs venimeux. La nausée s'intensifia ; il eut un bref vertige, crut qu'il allait s'évanouir. Il s'allongea à nouveau sur sa chaise longue et ferma les yeux.

Un serpent mort, pensa-t-il. Mais son corps fouette l'air et on pourrait croire qu'il vit encore. C'est à l'image de ce qui se passe dans mon pays, mon Afrique du Sud. On croit que c'est mort, et pourtant ça bouge encore. Nous devons nous battre aussi avec les revenants.

Tous les quatre mois environ, De Klerk emmenait ses ministres et quelques secrétaires choisis au camp d'Ons Hoop, au sud de la frontière du Botswana. Ils y restaient deux jours. Ces déplacements, tout à fait officiels, étaient avant tout destinés à discuter en paix des dossiers sensibles. De Klerk avait institué cette coutume dès le début de son mandat, quatre ans plus tôt. Certaines des décisions les plus importantes de son cabinet avaient été prises autour de ce feu. Le camp d'Ons Hoop avait été construit avec l'argent de l'État, et De Klerk n'avait aucune difficulté à justifier son existence. Il lui semblait que ses collaborateurs et lui-même réfléchissaient plus librement, avec plus d'audace peut-être, autour du feu de camp, sous le ciel nocturne, en respirant le parfum de l'Afrique originelle. Il avait parfois pensé que c'était le sang boer qui reprenait alors ses droits. Des hommes libres, liés à la nature, qui ne s'étaient jamais réellement habitués à leur nouvelle vie, aux bureaux climatisés et aux voitures blindées. Ici, à Ons Hoop, ils pouvaient jouir sans entrave des montagnes à l'horizon, de la plaine infinie, d'un *braai* mitonné avec soin. Ils pouvaient discuter sans se sentir pressés par le temps, et cela donnait de bons résultats.

Pik Botha contemplait le serpent dévoré par les flammes. Tournant la tête, il vit que De Klerk avait fermé les yeux. Le président souhaitait être seul. Il effleura l'épaule du ministre de l'Intérieur. Vlok se réveilla en sursaut. En le voyant se lever, le secrétaire se dépêcha d'ôter son casque et de ramasser les papiers éparpillés sous son siège.

Pik Botha s'attarda après le départ des autres, escortés par un serviteur portant une torche. Il arrivait que le président veuille échanger avec lui quelques mots en confidence.

— Je crois que je vais me retirer...

De Klerk ouvrit les yeux. Ce soir-là, il n'avait rien d'urgent à lui dire.

— Vas-y. On a tous besoin de dormir.

Pik Botha lui souhaita une bonne nuit.

En temps normal, De Klerk passait un moment seul à repenser aux discussions de la journée. Les séjours au camp d'Ons Hoop étaient réservés aux stratégies politiques de grande envergure, non aux affaires courantes. Il y était essentiellement question de l'avenir de l'Afrique du Sud. C'était ici qu'avait été élaboré le projet visant à transformer le pays sans que les Blancs ne perdent une trop grande part de leur influence.

Mais ce soir-là, lundi 27 avril 1992, De Klerk attendait un homme qu'il voulait rencontrer seul à seul, à l'insu même de Botha, qui était pourtant son plus proche collaborateur. Il fit signe à l'un de ses gardes du corps, qui disparut aussitôt. Il revint quelques minutes plus tard en compagnie d'un homme d'une quarantaine d'années, vêtu d'un simple uniforme kaki, qui salua De Klerk et approcha un fauteuil de la chaise longue du président. De Klerk dit au garde du corps de se retirer. Il devait rester dans les parages, mais hors de portée de voix.

Il y avait quatre personnes en qui le président plaçait sa confiance. Sa femme, tout d'abord. Son ministre des Affaires étrangères, ensuite. Le troisième venait de s'asseoir à ses côtés. Il s'appelait Pieter van Heerden et il travaillait pour les renseignements. Outre son travail visant à garantir la sécurité de la République, Van Heerden occupait une fonction spéciale auprès du président. Par son intermédiaire, De Klerk obtenait des rapports réguliers sur les courants de pensée dominants au sein du commandement militaire, de la police, des autres partis politiques et des services eux-mêmes. Sans Van Heerden, De Klerk n'aurait pas su quelles étaient les forces qui travaillaient contre lui. Vis-à-vis de l'extérieur et dans son travail, Van Heerden jouait le rôle d'un homme extrêmement critique à son égard. Il le faisait adroitement, de façon équilibrée, jamais excessive. Nul n'aurait pu le soupçonner d'être l'informateur personnel du président.

De Klerk avait conscience du fait qu'en recourant ainsi à Van Heerden il limitait sa confiance dans son propre cabinet. Mais il ne voyait aucune autre possibilité de s'assurer les informations qu'il jugeait nécessaires pour accomplir le grand chambardement qui devait avoir lieu si l'on voulait éviter une catastrophe nationale.

Cela valait en particulier pour la quatrième personne en qui De Klerk plaçait une confiance sans restriction.

Nelson Mandela. Le chef de l'ANC, l'homme qui avait passé vingt-sept ans dans la prison de Robben Island, au large du Cap, condamné à perpétuité au début des années 1960 pour des actes de sabotage jamais prouvés.

De Klerk avait très peu d'illusions. Il savait que les seules forces qui, ensemble, pourraient éviter une guerre civile étaient Nelson Mandela et lui-même. Tant de fois, il avait contemplé les lumières de la ville de Pretoria, la nuit lorsqu'il ne parvenait pas à trouver le sommeil, en pensant que l'avenir de la République sud-africaine dépendait uniquement de l'allure du compromis que Mandela et lui parviendraient à négocier.

Avec Mandela, il pouvait parler ouvertement. Il savait que la réciproque était vraie. Les deux hommes étaient d'un tempérament extrêmement différent. Nelson Mandela était un homme réfléchi,

173

au penchant méditatif, qui puisait dans cette réflexion la détermination et la capacité d'action pragmatique qui le caractérisaient également. De Klerk, lui, ne possédait pas cette dimension philosophique. Dès qu'un problème surgissait, il se mettait en chasse d'une solution concrète. Pour lui, l'avenir de la République était fait de réalités politiques fluctuantes et d'un choix permanent entre ce qui était réalisable ou non. Mais entre ces deux hommes, aux positions et aux expériences si opposées, il existait une confiance que seule une trahison manifeste aurait pu briser. Ils n'avaient donc jamais besoin de dissimuler leurs divergences, ni de recourir à une rhétorique superflue lors de leurs conversations en tête à tête. Mais ils combattaient sur deux fronts différents. La population blanche était divisée, et De Klerk savait que tout s'effondrerait s'ils ne parvenaient pas avancer pas à pas, avec des compromis susceptibles d'être acceptés par une majorité de Blancs. Les forces ultra-conservatrices resteraient toujours intraitables, tout comme les racistes au sein du commandement militaire et policier. Il ne pouvait que veiller à juguler leur influence.

Nelson Mandela rencontrait, de son côté, des problèmes similaires. Les Noirs étaient eux aussi divisés. En particulier entre l'ANC et L'Inkhata, le parti zoulou. Ils pouvaient donc se comprendre, sans pour autant nier ce qui les opposait.

Van Heerden était donc venu à Ons Hoop. En règle générale, ils se voyaient une fois par semaine dans le cabinet de De Klerk, le samedi en fin d'après-midi. Mais cette fois, Van Heerden avait sollicité un entretien extraordinaire. De Klerk avait hésité à le faire venir au camp, où il serait difficile de le rencontrer à l'insu des autres membres du cabinet. Mais Van Heerden avait insisté, ce qui n'était pas dans ses habitudes. L'entrevue ne pouvait attendre le retour du président à Pretoria. De Klerk avait cédé. Van Heerden était un homme d'un sang-froid total, qui ne réagissait jamais de façon impulsive.

— Nous sommes seuls, dit De Klerk. Pik a découvert un mamba il y a un instant. Je me suis demandé s'il n'était pas équipé d'un émetteur radio.

Van Heerden sourit.

— On n'a pas encore pensé à utiliser les serpents comme informateurs. Mais qui sait ? Ce serait peut-être nécessaire.

De Klerk attendit. Van Heerden s'humecta les lèvres.

— Je dois vous avertir, dit-il, de l'existence d'un complot en phase de préparation active. Il s'agirait d'un attentat visant à vous tuer. On peut d'ores et déjà le considérer comme une menace sérieuse. Contre vous, contre la politique du gouvernement et contre la nation tout entière.

Van Heerden s'interrompit. De Klerk posait souvent des questions. Mais cette fois il ne dit rien. Il attendait la suite.

— Je ne connais pas encore tous les détails, poursuivit Van Heerden. Mais l'essentiel est suffisamment préoccupant. Cette conspiration a des ramifications dans le commandement militaire et dans les cercles ultra-conservateurs. Il y a aussi des raisons de croire que des experts étrangers spécialisés dans les attentats sont impliqués. Des gens du KGB, en particulier.

— Le KGB n'existe plus, coupa De Klerk. Du moins pas sous la forme que nous connaissions.

— Il y a des officiers du KGB au chômage. Comme je vous l'ai déjà dit, nous recevons beaucoup de propositions de leur part. Des offres de service.

De Klerk hocha la tête.

— Un complot a toujours un centre, dit-il après un moment. Une personne seule ou un petit groupe, très restreint, qui tire les ficelles. De qui s'agit-il ?

— Je ne le sais pas. Et cela me préoccupe. Dans les services de sécurité de l'armée, un certain Franz Malan est impliqué. C'est une certitude. Il a commis l'imprudence de laisser traîner certaines informations dans son ordinateur. Je l'ai découvert en demandant à l'un de mes hommes d'effectuer un contrôle de routine.

Si les gens savaient, pensa De Klerk. Voilà où on en est : les officiers des services se surveillent mutuellement, se soupçonnent réciproquement de trahison.

— Pourquoi moi seulement ? demanda-t-il. Pourquoi pas Mandela et moi ?

— C'est trop tôt pour le dire. Mais il n'est pas difficile d'imaginer ce que donnerait un attentat réussi contre vous dans la situation actuelle.

De Klerk leva la main. Pas besoin de s'étendre là-dessus.

— Autre point qui me cause souci, poursuivit Van Heerden. Nous surveillons en permanence les tueurs professionnels connus, les Noirs comme les Blancs. Là-dessus, je crois pouvoir dire qu'on a une politique préventive assez efficace. J'ai reçu hier un rapport des services d'Umtata, indiquant qu'un certain Victor Mabasha aurait effectué une courte visite à Johannesburg il y a quelques jours. À son retour à Ntibane il avait sur lui une grosse somme.

— Ça me paraît un peu tiré par les cheveux.

— Je n'en suis pas sûr. Si j'avais l'intention de tuer le président, je crois bien que je choisirais Victor Mabasha.

De Klerk haussa les sourcils.

— Et si l'attentat visait Nelson Mandela ?

— Également.

— Un tueur professionnel noir...

— Il est très fort.

De Klerk se leva pour tisonner le feu. Dans l'immédiat, il n'avait pas la force d'entendre ce qui pouvait rendre un tueur « très fort ». Il ajouta quelques bûches et s'étira. Son crâne lisse brillait à la lueur des flammes. Il leva les yeux vers le ciel et contempla un instant la Croix du sud. Il était très fatigué. Il s'efforçait néanmoins de saisir la portée de ce que venait de lui apprendre Van Heerden. Un complot était une hypothèse plus que plausible. Il s'était souvent représenté qu'un agent envoyé par les Boers fanatiques, ceux qui l'accusaient en permanence de vendre le pays aux Noirs, le tuerait un jour. Il s'était aussi demandé bien sûr ce qui arriverait si Mandela venait à mourir, de cause naturelle ou non. Nelson Mandela était vieux. Il avait beau être de constitution robuste, il avait passé près de trente ans en prison.

De Klerk se rassit dans sa chaise longue.

— Cette affaire est prioritaire. Utilisez tous les moyens à votre disposition. L'argent n'est pas un problème. Contactez-moi à n'importe quelle heure du jour ou de la nuit s'il y a du nouveau. D'ici là, deux mesures s'imposent. Il faut renforcer ma sécurité, en toute discrétion. Le deuxième point est plus délicat.

De Klerk marqua une pause.

— Dois-je l'informer ou non ? Comment va-t-il réagir ?

Van Heerden comprit qu'il ne lui demandait pas conseil. Ces questions s'adressaient à lui-même. Et il y répondrait seul.

— Je vais y réfléchir, conclut De Klerk. Je vous tiendrai au courant. Autre chose ?

— Non, répondit Van Heerden en se levant.

— La nuit est belle. Nous vivons dans le plus beau pays du monde. Et pourtant... Parfois, je voudrais pouvoir lire l'avenir. Mais si je le pouvais, je ne suis pas certain que j'oserais le faire.

Van Heerden s'éloigna escorté par le garde du corps.

De Klerk regardait le feu. Il était trop fatigué pour prendre une résolution. Devait-il informer Mandela, ou fallait-il attendre ?

Il resta longtemps assis devant le feu qui se mourait.

Sa décision était prise. Il ne dirait rien à son ami.

10

Victor Mabasha tentait de se persuader qu'il avait rêvé. Cette femme n'avait jamais existé. Konovalenko ne l'avait pas tuée. Un esprit, une *songoma*, lui avait envoyé ce rêve pour lui empoisonner le cerveau, pour le fragiliser, le rendre impuissant à remplir sa mission. C'était sa malédiction, en tant que Noir sud-africain. Ne pas savoir qui il était. Un homme capable d'accepter la violence avec un cynisme total, et incapable la seconde d'après de comprendre comment on pouvait tuer son prochain. Les esprits lui avaient envoyé leurs chiens. Les chiens chanteurs veillaient sur lui et le retenaient, sentinelles infiniment plus vigilantes que ne le serait jamais Jan Kleyn.

Les choses avaient mal tourné d'entrée de jeu. D'instinct, il s'était méfié de l'homme qui était venu à sa rencontre à l'aéroport de Saint-Pétersbourg. Ce côté fuyant... Victor Mabasha détestait les gens insaisissables. L'expérience avait montré qu'ils étaient souvent source de problèmes.

Pour ne rien arranger, Anatoli Konovalenko était raciste. Plusieurs fois, Victor avait été sur le point de le saisir à la gorge pour lui dire qu'il savait ce qu'il pensait de lui : qu'il n'était qu'un *kaffir*, un inférieur.

Mais il s'était discipliné. Il avait une mission, c'était sa priorité absolue. En réalité, il était surpris par la force de sa propre réaction. Il avait connu le racisme toute sa vie ; il avait appris à le contrôler à sa manière. Qu'était-ce donc qui le faisait réagir, chez Konovalenko ? Était-ce qu'il n'acceptait pas d'être considéré comme un *kaffir* par un Blanc qui n'était pas originaire d'Afrique du Sud ?

Le voyage de Johannesburg à Londres, puis de Londres à Saint-Pétersbourg s'était passé sans encombre. Dans le vol de nuit vers l'Angleterre, il n'avait pas fermé l'œil. À plusieurs reprises, il avait cru distinguer des feux dans le noir. Illusion, bien sûr. Ce n'était pas la première fois qu'il quittait l'Afrique du Sud. Une fois, il avait liquidé un représentant de l'ANC à Lusaka, une autre fois il avait participé à un attentat en ex-Rhodésie du Sud, contre le chef révolutionnaire Joshua Nkomo. Son unique échec. C'était à ce moment-là qu'il avait pris la décision d'opérer toujours seul à l'avenir.

Yebo. Yebo. Jamais plus il n'obéirait aux ordres. Dès qu'il aurait quitté ce pays gelé, Anatoli Konovalenko ne serait plus qu'une fumée confuse, un détail insignifiant du cauchemar envoyé par la *songoma*. Sa mémoire empoisonnée ne s'encombrerait pas du Russe arrogant aux dents usées et grises.

Konovalenko, était petit et trapu. Il lui arrivait à peine aux épaules. Mais quant au cerveau, il n'y avait rien à redire. Pas de surprise. Jan Kleyn ne se contentait que de ce que le marché proposait de meilleur.

En revanche, il n'avait pas du tout anticipé la brutalité insensée de l'homme. Un ancien officier du KGB, spécialisé dans la liquidation des traîtres et des infiltrateurs, ne devait certes pas avoir beaucoup de scrupules. Mais pour Mabasha, la violence gratuite était le propre des amateurs. Une liquidation devait se faire *mningi checha*, rapidement et sans souffrances inutiles pour la victime.

Ils avaient quitté Saint-Pétersbourg le lendemain de son arrivée. À bord du ferry vers la Suède, il avait eu si froid qu'il avait passé tout le trajet dans sa cabine, sous les couvertures. Peu avant l'arrivée à Stockholm, Konovalenko, lui avait remis son nouveau passeport et des instructions détaillées. Il s'appellerait désormais Shalid. Citoyen suédois.

— Tu es au départ un réfugié érythréen, avait expliqué Konovalenko. Tu es arrivé en Suède à la fin des années 1960 et tu as été naturalisé en 1978.

— Je ne devrais pas parler un peu le suédois, au bout de vingt ans ?

— Il suffit que tu saches dire *tack*. Ça veut dire merci. Personne ne te posera de questions.

Konovalenko avait eu raison.

À la grande surprise de Victor, la jeune femme du contrôle des frontières avait jeté un bref coup d'œil à son passeport avant de le lui rendre. Était-il vraiment possible d'entrer si facilement dans un pays ? Il commençait à comprendre qu'il pouvait y avoir tout compte fait une raison d'effectuer les préparatifs si loin de l'Afrique du Sud.

Son nouvel instructeur avait beau lui déplaire, il était impressionné par l'organisation invisible qui semblait régir le moindre détail de l'expédition. Dans le port de Stockholm, une voiture les attendait ; les clés étaient posées sur la roue arrière gauche. Une autre voiture les avait guidés jusqu'à l'autoroute du sud, avant de disparaître. Le monde, pensa-t-il, était dirigé par les esprits et par les organisations secrètes. Il se formait et se transformait de façon souterraine. Jan Kleyn et ses semblables n'étaient que des messagers. Quelle était sa place à lui dans cette structure invisible ? Il n'était pas certain de vouloir connaître la réponse.

Ils avaient traversé ce pays, la Suède, où subsistaient par endroits des plaques de neige entre les sapins. Konovalenko ne conduisait pas vite et parlait très peu. Tant mieux. Victor était fatigué après son long voyage. Dès qu'il ferma les yeux, l'esprit lui parla à nouveau. Les chiens chanteurs hurlaient dans la nuit du rêve. Au réveil, il se demanda où il était. Il pleuvait sans interruption. Victor s'étonna de la propreté et de l'ordre qui semblaient régner partout. Lorsqu'ils s'arrêtèrent pour manger, il eut la sensation que rien dans ce pays ne pourrait jamais se casser.

Mais quelque chose était absent. Quoi ? Impossible de mettre le doigt dessus. Ces paysages qu'ils traversaient lui donnaient une sensation de manque.

Le voyage dura toute la journée.

— Où allons-nous ? demanda Victor après trois heures de trajet.

— Vers le sud. Tu verras quand on y sera.

À ce moment-là, le cauchemar de la *songoma* était encore loin. La femme ne s'était pas encore présentée à la porte, Konovalenko ne lui avait pas encore tiré une balle dans la tête. Victor Mabasha ne pensait qu'à faire ce pour quoi Jan Kleyn le payait. Il était donc prêt à écouter tout ce que Konovalenko avait à lui dire, voire à lui apprendre. Les esprits, bons ou mauvais, étaient restés en Afrique du Sud, dans les grottes des montagnes près de Ntibane. Les esprits ne quittaient jamais le pays, ils ne franchissaient pas les frontières.

Ils parvinrent à la ferme isolée peu avant vingt heures. Déjà, à Saint-Pétersbourg, Victor avait découvert avec surprise que l'obscurité sur ce continent ne ressemblait en rien à celle de l'Afrique. Il faisait clair alors qu'il aurait dû faire nuit ; le crépuscule ne tombait pas sur la terre comme un énorme coup de poing, mais comme une feuille légère.

Ils portèrent les valises jusqu'à la bâtisse et s'installèrent dans leurs chambres respectives. La maison était correctement chauffée, ce qui confirma pour Victor la toute-puissance de l'organisation. Un Noir aurait forcément froid dans ce pays polaire. Et celui qui a froid, tout comme celui qui a faim ou soif, ne peut rien apprendre, rien entreprendre.

Les plafonds étaient bas. Victor passait de justesse sous les poutres apparentes. Il fit le tour des pièces, respira l'odeur étrangère des meubles, des tapis, des produits d'entretien. L'odeur qui lui manquait le plus était celle d'un feu.

L'Afrique était loin. C'était sans doute volontaire. Ici, un plan allait être mis à l'épreuve, peaufiné, mené à la perfection. Rien ne devait les gêner, rien ne devait évoquer ce qui se passerait ensuite.

Konovalenko, ouvrit un grand congélateur et en sortit deux plats préparés. Victor décida qu'il y jetterait un coup d'œil plus tard. Le nombre de portions lui indiquerait le temps qu'il devait passer dans cette maison.

De sa valise, Konovalenko tira une bouteille de vodka. Il en proposa à Victor, avec le repas, mais celui-ci ne buvait pas quand il était en mission. Une ou deux bières par jour, au maximum. Konovalenko, lui, ne se restreignait pas. Dès ce premier soir, il fut ivre. Victor pensa que cela lui donnait un avantage. Dans une situation critique, il pourrait tirer parti de cette faiblesse du Russe.

La vodka rendait Konovalenko disert. Il se mit à parler du paradis perdu des années 1960, lorsque le

KGB régnait sans partage sur l'empire soviétique et que les politiciens ne pouvaient jamais dormir tranquilles, sachant que la police politique connaissait leurs secrets les mieux gardés. Victor pensa que le KGB avait peut-être remplacé la *songoma* dans ce royaume russe où personne n'était autorisé à croire aux esprits, sinon dans le plus grand secret. Une société qui prétend chasser les dieux est condamnée, pensa-t-il. Les *nkosis* de mon pays le savent, c'est pourquoi nos dieux n'ont pas été touchés par l'apartheid. Ils vivent libres, on n'a jamais limité leurs déplacements, ils ont toujours pu circuler sans être humiliés. Si nos esprits avaient été enfermés sur les îles-prison, si les chiens chanteurs avaient été chassés dans le désert du Kalahari, aucun Blanc, homme, femme ou enfant, n'aurait survécu en Afrique du Sud. Tous, les Boers comme les Anglais, auraient depuis longtemps disparu, pauvres ossements enfouis dans la terre rouge.

À la vieille époque où ses ancêtres se battaient encore ouvertement contre les envahisseurs blancs, les guerriers zoulous avaient l'habitude de trancher la mâchoire inférieure de leurs ennemis. Un *impi* revenant victorieux de la bataille portait ces mâchoires comme des trophées, destinés à orner les portes du chef. Maintenant c'étaient les dieux qui menaient la révolte contre les Blancs, et eux ne se laisseraient jamais vaincre.

Au cours de cette première nuit dans la maison étrangère, Victor Mabasha dormit sans rêve. Il se débarrassa des derniers restes du long voyage. En se réveillant à l'aube, il se sentait reposé et prêt à l'action. Les ronflements de Konovalenko lui parvenaient de l'autre chambre. Il se leva en silence, s'habilla et se livra à une inspection en règle de la maison. Il ne savait pas ce qu'il cherchait. Mais Jan Kleyn était toujours présent, son œil vigilant le suivait partout.

Au grenier, qui dégageait curieusement une odeur rappelant le sorgho, il repéra une impressionnante installation radio. Victor Mabasha n'était pas un expert en électronique. Mais il ne faisait aucun doute que cet appareil permettait d'envoyer des messages en Afrique du Sud et d'en recevoir. À l'autre bout de la maison, il finit par découvrir ce qu'il cherchait : une porte verrouillée. Derrière cette porte se trouvait sans nul doute la justification de ce grand périple.

Il sortit pisser dans la cour. Jamais auparavant son urine ne lui avait semblé aussi jaune. Ce doit être la nourriture, pensa-t-il. Cette nourriture étrangère, sans épices. Ce long voyage, et les esprits qui se battent dans mes rêves. Où que j'aille, je porte l'Afrique avec moi.

Un brouillard immobile recouvrait le paysage. En contournant la maison, il aperçut un jardin mal entretenu avec de nombreux arbres fruitiers, dont la plupart lui étaient inconnus. Tout était très silencieux. Il pensa que cette scène aurait pu se situer ailleurs ; peut-être même un matin de juillet quelque part dans la province du Natal.

Il avait froid. Il retourna dans la maison. Konovalenko s'était levé. Vêtu d'un survêtement rouge sombre, il préparait du café dans la cuisine. Lorsqu'il lui tourna le dos, Victor découvrit que le blouson était marqué aux initiales du KGB.

Le travail commença après le petit déjeuner. Konovalenko déverrouilla la porte interdite, dévoilant une pièce vide, à l'exception d'une table et d'un plafonnier à la lumière vive. Sur la table un fusil et un revolver. Victor vit tout de suite que ce fusil ne lui était pas familier. Il paraissait d'ailleurs peu maniable.

— Notre orgueil, commenta Konovalenko. Pas très joli, mais efficace. Au départ, c'était un Remington 375 HH ordinaire. Mais les techniciens du KGB ont travaillé dessus. À présent tu peux atteindre n'importe quelle cible jusqu'à huit cents mètres. Le viseur laser n'a son équivalent que sur les armes les plus exclusives et les moins accessibles de l'armée américaine. Malheureusement, nous n'avons jamais eu la possibilité d'utiliser ce petit chef-d'œuvre au cours d'une opération. Autrement dit, c'est toi qui vas l'inaugurer.

Victor Mabasha s'approcha de la table.

— Prends-le, dit Konovalenko. À partir de maintenant, vous serez inséparables.

Il fut surpris par la légèreté de l'arme. En épaulant, il découvrit qu'elle était pourtant très équilibrée.

— Quel type de munitions ?

— Superplastic. Une variante sur mesure du prototype Spitzer. La balle doit aller vite et loin. Le modèle pointu est plus efficace pour vaincre la résistance de l'air.

Victor Mabasha posa le fusil et examina le revolver. C'était un Glock Compact 9 mm. Il en avait lu la description dans diverses revues, mais il n'en avait jamais tenu un dans sa main.

— Pour celui-là, dit Konovalenko, j'ai choisi des munitions standard. Pas de raison de se compliquer la vie.

— Je dois m'entraîner, pour le fusil. Ça va prendre du temps. Mais où y a-t-il un terrain de tir de huit cents mètres à l'abri des regards ?

— Ici. La maison a été choisie avec soin.

— Par qui ?

— Par ceux qui étaient chargés de cette mission.

Victor sentit que les questions impromptues irritaient l'homme du KGB.

— Il n'y a pas de voisins proches, poursuivit Konovalenko. Et le vent souffle sans arrêt. Personne n'entendra quoi que ce soit. Mais avant de commencer je voudrais faire une petite mise au point. Je propose qu'on aille dans le séjour.

Ils s'assirent face à face dans des fauteuils au cuir râpé.

— Les conditions sont très simples, commença Konovalenko. En fait, il n'y en a que trois. Tout d'abord, la difficulté exceptionnelle de ta mission. Pas seulement à cause des complications techniques, de la distance. Tu n'auras pas droit à l'erreur. Il faudra atteindre la cible du premier coup, il n'y aura pas de seconde chance. Deuxièmement : le plan sera finalisé à la dernière minute. Tu n'auras pas beaucoup de temps pour t'organiser, encore moins pour soupeser les alternatives. On t'a choisi pour ta compétence et ton sang-froid. Mais aussi parce que tu travailles seul. Là, tu seras plus seul que jamais. Personne ne te connaîtra, personne ne te viendra en aide. Troisièmement, il y a dans ce cas précis une dimension psychologique qu'il ne faut pas sous-estimer. Tu ne connaîtras l'identité de la cible qu'au dernier moment. Comme tu le sais, il s'agit d'une personnalité de premier plan. Mais quand tu découvriras qui c'est, tu auras presque le doigt sur la détente.

Victor Mabasha s'irrita du ton professoral de Konovalenko. Il faillit lui dire qu'il savait déjà qui c'était.

— Au cas où ça t'intéresserait, poursuivit Konovalenko en souriant, tu figurais dans les archives du KGB. Si je me souviens bien, tu étais caractérisé comme *un loup solitaire très utilisable.* Malheureusement, on ne peut plus le vérifier, puisque les archives ont été détruites.

Konovalenko se rembrunit à ce souvenir. Mais le silence ne dura qu'un instant.

— Nous n'avons pas beaucoup de temps. Ce n'est pas nécessairement un facteur négatif. Cela va te contraindre à une concentration extrême. Nos journées vont se partager entre les tirs d'entraînement, le travail psychologique et l'élaboration de différents scénarios. Par ailleurs, je crois savoir que tu n'es pas très bon conducteur.

— Dans ce pays, on roule à droite. Chez nous, on roule à gauche.

— Précisément. Ça va aiguiser ton attention. Je propose deux heures de conduite par jour. Des questions ?

— Plein. Mais je n'obtiendrai sans doute que peu de réponses.

— C'est exact.

— Comment Jan Kleyn a-t-il pu s'adresser au KGB ? Il déteste les communistes.

— Personne ne mord la main qui le nourrit. Il est vrai qu'on trouvait à l'époque au KGB quelques communistes convaincus. Mais pour la plupart, c'étaient des professionnels qui obéissaient aux ordres.

— Cela n'explique pas le contact avec Jan Kleyn.

— Quand on se retrouve au chômage sans préavis, on cherche du travail. À moins de préférer le suicide... L'Afrique du Sud m'a toujours semblé, comme à beaucoup de mes collègues, un pays discipliné et bien organisé. Je ne parle pas de la confusion actuelle. J'ai proposé mes services par l'intermédiaire des canaux qui existaient déjà entre nos services respectifs. Mes qualifications ont manifestement intéressé Jan Kleyn. Nous avons conclu un marché. Je me suis engagé à m'occuper de toi pendant quelques jours moyennant une rétribution fixée d'un commun accord.

— Combien ?

— Pas d'argent. Mais la possibilité d'émigrer en Afrique du Sud et certaines garanties concernant des opportunités de travail futures.

Importation de tueurs, pensa Victor Mabasha. C'est évidemment une sage décision, du point de vue de Jan Kleyn. À sa place, j'aurais peut-être fait pareil.

— D'autres questions ?

— Plus tard. Je préfère attendre.

Konovalenko bondit de son fauteuil avec une agilité surprenante.

— Le brouillard se dissipe, dit-il. Il y a du vent. Je propose que tu commences à te familiariser avec le fusil.

Les jours suivants, dans la ferme isolée où le vent soufflait en permanence, restèrent dans le souvenir de Victor Mabasha comme une attente prolongée avant la catastrophe. Mais celle-ci ne prit pas tout à fait la forme qu'il avait imaginée. En plein chaos, alors qu'il était déjà en fuite, ce fut comme s'il n'avait encore rien compris.

En surface, les journées avaient suivi le programme exposé par Konovalenko. Victor Mabasha apprécia immédiatement le fusil qu'on lui avait mis entre les mains. L'entraînement avait lieu sur un champ en friche, derrière la maison. Debout, assis, couché, il visait les cibles installées par Konovalenko, sur un remblai de sable à l'autre extrémité du terrain. Il tira sur des ballons de foot, des visages en carton, une vieille valise, une radio, des casseroles, des plateaux et d'autres objets non identifiables. Après chaque coup de feu, le résultat lui parvenait par talkie-walkie, et il ajustait la visée de façon imperceptible. Le fusil commençait lentement à obéir à ses ordres silencieux.

Les journées étaient divisées en trois parties, rythmées par les repas dont se chargeait Konovalenko. Victor Mabasha pensa plusieurs fois que le Russe avait de vastes connaissances, et un indéniable talent pour les transmettre. Jan Kleyn avait bien choisi son homme.

La sensation d'une catastrophe imminente venait d'ailleurs.

Elle était liée à l'attitude de Konovalenko, vis-à-vis de lui, le tueur professionnel noir. Il essaya d'ignorer le sous-entendu méprisant qui couvait dans chacune de ses répliques, mais cela devenait de plus en plus difficile. Lorsque son maître russe concluait la journée de travail en abusant de la vodka, le mépris s'affichait plus clairement que jamais. Il n'y eut jamais d'allusion ouvertement raciste qui aurait pu lui permettre de réagir. Mais cela n'arrangeait pas les choses, au contraire. Il sentait qu'il ne supporterait plus la situation très longtemps.

Lors des séances psychologiques dans les fauteuils en cuir, il avait pu constater à loisir que Konovalenko le croyait ignorant des réactions humaines les plus élémentaires. Afin de canaliser sa haine croissante à l'égard du petit homme arrogant aux dents grises, il résolut de jouer le jeu. Il faisait l'idiot, s'amusait à lancer des répliques stupides, et observait la profonde satisfaction de Konovalenko à voir ses préjugés ainsi confirmés.

La nuit, les chiens chanteurs hurlaient dans ses rêves. Il se réveillait parfois, croyant voir Konovalenko penché sur lui, le braquant avec une arme. Mais il n'y avait personne. Il restait ensuite jusqu'à l'aube sans trouver le sommeil. L'aube venait beaucoup trop vite.

Son seul répit était les excursions quotidiennes au volant. Deux voitures étaient garées dans la grange, dont une Mercedes qui lui avait été dévolue. Konovalenko se réservait la BMW ; il lui arrivait de partir, sans jamais dire où il allait.

Victor Mabasha conduisait sur des petites routes. Il trouva le chemin d'une ville qui s'appelait Ystad. Puis il poussa plus loin, le long de la côte, au gré de ses découvertes. Tout ça l'aidait à tenir le coup. Une nuit, il se leva pour compter les portions rangées dans le congélateur ; encore une semaine à passer dans la ferme solitaire.

Je dois tenir le coup. Un million de rands. Jan Kleyn s'attend à ce que je fasse ce qu'il faut.

Il croyait que Konovalenko gardait un contact régulier avec l'Afrique du Sud *via* l'émetteur radio, et que ces communications avaient lieu pendant ses propres virées automobiles. Il était certain que Konovalenko n'avait que du bien à dire de lui à Jan Kleyn.

La sensation d'une catastrophe imminente ne le lâchait pourtant pas. Chaque heure qui passait le rapprochait du point de rupture où il serait contraint de passer à l'acte. Pour ne pas vexer ses ancêtres et pour ne pas perdre définitivement le respect de lui-même.

Mais rien ne se passa comme prévu.

Ils étaient assis dans les fauteuils en cuir, il était environ quatre heures de l'après-midi, et Konovalenko parlait des difficultés qu'on pouvait rencontrer en tirant du haut de différentes sortes de toits.

Soudain, il se figea au milieu d'une phrase. Victor entendit une voiture freiner dans la cour.

Ils prêtèrent l'oreille, sans bouger. Une portière claqua.

Konovalenko, qui ne quittait jamais son arme – un simple Luger qu'il rangeait dans la poche de son survêtement –, se leva très vite et défit le cran de sûreté.

— Cache-toi, ordonna-t-il. Il ne faut pas qu'on te voie des fenêtres.

Victor Mabasha s'accroupit dans l'angle mort derrière la cheminée. Konovalenko ouvrit la porte qui donnait sur le verger abandonné, la referma doucement et disparut.

Combien de temps passa-t-il ainsi, accroupi derrière la cheminée ? Il y était encore lorsque la détonation claqua.

Lentement, il se redressa et entrebâilla un rideau. Konovalenko était dans la cour, penché sur quelque chose. Il sortit.

Une femme était allongée sur le dos, sur le gravier mouillé. Elle avait le front transpercé.

— Qui est-ce ?

— Comment veux-tu que je le sache ? En tout cas, elle était seule.

— Que voulait-elle ?

Konovalenko haussa les épaules. Comme distraitement, il ferma les yeux de la femme du bout de sa chaussure. Lorsqu'il eut fini, elle avait le visage maculé de terre.

— Elle m'a demandé son chemin.

Victor Mabasha ne sut jamais si c'était la chaussure sur le visage de la femme, ou le fait qu'elle eût été abattue simplement parce qu'elle demandait son chemin, qui le décida une fois pour toutes à supprimer Konovalenko.

Tuer une femme dans ces conditions aurait été impossible pour lui. Et il n'aurait jamais fermé les yeux de quelqu'un en posant le pied sur son visage.

— Tu es fou, dit-il.

Konovalenko haussa les sourcils.

— Qu'aurais-je pu faire d'autre ?

— Lui dire que tu ne connaissais pas la route.

Konovalenko rangea le Luger dans sa poche.

— Tu n'as toujours pas compris, dit-il. On n'existe pas. On disparaît dans quelques jours, on n'a jamais été ici.

— Elle demandait juste son chemin, insista Victor Mabasha qui commençait à transpirer. Il faut avoir une raison pour tuer quelqu'un.

— Retourne à l'intérieur. Je m'occupe d'elle.

Par la fenêtre, il vit Konovalenko fourrer le corps de la femme dans le coffre de la voiture. Une Toyota. Il revint une heure plus tard, à pied.

— Où est-elle ? demanda Victor Mabasha.

— Enterrée.

— Et la voiture ?

— Enterrée aussi.

— Tu as fait vite.

Konovalenko préparait du café. Il se retourna et sourit.

— Encore un enseignement pour toi. Peu importe le degré d'organisation, un imprévu est toujours possible. C'est pour cela qu'il faut avoir un plan inattaquable. À cette condition seulement, on peut improviser. Sinon, l'imprévu n'engendre que chaos et confusion.

Satisfait, il retourna à sa cafetière.

Je le tue, pensa Victor Mabasha. Quand tout sera fini, au moment de nous séparer, je le tue. Il n'y a plus de retour.

Cette nuit-là, il ne trouva pas le sommeil. Les ronflements de Konovalenko lui parvenaient de l'autre côté du mur. Jan Kleyn comprendrait.

Il est comme moi. Il aime l'ordre et la préméditation. Il déteste la brutalité, la violence gratuite.

Il veut que j'élimine De Klerk pour en finir avec les tueries incontrôlées qui dévastent le pays.

Un Konovalenko ne peut pas trouver refuge chez nous. Un monstre ne doit pas avoir accès au paradis.

Trois jours plus tard, Konovalenko lui annonça leur départ imminent.

— Je t'ai enseigné ce que je pouvais, dit-il. Tu maîtrises le fusil. Tu sais ce qu'il faudra penser en découvrant celui qui va surgir dans ta ligne de mire. Il est temps de rentrer en Afrique.

— J'ai une question. Le fusil ?

— Vous ne voyagerez pas ensemble bien entendu, dit Konovalenko sans cacher le dédain que lui inspirait cette question idiote. L'arme sera acheminée séparément. Tu n'as pas à t'en occuper.

— Deuxième question. Le revolver. Je ne l'ai pas essayé une seule fois.

— Inutile. Il est pour toi. Si tu échoues. C'est une arme impossible à tracer.

Faux, pensa Victor Mabasha. Cette arme n'est pas pour moi.

Elle est pour toi.

Ce soir-là, Konovalenko se mit dans un état d'ivresse sans précèdent. Ses yeux injectés de sang le dévisageaient avec insistance. Victor, de l'autre côté de la table, lui rendit son regard.

À quoi pense-t-il ? Cet homme a-t-il jamais connu l'amour ? Si j'avais été une femme, quel effet ça m'aurait fait de partager mon lit avec lui ?

Ces images le troublaient plus que de raison. Il voyait sans cesse la femme morte allongée dans la cour.

— Tu as beaucoup de défauts, dit Konovalenko soudain, brisant le silence. Mais le plus grave, c'est que tu es sentimental.

Sentimental ? Victor ignorait quel sens le Russe donnait à ce mot.

— Tu n'apprécies pas le fait que j'aie tué cette femme, poursuivit Konovalenko. Ces derniers jours, tu n'étais pas concentré. Tu as été mauvais sur le terrain de tir. Dans mon rapport final à Jan Kleyn, je soulignerai cette faiblesse. Elle m'inquiète.

— Ce qui m'inquiète, moi, c'est qu'on puisse être aussi brutal que tu l'es.

— Tu es plus bête que je ne le pensais, dit Konovalenko... Je suppose que c'est dans les gènes de la race noire.

Victor Mabasha laissa ces paroles pénétrer sa conscience. Puis il se leva lentement.

— Je vais te tuer...

Konovalenko secoua la tête en souriant.

— Non. Tu ne le feras pas.

Chaque soir, Victor avait empoché le revolver posé sur la table derrière la porte métallique. Il le tira de sa poche et pointa le canon vers Konovalenko.

— Tu n'aurais pas dû abattre cette femme, dit-il. Tu nous as humiliés l'un et l'autre.

— Tu es complètement fou.

Il avait peur maintenant. La peur au ventre...

— Je fais ce que je dois faire. Lève-toi. Lentement. Montre tes mains. Retourne-toi.

Konovalenko obéit.

Victor Mabasha eut le temps de penser que le Russe ne se retournait pas tout à fait assez vite. Il tira. La balle ricocha contre un rayonnage. Konovalenko s'était rejeté sur le côté.

Le couteau avait surgi de nulle part. Konovalenko se jeta sur lui avec un rugissement. La table céda sous leur poids, ils roulèrent sur le sol. Mabasha était costaud, mais le Russe l'était au moins autant. Victor vit la lame approcher de son visage. D'un coup de pied, il se dégagea. Il avait perdu le revolver. Il frappa Konovalenko au visage. Juste avant, il avait perçu une douleur fulgurante à la main gauche. Son bras était comme paralysé. Mais il parvint à s'emparer de la bouteille de vodka. De toutes ses forces, il l'abattit contre la tête du Russe. Konovalenko s'effondra et resta inerte.

Au même instant, Victor s'aperçut que l'index de sa main gauche n'était plus rattaché à sa paume que par un lambeau de peau.

Il sortit de la maison en chancelant. Il avait fracassé le crâne du Russe, aucun doute là-dessus. Il regarda le sang qui s'échappait de sa main en bouillonnant. Puis il serra les mâchoires et arracha le bout de peau. Le doigt tomba sur le gravier. Il retourna à l'intérieur, enveloppa sa main sanglante dans un torchon de cuisine, jeta quelques vêtements dans une valise, récupéra son revolver et claqua la porte. Il courut jusqu'à la Mercedes, démarra en trombe. Il conduisait beaucoup trop vite. Sur le chemin, il faillit percuter une voiture qui arrivait en sens inverse. Parvenu sur la route, il s'obligea à ralentir.

Mon doigt est pour toi, *songoma*. Ramène-moi à la maison. Jan Kleyn comprendra. C'est un *nkosi* sage. Il sait qu'il peut me faire confiance. Je vais faire ce qu'il m'a demandé. Je vais le faire et il me donnera un million de rands. Mais j'ai besoin de toi, *songoma*. En échange, je t'ai donné mon doigt.

Konovalenko s'était ramassé dans l'un des fauteuils en cuir. La douleur était abominable. Si la bouteille de vodka l'avait frappé de plein fouet, et non de biais, il aurait été mort. Il pressait contre sa tempe un torchon replié rempli de glaçons, en s'obligeant à réfléchir posément malgré la douleur. Ce n'était pas la première fois qu'Anatoli Konovalenko se retrouvait dans une situation critique.

Une heure plus tard, il avait envisagé toutes les

possibilités et pris sa décision. Il regarda sa montre. Deux fois par jour, il pouvait appeler l'Afrique du Sud et entrer en contact direct avec Jan Kleyn. Le prochain rendez-vous était dans vingt minutes. Il alla à la cuisine, pour renouveler son stock de glaçons. Un quart d'heure plus tard, il était à son poste au grenier. Jan Kleyn répondit après une minute. Ils n'utilisaient aucun nom lors de leurs échanges.

Konovalenko lui rendit compte des événements. La cage s'est ouverte, l'oiseau s'est envolé. Il n'a pas appris à chanter.

Jan Kleyn mit quelques instants à comprendre. Puis il formula une réponse limpide.

— Un autre oiseau sera envoyé prochainement. Attendez les instructions pour la livraison. D'ici là, retour au point de départ.

Konovalenko redescendit dans le séjour avec un sentiment de satisfaction profonde. Jan Kleyn avait compris qu'il n'avait fait que son devoir.

La quatrième condition, qui n'avait pas été communiquée à Victor Mabasha, était très simple.

Mets-le à l'épreuve, avait dit Jan Kleyn lors de leur entrevue à Nairobi. Teste sa résistance, découvre ses points faibles. Nous devons être certains qu'il tiendra le coup. L'enjeu est trop important. Dans le cas contraire, il faudra le remplacer.

Victor Mabasha n'avait pas tenu le coup. Sous l'apparente dureté, il n'y avait au fond qu'un nègre confus et sentimental.

Il fallait maintenant le retrouver et le liquider. Ensuite, il s'occuperait du nouveau candidat de Jan Kleyn.

Ce ne serait pas tout à fait simple. Victor Mabasha était blessé, et il était imprévisible. Mais Konovalenko ne doutait pas de sa réussite. Sa ténacité était bien connue, du temps du KGB. C'était un homme qui ne s'avouait jamais vaincu.

Konovalenko s'allongea sur le lit et dormit quelques heures.

Peu avant l'aube, il fit sa valise et la rangea dans le coffre de la BMW.

Avant de partir, il programma le détonateur qui ferait sauter la maison et la grange. Trois heures d'avance. Au moment de l'explosion, il serait déjà loin.

Il partit peu après six heures. Il comptait arriver à Stockholm en fin d'après-midi.

À l'entrée de l'autoroute E14, il aperçut deux voitures de police. Un court instant, il crut avoir été donné par Mabasha. Mais aucun policier ne réagit en le voyant passer.

Le mardi matin, peu avant sept heures, Jan Kleyn appelait Franz Malan à son domicile.

— On doit se voir. Il faut réunir le Comité au plus vite.

— Il s'est passé quelque chose ?

— Oui. Le candidat n'a pas tenu le coup. Il faut en choisir un autre.

11

L'appartement était situé à Hallunda, dans la banlieue de Stockholm.

Konovalenko y parvint tard dans la soirée, le 28 avril. Il avait pris son temps pour couvrir le trajet depuis la Scanie. Il aimait la vitesse, et la puissante BMW invitait aux abus. Mais il avait respecté les limites. Aux abords de Jönköping, il vit plusieurs automobilistes qui l'avaient doublé un peu plus tôt se faire intercepter dans un contrôle.

Il n'avait aucune confiance dans la police suédoise. Cela tenait au fond à son mépris pour le pays tout entier. La démocratie, il ne s'en méfiait pas seulement, il la haïssait. Elle lui avait confisqué une grande partie de sa vie. Même s'il faudrait du temps pour l'instaurer en Russie – où elle ne deviendrait peut-être jamais réalité –, il avait quitté Leningrad dés l'instant où il lui était apparu que la société soviétique ne pouvait plus être sauvée. Le coup fatal avait été porté par la tentative de coup d'État de l'automne 1991, lorsqu'un certain nombre de militaires haut placés et de cadres du Politburo de la vieille école avaient tenté de restaurer le système. Après l'échec du coup d'État, Konovalenko avait commencé à organiser sa fuite. Il savait qu'il ne pourrait jamais vivre dans une démocratie, quelle qu'elle soit. L'uniforme qu'il portait depuis son incorporation dans le KGB à l'âge de vingt ans à peine lui était devenu une deuxième peau ; et il ne pouvait pas s'écorcher vif.

Il n'était pas le seul dans ce cas. Les dernières années, alors que le KGB subissait des réformes dures, après la destruction brutale du mur de Berlin, ses collègues et lui avaient fébrilement envisagé l'avenir. Ils n'avaient aucune envie d'être traînés devant une cour de justice, comme leurs anciens collègues de la Stasi dans la nouvelle Allemagne. Konovalenko avait épinglé au mur de son bureau une carte du monde. Il l'avait étudiée pendant des heures, pour parvenir à ce constat lugubre que le monde de la fin du vingtième siècle ne lui convenait pas tout à fait. Les dictatures sud-américaines étaient d'une instabilité notoire. Les autocrates qui dirigeaient encore certains États africains ne lui inspiraient aucune confiance. En revanche, il pouvait s'imaginer vivre dans un pays fondamentaliste. L'islam en tant que tel lui était en partie indifférent, en partie haïssable. Mais il savait que les dirigeants entretenaient une police, à la fois officielle et secrète, aux pouvoirs étendus. Il avait cependant rejeté cette solution. Il ne pensait pas pouvoir s'adapter à des cultures trop différentes de la sienne, quel que soit le pays choisi. Et il ne voulait pas renoncer à la vodka.

Il avait aussi songé à proposer ses services à une entreprise de sécurité internationale. Mais il hésitait ; ce monde-là lui était étranger.

Pour finir, il ne restait qu'une seule option envisageable : l'Afrique du Sud. Il avait lu tout ce qu'il avait réussi à se procurer sur le sujet. Grâce à l'autorité dont disposaient encore les officiers du KGB, il avait pu ouvrir un certain nombre d'armoires à poisons littéraires et politiques. Ses lectures le confortèrent dans son projet. Il approuvait la politique raciale et l'influence considérable des organisations policières.

Il n'aimait pas les gens de couleur, les Noirs encore moins que les autres. Pour lui, c'étaient des individus inférieurs par nature, imprévisibles, souvent criminels. En revanche, l'idée de disposer de serviteurs et de jardiniers lui plaisait.

Anatoli Konovalenko était marié. Pourtant il envisageait sa nouvelle vie sans sa femme, Mira. Il était lassé d'elle depuis longtemps. La réciproque était sûrement vraie ; mais il n'avait jamais pris la peine de lui poser la question. Il ne restait de ce mariage qu'une habitude, sans contenu, sans émotion. Il s'était rattrapé en nouant des liaisons successives avec des femmes qu'il rencontrait par son travail.

Leurs deux filles menaient déjà leur propre vie. Il n'avait pas à s'inquiéter pour elles.

Il imaginait sa fuite loin de l'empire croulant comme une disparition pure et simple. Anatoli Konovalenko cesserait d'exister. Il changerait d'identité, peut-être aussi de physionomie. Sa femme se débrouillerait avec la pension qu'elle toucherait une fois qu'il serait déclaré mort.

Comme la plupart de ses collègues, Konovalenko avait au fil des ans mis au point un système d'issues secrètes, grâce auxquelles il pourrait toujours échapper à une éventuelle situation critique. Il avait une réserve de liquidités étrangères. Il disposait d'une batterie de passeports. Surtout, il s'était consti-tué un solide réseau au sein de l'Aeroflot, des doua-nes et des Affaires étrangères, au plus haut niveau. *La nomenklatura* fonctionnait comme une secte. La solidarité de ses membres était la principale garan-tie d'un mode de vie jamais remis en cause ; du moins jusqu'à l'incompréhensible implosion.

Sur la fin, tout était allé très vite. Il avait contacté Jan Kleyn, un officier de liaison entre le KGB et les services sud-africains. Ils s'étaient rencontrés lors d'une visite de Konovalenko, à la station soviétique de Nairobi. C'était son premier voyage sur le conti-nent africain. Ils s'étaient rapidement compris : Jan Kleyn lui avait clairement indiqué que ses ser-vices l'intéressaient ; en contrepartie, il lui avait fait miroiter une émigration possible, et une vie agréable à la clé.

Mais cela prendrait du temps. Konovalenko avait besoin d'une étape intermédiaire, après l'Union soviétique. Il avait choisi la Suède. Plusieurs de ses collègues lui avaient recommandé ce pays. Niveau de vie élevé, frontières perméables, possibilité d'isolement et d'anonymat. Il y avait aussi là-bas une colonie russe en pleine expansion. Les réseaux criminels, en particulier, étaient déjà bien implantés. Les rats étaient toujours les premiers à quitter le navire... Konovalenko savait que ces gens-là lui seraient utiles. Le KGB avait toujours eu une excellente collaboration avec les criminels russes. Pas de raison que ce ne soit pas aussi le cas en exil.

En ramassant sa valise dans le coffre, il pensa que ce pays modèle avait lui aussi ses taches honteuses. Hallunda, ville de banlieue sinistre, lui rappelait Leningrad ou Berlin. La décadence future semblait déjà inscrite sur les façades. Mais Vladimir Rykoff et sa femme Tania avaient eu raison de s'installer ici. Au milieu de tant de nationalités diverses, l'anonymat était bien plus facile à préserver. Et c'était vital pour eux.

Pour *lui*, plus exactement.

Lors de son arrivée en Suède, il s'était servi de Rykoff pour se fondre au plus vite dans son nouvel environnement. Rykoff était à Stockholm depuis le début des années 1980, contraint de fuir l'URSS après avoir abattu par erreur un commandant du KGB à Kiev. Comme il pouvait, par sa physionomie, passer pour un homme du Sud, il avait adopté une identité de demandeur d'asile iranien. Très vite, il avait obtenu le statut de réfugié, bien qu'il ne

203

connût pas un mot de persan. Après sa naturalisation, il avait repris son véritable nom. Il n'était iranien que dans ses contacts avec les autorités suédoises. Pour assurer sa subsistance et celle de sa femme, il avait réalisé quelques braquages simples dès le début de son séjour dans le camp de réfugiés de Flen. Cela lui avait procuré un capital de départ non négligeable. Puis il avait monté un bureau d'accueil pour les Russes qui débarquaient en Suède à flux continu, de façon plus ou moins légale. Cette agence de voyages un peu particulière connaissait un grand succès ; il avait par moments plus de clients qu'il ne l'aurait souhaité. Parmi ses collaborateurs, il comptait plusieurs représentants des autorités suédoises, occasionnellement aussi des responsables des services de l'immigration, et tout cela contribuait à donner à son agence une réputation d'efficacité. Parfois, les fonctionnaires suédois l'exaspéraient par leur réticence à se laisser corrompre. Mais, à condition de s'y prendre adroitement, ça finissait en général par marcher. Quant aux nouveaux arrivants, ils étaient toujours invités chez lui, à Hallunda, pour un vrai repas russe. Ce détail était très apprécié.

Konovalenko s'était vite aperçu que, sous ses airs durs, Rykoff était à la fois influençable et dépourvu de réel caractère. Du jour où Konovalenko commença à entreprendre sa femme et que celle-ci se montra tout à fait consentante, Rykoff n'eut plus rien à dire. Il était le factotum, l'exécutant des travaux pratiques. Konovalenko avait distribué les rôles, et l'autre se soumettait sans broncher.

Lorsque Jan Kleyn l'avait recontacté pour lui faire part de sa proposition – prendre en charge le tueur professionnel qu'il lui enverrait en vue d'une importante mission en Afrique du Sud –, il avait laissé le factotum s'occuper des détails. Rykoff avait déniché la maison en Scanie, fourni les voitures, constitué le stock de nourriture, contacté les faussaires et réceptionné les armes que Konovalenko avait fait sortir en fraude de Saint-Pétersbourg.

Rykoff avait une autre qualité.

Il n'hésitait pas à tuer au besoin.

Konovalenko, verrouilla les portières de la BMW et prit l'ascenseur jusqu'au cinquième étage. Il avait la clé, mais il préférait sonner. Le signal était simple : une version codée des premières mesures de *l'Internationale*.

Tania lui ouvrit. Surprise.

— Tu es déjà de retour ? Qu'as-tu fait du nègre ?

— Vladimir est là ?

Il lui laissa la valise et entra dans l'appartement. Quatre pièces meublées de coûteux fauteuils en cuir, de tables en marbre, avec stéréo et magnétoscope dernier cri, mauvais goût sur toute la ligne. Konovalenko n'aimait pas séjourner chez les Rykoff. Mais, dans l'immédiat, il n'avait pas le choix.

Vladimir sortit de la chambre à coucher, vêtu d'une luxueuse robe de chambre en soie. À la différence de Tania, qui était mince, Vladimir Rykoff débordait de partout. Comme si Konovalenko, lui avait personnellement ordonné de grossir. D'ailleurs, Vladimir n'aurait sans doute pas protesté.

Tania prépara un repas simple et posa une bouteille de vodka sur la table. Konovalenko leur raconta ce qu'ils avaient besoin de savoir. Il ne dit rien de la femme.

Victor Mabasha avait craqué, de façon incompréhensible. Il se trouvait maintenant quelque part en Suède. Il fallait l'éliminer.

— Pourquoi ne l'as-tu pas fait en Scanie ?

— Il y a eu des difficultés.

Vladimir n'insista pas.

Au cours du voyage en voiture, Konovalenko avait soigneusement examiné les faits. Victor Mabasha n'avait au fond qu'une seule possibilité de quitter le pays. C'était lui, Konovalenko, qui détenait les passeports, les billets et l'argent. Victor Mabasha chercherait, selon toute vraisemblance, à gagner Stockholm. S'il ne l'avait pas déjà fait. Et là, il serait accueilli par Rykoff.

Konovalenko se limita à quelques verres de vodka. Même si rien ne le tentait plus en cet instant que de se saouler à mort, il avait d'abord une mission à accomplir.

— Allez dans la chambre, dit-il aux Rykoff. Fermez la porte et allumez la radio. Je dois téléphoner, et je veux être tranquille.

Tania et Vladimir n'auraient pas manqué une occasion d'écouter aux portes. Cette fois, il ne le fallait pas. Konovalenko avait l'intention de parler à Jan Kleyn de la femme morte.

Cela lui permettrait de présenter la défaillance de Victor Mabasha sous un jour positif. Et de faire comprendre à Kleyn que c'était entièrement grâce à lui, Konovalenko, si la faiblesse du Noir avait été décelée à temps.

Deuxièmement, Jan Kleyn comprendrait, au cas où il l'ignorait encore, que Konovalenko était un homme entièrement dénué de scrupules.

Jan Kleyn lui avait dit à Nairobi que c'étaient

ceux-là dont on avait le plus besoin en Afrique du Sud aujourd'hui.

Des Blancs qui ne craignaient pas la mort.

Konovalenko composa le numéro qu'il avait mémorisé à Nairobi, et qui ne devait servir qu'en cas d'absolue nécessité. Du temps du KGB, il avait pris l'habitude d'exercer sans cesse sa mémoire en apprenant par cœur des numéros de téléphone.

Il faut s'y reprendre à quatre fois avant que le satellite au-dessus de l'Équateur accepte de renvoyer ses signaux vers la terre.

Konovalenko reconnut la voix enrouée au débit lent.

Il lui fallut un petit moment pour maîtriser l'écho, qui était d'une seconde environ vers l'Afrique australe.

Il lui fit son compte rendu, selon le code convenu. Victor Mabasha était *l'Entrepreneur*. Il avait soigneusement préparé sa harangue pendant le trajet vers Stockholm, et Jan Kleyn ne l'interrompit pas une seule fois.

La réponse, après un temps de silence, fut laconique.

— *L'Entrepreneur* doit être licencié sur-le-champ.

La conversation était terminée.

Parfait. Jan Kleyn avait interprété les événements de la bonne manière : Konovalenko avait empêché une catastrophe.

Il ne put résister à la tentation de coller son oreille à la porte de la chambre à coucher. Il n'entendit que le bruit de la radio.

Il s'assit à la table et remplit son verre. Maintenant il pouvait se lâcher. La porte resta fermée. Il avait besoin d'être seul.

207

En temps voulu, il ferait venir Tania dans la chambre où il logeait au cours de ses visites.

Le lendemain, il se leva de bonne heure. Doucement, pour ne pas réveiller Tania. Rykoff buvait du café à la cuisine. Konovalenko se servit une tasse et s'assit en face de lui.

— Tôt ou tard, Mabasha viendra à Stockholm. J'ai même l'intuition qu'il y est déjà. Je lui ai coupé un doigt avant qu'il disparaisse. Il aura donc un bandage, ou un gant pour protéger sa main gauche. Il va sûrement rendre visite aux clubs où se retrouvent les Africains de la ville. S'il veut me trouver, il n'a pas le choix. Tu vas donc répandre la nouvelle qu'il y a un contrat sur lui. Cent mille couronnes. Ne cite pas mon nom. Dis juste que le commanditaire est solide.

— C'est beaucoup d'argent, commenta Vladimir.

— C'est mon problème. Fais ce que je te dis. Rien ne t'empêche d'ailleurs de gagner les cent mille couronnes toi-même. Ou pourquoi pas moi ?

Konovalenko aurait volontiers vidé un chargeur dans la cervelle de Mabasha. Mais c'était sans doute un peu trop demander.

— Ce soir, on fera le tour des clubs, toi et moi. D'ici là, le contrat doit être porté à la connaissance de tout le monde. Allez, bouge. Tu as un travail à faire.

Vladimir se leva. Malgré sa graisse, il était extrêmement efficace quand la situation l'exigeait.

Une demi-heure plus tard, Vladimir quittait l'appartement. Konovalenko, debout à la fenêtre, le vit monter dans une Volvo, qui lui parut d'un modèle plus récent que celle qu'il avait vue la dernière fois.

Ce type-là, songea-t-il, ne pense qu'à s'empiffrer à mort. Son plaisir, c'est de s'acheter de nouvelles voitures. Il mourra sans avoir connu le bonheur de repousser ses propres limites.

La différence entre lui et un ruminant est infime. À supposer qu'elle existe.

Pour sa part, Konovalenko avait aussi à faire, ce jour-là. Il devait se procurer cent mille couronnes. Son unique interrogation concernait le choix de la banque.

Il rentra dans la chambre. Un court instant, il fut tenté de retourner sous la couette et de réveiller Tania. Il s'habilla en silence.

Peu avant dix heures, il quittait à son tour l'appartement de Hallunda.

Dehors il pleuvait. Et il faisait froid.

Il se demanda où était Victor Mabasha en cet instant.

À quatorze heures quinze, le mercredi 29 avril, Anatoli Konovalenko dévalisa l'agence de Handels-banken à Akalla. Cela ne lui prit pas plus de deux minutes. Il sortit de la banque en courant et sauta dans la voiture qu'il avait laissée au coin de la rue sans couper le moteur.

Il pensait avoir récolté plus du double de la somme nécessaire. De quoi s'offrir un excellent dîner au restaurant, avec Tania. Mais pas tout de suite.

Il quitta le bourg et prit à droite. Soudain, il pila net. Deux voitures de police bloquaient la route. Qu'est-ce que... ? Comment avaient-ils eu le temps d'installer un barrage ? Cela faisait à peine dix minutes qu'il avait quitté la banque et que l'alarme s'était déclenchée. Et comment pouvaient-ils prévoir qu'il choisirait cette route-là ?

Il enclencha la marche arrière, fit crisser les pneus. Au passage, il arracha une poubelle et abîma son pare-chocs arrière contre un arbre. Il n'était plus question de respecter les limites de vitesse. Il fallait improviser une fuite.

En entendant le hurlement des sirènes derrière lui, il jura à haute voix. Comment cela avait-il pu se produire ? Pour couronner le tout, il ne connaissait pas le secteur au nord de Sundbyberg. Il devait à tout prix rejoindre une autoroute qui le ramènerait en ville. Mais il n'avait pas la moindre idée de l'endroit où il se trouvait.

En peu de temps, il s'égara dans une zone industrielle et découvrit qu'il était dans un cul-de-sac. La police lui collait encore aux fesses, même s'il avait creusé l'écart en grillant deux feux rouges. Il bondit hors de la BMW, le sac plastique dans une main, le revolver dans l'autre. Lorsque la première voiture pila net, il leva son arme. La balle pulvérisa le pare-brise. Cela lui donnerait au moins l'avance nécessaire. La police ne se lancerait pas à sa poursuite avant d'avoir appelé des renforts.

Il escalada une clôture et se retrouva au milieu d'un chantier, à moins que ce ne fût une décharge. Mais il eut de la chance. Il y avait une voiture. Un couple en quête de tranquillité... Konovalenko n'hésita pas une seconde. Il s'approcha par-derrière. La vitre était baissée. Il appuya le canon contre la tempe du jeune homme.

— Ne bouge pas. Maintenant, tu vas sortir de la voiture. Laisse les clés sur le contact.

L'autre était comme pétrifié. Konovalenko n'avait

pas le temps d'attendre. Il ouvrit la portière, le fit sortir de force et prit sa place au volant. Puis il regarda la fille.

— Tu as une seconde pour te décider.

Elle hurla, mais parvint à s'extirper in extremis de la voiture. Konovalenko démarra. Il n'était plus pressé. Les sirènes approchaient, mais ses poursuivants ne pouvaient pas savoir qu'il avait déjà trouvé un nouveau moyen de transport.

Est-ce que j'ai tué quelqu'un ? Je le saurai en allumant la télé ce soir.

Il laissa la voiture devant la bouche de métro de Duvbo et retourna à Hallunda en métro. Tania et Vladimir étaient sortis. Il ouvrit avec sa clé, posa sur la table le sac en plastique contenant l'argent et alla chercher la bouteille de vodka. Après quelques rasades, la tension se dissipa et il constata que tout s'était passé au mieux. S'il avait blessé ou tué un policier, il y aurait du grabuge en ville. Mais il ne voyait pas en quoi cela pourrait empêcher, ou même retarder, la liquidation de Mabasha.

Il compta les billets. Cent soixante-deux mille couronnes.

À dix-huit heures, il alluma le poste. Tania, entre-temps, était rentrée. Elle préparait le repas du soir à la cuisine.

Il ne fut pas déçu. Le sujet avait droit à la première place. Il constata avec surprise que son geste, qui ne visait qu'à exploser le pare-brise, aurait en d'autres circonstances été considéré comme un coup de maître. La balle avait touché le conducteur à l'angle du nez et du front, entre les deux yeux. Il était mort sur le coup.

Une photo du policier tué apparut à l'écran. Il

s'appelait Klas Tengblad. Vingt-six ans, marié, deux enfants en bas âge.

La police savait uniquement que le tueur était seul, et que c'était le même homme qui avait quelques minutes auparavant cambriolé la filiale de Handelsbanken à Akalla.

Konovalenko fit la grimace. Au même instant, il vit Tania le dévisager depuis le seuil.

— Qu'est-ce qu'on mange ? fit-il en appuyant sur le bouton de la télécommande. J'ai faim.

Vladimir les rejoignit alors qu'ils finissaient de dîner.

— Un hold-up, commenta Vladimir. Un policier mort. Ça ne va pas manquer de flics en ville ce soir...

— Ce sont des choses qui arrivent, répliqua Konovalenko. Tu as fait ton travail ?

— D'ici minuit, il n'y aura pas un seul Russe qui ignorera qu'il y a cent mille couronnes à gagner.

Tania le servit.

— Était-ce vraiment indispensable ? poursuivit Rykoff.

— Qu'est-ce qui te fait croire que c'est moi ?

Vladimir haussa les épaules.

— Un tireur d'élite. Un casse. Un accent étranger...

— Je ne l'ai pas visé. C'était un coup de chance. Ou de malchance, comme on voudra. Mais il serait peut-être plus prudent que tu y ailles sans moi ce soir. Emmène Tania.

— Il y a quelques clubs dans le quartier de Söder. Pas mal d'Africains s'y retrouvent. Je pensais commencer par là.

À vingt heures trente, Tania partit avec Vladimir. Konovalenko prit un bain et s'installa ensuite devant la télé. Les bulletins d'information parlaient longuement du policier tué. Mais on n'avait pas de piste pour l'instant.

Bien sûr.

Il s'était assoupi dans son fauteuil lorsque le téléphone sonna. Un signal. Silence. Sept signaux. Silence. Lorsque le téléphone sonna pour la troisième fois, Konovalenko prit le combiné et perçut à l'arrière-plan le vacarme caractéristique d'une discothèque.

— Tu m'entends ? cria Vladimir.

— Je t'entends.

— Moi, je m'entends à peine. Mais j'ai du nouveau.

— Quelqu'un a vu Mabasha à Stockholm ?

— Mieux que ça. Il est ici.

Silence.

— Est-ce qu'il t'a repéré ?

— Non. Mais il est sur ses gardes.

— Accompagné ?

— Non. Il est seul.

Konovalenko réfléchit. Vingt-trois heures vingt. Était-ce la bonne décision ?

— Donne-moi l'adresse, dit-il. Attends-moi dehors. Entretemps, tu étudies le terrain. Issues de secours, etc.

— Entendu.

Konovalenko vérifia son arme et glissa un chargeur supplémentaire dans sa poche. Puis il alla dans sa chambre et ouvrit le coffre en fer-blanc placé contre le mur. Il choisit deux grenades lacrymogènes et deux masques à gaz qu'il enfouit dans le sac en plastique qui lui avait auparavant servi à ranger l'argent de la banque.

Pour finir, il se peigna soigneusement devant le

213

miroir de la salle de bains. Ça faisait partie du rituel avant une mission importante.

À minuit moins le quart, il quitta l'appartement de Hallunda et prit un taxi jusqu'à Stockholm. À Östermalmstorg, il changea de voiture et demanda à être conduit à Söder.

La discothèque était au numéro 45. Konovalenko avait dit au chauffeur de le laisser devant le 60. Il descendit et se dirigea à pied vers la discothèque. Vladimir se détacha de l'ombre.

— Il est encore là, dit-il. Tania est rentrée.

— Très bien. Il ne reste plus qu'à le cueillir.

Vladimir lui décrivit la disposition des lieux.

— Bien. Où se trouve-t-il ?

— Au bar.

Ils enfilèrent les masques à gaz.

Vladimir ouvrit la porte d'un coup de pied et bouscula les deux videurs. Konovalenko balança ses grenades lacrymogènes dans le local.

12

Donne-moi la nuit, *songoma*. Comment vais-je supporter cette lumière qui ne me laisse aucun repos ? Pourquoi m'as-tu envoyé dans ce pays étrange où l'être humain a été privé de sa nuit… Je t'ai offert mon doigt, *songoma*. Un morceau de moi pour que tu me rendes la nuit. Mais tu m'as abandonné. Tu m'as laissé seul. Aussi seul qu'une antilope épuisée qui ne trouve plus la force d'échapper au guépard.

Victor Mabasha avait vécu sa fuite comme un voyage dans un état d'apesanteur proche du rêve. Comme si son âme voyageait à part, invisible, tout près de lui. Il croyait sentir son propre souffle sur sa nuque. Dans la Mercedes, dont les sièges en cuir lui rappelaient l'odeur lointaine des antilopes écorchées, il ne restait plus que son corps. Sa main, surtout. L'index avait disparu, mais subsistait malgré tout, comme une douleur exilée.

Dès le départ de cette fuite sauvage, il s'était obligé à contrôler ses pensées et ses actes. Je suis un Zoulou, se répétait-il encore et encore. J'appartiens au peuple des guerriers invaincus, je suis un fils du Ciel. Mes ancêtres étaient toujours en première ligne quand nos *impis* partaient au combat. Nous avons vaincu les Blancs longtemps avant qu'ils ne chassent les *bushmen* au loin, dans les déserts de la mort, longtemps avant qu'ils ne proclament que notre terre était à eux. Nous les avons vaincus au pied d'Isandlwana et nous avons orné les *kraals* des rois avec leurs mâchoires. Je suis un Zoulou. Je supporte la douleur, et il me reste neuf doigts. Autant de doigts que le chacal a de vies.

À bout de forces, il avait choisi au hasard un chemin de forêt et s'était arrêté au bord d'un petit lac. La noirceur de l'eau lui avait tout d'abord fait croire à du pétrole. Il s'était assis sur une pierre, il avait déplié le torchon sanglant et il s'était obligé à regarder sa main. Elle saignait encore. Elle lui parut étrangère. La douleur était plus dans sa tête que dans la plaie.

Comment Konovalenko avait-il pu le battre de vitesse ? Une infime hésitation l'avait perdu. Et il avait agi sans réfléchir. Comme un enfant égaré. Il avait manqué de dignité vis-à-vis de lui-même, et vis-à-vis de Jan Kleyn. Il aurait dû rester, fouiller les bagages du Russe, dénicher les billets d'avion et l'argent. Au lieu de cela, il avait fui en n'emportant que quelques vêtements et le revolver. Impossible de retrouver le chemin de la ferme. Il n'y avait plus de retour.

La faiblesse, pensa-t-il. Je ne l'ai jamais vaincue, bien que j'aie renoncé à toutes les loyautés de mon enfance. La *songoma* me l'a envoyée en punition. Elle a écouté les esprits et laissé les chiens chanter mon chant, celui de la faiblesse que je ne surmonterai jamais.

Le soleil, qui ne semblait jamais prendre de repos dans ce pays étrange, s'élevait déjà au-dessus de l'horizon. Un oiseau de proie s'envola d'un arbre et disparut par-dessus le lac lisse comme un miroir.

Avant toute chose, il devait dormir. Quelques heures, pas davantage. Il n'avait pas besoin de beaucoup de sommeil. Ensuite, son cerveau pourrait à nouveau l'aider.

À une époque qui lui semblait aussi lointaine que celle de ses ancêtres, son père, *Okumana*, l'homme qui forgeait les fers de lance mieux que quiconque, lui avait expliqué que, tant qu'on était vivant, il y avait toujours une issue. La mort, elle, était l'ultime cachette. Le dernier recours, lorsqu'il n'y avait plus aucune possibilité d'échapper à la menace. Quant aux autres issues, on ne les voyait souvent pas de prime abord. C'était pour cela que l'homme, à la différence des animaux, possédait un cerveau. Pour voir à l'intérieur, pas à l'extérieur. À l'intérieur, vers les lieux secrets où les esprits des ancêtres attendaient pour guider les humains dans leur vie.

Un humain qui perd son identité n'est plus un humain. Il devient un animal. C'est ce qui m'est arrivé. J'ai commencé à tuer des gens parce que moi-même, j'étais mort. Enfant, je voyais les panneaux, les panneaux ignobles qui montraient les endroits autorisés aux Noirs et ceux qui étaient réservés aux Blancs seulement. Là, déjà, j'ai commencé à rétrécir. Un enfant doit grandir, pousser, mais dans mon pays l'enfant noir devait apprendre à devenir de plus en plus petit. J'ai vu mes parents dépérir sous le poids de leur propre invisibilité, leur amertume contenue. J'étais un enfant obéissant. J'ai appris à n'être personne, un rien parmi les riens. L'apartheid à été mon véritable père. J'ai appris ce que nul devrait apprendre. Vivre avec l'hypocrisie, le mépris, un mensonge transformé en vérité unique, protégé par la police et par les lois mais surtout par un fleuve d'eau blanche, un flot de paroles sur la différence naturelle entre les Noirs et les Blancs, la supériorité de la civilisation blanche. Cette supériorité-là a fait de moi un tueur, *songoma*. Parfois je pense que c'est la conséquence directe de mon enfance passée à rétrécir. Car cette fausse supériorité des Blancs, qu'a-t-elle été d'autre qu'un pillage systématique de nos âmes ? Quand notre désespoir a explosé en rage destructrice, les Blancs n'ont pas vu le désespoir, pas plus que notre haine, qui était infiniment plus grande, et que nous portions depuis trop de temps. Quand je regarde en moi, je vois mes pensées et mes sentiments fendus en deux comme par une épée. Je peux me passer d'un doigt. Mais comment pourrais-je vivre sans savoir qui je suis ?

Il tressaillit. Il avait failli s'endormir. À la lisière du sommeil et du rêve, des pensées oubliées lui étaient revenues.

Il resta longtemps assis sur la pierre au bord du lac. Les souvenirs affluaient tout seuls. Il n'avait pas besoin de les appeler.

Été 1967. Il venait d'avoir six ans. Les enfants jouaient dans la poussière du bidonville, près de Johannesburg. Ils venaient de se fabriquer un ballon de papier et de ficelle. Soudain, Victor s'aperçut que le ballon lui obéissait. Il pouvait le traiter comme il voulait, le ballon le suivait comme un chien. Aucun des autres enfants ne parvenait à le lui enlever. Son premier grand rêve naquit ce jour-là. Il serait le meilleur joueur de rugby d'Afrique du Sud.

Il avait ressenti une joie insensée. Les esprits de ses ancêtres avaient été bons pour lui. Il remplit une bouteille d'eau à un robinet et l'offrit en sacrifice à la terre rouge.

Au cours de ce même été, un marchand d'alcool, un Blanc s'était arrêté avec sa voiture dans la poussière où Victor jouait avec son ballon. L'homme resta longtemps assis à contempler le garçon noir surdoué.

Le ballon roula jusqu'à la voiture. Victor approcha prudemment, fit une courbette et le ramassa.

— Dommage, dit l'homme. Je n'ai jamais vu un tel sens de la balle. Dommage que tu sois noir.

Il suivit du regard un avion qui dessinait une traînée blanche sur le ciel.

Il ne se rappelait pas la douleur. Mais elle avait bien dû exister, sur le moment... Ou bien le petit garçon de six ans était-il déjà si conditionné, si convaincu que l'injustice était un aspect naturel de la vie, qu'il n'avait pas même réagi ? Mais, dix ans plus tard, tout avait changé.

Juin 1976. Soweto. Quinze mille élèves étaient rassemblés devant les bâtiments de l'Orlando West Junior Secondary School. Il n'en faisait pas partie. Lui vivait dans la rue, petit voyou de seize ans, de plus en plus adroit, de plus en plus cynique. Il ne volait encore que les Noirs, mais son regard se portait déjà vers les possibilités bien plus intéressantes qu'offraient les quartiers blancs. Il se trouvait devant l'école par hasard. Il se laissa entraîner par la foule des élèves. Il partageait leur colère à la perspective de devoir poursuivre leurs études dans la langue détestée des Boers. Il se souvenait encore de la jeune fille qui avait brandi le poing en criant au président absent : *Vorster ! Apprends le zoulou et on apprendra l'afrikaans !* Le chaos était à l'intérieur de lui. Le drame extérieur, les policiers qui frappaient sans discrimination avec leurs *sjamboks*, ne l'atteignit que plus tard. Il avait lui aussi jeté des pierres. Avec son sens inné de la balle, il visait juste presque à chaque coup. Il vit un policier se tâter la joue, le sang coulait entre ses doigts, il se rappela l'homme dans la voiture et ce qu'il avait dit alors qu'il se penchait dans la poussière rouge pour récupérer son ballon de papier. Soudain, il fut cerné. Les fouets commencèrent à lui lacérer la peau. Il crut ressentir leur morsure aussi à l'intérieur, tant la douleur était intense. Il se rappelait surtout un policier, un gros homme rouge qui puait l'alcool. Dans ses yeux, il avait vu la peur. En cet instant, il comprit qu'il était le plus fort. Par la suite, la peur qui était au cœur de l'homme blanc le remplirait toujours d'un mépris sans fond.

Il fut soudain alerté par un mouvement de l'autre côté du lac. Une barque. Un homme ramait à grands gestes lents. Le bruit des tolets lui parvenait malgré la distance.

Il se leva de la pierre. Vertige. Il comprit qu'il devait faire soigner sa main par un médecin. Il avait toujours eu tendance à saigner beaucoup. Il devait aussi trouver à boire. Il remonta en voiture, mit le contact et vit qu'il avait encore de l'essence pour une heure de route, pas plus.

Revenu sur la voie principale, il reprit la même direction qu'avant.

Il lui fallut quarante-cinq minutes pour parvenir à une bourgade. Älmhult. Ça se prononçait comment ? Il s'arrêta à une station-service. Konovalenko lui avait donné de l'argent pour l'essence. Il lui restait deux billets de cent couronnes, et il avait appris à se servir de la caisse automatique. Sa main blessée le gênait et attirait l'attention.

Un homme âgé se proposa de l'aider. Victor Mabasha ne comprit pas ce qu'il disait, mais hocha la tête et essaya de sourire. Il prit pour cent couronnes d'essence ; cela ne faisait jamais que dix litres. Mais il avait besoin de manger quelque chose et surtout, de boire. Il entra dans la station-service après avoir marmonné un *tack* au vieil homme et déplacé sa voiture. Il acheta du pain et deux litres de Coca-Cola. Il lui restait quarante couronnes. Sur la carte punaisée au dos de la caisse entre deux réclames, il essaya de trouver Älmhult, en vain.

Il retourna à la voiture et arracha un bout de pain avec ses dents. Il avait dû vider une bouteille entière de Coca pour étancher sa soif.

Et maintenant ? Comment trouver un médecin ou un hôpital ? Il n'aurait pas de quoi payer. Le personnel refuserait de s'occuper de lui.

La conclusion s'imposait d'elle-même. Le revolver dans la boîte à gants était sa seule issue.

Il laissa Älmhult derrière lui et continua à travers les forêts qui semblaient s'étendre à l'infini.

J'espère que je n'aurai pas à me servir de cette arme. Je ne veux tuer personne avant d'avoir rempli ma mission.

La première fois que j'ai tué, *songoma*, je n'étais pas seul. Pourtant je ne peux pas oublier ce visage, alors que j'ai du mal à me souvenir des suivants. C'était un matin de janvier dans le cimetière de Duduza. En 1981. Les pierres tombales étaient fêlées, *songoma*. Je me souviens d'avoir pensé que je marchais sur le toit des morts. Un vieux parent devait être enterré ce matin-là, je crois que c'était un cousin de mon père. D'autres cérémonies se déroulaient au même moment un peu plus loin. Soudain, il y eut un remue-ménage. Un cortège se dispersait. J'ai vu une fille courir entre les pierres, elle courait comme un lévrier poursuivi, elle était poursuivie. Quelqu'un a crié qu'elle était une donneuse, une Noire qui travaillait pour la police. Elle a été capturée. Elle hurlait, sa détresse était pire que tout ce que j'avais pu voir jusque-là. Ils l'ont rattrapée, renversée, matraquée, elle était couchée entre les pierres tombales et elle vivait encore. Alors on a commencé à ramasser des branches mortes et des touffes d'herbe dans le cimetière. Je dis « on », parce que soudain je faisais partie de la meute. Une femme noire qui informait la police, quel droit avait-elle de vivre ? Elle avait beau supplier, son corps a bientôt été recouvert d'herbe et de branches sèches. On l'a brûlée vive. Elle essayait d'échapper aux flammes, mais on l'a maintenue jusqu'à ce que son visage noircisse. C'était le premier être humain que je tuais, *songoma*, et je ne l'ai jamais oublié, car, en la tuant, je me suis tué moi-même. L'apartheid avait triomphé. J'étais devenu une bête, *songoma*. C'était fini.

Sa main le faisait à nouveau souffrir. Il essayait de la remuer le moins possible. Il s'était arrêté dans la forêt pour attendre. Le soleil était encore haut dans le ciel. Pas besoin de regarder sa montre. Il avait encore de longues heures à passer dans la voiture, avec ses pensées pour seule compagnie.

Je n'ai aucune idée de l'endroit où je suis. C'est peut-être à cela que ressemble le monde en réalité ? Il n'y a pas d'*ici* ou de *là-bas*. Seulement un *maintenant*.

L'étrange crépuscule suédois, presque invisible, finit par tomber. Il chargea le revolver et le glissa dans sa ceinture.

Ses couteaux lui manquaient.

Il regarda la jauge. Il faudrait bientôt remettre de l'essence.

Après quelques kilomètres, il découvrit un petit magasin ouvert malgré l'heure tardive. Il coupa le moteur et attendit. Lorsque le client fut sorti, il défit le cran de sûreté et entra. C'était un vieil homme qui tenait la boutique. Victor indiqua la caisse avec son arme. L'homme essaya de dire quelque chose. Victor tira en l'air et désigna à nouveau la caisse. L'homme l'ouvrit. Il tremblait. Victor se pencha, déplaça le revolver vers sa main blessée et ramassa les billets. Puis il sortit aussi vite qu'il était entré.

Il n'eut pas le temps de voir le vieil homme s'affaisser derrière le comptoir. Sa tête heurta le sol en ciment. Exactement comme si un voleur l'avait agressé.

Mais il était déjà mort. Son cœur n'avait pas supporté le choc.

En sortant, Victor Mabasha s'était coincé le bandage dans la porte. Ignorant la douleur, il dégagea sa main d'un mouvement brusque.

Dehors, il aperçut une fille. Elle pouvait avoir treize ans, ses yeux étaient immenses. Elle regardait fixement sa main ensanglantée.

Il leva son arme. Non. Il ne pouvait pas faire ça. Il laissa retomber son bras et courut vers sa voiture.

La police ne tarderait pas à le rechercher. Un homme noir à la main mutilée. La fille qu'il n'avait pas eu la force de tuer parlerait. Il se donnait quatre heures tout au plus avant de devoir trouver une autre voiture.

Il s'arrêta à une station-service automatisée et remplit le réservoir. Un peu plus tôt, il avait vu le nom de Stockholm sur un panneau indicateur.

La fatigue le submergea. Il serait bientôt obligé de s'arrêter pour dormir.

Il espérait trouver quelque part un autre lac aux eaux noires immobiles.

Il le découvrit dans la grande plaine, au sud de Linköping. À ce moment-là, il avait déjà changé de voiture. Aux abords de Huskvarna, il s'était arrêté devant un motel ; il avait réussi à forcer la portière d'une autre Mercedes et à faire démarrer. Il avait continué tant que ses forces le lui permettaient. En approchant de Linköping, il s'engagea sur une petite route, puis sur une autre, plus petite encore. Soudain, il avait vu le lac. Il était minuit. Il s'endormit, roulé en boule à l'arrière.

Je sais que je rêve, *songoma*. Pourtant, c'est toi qui parles. Tu évoques le grand Chaka, le guerrier, l'orgueil du peuple zoulou, qui éveillait chez tous une crainte sans bornes. Lorsqu'il se mettait en colère, les gens, de peur, s'écroulaient et ne se relevaient plus. Il n'hésitait pas à faire exécuter un régiment entier, si celui-ci n'avait pas montré assez de bravoure au combat, au cours de l'une de ces guerres innombrables, qui ne prenaient jamais fin. Chaka est mon ancêtre. J'ai entendu parler de lui, le soir, autour des feux, quand j'étais un petit enfant. Je comprends maintenant que mon père pensait à lui pour oublier le monde blanc où on le forçait à vivre. Pour supporter les mines, la terreur des éboulements dans les galeries, les gaz qui lui brûlaient les poumons. Mais tu me parles d'autre chose, *songoma*. Tu me racontes que Chaka, le fils de Senzangakhona, fut comme métamorphosé après la mort de Noliwa, la femme qu'il aimait. Son cœur se remplit d'une grande nuit, il ne pouvait plus éprouver d'amour pour les gens ni pour la terre, rien qu'une haine qui le dévorait comme des parasites, de l'intérieur. Peu à peu, tous ses traits humains disparurent, à la fin il ne resta de lui qu'une bête, qui ne pouvait plus se réjouir qu'en tuant, en voyant le spectacle du sang et de la souffrance. Mais pourquoi me racontes-tu cela ? Suis-je déjà devenu comme lui ? Je ne veux pas te croire, *songoma*. Je tue, mais pas sans discrimination. J'aime voir les femmes danser, leurs corps qui vibrent, leur peau sombre contre l'éclat des feux. Je veux voir danser mes propres filles, *songoma*. Danser sans s'interrompre, jusqu'à ce que mes yeux se ferment et que je retourne dans le monde souterrain, où je te rencontrerai et où tu me dévoileras le dernier secret…

Il se réveilla en sursaut. Il était cinq heures du matin.

Un oiseau chantait. Il n'avait encore jamais entendu un chant semblable. Il continua sa route vers le nord.

Peu avant onze heures, il arriva à Stockholm.

C'était un mercredi. Veille de la Sainte-Walpurgis, le 29 avril 1992.

13

Les trois hommes masqués avaient surgi au moment où l'on servait le dessert. En l'espace de deux minutes, leurs mitraillettes déchargèrent trois cents balles sur les convives. Ils disparurent. Une voiture les attendait.

Il y eut un grand silence. Puis les hurlements.

C'était la réunion annuelle du célèbre club des dégustateurs de Durban. Le comité des fêtes avait soigneusement pris en compte l'aspect sécuritaire, en choisissant de tenir le traditionnel dîner de clôture au club de golf de Pinetown, à quelques dizaines de kilomètres de Durban. La ville de Pinetown n'avait jamais encore été exposée aux violences qui touchaient de plus en plus la province du Natal. Le gérant s'était engagé à renforcer le dispositif habituel en prévision de cette soirée.

Mais les gardes furent abattus avant d'avoir pu donner l'alerte. La clôture avait été cisaillée. Les auteurs de l'attentat avaient même réussi à étrangler un berger allemand.

Il y avait au total cinquante-cinq personnes dans le restaurant ce soir-là. Tous les membres du club des dégustateurs étaient blancs. Le service était assuré par des Noirs, quatre hommes et une femme. Le chef portugais, les cuisiniers noirs et leurs aides avaient réussi à fuir par la porte de service. Quand tout fut fini, neuf cadavres étaient étendus parmi les chaises renversées, la faïence brisée, les coupes de salade de fruits pulvérisées et des débris épars de l'armature du plafond. Dix-sept personnes étaient plus ou moins grièvement blessées. Les autres étaient bouleversés ; parmi eux, une femme âgée qui ne tarderait pas à décéder d'une crise cardiaque.

Plus de deux cents bouteilles de vin rouge avaient explosé au cours de la fusillade. La police qui débarqua peu après le massacre eut du mal à distinguer le vin du sang.

Le commissaire Samuel de Beer de la brigade criminelle de Durban fut l'un des premiers à arriver sur les lieux. Il était accompagné du commissaire adjoint Harry Sibande. De Beer avait beau afficher ouvertement ses opinions racistes, Harry Sibande avait appris à négliger le mépris de son chef. Cela lui était d'autant plus facile qu'il se savait depuis longtemps être un bien meilleur flic que De Beer.

Ils avaient fait le tour du champ de bataille, tandis que les morts et les blessés étaient chargés à bord des ambulances qui faisaient la navette entre Pinetown et les différents hôpitaux de Durban.

Les témoins, encore sous le choc, n'avaient pas grand-chose à dire. Trois hommes masqués. Mais leurs mains étaient noires.

De Beer était donc face à un attentat. L'un des plus graves commis par les fractions armées noires cette année-là dans le Natal. Ce soir-là, le 30 avril 1992, ce fut comme si la guerre civile devenait réalité.

De Beer contacta le soir même les services de renseignement à Pretoria. On promit de lui envoyer du monde dès le lendemain matin. Le département militaire chargé des attentats politiques et des actions terroristes mettrait également un enquêteur expérimenté à sa disposition.

Le président fut informé de l'événement peu avant minuit. Ce fut Pik Botha qui l'appela à son domicile, sur la ligne d'urgence.

De Klerk réagit avec irritation.

— Des innocents sont tués tous les jours. En quoi cette affaire-ci est-elle particulière ?

— L'ampleur, répondit le ministre. Ça va provoquer une réaction énorme dans le parti si tu ne fais pas une déclaration retentissante dès demain matin. Je suis convaincu que Mandela va condamner cette action. Les chefs religieux noirs aussi. Un silence de ta part serait mal interprété.

Botha était l'un des rares conseillers directs du président. En règle générale, De Klerk suivait ses recommandations.

— D'accord. Rédige-moi quelque chose et fais-le-moi parvenir pour sept heures.

Tard dans la soirée, il y eut un autre coup de fil entre Johannesburg et Pretoria. Le colonel Franz Malan, des services spéciaux de l'armée, reçut l'appel de son collègue des renseignements, Jan Kleyn. Tous deux étaient déjà informés de l'événement. Ils avaient réagi avec consternation et dégoût, conformément à ce que l'on attendait d'eux. En réalité, ils avaient été activement impliqués dans la préparation du massacre de Pinetown, maillon de la stratégie visant à accroître l'insécurité dans le pays par la multiplication des meurtres et des attentats.

Jan Kleyn appelait Franz Malan pour une tout autre raison. Il avait découvert au cours de la journée que quelqu'un s'était introduit, sur son lieu de travail, dans ses dossiers informatiques. Quelques heures de réflexion l'avaient conduit, par éliminations successives, à comprendre qui le surveillait. Cela impliquait une menace contre l'opération en cours.

Kleyn et Malan ne se présentaient jamais au téléphone. Ils s'identifiaient à la voix. Si par extraordinaire la communication était mauvaise, ils avaient recours à un code de phrases de courtoisie.

— On doit se voir, dit Jan Kleyn. Tu sais où je pars demain ?

— Oui.

— Arrange-toi pour y être aussi.

Franz Malan avait été informé qu'un capitaine du nom de Breytenbach le représenterait secrètement lors de l'enquête sur le massacre. Un coup de fil à Breytenbach suffirait. Franz Malan avait la latitude d'opérer les remaniements qu'il jugeait nécessaires sans en référer à ses supérieurs.

— Je serai là, répondit-il.

Après avoir raccroché, Franz Malan appela Breytenbach et lui annonça qu'il ferait le voyage à sa place. Mais pourquoi Jan Kleyn tenait-il à le voir d'urgence ? Il devinait que c'était lié à l'*Opération Spriengboek*. Pourvu que ce ne soit pas trop grave.

À quatre heures du matin, le 1er mai, Jan Kleyn laissa Pretoria derrière lui. Après Johannesburg, il prit l'autoroute N3 vers Durban. Il comptait être sur place à huit heures.

Jan Kleyn aimait conduire. Il aurait pu se faire transporter à Durban en hélicoptère. Mais alors le voyage aurait été trop rapide. La solitude au volant, les variations du paysage lui laissaient le temps de la réflexion.

Il accéléra. Les problèmes en Suède seraient bientôt résolus. Pendant quelques jours, il avait douté de Konovalenko. Avait-il commis une erreur en l'embauchant ? Il chassa cette idée. Konovalenko ferait le nécessaire. Victor Mabasha serait bientôt éliminé. C'était peut-être déjà fait. Un homme du nom de Sikosi Tsiki, le numéro deux sur sa liste d'origine, prendrait sa place, et Konovalenko lui assurerait la même formation.

Le seul détail qui lui demeurait énigmatique, c'était l'événement qui avait apparemment provoqué la crise de Mabasha. Comment un homme tel que lui

avait-il pu réagir si violemment à la mort d'une Suédoise sans importance ? Si la sentimentalité était
bien son point faible, ils avaient eu de la chance qu'il
soit découvert à temps. Qu'aurait-il pu se passer
sinon lorsque Victor Mabasha aurait aperçu sa cible
dans le viseur ?

Il écarta la pensée de Mabasha pour se concentrer à nouveau sur la surveillance dont il avait été
l'objet à son insu. Ses dossiers informatiques ne
contenaient aucun détail concret. Aucun nom,
aucune date, aucun lieu, rien. Mais un officier
compétent pouvait néanmoins en tirer certaines
conclusions. Par exemple, qu'un attentat politique
décisif était en préparation.

En fait, il avait eu de la chance de découvrir
l'intrusion à temps. Il était encore possible de
remédier aux conséquences.

Le colonel Franz Malan monta dans l'hélicoptère
qui l'attendait à l'aéroport militaire de Johannesburg. Sept heures et quart ; il serait à Durban vers
huit heures. Il adressa un signe de tête aux pilotes,
boucla sa ceinture et regarda la terre s'éloigner. Il
était fatigué. Les interrogations sur le motif que
pouvait avoir Jan Kleyn de le convoquer l'avaient
tenu éveillé jusqu'à l'aube.

Pensif, il considéra la banlieue africaine étendue
sous ses yeux. La décrépitude, les taudis, la fumée
des feux...

Comment pourraient-ils nous vaincre ? Il suffit
de rester ferme. Et de supporter les sacrifices
nécessaires. Comme à Pinetown hier soir...

Il se laissa aller dans son siège, ferma les yeux.

Bientôt, il saurait ce qui préoccupait Jan Kleyn.

Ils arrivèrent sur les lieux à dix minutes d'intervalle. Ils passèrent une bonne heure dans le restaurant dévasté avec les enquêteurs locaux, commandés par le commissaire Samuel de Beer. Les auteurs de l'attentat avaient bien travaillé. Neuf victimes, certes, mais c'était secondaire. Le massacre des dégustateurs innocents avait produit l'effet escompté. Les Blancs appelaient déjà à la vengeance. Dans la voiture, Jan Kleyn avait entendu à la radio Nelson Mandela et De Klerk condamner le massacre à tour de rôle. De Klerk avait de plus menacé les terroristes de représailles terribles.

— Vous avez une piste ?

— Pas pour l'instant, répondit Samuel de Beer. Personne n'a même vu la voiture.

— Le gouvernement aurait dû proposer une récompense d'entrée de jeu, dit Franz Malan. Je vais personnellement demander au ministre de la Défense de soutenir cette idée lors du prochain Conseil.

Au même instant il y eut du remue-ménage dans la rue barrée où s'étaient attroupés un grand nombre de Blancs. Beaucoup d'entre eux portaient ostensiblement des armes, et les Noirs, en les voyant, choisissaient de prendre un autre chemin. La porte du restaurant s'ouvrit. Une femme blanche d'une trentaine d'années entra. Elle était bouleversée, au bord de l'hystérie. Lorsqu'elle aperçut le commissaire Sibande, qui était à ce moment-là le seul Noir dans le local, elle tira brusquement un pistolet. Harry Sibande eut à peine le temps de se plaquer au sol. Le coup partit. Il se réfugia derrière une table. La femme avançait droit vers lui en continuant de tirer. Agrippée des deux mains à son arme, elle hurlait en afrikaans qu'elle allait venger son frère et qu'elle ne se rendrait pas avant que chaque *kaffir* soit exterminé.

Samuel de Beer se jeta sur elle et la désarma. Puis il la conduisit à une voiture de police. Harry Sibande se releva. Il était secoué. Une balle avait traversé le plateau de la table et déchiré la manche de sa veste.

Jan Kleyn et Franz Malan avaient assisté à la scène. Tout était allé très vite. Mais tous deux pensaient la même chose. Cette réaction de la femme blanche était précisément le but du massacre de la veille. La même chose, à grande échelle. La haine emporterait le pays comme une vague déferlante.

De Beer revint en essuyant son visage en sueur.

— Il faut la comprendre, dit-il.

Harry Sibande ne réagit pas.

Jan Kleyn et Franz Malan s'engagèrent à fournir à De Beer toute l'assistance nécessaire et le quittèrent sur la conclusion solennelle que cet acte inqualifiable devait être puni au plus vite. Puis ils partirent ensemble dans la voiture de Jan Kleyn. Ils prirent l'autoroute N2 vers le nord, jusqu'au panneau indiquant la sortie vers Umhlanga Rocks. Jan Kleyn s'arrêta devant un petit restaurant de poisson situé à même la plage. Là, personne ne les dérangerait. Ils commandèrent des langoustines et de l'eau minérale. Une brise légère venait de la mer. Franz Malan ôta son veston.

— D'après mes informations, dit-il, le commissaire De Beer est un enquêteur lamentable. Son *kaffir* de collègue serait beaucoup plus intelligent. Entêté, de surcroît.

— On m'a dit la même chose. L'enquête va patauger. C'est parfait.

Il posa son couteau et s'essuya la bouche.

— La mort n'est jamais agréable, poursuivit-il. D'un autre côté, il n'y a pas de vainqueur sans victime. Je suis sans doute au fond un darwiniste primitif. Le plus fort survit, et le survivant a le droit pour lui. Lorsqu'une maison brûle, tant que le feu n'est pas éteint, personne ne s'interroge sur l'origine de l'incendie.

— Et les trois hommes ? Je n'ai pas le souvenir de la décision qui a été prise à leur sujet.

— Je propose qu'on fasse une petite promenade après le déjeuner, dit Jan Kleyn avec un sourire.

Franz Malan comprit qu'il ne fallait pas insister.

Au café, Jan Kleyn exposa la véritable raison de leur rencontre.

— Comme tu le sais, nous observons une série de règles non écrites. La surveillance mutuelle en fait partie. Tous, nous créons nos propres instruments de mesure pour évaluer l'état de notre sécurité personnelle. Nous posons nos mines. Nous n'avons pas le choix, parce que tout le monde le fait. L'équilibre qui en résulte nous permet d'exécuter notre travail commun. J'ai malheureusement découvert que quelqu'un s'intéressait d'un peu trop près à mon ordinateur. Quelqu'un a reçu la mission de me surveiller. Et cette mission doit venir de très haut.

Franz Malan pâlit.

— Le plan est dévoilé ?

Jan Kleyn le dévisage d'un regard froid.

— Je ne manque pas de jugement à ce point. Il n'y a rien dans mes fichiers. Rien de concret. Mais on ne peu pas exclure qu'un individu suffisamment intelligent tire des conclusions susceptibles de l'orienter dans la bonne direction. Cela rend la chose préoccupante.

— Il sera difficile de découvrir le coupable, dit Franz Malan.

— Pas du tout. Je sais déjà qui c'est.

Franz Malan écarquilla les yeux.

— Pour progresser, poursuivit Kleyn, j'ai commencé par reculer. C'est une excellente méthode. Je n'ai pas mis longtemps à comprendre que les gens susceptibles de s'intéresser réellement à ce que je fais se réduisent en fait à deux personnes. De Klerk et Botha.

Franz Malan voulut protester.

— Laisse-moi finir. Si tu réfléchis, tu verras l'évidence. Il y a, avec raison, une peur du complot dans ce pays. De Klerk a tous les motifs de craindre les idées qui ont cours dans certains cercles du commandement militaire. Il ne peut pas non plus compter sur la loyauté indéfectible des chefs des services secrets. La situation dans le pays est explosive. Le besoin d'information est donc illimité. Le président ne fait pleinement confiance qu'à un seul membre de son cabinet, c'est Botha. À ce point du raisonnement, il ne me restait qu'à lister les candidats possibles au poste d'informateur secret du président. Pour des raisons sur lesquelles je ne m'étendrai pas ici, j'ai trouvé la réponse. Pieter van Heerden.

Franz Malan savait qui c'était. Il l'avait rencontré à plusieurs reprises.

— Pour moi, Van Heerden est un type très intelligent, dit-il.

— C'est tout à fait exact. Un homme très intelligent,

et très dangereux. Un ennemi qu'il faut respecter. Malheureusement pour lui, il est un peu malade.

Franz Malan haussa les sourcils.

— Oui, dit Jan Kleyn. J'ai appris par hasard qu'il devait subir une opération sans gravité la semaine prochaine, dans une clinique privée de Johannesburg. Il a des problèmes de prostate.

Jan Kleyn finit son café.

— Je vais m'en occuper moi-même. Après tout, c'est moi qu'il a tenté de piéger. Ce sont mes dossiers qu'il a ouverts.

Ils attendirent en silence que le serveur noir eût débarrassé la table.

— Tu n'as donc pas à t'en préoccuper, dit Jan Kleyn lorsqu'ils furent à nouveau en tête à tête. Je te raconte tout cela pour une seule raison. Tu dois être extrêmement prudent. Selon toute vraisemblance, tu es surveillé, toi aussi.

— Bien. Je vais renforcer la sécurité.

Le serveur apporta l'addition.

— C'est pour moi, dit Jan Kleyn. Je propose maintenant que nous allions faire un petit tour. Tu as posé une question tout à l'heure, je vais te répondre.

Ils suivirent un sentier qui longeait la place en direction de quelques falaises qui avaient donné son nom à l'endroit.

— Il y a une rumeur venant du Cap, dit Franz Malan, qui annoncerait un grand rassemblement là-bas pour le 12 juin. Je suis en train de voir si ce peut être une occasion intéressante.

Jan Kleyn s'immobilisa.

— Oui, dit-il. Ce serait une excellente date.

— Je te tiendrai au courant.

235

Jan Kleyn s'arrêta au bord de la falaise. Franz Malan jeta un regard en bas. Il vit une carcasse de voiture.

— Elle n'a pas encore été découverte apparemment, dit Jan Kleyn. Quand ce sera fait, on trouvera trois Noirs à l'intérieur. Des gars de vingt-cinq ans. Quelqu'un les a abattus avant de faire basculer la voiture.

Jan Kleyn indiqua le parking derrière eux.

— D'après le contrat, ils devaient toucher leur argent ici. Mais ce n'est pas ce qui s'est passé.

Ils rebroussèrent chemin.

Franz Malan ne prit pas la peine de demander qui avait exécuté les trois responsables du massacre du restaurant. Il y avait certaines choses qu'il ne tenait tout simplement pas à savoir.

Peu après treize heures, Jan Kleyn laissait Franz Malan sur une base militaire près de Durban. Ils se serrèrent la main et se quittèrent rapidement.

Jan Kleyn évita l'autoroute pour retourner à Pretoria. Il n'était pas pressé et il avait besoin de formuler une synthèse personnelle. L'enjeu était élevé, pour lui, pour les autres conjurés, et pour tous les Blancs qui vivaient en Afrique du Sud.

Il pensa aussi qu'il traversait en ce moment la région d'origine de Nelson Mandela. Il était né là, il avait grandi là. Il serait probablement enterré là.

Jan Kleyn s'interrogeait parfois sur sa propre froideur. Il savait qu'il était ce qu'on appelle un fanatique. Mais il ne voyait pas quelle autre vie il aurait pu préférer.

Il n'y avait au fond que deux choses qui l'inquiétaient. La première était un cauchemar récurrent qui lui venait la nuit. Il se voyait alors enfermé dans un monde peuplé uniquement de Noirs. Il ne pouvait plus parler. Les sons qui sortaient de sa gorge se réduisaient à un cri animal. Comme celui d'une hyène.

La seconde, c'était qu'il ignorait combien de temps il lui restait à vivre. Ce n'était pas la mort en elle-même qui l'effrayait. Mais il voulait rester assez longtemps pour voir les Blancs d'Afrique du Sud consolider leur domination menacée.

Ensuite, il pourrait mourir. Mais pas avant.

Il s'arrêta pour dîner dans un petit restaurant de Witbank.

Là, il passa une fois de plus en revue les détails de l'opération, ses présupposés et ses pièges potentiels. Il était tranquille. Tout se passerait comme prévu. L'idée de Franz Malan, le 12 juin au Cap, lui plaisait. C'était peut-être en effet une bonne occasion.

Peu avant vingt et une heures, il s'engageait dans l'allée conduisant à sa propriété sur les hauteurs de Pretoria.

Le gardien de nuit lui ouvrit le portail.

Sa dernière pensée avant de s'endormir fut pour Victor Mabasha.

Il avait déjà du mal à se rappeler son visage.

14

Pieter van Heerden ne se sentait pas très bien.

La sensation de malaise, de peur sournoise, lui était en soi familière. Les moments de tension, voire de danger, faisaient partie de son quotidien en

237

tant qu'agent des services secrets. Mais là, dans ce lit d'hôpital où il attendait d'être opéré, il avait plus de mal à s'en défendre.

Brenthurst Clinic était un établissement privé de Hillbrow, le quartier nord de Johannesburg. Il aurait pu choisir un endroit nettement plus coûteux. Mais Brenthurst lui convenait. La clinique était connue pour la compétence de ses chirurgiens et le service irréprochable de ses infirmières. En revanche, les chambres n'avaient rien de luxueux. Le bâtiment dans son ensemble était, de fait, assez délabré. Sans être réellement riche, Van Heerden avait de l'argent. Mais il n'aimait pas l'ostentation. Pour ses vacances comme pour ses déplacements professionnels, il évitait les grands hôtels, où il se sentait vite assailli par le vide particulier dont semblaient s'entourer les Blancs d'Afrique du Sud. Pour la même raison, il ne voulait pas se faire opérer dans les hôpitaux réservés aux nantis.

Sa chambre était au deuxième étage. Il entendit un rire dans le couloir. Peu après, le cliquetis métallique d'un chariot. Il regarda par la fenêtre. Un pigeon solitaire était perché sur un toit. Au-delà, le ciel avait cette nuance bleu sombre qu'il aimait tant. Le bref crépuscule africain serait bientôt passé. Avec l'obscurité, son inquiétude reviendrait.

On était le lundi 4 mai. Le lendemain à huit heures, le docteur Plitt et le docteur Berkowitsch s'acquitteraient de l'intervention simple qui, avec un peu de chance, ferait disparaître ses difficultés à uriner. L'opération ne l'inquiétait pas outre mesure. Les médecins qui lui avaient rendu visite pendant la journée l'avaient convaincu qu'elle était sans danger. Il n'avait aucune raison de ne pas leur faire confiance. Quelques jours plus tard, il quitterait l'hôpital. Dans une semaine, il aurait oublié toute l'affaire.

C'était autre chose qui le tracassait. Il n'avait que trente-six ans. Pourtant, il était confronté à un symptôme qui affectait presque exclusivement les hommes après la soixantaine. Il s'était demandé si c'était l'effet de l'usure. Avait-il vieilli prématurément ? Son travail exigeait beaucoup de lui. Son rôle secret auprès du président augmentait la pression qu'il subissait en permanence. Mais il se maintenait en forme. Il ne fumait pas et buvait très rarement de l'alcool.

Ce qui le troublait plus profondément, et qui avait sûrement aussi contribué de façon indirecte à le rendre malade, était l'impuissance croissante qu'il éprouvait devant la situation dans le Pays.

Pieter van Heerden était un Boer. Il avait grandi à Kimberley, entouré depuis sa naissance de toutes les traditions des Boers. Les voisins de la famille étaient des Boers, ses camarades de classe aussi, tout comme ses professeurs. Son père avait travaillé pour les De Beer, la famille boer qui contrôlait la production de diamants en Afrique du Sud et dans le monde entier. Sa mère avait joué le rôle traditionnel de l'épouse boer, soumise à son mari, dévouée à sa mission d'élever les enfants et de leur inculquer les fondements religieux concernant l'ordre des choses. Elle avait consacré tout son temps, toute son énergie à Pieter et à ses quatre frères et sœurs. Jusqu'à ses vingt ans, alors qu'il finissait sa deuxième année à l'université de Stellenbosch, près du Cap, il n'avait jamais remis en question l'existence qu'il menait. Le fait même d'avoir réussi à convaincre son père de l'inscrire dans cette université réputée de gauche était son premier triomphe d'autonomie. Comme il ne se connaissait pas de talent particulier et qu'il ne nourrissait aucun rêve d'avenir remarquable, il s'était imaginé une carrière de fonctionnaire. Suivre les traces de son père dans la gestion des mines ne le tentait guère. Il avait choisi le droit et constaté que cette discipline lui convenait, même s'il n'était en aucune façon un élément brillant.

La transformation était venue par l'intermédiaire d'un camarade. Comme une concession à l'air du temps, certains étudiants poussaient la curiosité jusqu'à rendre parfois visite aux quartiers noirs. Le radicalisme professé par certains, à Stellenbosch, était longtemps resté rhétorique. Le changement récent était spectaculaire. Pour la première fois, ils voyaient la situation de leurs propres yeux. Pour Van Heerden, l'expérience fut un choc. Il comprit dans quelles conditions misérables et humiliantes vivaient les Noirs. Le contraste entre la *township* et les quartiers résidentiels des Blancs le bouleversa. Pourtant, le bidonville ne se trouvait qu'à quelques dizaines de kilomètres de chez lui. Il ne pouvait pas comprendre qu'il puisse s'agir d'un seul et même pays. Sur le moment, il s'était écarté de ses camarades, pour réfléchir. Longtemps après, il avait pensé que cela avait été comme de découvrir une falsification adroite. Mais là, il ne s'agissait pas d'un tableau orné d'une signature d'emprunt : toute la vie qu'il avait menée jusque-là était un mensonge. Même ses souvenirs lui parurent soudain faux, tordus. Il avait eu une *nanny* noire. C'était l'un de ses souvenirs d'enfance les plus précoces et les plus rassurants : la sensation d'être soulevé par les bras puissants et serré contre la poitrine de sa nounou. Il pensait maintenant qu'elle avait dû le haïr. Cela signifiait que les Blancs n'étaient pas les seuls à vivre dans un monde factice. Les Noirs aussi, eux qui, pour survivre, étaient forcés de dissimuler leur haine face à l'injustice illimitée dont ils étaient victimes. *A fortiori* dans un pays qui était le leur, et qui leur avait été volé. Le fondement même de sa vie, de ses droits inaliénables consacrés par Dieu, par la nature et par la tradition, se révélait n'être qu'un marécage. Sa vision du monde, jamais remise en cause, reposait sur une ignominie. Voilà ce qu'il découvrit à Langa, la *township* reléguée à la périphérie du Cap, ville entièrement blanche, à la distance jugée convenable par les inventeurs de la ségrégation.

Cette expérience le toucha plus profondément que la plupart de ses camarades. Lorsqu'il essaya d'en parler, il constata que ce qui était pour lui une expérience traumatique grave avait plutôt pour eux un caractère sentimental. Alors que lui voyait venir l'apocalypse, ses amis parlaient d'organiser des collectes de vêtements.

Il passa son diplôme sans avoir résolu le conflit. Lors d'une visite à sa famille, à Kimberley, son père eut un véritable accès de rage lorsqu'il lui raconta son excursion dans la *township*. Il comprit alors que ses pensées étaient comme lui, de plus en plus exilées.

Après son diplôme, lorsqu'on lui proposa un poste au ministère des Affaires étrangères à Pretoria, il accepta aussitôt. Un an plus tard, ses compétences étaient confirmées. On lui demanda s'il pouvait envisager de rejoindre les renseignements. Il s'était à ce moment-là habitué à vivre avec son traumatisme, parce qu'il n'avait trouvé aucune manière de le résoudre. Sa division intérieure était devenue sa personnalité même. Il pouvait jouer le rôle du Boer convaincu, qui faisait et disait ce qu'on attendait de lui. Mais, intérieurement, il sentait approcher le cataclysme. Un jour, l'illusion exploserait et les Noirs se livreraient à une vengeance sans pitié. Il n'avait personne à qui parler. Il était de plus en plus solitaire, de plus en plus isolé.

Il constata très vite que le fait de travailler pour les renseignements impliquait de nombreux avantages. En particulier, il voyait de près les processus politiques dont le public n'avait qu'une connaissance vague ou incomplète.

Lorsque Frederik de Klerk devint président et qu'il tint son célèbre discours de février déclarant que Nelson Mandela devait être libéré et l'ANC officiellement reconnue, il pensa qu'il y avait malgré tout une possibilité d'éviter la catastrophe. La honte ne disparaîtrait jamais. Mais il y avait peut-être un avenir possible pour l'Afrique du Sud...

Pieter van Heerden avait d'emblée adulé De Klerk. Il comprenait tous ceux qui le considéraient comme un traître. Mais il ne partageait pas leur point de vue. Pour lui, De Klerk était un sauveur. Lorsqu'il fut choisi pour être l'informateur personnel du président, il ressentit quelque chose – c'était de la fierté. Entre De Klerk et lui, il s'était très vite établi un climat de confiance. Pour la première fois de sa vie, Van Heerden avait la sensation d'accomplir une mission importante. En livrant au président des informations qui, pour la plupart, ne lui étaient pas destinées, Van Heerden contribuait à aider les forces qui s'employaient à créer une autre Afrique du Sud, sans discrimination raciale.

Il repensait à tout cela, dans son lit d'hôpital. Son inquiétude permanente, il le savait, ne prendrait fin que le jour où Nelson Mandela serait devenu le premier président noir de l'Afrique du Sud.

La porte s'ouvrit. Une infirmière noire entra. Elle s'appelait Marta.

— Le docteur Plitt vient de téléphoner, il va passer dans un quart d'heure pour une ponction lombaire.

— Quoi ? Maintenant ?

— Ça me paraît un peu curieux, à moi aussi. Mais il paraissait très déterminé. Je devais vous dire de vous allonger sur le flanc gauche. C'est peut-être mieux d'obéir. L'opération est prévue pour demain matin. Le docteur Plitt sait sûrement ce qu'il fait.

Van Heerden hocha la tête. Il avait toute confiance dans le jeune médecin. Mais c'était tout de même étrange de choisir une heure pareille pour une ponction lombaire.

Marta l'aida à prendre la bonne position.

— Le docteur Plitt a dit que vous ne deviez pas bouger.

— Je suis un patient soumis, dit Van Heerden. J'obéis aux médecins. Et à vous aussi, pas vrai ?

— Il n'y a pas de problème avec vous. On se reverra demain quand vous vous réveillerez de l'anesthésie. Je finis mon service maintenant.

Elle sortit. Van Heerden pensa qu'elle avait en perspective un trajet en bus de plus d'une heure. Il ne savait pas où elle habitait, mais sans doute à Soweto.

Il s'était presque assoupi lorsqu'il entendit la porte s'ouvrir. La chambre n'était éclairée que par la lampe de chevet. Dans le reflet de la fenêtre, il vit entrer le médecin.

— Bonsoir, dit-il sans bouger.

— Bonsoir, Pieter van Heerden.

Cette voix n'était pas celle du docteur Plitt. Mais elle ne lui était pas inconnue. En une seconde, il comprit qui se tenait dans son dos. Il se retourna.

Jan Kleyn savait que les médecins de Brenthurst Clinic prenaient très rarement la peine d'enfiler une blouse blanche lors de leur tournée. Il savait en général tout ce qu'il était utile de savoir sur les habitudes de la clinique. Les médecins se remplaçaient souvent, même d'un hôpital à l'autre. Et il leur arrivait de rendre visite aux patients à des heures inhabituelles. Avant ou après une opération, en particulier. Il avait suffi de se renseigner pour savoir à quelle heure l'équipe de nuit prenait la relève. Ensuite, tout avait été très simple. Il avait laissé sa voiture devant l'hôpital, et il avait traversé le hall d'accueil en agitant une carte établie au nom d'une entreprise de transport liée à différents hôpitaux et laboratoires de la ville.

— Je dois aller chercher un échantillon de sang, dit-il au gardien de nuit. C'est urgent. Un patient du service numéro 2.

— Vous connaissez le chemin ?

— Je suis déjà venu, dit Jan Kleyn en appelant l'ascenseur.

C'était la pure vérité. La veille, il était venu à la clinique avec une corbeille de fruits, en feignant de rendre visite à un patient du service numéro 2. Il connaissait parfaitement le chemin.

Le couloir était désert lorsqu'il approcha de la chambre qu'il savait être celle de Van Heerden. Dans le bureau un peu plus loin, une infirmière de nuit était penchée sur un dossier médical. Sans bruit, il ouvrit la porte.

Lorsque Van Heerden se retourna, terrifié, Jan Kleyn avait déjà dans sa main droite le revolver équipé d'un silencieux.

Dans la main gauche, il tenait une peau de chacal.

Kleyn s'autorisait parfois à pimenter son existence de petites impulsions macabres. Dans ce cas précis, la peau de chacal pourrait aussi faire diversion, en augmentant la confusion des enquêteurs chargés de l'affaire. Un officier des renseignements assassiné dans son lit d'hôpital, cela ferait sensation à la brigade criminelle de Johannesburg. On chercherait un lien avec son travail. Ses contacts avec le président feraient monter la pression. Jan Kleyn avait donc choisi de les lancer sur une fausse piste. Il arrivait que les Noirs agrémentent leurs méfaits d'éléments rituels. C'était le cas surtout pour les crimes crapuleux. Les auteurs ne se contentaient pas de maculer les murs de sang, ils laissaient volontiers un symbole près de leurs victimes. Une branche coupée, des pierres disposées dans un ordre précis. Ou une peau de bête.

Kleyn avait immédiatement pensé à un chacal. Pour lui, c'était précisément le rôle qu'avait joué Van Heerden. Il avait été celui qui utilisait le savoir des autres, leurs informations, pour les transmettre d'une manière illégitime. Pour l'heure, Van Heerden faisait peine à voir. Son visage exprimait la terreur pure.

— L'opération a été retardée, annonça Jan Kleyn de sa voix enrouée.

Puis il jeta la peau de chacal sur le visage de Pieter van Heerden et lui tira trois balles dans la tête. L'oreiller commença immédiatement à noircir. Keyn rangea le revolver dans sa poche, ouvrit le tiroir de la table de chevet, prit le portefeuille qui s'y trouvait et quitta la chambre. Il s'éclipsa sans encombre. Les gardes ne pourraient jamais fournir un signalement valable de l'homme qui avait tué Pieter van Heerden.

Crime crapuleux, ce fut effectivement l'appellation retenue par la police, pour cette affaire qui fut par la suite classée. De Klerk, lui, n'était pas convaincu. Pour lui, la mort de Van Heerden était son dernier message. Il n'y avait plus de doute possible.

Le complot était réel.

Un troupeau de moutons
dans le brouillard

15

Le lundi 4 mai au matin, Kurt Wallander fut sur le point d'abandonner la direction de l'enquête à un collègue. Il ne se sentait pas responsable de l'impasse collective. C'était autre chose : il n'avait tout simplement pas la force de continuer.

Au cours du week-end, ils n'avaient pas avancé d'un pouce. Les gens étaient partis, injoignables. Aucune réponse à attendre du côté des techniciens de Stockholm. Seule exception à l'immobilisme général : la chasse à l'inconnu qui avait tué un jeune policier continuait avec une intensité égale.

Mais l'enquête sur la mort de Louise Åkerblom, était au point mort. Dans la nuit du vendredi, Björk avait eu une crise de calculs biliaires. Wallander lui rendit visite à l'hôpital, tôt le samedi matin, pour prendre les ordres.

Ensuite, il réunit Martinsson et Svedberg au commissariat.

— Aujourd'hui et demain, la Suède sera aux abonnés absents. On n'aura aucun résultat des labos avant lundi. On peut donc passer ces deux jours à faire le point sur les éléments qu'on a déjà. Toi, Martinsson, je pense que tu devrais aussi consacrer un peu de temps à ta famille. La semaine à venir risque d'être chargée. Pour l'instant, profitons de la matinée pour aiguiser notre attention. Je veux qu'on reprenne tout en détail depuis le début. Je veux aussi que vous répondiez, chacun à votre tour, à une question.

Il marqua une pause.

— Je sais que ce n'est pas tout à fait orthodoxe. Mais depuis le début de cette enquête, j'ai l'impression d'un truc qui cloche. Je ne peux pas le dire plus clairement que ça. Je veux savoir si vous partagez ce sentiment. Que nous nous trouvons devant un crime qui ne correspond pas à nos schémas habituels.

Il s'attendait à une réaction de surprise, peut-être de défiance. Mais ce fut le contraire. Martinsson réagit le premier.

— Je n'ai pas ton expérience, Kurt. Mais je suis désemparé. D'abord, on essaie de retrouver l'auteur d'un meurtre atroce. Plus on travaille, plus la mort de cette femme parait incompréhensible. À la fin, on a l'impression qu'elle se situe à la périphérie d'un truc bien plus vaste. J'ai mal dormi toute cette semaine. Et ça m'arrive rarement.

Wallander se tourna vers Svedberg, qui se gratta le crâne.

— Que dire ? Martinsson l'a exprimé mieux que moi. En rentrant hier soir, j'ai fait une liste : *femme tuée, puits, doigt noir, maison dynamitée, émetteur radio, revolver, Afrique du Sud*. Je suis resté à la regarder pendant plus d'une heure, comme un rébus. Rien ne colle avec rien. Je crois que je n'ai jamais eu une telle sensation d'errer dans le noir.

— Très bien, dit Wallander. Nous sommes

d'accord, et je ne pense pas que ce soit anodin. Voyons donc si nous pouvons malgré tout pénétrer cette noirceur dont a parlé Svedberg.

La mise au point dura près de trois heures. À la fin, il leur sembla qu'ils n'avaient pas commis d'erreurs grossières au cours de leur travail. Mais aucune piste nouvelle ne se dessinait pour autant.

— Il règne une grande confusion, résuma Wallander. Notre seul indice, au fond, c'est ce doigt noir. Nous pouvons penser que l'homme qui a perdu ce doigt, à supposer que ce soit lui le tueur, n'était pas seul. Alfred Hanson n'avait pas loué la maison à un Africain. Mais qui est le dénommé Nordström qui a posé dix mille couronnes sur la table ? On n'en sait rien. Pas davantage à quoi a pu servir la maison. Quant à la relation de ces gens-là avec Louise Åkerblom, la maison dynamitée, l'émetteur radio et le revolver, nous n'avons que des théories vagues et non étayées. C'est la pire des choses, des enquêtes qui invitent à la spéculation, et non au raisonnement. La théorie la plus crédible pour l'instant, c'est que Louise Åkerblom a vu par erreur quelque chose qu'elle n'aurait pas dû voir. Mais qui sont ces gens qui se livrent à des exécutions sommaires ? Voilà la question.

Silence autour de la table. Une femme de ménage ouvrit la porte.

— Pas maintenant, dit Wallander.

La porte se referma.

— J'ai l'intention de consacrer la journée aux appels que nous avons reçus du public, dit Svedberg. Je vous dirai si j'ai besoin d'aide. Je n'aurai pas le temps de m'occuper d'autre chose.

— Il vaudrait peut-être mieux en finir avec Stig

Gustafson, intervint Martinsson. Je peux commencer par vérifier son alibi. Au besoin j'irai à Malmö. Mais d'abord, je veux essayer de retrouver Forsgård, le fleuriste qu'il prétend avoir rencontré aux toilettes du pub. Ça ne va pas être facile, en plein week-end.

— C'est une enquête pour meurtre, dit Wallander. Même si les gens sont dans leur maison de vacances et qu'ils veulent avoir la paix, tant pis. On doit leur parler.

Ils convinrent de refaire le point à dix-sept heures. Wallander alla se chercher un café, ferma la porte de son bureau et appela Nyberg chez lui.

— Tu auras mon rapport lundi, dit celui-ci. Mais tu sais déjà le plus important.

— Non. Je ne sais toujours pas pourquoi la maison a brûlé.

— Tu devrais en parler avec Edler. Il a peut-être une explication. De notre côté, on n'a pas encore fini.

— Je croyais qu'on avait une bonne collaboration avec les pompiers, dit Wallander avec irritation. Mais il y a peut-être de nouvelles règles que j'ignore.

— Nous n'avons pas d'explication univoque.

— Quel est ton avis, alors ? Que pensent les pompiers ? Que pense Peter Edler ?

— L'explosion était très puissante. Il ne reste rien du détonateur. On a évoqué la possibilité d'une série d'explosions.

— Non. C'était une explosion unique.

— Ce n'est pas ce que je voulais dire, répliqua Nyberg avec patience. Un bon professionnel peut organiser dix explosions consécutives en l'espace d'une seconde. Il s'agit d'une chaîne où chaque charge est retardée d'un dixième de seconde. Mais ça augmente l'effet de façon spectaculaire. Une question de pression atmosphérique modifiée.

— Ce ne sont pas des amateurs. C'est ça que tu essaies de me dire ?

— Oui.

— L'incendie peut-il avoir une autre origine ?

— Pas vraiment...

Wallander jeta un coup d'œil à ses papiers avant de poursuivre.

— Que peux-tu dire de plus concernant l'émetteur radio ? J'ai entendu dire qu'il serait de fabrication russe.

— Ce n'est pas une rumeur. C'est confirmé. L'armée m'a aidé.

— Conclusion ?

— Aucune. Les militaires sont très intéressés. Ils voudraient savoir comment cet émetteur a pu entrer dans le pays. C'est un mystère.

— Le barillet ?

— Rien de neuf.

— Autre chose ?

— Non. Mon rapport ne révélera pas de trouvailles spectaculaires.

Wallander raccrocha. Puis il fit quelque chose qu'il avait décidé au cours de la réunion matinale. Il composa le numéro du quartier général de la police à Stockholm et demanda à parler au commissaire Lovén. Wallander l'avait rencontré un an plus tôt, au cours de l'enquête sur les deux cadavres échoués dans un canot sur la plage de Mossby Strand. Ils n'avaient collaboré que quelques jours, mais Wallander avait eu le temps d'apprécier ses compétences.

— Le commissaire Lovén n'est pas disponible pour l'instant, déclara la standardiste du commissariat central de Kungsholmen.

— Je suis le commissaire Wallander d'Ystad. J'ai une affaire pressante. Il s'agit du policier qui a été tué à Stockholm il y a quelques jours.

— Je vais voir ce que je peux faire.

— C'est urgent, répéta Wallander.

Douze minutes plus tard, Lovén était au bout du fil.

— Wallander ! J'ai pensé à toi l'autre jour en apprenant le meurtre de la femme. Comment ça va ?

— Lentement. Et pour vous ?

— On le retrouvera. Tôt ou tard, on retrouve toujours ceux qui nous tirent dessus. Tu avais quelque chose à me dire à ce sujet ?

— Peut-être. C'est juste que la femme d'ici a été tuée d'une balle dans le front. Exactement comme Tengblad. Je pensais que ce serait bien de comparer les balles le plus vite possible.

— Oui. Notre homme a visé à travers le pare-brise. Il faut vraiment être un tireur d'élite pour toucher en plein front quelqu'un qui est assis dans un véhicule en mouvement. Mais tu as raison. Il faut s'en occuper.

— Vous avez un signalement ?

— Juste après le meurtre, il a volé une voiture à un jeune couple. Malheureusement, ils étaient dans un tel état de choc que le signalement qu'ils ont donné ne vaut pas grand-chose.

— L'ont-ils entendu parler ?

— C'était leur seul point d'accord. L'homme avait un accent étranger.

Wallander sentit la tension monter d'un cran. Il

parla à Lovén de sa conversation avec Alfred Hanson, et de l'homme qui avait payé dix mille couronnes pour louer une ferme isolée.

— C'est important, dit Lovén. Même si ça paraît bizarre.

— Tout est bizarre. Je pense venir à Stockholm lundi. Je soupçonne que mon Africain est là-bas.

— Il est peut-être mêlé à un attentat contre une discothèque de Söder.

Wallander se souvint vaguement d'un article paru la veille dans *Ystads Allehanda*.

— Quel attentat ?

— Quelqu'un a balancé des grenades lacrymogènes dans une boîte qui compte beaucoup d'Africains dans sa clientèle. On n'avait jamais eu de problème là-bas jusqu'à hier. Il y a eu des coups de feu.

— Récupérez les balles, dit Wallander. Pour comparaison.

— Tu sembles croire qu'il n'existe qu'une seule arme dans ce pays.

— Non. Mais je cherche des liens. Des liens inattendus.

— Je m'en occupe, dit Lovén. Merci de ton appel. J'informe la direction de ton arrivée lundi.

La réunion de dix-sept heures fut très brève. Martinsson avait réussi à confirmer une bonne partie des dires de Stig Gustafson. Suffisamment pour l'écarter définitivement de l'enquête. Pourtant, Wallander hésitait. Pourquoi ?

— On ne le perd pas complètement de vue, dit-il. Je veux qu'on reprenne encore une fois toutes les informations qui le concernent.

— Ah. Que penses-tu pouvoir découvrir ?

— Je ne veux pas le lâcher trop tôt, c'est tout.

Martinsson faillit protester mais se ravisa. Il respectait l'intuition de Wallander.

Svedberg, de son côté, s'était plongé dans la masse d'informations communiquées par le public. Il n'avait rien trouvé qui pût jeter une lumière nouvelle sur la mort de Louise Åkerblom ou sur l'explosion de la ferme.

— Quelqu'un devrait pourtant avoir vu un Africain à qui il manque un doigt, s'entêta Wallander.

— Il n'existe peut-être pas, suggéra Martinsson.

— Le doigt existe. Ce n'est pas un fantôme qui se l'est fait couper.

Wallander leur résuma sa conversation avec Lovén. Ils tombèrent d'accord sur le fait qu'il devait aller à Stockholm. Un lien, aussi ténu et improbable qu'il fût, pouvait exister entre le meurtre de Louise Åkerblom et celui de Tengblad.

Ils terminèrent la réunion en évoquant les héritiers de la maison incendiée.

— Ça peut attendre, conclut Wallander. Ce n'est pas de ce côté-là qu'il faut chercher.

Après avoir renvoyé Svedberg et Martinsson chez eux, il s'attarda encore un moment pour appeler le procureur à son domicile. Il lui fit un rapide résumé de la situation.

— Il faut éclaircir ce meurtre au plus vite, dit Åkeson. Sinon, on est mal barrés.

Ils convinrent de se voir à la première heure le lundi matin pour un point approfondi. Wallander comprit qu'Åkeson souhaitait se prémunir contre d'éventuelles accusations de négligence. Il raccrocha, éteignit sa lampe de travail, quitta le commissariat et prit sa voiture jusqu'à l'hôpital.

Le chef allait mieux. Wallander lui fit son rapport, et Björk approuva son initiative de se rendre à Stockholm.

— C'était un district calme ici, remarqua-t-il alors que Wallander s'apprêtait à partir. Tout est changé maintenant.

— C'est pareil ailleurs. Toi, tu parles d'une autre époque.

— Je me fais vieux.

— Tu n'es pas le seul.

Ces paroles résonnaient encore en lui lorsqu'il reprit sa voiture. Il était dix-huit heures trente, il avait faim, mais la pensée de se préparer à dîner tout seul à l'appartement le décourageait trop. Soudain, il décida de s'accorder le luxe d'un dîner en ville. Il rentra chez lui, prit une douche et se changea. Puis il essaya de joindre sa fille à Stockholm. Le téléphone sonna longtemps dans le vide.

Il descendit à la buanderie du sous-sol et réserva un créneau sur le tableau des horaires. Ensuite il se rendit à pied dans le centre. Le vent était tombé, mais il faisait frais.

Vieux. Je n'ai que quarante-quatre ans et je me sens déjà usé.

Cette pensée éveilla subitement une sorte de rage. C'était lui, et lui seul, qui décidait s'il se sentait vieux ou non. Il ne pouvait pas rejeter la faute sur son travail, ni sur un divorce qui remontait maintenant à cinq ans. Il fallait simplement trouver le moyen de changer sa situation.

Parvenu à la place centrale, il se demanda où

dîner. Dans un accès de folie dispendieuse, il choisit l'hôtel Continental. Il s'arrêta un instant devant la vitrine du marchand de luminaires avant de faire son entrée à l'hôtel. Il adressa un signe de tête à la fille de la réception en se rappelant qu'elle avait été en classe avec Linda.

La salle à manger était presque vide. Il regretta son initiative. Dîner seul avec lui-même dans un restaurant désert... Il s'assit néanmoins. Il avait pris sa décision, il n'avait pas la force d'en changer.

Ma nouvelle vie commence demain... Il fit la grimace. Toujours cette manie de repousser à plus tard l'essentiel, dès qu'il s'agissait de lui. Dans son travail, il était le champion obstiné de la tendance inverse : d'abord les urgences. Il était un homme scindé en deux.

Il s'assit du côté du bar. Le serveur, un jeune garçon, lui demanda ce qu'il souhaitait boire. Wallander eut la vague sensation de le reconnaître.

— Whisky, dit-il. Sans glace, mais avec un verre d'eau à côté.

Il le but et en commanda immédiatement un autre. Il éprouvait rarement le désir de prendre une cuite. Mais ce soir, il n'avait pas l'intention de résister.

Au troisième whisky, il avait situé le serveur. Il l'avait interrogé quelques années plus tôt au sujet de quelques cambriolages et vols de voitures. Le jeune homme avait été arrêté et condamné.

Il s'en est bien sorti, on dirait. Et je ne vais pas lui rappeler les histoires anciennes. Peut-être s'est-il mieux débrouillé que moi ? Compte tenu des conditions de départ...

Il ressentait déjà les effets de l'alcool.

Un peu plus tard, il changea de table et commanda

une entrée, un plat et un dessert. Une bouteille de vin avec le repas, deux cognacs avec le café.

Il était vingt-deux heures trente lorsqu'il quitta l'hôtel, déjà bien éméché. Il n'avait aucune intention de rentrer se coucher.

Il se dirigea vers la file de taxis de l'autre côté du terminal des bus et se fit conduire à l'unique bar dansant de la ville. Chose surprenante, l'endroit était bondé, et il eut du mal à trouver une table. Puis il but du whisky et il dansa. Il n'était pas nul, comme danseur, et éprouvait toujours une certaine assurance au moment de s'engager sur la piste. Le top 50 de la musique suédoise le rendait sentimental. Il tombait immédiatement amoureux de toutes les femmes avec lesquelles il dansait. Avec toutes, il imaginait une suite possible dans son appartement. L'illusion se brisa lorsqu'il lui fallut se précipiter dehors. Il vomit sur le trottoir. Au lieu de retourner danser, il prit à pied, en chancelant, le chemin du centre-ville. Dans son appartement, il se débarrassa de ses vêtements et se campa tout nu devant le miroir de l'entrée.

— Kurt Wallander ! Voici ta vie.

Puis il résolut d'appeler Baiba Liepa à Riga. Il était deux heures du matin, c'était évident qu'il ne fallait pas le faire. Malgré tout, il laissa le téléphone sonner jusqu'à ce qu'elle décroche.

Soudain, il ne sut plus quoi dire. Tous les mots anglais lui faisaient défaut. Il comprit qu'il l'avait réveillée, et qu'elle était effrayée de recevoir un coup de téléphone en pleine nuit.

Il lui dit qu'il l'aimait. Lorsque, enfin, elle comprit, elle perçut aussi qu'il était ivre mort. Cet appel était terrible, une terrible erreur. Il raccrocha après lui avoir demandé pardon. Puis il alla tout droit à la cuisine, sortit du frigo une demi-bouteille de vodka et s'obligea à tout avaler, malgré la nausée.

Il se réveilla à l'aube sur le canapé du salon. Gueule de bois monumentale. Couronnée par le désespoir de ce coup de fil catastrophique à Baiba Liepa.

Il gémit tout haut, regagna sa chambre en titubant et se recroquevilla dans le lit en s'obligeant à ne plus réfléchir. En milieu d'après-midi il se leva, se fit du café, alluma la télé et laissa défiler les programmes. Il ne prit pas la peine d'appeler son père, n'essaya même pas de joindre sa fille. Vers sept heures du soir, il réchauffa un gratin de poisson. Il n'y avait rien d'autre dans le congélateur. Puis il retourna devant le téléviseur. Il évitait à tout prix de repenser à la conversation de la nuit.

À vingt-trois heures, il prit un somnifère et enfouit sa tête sous les couvertures.

Demain tout ira mieux. Demain je l'appellerai et je lui expliquerai. Ou je lui écrirai une lettre. Ou...

Le lundi 4 mai ne ressembla en rien à ce qu'il avait prévu.

Il venait d'arriver dans son bureau peu après sept heures trente lorsque le téléphone sonna. C'était Lovén, de Stockholm.

— Des rumeurs circulent en ville. Il y aurait un contrat sur un Africain. Dont le principal signe distinctif est qu'il a la main gauche bandée.

Wallander mit un instant à comprendre ce que Lovén entendait par contrat.

— Merde alors !

— Comme tu dis. Pour le reste, je voudrais savoir

à quelle heure tu arrives, pour qu'on puisse venir te chercher à l'aéroport.

— Je ne sais pas encore. Björk, si tu te souviens de lui, a des calculs biliaires. Je dois d'abord organiser le travail ici. Je t'appelle dès que j'ai une réponse.

— On attend.

Wallander venait de raccrocher lorsque le téléphone sonna à nouveau. Au même moment, Martinsson entra en agitant un papier. Wallander lui indiqua le fauteuil des visiteurs.

C'était le légiste de Malmö, Högberg, qui avait terminé l'examen médico-légal du corps de Louise Åkerblom. Wallander avait déjà eu affaire à lui. Un type capable. Il attrapa un bloc-notes et fit signe à Martinsson de lui donner un crayon.

— Il ne s'agit absolument pas de viol, dit Högberg. À moins que le gars n'ait mis une capote et que la chose se soit passée avec une sérénité incompréhensible. Aucune autre trace d'agression. Rien, à part quelques égratignures qu'elle a pu se faire dans le puits. Aucun signe non plus qu'elle ait eu des menottes aux poignets ou aux chevilles. La seule chose qui lui est arrivée, c'est qu'elle s'est pris une balle dans le front.

— Il me faudrait cette balle le plus rapidement possible.

— Je vous l'envoie dans la matinée, répondit Högberg. Mais il faudra attendre un peu pour le rapport complet.

— Merci d'avoir fait vite.

Wallander se tourna vers Martinsson.

— Louise Åkerblom, n'a pas été violée. On peut exclure le crime sexuel.

— Très bien, dit Martinsson. Je venais te dire que le doigt qu'on a trouvé est l'index de la main gauche d'un homme noir d'une trentaine d'années. Tout est là, c'est un fax qui vient d'arriver de Stockholm. Je me demande comment ils s'y prennent.

— Aucune idée. Mais c'est une chance. Si Svedberg est là, je propose qu'on se réunisse tout de suite. Je pars pour Stockholm cet après-midi. Il y a une conférence de presse prévue pour quatorze heures, tu t'en chargeras avec Svedberg.

— Il va être ravi. Tu es certain de ne pas pouvoir repousser ton voyage d'une heure ou deux ?

— Tout à fait certain, dit Wallander en se levant.

— J'ai entendu dire que les collègues de Malmö avaient pris Morell, ajouta Martinsson dans le couloir.

— Qui ?

— Morell. Le receleur. L'homme aux pompes.

— Ah oui, dit Wallander avec distraction.

Il s'arrêta à la réception et demanda à Ebba de lui réserver une place dans un avion vers quinze heures, et si possible aussi une chambre au Central, un hôtel pas trop cher qui se trouvait dans Vasagatan. Puis il retourna dans son bureau pour appeler son père. La main sur le combiné, il se ravisa. Il n'osait pas affronter le vieux en cet instant. Il avait besoin de toute sa concentration. Il lui vint une idée. Il demanderait à Martinsson de l'appeler dans la journée et de lui expliquer que son fils avait dû partir pour Stockholm sans préavis. Cela pourrait peut-être lui faire comprendre qu'il était très occupé à des affaires urgentes.

Cette idée le mit de bonne humeur. La tactique serait peut-être réutilisable à l'avenir.

À quinze heures cinquante-cinq, l'avion atterrit à Arlanda où tombait une pluie fine. Le hall des arrivées ressemblait à un hangar. Lovén l'attendait de l'autre côté des portes vitrées.

Wallander avait mal au crâne. La fin de matinée avait été chargée. Il avait passé près de deux heures chez Per Åkeson, qui avait beaucoup de questions et de points de vue à lui soumettre. Comment expliquer à un procureur que les policiers eux-mêmes sont parfois contraints de se fier à leur instinct au moment de fixer les priorités ? Åkeson avait critiqué les rapports qui lui avaient été transmis, Wallander avait défendu le groupe d'enquête et vers la fin de l'entretien, l'ambiance était plutôt tendue. Avant de se faire conduire à l'aéroport par Peters, Wallander avait eu le temps de passer chez lui pour jeter quelques affaires dans une valise. Et il avait enfin réussi à joindre sa fille. Elle était contente de sa venue. Ça s'entendait à sa voix. Il l'appellerait dans la soirée. Même tard, avait-elle dit. Elle attendrait son coup de fil.

Après le décollage, Wallander s'aperçut enfin qu'il n'avait rien mangé ce jour-là. Il dévora les sandwiches de la SAS.

Au cours du trajet en voiture jusqu'au commissariat central de Kungsholmen, Lovén lui fit part de l'état de l'enquête concernant le meurtrier de Tengblad. Ils n'avaient pas de piste sérieuse, et les recherches étaient marquées par une certaine agitation. Lovén eut le temps de lui raconter en détail l'épisode des grenades lacrymogènes à la discothèque. Tout indiquait un acte de vandalisme grave ou une vengeance. Là non plus, pas de piste digne de ce nom. Pour finir, Wallander l'avait interrogé sur le contrat. Pour lui, il s'agissait d'un aspect nouveau et effrayant de l'existence, qui était apparu au cours des dernières années et qui ne concernait que les trois plus grandes villes du pays. Mais il ne nourrissait aucune illusion. Bientôt il y serait confronté de près. Une transaction ordinaire, comme dans n'importe quel business. Un commanditaire, un tueur, des victimes. Le signe définitif que la société avait atteint un degré de brutalité auparavant inimaginable.

— On a des enquêteurs sur le coup, dit Lovén alors qu'ils approchaient de la ville.

— Rien ne colle. C'est comme l'année dernière, quand le canot s'est échoué.

— Il faut faire confiance à nos techniciens.

Wallander tâta la poche de son veston. Il avait emporté la balle qui avait tué Louise Åkerblom.

Ils s'enfoncèrent dans le souterrain du commissariat et prirent l'ascenseur jusqu'à la centrale de commandement où s'organisait la traque au meurtrier de Tengblad.

En entrant dans la pièce, Wallander sursauta devant la quantité de policiers présents. Quinze au bas mot, qui le dévisageaient. Rien à voir avec Ystad.

Lovén fit les présentations et il y eut des marmonnements de bienvenue. Un petit homme d'une cinquantaine d'années aux cheveux clairsemés se présenta sous le nom de Stenberg. C'était le responsable de l'enquête.

Wallander sentit la nervosité le gagner. Il ne s'était pas préparé à une intervention de ce genre. Allaient-ils même le comprendre, avec son accent scanien ? Il prit place néanmoins et leur fit son récit. Les questions furent nombreuses, et il comprit très vite qu'il avait affaire à des policiers expérimentés, capables de se plonger rapidement dans une enquête, d'en détecter les points faibles et de poser les bonnes questions.

La réunion dura plus de deux heures. Pour finir, alors que la déprime gagnait le groupe et que Wallander avait dû demander des comprimés pour sa migraine, Stenberg fit un résumé.

— Il nous faut obtenir rapidement les résultats de l'expertise balistique. Si on découvre un lien entre les armes incriminées, on aura au moins réussi à rendre les choses encore plus confuses.

Certains policiers sourirent. Les autres regardaient droit devant eux, l'air vacant.

Il était près de vingt heures lorsque Wallander quitta le commissariat central. Lovén le conduisit à son hôtel de Vasagatan.

— Tu peux te débrouiller seul ?

— J'ai ma fille, répondit Wallander. Elle habite Stockholm. C'était quoi déjà, le nom de la discothèque ?

— L'Aurora. Mais je ne pense pas que l'endroit soit à ton goût.

— Sûrement.

Lovén parti, Wallander récupéra sa clé à la réception, en résistant à la tentation de se rendre dans un bar proche de l'hôtel. Le souvenir de son samedi soir à Ystad était encore trop vif. Il monta jusqu'à sa chambre, prit une douche et changea de chemise. Après s'être reposé une heure, il chercha l'adresse du club Aurora dans l'annuaire. Puis il quitta l'hôtel. Il était près de vingt-deux heures. Fallait-il appeler Linda ? Il décida d'attendre. Sa visite à la discothèque ne prendrait pas beaucoup de temps. Linda avait l'habitude de se coucher tard. Il traversa la rue, monta dans le premier des taxis qui patientaient devant la gare centrale et donna l'adresse au chauffeur. Pensif, il regarda défiler la ville, qui abritait sa fille, et sa sœur Kristina. Et sans doute aussi un Africain à l'index coupé.

Il éprouva un brusque malaise. Comme s'il attendait un événement imminent. Qu'il devait craindre, auquel il aurait dû déjà se préparer.

Le visage souriant de Louise Åkerblom lui apparut de façon fugitive.

Qu'a-t-elle eu le temps de saisir ? A-t-elle compris qu'elle allait mourir ?

L'escalier, partant de la rue, aboutissait à une porte métallique peinte en noir. Au-dessus, une enseigne au néon, rouge, crasseuse. Plusieurs lettres étaient éteintes. Que faisait-il là ? Il descendit les marches, poussa la porte et se retrouva dans un local sombre, enfumé, où la musique se déversait de haut-parleurs fixés au plafond. Il crut tout d'abord qu'il était seul. Puis il découvrit des ombres ; le blanc de leurs yeux luisait. Distinguant un comptoir, il prit cette direction et commanda une bière. L'homme qui le servit avait le crâne rasé.

— On n'a pas besoin d'aide, dit l'homme en posant la bouteille sur le comptoir.

— Pardon ?

— On s'occupe nous-mêmes de la sécurité.

— Qui vous a dit que j'étais flic ?

Wallander regretta immédiatement cette question dictée par la surprise.

— Secret professionnel.

— Dans ce cas, dit-il, j'ai quelques questions pour vous.

— Je réponds rarement aux questions.

L'arrogance de l'homme l'exaspéra soudain.

— Là, tu vas le faire. Sinon... que le diable t'emporte !

L'homme haussa les sourcils.

— Il y a beaucoup d'Africains ici, reprit Wallander.

— Ils adorent cet endroit.

— Je cherche un Noir d'une trentaine d'années qui a un signe distinctif.

— Ah oui ?

— Il lui manque un doigt. À la main gauche.

Contre toute attente, l'autre éclata de rire.

— Qu'y a-t-il de si drôle ?

— Vous êtes le deuxième.

— Quoi ?

— On m'a posé la même question hier soir.

Wallander réfléchit un instant.

— Qu'as-tu répondu ?

— Non.

— Non ?

— Je n'ai pas vu de type à qui il manquait un doigt.

— Sûr ?

— Certain.

— Qui t'a posé cette question ?

— Jamais vu, dit l'homme en s'emparant d'un verre qu'il entreprit d'essuyer.

— Je te le redemande. Une seule fois.

— Je n'ai rien à ajouter.

— Qui t'a posé cette question ?

— Je l'ai dit. Un inconnu.

— Il parlait suédois ?

— À peu près.

— C'est-à-dire ?

267

— Pas comme vous et moi.

On approche, pensa Wallander. Il ne faut pas lâcher prise maintenant.

— De quoi avait-il l'air ?

— Je ne m'en souviens pas.

— Tu as intérêt à me répondre.

— L'air tout à fait normal. Veste noire. Cheveux blonds.

Wallander perçut soudain la peur de l'homme.

— Personne ne nous entend, dit-il. Je te garantis que ça restera entre nous.

— Il s'appelle peut-être Konovalenko. La bière est pour moi, si tu t'en vas tout de suite.

— Konovalenko ? Tu en es sûr ?

— Comment être sûr de quoi que ce soit dans ce monde ?

Dans la rue, Wallander trouva tout de suite un taxi. De retour à l'hôtel, il voulut appeler sa fille. Puis il changea d'avis. Il l'appellerait le lendemain matin.

Il resta longtemps allongé sans trouver le sommeil.

Un nom. Konovalenko. Le conduirait-il au bon endroit ?

Il repensa à tout ce qui s'était passé depuis le matin où Robert Åkerblom avait fait son entrée dans son bureau. À l'aube enfin il s'endormit.

16

En arrivant au commissariat central le mardi matin, Wallander apprit que Lovén était déjà en réunion avec le groupe d'enquête travaillant sur le meurtre de Tengblad. Il prit un café au distributeur et se rendit dans le bureau de Lovén pour appeler Ystad.

— Que se passe-t-il ? demanda Martinsson.

— Pour l'instant, je vais m'occuper d'un type qui est peut-être russe et qui s'appelle peut-être Konovalenko.

— Tu n'as pas dégoté un nouveau Balte, j'espère.

— Si ça se trouve, il ne s'appelle pas Konovalenko et il n'est pas russe. Il est peut-être suédois.

— Alfred Hanson a dit que l'homme qui lui a loué la maison avait un accent.

— Précisément, dit Wallander. Mais je doute que ce soit Konovalenko.

— Pourquoi ?

— Un pressentiment. Il n'y a que ça dans cette enquête. Ça ne me plaît pas. En plus, Hanson a dit que son visiteur était très gros. Ça ne colle pas avec le meurtrier de Tengblad. Si c'est le même homme.

— Et l'Africain au doigt coupé ? Qu'est-ce que tu en fais ?

Wallander lui raconta sa visite à l'Aurora la veille, au soir.

— Alors tu restes à Stockholm ?

— Oui. Au moins un jour encore. Tout est calme à Ystad ?

— Robert Åkerblom a demandé par l'intermédiaire du pasteur Tureson quand il pourrait enterrer sa femme.

— Je ne pense pas qu'il y ait un obstacle.

— Björk voulait que je t'en parle.

— C'est fait. Quel temps avez-vous ?

— Normal.

— C'est-à-dire ?

269

— Météo d'avril. Ça change en permanence. Je n'irai pas jusqu'à prétendre qu'il fait chaud.

— Pourrais-tu rappeler mon père pour lui dire que je suis encore à Stockholm ?

— Quand je l'ai eu au téléphone hier, il m'a invité. Mais je n'avais pas le temps.

— Tu peux faire ça pour moi ?

— Tout de suite.

Wallander fit le numéro de Linda. Il entendit à sa voix qu'il l'avait réveillée.

— Tu devais m'appeler hier.

— J'ai travaillé tard.

— On peut se voir dans la matinée.

— Ça ne va pas être possible, je crois. Je vais être très occupé.

— Tu n'en as peut-être pas envie ?

— Tu sais bien que si. Je te rappelle.

Wallander raccrocha en voyant arriver Lovén. Il avait blessé Linda. Pourquoi ne voulait-il pas que Lovén entende qu'il parlait à sa fille ? Il ne se comprenait pas lui-même.

— Tu as une tête épouvantable, dit Lovén. Tu n'as pas dormi cette nuit ?

— Peut-être trop dormi au contraire, éluda Wallander. C'est parfois pire. Comment ça va ?

— Pas de percée encore. Mais ça va venir.

— J'ai une question. Les collègues d'Ystad ont reçu une info anonyme comme quoi un Russe qui s'appelle peut-être Konovalenko serait impliqué dans le meurtre de Tengblad.

Lovén fronça les sourcils.

— Il faut le prendre au sérieux ?

— L'informateur semblait fiable.

Lovén réfléchit avant de répondre.

— C'est vrai qu'on a du souci avec les criminels russes qui ont commencé a s'installer en Suède. Le problème ne risque pas de diminuer. Alors on essaie de se faire une idée de la situation.

Il fouilla parmi ses dossiers.

— Voilà. Nous avons un homme qui s'appelle Rykoff. Vladimir Rykoff. Il habite à Hallunda. S'il existe un Konovalenko en ville, Rykoff devrait le savoir.

— Pourquoi ?

— Il a la réputation d'être extrêmement bien informé sur ce qui se passe dans les cercles immigrés. On pourrait faire un tour là-bas, lui rendre visite.

Lovén tendit le dossier à Wallander.

— Lis ça. Ça révèle pas mal de choses.

— Je peux lui rendre visite moi-même. On n'a pas besoin d'être deux.

— Tant mieux. On a quelques pistes, pour Tengblad, même si ça ne donne pas grand-chose pour l'instant. Les techniciens pensent d'ailleurs que votre femme en Scanie a été tuée avec la même arme. Ils ne sont pas catégoriques, bien sûr. C'est sans doute la même arme. D'un autre côté, on ne sait pas si c'est la même main qui l'a tenue.

Il était près de treize heures lorsque Wallander arriva enfin à Hallunda. Il s'était arrêté dans un motel pour déjeuner tout en lisant les rapports de Lovén concernant Vladimir Rykoff. Lorsqu'il eut déniché l'adresse, il resta quelques instants à observer les alentours. Un détail le frappa : parmi les passants, presque aucun ne parlait suédois.

L'avenir est ici, pensa-t-il. Un enfant qui grandit

271

dans ce quartier et qui choisira de devenir flic aura une expérience sans commune mesure avec la mienne.

Il chercha le nom de Rykoff sur le tableau du hall d'entrée. Puis il prit l'ascenseur.

Une femme lui ouvrit. Wallander sentit immédiatement qu'elle était sur ses gardes. Il exhiba sa carte.

— Je cherche Vladimir Rykoff. J'ai quelques questions à lui poser.

— À quel sujet ?

Elle s'exprimait avec un accent de l'Est.

— Je le lui dirai personnellement.

— C'est mon mari.

— Il est là ?

— Je vais le prévenir.

La femme ouvrit une porte – la chambre à coucher ? – et la referma derrière elle. Wallander regarda autour de lui. L'appartement était luxueusement meublé. Pourtant, il s'en dégageait une atmosphère de provisoire. Comme si les gens qui vivaient là étaient prêts à déménager d'un instant à l'autre.

La porte s'ouvrit à nouveau et Vladimir Rykoff entra dans le séjour. Il portait une robe de chambre qui paraissait coûteuse, elle aussi. Les cheveux en bataille, comme s'il avait été tiré du sommeil.

D'instinct, il perçut chez Rykoff la même défiance que chez sa femme.

Au même instant, il lui vint une sensation qu'il reconnut d'emblée, pour l'avoir éprouvée au cours de précédentes enquêtes. Ce point de bascule, après avoir longtemps piétiné... L'intuition d'une percée possible, imminente. Son intuition s'était presque toujours confirmée.

— Désolé de vous déranger, dit-il posément. Mais j'ai quelques questions à vous poser.

— À quel sujet ?

Rykoff ne lui avait pas demandé de s'asseoir. Son ton était brusque et dénué de toute amabilité. Wallander décida d'aller droit au but. Il prit place dans un fauteuil et fit signe à Rykoff et à sa femme de l'imiter.

— D'après mes informations, commença-t-il, vous êtes un réfugié iranien. Vous avez obtenu la nationalité suédoise dans les années 1970. Vladimir Rykoff, ce n'est pas un nom iranien.

— Ça me regarde.

Wallander le dévisageait sans ciller.

— Naturellement. Mais, dans ce pays, la citoyenneté peut être mise à l'épreuve. Si les renseignements qui sont à l'origine de la naturalisation se révèlent faux.

— C'est une menace ?

— Pas du tout. Quelle est votre activité ?

— Je dirige une agence de voyages.

— Qui s'appelle ?

— Rykoff Voyages.

— En direction de quels pays ?

— C'est variable.

— Pouvez-vous me donner quelques exemples ?

— La Pologne.

— Mais encore ?

— La Tchécoslovaquie.

— Continuez.

— Où voulez-vous en venir ?

— Votre agence est dûment enregistrée. Mais

273

d'après les Impôts, vous n'avez pas rempli de déclaration ces deux dernières années. Dans la mesure où je ne vous soupçonne pas de fraude, cela signifie que, depuis deux ans, l'agence ne fonctionne pas de façon active.

Rykoff en resta sans voix.

— Nous vivons des revenus des bonnes années, intervint sa femme. Aucune loi n'oblige à travailler sans arrêt.

— En effet, dit Wallander. Pourtant, la plupart des gens le font, allez savoir pourquoi...

La femme alluma une cigarette. Wallander vit qu'elle était inquiète. Son mari lui jeta un regard réprobateur. Elle se leva ostensiblement pour ouvrir une fenêtre. Elle eut tant de mal à le faire que Wallander faillit se lever pour l'aider.

— Mon avocat s'occupe de tout ce qui concerne l'agence, dit Rykoff.

Il commençait à perdre son calme. Colère ou peur ?

— Parlons clairement, dit Wallander. Vous êtes aussi peu iranien que moi. Mais il serait difficile de vous retirer la nationalité suédoise. Ce n'est donc pas le sens de ma démarche. Vous êtes russe, Rykoff. Vous savez ce qui se passe dans les cercles d'immigrants. En particulier du côté de ceux de vos compatriotes qui se livrent à des activités illégales. Un policier a été tué ici il y a quelques jours. C'est l'action la plus stupide qu'on puisse commettre. Cela nous met en colère d'une manière tout à fait spéciale... si vous voyez ce que je veux dire.

Rykoff semblait avoir retrouvé son calme. Contrairement à sa femme, qui masquait mal son inquiétude.

De temps à autre, elle jetait un regard au mur derrière Wallander.

Avant de s'asseoir, il avait vu qu'il y avait là une horloge.

Ils attendent quelque chose. Et ils ne veulent pas que je sois encore chez eux à ce moment-là.

— Je cherche un certain Konovalenko, dit Wallander doucement. Ce nom vous dit-il quelque chose ?

— Non, dit Rykoff. Je ne crois pas.

Au même instant, Wallander comprit trois choses. Premièrement, Konovalenko existait. Deuxièmement, Rykoff savait très bien de qui il s'agissait. Troisièmement, ces questions lui déplaisaient souverainement.

— En êtes-vous tout à fait certain ? Konovalenko est un nom assez répandu, je crois.

— Ça ne m'évoque rien – Rykoff se tourna vers sa femme. Qu'en dis-tu ? On connaît un Konovalenko ?

Elle secoua la tête.

Mais si, pensa Wallander. Vous le connaissez. Et nous allons le trouver grâce à vous.

— C'est bien dommage, dit-il.

Rykoff lui jeta un regard surpris.

— C'est tout ce que vous vouliez savoir ?

— Pour l'instant, oui. Mais je suis sûr que vous aurez bientôt de nos nouvelles. Nous voulons savoir qui a tué le jeune policier. Et nous le retrouverons. Vous pouvez compter là-dessus.

— Je ne suis au courant de rien, dit Rykoff. Je trouve comme tout le monde que c'est une triste histoire.

— Bien sûr, dit Wallander en se levant. Ah, autre chose. Vous avez peut-être entendu parler par les journaux d'une femme qui a été assassinée il y a quelques semaines en Scanie ? Nous pensons que Konovalenko est impliqué, là aussi.

Wallander se tut, aux aguets. Il venait de percevoir chez Rykoff quelque chose… quoi ? Puis il comprit. Son impassibilité. L'homme était resté complètement inexpressif

C'est la question qu'il attendait, pensa-t-il. Il sentit son pouls accélérer. Pour ne pas se trahir, il se leva et indiqua l'appartement.

— Ça vous dérange si je jette un coup d'œil ?

— Je vous en prie. Tania, ouvre toutes les portes pour notre visiteur.

Wallander jeta un regard dans les différentes pièces. Mais son esprit était complètement occupé par la réaction de Rykoff.

Lovén avait bien plus raison qu'il ne le pensait. On tient enfin une piste…

Il s'étonna de son propre calme. Il aurait dû quitter l'appartement sur-le-champ, téléphoner à Lovén et exiger une descente en règle. Rykoff devait être interrogé sans relâche jusqu'à leur révéler l'existence de Konovalenko et, si possible, son lieu de séjour.

Ce fut dans une petite pièce – une chambre d'amis ? – que son attention s'aiguisa sans raison particulière. Rien de remarquable à première vue. Un lit, une table, une chaise à barreaux et des rideaux bleus. Quelques livres et bibelots sur une étagère. Le cerveau de Wallander travaillait intensément pour tenter de découvrir ce qu'il voyait sans le voir. Il mémorisa les détails de la pièce avant de se retourner vers les Rykoff.

— Je ne vais pas vous déranger davantage.

— Nous n'avons aucun contentieux avec la police.

— Dans ce cas, vous n'avez aucun souci à vous faire.

Wallander reprit la route de la ville. On frappe un grand coup, pensa-t-il. On va le faire parler. Lui ou sa femme.

Mais on va les cueillir. C'est maintenant ou jamais.

Konovalenko avait failli manquer le signal de Tania. En laissant sa voiture devant l'immeuble, il avait comme d'habitude jeté un regard à la façade. Si, pour une raison ou pour une autre, il ne devait pas monter à l'appartement, il était convenu que Tania laisserait une certaine fenêtre ouverte. La fenêtre était fermée. Dans l'ascenseur, il s'aperçut qu'il avait oublié le sac contenant les deux bouteilles de vodka. En allant les chercher, il jeta par pur réflexe un regard vers le haut. La fenêtre était ouverte. Il retourna à la voiture pour attendre, derrière le volant.

En voyant sortir Wallander, il comprit.

Quelques minutes plus tard, Tania confirmait ses soupçons. C'était effectivement un flic, il s'appelait Wallander, et il venait d'Ystad. Elle l'avait vu sur sa carte.

— Qu'est-ce qu'il voulait ?

— Savoir si je connaissais un certain Konovalenko, dit Rykoff.

— Bien.

Tania et Rykoff le regardèrent sans comprendre.

— Bien sûr, enchaîna Konovalenko. Qui peut lui avoir parlé de moi, si ce n'est pas vous ? Un seul homme : Victor Mabasha. Ce flic va nous aider à mettre la main sur lui.

Puis il ordonna à Tania d'aller chercher des verres.

Konovalenko porta un toast silencieux au policier d'Ystad. Il se sentait soudain très content de lui.

Wallander était retourné directement à son hôtel. Il commença par appeler sa fille.

— On peut se voir ? demanda-t-il.

— Je croyais que tu travaillais.

— J'ai quelques heures. Si tu as le temps.

— À quel endroit ? Tu ne connais pas Stockholm.

— Je connais la gare centrale.

— Alors disons au milieu du grand hall dans trois quarts d'heure.

— Parfait.

Wallander descendit à la réception.

— Je ne serai pas là cet après-midi. Il faut transmettre le message à quiconque me cherche, personnellement ou au téléphone. J'ai une affaire urgente à régler et je ne suis pas joignable.

— Jusqu'à quand ? demanda le réceptionniste.

— Jusqu'à nouvel ordre.

Lorsqu'il vit Linda entrer dans le hall de la gare, il la reconnut à peine. Ses cheveux étaient teints en noir. Très maquillée, elle portait une combinaison de travail noire et un ciré rouge vif. Aux pieds, des bottines à talons hauts. Wallander vit plusieurs hommes se retourner sur son passage. Il en éprouva un mélange de colère et de gêne. Il avait donné rendez-vous à sa fille ; mais c'était une jeune femme pleine d'assurance qui avançait vers lui. Son ancienne timidité paraissait complètement envolée. Il l'embrassa avec le sentiment que ce n'était pas tout à fait correct.

Elle dit qu'elle avait faim. Dehors, il s'était mis à

pleuvoir. Ils coururent vers un café de Vasagatan, juste en face de la poste centrale. Il la contempla pendant qu'elle mangeait.

— Maman est venue à Stockholm la semaine dernière, dit-elle soudain entre deux bouchées. Elle voulait me montrer son nouveau type. Tu l'as déjà rencontré ?

— Je n'ai pas parlé à ta mère depuis au moins six mois.

— Il ne m'a pas plu. En fait, j'ai eu l'impression qu'il s'intéressait plus à moi qu'à maman.

— Ah bon ?

— Elle m'avait dit qu'il travaillait dans l'importation d'outils de France. Mais il a surtout parlé de golf. Tu sais que maman a commencé à jouer au golf ?

— Non, dit Wallander surpris. Je l'ignorais.

Elle le considéra un instant avant de poursuivre.

— Ce n'est pas bien que tu ne sois au courant de rien. C'est quand même la femme la plus importante de ta vie jusqu'à présent. Elle sait tout sur toi. Elle connaît même l'existence de cette femme en Lettonie.

Wallander était sidéré. Il n'avait jamais parlé de Baiba Liepa à son ex-femme.

— Comment est-ce possible ?

— Faut croire que quelqu'un lui a dit.

— Qui ?

— Quelle importance ?

— Je me pose la question, c'est tout.

Sans prévenir, elle changea de sujet.

— Pourquoi es-tu à Stockholm ? Ce n'est pas juste pour le plaisir de me voir, j'imagine.

Il lui raconta tout, depuis le jour, deux semaines

plus tôt, où son père lui avait annoncé qu'il allait se marier et que Robert Åkerblom, avait fait une apparition bouleversée dans son bureau pour lui signaler la disparition de sa femme. Elle l'écouta attentivement ; il eut pour la première fois le sentiment que sa fille était maintenant une adulte. Qui avait sûrement déjà plus d'expérience que lui dans bien des domaines.

— J'ai besoin de quelqu'un à qui parler, conclut-il. Rydberg me manque. Tu te souviens de lui ?

— Le vieux qui paraissait toujours de mauvaise humeur ?

— Non. Il était peut-être un peu austère, mais...

— Je m'en souviens. J'espérais que tu ne deviendrais jamais comme lui.

Ce fut au tour de Wallander de changer de sujet.

— Que sais-tu de l'Afrique du Sud ?

— Pas grand-chose. Juste que les Noirs sont traités quasiment comme des esclaves là-bas. On a eu la visite à l'école d'une femme noire d'Afrique du Sud. Tout ce qu'elle nous a raconté, c'était à ne pas y croire.

— Alors tu en sais plus que moi. Quand je suis allé en Lettonie l'année dernière... à vrai dire, je me suis demandé comment il était possible d'être arrivé, comme moi, à plus de quarante ans et de ne rien connaître du monde.

— Tu ne te tiens pas au courant. C'est ça, le problème. Je m'en souviens, quand j'avais douze-treize ans, et que essayais de te poser des questions. Pour maman et toi, le monde s'arrêtait à notre porte. C'était la villa, les massifs du jardin, ton boulot et rien d'autre. C'est bien pour ça que vous avez divorcé.

— Ah bon.

— Vous aviez transformé la vie en une histoire de bulbes de tulipes et de robinets à changer dans la salle de bains. C'était de ça que vous parliez. Quand il vous arrivait d'échanger deux phrases.

— Il n'y a pas de mal à parler des fleurs.

— Les tulipes poussaient tellement haut qu'elles vous bouchaient la vue.

Brusquement, elle le regarda.

— Tu as encore du temps pour moi, là tout de suite ?

— Un petit moment.

— Rien du tout, autrement dit. Mais on peut se revoir ce soir, si tu veux.

Ils sortirent dans la rue où la pluie avait cessé. Wallander risqua une question.

— Ce n'est pas difficile de marcher avec des talons pareils ?

— Si. Mais on s'y fait. Tu veux essayer ?

Wallander se sentit soudain heureux. Heureux qu'elle existe. Quelque chose en lui se dénoua. Il la regarda s'éloigner. Parvenue à la bouche du métro, elle se retourna et agita la main dans sa direction.

Au même instant il comprit ce qui avait capté son attention la veille dans l'appartement de Hallunda.

Sur l'étagère de la chambre, il avait vu un cendrier. C'était peut-être une coïncidence. Mais il ne le pensait pas.

Le soir de son dîner à l'hôtel Continental, il avait commencé par prendre un whisky au bar. Sur la table, il y avait un cendrier de verre. Le jumeau de celui qui se trouvait dans la petite chambre de Vladimir et de Tania.

Konovalenko.

Il s'est peut-être assis à la même table que moi. Il n'a pas pu résister à la tentation d'emporter le lourd cendrier de verre. Une faiblesse humaine, parmi les plus communes. Il ne pouvait pas savoir qu'un commissaire d'Ystad jetterait un jour un coup d'œil dans une petite pièce d'un appartement de Hallunda où il lui arrive de passer la nuit.

Wallander retourna à l'hôtel en pensant qu'il n'était pas tout compte fait un policier exécrable. Pas encore complètement dépassé. Peut-être même capable de résoudre le meurtre absurde d'une femme qui s'était trompée de chemin près de Krageholm.

Que savait-il ? Louise Åkerblom et Klas Tengblad avaient été tués avec la même arme. Dans le cas de Tengblad, par un homme blanc s'exprimant avec un accent. L'Africain présent sur les lieux au moment de la mort de Louise Åkerblom était recherché par un homme qui s'exprimait, lui aussi, avec un accent. Konovalenko. Celui-ci était connu de Rykoff. À en juger par sa corpulence, Rykoff pouvait très bien être l'homme à qui Alfred Hanson avait loué sa maison. Et dans l'appartement de Rykoff, il y avait un cendrier prouvant que quelqu'un était allé à Ystad. Ce n'était pas grand-chose. S'il n'y avait pas eu les balles, le lien aurait été d'une faiblesse douteuse. Mais il se fiait à son intuition. Rykoff était celui qui pourrait leur donner les réponses.

Le soir même il dîna avec Linda dans un restaurant proche de l'hôtel.

Cette fois, il se sentit un peu moins désarçonné en sa compagnie. En se couchant à une heure du

282

matin, il pensa qu'il n'avait pas passé une soirée aussi agréable depuis très longtemps.

Wallander arriva au commissariat central de Kungsholmen peu après huit heures. Un groupe de policiers surpris écouta le récit de ses découvertes à Hallunda. Tout en parlant, il prit la mesure de la défiance compacte qui l'entourait. Mais ces hommes voulaient à tout prix retrouver le meurtrier de leur collègue. L'atmosphère se modifia progressivement. Lorsqu'il eut fini, personne ne mit en cause ses conclusions.

Ensuite, tout alla très vite. L'immeuble de Hallunda fut discrètement placé sous surveillance pendant qu'on préparait la descente. Un jeune substitut énergique accepta sans hésiter de cautionner d'éventuelles interpellations.

L'intervention avait été fixée pour quatorze heures. Wallander se tint à l'arrière-plan tandis que Lovén et ses collègues passaient en revue le détail des opérations. Vers dix heures, alors que les préparatifs entraient dans leur phase la plus chaotique, il alla dans le bureau de Lovén pour téléphoner à Björk.

— Cela me parait invraisemblable, dit son chef lorsqu'il eut fini.

— C'est le monde qui est invraisemblable.

— Tu as fait du bon travail. Je vais informer les autres.

— Mais pas de conférence de presse. Et pas de confidences à Robert Åkerblom.

— Bien sûr que non. Quand penses-tu être de retour ?

— Le plus vite possible. Quel temps fait-il ?

— Superbe. On dirait que le printemps arrive.

Svedberg n'arrête pas d'éternuer. C'est un signe, tu sais bien, avec son allergie.

Wallander raccrocha avec un vague mal du pays. Mais l'excitation était la plus forte.

À onze heures, Lovén rassembla tous ceux qui participeraient au coup de filet. Les rapports de surveillance indiquaient que Vladimir et Tania étaient tous deux à l'appartement. Impossible de savoir s'il y avait une troisième personne sur les lieux.

Wallander écouta avec intérêt les directives de Lovén. Une descente de police à Stockholm n'avait pas grand-chose à voir avec celles dont il avait l'habitude. Des opérations de cette taille n'existaient pas à Ystad. Seule exception peut-être, l'épisode, un an plus tôt, où un toxicomane s'était retranché dans une maison de vacances de Sandhammaren.

Avant la réunion, Lovén avait demandé à Wallander s'il souhaitait prendre une part active à l'intervention.

— Oui, avait-il dit. Si Konovalenko y est, on peut dire qu'il m'appartient. Au moins à moitié. Et j'ai envie de voir la tête de Rykoff.

Lovén conclut la réunion à onze heures trente.

— On ne sait pas ce qui nous attend. Probablement deux personnes qui vont nous suivre sans difficulté. Mais ce n'est pas certain.

Wallander déjeuna au commissariat avec Lovén.

— Tu ne t'es jamais interrogé sur ce que tu fabriquais ? demanda soudain celui-ci.

— Chaque jour. On est tous dans le même cas, tu ne crois pas ?

— Je n'en sais rien. Je sais juste que les pensées que j'ai dans la tête me dépriment. Ici, on est en train de perdre le contrôle. Je ne sais pas ce qu'il en est dans un district comme Ystad. Mais, à Stockholm, l'existence de hors-la-loi doit être assez agréable. En tout cas par rapport au risque de se faire prendre.

— On n'en est pas là chez nous. Mais la différence entre les districts se réduit sans cesse.

— Beaucoup de flics de Stockholm aimeraient partir en province. Ils pensent que c'est plus facile là-bas.

— Beaucoup de flics de province voudraient aller à Stockholm. Ils trouvent la campagne trop calme.

— Je ne pourrais pas supporter le changement, je crois.

— Moi non plus. Pour moi, en tant que flic, c'est Ystad ou rien.

Après le repas, Wallander dénicha une salle de repos et s'allongea sur un canapé. En fait, il n'avait pas dormi une nuit complète depuis le jour où Robert Åkerblom était entré dans son bureau.

Il s'assoupit quelques minutes, se réveilla en sursaut et resta allongé en pensant à Baiba Liepa.

À quatorze heures pile, Wallander, Lovén et trois autres policiers prirent position dans la cage d'escalier de l'immeuble de Hallunda. Après avoir sonné deux fois, ils fracturèrent la porte avec un pied-de-biche. Le groupe d'intervention se tenait à l'arrière-plan avec des armes automatiques. Tout le monde était armé, à l'exception de Wallander, qui avait refusé le pistolet que lui proposait Lovén. En revanche, il n'avait pas hésité à enfiler le gilet pare-balles.

Ils firent irruption dans l'entrée, se déployèrent. Mais l'opération prit fin avant d'avoir commencé.

L'appartement était vide. Il ne restait que les meubles.

Les policiers échangèrent un regard désemparé. Puis Lovén s'empara d'un talkie-walkie.

— L'appartement est vide. Ordre de repli général. Envoyez les techniciens.

— Ils ont dû partir cette nuit, dit Wallander.

— On les retrouvera. Dans moins d'une demi-heure, ils auront un avis de recherche national aux trousses.

Il tendit à Wallander une paire de gants en plastique.

— Si tu veux soulever les matelas...

Pendant que Lovén parlait dans son portable avec un supérieur de Küngsholmen, Wallander entra dans la petite chambre, enfila les gants et prit avec précaution le cendrier sur l'étagère. Il avait bien vu. C'était la copie exacte de celui qu'il avait contemplé fixement quelques jours plus tôt, en buvant trop de whisky. Il laissa le cendrier à un technicien.

— Empreintes, dit-il. Elles ne figurent sans doute pas dans nos fichiers. Il faudra les transmettre à Interpol.

Il regarda le technicien ranger le cendrier dans un sac plastique.

Puis il approcha d'une fenêtre et observa distraitement les immeubles et le ciel gris. Il se rappela vaguement que c'était cette même fenêtre que Tania avait ouverte la veille pour chasser la fumée qui importunait Vladimir. Il entra dans la chambre à coucher et jeta un coup d'œil dans les placards. La plupart des vêtements étaient encore là. En revanche, il ne trouva aucune valise. Il s'assit au bord du lit et ouvrit le tiroir de la table de chevet. Il n'y avait qu'une bobine de fil et un paquet de cigarettes à moitié vide. Il vit que Tania fumait des Gitanes.

Il se pencha et regarda sous le lit. Une paire de pantoufles poussiéreuses. Contournant le lit, il ouvrit le tiroir de l'autre table de chevet. Il était vide. Dessus, un cendrier plein et une tablette de chocolat entamée.

Wallander vit que des mégots avaient un filtre. Il en prit un. Camel.

Cela le rendit songeur.

La veille, Tania avait allumé une cigarette. Vladimir s'était montré irrité.

Tania fumait-elle différentes marques ? Peu probable. Autrement dit, Vladimir fumait lui aussi. Or les fumeurs se plaignaient rarement de leurs congénères. Surtout lorsque la pièce n'était pas enfumée.

Il retourna dans le séjour et tenta d'ouvrir la même fenêtre que Tania. Elle résista, cette fois encore. Il essaya d'ouvrir les autres, et la porte vitrée menant au balcon. Aucun problème.

Il resta debout, sourcils froncés. Pourquoi avait-elle choisi cette fenêtre-là ? Et pourquoi était-elle difficile à ouvrir ?

Soudain, ces questions lui parurent vitales. Après un instant, il comprit qu'il n'y avait qu'une seule réponse possible.

Tania avait choisi cette fenêtre-là délibérément. Et si elle résistait, c'était parce qu'on l'ouvrait rarement.

Il se posta à nouveau à la fenêtre. Du parking, c'était celle qu'on devait voir le plus nettement. La deuxième fenêtre se trouvait à côté du balcon. La

287

porte du balcon n'était pas visible depuis le parking.

Il réfléchit encore.

Tania avait paru inquiète. Elle avait regardé plusieurs fois l'horloge derrière lui. Puis elle avait ouvert la fenêtre. C'était un signal.

Konovalenko, pensa-t-il. Il l'avait manqué d'un cheveu.

Profitant d'une pause entre deux coups de fil, il fit part de son observation à Lovén.

— C'est possible. Mais ils attendaient peut-être quelqu'un d'autre.

— Bien sûr, dit Wallander.

Ils retournèrent à Kungsholmen pendant que les techniciens poursuivaient leur travail. Le téléphone sonna au moment où ils entraient dans le bureau de Lovén. Dans un coffre en fer-blanc, les techniciens avaient trouvé des grenades lacrymogènes du même type que celles qui avaient semé la pagaille dans une discothèque de Söder la semaine précédente.

— Qu'avaient-ils contre cette discothèque ? commenta Lovén. En tout cas, l'avis de recherche est lancé. Et on va s'assurer que les médias le relaient correctement.

— Alors je rentre à Ystad demain, dit Wallander. Quand vous aurez retrouvé Konovalenko, il faudra nous le prêter.

— C'est énervant de louper une descente. Je me demande où ils se cachent...

La question resta en suspens. De retour à l'hôtel, Wallander décida de retourner à l'Aurora, le soir même. Il avait de nouvelles questions à poser à l'homme au crâne rasé.

17

L'homme attendait depuis longtemps.

Minuit passé. Il était tout à fait seul dans l'anti-chambre vaguement éclairée. Un huissier entrait régulièrement pour l'informer que le président ne pouvait malheureusement pas encore le recevoir. C'était un homme âgé, vêtu d'un costume sombre. Peu après vingt-trois heures, il était revenu pour éteindre toutes les lampes sauf une.

Georg Scheepers pensa à un employé des pompes funèbres. Cette discrétion, cette voix douce, cette courtoisie frôlant la servilité lui rappelaient l'homme qui s'était occupé des obsèques de sa mère quelques années plus tôt.

C'est peut-être un symbole, pensa Scheepers. De Klerk comme gestionnaire des derniers débris de l'empire blanc en Afrique du Sud... Cette antichambre serait celle d'un organisateur de funérailles, et non d'un homme qui conduit son pays vers la lumière.

Ces heures d'attente prêtaient à la réflexion. De temps à autre, l'huissier ouvrait la porte sans bruit pour annoncer que le président était malheureuse-ment encore occupé à une affaire urgente. À vingt-deux heures, il lui servit une tasse de thé tiède.

Georg Scheepers pensa aux raisons de sa convo-cation ce soir, mercredi 7 mai. La veille à midi, il avait été appelé par le secrétaire de son chef, Henrik Wervey. Scheepers était l'assistant du redoutable procureur général de Johannesburg. Il n'avait pas l'habitude de le voir ailleurs qu'au tribunal ou lors des réunions hebdomadaires du vendredi. En se hâtant le long des couloirs, il s'était demandé ce que lui voulait Wervey. Contrairement à ce soir, on l'avait fait entrer tout de suite. Wervey lui avait indiqué une chaise tout en continuant à signer des documents qu'attendait le secrétaire. Enfin, ils furent seuls.

Henrik Wervey n'était pas craint que des criminels. Grand, un mètre quatre-vingt-dix, baraqué, il aimait faire étalage de sa force, intacte à près de soixante ans. Lors d'un réaménagement des bureaux quelques années plus tôt, il avait traîné à lui seul un coffre-fort que deux hommes avaient ensuite peiné à hisser sur un diable. Mais ce n'était pas cela qui le rendait redoutable. Au cours de sa longue carrière, il s'était toujours, dès que la possibilité s'en offrait, prononcé en faveur de la peine capitale. Dans les cas, nombreux, où le tribunal avait suivi son réquisitoire et condamné l'inculpé à la pendaison, Wervey avait personnellement assisté à l'exécution. Cela lui avait donné la réputation d'un homme brutal. Nul ne pouvait en revanche l'accuser de discrimination raciste. Un criminel blanc avait autant de souci à se faire qu'un noir.

Georg Scheepers se demandait donc avec inquiétude s'il s'était rendu coupable de quelque manquement. Wervey était connu pour son absence totale de compassion vis-à-vis des assistants qui ne se montraient pas à la hauteur de leur tâche.

Mais la conversation avait pris un tout autre tour que prévu. Abandonnant son bureau, Wervey s'était installé dans un fauteuil à côté de lui.

— Un homme a été assassiné hier soir dans son lit à la clinique de Brenthurst, commença-t-il. Un agent des renseignements. Il s'appelait Pieter van Heerden. Pour la cellule Homicide, tout indique un crime crapuleux. Son portefeuille a disparu. Personne n'a vu arriver ou repartir le meurtrier, qui a manifestement agi seul. Il semblerait qu'il se soit fait passer pour le coursier d'un laboratoire travaillant régulièrement avec la clinique. Personne n'a entendu quoi que ce soit. Il faut croire que l'arme avait un silencieux. La théorie du crime crapuleux semble donc justifiée. D'un autre côté, il faut tenir compte de la profession de la victime.

Wervey se tut et haussa les sourcils. Georg Scheepers comprit qu'il attendait une réaction.

— Il semble en effet raisonnable de déterminer s'il s'agit ou non d'un crime fortuit, dit-il.

— Un élément vient compliquer la situation, reprit Wervey. Je te le livre de façon tout à fait confidentielle. Je veux que ce soit parfaitement clair.

— Je comprends.

— Van Heerden était chargé de mission auprès de De Klerk. Il lui fournissait des informations en continu, en dehors des canaux officiels. Il occupait donc une position extrêmement sensible.

Wervey se tut à nouveau. Scheepers attendait fébrilement la suite.

— Le président m'a appelé il y a quelques heures. Il voulait que je désigne quelqu'un pour le tenir informé des progrès de l'enquête. Il semble convaincu que le meurtre est lié au travail de Van Heerden. Il n'a aucune preuve. Mais il rejette catégoriquement l'idée du crime crapuleux.

Wervey considéra pensivement son assistant.

— Et nous ne savons pas de quoi Van Heerden a pu l'informer avant de mourir.

Georg Scheepers hocha la tête.

— Je t'ai choisi pour cette mission, poursuivit Wervey. À partir de maintenant, tu laisses tomber toutes les affaires en cours et tu te concentres sur l'enquête autour de la mort de Van Heerden. C'est compris ?

Georg Scheepers acquiesça à nouveau. Il avait encore du mal à saisir toute la portée des paroles de Wervey.

— Tu seras régulièrement appelé auprès du président. Tu ne rédigeras aucun rapport, seulement des notes que tu détruiras au fur et à mesure. Tu rendras compte uniquement au président et à moi-même. Si quelqu'un cherche à savoir ce que tu fabriques, l'explication officielle est que je t'ai demandé un rapport d'évaluation sur le recrutement des substituts pour les dix années à venir. C'est clair ?

— Oui.

Wervey se leva, prit une chemise plastifiée sur le bureau et la lui tendit.

— Voici le rapport. Il n'est pas très étoffé. Van Heerden n'est mort que depuis douze heures. L'enquête est menée par un certain commissaire Borstlap. Je propose que tu ailles faire un tour à Brenthurst Clinic pour lui parler.

L'entretien était clos.

— Je compte sur toi, conclut Wervey. Je t'ai choisi parce que l'expérience semble montrer que tu as l'étoffe d'un procureur. Je n'aime pas être déçu.

Georg Scheepers retourna dans son bureau en

essayant de comprendre ce qu'on attendait au juste de lui. Puis il pensa qu'il devait s'acheter un costume neuf. Rien de ce qu'il avait dans sa garde-robe ne pourrait convenir à une entrevue avec le président.

Il portait à présent un costume bleu sombre qui avait coûté très cher. Aux questions de sa femme, il avait répondu qu'il était chargé d'une enquête pour le compte du ministre de la justice. Elle n'avait pas insisté.

Il était une heure moins vingt lorsque l'huissier vint l'informer que le président pouvait à présent le recevoir. Scheepers se leva d'un bond. Il était nerveux. L'huissier le précéda jusqu'à une imposante double porte, frappa et ouvrit les battants.

Assis derrière un bureau éclairé par une unique lampe de travail se tenait l'homme avec lequel il avait rendez-vous. Scheepers hésita sur le seuil jusqu'au moment ou De Klerk lui fit signe d'approcher et de prendre place dans un fauteuil.

Le président paraissait très fatigué. Il avait des poches sous les yeux. Il alla droit au but, avec une pointe d'impatience dans la voix, comme un homme sans cesse contraint de parler à des gens qui ne comprennent rien.

— Je suis convaincu que la mort de Pieter van Heerden n'était pas fortuite. Votre mission consiste à faire comprendre cela aux enquêteurs. Je veux que vous épluchiez tous ses dossiers, tous ses fichiers informatiques, tout ce dont il s'est occupé à titre professionnel au cours de l'année écoulée. Suis-je clair ?

— Oui, répondit Georg Scheepers.

De Klerk se pencha. La lumière de la lampe de travail, éclairant son visage de biais, lui donnait un air presque fantomatique.

— Van Heerden était sur les traces d'une conspiration, dit-il. Une menace pour l'Afrique du Sud tout entière. Une menace susceptible de nous conduire au chaos. C'est dans cette perspective qu'il faut envisager sa mort. Celle-là et aucune autre.

Georg Scheepers hocha la tête. De Klerk se renfonça dans son fauteuil.

— C'est tout ce que vous avez besoin de savoir pour l'instant. Le procureur général vous a désigné comme mon informateur parce qu'il vous considère comme un serviteur de l'État entièrement loyal et fiable. Je veux juste souligner l'aspect confidentiel de ce que je viens de vous apprendre. Vous êtes magistrat. Je n'ai pas besoin de vous dire de quelle manière est punie la haute trahison.

— Bien entendu, répondit Georg Scheepers avec un raidissement involontaire.

— Vous en référerez directement à moi. Mon secrétariat vous accordera les rendez-vous au fur et à mesure. Merci d'être venu.

L'audience était terminée. De Klerk était à nouveau penché sur ses papiers.

Georg Scheepers se leva, s'inclina et traversa l'épais tapis jusqu'à la double porte.

L'huissier l'escorta dans les escaliers. Un garde armé l'accompagna jusqu'au parking où l'attendait sa voiture. Lorsqu'il prit le volant, il avait les mains moites. Une conspiration ? Capable de conduire le pays au chaos ? Je croyais qu'on était déjà en plein chaos…

Il mit le contact. Puis il ouvrit la boîte à gants, prit

son pistolet, le chargea, l'arma et le posa sur le siège à côté de lui.

Georg Scheepers n'aimait pas conduire la nuit. C'était imprévisible, dangereux. Les agressions armées étaient légion, et elles prenaient des formes de plus en plus brutales.

Il prit la route de sa maison dans la nuit sud-africaine. Pretoria dormait.

Les sujets de réflexion ne manquaient pas.

18

Quand ai-je connu la peur, *songoma* ? Quand me suis-je tenu pour la première fois, seul et abandonné, face au visage tordu de l'effroi ? Je ne m'en souviens pas. Je suis prisonnier dans ce pays aux nuits trop courtes, où l'obscurité ne m'enveloppe jamais tout à fait. Et la peur se rappelle à moi maintenant, alors que je cherche une ouverture pour m'échapper, partir d'ici, rentrer à Ntibane.

Les jours et les nuits s'étaient réduits à une masse confuse. Il ignorait combien de temps s'était écoulé depuis qu'il avait laissé derrière lui le corps du Russe dans la maison isolée au milieu des champs de boue. En le reconnaissant, dans la discothèque, il avait eu un choc. Malgré la fumée qui lui brûlait les yeux, il n'y avait pas eu d'erreur possible. Il avait réussi à fuir par un escalier de secours, au milieu de la bousculade, des gens pris de panique. Un court instant, il s'était cru de retour en Afrique du Sud, où les attaques à la grenade lacrymogène contre les *townships* n'avaient rien d'exceptionnel. Mais il n'était pas chez lui. Il était à Stockholm, et Konovalenko s'était relevé d'entre les morts pour le retrouver et l'abattre.

En arrivant dans la capitale, il avait roulé long-temps dans les rues. Que faire ? Il était épuisé au point de ne plus se fier à son propre jugement. Or sa faculté de garder la tête froide dans les situations difficiles était son unique assurance vie. Il n'osait pas prendre une chambre à l'hôtel. Il n'avait pas de passeport, aucun papier d'identité. Il n'était personne au milieu de tous ces gens, un homme sans nom. Il n'avait que son arme.

La douleur continuait d'irradier sa main par intermittence. Il devait trouver un médecin. Le sang avait traversé le bandage ; il ne pouvait pas s'offrir le luxe d'une infection, la fièvre le rendrait complètement démuni. Mais, en soi, la mutilation le touchait à peine. Comme si ce doigt n'avait jamais existé. En pensée, il l'avait gommé. Il était né sans index à la main gauche.

Il avait dormi dans un cimetière, enroulé dans le sac de couchage qu'il s'était acheté. Il avait pourtant froid. Dans ses rêves, les chiens chanteurs le pourchassaient. Quand il se réveillait et qu'il regardait les étoiles, il se disait qu'il ne retrouverait peut-être jamais son pays. Ses pieds ne toucheraient jamais plus la terre rouge tourbillonnante. Cette pensée lui causa un chagrin soudain, si intense qu'il pensa n'avoir jamais rien éprouvé de semblable depuis la mort de son père. Il pensa aussi qu'en

Afrique du Sud, ce pays construit sur un gigantesque mensonge, il n'y avait pas de place pour les petits mensonges simples. Il pensa au mensonge qui était l'épine dorsale de sa propre vie.

Ces nuits passées dans le cimetière furent saturées des paroles de la *songoma*. Entouré de tous ces morts inconnus, ces Blancs qu'il n'avait jamais rencontrés et qu'il ne reverrait que dans le monde souterrain parmi les esprits, il se rappela son enfance. Il vit le visage de son père, son sourire, il entendit sa voix. Le monde des esprits était peut-être lui aussi divisé en un monde blanc et un monde noir ? Il imagina avec tristesse que les esprits de ses ancêtres puissent être obligés de vivre dans des *townships* enfumées. Il essaya de faire parler la *songoma*. Mais la seule réponse qui lui parvint fut celle des chiens chanteurs, leurs hurlements indéchiffrables.

À l'aube, il quitta le cimetière après avoir dissimulé le sac de couchage dans un caveau dont il avait réussi à forcer la grille d'aération. Quelques heures plus tard il volait une nouvelle voiture. L'occasion s'était présentée, il n'avait pas hésité. Son jugement ne lui faisait plus défaut. Un homme était descendu de voiture. Victor l'avait vu disparaître sous un porche. Il n'y avait personne à proximité. Le moteur tournait. C'était une Ford ; il en avait conduit plusieurs, dans sa vie. Victor déposa sur le trottoir le porte-documents abandonné sur le siège. Puis il quitta la ville, à la recherche d'un lac où il pourrait à nouveau être seul pour réfléchir.

Il ne trouva pas de lac. Il trouva la mer. Elle avait une drôle d'allure. Mais lorsqu'il goûta l'eau, elle était salée. Pas autant que celle dont il avait l'habitude, sur les plages de Durban et de Port Elizabeth. Mais il n'y avait tout de même pas de lacs salés dans ce pays ? Il grimpa sur un rocher et devina l'immensité par-delà les îles de l'archipel. Malgré le froid, il resta longtemps debout à scruter l'horizon, en pensant qu'il était arrivé jusquelà, dans sa vie. C'était un long chemin. Mais à quoi ressemblerait la suite ?

Comme dans son enfance, il s'accroupit et, avec de petits cailloux détachés de la roche, dessina un labyrinthe en forme de spirale. En même temps, il essaya de tourner son âme en dedans, de plus en plus loin, pour entendre la voix de la *songoma*. Mais la rumeur de la mer était trop forte, sa propre concentration insuffisante. Le labyrinthe, au lieu de l'aider, lui fit peur. S'il ne pouvait plus parler aux esprits, il s'affaiblirait peut-être au point d'en mourir. Il n'aurait plus de résistance contre les maladies, ses pensées l'abandonneraient et son corps deviendrait une écorce vide qui exploserait au moindre attouchement.

Inquiet, il s'arracha à la mer et retourna à la voiture. Comment Konovalenko avait-il pu suivre si facilement sa trace jusqu'à la discothèque où il était allé sur la recommandation de quelques Ougandais croisés dans un fast-food ? C'était la première question.

La deuxième était : comment quitter ce pays et retourner en Afrique du Sud ?

Il comprit qu'il était contraint de retrouver le Russe. Konovalenko serait aussi difficile à attraper qu'une antilope isolée dans le *bush*. Mais il n'avait pas le choix. Lui seul détenait les passeports, lui seul pouvait, sous la contrainte, l'aider à quitter le territoire suédois. Il ne voyait pas quelle autre possibilité s'offrait à lui.

Il espérait encore que Konovalenko serait sa seule victime dans ce pays.

Ce soir-là, il retourna à la discothèque. Il n'y avait pas beaucoup de monde. Lorsqu'il rapporta son verre vide au comptoir pour demander une autre bière, l'homme au crâne rasé lui adressa la parole. Il finit par comprendre que deux personnes différentes l'avaient demandé au cours des jours précédents. La description du premier correspondait à Konovalenko. Mais qui était le second ? Le barman affirmait que c'était un flic. Qui avait l'accent du Sud, de la Scanie.

— Qu'est-ce qu'il voulait ?

Le barman indiqua le bandage crasseux.

— Il cherchait un Noir à qui il manque un doigt.

Victor Mabasha renonça à sa deuxième bière. Konovalenko pouvait revenir. Il n'était pas encore prêt à l'affronter, bien qu'il portât son arme glissée dans la ceinture.

Une fois dans la rue, il comprit ce qu'il lui restait à faire. Ce policier l'aiderait à retrouver Konovalenko.

Une enquête était ouverte quelque part au sujet d'une femme disparue. Peut-être avaient-ils déjà découvert son corps, là où Konovalenko l'avait caché. Mais si les flics connaissaient son existence à lui, Victor, ils devaient aussi connaître celle du Russe...

J'ai laissé mon doigt, pensa-t-il. Konovalenko a peut-être laissé une trace, lui aussi.

Il passa le reste de la soirée à guetter les allées et venues devant la discothèque. Aucune trace de

Konovalenko, pas plus que du policier. Le barman lui avait fourni une description. Et un Blanc d'une quarantaine d'années était un client plutôt rare à l'Aurora.

Au milieu de la nuit, il retourna au cimetière. Le lendemain il vola une autre voiture. À la nuit tombée, il prit à nouveau position près de la discothèque.

À vingt et une heures pile, un taxi s'arrêta. Victor se baissa vivement derrière le volant. Le policier disparut dans l'escalier. Victor mit le contact, roula jusqu'à l'entrée de la discothèque et sortit. Caché dans l'ombre, il attendit, le revolver dans sa poche, à portée de main.

L'homme qui reparut un quart d'heure plus tard en regardant autour de lui, l'air pensif ou désemparé, ne semblait pas être sur ses gardes. Il semblait même complètement inoffensif ; un noctambule solitaire, sans protection. Victor Mabasha tira son arme, s'avança et appuya le canon contre sa mâchoire.

— Du calme, dit-il en anglais. Ne bougez pas.

L'homme tressaillit. Mais il devait comprendre l'anglais car il s'immobilisa.

— Avancez jusqu'à la voiture. Ouvrez la portière avant et montez.

L'homme obéit. Il avait manifestement très peur.

Lorsqu'il fut dans la voiture, Victor se pencha soudain et lui asséna un coup au maxillaire. Assez fort pour lui faire perdre connaissance. Mais pas assez pour fracturer l'os. Victor Mabasha connaissait ses forces lorsqu'il avait le contrôle de la situation – contrairement au catastrophique dernier soir avec Konovalenko.

Il le fouilla. Bizarrement, ce flic n'était pas armé.

Victor Mabasha en fut conforté dans son impression de se trouver dans un pays étrange. Puis il lui ligota les mains par-devant et lui ferma la bouche avec du scotch. Un mince filet de sang coulait de sa commissure. Impossible d'éviter les petits dégâts. Il avait dû se mordre la langue.

Au cours de l'après-midi, Victor Mabasha avait mémorisé l'itinéraire qu'il emprunterait le soir. Il ne voulait pas prendre de risque. En s'arrêtant au premier feu rouge, il ouvrit le portefeuille du policier. Il s'appelait Kurt Wallander et il avait quarante-quatre ans.

Le feu passa au vert et il démarra sans quitter le rétroviseur des yeux.

Ce fut après le deuxième feu rouge qu'il sentit qu'il était suivi. Dès que la route le lui permit, il accéléra. Peut-être se faisait-il des idées. Le policier était peut-être venu seul.

Son passager gémit et changea de position. Victor avait frappé juste.

Il s'arrêta au pied d'un immeuble peint en vert dont le rez-de-chaussée était occupé par un marchand de fleurs et de couronnes. Il coupa les phares et attendit. Mais aucune voiture n'avait freiné.

Il attendit encore dix minutes. Seul événement notable, le policier revenait lentement à la vie.

— Pas un bruit, murmura Victor Mabasha avant d'ôter le scotch qui lui couvrait la bouche.

Soudain, il se demanda si, dans ce pays, on pouvait être pendu pour avoir pris un policier en otage.

Il sortit et prêta l'oreille. À part la rumeur lointaine de la circulation, tout était silencieux. Il contourna la voiture et fit signe à l'homme de descendre. Puis il le poussa vers le portail en fer. Tous deux disparurent dans les ombres du cimetière.

Victor Mabasha le conduisit jusqu'au caveau dont il avait entre-temps forcé la porte en fer. Le caveau était humide et sentait le moisi. Mais les cimetières ne lui faisaient pas peur. Il lui était plusieurs fois arrivé dans sa vie de se cacher parmi les morts.

Il avait acheté une lampe à gaz et un sac de couchage supplémentaire. Mais en voyant le caveau, le policier commença par résister.

— Je ne vais pas te tuer, dit Victor à voix basse. Je ne te veux pas de mal. Mais tu dois entrer.

Il le fit asseoir sur un sac, alluma la lampe et sortit pour vérifier que la lumière ne se voyait pas de l'extérieur.

À nouveau, il prêta l'oreille. Des années de vigilance ininterrompue avaient exercé son ouïe. Quelque chose bougea dans une allée. Un animal nocturne ?

Retournant dans le caveau, il s'accroupit en face du policier qui s'appelait Kurt Wallander.

La peur de celui-ci s'était entre-temps muée en épouvante, peut-être en terreur.

— Si tu m'obéis, il ne t'arrivera rien. Mais tu dois répondre à mes questions. Et tu dois me dire la vérité. Je sais que tu es flic. Tu regardes ma main gauche, tu as donc trouvé mon doigt. Celui qu'a coupé Konovalenko. Je veux te dire tout de suite que c'est lui qui a tué la femme. Je suis venu en Suède pour peu de temps. Tu dois m'aider. Tu dois me dire où il est. Dès que le Russe sera mort, je te relâcherai.

Il avait oublié quelque chose.

— Tu n'aurais pas une ombre qui te suit, par hasard ? Une voiture ?

— Non.

— Tu es seul ?

— Oui, répondit le policier avec une grimace de douleur.

— J'étais obligé de le faire pour que tu ne te débattes pas. Mais je ne pense pas avoir frappé trop fort.

— Non.

Nouvelle grimace. Victor Mabasha resta silencieux. Il n'était pas pressé. Le silence aiderait le policier à retrouver son calme.

Victor Mabasha sympathisait avec sa peur. Il savait à quel point l'effroi pouvait rendre un être humain vulnérable.

— Konovalenko, reprit-il avec douceur. Où est-il ?

— Je ne sais pas.

Victor Mabasha le considéra. Il comprit que Konovalenko était connu de la police, mais que ce Kurt Wallander ignorait réellement où il était. C'était une erreur de jugement de sa part. Cela rendrait l'entreprise plus compliquée, plus longue. Mais cela ne changeait rien au fond. Ensemble, ils allaient retrouver le Russe.

Victor Mabasha lui raconta lentement les événements associés à la mort de la femme. Mais il ne dit rien des raisons de sa venue en Suède.

— C'est donc lui qui a fait sauter la maison, dit Wallander lorsqu'il eut fini.

— Oui. À toi maintenant.

Le policier était un peu calmé, même si le fait de se trouver dans un caveau ne semblait pas lui plaire outre mesure. Derrière eux, des sarcophages de pierre contenant des cercueils étaient empilés les uns sur les autres.

Le policier commença par une question.

— Tu as un nom ?

— Appelle-moi Goli.

— Tu viens d'Afrique du Sud ?

— Peut-être. Mais ce n'est pas important.

— Pour moi, oui.

— La seule chose importante pour toi comme pour moi, c'est de découvrir où se cache Konovalenko.

La peur revint dans le regard du policier.

Au même instant, Victor Mabasha se figea. Sa vigilance ne s'était pas relâchée au cours de la conversation ; il venait de détecter un bruit au-dehors. Il fit signe au policier de ne pas bouger. Puis il tira son arme et baissa la flamme de la lampe.

Il y avait quelqu'un. Ce n'était pas un animal. Quelqu'un se déplaçait à l'extérieur avec une lenteur délibérée.

Il se pencha très vite vers le policier et le saisit à la gorge.

— Pour la dernière fois, siffla-t-il. Quelqu'un t'a suivi ?

— Non. Je le jure.

Victor Mabasha le repoussa. *Konovalenko*, pensa-t-il avec une sorte de rage. Comment se fait-il ? Mais je sais maintenant pourquoi Jan Kleyn voulait le prendre à son service.

Ils ne pouvaient pas rester dans le caveau. Victor réfléchit très vite. Il détacha les mains du policier.

— Quand j'ouvrirai la porte, tu jetteras la lampe vers la gauche.

Il la lui tendit, après avoir monté la flamme au maximum.

— Cours vers la droite, murmura-t-il. En te baissant. Hors de mon champ de tir.

Le policier parut sur le point de protester. Victor leva la main. Puis il arma le revolver.

— Je compte jusqu'à trois, dit-il.

D'un coup de pied, il ouvrit la porte. Le policier balança la lampe vers la gauche et s'élança en le bousculant malgré lui. Victor faillit perdre l'équilibre. Il tira. En même temps il perçut des coups de feu – au moins deux armes différentes. Il se jeta sur le côté et s'abrita derrière une pierre tombale. Le policier avait pris une autre direction. La lampe éclairait le caveau. Victor Mabasha perçut un mouvement de ce côté et tira à nouveau. La balle ricocha contre la porte et disparut dans le caveau en sifflant. Un autre coup de feu fit exploser la lampe. L'obscurité se fit. Quelqu'un s'éloignait en courant dans une allée. Puis le silence.

Le cœur de Wallander bougeait comme un piston dans sa poitrine. Il crut un instant qu'il était blessé. Mais le sang ne coulait pas, et il n'avait mal nulle part – sauf à la langue qu'il s'était mordue un peu plus tôt. En rampant, il gagna l'abri d'une pierre tombale plus haute que les autres. Son cœur cognait. Victor Mabasha avait disparu. Quand il fut certain d'être seul, il s'enfuit, trébuchant le long des allées, vers la lumière de la route. Il courut à perdre haleine, jusqu'à un arrêt de bus où il réussit à héler un taxi qui revenait à vide de l'aéroport.

— Hôtel Central !

Le chauffeur lui jeta un regard méfiant.

— Vous allez m'abîmer ma banquette...

— Police ! rugit Wallander. Démarrez !

Le chauffeur obéit. Arrivé à l'hôtel, Wallander s'engouffra dans le hall sans attendre sa monnaie. Le réceptionniste considéra sa mise avec un étonnement poli. Il était plus de minuit lorsqu'il s'effondra enfin sur son lit.

Lorsqu'il fut un peu calmé, il appela Linda.

— Pourquoi m'appelles-tu à cette heure ?

— J'ai travaillé jusqu'à maintenant.

— C'est quoi, cette voix bizarre ? Il est arrivé quelque chose ?

Wallander faillit fondre en larmes. Il se maîtrisa de justesse.

— Ce n'est rien, dit-il.

— Tu es sûr que ça va ?

— Ce n'est rien. Qu'est-ce que ça pourrait être ?

— Tu le sais mieux que moi.

— Ça ne te rappelle rien ? Je travaillais toujours à des heures bizarres...

— Si. Mais j'avais oublié.

Wallander venait de prendre sa décision.

— Je viens chez toi, dit-il. Ne me pose pas de questions. Je t'expliquerai.

Il quitta l'hôtel et prit un taxi jusqu'à la banlieue de Bromma où habitait sa fille. Assis à la table de sa cuisine devant une bière, il lui raconta ce qui s'était passé. Linda secoua la tête.

— Et on dit que c'est bien, pour les enfants, d'avoir une idée du travail de leurs parents. Tu n'as pas eu peur ?

— Bien sûr que si. C'est gens-là n'ont aucun respect de la vie humaine.

— Pourquoi ne leur envoies-tu pas la police ?

— La police, c'est moi. Et j'ai besoin de réfléchir.

— Et pendant ce temps ils continuent peut-être à tuer.

— Tu as raison. je vais aller à Kungsholmen. Mais j'avais besoin de te parler avant.

Elle le raccompagna jusqu'à la porte.

— Au fait, pourquoi n'es-tu pas entré, hier ? Tu as ta propre clé pourtant.

— De quoi parles-tu ?

— J'ai croisé ma voisine de palier, Mme Nilson. Elle m'a dit que tu étais passé, hier. Tu lui as demandé si j'étais là.

— Je n'ai parlé à aucune Mme Nilson.

— Alors j'ai dû mal comprendre.

Wallander se figea. Qu'avait-elle dit ?

— Répète, dit-il. Tu as croisé Mme Nilson. Elle t'a dit que j'étais venu.

— Oui.

— Répète ses paroles mot pour mot.

— « Ton père est venu hier soir. Il te cherchait. » C'est tout.

— Je n'ai jamais vu Mme Nilson. Elle non plus. Elle ne peut pas savoir à quoi je ressemble.

Linda mit quelques secondes à comprendre.

— Tu veux dire que c'était quelqu'un d'autre ? Mais qui ? Pourquoi quelqu'un se serait-il fait passer pour toi ?

Wallander lui jeta un regard grave. Éteignant le plafonnier, il alla dans le séjour, s'approcha d'une fenêtre.

La rue était déserte. Il retourna dans le vestibule.

— Je ne sais pas qui c'était. Mais tu reviendras avec moi à Ystad demain. Je ne veux pas que tu sois seule ici pour l'instant.

Elle parut comprendre la gravité de la situation.

— Et cette nuit ? Est-ce que j'ai des raisons d'avoir peur.

— Non. Mais tu ne dois pas rester seule pendant les jours à venir.

— Ne m'en dis pas plus. Pour l'instant je veux en savoir le moins possible.

Elle lui prépara un matelas.

Il resta longtemps dans le noir à écouter le souffle régulier de sa fille. La pensée de Konovalenko ne le lâchait pas.

Lorsqu'il fut certain qu'elle dormait, il retourna à la fenêtre.

La rue était déserte.

Un répondeur téléphonique l'avait informé qu'il y avait un train pour Malmö à 7 h 03. Ils quittèrent l'appartement de Bromma peu après six heures. Il avait mal dormi, des bribes de sommeil entrecoupées de réveils en sursaut. Il avait choisi le train ; l'avion aurait été trop rapide. Il avait besoin de repos et aussi de réfléchir.

Le train resta à l'arrêt pendant près d'une heure près de Mjölby. Problème de locomotive. Wallander accueillit ce délai supplémentaire avec gratitude. Parfois le père et la fille échangeaient quelques mots. Le reste du temps, elle était plongée dans un livre, et lui dans ses pensées.

Quatorze jours, songea-t-il en regardant un tracteur qui labourait un champ infini. Il essaya sans succès de compter les mouettes qui suivaient le sillon.

Quatorze jours depuis la disparition de Louise Åkerblom. Son image commençait déjà à pâlir dans le souvenir de ses deux petites filles. Robert Åkerblom parviendrait-il à conserver son Dieu ? Quelles réponses pourrait bien lui donner le pasteur Tureson ?

Il regarda sa fille qui dormait, la joue appuyée contre la vitre. À quoi ressemblait la peur la plus intime de Linda ? Y avait-il un paysage où leurs pensées abandonnées se donnaient rendez-vous à leur insu ? On ne connaît personne. Soi-même encore moins que les autres.

Robert Åkerblom connaissait-il sa femme ?

Le tracteur disparut dans un repli de terrain. Wallander l'imagina en train de sombrer lentement dans une mer de boue sans fond.

Le train s'ébranla avec une secousse. Linda se réveilla.

— On est arrivés ? J'ai dormi longtemps ?

— Un quart d'heure peut-être, sourit-il. On n'est pas encore à Nässjö.

— Je veux un café, dit-elle en bâillant. Pas toi ?

Ils restèrent dans la voiture-bar jusqu'à Hässleholm. Pour la première fois, il lui raconta la vérité sur ses deux voyages à Riga l'année précédente. Elle l'écouta, fascinée.

— C'est comme s'il ne s'agissait pas de toi, dit-elle ensuite.

— Je partage ce sentiment.

— Tu aurais pu mourir. Tu n'as pas pensé à maman et à moi ?

— J'ai pensé à toi. Mais peut-être pas à ta mère.

Arrivés à Malmö, ils n'eurent qu'une demi-heure à attendre avant le départ du tortillard pour Ystad. Peu avant seize heures, ils étaient chez Wallander. Il lui prépara un lit dans la chambre d'amis et, au moment de chercher des draps propres, se rappela qu'il avait complètement oublié de descendre à la buanderie. Vers dix-neuf heures, ils allèrent dîner dans une pizzeria de Hamngatan. Ils étaient fatigués l'un et l'autre. Deux heures plus tard, ils étaient de retour à l'appartement.

Elle appela son grand-père et Wallander écouta la conversation, debout à côté d'elle. Elle promit de lui rendre visite dès le lendemain.

Il s'étonna du ton qu'employait son père avec Linda. Rien à voir avec celui qu'il connaissait.

Il pensa qu'il devait téléphoner à Lovén. Mais il laissa tomber, ne sachant pas comment expliquer le fait qu'il n'avait pas immédiatement contacté la police après les événements du cimetière. Il ne le comprenait pas lui-même. C'était une faute professionnelle. Commençait-il à perdre le contrôle de sa volonté ? Ou bien la peur l'avait-elle paralysé ?

Lorsque Linda fut endormie, il resta longtemps debout à la fenêtre à regarder la rue déserte. Des images défilaient dans sa tête. Celle de « Goli » revenait souvent.

Au même moment à Hallunda, Vladimir Rykoff constatait que la police s'intéressait encore à son appartement. Il se trouvait dans le même immeuble, deux étages plus haut. C'était à l'origine Konovalenko qui avait proposé cette solution de repli, si le logement habituel ne devait plus être utilisé pour une raison ou pour une autre. La cachette la plus sûre n'est pas nécessairement la plus éloignée ; la solution imprévue est souvent la meilleure, etc. Rykoff avait donc loué au nom de Tania un logement exactement semblable au leur. Cela facilitait aussi le transport des bagages.

La veille, Konovalenko leur avait ordonné de quitter l'appartement. Il avait mené un interrogatoire croisé avec Vladimir et Tania. Conclusion : le flic d'Ystad n'était pas un débutant ; il reviendrait à la charge. Sa principale crainte, cependant, était la perspective que la police interroge Vladimir et Tania de façon plus serrée.

Il avait brièvement envisagé de les éliminer. Mais cela aurait été une erreur. Il avait encore besoin des services de Vladimir. En plus, cela ne ferait qu'exciter davantage la police.

Ils emménagèrent dans l'autre appartement le soir même. Konovalenko avait donné à Vladimir et Tania des ordres stricts. Pas question de sortir au cours des prochains jours.

En tant que jeune officier, il avait très vite appris qu'il existait, dans le monde obscur des services, un certain nombre de péchés mortels. Le pire était bien entendu la double trahison. Dans la mythologie propre du KGB, les taupes étaient tout près du centre de l'enfer.

Il y avait aussi d'autres péchés capitaux. Par exemple, le fait d'arriver trop tard.

Pas seulement à un rendez-vous, une boîte aux lettres à vider, un kidnapping ou un voyage. Il était tout aussi grave d'être en retard par rapport à soi, son propre plan, ses propres décisions.

C'était pourtant ce qui lui était arrivé au matin du jeudi 7 mai. Son erreur fut d'avoir fait trop confiance à sa BMW. Ses supérieurs lui avaient appris à toujours envisager un voyage avec deux points de départ possibles. Si un véhicule venait à faire défaut, il devait y avoir suffisamment de marge pour recourir à une autre possibilité décidée à l'avance. Mais ce matin-là lorsque sa BMW cala devant le pont de St Eriksbron et refusa de redémarrer, Konovalenko n'était pas prêt. Il pouvait naturellement prendre le métro, ou un taxi. Puisqu'il ignorait à quel moment le policier et sa fille quitteraient l'appartement de Bromma, il n'était même pas certain qu'il arriverait trop tard. Pourtant, à ses yeux, il était en faute. La voiture n'y était pour rien. Pendant près de vingt minutes il s'acharna sur le contact, comme s'il opérait une réanimation. Mais la BMW était morte.

Pour finir, il l'abandonna et héla un taxi. Il avait eu l'intention d'être en faction devant l'immeuble de brique rouge à sept heures au plus tard. Là, il était déjà huit heures moins le quart.

Il n'avait eu aucune difficulté à découvrir cette adresse à Bromma. Il avait appelé la police d'Ystad, en se présentant comme un collègue, et on lui avait appris que Wallander était descendu à l'hôtel Central. Il s'y était alors rendu et il avait discuté d'une réservation collective pour un groupe de touristes quelques mois plus tard. Profitant d'un moment d'inattention au réceptionniste, il avait attrapé un message destiné à Wallander. Il avait mémorisé le nom de Linda et son numéro de téléphone. Il s'était procuré son adresse. La voisine de palier l'avait renseigné sur le reste.

Il attendit jusqu'à huit heures trente avant de frapper chez la vieille dame.

— Vous cherchez encore Linda ? Elle est partie tôt ce matin.

— Vous a-t-elle dit où elle allait ?

— En vacances. Mais je n'ai pas bien compris où.

Konovalenko vit qu'elle faisait un effort pour se souvenir. Il attendit.

— Elle partait en France, je crois. Mais je n'en suis pas tout à fait sûre. Un monsieur l'accompagnait.

Konovalenko la remercia. Plus tard, il enverrait Rykoff fouiller l'appartement.

Comme il avait besoin de réfléchir et qu'il n'était pas pressé, il se dirigea vers la place centrale de Bromma pour prendre un taxi. La BMW avait bien servi. Rykoff aurait aujourd'hui pour mission de lui trouver une nouvelle voiture.

Konovalenko ne croyait pas une seconde à cette histoire de voyage à l'étranger. Le policier d'Ystad était un type intelligent et calculateur. Il aurait appris que quelqu'un avait interrogé la vieille dame, et pensé que ce quelqu'un reviendrait sûrement poser d'autres questions. D'où cette fausse piste. La France.

Alors où étaient-ils ? Le plus probable était que le policier ait choisi de ramener sa fille à Ystad. Mais il pouvait aussi avoir prévu un autre point de chute. Une retraite provisoire...

Il tira une deuxième conclusion. Le policier d'Ystad était inquiet. Pourquoi sinon aurait-il emmené sa fille ?

Konovalenko sourit. Ils avaient décidément des schémas de réaction très semblables, ce flic et lui. Il se rappela une réflexion d'un lieutenant du KGB, alors qu'il commençait à peine son long entraînement. De longues études, un arbre généalogique prestigieux ou une haute intelligence ne suffisent pas à fabriquer un bon joueur d'échecs.

Le plus important dans l'immédiat était de

retrouver Mabasha. Achever le travail deux fois bâclé, d'abord à la discothèque, puis au cimetière, la veille au soir.

Peu après minuit il avait appelé le numéro d'urgence, en Afrique du Sud. Il avait soigneusement préparé son entretien avec Jan Kleyn. Il n'avait plus d'excuse valable. Il avait donc menti, en disant que Victor Mabasha avait été liquidé la veille. Une grenade adaptée au réservoir ; lorsque le joint de la goupille avait fini de se dissoudre sous l'action de l'essence, la voiture avait explosé. Victor Mabasha était mort sur le coup.

Pourtant, Konovalenko avait cru déceler un certain mécontentement chez Jan Kleyn. Il ne pouvait pas s'offrir le luxe d'un conflit de confiance avec les services sud-africains. Cela pouvait compromettre tout son avenir.

Konovalenko accéléra. Il n'avait plus de marge de manœuvre. Il fallait en finir avec Mabasha.

L'étrange crépuscule tomba lentement. Mais Victor s'en aperçut à peine.

De temps à autre il pensait à l'homme qu'il devait tuer. Jan Kleyn comprendrait. Il lui permettrait d'honorer sa mission. Un jour, il aurait le président au bout de sa ligne de mire. Il n'hésiterait pas.

Le président savait-il qu'il allait bientôt mourir ? Les Blancs avaient-ils une *songoma* à eux, qui leur parlait dans leurs rêves ?

Il devait en être ainsi. Comment un être humain pouvait-il vivre sans contact avec le monde des esprits qui commandent aux vivants et aux morts ?

Cette fois, les esprits avaient été bienveillants à son égard. Ils lui avaient dit ce qu'il fallait faire.

Wallander se réveilla peu après six heures. Pour la première fois depuis le début de cette enquête, il se sentait reposé. Les ronflements de sa fille lui parvenaient de l'autre chambre. Il se leva et la contempla par la porte entrouverte. Une joie intense le submergea, et il pensa très vite que le sens de la vie, en toute simplicité, c'était de s'occuper de ses enfants. Rien d'autre. Il alla à la salle de bains, se doucha longuement et décida de prendre rendez-vous bientôt avec le médecin de la police. Ce devait être possible d'aider un flic qui avait l'ambition sérieuse de perdre du poids et d'améliorer son état de santé général.

Chaque matin, il se rappelait la nuit, l'année précédente, où il s'était réveillé en sueur en croyant à une crise cardiaque. Le médecin qui l'avait examiné aux urgences avait parlé d'un « signal d'alarme ». Maintenant, un an plus tard, il ne pouvait que constater qu'il n'avait rien fait pour changer sa vie. Et il avait pris au moins trois kilos.

Il but son café à la cuisine. Le brouillard était compact sur la ville ce matin-là. Mais le printemps arriverait bientôt pour de bon. Dès lundi, il parlerait à Björk de ses projets de vacances.

À sept heures et quart, il quitta l'appartement après avoir noté le numéro de sa ligne directe sur un Post-it qu'il laissa sur la table de la cuisine.

Dans la rue, le brouillard l'enveloppa, si épais qu'il vit à peine sa voiture garée à quelques mètres. Peut-être valait-il mieux la laisser là et faire à pied le trajet jusqu'au commissariat.

Soudain, il devina un mouvement de l'autre côté de la rue.

Puis il vit que c'était un être humain, enveloppé par le brouillard.

Au même instant il le reconnut. Goli était revenu à Ystad.

19

Jan Kleyn avait une faiblesse.

Elle s'appelait Miranda et elle était noire comme l'ombre du corbeau.

Elle était son secret, le contrepoint décisif de son existence. Pour tous ceux qui connaissaient Jan Kleyn, elle aurait été une pure impossibilité. Ses collègues auraient rejeté toute rumeur quant à son existence comme un fantasme absurde. Jan Kleyn était, de l'avis général, l'un des rares soleils de ce monde qui fût entièrement dénué de taches.

Or il y avait bien une tache.

Miranda et lui avaient le même âge et se côtoyaient depuis l'enfance. Mais ils n'avaient pas grandi ensemble. La mère de Miranda s'appelait Matilda. Elle travaillait comme domestique chez les parents de Jan Kleyn, dans la grande villa blanche sur les hauteurs de Bloemfontein. Chaque matin à l'aube, elle gravissait la pente raide jusqu'à la villa où elle commençait sa journée de travail en servant le petit déjeuner à la famille. La longue montée était comme une expiation quotidienne du péché d'être née noire. Jan Kleyn, comme ses frères et sœurs, avait ses propres domestiques, affectés au seul service des enfants. Mais il avait pourtant l'habitude de recourir spécialement à Matilda. Un jour, alors qu'il avait onze ans, il s'était soudain demandé d'où elle venait chaque matin et où elle allait sa journée de travail finie. Avec le sentiment de s'engager dans une aventure défendue – son père lui interdisait de quitter seul l'enceinte murée de la propriété –, il l'avait suivie. C'était la première fois qu'il voyait de près le grouillement de cabanes en tôle où habitaient les familles africaines. Il savait naturellement que les Noirs vivaient dans des conditions toutes différentes des siennes. Ses parents en parlaient comme d'une nécessité naturelle. Les Blancs, comme Jan Kleyn, étaient des êtres humains. Les Noirs ne l'étaient pas encore. Dans un avenir lointain, ils pourraient peut-être atteindre le niveau des Blancs. Leur peau s'éclaircirait, leur intelligence augmenterait, et ce serait le résultat de la patiente éducation dispensée par les Blancs. Pourtant, il ne s'était pas imaginé des maisons aussi horribles que celles qu'il voyait là.

En attendant, ce fut autre chose qui capta son intérêt. Matilda fut accueillie par une gamine maigre aux jambes interminables. Ce devait être sa fille. Il n'avait jamais pensé que Matilda puisse avoir des enfants à elle. Il comprenait pour la première fois qu'elle avait une famille, une vie en dehors du travail dans sa maison à lui. Cette découverte le mit mal à l'aise. Il constata qu'il était en colère. Comme si Matilda l'avait trahi. Il avait toujours cru qu'elle n'existait que pour lui seul.

Deux ans plus tard, Matilda mourait. Miranda ne lui avait jamais dit de quoi exactement sa mère était morte, seulement qu'elle s'était consumée de l'intérieur et que la vie avait fini par la quitter. La famille fut éparpillée. Le père emmena deux fils et une fille dans ses lointaines contrées natales, l'aride pays frontière vers le Lesotho. Miranda, de son côté, devait aller chez une tante. Mais la mère de Jan Kleyn, dans un accès de bienveillance inhabituelle, décida de s'occuper de la petite. Elle vivrait chez le jardinier qui occupait une maisonnette dans un coin ombragé du grand jardin. Miranda apprendrait à s'acquitter des tâches de sa mère. De la sorte, l'esprit de Matilda continuerait à vivre dans la villa blanche. La mère de Jan Kleyn n'était pas boer pour rien. Pour elle, la sauvegarde des traditions était la garantie même de la pérennité des Kleyn et de la société afrikaner tout entière. Avoir la même famille de serviteurs, génération après génération, contribuait au sentiment général de stabilité et d'immuabilité.

Jan Kleyn et Miranda grandissaient donc l'un près de l'autre. Mais la distance entre eux restait inchangée. Il avait beau voir qu'elle était très belle, la beauté noire était quelque chose qui n'existait pas réellement. Elle appartenait à tout ce qu'il savait être défendu. Il écoutait en cachette les histoires que racontaient les garçons de son âge sur les Boers qui faisaient le voyage jusqu'au pays voisin, la colonie portugaise du Mozambique, pendant le week-end, pour coucher avec des femmes noires. Mais cela ne faisait que confirmer la vérité qu'il avait appris à ne jamais remettre en question. Il continuait donc de voir Miranda, lorsqu'elle lui servait son petit déjeuner sur la terrasse, sans chercher à la découvrir réellement. Mais elle hantait ses rêves. Des rêves violents. Le matin au réveil, il en était bouleversé. Dans ses rêves, la réalité était transformée. Dans ses rêves, il ne constatait pas seulement la beauté de Miranda, tout son corps l'accueillait. Dans ses rêves, il était autorisé à l'aimer, et les filles de famille qu'il fréquentait par ailleurs pâlissaient en comparaison avec la fille de Matilda.

Leur première rencontre véritable eut lieu alors qu'ils avaient tous deux dix-neuf ans. C'était un dimanche de janvier. Les Kleyn étaient partis pour un dîner de famille à Kimberley, où Jan n'avait pu les accompagner car il se sentait encore affaibli après une crise de malaria. Il était sur la terrasse, Miranda était la seule domestique présente dans la maison. Soudain, il se leva et la rejoignit dans la cuisine. Longtemps après, il lui arrivait fréquemment de penser qu'il ne l'avait plus jamais quittée après cet épisode. Il était resté dans la cuisine. En cet instant, elle avait assis son empire sur lui. Il n'allait jamais le récupérer entièrement.

Deux ans plus tard, elle était enceinte.

Il allait alors à l'université Rand de Johannesburg. Son amour pour Miranda était sa passion et sa terreur. Il était un traître vis-à-vis de son peuple et de ses traditions. Il avait plusieurs fois essayé de rompre avec elle, de s'arracher à l'amour interdit. Mais il n'y parvenait pas. Ils se rencontraient en secret, des instants dominés par la peur d'être surpris. Lorsqu'elle lui dit qu'elle était enceinte, il commença par la frapper. L'instant d'après, il comprit qu'il ne pourrait jamais vivre sans elle, bien qu'il ne pût davantage vivre avec elle ouvertement. Elle avait cessé de travailler à la villa blanche. Il lui avait trouvé une place à Johannesburg. Par l'intermédiaire d'amis anglais de l'université, qui avaient une autre vision des relations avec les femmes noires, il avait acheté une petite maison à Bezuidenhout Park, dans les quartiers est de Johannesburg. Il l'avait installée là, sous couvert de servir un Anglais qui passait le plus clair de son temps dans sa ferme de Rhodésie du Sud. Ils s'y retrouvaient en cachette et ce fut là, à Bezuidenhout Park, que naquit leur fille, qu'ils nommèrent, sans en avoir discuté, Matilda. Ils continuèrent de se voir, il n'y eut pas d'autre enfant, et Jan Kleyn n'épousa jamais une femme boer, au grand chagrin de sa famille. Un chagrin chargé d'amertume : un Boer qui ne fondait pas un foyer avec de nombreux enfants était un marginal irrespectueux de la tradition. Jan Kleyn était de plus en plus une énigme pour ses parents, et il savait bien qu'il ne pourrai jamais leur expliquer la scandaleuse vérité, qu'il aimait la fille de la servante.

Jan Kleyn s'attarda dans son lit en réfléchissant à tout cela. Samedi 9 mai. Le soir même, il irait à Bezuidenhout Park. Ce rendez-vous hebdomadaire était pour lui une habitude sacrée. Seuls des impératifs liés à son travail pouvaient l'empêcher de s'y rendre. Ce jour-là, il avait une entrevue importante avec Franz Malan, qui ne pouvait être remise. Sa visite à Bezuidenhout Park en serait retardée d'autant.

Comme d'habitude, il s'était réveillé de bonne heure. Jan Kleyn se couchait tard et se levait tôt. Il s'était entraîné à se contenter de quelques heures de sommeil seulement. Mais ce matin-là il s'autorisa exceptionnellement à traîner au lit. Des bruits lui parvenaient de la cuisine. Moses, son serviteur, préparait son petit déjeuner.

Il pensa au coup de fil qu'il avait reçu peu après

minuit. Konovalenko lui avait enfin donné la nouvelle attendue. Victor Mabasha était mort. Cela ne signifiait pas seulement qu'un problème avait été résolu. Le doute qu'il avait entretenu ces derniers jours quant aux capacités de Konovalenko s'était évanoui.

À dix heures, il devait retrouver Franz Malan à Hammanskraal. Le temps était venu de prendre une décision sur le lieu et l'heure de l'attentat. Le remplaçant de Victor Mabasha avait été sélectionné. Jan Kleyn ne doutait pas d'avoir une fois de plus pris la bonne décision. Sikosi Tsiki ferait ce qu'on attendait de lui. Mais le choix initial de Victor Mabasha n'avait pas été une erreur. Jan Kleyn savait qu'il existait des strates invisibles chez tout être humain, même chez les plus extrémistes. Victor Mabasha avait été pesé sur la balance de Konovalenko, qui l'avait jugé trop léger. Sikosi Tsiki passerait la même épreuve. Jan Kleyn ne pouvait pas imaginer que deux candidats successifs se révèlent inférieurs à ses attentes.

À huit heures trente, il prit l'autoroute vers Hammanskraal. La fumée était dense au-dessus des bidonvilles. Sans lui, Miranda aurait été obligée de vivre là, au milieu des bicoques en tôle, des chiens errants, des détritus, les yeux brûlés par les feux de charbon de bois. Miranda avait eu de la chance d'échapper à l'enfer de la *township*. Grâce à lui, à sa concession à l'amour défendu, sa fille et elle avaient échappé à la vie sans espoir de leurs frères et sœurs africains.

Matilda avait hérité de la beauté de sa mère. Mais il y avait entre elles une différence qui pointait vers l'avenir. Matilda était plus claire de peau que

Miranda. Lorsqu'elle aurait un jour des enfants avec un homme blanc, le processus se poursuivrait. Dans un avenir lointain, au-delà de sa propre vie, ses héritiers donneraient naissance à des enfants dont la physionomie ne révélerait jamais la présence de sang noir dans leurs veines.

Jan Kleyn aimait conduire en pensant à l'avenir. Il n'avait jamais compris ceux qui le croyaient impossible à prévoir. Pour lui, l'avenir se créait dans l'instant.

Franz Malan l'attendait sur la terrasse de Hammanskraal. Ils se serrèrent la main et prirent place autour de la table au feutre vert.

— Victor Mabasha est mort, annonça Jan Kleyn d'entrée de jeu.

Un grand sourire éclaira le visage de Franz Malan.

— Konovalenko l'a tué hier. Les Suédois ont toujours fabriqué d'excellentes grenades.

— Elles sont difficiles à se procurer. Mais nos intermédiaires se chargent de régler les problèmes.

— Oui. C'est la seule chose pour laquelle on peut remercier les Rhodésiens, dit Jan Kleyn.

Un vieil officier des services secrets lui avait autrefois raconté de quelle manière les Blancs de Rhodésie du Sud avaient réussi, trente ans plus tôt, à contourner l'embargo mondial. Cela lui avait appris que les politiques ont toujours les mains sales. Ceux qui jouent avec le pouvoir pour enjeu inventent et modifient les règles en fonction de l'évolution de la partie. Malgré les sanctions sur lesquelles tous les pays – à l'exception du Portugal, de Taïwan, d'Israël et de l'Afrique du Sud – s'étaient mis d'accord, la Rhodésie du Sud n'avait jamais manqué de produits d'importation. Leurs exportations non plus n'avaient pas réellement souffert. Des Américains et des Soviétiques avaient discrètement fait le voyage de Salisbury pour proposer leurs services. Du côté américain, il s'agissait surtout de sénateurs du Sud, qui considéraient comme un devoir de soutenir la minorité blanche. Grâce à leur appui, des hommes d'affaires grecs et italiens, des compagnies aériennes montées en toute hâte et un réseau ingénieux d'intermédiaires s'étaient chargés de passer outre les sanctions dans le plus grand secret. De leur côté, des politiciens russes avaient utilisé les mêmes méthodes pour conserver l'accès à certains métaux nécessaires à leur industrie. Très vite, il n'était plus resté qu'un simulacre d'isolement. Mais les politiciens du monde entier avaient continué, du haut de leurs tribunes, à condamner le régime blanc raciste et à défendre le bien-fondé des sanctions.

Plus tard, Jan Kleyn avait pu constater que l'Afrique du Sud blanche avait elle aussi beaucoup d'amis à travers le monde. Les aides étaient moins visibles que celles que recevaient les Noirs. Mais les soutiens discrets, Jan Kleyn n'en doutait pas un instant, étaient au moins aussi précieux que ceux proclamés sur la place publique. L'enjeu était une lutte à mort, où toutes les méthodes devenaient peu à peu permises.

— Le remplaçant ? demanda Franz Malan.

— Sikosi Tsiki. Le numéro deux sur ma liste. Vingt-huit ans, né près d'East London. Il a réussi à se faire exclure à la fois de l'ANC et de l'Inkhata. Dans les deux cas pour vols et loyauté défaillante. Il nourrit maintenant une haine que je qualifierais de fanatique à l'encontre des deux organisations.

— Les fanatiques… Il y a toujours quelque chose d'incontrôlable chez ces gens-là. Ils n'ont pas peur de la mort. Mais ils ne suivent pas toujours le plan établi.

Jan Kleyn s'exaspéra du ton sentencieux de Malan. Mais il masqua son irritation.

— C'est moi qui le traite de fanatique, dit-il. Cela ne veut pas dire qu'il le soit vraiment. Son sang-froid n'a rien à envier au mien.

Franz Malan se contenta de cette réponse. Il n'avait, comme d'habitude, aucune raison de mettre en cause ses paroles.

— J'en ai parlé aux amis du Comité, poursuivit Jan Kleyn. J'ai demandé qu'on procède à un vote. Personne n'a eu d'objection.

Franz Malan imagina les membres du Comité assis autour de la table ovale en noyer, levant la main l'un après l'autre. Les votes à bulletin secret n'existaient pas. La transparence était nécessaire, pour préserver la confiance. En dehors de la volonté de défendre à n'importe quel prix les droits des Boers et de tous les Blancs en Afrique du Sud, les membres du Comité n'avaient pas grand-chose en commun. Le dirigeant fasciste Terrace Blanche était considéré par les autres avec un mépris mal dissimulé. Mais sa présence était indispensable. Le représentant de la famille De Beer, un homme âgé que personne n'avait jamais vu rire, était entouré du respect mitigé que suscite souvent la richesse extrême. Le juge Pelser, représentant de la Confrérie méprisait ouvertement tout le monde. Mais son influence était immense et on le contredisait rarement. Le général Stroesser enfin, du commandement suprême de l'armée de l'air, était quelqu'un qui ne s'entourait pas volontiers de fonctionnaires civils ou de patrons de mines.

Mais ils avaient voté pour confier la mission à Sikosi Tsiki. De la sorte, Kleyn et Malan pouvaient reprendre les préparatifs.

— Sikosi Tsiki part dans trois jours, dit Jan Kleyn. Konovalenko est prêt à l'accueillir. Il atterrira à Copenhague, *via* Amsterdam, avec un passeport zambien. Puis le bateau jusqu'en Suède.

Franz Malan hocha la tête. C'était son tour. Il tira de son porte-documents un certain nombre d'agrandissements en noir et blanc ainsi qu'une carte. Les photographies avaient été prises, développées et tirées par lui-même dans le laboratoire privé de son domicile. Quant à la carte, il l'avait copiée sur son lieu de travail à l'abri des regards indiscrets.

— Le vendredi 12 juin, dit-il. La police locale prévoit au minimum quarante mille auditeurs. Tout indique qu'il s'agit d'une occasion privilégiée. Tout d'abord à cause de la présence de la colline de Signal Hill, au sud du stade. La distance jusqu'à la tribune est de sept cents mètres environ. La colline n'est pas construite. Mais il y a un chemin carrossable par le sud. Notre agent ne devrait pas rencontrer de problème à l'aller ni au retour. En cas de besoin, il peut rester caché là-haut et redescendre plus tard, mêlé à la foule des Noirs. Dans le chaos général, il ne risque pas d'être repéré.

Jan Kleyn examina soigneusement les photos. Il attendit la suite.

— Deuxième argument, poursuivit Franz Malan. L'attentat doit avoir lieu dans le cœur de ce qu'on pourrait appeler la partie anglaise de notre pays. Les Africains réagissent de façon primitive. Leur première pensée sera que l'attentat a été commis par quelqu'un du Cap. La haine sera dirigée contre les habitants de la ville. Tous ces Anglais libéraux qui veulent le bien des Noirs seront contraints de voir ce qui leur arrivera si ces derniers prennent le pouvoir dans le pays. Cela nous facilitera d'autant le travail au moment de lancer la contre-offensive.

Jan Kleyn hocha la tête.

— Quelles sont les failles ?

— Il n'y en a pas.

— Il y en a toujours. On ne peut pas prendre la décision avant d'avoir repéré les points faibles.

— Je n'en vois qu'un seul, dit Franz Malan après un silence. La possibilité que Sikosi Tsiki rate sa cible.

Jan Kleyn sursauta.

— Il ne la ratera pas. Je choisis des gens qui visent juste.

— Sept cents mètres, c'est quand même une distance. Un coup de vent, un muscle qui tressaille au mauvais moment, un reflet de soleil imprévisible... Le coup est dévié de quelques millimètres. Quelqu'un d'autre est touché.

— Cela ne doit pas se produire.

Franz Malan pensa qu'ils ne trouveraient peut-être pas de faille dans le plan. Mais il avait découvert un point faible chez Jan Kleyn. Quand les arguments rationnels lui faisaient défaut, il en revenait toujours à une formule conjuratoire. « Cela ne doit pas se produire », un point c'est tout.

Mais il ne dit rien.

Un serviteur apporta du thé. Puis ils passèrent à nouveau le projet en revue. Les détails, les questions auxquelles il fallait répondre. Vers seize heures, ils estimèrent avoir fait le tour.

— Il nous reste à peine un mois d'ici le 12 juin, conclut Jan Kleyn. Vendredi prochain, il faudra décider si cela va se faire au Cap ou non. D'ici là, toutes les estimations doivent être faites, toutes les questions doivent avoir trouvé une réponse. On se retrouve ici au matin du 15 mai. Je convoque le Comité pour quatorze heures. Au cours de la semaine qui vient, nous devons chacun de notre côté passer le plan au crible. Nous connaissons déjà les arguments favorables. Maintenant nous devons chercher les autres.

Franz Malan acquiesça. Il n'avait rien à ajouter.

Ils quittèrent la maison de Hammanskraal à dix minutes d'intervalle.

Jan Kleyn fila directement à la maison de Bezuidenhout Park.

Miranda Nkoyi contemplait sa fille. Assise par terre, Matilda regardait droit devant elle. Mais ce regard n'était pas vide, bien au contraire. Lorsqu'elle l'observait ainsi, il lui arrivait, comme dans un accès de vertige très bref, de reconnaître sa propre mère. Sa mère avait eu dix-sept ans à peine lorsqu'elle lui avait donné naissance. L'âge qu'avait maintenant Matilda.

Parfois, de façon beaucoup plus douloureuse, Miranda croyait aussi reconnaître chez elle des attitudes de Jan Kleyn. Avant tout, ce regard perdu dans une concentration forcenée alors qu'elle n'avait rien sous les yeux. Le regard intérieur que personne ne pouvait capter ni comprendre.

— Matilda, dit-elle à voix basse, comme pour la

ramener en douceur à la pièce où elles se trouvaient.

La jeune fille sortit d'un coup de sa transe et la regarda droit dans les yeux.

— Tu ne me permets pas de le haïr quand il est là, dit-elle. Alors je le fais pendant qu'on l'attend. Tu peux décider du moment. Mais tu ne peux pas m'enlever la haine.

Miranda aurait voulu crier qu'elle la comprenait. Mais c'était impossible. Elle était comme sa mère, la première Matilda, rongée par l'humiliation permanente d'être privée d'une vie digne de ce nom dans son propre pays. Miranda s'était assouplie de la même manière. Elle avait fini par se taire, dans une impuissance qu'elle ne pouvait compenser qu'en trahissant celui qui était aussi le père de sa fille.

Bientôt..., pensa-t-elle. Bientôt je dirai à ma fille que sa mère n'a pas complètement perdu sa force vitale. Pour la reconquérir, lui montrer que cette distance entre nous n'est pas un abîme.

Matilda appartenait en secret au mouvement de jeunesse de l'ANC. Elle était active et avait déjà exécuté plusieurs missions de confiance. Plus d'une fois, elle avait été arrêtée par la police. Miranda vivait dans l'effroi permanent qu'elle soit blessée ou tuée. Quand les cercueils des Noirs étaient portés à bout de bras par des cortèges funèbres ondoyants et chantants, elle priait tous les dieux auxquels elle croyait d'épargner sa fille. Elle se tournait vers le dieu chrétien, vers les esprits des ancêtres, vers sa mère morte, vers la *songomaa* dont son père lui parlait autrefois. Mais elle n'avait jamais la certitude qu'ils l'entendaient vraiment. La seule consolation que lui offrait la prière était de la laisser épuisée.

Miranda comprenait le clivage et l'impuissance de sa fille. Avoir pour père un Boer, être la descendante de l'ennemi, c'était comme d'avoir reçu une blessure mortelle dès sa conception.

Pourtant une mère ne peut pas regretter d'avoir donné naissance à son enfant. À l'époque, dix-sept ans plus tôt, elle aimait Jan Kleyn aussi peu qu'aujourd'hui. Matilda avait été conçue dans la soumission et la peur. Le lit où ils couchaient flottait dans un univers esseulé. Un univers sous vide. Après, elle n'avait pas eu la force de briser ses chaînes. L'enfant devait naître, cet enfant avait un père, et cet homme lui avait donné une maison à Bezuidenhout, de l'argent pour vivre. Elle était déterminée dès le départ à ne pas avoir d'autres enfants avec lui. Au besoin, Matilda serait l'unique, même si son cœur africain se révoltait à cette idée. Jan Kleyn n'avait jamais ouvertement souhaité avoir un autre enfant avec elle ; son exigence qu'elle participe, dans l'amour, était toujours aussi vide. Elle le laissait venir à elle pendant la nuit, et ne le supportait que parce qu'elle avait appris à se venger en le trahissant.

Elle contempla Matilda, à nouveau perdue dans ce monde intérieur où elle ne la laissait jamais pénétrer. Elle voyait bien que sa fille avait hérité de ses traits. Mais sa peau était plus claire. Elle se demandait parfois ce qu'aurait dit Jan Kleyn s'il avait su que sa fille aurait voulu, plus que tout au monde, être née avec une peau plus sombre.

Elle aussi le trahit, pensa Miranda. Mais ce n'est pas une volonté mauvaise. C'est le fil de la survie.

Nous nous y cramponnons pendant que l'Afrique du Sud brûle. Le mal est entièrement son fait à lui. Un jour, le mal le détruira. La liberté, pour nous, ne sera pas en premier lieu un bulletin de vote, mais la fin de notre enchaînement intérieur.

La voiture s'immobilisa à l'entrée du garage.

Matilda se leva et regarda sa mère.

— Pourquoi ne l'as-tu jamais tué ?

C'était sa voix à lui que Miranda entendait dans celle de sa fille. Mais elle avait fait en sorte que son cœur ne devienne pas celui d'une Boer. L'apparence, la peau claire, elle n'y pouvait rien. Le cœur de sa fille, en revanche, elle l'avait défendu avec passion. C'était le dernier bastion, celui dont Jan Kleyn ne s'emparerait jamais.

La honte était qu'il ne semblait rien remarquer. Chaque fois qu'il venait à Bezuidenhout, la voiture était surchargée de provisions, pour qu'elle lui prépare un *braai* exactement comme à la villa blanche quand il était petit. Il ne s'était jamais aperçu qu'il faisait d'elle la réplique de sa mère, la servante, l'esclave. Il ne comprenait toujours pas qu'il la contraignait à jouer tous ces rôles : la cuisinière, l'amante, la femme qui époussetait ses vêtements. Il ne voyait pas la haine compacte de sa fille. Il voyait un monde immobile, pétrifié, et il pensait que la mission de sa vie était de le défendre. Le mensonge, l'hypocrisie, le simulacre sans fond sur lequel reposait le pays entier, il ne le voyait pas.

— Tout va bien ? demanda-t-il lorsqu'il eut posé les sacs de victuailles dans l'entrée.

— Oui, répondit Miranda. Tout va bien.

Elle se mit à préparer le *braai* pendant qu'il tentait de parler à sa fille, qui se cachait derrière un masque de timidité craintive. Elle les regardait par la porte ouverte de la cuisine. Elle vit Matilda se figer lorsqu'il voulut lui caresser les cheveux. Ils mangèrent le dîner, les saucisses afrikaners, les épais morceaux de viande, les salades de choux. Miranda savait que Matilda vomirait le tout aux toilettes à la fin du repas. Puis il voulut parler de tout ce qui n'avait aucune importance, la maison, les papiers peints, le jardin. Matilda disparut dans sa chambre, Miranda était seule avec lui, et elle lui donna les réponses attendues.

Ils allèrent se coucher. Il était brûlant comme ne peut l'être que celui qui a froid. Le lendemain, puisqu'on ne pouvait les voir ensemble, ils feraient leur promenade dominicale à l'intérieur de la maison. Ils marcheraient en rond, l'un autour de l'autre, mangeraient encore, resteraient assis en silence. Matilda s'enfuirait à la moindre occasion et ne reparaîtrait vraiment qu'après son départ. Il faudrait attendre lundi pour que la vie revienne à la normale.

Lorsqu'il fut endormi et que sa respiration devint calme et régulière, elle se leva lentement. Elle avait appris l'art de se mouvoir sans aucun bruit. Elle alla à la cuisine en laissant la porte ouverte, pour pouvoir s'assurer sans cesse qu'il dormait toujours. Un verre d'eau préparé à l'avance servirait de prétexte si jamais il se réveillait et lui demandait pourquoi elle était debout à cette heure.

Comme d'habitude, elle avait disposé les vêtements de l'homme sur une chaise de la cuisine. Cette chaise était placée de manière à ne pas être vue de la chambre à coucher. Il lui avait demandé une ou deux fois pourquoi elle suspendait toujours ses vêtements dans la cuisine et pas dans la chambre. Elle avait répondu qu'elle tenait à les brosser au matin avant qu'il ne s'habille.

Elle tâta ses poches. Elle savait que le portefeuille se trouvait dans la poche intérieure gauche du veston et le trousseau de clés dans la poche droite du pantalon. Le pistolet qu'il portait toujours sur lui était posé sur la table de chevet.

D'habitude, il n'y avait rien d'autre dans ses poches. Mais cette nuit-là, elle trouva un papier. Elle reconnut son écriture. Sans quitter la chambre des yeux, elle mémorisa rapidement ce qui était écrit.

Le Cap. 12 juin. Distance au lieu ? Direction du vent ? Voies d'accès ?

Elle rangea le papier à sa place après l'avoir soigneusement replié.

Elle ignorait le sens de ce griffonnage. Mais elle ferait comme d'habitude. Elle le restituerait textuellement à l'homme qu'elle rencontrait au lendemain des visites de Jan Kleyn.

Elle but le verre d'eau et retourna dans le lit.

Il arrivait à Kleyn de parler dans son sommeil, presque toujours dans l'heure suivant l'endormissement. Ces mots qu'il marmonnait, criait parfois, étaient eux aussi scrupuleusement répétés, comme tous les autres détails de la visite. Parfois il lui disait d'où il venait, et où il comptait aller ensuite. Mais en général il ne lui apprenait rien. Et il n'avait jamais rêvé quoi que ce soit, consciemment ou non, concernant son travail pour les services de renseignement.

Autrefois, il lui avait dit qu'il était chef de bureau au ministère de la justice à Pretoria. Lorsqu'elle avait été contactée par l'intermédiaire et que celui-ci lui avait appris que Jan Kleyn travaillait pour la police secrète, elle avait reçu l'ordre de ne jamais révéler qu'elle connaissait ses activités.

Jan Kleyn quitta la maison le dimanche soir. Sa dernière réplique fut qu'il reviendrait le vendredi suivant en fin d'après-midi. Miranda, de la fenêtre, lui fit un signe de la main.

Dans la voiture, il pensa à la semaine à venir. Le plan commençait à prendre forme. Tout ce qui devait se produire était sous son contrôle.

Il ignorait cependant que Victor Mabasha vivait encore.

Le soir du 12 mai, un mois exactement l'avant l'attentat prévu contre le chef de l'ANC, Sikosi Tsiki décolla de Johannesburg par le vol régulier de la KLM à destination d'Amsterdam. Tout comme Victor Mabasha, Sikosi Tsiki s'était longtemps demandé quelle serait sa cible. Contrairement à Mabasha, il n'était pas arrivé à la conclusion que ce devait être le président De Klerk. La question restait ouverte.

L'idée qu'il puisse s'agir de Nelson Mandela ne l'avait même pas effleuré.

Le mercredi 13 mai, peu après dix-huit heures, un bateau de pêche accosta à Limhamn.

Sikosi Tsiki sauta à terre. Le bateau repartit immédiatement vers le Danemark.

Sur le quai, il fut accueilli par un homme d'une corpulence inhabituelle.

Cet après-midi-là, une tempête du sud-ouest arriva sur la Scanie. Le vent ne faiblit que le lendemain soir. Ensuite, vint la chaleur.

20

Le dimanche après-midi vers quinze heures, Peters et Norén patrouillaient dans les rues du centre-ville en attendant la relève. La journée avait été calme. Une seule alerte sérieuse, peu avant midi : un homme nu était en train de démolir une maison du côté de Sandskogen... Sa femme avait appelé le commissariat, en expliquant qu'il était en proie à un accès de rage de devoir consacrer tous ses loisirs à retaper la maison de vacances de ses beaux-parents. Pour avoir enfin la paix, il comptait maintenant la détruire de fond en comble. Elle avait précisé que son mari aurait préféré se consacrer à la pêche à la ligne sur un petit lac paisible.

— Vous devez y aller, dit l'opérateur du central. Il faut le calmer, ce type.

— Ça entre dans quelle catégorie de délit ? demanda Norén qui s'occupait de la radio pendant que Peters conduisait. Vandalisme ? Atteinte à propriété d'autrui ?

— Si c'est la maison de ses beaux-parents, on devrait pouvoir appeler ça... euh... Laisse tomber. Allez là-bas et calmez-le, c'est l'essentiel.

Ils prirent la direction de Sandskogen sans accélérer.

— Je crois que je le comprends, dit Peters. Être propriétaire, c'est pas de la rigolade. Il y a toujours un truc qu'on aurait dû faire, qu'on n'a pas eu le temps de faire, ou qui coûte trop cher. Et quand c'est la maison des autres, en plus...

— En fait, dit Norén, on devrait l'aider à démolir la bicoque.

Ils finirent par dénicher l'adresse. Un attroupement s'était formé devant la clôture. Norén et Peters descendirent de voiture et contemplèrent l'homme nu qui se baladait sur le toit en arrachant des plaques de zinc avec un pied-de-biche. La femme arriva en courant. Norén vit qu'elle avait pleuré. Ils écoutèrent son récit décousu. L'essentiel pourtant était clair : cet homme n'avait pas le droit de faire ce qu'il faisait.

Ils approchèrent de la maison et crièrent au type de descendre. Il était à ce moment-là à califourchon sur le faîte, si concentré, sur ses bouts de zinc qu'il n'avait pas aperçu la voiture de police. En voyant Peters et Norén, il lâcha son pied-de-biche, de surprise. L'engin ricocha contre le toit et Norén dut faire un bond en arrière pour l'éviter.

— Attention ! cria Peters. Je pense qu'il vaut mieux que vous descendiez. Vous n'avez pas le droit de casser cette maison.

À leur grande surprise, l'homme obéit. Il descendit de l'échelle qu'il avait hissée sur le toit. Sa femme arriva avec un peignoir de bain.

— Vous avez l'intention de m'arrêter ? dit l'homme en l'enfilant.

— Non, dit Peters. Mais cessez de vous en prendre à la maison. Sincèrement, je ne crois pas qu'ils vont continuer à vous demander vos services.

— Je veux juste aller à la pêche, dit l'homme.

Ils reprirent la route d'Ystad. Norén fit son rapport à l'opérateur du central.

L'incident se produisit alors qu'ils s'engageaient sur Österleden.

Ce fut Peters qui aperçut la voiture qui arrivait en sens inverse. Il reconnut à la fois la couleur et la plaque minéralogique.

— Tiens, voici Wallander...

Norén leva le regard de son bloc-notes.

Wallander passa en trombe comme s'il ne les avait pas vus. C'était très étrange, puisqu'ils se trouvaient dans une voiture de police bleue et blanche. Mais ce qui capta l'attention des deux policiers, bien plus que l'expression absente de Wallander, ce fut l'homme assis sur le siège du passager. Il était noir.

Peters et Norén échangèrent un regard.

— Il y avait pas un type dans la voiture ?

— Si, dit Peters. Un Noir.

Tous deux pensèrent au doigt coupé et à l'homme qui était maintenant recherché dans tout le pays.

— Wallander a dû le pincer, dit Norén d'une voix hésitante.

— Alors pourquoi roule-t-il dans cette direction ? Et pourquoi ne s'est-il pas arrêté ?

— J'ai eu l'impression qu'il ne voulait pas nous voir. Comme les enfants. Quand ils ferment les yeux, ils croient qu'ils sont invisibles.

Peters hocha la tête.

— Tu crois qu'il a un problème ?

— Non, dit Norén. Mais où diable a-t-il déniché le nègre ?

Ils furent interrompus par une alerte concernant une moto abandonnée près de Bjäresjö que l'on pouvait soupçonner d'avoir été volée. À la fin de leur garde, ils retournèrent au poste. À leur grand étonnement, lorsqu'ils demandèrent des nouvelles de Wallander, on leur répondit que celui-ci ne s'était pas montré au commissariat. Peters s'apprê-tait à raconter l'étrange rencontre lorsqu'il vit que Norén avait posé un doigt sur ses lèvres.

— Pourquoi ne voulais-tu pas que j'en parle ? demanda-t-il lorsqu'ils furent dans le vestiaire pour se changer avant de rentrer chez eux.

— Si Wallander ne s'est pas montré, c'est qu'il devait avoir ses raisons. Ça ne nous regarde pas. En plus, c'est peut-être un tout autre nègre. Martinsson a raconté un jour que la fille de Wallander sortait avec un Africain. C'était peut-être lui, qu'est-ce qu'on en sait ?

— C'est quand même bizarre...

Cette bizarrerie poursuivit Peters jusque chez lui, dans le lotissement proche de la sortie vers Kristianstad. Lorsqu'il eut dîné et joué un moment avec ses enfants, il alla promener la chienne. Comme Martinsson habitait non loin de là, il décida de passer le voir. La chienne était une Labrador, et Martinsson lui avait récemment demandé s'il pouvait se mettre sur la liste, quand il y aurait des chiots.

Ce fut Martinsson lui-même qui lui ouvrit et lui proposa d'entrer.

— Je voulais juste te parler d'un truc, dit Peters. Tu as le temps ?

Martinsson, qui était chargé de mission au sein du parti centriste Folkpartiet et qui espérait une place au conseil communal, était en train de lire quelques rapports ennuyeux que le parti venait de lui envoyer. Il enfila aussitôt sa veste et sortit. Peters lui raconta l'épisode.

— Tu es sûr d'avoir bien vu ? demanda Martinsson.

— On ne peut pas s'être trompés tous les deux.

— C'est bizarre. Si c'était notre homme, il nous en aurait parlé tout de suite.

— C'était peut-être le petit ami de sa fille.

— Wallander m'a dit que c'était terminé.

Ils marchèrent en silence en regardant la chienne qui tirait sur sa laisse.

— Il a fait semblant de ne pas nous reconnaître, dit Peters doucement. Et ça ne peut signifier qu'une chose. Il ne voulait pas qu'on le voie.

— Ou qu'on voie l'Africain, dit Martinsson d'un air absent.

— Il doit y avoir une explication. Je ne voudrais pas avoir l'air de dire que Wallander fait des choses qu'il ne devrait pas.

— Bien entendu. Mais tu as bien fait de m'en parler.

— Je ne veux pas colporter des ragots.

— Ce ne sont pas des ragots.

— Norén sera furax.

— Il n'en saura rien.

Ils se séparèrent devant la maison de Martinsson. Peters promit de lui réserver un chiot le moment venu.

Martinsson envisagea d'appeler Wallander. Puis il décida d'attendre jusqu'au lendemain. Avec un soupir, il se pencha à nouveau sur les interminables rapports des politiciens.

En arrivant au commissariat le lendemain peu après huit heures, Wallander avait une réponse toute prête à la question qu'on ne manquerait pas de lui poser. Lorsqu'il avait décidé la veille, après bien des hésitations, d'emmener Victor Mabasha faire un tour en voiture, il avait sous-estimé le risque de

338

croiser une connaissance. Il avait choisi des chemins rarement empruntés par les patrouilles. Mais évidemment il était tombé sur Peters et Norén. À la dernière minute, si bien qu'il n'avait pas eu le temps de bifurquer ni même d'ordonner à Mabasha de se baisser. Du coin de l'œil, il avait vu Peters et Norén enregistrer la présence de l'homme à ses côtés. Il avait maudit sa malchance. Quelle idée aussi de partir en excursion... Ça ne s'arrêterait donc jamais ?

Une fois calmé, il avait parlé à sa fille.

— Herman Mboya doit ressusciter en tant que ton petit ami. Si quelqu'un nous interroge, on dira que vous êtes de nouveau ensemble.

Elle l'avait regardé avant d'éclater de rire, un rire résigné.

— Tu te souviens de ce que tu m'as appris quand j'étais petite ? Un mensonge conduit à d'autres mensonges. À la fin, la pelote est si serrée que plus personne ne peut discerner la vérité.

— Ça me déplaît autant qu'à toi. Mais il aura bientôt quitté le pays, et on pourra oublier toute l'affaire.

— Bien sûr, dit-elle. Je peux dire que Herman est revenu. Parfois, j'aimerais que ce soit vrai.

Le lundi matin, Wallander était donc prêt à justifier la présence de l'homme noir dans sa voiture. Dans cette situation où tout était compliqué et menaçait de lui glisser des mains, cela lui paraissait un problème mineur. Lorsqu'il avait découvert « Goli » dans le brouillard, tel un mirage, sa première impulsion avait été de remonter chez lui en vitesse et de demander l'aide de ses collègues. Mais quelque chose l'en empêcha. Déjà au cimetière, dans la nuit stockholmoise, il avait eu l'impression que l'homme noir disait la vérité. Ce n'était pas lui qui avait tué Louise Åkerblom dans la ferme isolée. Il était même possible qu'il eût tenté d'empêcher le meurtre. Konovalenko avait ensuite tenté de le tuer à son tour... Il n'avait cessé de réfléchir à ce qui se cachait derrière cette histoire. Il devait absolument en savoir plus. Il prit donc la décision de l'emmener chez lui, très conscient du fait que ce pouvait être une erreur. Wallander avait souvent eu recours à des méthodes peu conventionnelles – pour employer un euphémisme – dans ses relations avec des criminels soupçonnés ou avérés. Plusieurs fois, Björk s'était vu contraint de le rappeler à l'ordre. Avant de monter, il exigea cependant que l'homme lui remette ses armes. Il prit le revolver et tâta ses vêtements. L'autre paraissait étrangement détaché, comme s'il ne s'attendait pas à autre chose qu'à cette invitation. Pour ne pas paraître trop naïf, Wallander lui demanda comment il avait découvert son adresse.

— Dans la voiture, en allant au cimetière. J'ai ouvert ton portefeuille.

— Tu m'as agressé. Et maintenant tu viens me voir chez moi, à des centaines de kilomètres de Stockholm. J'espère que tu as des réponses aux questions que je vais te poser.

Ils s'installèrent à la cuisine et Wallander ferma la porte pour ne pas réveiller Linda. Par la suite, il se rappellerait leur conversation comme l'une des plus étranges de sa vie. Ce n'était pas seulement le fait d'entrevoir pour la première fois le monde lointain dans lequel cet homme était né et où il retournerait bientôt. Comment un être humain pouvait-il être composé d'éléments aussi inconciliables ? Comment un tueur de sang-froid, considérant ses actes comme une simple prestation de service, pouvait-il être en même temps un homme réfléchi et sensible, aux opinions politiques soigneusement mûries ? Ce qu'il ne perçut pas, en revanche, c'est que cette conversation entrait dans le cadre d'une escroquerie dont il était la victime. Victor Mabasha avait parfaitement compris les enjeux. Sa faculté d'inspirer confiance à ce flic était sa seule chance de retourner en Afrique du Sud. C'étaient les esprits qui lui avaient murmuré de partir à sa recherche et d'obtenir son aide pour quitter le pays.

Le souvenir le plus net de Wallander, après coup, fut une image employée par Victor Mabasha au cours de leur échange. Il lui parla d'une plante qui ne poussait que dans le désert du Namib. Cette plante pouvait atteindre deux mille ans. Telle une ombre protectrice, elle déroulait ses longues feuilles au-dessus de la fleur et du système complexe des racines. Victor Mabasha considérait cette plante singulière comme un symbole des forces qui s'opposaient dans sa patrie et qui luttaient également pour la domination de son âme.

— Les gens n'abandonnent pas leurs privilèges de leur plein gré, avait-il dit. C'est une habitude aux racines si profondes que les privilèges deviennent comme une partie du corps de ces gens-là. Ce serait une erreur de croire qu'il s'agit d'un défaut lié à la race. Dans mon pays, ce sont les Blancs qui portent ce pouvoir de l'habitude. Mais, dans une autre situation, cela aurait pu aussi bien être moi et mes frères. On ne peut pas combattre le racisme par le racisme. Les Blancs doivent apprendre le renoncement. Ils doivent remettre la terre aux Noirs, qui sont interdits de propriété depuis des siècles. Ils doivent transférer la plus grande partie de leurs richesses à ceux qui n'ont rien. Ils doivent apprendre à considérer les Noirs comme des hommes. Les Noirs, eux, ont l'habitude de se soumettre, et la soumission est peut-être la blessure humaine la plus difficile à guérir. Cette habitude creuse très profond, déforme l'homme tout entier, n'épargne aucune partie du corps. Passer de n'être personne à être quelqu'un c'est le voyage le plus long que puisse entreprendre un être humain. Je crois qu'une solution pacifique est illusoire. De nouvelles générations de Noirs ont grandi, qui refusent de se soumettre. Ils sont impatients, ils voient venir l'implosion. Mais ça va trop lentement. Il y a aussi beaucoup de Blancs qui pensent la même chose. Ils refusent d'accepter les privilèges qui les obligent à vivre comme si tous les Noirs du pays étaient invisibles, existant tout juste sous forme de domestiques ou d'une espèce animale bizarre qu'on enchaîne à l'écart. Dans mon pays, il existe de grandes réserves naturelles où les animaux sont protégés. Il y en a d'autres où sont enfermés des êtres humains sans aucune protection. Les animaux connaissent un meilleur sort que les hommes dans mon pays.

Victor Mabasha se tut et regarda Wallander comme s'il s'attendait à des objections. Wallander pensa qu'à ses yeux tous les Blancs se valaient, qu'ils vivent en Afrique du Sud ou ailleurs.

— Un grand nombre de mes frères et sœurs, reprit Mabasha, pensent que le sentiment d'infériorité peut être vaincu par son contraire, la domination. C'est évidemment une erreur. Cela ne conduit qu'à nourrir le ressentiment et les tensions entre des groupes où devrait au contraire régner la concorde. En particulier, cela fait exploser les familles. Et tu dois savoir, commissaire Wallander, que sans famille, on n'a aucune valeur dans mon pays. Pour un Africain, la famille est la condition de tout le reste.

— Je croyais que c'étaient les esprits, hasarda Wallander.

— Les esprits font partie de la famille. Les esprits sont nos ancêtres, qui veillent sur nous. Ils vivent comme des membres invisibles de la famille. Nous n'oublions jamais qu'ils sont là. C'est pour cela que les Blancs ont commis un crime indescriptible lorsqu'ils nous ont obligés à quitter la terre où nous avions vécu génération après génération. Les esprits n'ont pas abandonné la terre qui était autrefois la leur. Les esprits détestent les bidonvilles encore plus que les vivants.

Il se tut d'un coup, comme frappé par le sens de ses propres paroles.

— J'ai grandi dans une famille explosée dès le départ, dit-il après un long silence. Les Blancs savaient qu'ils pouvaient nous affaiblir en cassant la famille. Je voyais mes frères et sœurs se comporter de plus en plus comme des lapins aveugles. Ils couraient en rond, sans plus savoir d'où ils venaient ni où ils devaient aller. J'ai vu cela, et j'ai choisi un autre chemin. J'ai appris à haïr. J'ai bu l'eau obscure qui éveille le goût de la vengeance. J'ai compris que les Blancs dans toute leur puissance, dans leur certitude arrogante que leur domination était un droit divin, avaient eux aussi leur point faible. Ils avaient peur. Ils parlaient de faire de l'Afrique du Sud une œuvre d'art aboutie, un blanc palais dans le paradis. Mais ils n'ont jamais vu que leur rêve était absurde. Et ceux qui le voyaient faisaient semblant de rien. Alors la peur a commencé à leur venir pendant la nuit. Ils remplissaient leurs maisons d'armes. Mais la peur les envahissait quand même. La violence est devenue un élément du quotidien de la peur. J'ai vu tout cela et j'ai pensé que j'allais garder mes amis près de moi, mais mes ennemis plus près encore. J'allais jouer le rôle du Noir qui savait ce que voulaient les Blancs. J'allais cultiver mon mépris en leur rendant des services. J'allais travailler dans leurs cuisines et cracher dans la soupière avant de l'apporter à table. J'allais continuer à n'être personne, alors qu'en en secret j'étais devenu quelqu'un.

Wallander attendit la suite. Qu'avait-il compris, au juste ? Ce qu'il n'avait que vaguement appréhendé jusque-là, que l'Afrique du Sud était un pays déchiré par une politique raciale épouvantable, lui paraissait maintenant plus tangible. Mais qu'est-ce qui avait conduit Victor Mabasha en Suède ? De quoi s'agissait-il ?

— Je dois en savoir plus, dit-il. Qui a payé ton billet pour la Suède ?

— Les hommes sans scrupule sont comme des ombres, répondit Victor Mabasha. Les esprits de leurs ancêtres les ont abandonnés depuis longtemps. Ils se rencontrent en cachette pour projeter la ruine de notre pays.

— Et tu travailles pour eux ?

— Oui.

— Pourquoi ?

— Pourquoi pas ?

— Tu tues des gens.

— D'autres me tueront un jour.

— Que veux-tu dire ? Je sais que ça arrivera. Mais tu n'as pas tué Louise Åkerblom.

— Non.

— C'est Konovalenko ?

— Oui.

— Pourquoi ?

— Il n'y a que lui qui peut répondre.

— Un homme débarque d'Afrique du Sud, un autre de Russie. Ils se rencontrent dans une ferme isolée de Scanie. Ils ont un émetteur radio, ils ont des armes. Pourquoi ?

— C'était décidé comme ça.

— Par qui ?

— Par ceux qui nous ont demandé de venir.

On tourne en rond, pensa Wallander. Je n'obtiens aucune réponse.

Il essaya à nouveau, s'obligea à poursuivre.

— J'ai compris qu'il s'agissait de préparatifs, dit-il. En vue d'un crime qui doit être commis dans ton pays. Tu dois tuer quelqu'un. Mais qui ? Pourquoi ?

— J'ai essayé de t'expliquer la situation.

— Je pose des questions simples et je veux des réponses simples.

— J'ai répondu.

— Je ne te comprends pas, dit Wallander après un silence. Ça ne tient pas debout.

— Rien n'est cohérent pour quelqu'un qui est noir et qui vit en Afrique du Sud.

Victor Mabasha continua à parler de son pays. Wallander avait du mal à en croire ses oreilles. Lorsqu'il se tut enfin, Wallander eut la sensation d'avoir fait un long voyage. Son guide lui avait montré des endroits dont il avait auparavant ignoré jusqu'à l'existence.

Je vis dans un pays où on nous a appris à croire que la vérité est simple, pensa-t-il. Qu'elle est une et indivisible. Tout notre système de droit repose sur ce principe. Mais la réalité est différente. La vérité est complexe, variable, contradictoire. Si la vision qu'on a de l'être humain est méprisante et dénuée de respect, la vérité n'est pas la même que si la vie est tenue pour inaliénable.

Il considéra Victor Mabasha qui le regardait droit dans les yeux.

— As-tu tué Louise Åkerblom ? demanda Wallander en devinant qu'il posait cette question pour la dernière fois.

— Non. J'ai même sacrifié un doigt pour son âme.

— Tu ne veux toujours pas me dire ce que tu dois faire quand tu seras rentré chez toi ?

Le temps que Victor Mabasha réponde, Wallander crut déceler un changement imperceptible. Comme si son masque inexpressif s'était fissuré l'espace d'un instant.

— Je ne peux pas en parler, dit Victor Mabasha. Mais ça ne va pas se produire.

— Je ne te suis pas.

— La mort ne viendra pas de moi. Mais je ne peux empêcher que d'autres s'en chargent à ma place.

— Un attentat ?

— Oui. J'ai été chargé de l'exécuter. Mais je l'abandonne. Je le pose au sol et je m'en vais.

— Tu me réponds par énigmes, dit Wallander.

Qu'est-ce que tu poses au sol ? Je veux savoir contre qui est dirigé cet attentat.

Victor Mabasha ne donna aucune réponse. Il secoua la tête et Wallander conclut qu'il n'obtiendrait rien de plus. Après coup, il pensa qu'il avait encore un long chemin à parcourir avant d'appréhender correctement des vérités si éloignées de celles dont il avait l'habitude. En un mot, il comprit trop tard que la dernière confidence, lorsque Victor Mabasha avait laissé se fissurer le masque, était un pur mensonge. Il n'avait aucune intention de renoncer à sa mission. Mais pour paraître crédible aux yeux de ce policier suédois, il était obligé de mentir, et de mentir habilement.

Wallander n'avait plus d'autres questions pour l'instant.

Il était fatigué. Mais, qui sait, il avait peut-être atteint son but. L'attentat était abandonné, du moins en ce qui concernait Victor Mabasha. Cela donnerait plus de temps à ses collègues inconnus de l'hémisphère Sud. Et, quel que fût le projet, son abandon ne pouvait être que positif pour les Noirs d'Afrique du Sud.

Ça suffit, pensa-t-il. Je vais contacter la police sud-africaine *via* Interpol et raconter ce que je sais. C'est tout ce que je peux faire. Reste Konovalenko. Si j'essaie d'obtenir le feu vert de Per Åkeson pour arrêter cet homme, la confusion risque d'augmenter encore. Ainsi que la possibilité que Konovalenko quitte le pays. Je n'ai pas besoin d'en savoir plus. Maintenant, je peux accomplir une dernière action peu recommandable dans l'affaire Victor Mabasha.

L'aider à partir.

Linda avait assisté à la deuxième partie de l'entretien. Elle s'était réveillée, et avait été très surprise en arrivant dans la cuisine. Wallander lui expliqua brièvement la situation.

— C'est l'homme qui t'a enlevé ?

— C'est ça.

— Et maintenant vous prenez un café ensemble ?

— Oui.

— Ça ne te paraît pas bizarre ?

— Non.

Elle n'insista pas. Après s'être habillée, elle était revenue s'asseoir en silence et avait écouté la conversation. Ensuite, Wallander l'avait envoyée à la pharmacie pour acheter une bande Velpeau. Il avait aussi déniché une boîte d'antibiotiques dans l'armoire de la salle de bains et l'avait donnée à Mabasha, en pensant qu'il aurait fallu appeler un médecin de toute urgence. Surmontant sa répulsion, il nettoya la blessure et posa le bandage propre.

Puis il appela Lovén. On le lui passa presque aussitôt. Il l'interrogea à propos de Konovalenko et du couple disparu de Hallunda, en passant sous silence la présence de Victor Mabasha dans sa cuisine.

— On sait où ils sont allés, dit Lovén. Ils s'étaient contentés de déménager de deux étages. Solution intelligente et confortable. Ils avaient un appartement de secours là-haut, à son nom à elle. Mais ils n'y sont plus.

— Cela signifie sans doute qu'ils sont encore dans le pays. Probablement à Stockholm.

— Si nécessaire, je vais enfoncer personnellement toutes les portes de la ville. Il faut les retrouver. Vite.

— Concentre-toi sur Konovalenko. L'Africain est moins important, je crois.

— Si je pouvais comprendre ce qu'ils ont à voir ensemble...

— Ils étaient au même endroit quand Louise Åkerblom a été tuée. Ensuite, Konovalenko a cambriolé une banque et tué un policier. L'Africain n'était plus présent à ce moment-là.

— Mais qu'est-ce que cela signifie ? Je ne vois aucun lien, juste une coïncidence bizarre.

— On sait quand même pas mal de choses. Konovalenko semble possédé par l'idée de tuer cet Africain. On peut imaginer qu'ils sont devenus ennemis, alors qu'ils ne l'étaient pas au départ.

— Mais où cases-tu ton agente immobilière ?

— Nulle part. Elle a sans doute été tuée de façon fortuite.

— Tout se résume à une seule question, dit Lovén. *Pourquoi ?*

— La seule personne qui puisse te répondre, dit Wallander, c'est Konovalenko.

— Ou l'Africain. Tu l'oublies, Kurt.

Ce fut après cette conversation avec Lovén que Wallander prit la décision définitive de faire sortir Victor Mabasha du pays. Mais avant, il devait être absolument certain que ce n'était pas lui qui avait tué Louise Åkerblom. Comment s'en assurer ?

— Tu vas rester ici, dit-il. J'ai encore beaucoup de questions à te poser.

Mis à part l'excursion du dimanche, ils passèrent le week-end dans l'appartement. Victor Mabasha était épuisé et dormait presque tout le temps. Wallander s'inquiétait à l'idée que sa blessure lui empoisonne le sang, tout en se reprochant de lui avoir demandé de rester. Comme tant de fois dans sa vie, l'intuition l'avait emporté sur la logique. Il ne voyait pas d'issue aux problèmes qui s'amoncelaient.

Le dimanche soir, il conduisit Linda chez son père et redémarra aussitôt. Il n'avait pas la force d'écouter les reproches du vieux. Il l'entendait d'ici : alors comme ça tu n'as même pas le temps de prendre un café...

Le lundi finit par arriver et il retourna au commissariat. Björk lui souhaita la bienvenue, et ils s'installèrent avec Martinsson et Svedberg dans la salle de réunion. Wallander leur raconta des portions choisies de son séjour à Stockholm. Les questions furent nombreuses, mais aboutirent à une seule conclusion : la clé du problème était Konovalenko.

— En d'autres termes, résuma Björk, il n'y a qu'à attendre son arrestation. Cela nous donne un peu de temps pour nous occuper des affaires en cours.

Ils firent la liste des priorités. Il incomba à Wallander de retrouver la trace de trois chevaux volés dans un haras des environs de Skärby. À l'étonnement de ses collègues, il éclata de rire.

— Ça devient un peu absurde, s'excusa-t-il. Une femme disparue, et maintenant des chevaux kidnappés.

Il était à peine retourné dans son bureau lorsqu'il reçut la visite attendue. Il ne savait pas de qui viendrait l'attaque. Mais ce fut Martinsson qui frappa à la porte.

— Tu as un moment ? J'ai un truc à te demander.

Martinsson était visiblement embarrassé.

— Je t'écoute.

— Quelqu'un t'a vu avec un Africain hier. Dans ta voiture. Alors je me suis dit...

— Quoi ?

— Euh...

— Linda a repris contact avec son Kenyan.

— C'est bien ce que je pensais.

— Alors ? Qu'est-ce que tu t'es dit ?

Martinsson eut un geste d'excuse et sortit très vite.

Wallander laissa tomber l'histoire des chevaux disparus, ferma la porte que Martinsson avait laissée ouverte et se mit à réfléchir. Quelles étaient les questions à poser à Victor Mabasha ? Et comment contrôler la véracité de ses réponses ?

Au cours des dernières années, Wallander était plusieurs fois entré en contact avec des citoyens étrangers, dans le cadre de son travail. Il leur avait parlé à différents titres, en qualité de victimes ou de suspects. Il avait découvert que ce qu'il imaginait être des vérités absolues concernant le bien et le mal, l'innocence et la culpabilité, ne tenaient pas forcément la route. De même, il avait eu la surprise de constater que la perception de la gravité d'un crime pouvait varier d'une culture à l'autre. Il s'était souvent senti démuni dans ces situations. Il semblait manquer de toutes les connaissances requises pour poser les bonnes questions, permettant de résoudre une affaire ou de libérer un innocent. L'année précédant la mort de Rydberg, ils avaient beaucoup parlé des transformations à l'œuvre en Suède et dans le monde. Rydberg buvait son whisky à petites gorgées en prédisant que la police suédoise connaîtrait au cours des dix prochaines années des bouleversements plus importants que dans toute son histoire cumulée. Cette fois il ne s'agirait pas de changements au niveau de l'organisation, mais du travail policier proprement dit.

— Je ne serai pas là pour le voir, avait dit Rydberg un soir alors qu'ils étaient comme d'habitude serrés sur son petit balcon. Parfois, je le regrette. Ce sera sûrement dur, mais excitant aussi. Toi par contre, tu seras là. Et tu seras obligé de réfléchir de façon complètement inédite.

— Je ne sais pas si j'y arriverai, avait répondu Wallander. Il y a peut-être une vie après le commissariat. J'y pense de plus en plus souvent.

Il capta le regard ironique de Rydberg.

— Si tu pars aux Caraïbes à la voile, surtout ne reviens pas. Crois-moi, ceux qui reviennent ne sont pas bonifiés par leur aventure. Ils nagent en pleine illusion. Ils n'ont pas compris cette vérité ancienne : on ne peut pas se quitter soi-même.

— Je ne ferais jamais un truc pareil. C'est beaucoup trop ambitieux pour moi. À la rigueur, je peux me demander s'il y a un autre travail qui pourrait me convenir.

— Tu es comme moi. Tu seras policier jusqu'à ta mort. Autant t'y faire tout de suite.

Wallander repoussa l'image de Rydberg, attrapa un bloc-notes vierge et un crayon.

Il resta longtemps assis. Quelles questions devait-il poser ? C'est déjà une erreur, pensa-t-il. Beaucoup de gens dans le monde ont besoin de pouvoir s'exprimer librement pour formuler une réponse. J'ai parlé à pas mal d'Africains, d'Arabes et de Latino-Américains dans ma vie, je devrais le savoir. Notre impatience leur fait peur. Ils pensent que c'est une expression de mépris. Ne pas prendre son temps, ne pas être capable de rester silencieux en compagnie de quelqu'un, cela revient à rejeter la personne, à se moquer d'elle.

Raconte, écrivit-il en haut de la première page.

Raconte. Rien d'autre.

Il repoussa son bloc et posa les pieds sur le bureau. Puis il appela Linda pour s'assurer que tout était calme.

Il lut distraitement les rapports concernant les chevaux volés. Aucune information, sinon que trois animaux de grand prix avaient disparu dans la nuit du 6 mai. Ils étaient dans leurs boxes la veille au soir. Au matin, lorsqu'on avait ouvert la porte vers cinq heures trente, les boxes étaient vides.

Il regarda sa montre et décida de rendre visite au haras. Après avoir parlé à trois grooms et au représentant du propriétaire, il fut porté à croire qu'il pouvait s'agir d'une escroquerie à l'assurance. Il prit pas mal de notes et partit en disant qu'il reviendrait.

Sur le chemin du retour vers Ystad, il s'arrêta au bord de la route, chez Fars Hatt, pour boire un café.

Il se demanda distraitement s'il y avait des chevaux de course en Afrique.

21

Sikosi Tsiki débarqua en Suède le mercredi 13 mai.

Le soir même, il apprit par Konovalenko qu'il resterait dans le sud du pays. L'entraînement aurait lieu là, et il quitterait le pays à partir de là. Après avoir été averti par Jan Kleyn de l'arrivée imminente du remplaçant, Konovalenko avait d'abord envisagé d'établir le camp dans les environs de Stockholm. Il y avait de nombreuses possibilités, surtout à proximité d'Arlanda, où les décollages et atterrissages incessants noyaient tous les autres bruits. Parfait pour un terrain de tir. Par ailleurs, il y avait le problème Victor Mabasha et ce Wallander qu'il commençait sérieusement à haïr. Une fois qu'il l'aurait neutralisé, la police serait sur les dents. Par mesure de sécurité, il résolut d'agir sur deux fronts. Tania resterait avec lui à Stockholm tandis que Rykoff serait envoyé dans le Sud pour dénicher une maison possible. Rykoff avait parlé du Småland, en affirmant qu'il serait beaucoup plus facile de trouver des fermes isolées là-bas. Mais Konovalenko voulait être à proximité d'Ystad. S'il ne retrouvait pas Mabasha et le policier à Stockholm, ceux-ci referaient tôt ou tard surface dans la vie de Wallander. Il était convaincu que le nègre et le flic avaient désormais partie liée. De quelle manière ? Il l'ignorait. Mais s'il retrouvait l'un des deux, il trouverait également l'autre.

Rykoff se rendit au syndicat d'initiative d'Ystad et loua une maison située au nord-est de la ville, vers Tomelilla. La situation géographique aurait pu être meilleure. Mais il y avait, jouxtant la propriété, une carrière abandonnée qui pouvait servir aux exercices de tir. Konovalenko ayant décidé que Tania serait de la partie, Rykoff n'avait pas eu à remplir le congélateur. Il avait donc meublé l'attente, sur ordre de Konovalenko, en dénichant l'adresse de Wallander et en maintenant l'immeuble sous surveillance.

Mais Wallander ne se montrait pas. Aucun informateur n'avait encore repéré Mabasha à Stockholm, mais Konovalenko restait convaincu que le nègre se cachait quelque part en ville. Il avait aussi du mal à imaginer que Wallander prendrait le risque de rentrer chez lui ; il devait se douter que son domicile était surveillé.

Ce fut pourtant là que Rykoff finit par le découvrir, le mardi peu après dix-sept heures. Wallander était sorti de l'immeuble. Seul. Rykoff constata tout de suite qu'il était sur ses gardes. Il partit à pied ; impossible de le suivre en voiture. Rykoff décida de rester sur place. Dix minutes plus tard, la porte s'ouvrit à nouveau. Rykoff se figea. Une jeune fille apparut, qui devait être la fille de Wallander ; Rykoff ne l'avait encore jamais vue. Derrière elle, Victor Mabasha. Ils traversèrent la rue, montèrent dans une voiture qui démarra. Au lieu de les suivre, Rykoff composa le numéro de l'appartement de Järfäla où Konovalenko logeait provisoirement avec Tania. Ce fut elle qui répondit. Rykoff lui demanda de lui passer Konovalenko. Après avoir écouté, celui-ci prit aussitôt sa décision. Il viendrait en Scanie le lendemain matin. Il resterait là-bas le temps de récupérer Sikosi Tsiki et de liquider Wallander, Mabasha, et au besoin également la fille. Pour la suite des opérations, on verrait. L'appartement de Järfäla serait toujours disponible.

Au cours de la nuit, Konovalenko prit la route avec Tania. Rykoff les retrouva sur un parking à l'ouest d'Ystad. Ils se rendirent immédiatement dans la maison qu'il avait louée. Dans l'après-midi, Konovalenko fit un détour par Mariagatan. Longtemps, il contempla l'immeuble où vivait Wallander.

Sur le chemin du retour, il s'arrêta aussi devant le commissariat.

La situation était très simple. Il ne pouvait pas se permettre un nouvel échec. Déjà, il vivait dangereusement. Il y avait un risque, minime mais réel, que Jan Kleyn disposât d'un informateur. Il avait mis des gens sur le coup, mais aucun n'avait pu déceler une surveillance commandée par Jan Kleyn.

Konovalenko et Rykoff consacrèrent la journée à établir un plan. Il fallait un assaut brutal, direct.

— De quoi dispose-t-on ?

— De tout, pratiquement, sauf de lance-grenades, répondit Rykoff. On a des explosifs, des détonateurs, des grenades, des armes automatiques, des fusils, des pistolets, du matériel de communication.

Konovalenko but un verre de vodka. Il aurait préféré capturer Wallander vivant, pour obtenir une réponse à certaines questions. Il renonça à cette idée. Il ne pouvait pas prendre ce risque.

Sa décision était prise.

— Demain matin, quand Wallander sera sorti, Tania entrera dans l'immeuble pour repérer la porte. Elle fera semblant de distribuer des réclames, on peut s'en procurer dans un supermarché. Ensuite, on met l'immeuble sous surveillance constante. S'ils sont là demain soir, on y va. On fait sauter la porte et on se sert des armes à feu. Sauf imprévu, on les tue tous les deux et on s'en va.

— Ils sont trois, fit remarquer Rykoff.

— Deux ou trois. On ne peut pas se payer le luxe d'un survivant.

— Le nouvel Africain que je dois aller chercher ce soir... il sera de la partie ?

— Non. Il attendra ici avec Tania.

Il dévisagea le couple.

— Il se trouve que Victor Mabasha est mort depuis quelques jours. C'est du moins ce que doit croire Sikosi Tsiki. C'est compris.

Vladimir et Tania hochèrent la tête.

Konovalenko remplit son verre et celui de Tania. Rykoff refusa, il avait une charge d'explosifs à préparer. En plus, il devait aller chercher Sikosi Tsiki à Limhamn dans quelques heures.

— Offrons-lui un dîner de bienvenue, dit Konovalenko. Je n'aime pas manger avec un Africain, pas plus que vous. Mais le travail exige quelques concessions.

— Victor Mabasha n'aimait pas la cuisine russe, dit Tania.

Konovalenko réfléchit.

— Du poulet alors. Tous les Africains aiment ça.

À dix-huit heures, Rykoff alla chercher Sikosi Tsiki à Limhamn. Lorsqu'ils furent à table, Konovalenko leva son verre.

— Demain tu te reposes, dit-il. On commence vendredi.

Sikosi Tsiki acquiesça. Le nouveau candidat était aussi taciturne que son prédécesseur.

Des hommes silencieux, pensa Konovalenko. Impitoyables quand la situation l'exige. Comme moi.

Wallander avait consacré les jours suivant son retour à Ystad à planifier différentes formes d'activité criminelle. Avec une résolution farouche, il préparait la fuite de Victor Mabasha. Malgré ses scrupules, il était parvenu à la conclusion que c'était la seule possibilité de reprendre le contrôle des événements. Les reproches qu'il s'adressait étaient intenses. Même si Victor Mabasha n'avait pas tué Louise Åkerblom, il avait été présent au moment des faits. Il avait volé des voitures et cambriolé un magasin. Comme si cela ne suffisait pas, il se trouvait en Suède de façon illégale et il avait prémédité un crime grave dans son pays d'origine. Wallander tentait de se convaincre que ce crime serait évité de cette manière. De plus, Mabasha échapperait à Konovalenko. Une fois arrêté, celui-ci serait puni pour le meurtre de Louise Åkerblom. Wallander avait maintenant l'intention d'envoyer un message aux collègues sud-africains *via* Interpol. Mais d'abord, il fallait faire partir Mabasha. Pour ne pas attirer l'attention, il avait pris contact avec une agence de voyages de Malmö. Victor lui avait expliqué qu'il ne pouvait pas entrer en Afrique du Sud sans visa. En tant que citoyen suédois, il pouvait en revanche entrer en Zambie. Il lui restait assez argent à la fois pour le billet et pour le voyage final, *via* le Zimbabwe et le Botswana. Ensuite, il traverserait la frontière clandestinement. L'agence de Malmö proposa plusieurs possibilités. Pour finir, ils résolurent que Victor Mabasha s'envolerait d'abord pour Londres, puis pour Lusaka avec la Zambia Airways. Wallander devait donc lui procurer un faux passeport. C'était là son plus gros problème, d'un point de vue pratique mais aussi moral. Établir un faux passeport dans son propre commissariat revenait pour lui à trahir la corporation tout entière. Victor Mabasha s'était engagé à détruire le passeport dès qu'il aurait franchi le contrôle en Zambie.

— Le jour même, avait insisté Wallander. Il faudra le brûler immédiatement.

Wallander avait acheté un appareil photo bon marché et réalisé quelques photos d'identité. Le seul problème non encore résolu, c'était la manière dont Victor Mabasha réussirait à franchir le contrôle, en Suède. Même s'il était détenteur d'un passeport suédois techniquement authentique et ne figurant pas sur la liste rouge de la police des frontières, le risque était énorme. Après maintes hésitations, Wallander décida de le faire passer par le terminal des hydroglisseurs à Malmö. Il lui fournirait un billet de première classe, dans l'espoir que la carte d'embarquement diminuerait la vigilance des collègues. Linda jouerait le rôle de sa petite amie. Ils se quitteraient devant les guichets de contrôle, et Wallander lui apprendrait quelques répliques en parfait suédois.

Les billets furent réservés. Victor Mabasha quitterait la Suède le vendredi 15 mai au matin. D'ici là, il fallait fabriquer le faux passeport.

Le mardi après-midi, il avait rempli un formulaire de demande de passeport pour son père, en emportant deux photographies du vieil homme. Les formalités avaient été simplifiées récemment : le passeport était confectionné sur place, sous les yeux de l'intéressé. Wallander attendit que la préposée eût expédié son dernier client. Elle s'apprêtait à fermer le guichet.

— Excuse-moi d'arriver si tard, dit Wallander. Mon père doit participer à un voyage de retraités en France. Il a évidemment réussi à brûler son passeport en triant des vieux papiers.

— Ce sont des choses qui arrivent, dit la femme qui s'appelait Irma. Il le lui faut aujourd'hui ?

— Si possible, dit Wallander. Désolé de venir si tard.

— Et le meurtre de la femme ? fit-elle en prenant les photographies et le formulaire. Vous ne l'avez toujours pas éclairci...

Wallander suivit attentivement son travail. Il vit le passeport prendre forme. Lorsqu'il eut le résultat en main, il pensa pouvoir reproduire ses gestes.

— C'est d'une simplicité surprenante, dit-il.

— Mais c'est ennuyeux. Pourquoi toutes les tâches deviennent-elles plus ennuyeuses quand elles sont simplifiées ?

— Tu n'as qu'à entrer dans la police. On ne s'ennuie jamais.

— Je suis de la police, dit-elle. Et je n'aimerais pas changer de place avec toi. Ça doit être terrible de récupérer un cadavre dans un puits. Quel effet ça fait ?

— Je ne sais pas. En fait je crois que c'est trop, on est comme anesthésié, on ne sent plus rien. Mais il y a sûrement un rapport là-dessus au ministère de la justice. L'effet que ça fait aux policiers de ramasser des cadavres de femmes dans des puits...

Il resta à bavarder pendant qu'elle fermait le bureau. Tous les passeports vierges étaient conservés dans un coffre-fort. Mais il savait où étaient les clés.

Ils avaient convenu que Victor Mabasha quitterait le pays sous le nom de Jan Berg. Ils avaient testé une quantité de noms afin de découvrir celui qu'il aurait le plus de facilité à prononcer. Victor voulut savoir ce qu'il signifiait. « Berg signifie, euh... montagne », répondit Wallander. Victor se montra satisfait. Wallander avait compris au cours de leurs conversations de ces derniers jours que cet homme vivait en contact étroit avec un monde d'esprits qui lui était complètement étranger. Rien n'était un hasard, pas même un changement de nom fortuit. Linda avait pu lui expliquer certaines choses concernant le mode de pensée de Victor Mabasha. Pourtant, ce monde lui demeurait complètement opaque. Victor parlait de ses ancêtres comme s'ils étaient vivants. Wallander ne parvenait pas toujours à discerner si les événements qu'il évoquait remontaient à un siècle ou à quelques jours. Victor Mabasna le fascinait malgré lui. Il lui paraissait de plus en plus difficile de comprendre que cet homme-là puisse être un criminel dangereux.

Wallander s'attarda dans son bureau ce mardi soir. Pour passer le temps, il commença une lettre à Baiba Liepa. Après l'avoir relue, il la déchira. Un jour, il lui enverrait une lettre. Ce jour n'était pas encore venu.

Vers vingt-deux heures, il ne restait plus au commissariat que le personnel de garde. N'osant pas allumer la lumière dans le bureau des passeports, il s'était équipé d'une torche munie d'un réflecteur, qui dispensait une lumière. Il longea le couloir en regrettant de n'être pas en route vers un tout autre endroit, n'importe lequel. Il pensa à Victor et se demanda très vite si les policiers suédois avaient un esprit protecteur qui veillait sur leurs pas lorsqu'ils s'apprêtaient à commettre des actes répréhensibles.

La clé était à sa place dans l'armoire à documents. Il resta un instant à contempler la machine qui transformait en passeport valable les photographies et les cases dûment remplies du formulaire.

Puis il enfila des gants en plastique et se mit au travail. En entendant un bruit de pas, il plongea derrière la machine et éteignit sa lampe. Les pas s'éloignèrent. Il se remit à l'œuvre. La sueur coulait sous sa chemise. Enfin, il éteignit l'appareil et remit la clé à sa place. Tôt ou tard, un contrôle révélerait qu'un passeport vierge avait disparu. Peut-être dès le lendemain. Cela causerait de gros ennuis à Björk. Mais rien ne permettrait de remonter jusqu'à Wallander.

De retour dans son bureau, en s'affalant dans son fauteuil, il s'aperçut qu'il avait oublié de tamponner le passeport. Il jura à voix basse et jeta le document sur la table.

Au même instant, la porte s'ouvrit. Martinsson tressaillit en voyant Wallander.

— Désolé, je ne pensais pas que tu serais encore là. J'ai oublié mon bonnet.

— Ton bonnet ? On est au mois de mai.

— Je crois que je suis en train de m'enrhumer. Je l'avais hier pendant la réunion.

Wallander ne se rappelait pas que Martinsson ait eu un bonnet la veille lorsqu'ils avaient passé en revue les dernières nouvelles de l'enquête et la traque infructueuse de Konovalenko.

— Regarde sous le fauteuil, dit-il.

Martinsson se baissa. Wallander en profita pour ranger le passeport dans sa poche.

— Il n'y a rien, dit Martinsson. Je perds toujours mes bonnets.

— Demande à la femme de ménage.

Martinsson allait sortir, mais soudain il se ravisa.

— Tu te souviens de Peter Hanson ?

— Comment pourrais-je l'avoir oublié ?

— Svedberg l'a appelé il y a quelques jours pour l'interroger sur un détail du rapport d'audition. Il lui a raconté le cambriolage dans ton appartement. Les voleurs se connaissent les uns les autres. Svedberg pensait que ça valait le coup d'essayer. Peter Hanson a appelé aujourd'hui pour dire qu'il savait peut-être qui était le responsable.

— Fichtre. S'il peut me retrouver les disques et les cassettes, je suis prêt à oublier la stéréo.

— Tu pourras en parler à Svedberg demain. Et ne traîne pas trop.

— J'allais partir, dit Wallander en se levant.

Martinsson était toujours à la porte.

— Tu crois qu'on le retrouvera ? demanda-t-il.

— Konovalenko ? Bien sûr que oui.

— Je me demande s'il est encore dans le pays.

— Il faut partir de cette hypothèse.

— Mais l'Africain ?

— Konovalenko aura sûrement une explication à nous donner.

Martinsson acquiesça pensivement.

— Encore une chose, dit-il. Louise Åkerblom sera enterrée demain...

Wallander le regarda. Mais il ne dit rien.

L'enterrement était prévu pour quatorze heures. Wallander avait hésité jusqu'à la dernière minute. Il n'avait aucun lien personnel avec la famille Åkerblom. Louise était déjà morte lorsqu'il l'avait vue pour la première fois. Et la présence d'un policier pouvait être mal interprétée, dans la mesure où le tueur n'avait pas encore été retrouvé. Wallander ne savait pas au juste pourquoi il envisageait d'y aller. Par curiosité peut-être ? Ou par mauvaise conscience ? Mais, à treize heures, il enfila un costume sombre. Il chercha longtemps sa cravate blanche. Victor Mabasha le considérait tandis qu'il nouait la cravate devant le miroir de l'entrée.

— Je vais à un enterrement, annonça Wallander. La femme tuée par Konovalenko.

— Si tard ? Chez nous, on enterre nos morts tout de suite. Pour qu'ils ne reviennent pas.

— Nous ne croyons pas aux fantômes.

— Les esprits ne sont pas des fantômes. Parfois je me demande comment ça se fait que les Blancs comprennent si peu de choses.

— Tu as peut-être raison. Ou alors c'est le contraire. Tu as tort.

Il sortit. La question de Victor Mabasha l'avait irrité.

C'est qui, ce salaud de Noir qui prétend me donner des leçons ? pensa-t-il avec défi. Où serait-il sans moi, sans mon aide ?

Il laissa la voiture à distance de la chapelle située à côté du crématorium et attendit pendant que les cloches sonnaient et que les gens vêtus de noir entraient. Lorsque le gardien s'apprêta à fermer la porte, il entra et s'assit sur le dernier banc. Un homme se retourna pour le saluer. C'était un journaliste d'*Ystads Allehanda*.

La musique de l'orgue lui serra immédiatement la gorge. Il avait toujours autant de mal à supporter les enterrements. Il redoutait le jour où il devrait accompagner son père jusqu'à la tombe.

L'enterrement de sa mère, onze ans plus tôt, lui laissait encore de mauvais souvenirs. Il était censé faire un petit discours à côté du cercueil ; mais il s'était effondré et avait dû quitter le temple précipitamment.

Pour se maîtriser, il se mit à observer les personnes présentes. Au premier rang, Robert Åkerblom et les deux petites filles, en robe blanche. Le pasteur Tureson était assis à côté de lui. Soudain, il songea aux menottes qu'il avait trouvées dans un tiroir chez les Åkerblom. Cela faisait plus d'une semaine qu'il n'y avait pas songé.

Il existe une curiosité policière qui dépasse le cadre de l'enquête, pensa-t-il. Peut-être s'agit-il d'une déformation professionnelle, à force de fouiller dans les cachettes les plus intimes des gens ? Je sais que ces menottes n'ont rien à voir avec sa disparition. Pourtant je suis prêt à me décarcasser pour savoir ce qu'elles faisaient dans ce tiroir, quelle signification elles avaient pour Louise Åkerblom, peut-être aussi pour son mari...

Il rejeta ces mauvaises pensées et se concentra sur la cérémonie. Pendant le discours du pasteur Tureson, son regard croisa celui de Robert Åkerblom. Malgré la distance, il perçut l'immensité de son chagrin et de sa solitude. Il eut à nouveau une boule dans la gorge. Il s'aperçut qu'il pleurait. Il ferma les yeux et se concentra sur Konovalenko. Comme la plupart des autres policiers du pays sans doute, Wallander n'était pas en secret un partisan convaincu de l'interdiction absolue de la peine de mort. Mis à part le scandale de la levée de cette interdiction contre les traîtres pendant la guerre, il ne pensait pas que la peine capitale dût s'appliquer en tant que sanction légitime pour certains types de crime. C'était plutôt que certains meurtres, certains viols, par leur brutalité, leur total mépris de la vue humaine, le conduisaient parfois à penser que quelqu'un pouvait perdre le droit de vivre. Il voyait bien que le raisonnement était contradictoire, et qu'une telle législation serait à la fois impossible et absurde. En dernier recours, c'était seulement son expérience, brute, non réfléchie mais douloureuse, qui s'exprimait ainsi. Ce qu'il était contraint de voir en tant que policier le conduisait à des réactions irrationnelles et extrêmement pénibles.

Après la cérémonie, il serra la main de Robert Åkerblom et des parents proches. Il évita de regarder les deux petites, de peur de fondre en larmes.

Le pasteur Tureson le prit à part devant la chapelle.

— Votre présence est très appréciée, dit-il. Personne ne pensait sans doute que la police enverrait quelqu'un à l'enterrement.

— Je ne représente que moi.

— C'est d'autant plus méritoire, dit le pasteur. Vous recherchez toujours le responsable de cette tragédie ?

Wallander hocha la tête.

— Vous le retrouverez ?

— Oui. Tôt ou tard. Comment va Robert Åkerblom ? Comment vont les filles ?

— Le soutien de la communauté leur sauve la vie en ce moment. Et il a sa foi en Dieu.

— Il croit donc encore, dit Wallander doucement.

Le pasteur Tureson fronça les sourcils.

— Pourquoi abandonnerait-il son Dieu à cause de ce qu'un être humain lui a fait ?

366

— Non. En effet.

— Tout le monde se retrouve au temple dans une heure. Vous êtes le bienvenu.

— Merci, mais je dois retourner travailler.

Ils se serrèrent la main. Wallander se dirigea vers sa voiture. Brusquement, il s'aperçut que le printemps explosait autour de lui.

Dès que Victor Mabasha sera parti, pensa-t-il, dès que Konovalenko sera arrêté, je vais me consacrer au printemps.

Le jeudi matin, Wallander conduisit sa fille à Löderup. À l'arrivée, elle résolut soudain de passer la nuit là-bas. Le jardin était presque retourné à l'état sauvage. Elle voulait s'en occuper. Cela lui prendrait deux jours au bas mot.

— Si tu changes d'avis, tu peux toujours m'appeler.

— Tu pourrais plutôt me remercier d'avoir fait le ménage dans ton appartement, dit-elle. Il était dans un sale état.

— Je sais, dit-il. Merci.

— Combien de temps dois-je rester ici ? J'ai des choses à faire à Stockholm.

— Pas longtemps, dit Wallander sans conviction.

De façon surprenante, elle se contenta de cette réponse.

Ensuite, il eut une longue conversation avec le procureur Åkeson. Avec l'aide de Martinsson et de Svedberg, Wallander avait depuis son retour de Stockholm rassemblé et synthétisé tout le matériau de l'enquête.

Vers seize heures, il rentra chez lui après avoir acheté des provisions. Sur le tapis de l'entrée, il y avait un tas impressionnant de réclames de super-marché. Sans s'y attarder, il jeta le tout à la poubelle. Puis il prépara à dîner pour Victor et pour lui. Ensemble, ils passèrent une fois de plus en revue tous les aspects pratiques du voyage. Les répliques mémorisées par Victor commençaient à prendre tournure.

Après le dîner, ils s'occupèrent du dernier détail. Victor Mabasha devait tenir un pardessus sur son bras gauche de manière à dissimuler le bandage qui couvrait encore sa main mutilée. Ils répétèrent plusieurs fois le geste de tirer le passeport de sa poche intérieure tout en gardant le pardessus sur le bras gauche. Wallander était satisfait. Personne ne s'apercevrait de la manœuvre.

— Tu pars pour Londres avec une compagnie anglaise. SAS aurait été trop risqué. Les hôtesses de l'air suédoises lisent les journaux et regardent les informations à la télé. Elles pourraient remarquer ta main et donner l'alerte.

Lorsqu'il n'y eut plus de questions à régler, il s'installa un silence que ni l'un ni l'autre ne parvinrent à rompre. Pour finir, Victor Mabasha se leva et se plaça debout devant Wallander.

— Pourquoi m'as-tu aidé ?

— Je ne sais pas. Souvent je me dis que je devrais te passer les menottes. C'est peut-être toi qui as tué Louise Åkerblom, malgré tout. Tu m'as toi-même raconté de quelle façon on apprend à mentir dans ton pays... Je sais que je prends un grand risque en te laissant partir.

— Pourtant tu le fais.

— Pourtant je le fais.

Victor détacha un bijou qu'il portait au cou et le lui tendit. C'était une dent de fauve.

— Le léopard est un chasseur solitaire, dit-il. Contrairement au lion, il ne croise que ses propres traces. Pendant la chaleur du jour, il se pose dans les arbres avec les aigles. La nuit, il se lève. Le léopard est un chasseur hors pair. Il est aussi le plus grand défi pour les autres chasseurs. Ceci est une canine d'un léopard. Je veux que tu la gardes.

— Je ne suis pas certain d'avoir compris, dit Wallander. Mais j'accepte le cadeau.

— On ne peut pas tout comprendre. Un récit est un voyage qui n'a pas de fin.

— C'est peut-être ce qui nous sépare. Moi, je suis habitué à ce qu'une histoire ait une fin. Je m'y attends. Toi, tu considères qu'une bonne histoire est infinie.

— Peut-être. C'est parfois une chance de savoir qu'on ne reverra jamais quelqu'un. Car alors, quelque chose survit.

— Peut-être. Mais j'en doute.

Victor Mabasha ne répondit pas.

Une heure plus tard il dormait sur le canapé, pendant que Wallander contemplait la dent qu'il avait reçue.

Soudain, il constata qu'il était inquiet. Il alla dans la cuisine plongée dans l'obscurité et jeta un regard par la fenêtre. Tout était calme, Puis il se rendit dans l'entrée et vérifia que la porte était bien verrouillée. Il s'assit sur un tabouret près du téléphone et pensa qu'il était épuisé. Dans douze heures, Victor Mabasha serait parti.

Il regarda à nouveau la dent.

Personne ne me croirait de toute manière. Rien

que pour cela, il vaut mieux que je ne parle à personne des jours et des nuits que je viens de passer avec lui.

Ce secret, je l'emporterai avec moi.

Lorsque Jan Kleyn et Franz Malan se retrouvèrent à Hammanskraal le vendredi 15 mai au matin, ils constatèrent très vite que ni l'un ni l'autre n'avaient trouvé de faille importante dans le dispositif.

L'attentat aurait lieu au Cap le 12 juin. Depuis les hauteurs de Signal Hill derrière le stade où devait parler Nelson Mandela, Sikosi Tsiki aurait une position idéale pour décharger son fusil à longue portée. Ensuite, il disparaîtrait sans laisser de trace.

Il y avait cependant deux choses que Jan Kleyn n'avait révélées ni à Franz Malan ni aux autres membres du Comité. Pour la survie de la domination blanche, il était prêt à emporter dans sa future tombe quelques secrets choisis. Dans l'histoire du pays, certains événements, certains liens ne seraient jamais révélés.

Premièrement, il ne voulait pas courir le risque de laisser Sikosi Tsiki en vie après l'attentat. Il ne doutait pas de son silence. Mais de la même manière que les pharaons des temps anciens faisaient tuer les ouvriers ayant construit les chambres secrètes des pyramides, afin que nul ne pût connaître leur existence, lui, Jan Kleyn, sacrifierait Sikosi Tsiki. Il le tuerait de ses propres mains et il veillerait à ce que le corps ne soit jamais retrouvé.

Le deuxième secret était que Victor Mabasha fût resté en vie jusqu'à la veille. Il avait maintenant la certitude qu'il était mort. Mais, pour Jan Kleyn, c'était un échec personnel que l'Africain eût réussi à leur échapper si longtemps. Il se sentait responsable de l'erreur de Konovalenko et de son incapacité répétée à clore le chapitre Victor Mabasha. L'homme du KGB avait révélé des faiblesses inattendues. Sa tentative de masquer sa défaillance par un mensonge était impardonnable. Jan Kleyn se sentait toujours personnellement humilié lorsque quelqu'un sous-estimait sa faculté d'obtenir les renseignements dont il avait besoin. Une fois l'attentat contre Mandela accompli, il prendrait sa décision. Était-il prêt à accueillir le Russe en Afrique Sud, oui ou non ? Il ne doutait pas de la capacité de l'homme à mener à bien la formation du remplaçant. Mais c'était peut-être cette défaillance, cette hésitation perçue chez l'ancien officier du KGB, qui était en dernier recours responsable de l'effondrement de l'empire soviétique. Il n'excluait pas la possibilité de faire disparaître en fumée Konovalenko ainsi que ses assistants Vladimir et Tania. L'opération en cours exigeait un ménage minutieux. Il ne comptait pas confier cette mission à d'autres. Il s'en chargerait seul.

Assis autour du feutre vert, ils faisaient un dernier point. Au cours de la semaine écoulée, Franz Malan s'était rendu dans le stade où devait parler Nelson Mandela. Il avait aussi passé un après-midi à l'endroit où se cacherait Sikosi Tsiki. Il en avait fait un enregistrement vidéo qu'ils regardèrent trois fois de suite au magnétoscope. Le seul élément manquant était un rapport sur les conditions atmosphériques habituelles dans la ville du Cap au mois de juin. Sous couvert de représenter un club de yachting, Franz Malan avait pris contact avec l'Institut météorologique, qui s'était engagé à lui transmettre les informations. Le nom et l'adresse qu'il avait donnés ne pourraient jamais être retracés.

Jan Kleyn, de son côté, n'avait effectué aucun travail à caractère pratique. Son intervention se situait à un autre niveau : la dissection théorique du projet. Il avait soupesé différentes éventualités, organisé un jeu de rôles solitaire, jusqu'à acquérir la certitude qu'un problème inattendu ne pourrait pas se présenter.

Deux heures plus tard, leur travail touchait à sa fin.

— Dernière chose, dit Jan Kleyn. Nous devons savoir quel est le dispositif prévu par la police du Cap en vue du 12 juin.

— Je m'en charge. On va envoyer une circulaire à tous les districts de police exigeant qu'ils nous transmettent longtemps à l'avance une copie des dispositifs prévus pour tous les meetings politiques importants.

Ils sortirent sur la terrasse pour attendre l'arrivée des autres membres du Comité. Ils contemplèrent la vue en silence. À la périphérie de leur champ de vision, une épaisse fumée s'élevait au-dessus d'un quartier noir.

— Ce sera un bain de sang, dit Franz Malan. J'ai encore du mal à imaginer ce qui va se produire.

— Vois-le comme un processus de purification. Cette expression éveille des associations plus agréables que le bain de sang. En plus, c'est ce que nous recherchons.

— Tout de même... Pourrons-nous contrôler les conséquences ?

— La réponse est simple, dit Jan Kleyn. Il le faut.

À nouveau ce trait fataliste, pensa Franz Malan. Il regarda à la dérobée l'homme debout à quelques mètres de lui. Parfois il lui venait un doute. Jan Kleyn était-il dément ? Un psychopathe masquant sous une façade soigneusement maîtrisée la brutale vérité quant à lui-même ?

Cette pensée le mettait extrêmement mal à l'aise. Il ne pouvait que la repousser.

À quatorze heures, tous les membres du Comité étaient réunis. Franz Malan et Jan Kleyn passèrent la vidéo et livrèrent leurs conclusions. Les questions furent peu nombreuses, les objections faciles à parer. Le tout dura moins d'une heure. Peu avant quinze heures, on procéda au vote. La décision était prise.

Dans vingt-huit jours exactement, Nelson Mandela n'existerait plus.

Les hommes quittèrent Hammanskraal à quelques minutes d'intervalle. Jan Kleyn fut le dernier à partir.

Le compte à rebours avait commencé.

22

L'attaque eut lieu peu après minuit.

Victor Mabasha dormait sur le canapé. Wallander était à la fenêtre de la cuisine en essayant de déterminer s'il avait faim ou s'il se contenterait d'un thé. Il se demandait aussi si son père et sa fille étaient encore éveillés à cette heure. Oui, sans doute. Ils avaient toujours des choses se dire, ces deux-là, c'était étonnant.

En attendant que l'eau chauffe, il pensa que trois semaines s'étaient écoulées depuis la disparition de Louise Åkerblom. Ils savaient maintenant qu'elle avait été tuée par un dénommé Konovalenko qui était aussi, selon toute vraisemblance, le meurtrier du policier Tengblad.

Dans quelques heures, quand Victor Mabasha aurait quitté le pays, il pourrait dire la vérité. Mais il le ferait de façon anonyme. La lettre qu'il enverrait à la police serait évidemment accueillie avec le plus grand scepticisme. Tout dépendait en dernier recours des aveux de Konovalenko. À supposer que quelqu'un y ajoute foi.

Wallander versa l'eau bouillante dans la théière et s'assit sur une chaise.

Au même instant, la porte d'entrée vola en éclats. Wallander fut projeté en arrière par le souffle de l'explosion. Sa tête heurta le réfrigérateur. Pendant que la cuisine se remplissait de fumée, il s'élança vers la chambre à coucher. À l'instant où il empoignait son arme sur la table de chevet, il entendit quatre coups de feu. Il se jeta à terre. Le bruit venait du séjour.

Konovalenko ! pensa-t-il fébrilement. Il vient me chercher…

Il se faufila sous le lit. Il avait si peur qu'il crut que son cœur n'y résisterait pas. Après coup, il se souviendrait de l'humiliation qu'il avait ressentie à l'idée de mourir ainsi sous son propre lit.

Du séjour lui parvenaient des bruits de coups assourdis et des grognements. Puis quelqu'un entra dans la chambre et resta quelques instants immobile avant de ressortir. Wallander entendit Victor Mabasha crier quelque chose. Il vivait donc encore. Ensuite, des pas dans l'escalier. Quelqu'un hurla. Impossible de savoir si cela venait de la rue ou d'un autre appartement.

Il sortit de sa cachette et se redressa lentement pour jeter un coup d'œil par la fenêtre. La fumée gênait sa vision. Il vit deux hommes qui traînaient Victor Mabasha. L'un des deux était Rykoff. Sans réfléchir, Wallander ouvrit la fenêtre et tira en l'air. Rykoff lâcha Mabasha et fit volte-face. Wallander eut tout juste le réflexe de se jeter à terre. Une rafale d'arme automatique fit exploser les vitres dans une pluie de débris de verre. Il entendit des hurlements. Une voiture démarra. Il se releva à temps pour voir que c'était une Audi noire. Il se précipita dans la rue où s'était formé un attroupement de gens en pyjama, qui se dispersèrent en criant à la vue de Wallander, l'arme au poing. Il se précipita vers sa voiture, jura plusieurs fois avant de trouver le contact, et se mit en chasse de l'Audi. Il perçut un bruit de sirène et choisit de prendre par Österleden. Il eut de la chance. Au loin, il vit l'Audi débouler de Regementsgatan et tourner vers l'est. Peut-être n'avaient-ils pas compris que c'était lui qui les suivait. La seule explication au fait que l'homme ne se soit pas penché pour regarder sous le lit était que celui-ci n'était pas défait.

En règle générale, Wallander ne prenait pas la peine de faire son lit le matin. Mais ce jour-là sa fille, exaspérée par le désordre, avait fait le ménage et changé les draps.

Ils quittèrent la ville à grande vitesse. Wallander pensa qu'il vivait un cauchemar. Il était en train d'enfreindre toutes les règles. Il freina pour faire demi-tour. Puis il changea d'avis et se remit en chasse. Ils avaient déjà dépassé Sandskogen, le terrain de golf sur la gauche. L'Audi allait-elle bifurquer vers Sandhammaren ou continuer tout droit en direction de Simrishamn et Kristianstad ?

Soudain, il vit les feux arrière de la voiture osciller de droite à gauche. Un pneu crevé ? Il vit la voiture glisser dans le fossé et s'immobiliser sur le flanc. Wallander pila net devant une maison d'habitation. En descendant de voiture, il aperçut un homme debout sur le perron éclairé.

Wallander tenait toujours son arme. Hors d'haleine, il essaya de s'exprimer de façon à la fois ferme et aimable.

— Je m'appelle Wallander, je suis de la police. Faites le 90 000 et dites que je suis sur les traces de Konovalenko. Indiquez votre adresse et dites-leur de lancer les recherches sur le terrain de manœuvre de l'armée. Compris ?

L'homme, qui pouvait avoir une trentaine d'années, hocha la tête.

— Je vous reconnais, dit-il d'une voix traînante. Je vous ai vu dans les journaux.

— Appelez tout de suite. Vous avez le téléphone ?

— Bien sûr que j'ai le téléphone. Il ne vous faudrait pas une meilleure arme que ce pistolet ?

— Sûrement. Mais je n'ai pas le temps d'en changer.

Il retourna vers la route en courant.

Au loin, il aperçut l'Audi. Il s'approcha en pensant à nouveau que son cœur ne tiendrait pas le coup. Il était tout de même content de ne pas être mort sous son lit. Maintenant, c'était comme si la peur elle-même le poussait à continuer. Il s'arrêta à l'abri d'un panneau indicateur et prêta l'oreille. Il n'y avait plus personne dans la voiture. Il découvrit que la clôture du champ de manœuvre avait été arrachée à un endroit. Le brouillard venant de la mer prenait possession du terrain. Il vit quelques moutons couchés, immobiles. Puis il entendit un bêlement lointain ; un autre lui répondit avec inquiétude.

Bien, pensa-t-il, les brebis vont me guider. Il courut, plié, en deux, jusqu'au trou de la clôture et s'allongea, les yeux écarquillés dans le brouillard. Il ne voyait rien, n'entendait rien. Une voiture freina sur la route. Un homme en descendit. Wallander reconnut le type qui avait promis d'appeler la police. Il tenait un fusil. Wallander le rejoignit.

— Restez ici, ordonna-t-il. Reculez votre voiture de cent mètres. Attendez les renforts. Montrez-leur la clôture. Dites-leur qu'il y a au moins deux hommes armés. L'un des deux a une mitraillette. Vous vous en souviendrez ?

— Oui.

Wallander hésita un instant. Puis il désigna le fusil.

— Montrez-moi comment il marche. Je n'y connais rien.

L'homme parut surpris, mais il obéit. C'était un fusil à pompe. Wallander le prit, ainsi qu'un stock de cartouches qu'il rangea dans sa poche.

L'homme recula sa voiture et Wallander repassa par le trou de la clôture. Nouveau bêlement. Le bruit venait de la droite, entre un petit bois et la pente qui descendait vers la mer. Wallander glissa le pistolet dans sa ceinture et avança avec précaution dans la direction des bêlements.

Le brouillard était maintenant très dense.

Martinsson dormait lorsqu'il reçut l'appel du central. Il apprit en bloc l'échange de coups de feu, l'incendie à Mariagatan et le message laissé par Wallander au voisin. Tout en s'habillant, il composa le numéro de Björk. Il lui sembla que le cerveau embrumé du chef mettait un temps infini à enregistrer les informations. Mais trente minutes plus tard, toutes les forces disponibles avec un préavis si court étaient rassemblées devant le commissariat. Des renforts d'autres districts étaient en route. Björk avait réveillé le grand chef, qui demanda à être informé le cas échéant de l'arrestation de Konovalenko.

Martinsson et Svedberg virent sans enthousiasme le rassemblement de policiers. Tous deux étaient d'avis qu'une force réduite aurait été tout aussi efficace et plus rapide. Mais Björk suivait les consignes. Il n'osait pas prendre le risque d'essuyer des critiques après coup.

— Ça ne va jamais marcher, dit Svedberg à Martinsson. Björk va semer le chaos. Si Wallander est là-bas tout seul et si Konovalenko est aussi dangereux qu'on le croit, il a besoin de nous maintenant.

Martinsson s'approcha de Björk.

— Je pars devant avec Svedberg, le temps que tu rassembles les troupes.

— Pas question. Il faut suivre les règles.

— Vas-y, suis les règles, dit Martinsson, exaspéré. Nous, on suit le bon sens.

Björk le rappela. Mais Martinsson était déjà

remonté dans sa voiture avec Svedberg. Ils firent signe à Norén et Peters de les suivre.

Ils quittèrent Ystad à toute vitesse, en laissant la voiture de police les doubler, pour ouvrir la voie avec sirène et gyrophare. Martinsson conduisait, Svedberg tripotait son arme.

— Qu'est-ce qu'on a ? résuma Martinsson. Le terrain de manœuvre avant la sortie vers Kåseberga. Deux hommes armés, dont Konovalenko.

— On n'a rien du tout. Je ne peux pas dire que je sois enchanté à l'idée de ce qui nous attend.

— L'explosion et les coups de feu à Mariagatan... Qu'est-ce qui se passe au juste ?

— On n'a qu'à espérer que Björk y répondra avec l'aide du règlement.

Devant le commissariat d'Ystad, la situation était chaotique. Le central n'arrêtait pas de recevoir des coups de fil d'habitants effrayés de Mariagatan. Les pompiers éteignaient l'incendie. Peter Edler affirmait qu'on avait trouvé beaucoup de sang sur le trottoir devant l'immeuble.

Björk, sous pression, décida de laisser attendre Mariagatan. Il s'agissait en premier lieu de retrouver Konovalenko et d'aider Wallander.

— Quelqu'un connaît-il l'étendue de ce champ de manœuvre ? demanda-t-il.

Personne ne le savait. Mais, de l'avis de Björk, le terrain s'étendait de la route jusqu'à la plage. Ils n'avaient pas le choix ; il fallait prendre possession du terrain entier.

Des voitures arrivaient sans cesse des autres districts. Puisqu'il s'agissait de capturer l'homme qui avait tué un collègue, tous avaient répondu présent, même ceux qui n'étaient pas de service.

En concertation avec son homologue de Malmö, Björk résolut d'attendre d'être sur place pour décider du plan à suivre. Une voiture de police avait été dépêchée à la caserne pour se procurer des cartes dignes de ce nom.

Ce fut une longue caravane qui quitta Ystad peu après une heure du matin. Quelques automobilistes curieux se joignirent au cortège. Le brouillard avait maintenant atteint le centre d'Ystad.

Ils furent accueillis devant le champ de manœuvre par le voisin.

— Du nouveau ? demanda Björk.

— Rien du tout.

Au même instant un coup de feu retentit au loin, suivi d'une rafale nourrie. Puis le silence retomba.

— Où sont Svedberg et Martinsson ? demanda Björk d'une voix qui trahissait son angoisse.

— Ils se sont élancés sur le terrain.

— Et Wallander ?

— Je ne l'ai pas revu.

Les projecteurs des voitures de police éclairaient le brouillard et les brebis.

— Il faut leur montrer qu'on est là, dit Björk.

Quelques minutes plus tard, sa voix solitaire résonnait par-dessus le champ de manœuvre. Le porte-voix rendait un écho fantomatique. Les policiers se déployèrent. La longue attente commença.

Sur le terrain, les événements s'étaient précipités. Wallander s'était dirigé vers les bêlements. Il marchait vite, plié en deux, certain qu'il arriverait trop tard. À plusieurs reprises il trébucha sur des brebis à terre, qui s'enfuirent avec des bêlements paniqués. Ces brebis qui le guidaient trahissaient aussi sa présence.

380

Soudain, il les aperçut.

Ils se trouvaient au bout du terrain, là où commençait la pente descendant vers le rivage. Comme un film, image figée. Victor Mabasha était à genoux. Konovalenko debout devant lui, le braquant avec une arme, le gros Rykoff à quelques pas de là. Wallander entendit Konovalenko répéter plusieurs fois la même question.

— Où est le policier ?

— Je ne sais pas.

La voix de Victor Mabasha était pleine de défi. Wallander sentit monter la haine. Il haïssait l'homme qui avait tué Louise Åkerblom et sans doute aussi Tengblad. Mais que faire ? Il doutait de pouvoir viser juste à cette distance. Le fusil n'était pas une portée suffisante. S'il passait à l'attaque, il serait immédiatement balayé par l'arme automatique de Rykoff.

Il ne pouvait qu'attendre, en espérant que ses collègues ne tarderaient pas. Mais la voix de Konovalenko, était de plus en plus exaspérée. Il ne savait pas s'il aurait le temps.

Il essaya de s'allonger de manière à avoir un appui solide pour ses avant-bras. Le canon de son pistolet était braqué sur Konovalenko.

La fin arriva si vite qu'elle le prit de court. Après coup il comprit, plus clairement que jamais, qu'il suffit d'une fraction de seconde pour prendre une vie.

Konovalenko avait répété sa question une dernière fois. Victor avait répondu avec le même défi. Soudain, Konovalenko leva son arme et la lui déchargea en plein front. Comme il l'avait fait pour Louise Åkerblom trois semaines auparavant.

Wallander poussa un cri et appuya sur la détente. Mais tout était déjà terminé. Victor Mabasha était tombé en arrière et ne bougeait plus. La balle de Wallander avait raté Konovalenko. La principale menace venait maintenant de l'arme automatique de Rykoff. Il visa le gros homme et tira coup sur coup. À sa grande surprise, il le vit tressaillir et s'écrouler. En se retournant vers Konovalenko, il s'aperçut que celui-ci avait soulevé le corps de Victor. Il le tenait devant lui comme un bouclier et se retirait en direction de la plage. Victor Mabasha était mort. Mais Wallander n'eut pas le courage de tirer. Il cria à Konovalenko de jeter son arme et de se rendre. La réponse arriva sous forme d'une balle sifflante. Wallander s'aplatit. Victor Mabasha venait de lui sauver la vie. Pas même Konovalenko ne pouvait viser correctement tout en traînant un corps lourd. Au loin, il entendit une sirène. Le brouillard s'épaississait à l'approche de la plage. Wallander suivait Konovalenko, le pistolet dans une main, le fusil dans l'autre. Konovalenko lâcha brusquement la dépouille de Victor et disparut dans la pente. Au même instant, Wallander entendit une brebis bêler derrière lui. Il fit volte-face et leva ses armes.

Martinsson et Svedberg émergèrent du brouillard. Leur visage exprimait l'incrédulité et l'épouvante.

— Arrête ! cria Martinsson. Tu ne vois pas que c'est nous ?

Konovalenko était en train de leur échapper une fois de plus. Il n'avait pas le temps de s'expliquer.

— Restez où vous êtes ! cria-t-il. N'essayez pas de me suivre !

Il recula, sans baisser ses armes. Ses collègues étaient comme pétrifiés. Il fut avalé par le brouillard.

Martinsson et Svedberg échangèrent regard effrayé.

— C'était vraiment Kurt ? demanda Svedberg.

— Oui. Il paraissait complètement fou.

— Il vit. Malgré tout, il est en vie.

Avec précaution, ils approchèrent de la pente où venait de disparaître Wallander. Impossible de discerner quoi que ce soit. On n'entendait que le clapotis des vagues contre le rivage.

Svedberg commença à examiner les deux hommes à terre pendant que Martinsson contactait Björk pour lui expliquer où ils se trouvaient.

— Il faut faire venir des ambulances.

— Et Wallander ?

— Il vit. Mais il a disparu.

Il coupa le talkie-walkie sans laisser le temps à Björk de poser d'autres questions.

Il rejoignit Svedberg et contempla l'homme que Wallander avait tué. Deux balles au-dessus du nombril.

— Il faudra le dire à Björk, dit Martinsson. Que Wallander paraissait complètement hystérique.

Svedberg hocha la tête. C'était inévitable.

Ils s'approchèrent du deuxième corps.

— L'homme sans doigt, dit Martinsson. Tué d'une balle dans le front.

Tous deux eurent la même pensée. Louise Åkerblom.

Les voitures de police arrivèrent, suivies par deux ambulances. Pendant que l'on commençait l'examen des corps, Svedberg et Martinsson prirent

383

Björk à part et lui racontèrent ce qu'ils avaient vu. Björk était incrédule.

— Kurt est un peu spécial parfois, mais je ne l'imagine pas devenir fou.

— Tu ne l'as pas vu, dit Svedberg. Il paraissait complètement décomposé. Il s'est retourné vers nous. Il avait une arme dans chaque main.

Björk secoua la tête.

— Et ensuite il est parti vers la plage ?

— Il suivait Konovalenko.

— Le long de la plage...

— C'est là qu'il a disparu.

Björk essayait de trouver un sens à ce qu'il venait d'apprendre.

— Il faut faire venir des maîtres-chiens. Installer des barrages routiers. Dés que le brouillard sera dissipé, on enverra les hélicoptères.

Au même instant un coup de feu retentit dans le brouillard.

Cela venait de la plage, vers l'est. Le silence se fit. Policiers et ambulanciers attendirent, tous les sens en alerte.

Pour finir, une brebis bêla. Un son désolé qui fit frémir Martinsson.

— On doit aider Kurt. Il est tout seul dans le brouillard avec un homme qui n'hésite pas à abattre n'importe qui. Il faut l'aider. Maintenant, Otto.

Svedberg n'avait jamais entendu Martinsson appeler Björk par son prénom. Björk lui-même tressaillit, comme s'il n'avait pas compris d'emblée à qui l'on s'adressait.

— Des maîtres-chiens, dit-il. Avec des gilets pare-balles.

Peu après, la battue commençait. Les chiens flairèrent immédiatement une piste. Martinsson et Svedberg suivaient juste derrière.

Deux cents mètres plus loin, les chiens découvrirent une tache de sang dans le sable. Ils se mirent à décrire des cercles. Soudain, un chien tira sur sa laisse, vers le nord. Il était parvenu à l'extrémité du champ de manœuvre, et suivait la clôture. La piste continuait de l'autre côté de la route, en direction de Sandhammaren.

Après deux kilomètres, les chiens commencèrent à gémir et à revenir sur leurs traces.

— Qu'est-ce qui se passe ? demanda Martinsson.

— La piste s'arrête là, répondit le maître-chien.

— Wallander n'a tout de même pas disparu en fumée...

— On dirait bien que si.

Les recherches continuèrent. L'aube arriva. Des barrages routiers avaient été installés. Toutes les forces de police du sud de la Suède étaient plus ou moins impliquées dans la traque de Konovalenko et de Wallander. Après la dissipation du brouillard, les hélicoptères entrèrent en action.

Mais ils ne découvrirent rien. Les deux hommes avaient disparu.

À neuf heures, Svedberg et Martinsson retrouvèrent Björk au commissariat. Ils étaient épuisés, transis de froid et d'humidité. Martinsson ressentait les premiers symptômes d'un rhume carabiné.

— Que vais-je dire au patron ? demanda Björk.

— Parfois il vaut mieux dire les choses comme elles sont, répondit Martinsson à voix basse.

— Quoi ? Tu imagines les gros titres ? « Commissaire dément. L'arme secrète de la police suédoise sur la piste du tueur. »

— Un gros titre doit être court, répliqua Svedberg sèchement.

Björk se leva.

— Rentrez chez vous. Mangez. Changez de vêtements. On reprendra ensuite.

Martinsson leva la main comme un écolier.

— J'ai l'intention de rendre visite au père de Kurt à Löderup. Sa fille y est. Elle peut nous apprendre quelque chose.

— D'accord, dit Björk. Mais dépêche-toi.

Puis il s'enferma dans son bureau pour appeler le grand chef.

Lorsqu'il réussit enfin à mettre un terme à la conversation, il était rouge de fureur.

Les commentaires avaient été exactement aussi désagréables qu'on aurait pu le prévoir.

Martinsson était attablé dans la cuisine de Löderup. La fille de Wallander préparait du café. Dès son arrivée, il était allé saluer le vieux dans son atelier, sans rien lui dire des événements de la nuit. Il voulait d'abord parler à Linda.

Elle l'écouta. Elle avait les larmes aux yeux.

— Moi aussi, je devais dormir à Mariagatan hier, dit-elle.

Elle servit le café. Ses mains tremblaient.

— Je ne comprends pas, dit-elle. Qu'il soit mort... Victor Mabasha. C'est incompréhensible.

Martinsson marmonna une réponse.

Elle en savait visiblement long sur ce qui s'était passé entre son père et l'Africain. Ce n'était donc pas le petit ami kenyan qui s'était trouvé dans la voiture de Wallander quelques jours plus tôt. Mais pourquoi avait-il menti ?

— Vous devez le retrouver avant qu'il lui arrive quelque chose.

— On fait tout ce qu'on peut.

— Ce n'est pas assez !

— D'accord. On va faire plus que ce qu'on peut.

Une demi-heure plus tard, Martinsson reprenait la route d'Ystad. Linda avait promis d'expliquer la situation à son grand-père. De son côté, il s'était engagé à la tenir au courant.

Après le déjeuner, Björk, Svedberg et Martinsson reprirent place dans la salle de réunion. Björk eut un geste très inhabituel. Il ferma la porte à clé.

— Il faut qu'on ait la paix. On doit mettre un terme à ce chaos catastrophique.

Martinsson et Svedberg regardaient fixement la table.

— Est-ce que vous avez vu des signes avant-coureurs ? poursuivit Björk. Moi, j'ai toujours trouvé qu'il était un peu bizarre. Mais c'est vous qui travaillez avec lui au quotidien.

— Je ne pense pas qu'il ait perdu la boule, dit Martinsson après un long silence qui devenait insupportable. Il est peut-être juste surmené ?

— Dans ce cas, tous les policiers de ce pays péteraient les plombs à un moment ou à un autre. Et ce n'est pas le cas. Non, Kurt a déraillé. Ou il a eu un accès de folie, si ça vous convient mieux. C'est peut-être de famille. Son père n'a-t-il pas passé une nuit entière à errer dans les champs l'année dernière ?

— Il était ivre. Ou sénile. Ce n'est pas le cas de Kurt.

— Est-ce que ça peut être l'Alzheimer ? Sénilité précoce ?

— Je ne sais pas de quoi tu parles, répliqua soudain Svedberg. Restons-en aux faits ! S'il a eu un accès de folie, comme tu dis, seul un médecin pourra le confirmer. Notre tâche à nous, c'est de le retrouver. Nous savons qu'il était impliqué dans une fusillade où deux personnes ont trouvé la mort. On l'a vu là-bas. Il n'a pas baissé ses armes en nous reconnaissant, c'est un fait. Mais il ne constituait absolument pas un danger. Il paraissait aux abois. Ou désespéré, je ne sais pas.

Martinsson hocha la tête.

— Kurt ne se trouvait pas là-bas par accident, dit-il d'un air pensif. Son appartement a été attaqué. Nous pouvons en conclure que l'Africain y était avec lui. Pour le reste, on ne peut que deviner. Mais Kurt devait être sur la trace de quelque chose, qu'il n'a pas eu la possibilité de nous communiquer. Ou qu'il a choisi de ne pas nous communiquer. Nous savons qu'il fait ça parfois, et que ça nous agace. Mais maintenant il ne s'agit pas de cela. Il faut le retrouver, c'est tout.

Silence.

— Je n'aurais jamais cru devoir prendre un jour une décision pareille, dit Björk enfin.

Martinsson et Svedberg comprirent.

— Il le faut pourtant, dit Svedberg. Il faut lancer un avis de recherche.

— C'est épouvantable, marmonna Björk.

Il n'y avait rien à ajouter.

Björk se dirigea pesamment vers son bureau pour

lancer un avis de recherche national concernant son collègue et ami, le commissaire Kurt Wallander.

On était le 15 mai 1992. Le printemps était arrivé en Scanie. Il fit très chaud ce jour-là. Vers le soir, un orage approcha d'Ystad.

La lionne blanche

23

À la lueur de la lune, la lionne paraissait complètement blanche.

Georg Scheepers retint son souffle. Elle était allongée au bord du fleuve, à trente mètres de lui. Il jeta un regard à sa femme, Judith, debout à ses côtés sur la plate-forme de la Jeep. Il vit qu'elle avait peur.

— Il n'y a aucun danger, dit-il doucement. Elle ne nous fera rien.

Au fond de lui, il n'en était pas entièrement convaincu. Les animaux du parc Kruger étaient habitués à voir des gens les observer du haut de leurs voitures à n'importe quelle heure. Mais la lionne, il ne l'oubliait pas, était un prédateur imprévisible, mû par son instinct et rien d'autre. Elle était jeune. Sa force et sa rapidité ne seraient jamais plus grandes que maintenant. Il lui faudrait au maximum trois secondes pour quitter cette posture alanguie et atteindre la voiture en quelques bonds puissants. Le chauffeur noir ne paraissait pas être sur ses gardes. Personne n'était armé. Si elle le voulait, elle pouvait les tuer tous en un clin d'œil. Trois coups de crocs contre une gorge ou une épine dorsale, il n'en faudrait pas davantage.

Soudain, ce fut comme si la lionne avait réagi à ses pensées. Elle leva la tête et contempla la voiture. Il sentit la main de Judith agripper son bras. La lionne semblait les regarder en face. La lune rendait ses yeux phosphorescents. Le cœur de Scheepers battit plus vite. Il aurait voulu que le chauffeur démarre. Mais l'homme noir restait inerte derrière le volant. Avec épouvante, Georg Scheepers pensa qu'il s'était peut-être endormi.

Au même moment la lionne se leva, sans les lâcher du regard. Georg Scheepers savait qu'il existait quelque chose qu'on appelait la *fièvre du lion*. Tous les instincts de peur et de fuite subsistent. Mais on ne peut plus bouger.

Elle les regardait, absolument immobile. Ses omoplates ondulaient sous sa peau. Elle est très belle, pensa-t-il. Belle, puissante et imprévisible.

Elle était en premier lieu une lionne. En second lieu seulement elle était blanche. Cette idée s'ancra en lui. Comme un rappel de quelque chose qu'il aurait oublié. Mais quoi ?

— Pourquoi ne démarre-t-il pas ? murmura Judith à ses côtés.

— Il n'y a pas de danger. Elle ne viendra pas ici.

La lionne ne bougeait toujours pas. La lune éclairait la scène. La nuit était chaude, limpide. Dans l'eau noire du fleuve, on distinguait les mouvements lents d'un hippopotame.

Georg Scheepers pensa que la situation tout entière était un rappel. La sensation d'une menace diffuse, capable de se muer d'un instant à l'autre en violence incontrôlable... C'était cela, la vie quotidienne dans son pays. Tout le monde attendait que quelque chose se passe. Le fauve était *en eux*. Les Noirs avec leur impatience devant la lenteur des changements, les Blancs avec leur crainte de perdre leurs privilèges, leur peur de l'avenir. Comme une attente au bord d'un fleuve où une lionne les contemplait.

Elle était blanche. Il pensa à tous les mythes entourant les albinos, hommes et bêtes. Leur force était impressionnante. Ils ne pouvaient pas mourir.

Soudain la lionne se mit en mouvement, droit sur eux. Avec une concentration constante, elle approchait à pas feutrés. Le chauffeur enclencha le contact et alluma les phares. Aveuglée, elle s'arrêta net, une patte levée. Georg Scheepers sentit les ongles de Judith transpercer sa chemise kaki.

Démarre, supplia-t-il intérieurement. Démarre avant qu'elle n'attaque.

Le chauffeur passa la marche arrière. Le moteur toussota, et Georg Scheepers crut que son cœur allait cesser de battre. Mais juste au moment où il allait caler, le chauffeur donna un coup d'accélérateur et la voiture recula. La lionne détourna la tête de la lumière des phares.

C'était fini. Les ongles de Judith ne lui transperçaient plus le bras. Ils se retinrent à la rambarde pendant que la Jeep retournait en cahotant vers leur bungalow. L'excursion nocturne touchait à sa fin. Mais la lionne et les pensées suscitées par sa présence au bord du fleuve continueraient de l'accompagner.

C'était lui qui avait proposé à sa femme ce court séjour dans le parc Kruger. Cela faisait déjà une semaine qu'il était plongé dans les papiers laissés par Van Heerden. Il avait besoin de temps pour réfléchir. Il avait donc choisi de s'absenter le vendredi et le samedi. Le dimanche, il allait se consacrer aux fichiers informatiques, en profitant du fait qu'il serait seul au bureau. Les enquêteurs avaient rassemblé tous les documents de Van Heerden dans un carton qui se trouvait maintenant à sa disposition. Wervey avait obtenu que les services de renseignement lui communiquent aussi les disquettes. C'était officiellement Wervey, en sa qualité de procureur général de Johannesburg, qui était chargé de ce dossier classé secret. Les supérieurs de Van Heerden avaient rechigné à se séparer des fichiers ; Wervey avait eu alors une crise de rage caractérisée. Il avait immédiatement pris contact avec le ministre de la justice. Quelques heures plus tard, les services acceptaient de transmettre les disquettes au parquet général, sous la responsabilité directe de Wervey. En réalité, c'était Georg Scheepers qui s'occuperait de lire les fichiers, dans le plus grand secret. Il allait donc travailler le dimanche, quand les couloirs seraient déserts.

Ils avaient quitté Johannesburg tôt le vendredi matin. L'autoroute N4 vers Nelspruit était dégagée. Ils bifurquèrent ensuite et atteignirent le parc Kruger par la porte Nambi. Judith avait réservé par téléphone un bungalow à Nwanetsi, l'un des campements les plus reculés, près de la frontière du Mozambique. Ils étaient venus plusieurs fois, avec un plaisir toujours renouvelé. Le campement, avec ses bungalows, son restaurant et son bureau de safari, attirait principalement des clients soucieux de tranquillité. Des gens qui se couchaient de bonne heure et se levaient à l'aube pour voir les animaux descendre au bord du fleuve et se désaltérer. Sur la route, Judith l'avait interrogé sur l'enquête dont il était chargé pour le compte du ministre. Il avait répondu de façon évasive. Elle n'avait pas insisté. Son mari n'était pas un homme loquace.

Au cours de ces deux jours à Nwanetsi, ils avaient enchaîné les excursions, contemplé les animaux et les paysages, en laissant loin derrière eux Johannesburg et les soucis. Après le dîner, Judith se plongeait dans un livre pendant que Georg pensait à ce qu'il savait maintenant de Van Heerden et de sa mission secrète.

Il avait commencé à éplucher les dossiers de façon méthodique. Très vite, il avait compris qu'il devait s'entraîner à lire entre les lignes. Au milieu des mémos et des rapports soigneusement réédités, il avait découvert des feuilles volantes couvertes de notes hâtives. Il les déchiffra lentement, à grand-peine ; l'écriture lui évoquait un instituteur pointilleux. Il pensait avoir à faire à des brouillons de poèmes. Il y avait des envolées lyriques, des esquisses de métaphores... En essayant de comprendre cette part informelle du travail de Van Heerden, il eut pour la première fois l'intuition qu'il était question d'un événement imminent. Les rapports, les mémos et les notes éparses – qu'il avait secrètement baptisées les *strophes divines* – s'étalaient sur plusieurs années. Au départ, il s'agissait essentiellement d'observations et de réflexions précises, exprimées sous une forme neutre, distancée. Environ six mois avant sa mort, elles changeaient de caractère. Comme si une tonalité différente, plus sombre, s'insinuait dans ses pensées. Il s'est passé quelque chose, conclut Scheepers. Un changement dramatique, dans son travail ou dans sa vie privée. Van Heerden commence à réfléchir autrement. Les certitudes s'évanouissent, l'expression se fait hésitante... Il lui semblait percevoir aussi une autre différence. Au départ, les feuillets ne manifestaient aucun souci chronologique. Sur les derniers, il avait noté la date, parfois même l'heure. Scheepers put ainsi constater que Van Heerden avait passé de longues soirées dans son bureau. La plupart des annotations avaient été faites après minuit. Le tout commençait à ressembler à un journal intime aux accents politiques. Il essaya alors de découvrir un fil conducteur. Dans la mesure où Van Heerden n'évoquait jamais sa vie privée, il supposait que les notes avaient trait à son travail. Mais il n'y avait aucune donnée concrète susceptible de l'aider. Van Heerden tenait son journal à grand renfort de périphrases et d'images énigmatiques. Que la « patrie » désignât l'Afrique du Sud semblait assez évident. Mais qui était *le Caméléon* ? Qui étaient *la Mère et l'Enfant* ? Van Heerden n'était pas marié. Il n'avait pas de parents proches, selon le mémo personnel rédigé à sa demande par le commissaire Borstlap. Scheepers nota tous les noms dans son ordinateur et essaya de découvrir un lien. Sans succès. Le langage de Van Heerden était fuyant, comme s'il cherchait à échapper à ses propres mots. Il y avait un élément de danger, de menace, tout à fait palpable. Un aspect de confession aussi. Van Heerden avait découvert l'existence de quelque chose. Toute sa conception du monde semblait soudain menacée. Il évoquait un royaume de mort et semblait impliquer que chacun le portait en lui. Il avait des visions de cataclysme. En même temps, Scheepers croyait deviner chez cet homme un chagrin chargé de culpabilité qui se renforçait considérablement au cours des dernières semaines avant sa mort.

Dans ses notes, il était sans cesse question des Noirs, des Blancs, des Boers, de Dieu et du pardon. Mais jamais il n'utilisait le terme de complot ou de conjuration. Ce que je dois chercher, pensa Scheepers, ce dont Van Heerden avait informé le président... *Pourquoi n'a-t-il rien à ce sujet ?*

Le jeudi soir, la veille de son départ pour Nwanetsi, il s'attarda longuement dans son bureau. Seule sa lampe de travail était allumée. De temps à autre, par la fenêtre entrebâillée, il entendait les gardiens de nuit échanger quelques mots.

Pieter van Heerden était le serviteur fidèle. Au sein du monde de plus en plus divisé, de plus en plus autocratique, des services secrets, il avait flairé une piste. Une conspiration visant à un coup d'État, d'une manière ou d'une autre. Van Heerden était tout entier occupé à pister les auteurs du complot. Les questions étaient nombreuses. Et Van Heerden écrivait des poèmes sur son inquiétude et sur le royaume de mort qu'il portait en lui.

Scheepers contempla l'armoire à documents où il avait rangé sous clé les disquettes. La solution devait se trouver là. Les feuilles volantes, ces méditations de plus en plus confuses et intériorisées, ne pouvaient être qu'un élément de l'ensemble.

Le dimanche matin 17 mai, ils étaient de retour à Johannesburg. Il raccompagna Judith à la maison et prit le petit déjeuner avec elle avant se rendre sur son lieu de travail, le sombre bâtiment du ministère public dans le centre de Johannesburg. La ville était déserte. Il eut la sensation que ses habitants avaient été évacués et qu'ils ne reviendraient plus. Les vigiles armés le laissèrent entrer. Il longea le couloir sonore jusqu'à son bureau.

En ouvrant la porte, il eut aussitôt la certitude que quelqu'un était venu. Il le vit à des détails infimes. Sans doute le personnel d'entretien... Mais il ne pouvait en être sûr.

Je commence à être contaminé par ma mission, pensa-t-il. L'inquiétude de Van Heerden, sa peur permanente d'être surveillé, menacé, m'atteint à mon tour.

Il chassa son malaise, ôta son veston et ouvrit l'armoire à documents. Puis il inséra la première disquette dans le lecteur.

Deux heures plus tard, il avait trié le matériau. Les fichiers de Van Heerden ne révélaient rien d'essentiel. Leur trait le plus caractéristique était l'ordre minutieux dont cet homme s'était apparemment entouré dans son travail.

Restait une seule disquette.

Georg Scheepers ne parvint pas à l'ouvrir. Il pensa aussitôt que ce devait être la bonne : celle qui contenait le testament secret de Van Heerden. Un message clignotait sur l'écran, lui demandant de fournir le mot de passe. Comment faire ? Il pouvait éventuellement tester un programme contenant un dictionnaire complet. Mais était-ce un mot anglais ou afrikaans ? Il pressentait que cela ne donnerait rien, de toute façon. Van Heerden n'aurait jamais verrouillé sa disquette avec un mot de passe pris au hasard. La clé secrète avait été choisie consciemment.

Scheepers retroussa les manches de sa chemise, se servit du café dans le thermos qu'il avait emporté et entreprit de relire les feuillets épars. Il craignait que Van Heerden eu programmé la disquette pour effacer son contenu après tel nombre de mots de passe erronés. C'est comme de prendre d'assaut une vieille forteresse, pensa-t-il. Le pont-levis est relevé, le fossé plein d'eau, il faut escalader le mur. Il y a des marches creusées quelque part. C'est cela que je cherche. Une première marche...

À quatorze heures, il n'avait toujours pas réussi. Le découragement était proche, associé à une vague colère contre Van Heerden et sa serrure inviolable.

Deux heures plus tard, il était prêt à abandonner. Il n'avait plus d'idée. Il n'avait pas l'ombre d'une piste. Sans réel espoir, il prit le mémo et le rapport d'enquête que lui avait remis le commissaire Borstlap. Avec dégoût, il lut le rapport de l'autopsie et ferma les yeux en arrivant aux photos du cadavre. Il pouvait bien s'agir d'un crime crapuleux après tout. Le rapport de police soigneusement rédigé ne lui donnait aucun fil conducteur. Il revint au mémo personnel.

Le dernier papier dans le dossier de Borstlap était un inventaire de ce que la police avait trouvé dans son bureau après sa mort. Le commissaire avait fait un commentaire ironique à ce sujet : il ne pouvait évidemment garantir que les supérieurs de Van Heerden n'aient pas escamoté papiers et objets jugés impropres à l'examen de la police. Il feuilleta distraitement la liste des cendriers, portraits encadrés des parents, lithographies, porte-crayons, calendriers, sous-main... Il allait renoncer lorsqu'un détail retint son attention. Borstlap faisait mention d'une petite sculpture d'ivoire représentant une antilope. *Très précieuse*, avait noté Borstlap. *Une antiquité.*

Il reposa le mémo et tapa le mot *antilope*. L'ordinateur réagit en lui redemandant le mot de passe. Il réfléchit un instant. Puis il tapa le mot *kudu*. Réponse négative. Il prit le combiné et appela Judith.

— J'ai besoin de ton aide. Prends notre encyclopédie des animaux et ouvre-la à la page des antilopes.

— Qu'est-ce que tu fabriques exactement ?

— Je t'expliquerai.

Elle alla chercher le livre.

— Quand rentres-tu ? demanda-t-elle après lui avoir récité la liste.

— Tout de suite. Ou très tard. Je te rappelle.

Après avoir raccroché, il crut savoir de quel mot il s'agissait. À condition que la petite sculpture fût le fil conducteur qu'il cherchait.

Sprinebuck, pensa-t-il. Notre emblème national. Est-ce possible ?

Il tapa lentement les lettres et s'attarda avant d'enfoncer la dernière touche. La réponse de l'ordinateur arriva immédiatement. Négatif.

Une autre possibilité. Le même mot. Mais en afrikaans. Il écrivit *Spriengboek*.

L'écran papillota. La liste du contenu de la disquette apparut.

Il avait escaladé le mur ! Il s'était orienté correctement dans le monde de Van Heerden.

L'excitation le faisait transpirer. La joie du criminel lorsqu'il trouve enfin la combinaison du coffre...

Il commença à lire. Vers vingt heures, alors qu'il était parvenu au bout de sa lecture, il avait deux certitudes. Premièrement, Van Heerden avait été tué à cause de son travail. Deuxièmement, l'intuition d'un danger imminent était justifiée.

Van Heerden avait consigné ses notes dans l'ordinateur avec une froide minutie. Il comprenait maintenant qu'il s'agissait d'un homme profondément divisé. Ses découvertes quant à l'existence effective d'une conspiration avaient renforcé chez lui le sentiment que sa vie en tant que Boer était bâtie sur un mensonge. En se longeant dans la réalité des conspirateurs, il avait pénétré la sienne. Les deux mondes, celui des papiers épars et celui de la froide minutie, devaient trouver place à l'intérieur d'un même être humain.

D'une certaine façon, Van Heerden avait été proche de la folie.

Il se leva et approcha de la fenêtre. Il entendit des sirènes de police au loin.

Que pensions-nous donc ? Que notre rêve d'un monde immuable correspondait à la réalité ? Que les petites concessions faites aux Noirs suffiraient ? Les petites concessions qui, au fond, ne changeaient rien ?

Un sentiment de honte l'envahit. Même s'il faisait partie des nouveaux Boers, qui ne considéraient pas De Klerk comme un traître, il avait par sa passivité, tout comme Judith, sa femme, contribué jusqu'à la dernière extrémité à la survivance de la politique raciste. Lui aussi portait en lui le royaume de mort dont parlait Van Heerden. Lui aussi était coupable.

Cet acquiescement silencieux était en dernier recours la base sur laquelle s'appuyaient les conspirateurs. Sa passivité présente et à venir. Sa gratitude muette.

Il se rassit devant l'écran.

Van Heerden s'était révélé un excellent pisteur. Les conclusions qu'allait maintenant en tirer Scheepers et qui seraient transmises dès le lendemain au président semblaient incontournables.

Nelson Mandela, leader incontesté des Noirs, allait être assassiné. Juste avant de mourir, Van Heerden avait fébrilement tenté de répondre aux questions décisives : *où et quand*. Il n'avait pas la réponse lorsqu'il avait éteint l'ordinateur pour la dernière fois. Mais certains indices laissaient penser que cela se produirait dans un avenir proche, lors d'un meeting important. Van Heerden avait dressé une liste de dates et de lieux potentiels au cours des trois prochains mois. Y figuraient entre autres Durban, Johannesburg, Soweto, Bloemfontein, Le Cap et East London, chaque ville étant assortie d'une date. Un tueur professionnel s'entraînait quelque part hors des frontières de l'Afrique du Sud. Van Heerden avait réussi à déceler la présence à l'arrière-plan d'anciens officiers du KGB. Mais rien n'était clair.

Restait le plus important. Georg Scheepers relut le passage où Van Heerden formulait son hypothèse quant au noyau dur de la conjuration. Il évoquait un Comité. Un cercle informel représentant les principaux groupes d'influence parmi les Boers. Mais Van Heerden ne connaissait pas leurs noms. Les seuls dont il fût certain étaient Jan Kleyn et Franz Malan.

Georg Scheepers croyait maintenant savoir que le Caméléon était Jan Kleyn. Impossible en revanche d'identifier le nom de code de Franz Malan.

Van Heerden semblait considérer ces deux hommes comme le cerveau de l'organisation. En concentrant sur eux ses recherches, il pensait pouvoir découvrir l'identité des autres membres du Comité, sa structure et la nature exacte du projet.

Coup d'État, écrivait Van Heerden à la fin du

dernier texte, qui remontait à deux jours avant sa mort. Guerre civile ? Chaos ? Il ne répondait pas à ces questions. Il se contentait de les formuler.

Il y avait encore une annotation datée du même jour, la veille de son admission à l'hôpital.

Semaine prochaine, écrivait Van Heerden. *Poursuivre. Bezuidenhout. 559.*

Voilà son message, pensa Scheepers. Voilà ce qu'il aurait dû faire. Et que je dois maintenant faire à sa place. Mais de quoi s'agit-il ? Bezuidenhout est un quartier de Johannesburg. Les chiffres correspondent sûrement à une adresse.

Il sentit soudain qu'il était très fatigué et très inquiet. La responsabilité qui lui avait été confiée dépassait de loin ses attentes.

Il éteignit l'ordinateur et rangea la disquette sous clé dans l'armoire à documents. Vingt et une heures. Il faisait nuit noire. Les sirènes de la police hurlaient sans interruption, comme des hyènes, invisibles, vigilantes.

Il quitta les bureaux déserts et monta dans sa voiture. Sans l'avoir réellement décidé, il prit vers l'est. Il ne lui fallut pas longtemps pour découvrir le numéro 559, une maison située au bord du parc qui avait donné son nom au quartier de Bezuidenhout. Il coupa le moteur et éteignit les phares. Une maison blanche, en brique vernissée. De la lumière derrière les rideaux tirés. Une voiture était garée dans l'allée.

Il était trop fatigué pour envisager la suite. Avant toute chose, il devait assimiler la longue journée qu'il venait de vivre. Il revit la lionne allongée immobile au bord du fleuve. La manière dont elle s'était levée pour s'approcher d'eux. Les griffes du fauve…

Soudain, il vit l'essentiel.

L'assassinat de Nelson Mandela serait la pire des choses qui puisse arriver au pays dans son état actuel. Les conséquences seraient atroces. Tout ce qu'on essayait de construire, la volonté flageolante de parvenir à un compromis entre Blancs et Noirs, serait anéanti en une fraction de seconde. Les digues s'effondreraient, une lame de fond déferlerait sur le pays.

Un certain nombre de gens souhaitaient provoquer ce raz-de-marée. Ils avaient créé un « Comité » à cette fin. Démolir les digues.

Il en était là de ses pensées lorsqu'il vit un homme sortir de la maison et monter dans la voiture. Au même moment, un rideau s'écarta. Il aperçut une femme noire, et derrière elle une autre encore, plus jeune. La femme plus âgée agita la main, l'autre resta immobile.

Il ne pouvait pas voir l'homme, Il faisait nuit. Pourtant il comprit intuitivement que c'était Jan Kleyn. Il se baissa au passage de la voiture. Lorsqu'il se redressa, le rideau était à nouveau tiré.

Il fronça les sourcils. Deux femmes noires ? Jan Kleyn était sorti de leur maison. *Le Caméléon, la Mère et l'Enfant ?* Il ne voyait pas le rapport. Mais il n'avait aucune raison de se défier de Van Heerden. S'il avait écrit que c'était important, ça l'était.

Van Heerden avait deviné un secret, pensa-t-il. Je dois le suivre à la trace.

Le lendemain, il appela le secrétariat de De Klerk et demanda un rendez-vous urgent. On lui répondit que le président pourrait le voir à vingt-deux heures. Au cours de la journée, il rédigea son rapport. Il était excessivement nerveux lorsqu'il fut accueilli dans l'antichambre présidentielle par le même huissier morose que la première fois. Ce soir, pourtant, on ne le fit pas attendre. À vingt-deux heures pile, l'huissier l'informa que le président était prêt à le recevoir. En entrant dans le bureau, Scheepers eut la même sensation que lors de leur première entrevue. De Klerk paraissait épuisé. Son regard était voilé, son visage livide. Les poches sous ses yeux semblaient l'attirer vers la terre.

Il lui fit part aussi succinctement que possible de ses découvertes de la veille, sans rien dire cependant de la maison de Bezuidenhout Park.

De Klerk l'écouta, yeux mi-clos. Quand Scheepers eut fini, il crut un instant que le président s'était endormi. Puis De Klerk ouvrit les yeux et le considéra pensivement.

— Je me demande souvent comment il se fait que je sois encore en vie. Des milliers de Boers me considèrent comme un traître. Pourtant c'est Nelson Mandela qui serait la cible de l'attentat...

Il se tut. Scheepers vit qu'il réfléchissait intensément.

— Quelque chose m'inquiète dans ce rapport, reprit-il. Imaginons qu'il y ait de fausses pistes disséminées aux endroits appropriés. Imaginons deux situations distinctes. Dans le premier cas, c'est moi, le président de ce pays, qui suis la victime désignée. Je veux que vous relisiez les documents dans cette perspective, Scheepers. Par ailleurs, je vous demande d'envisager la possibilité que ces gens ont l'intention de nous frapper tous deux, mon ami Mandela et moi-même. Cela ne veut pas dire que j'exclus la possibilité que ces fous furieux aient réellement l'intention de s'en prendre à Mandela. Je veux seulement que vous considériez votre travail avec un regard critique. Pieter van Heerden a été assassiné. Cela signifie qu'il y a des yeux et des oreilles partout. L'expérience m'a appris que les fausses pistes sont un élément non négligeable du travail des services secrets. Vous avez compris ?

— Oui.

— J'attends vos conclusions d'ici quarante-huit heures. Je ne peux malheureusement pas vous accorder un délai supplémentaire.

— Je crois tout de même que les notes de Pieter van Heerden indiquent que la cible est bien Nelson Mandela.

— Croire ? Je crois en Dieu. Mais je ne sais pas s'Il existe. Ni même s'Il est le seul.

Cette réponse laissa Scheepers sans voix. Mais il comprit. Le président laissa ses mains retomber sur la table.

— Un comité, dit-il pensivement. Des gens qui voudraient raser ce que nous essayons de construire. Nous n'allons pas leur permettre de réussir.

— Bien entendu.

De Klerk se replongea dans ses pensées. Scheepers attendit en silence.

— Chaque jour, je m'attends à être fauché par un fanatique. Je pense à ce qui est arrivé à mon prédécesseur, Verwoerd. Tué d'un coup de couteau en plein Parlement. Je m'y attends. Cela ne me fait pas peur. Ce qui m'effraie, c'est qu'il n'y ait personne en ce moment pour me remplacer.

De Klerk eut un faible sourire.

— Vous êtes encore jeune. Mais pour l'instant, l'avenir de ce pays dépend de deux vieillards. Nelson Mandela et moi-même. C'est pourquoi il serait bien que nous puissions rester en vie un petit moment encore.

— Nelson Mandela ne devrait-il pas bénéficier d'une protection accrue ?

— Nelson Mandela est un homme très spécial, répondit De Klerk. Les gardes du corps ne lui inspirent pas un enthousiasme excessif. C'est souvent le cas des hommes exceptionnels. Voyez de Gaulle. C'est pourquoi il faut s'en occuper très discrètement. Je l'ai fait bien sûr. Mais il n'est pas nécessaire de le mettre au courant.

L'audience était terminée.

— Quarante-huit heures, répéta De Klerk. Pas davantage.

Scheepers se leva et s'inclina.

— Dernière chose. N'oubliez pas ce qui est arrivé à Pieter van Heerden. Soyez prudent.

Ce ne fut qu'au moment de quitter les bureaux présidentiels que Georg Scheepers comprit réellement ce que venait de lui dire De Klerk. Des yeux invisibles le suivaient, lui aussi. Lorsqu'il reprit sa voiture, il était trempé de sueur.

À nouveau il pensa à la lionne, qui avait semblé presque blanche dans la lumière claire et froide de la lune.

24

Kurt Wallander s'était toujours imaginé la mort en noir.

À présent, sur la plage ensevelie sous le brouillard, il comprit que la mort n'était fidèle à aucune couleur. Ici, elle était blanche. Il entendait vaguement les vagues s'échouer sur le sable, mais seul le brouillard importait, et renforçait son sentiment de n'avoir aucune issue.

Là-haut sur le champ de manœuvre, entouré par des brebis invisibles, il n'avait pas eu une seule pensée claire. Il savait que Victor Mabasha était mort, que lui-même venait de tuer un homme et que Konovalenko s'était une fois de plus volatilisé, avalé par la blancheur. Svedberg et Martinsson avaient surgi dans le brouillard comme deux fantômes pâles. Sur leur visage, il avait cru lire sa propre épouvante de se trouver là, entouré de cadavres. Il aurait voulu fuir pour ne plus jamais revenir. En même temps, il voulait se lancer à la poursuite de Konovalenko. Ce qui s'était passé au cours de ces instants lui apparaîtrait par la suite comme un film qu'il aurait contemplé à distance. C'était un autre Wallander qui avait agité le pistolet et le fusil. Ce n'était pas lui, c'était quelqu'un qui s'était momentanément emparé de son enveloppe corporelle. Mais après avoir crié à Martinsson et à Svedberg de ne plus avancer, après avoir glissé en trébuchant dans la pente, quand il s'était enfin retrouvé seul dans le brouillard, il avait lentement commencé à comprendre. Victor Mabasha était mort. Une balle dans le front, comme Louise Åkerblom. Le gros homme avait tressailli et levé les bras. Il était mort lui aussi, et c'était lui, Wallander, qui l'avait tué.

Il poussa un hurlement, comme s'il avait été transformé en corne de brume humaine. Il n'y avait aucun retour possible. Je vais disparaître dans ce brouillard comme dans un désert. Quand il se dissipera, je ne serai plus là.

Il avait tenté de rassembler quelques débris de raison. Reviens sur tes pas, retourne auprès des morts. Tes collègues sont là-bas. Vous pourrez chercher Konovalenko ensemble.

Puis il s'était mis en marche. Il ne pouvait pas revenir. S'il lui restait un devoir, c'était de retrouver Konovalenko, de le tuer s'il n'avait pas d'autre choix, mais si possible de le capturer vivant pour le remettre entre les mains de Björk. Ensuite, il dormirait. Au réveil, le cauchemar serait fini. Mais ce n'était pas vrai. Le cauchemar continuerait. En tuant Rykoff, il avait commis un acte qui le poursuivrait à jamais. Alors il pouvait aussi bien se lancer sur les traces de Konovalenko. Il comprit vaguement qu'il cherchait d'ores et déjà une façon d'expier la mort de Rykoff.

Konovalenko se cachait quelque part dans le brouillard. Peut-être tout près de lui. D'impuissance, Wallander tira un coup de feu dans la blancheur comme pour la transpercer. Il repoussa ses cheveux collants de sueur et s'aperçut soudain qu'il saignait. Il avait dû se blesser quand Rykoff avait fait exploser les vitres de Mariagatan. Il regarda ses vêtements, ils étaient tachés de rouge. Le sang gouttait sur le sable. Il attendit, immobile, que son souffle revienne à la normale. Puis il se remit en marche. Il distinguait les traces de Konovalenko dans le sable humide. Il avait glissé le pistolet dans sa ceinture. Le fusil, il le tenait à hauteur de hanche, prêt à tirer. Les traces de pas semblaient indiquer que Konovalenko marchait vite, courait presque. Il accéléra, pistant comme un chien. Le brouillard lui donna soudain l'impression qu'il restait immobile tandis que le sable défilait sous ses pieds. Brusquement, il constata que Konovalenko s'était arrêté. Il avait fait volte-face avant de reprendre sa course, en changeant de direction. Les traces remontaient vers le talus. Dès qu'il serait dans l'herbe, elles disparaîtraient. Il escalada la pente et vit qu'il se trouvait à l'extrémité est du champ de manœuvre. Il s'arrêta et prêta l'oreille. Loin derrière, il entendit une sirène. Puis une brebis bêla tout près de lui. Silence à nouveau. Il longea la clôture vers le nord. C'était son unique repère. Il s'attendait à chaque instant à voir surgir Konovalenko dans le brouillard. Il essaya d'imaginer ce que ce serait de se prendre une balle dans la tête. Mais il ne sentit rien. Le sens de sa vie, en cet instant, c'était de suivre la clôture, rien d'autre. Konovalenko l'attendait quelque part avec son arme. Voilà. Il devait le trouver.

En parvenant à la route de Sandhammaren, Wallander ne vit rien d'autre que le brouillard. De l'autre côté de la route, il crut distinguer la silhouette d'un cheval, immobile, oreilles pointées.

Puis il se campa au milieu de la route pour pisser. Au loin, il entendit une voiture qui roulait en direction de Kristianstad.

Il choisit de marcher vers Kåseberga. Konovalenko avait disparu. Une fois de plus, il s'était échappé. Wallander marchait sans but. C'était plus facile de marcher que de rester sur place. Il aurait voulu que Baiba Liepa se détachât soudain de toute cette blancheur pour venir à sa rencontre. Mais il n'y avait rien. Rien que lui et l'asphalte humide.

Un vélo était appuyé contre les débris d'un tabouret de traite. Il n'y avait pas de cadenas. Wallander pensa tout de suite que quelqu'un l'avait laissé là à son intention. Il fixa le fusil au porte-bagages et s'éloigna à grands coups de pédale. Dès qu'il le put, il quitta l'asphalte et s'enfonça à tâtons sur les chemins de gravier qui s'entrecroisaient sur la plaine. Pour finir, il parvint à la maison de son père. Tout était éteint à l'exception de la lampe du perron. Il s'immobilisa et tendit l'oreille, puis il cacha le vélo derrière la remise. Avec mille pré-cautions, il traversa la cour sans faire crisser le gravier. Il savait que son père cachait une clé de réserve dans un pot de fleurs cassé sur une marche de l'escalier menant à la cave. Il entra dans l'ate-lier. Il y avait, derrière l'atelier proprement dit, une petite pièce sans fenêtre où son père rangeait ses couleurs et ses vieilles toiles. Il referma la porte et alluma. La lumière de l'ampoule le prit au dépourvu. Comme s'il avait cru que le brouillard le suivrait jusque-là. Il lava son visage sous le robinet d'eau froide, puis il aperçut son reflet dans un éclat de miroir fixé au mur. Il ne reconnut pas ses yeux. Ils étaient écarquillés, injectés de sang, anxieux. Il se prépara un café sur la plaque électrique cras-seuse. Il était quatre heures du matin. Il savait que son père se levait d'habitude à cinq heures et demie. Il faudrait être parti à ce moment-là. Ce qu'il lui fallait dans l'immédiat, c'était une cachette. Différentes idées, aussi impossibles les unes que les autres, lui traversèrent l'esprit. Il comprit enfin ce qu'il devait faire. Il finit son café, quitta l'atelier, traversa la cour et ouvrit doucement la porte de la maison. Debout dans l'entrée, il inspira l'odeur de vieil homme, et il écouta. Silence. Il alla dans la cuisine et ferma la porte avec précaution. À sa propre surprise, il s'aperçut qu'il connaissait le numéro par cœur. La main sur le combiné, il réfléchit à ce qu'il allait dire. Puis il composa les chiffres.

Sten Widén décrocha presque aussitôt. Wallander entendit à sa voix qu'il était déjà levé. Les gens qui s'occupent de chevaux se réveillent de bonne heure...

— Sten ? C'est Kurt.

Ils avaient été autrefois très proches. Sten était quelqu'un qui ne manifestait presque jamais de surprise.

— Je t'avais reconnu. Qu'est-ce que tu me veux, à cette heure ?

— J'ai besoin de ton aide.

Sten Widén ne dit rien. Il attendait la suite.

— Sur la route de Sandhammaren, dit Wallander. Tu dois venir me chercher. J'ai besoin de me cacher chez toi un moment. Quelques heures au minimum.

— Où ?

Sten Widén se mit à tousser.

Il fume encore ses cigarillos, pensa Wallander.

— Je t'attendrai à la sortie vers Kåseberga. C'est quoi, ta voiture ?

— Une vieille Duett.

— Il te faut combien de temps pour venir ?

414

— Quarante-cinq minutes, avec le brouillard. Peut-être un peu moins.

— J'y serai. Merci.

Il reposa le combiné et quitta la cuisine. Alors il ne put résister à la tentation. Il traversa le séjour où trônait un vieux téléviseur, et écarta doucement la tenture de la chambre d'amis où dormait sa fille. Dans le vague reflet de la lampe du perron, il vit ses cheveux, son front, un bout de son nez. Elle dormait profondément.

Avant de partir, il fit le ménage dans la petite pièce de l'atelier. Puis il reprit le vélo. Parvenu à la sortie vers Kåseberga, il rangea le vélo derrière un baraquement des Télécoms, se cacha dans l'ombre et attendit. Le brouillard était toujours aussi compact. Une voiture de police passa en trombe en direction de Sandhammaren. Wallander crut reconnaître Peters au volant.

Il pensa à Sten Widén. Ils ne s'étaient pas vus depuis plus d'un an, lorsque Wallander, sur une impulsion subite, lui avait rendu visite dans son haras, logé sur le site de l'ancienne forteresse de Stjärnsund. Sten entraînait des chevaux de course. Il vivait seul, buvait trop, et avait des liaisons confuses avec ses employées féminines. Autrefois, ils avaient partagé un rêve. Sten Widén avait une belle voix de baryton. Il serait chanteur lyrique et Wallander serait son imprésario. Mais le rêve leur avait glissé des mains, et leur amitié s'était effilochée, avant de cesser tout à fait.

Pourtant, pensa Wallander, c'est peut-être le seul véritable ami que j'aie jamais eu. Si je ne compte pas Rydberg. Mais Rydberg, c'était autre chose.

Nous n'aurions jamais été proches si nous n'avions pas été flics ensemble.

Trente minutes plus tard, la Duett rouge sombre émergea du brouillard. Wallander sortit de sa cachette et monta à l'avant. Sten Widén regarda son visage crasseux, encore maculé de sang. Mais il ne manifesta aucune surprise.

— Je te raconterai plus tard, dit Wallander.

— Quand tu voudras.

Un cigarillo éteint pendait à ses lèvres et il puait l'alcool.

Ils passèrent devant le champ de manœuvre. Plusieurs voitures de police étaient garées au bord de la route. Sten Widén ralentit sans s'arrêter. La route était libre, il n'y avait pas de barrage. Il considéra Wallander, qui s'était ratatiné sur son siège. Mais il ne dit rien. Ils dépassèrent Ystad, puis Skurup, et prirent à gauche en direction de Stjärnsund. Le brouillard était toujours aussi dense lorsqu'ils s'arrêtèrent dans la cour du haras. Une fille qui pouvait avoir dix-sept ans bâillait en fumant une cigarette, devant les écuries.

— Mon visage est connu dans la presse et à la télé, dit Wallander. Je préfère rester anonyme.

— Ulrika ne lit pas les journaux. Et elle ne regarde que des films vidéo. J'ai une autre groom ici, Kristina. Elle ne dira rien.

Ils entrèrent dans la maison en désordre où le ménage était jamais fait. Wallander eut la sensation que rien n'avait changé depuis sa dernière visite. Sten Widén lui demanda s'il avait faim. Ils s'attablèrent dans la cuisine. Il avala quelques tartines, avec du café. De temps à autre Sten Widén disparaissait dans la grande pièce. Lorsqu'il revenait, l'odeur de l'alcool était plus perceptible.

— Merci d'être venu me chercher.

Sten Widén haussa les épaules.

— J'ai besoin de dormir quelques heures. Puis je te raconterai.

— Je dois m'occuper des chevaux. Tu peux dormir ici.

Il se leva, Wallander le suivit dans une petite pièce où il y avait un canapé. Il ressentait maintenant l'immensité de sa fatigue.

— Je ne pense pas avoir de draps propres, dit Sten. Mais je peux te donner une couverture et un oreiller.

— C'est plus qu'assez.

— Tu sais où se trouve la salle de bains ?

Wallander s'en souvenait.

Il enleva ses chaussures. Du sable tomba sur le plancher. Il jeta sa veste sur une chaise. Puis il s'allongea. Sten Widén le regardait depuis le seuil.

— Comment tu vas ? demanda Wallander.

— J'ai recommencé à chanter.

— Tu m'en diras plus demain...

Sten Widén disparut. Wallander entendit un cheval hennir. Sa dernière pensée avant de s'endormir fut que Sten n'avait pas changé. Les mêmes cheveux hirsutes, le même eczéma sec à la nuque.

Pourtant, quelque chose était différent.

Au réveil, il ne sut plus où il était. Il avait mal à la tête, mal dans tout le corps. Il posa la main sur son front ; il avait de la fièvre. La couverture sentait le cheval. Lorsqu'il voulut regarder sa montre, il s'aperçut qu'il ne l'avait plus ; il avait dû la

417

perdre pendant la nuit. Il se leva et alla à la cuisine. Une horloge indiquait onze heures trente. Il avait dormi plus de quatre heures. Le brouillard s'était un peu dissipé, mais pas complètement. Il se versa un café et s'assit à la table. Ensuite il se releva et ouvrit les placards jusqu'à trouver un tube d'aspirine. Peu après, le téléphone sonna. Wallander entendit Sten Widén entrer dans la maison pour répondre. Une histoire de foin. On discutait du prix d'une livraison. Sten entra dans la cuisine.

— Réveillé ?

— J'avais besoin de dormir.

Puis il lui raconta. La disparition de Louise Åkerblom. L'homme qu'il avait tué. Sten Widén l'écoutait d'un air inexpressif.

J'étais obligé de disparaître, conclut-il. Mes collègues me cherchent évidemment. J'inventerai un mensonge, je leur dirai que j'étais évanoui derrière un buisson. J'ai un service à te demander, Sten. Que tu appelles ma fille et que tu lui dises que je vais bien. Et qu'elle doit rester où elle est.

— Je ne vais pas lui dire que tu es chez moi ?

— Non. Pas encore. Mais tu dois être convaincant.

Wallander lui donna le numéro. Le téléphone sonna dans le vide.

— Tu devras réessayer jusqu'à ce qu'elle réponde.

Une groom entra dans la cuisine. Wallander la salua de la tête.

— Voici Kristina, dit Sten. Tu peux aller chercher des pizzas ? Achète aussi quelques journaux. Il n'y a rien à manger dans cette maison.

Il lui donna de l'argent. La Duett démarra dans la cour.

— Tu as dit cette nuit que tu avais recommencé à chanter, dit Wallander.

Pour la première fois, Sten Widén sourit. Wallander se souvenait de ce sourire ; cela faisait des années qu'il ne l'avait pas vu.

— Je fais partie du chœur de l'église de Svedala. Parfois je chante seul aux enterrements. Je m'aperçois que ça m'a manqué. Mais les chevaux n'aiment pas que je chante dans les écuries.

— Tu as besoin d'un imprésario ? J'ai du mal à voir comment je pourrai rester dans la police après cette histoire.

— Légitime défense, dit Sten. J'aurais fait pareil à ta place. Tu peux être content d'avoir eu une arme dans les mains.

— Je crois que personne ne peut comprendre l'effet que ça fait.

— Ça va passer.

— Jamais.

— Tout passe.

Sten Widén refit le numéro de Löderup. Toujours pas de réponse. Wallander alla à la salle de bains et prit une douche. Sten Widén lui prêta une chemise. Elle aussi sentait le cheval.

— Comment ça se passe ? demanda-t-il en revenant dans la cuisine.

— Avec quoi.

— Les chevaux.

— J'en ai une qui est bien. Trois autres qui peuvent le devenir. Mais Brume est vraiment douée, elle rapporte de l'argent. Elle sera peut-être candidate au Derby cette année.

— Elle s'appelle vraiment Brume ?

— Oui.

419

— Si j'avais eu un cheval cette nuit, j'aurais peut-être pu rattraper Konovalenko.

— Pas avec elle. Elle désarçonne les cavaliers qu'elle ne connaît pas. Les chevaux doués sont souvent des crapules. Comme les humains : capricieux et imbus d'eux-mêmes. J'ai l'impression que ça lui plairait d'avoir un miroir dans son box. Mais elle galope vite.

La fille prénommée Kristina revint avec des cartons de pizzas et quelques journaux. Puis elle disparut.

— Elle ne mange pas ? demanda Wallander.

— Dans l'écurie. On a une petite cuisine là-bas.

Sten prit le premier journal de la pile et le feuilleta.

— On parle de toi, dit-il.

— Je préfère ne pas le savoir. Pas encore.

— Comme tu voudras.

À la troisième tentative, Linda répondit enfin. Par chance, ce n'était pas le vieux qui avait décroché. Aux réponses de Sten, Wallander comprit qu'elle le bombardait de questions. Mais il ne lui apprit que le strict nécessaire.

— Elle est très soulagée, dit-il en raccrochant. Elle a promis de rester là où elle est.

Ils mangèrent leurs pizzas. Un chat sauta sur la table. Wallander lui donna un bout de la sienne. Même le chat sentait le cheval.

— Le brouillard se dissipe, dit Sten Widén. T'ai-je jamais dit que j'étais allé en Afrique du Sud ? À propos de ce que tu viens de me raconter...

— Non, dit Wallander, surpris. Je ne le savais pas.

— Quand j'ai vu que l'art lyrique ne donnait rien, je suis parti. Je voulais tout quitter. J'avais l'idée de devenir chasseur de gros gibier. Ou chercheur de diamants à Kimberley. J'avais dû lire un truc. Et de fait, j'y suis allé. Je suis arrivé jusqu'au Cap. J'ai passé trois semaines là-bas avant d'en avoir assez. J'ai pris la fuite. Je suis revenu. Et puis, quand papa est mort, j'ai repris les chevaux, voilà.

— Comment ça, pris la fuite ?

— À cause de la façon dont étaient traités les Noirs. J'avais honte. Dans leur propre pays, ils vivaient comme des larbins, en s'excusant d'exister. C'est la pire chose que j'aie jamais vue dans ce goût-là. Je ne l'oublierai jamais.

Il s'essuya la bouche et sortit. Wallander réfléchit à ce qu'il venait de dire. Puis il pensa qu'il ne pouvait plus trop tarder à retourner au commissariat.

Il alla dans la grande pièce et finit par trouver ce qu'il cherchait. Il dévissa la capsule de la bouteille de whisky et avala une bonne rasade. Puis une autre. Par la fenêtre il vit passer Sten Widén sur un cheval marron.

D'abord, je me fais cambrioler... Ensuite, ils font sauter mon appartement... Et après ?

Il se recoucha sur le canapé en remontant la couverture jusqu'au menton. La fièvre était imaginaire, le mal de crâne avait disparu. Il fallait se relever.

Victor Mabasha était mort. Le Russe l'avait tué. L'enquête autour de la mort de Louise Åkerblom était jonchée de cadavres. Il ne voyait aucune issue. Comment parviendraient-ils jamais à retrouver Konovalenko ?

Il s'endormit et se réveilla quatre heures plus tard.

Sten Widén était attablé dans la cuisine devant un journal du soir.

— Tu es recherché, dit-il.

— Quoi ? Qui ?

— Toi. Avis de recherche national. En plus, on comprend entre les lignes que tu n'étais pas dans ton état normal au moment de ta disparition.

Wallander attrapa le journal. Il vit sa photo et celle de Björk. Sten Widén n'inventait rien. Il lui jeta un regard désemparé.

— Appelle ma fille.

— Je l'ai déjà fait. Et je lui ai dit que tu avais toute ta raison.

— Elle t'a cru ?

— Oui.

Wallander resta un instant immobile. Puis sa décision fut prise. Il jouerait le rôle qu'on lui avait attribué. Un commissaire d'Ystad, momentanément déséquilibré, disparu et recherché par la police. Cela lui donnerait ce dont il avait désespérément besoin.

Du temps.

Victor Mabasha était tombé en arrière, mort avant même d'avoir touché le sol. Un hurlement s'éleva dans le brouillard. Konovalenko fit volte-face et se recroquevilla au sol. Ce fut alors qu'il l'aperçut, le policier de province trop gras qui l'avait défié à tant de reprises. Il vit Rykoff tomber, la poitrine déchirée par deux balles. Saisissant l'Africain mort comme bouclier, il battit en retraite vers la plage, en sachant que Wallander ne le lâcherait plus maintenant. Konovalenko, venait enfin de comprendre qu'il avait affaire à un adversaire sérieux.

Konovalenko, courait sur la plage. Sans ralentir, il

sortit son portable. Tania l'attendait avec la voiture sur la place centrale d'Ystad. Il remonta le long de la clôture jusqu'à la route, où il vit un panneau indicateur : Kåseberga. Il lui parlait au téléphone, lui donnant les indications au fur et à mesure pour sortir de la ville, lui recommandant la prudence. Il ne dit rien de la mort de Vladimir. Tout en parlant, il surveillait sans cesse la route. Wallander n'était pas loin, et il était dangereux, le premier Suédois dangereux qu'il lui eut été donné de voir de près. Mais il n'y croyait pas vraiment. Wallander n'était qu'un petit flic de la campagne. Tout son comportement avait quelque chose de bizarre.

Tania arriva. Konovalenko prit le volant et ils retournèrent à la maison de Tomelilla.

— Où est Vladimir ? demanda-t-elle.

— On a été obligé de se séparer. J'irai le chercher après.

— Et l'Africain ?

— Mort.

— Le policier ?

Il ne répondit pas. Les choses, visiblement, avaient mal tourné. Konovalenko conduisait trop vite, il avait perdu son calme habituel, il semblait aux abois.

Ce fut là, dans la voiture, que Tania comprit que Vladimir était mort. Mais elle ne dit rien, repoussant l'échéance jusqu'au retour à la maison où Sikosi Tsiki, assis dans un fauteuil, les accueillit de son air absent. Elle se mit à hurler. Konovalenko, lui balança une gifle. Puis il la cogna, de plus en plus fort. Mais elle continua de hurler, jusqu'à ce qu'il la force à avaler une dose massive de calmants. Pendant tout ce temps, Sikosi les regardait sans bouger. Konovalenko eut la sensation de se trouver sur une scène, face à un spectateur unique mais attentif. Lorsque Tania eut enfin sombré entre sommeil profond et coma, Konovalenko changea de vêtements et se versa un verre de vodka. La mort de Victor Mabasha ne lui procurait pas la satisfaction escomptée. Elle réglait quelques problèmes immédiats, à commencer par sa relation délicate avec Jan Kleyn. Mais son principal souci restait entier.

Wallander ne s'avouerait pas vaincu. Il flairerait à nouveau la piste.

Konovalenko vida un deuxième verre.

L'Africain dans le fauteuil est un animal silencieux, pensa-t-il. Il me regarde sans ciller, sans bienveillance, sans malveillance, il regarde et c'est tout. Il ne dit rien, ne pose aucune question. Il pourrait rester comme ça pendant des jours.

Konovalenko n'avait pas encore commencé son entraînement. À chaque minute qui passait, Wallander se rapprochait un peu plus. Il fallait reprendre l'offensive. Le vrai boulot attendrait. Il n'avait pas le choix.

Il connaissait le point faible du policier. Mais où était sa fille ? Dans les environs sûrement, sans doute à Ystad. Mais elle n'était pas à l'appartement.

Il lui fallut une heure pour trouver la solution. Le projet était extrêmement risqué. Mais, à ce stade, il avait compris qu'il n'existait pas de stratégie sans risque face à l'étrange policier Wallander.

Puisque Tania était la clé de son projet et qu'elle ne se réveillerait pas avant plusieurs heures, il ne pouvait qu'attendre. Mais pas un instant il n'oubliait la présence de Wallander dehors, dans le brouillard, se rapprochant sans cesse.

— Je comprends que le gros ne reviendra pas, dit soudain Sikosi Tsiki.

Sa voix était très grave, son anglais chantant.

— Il a commis une erreur, répliqua Konovalenko. Il était trop lent.

Sikosi Tsiki ne fit pas d'autre commentaire cette nuit-là. Il se leva du fauteuil et alla dans sa chambre. Konovalenko pensa que le remplaçant lui plaisait mieux, malgré tout. Il ne manquerait pas de le dire à Jan Kleyn lors de son appel le lendemain soir. Il était seul éveillé dans la maison aux rideaux soigneusement tirés. Il remplit à nouveau son verre.

À cinq heures, il alla se coucher.

Tania arriva au commissariat d'Ystad le samedi 16 mai peu avant treize heures. Elle était encore sous l'effet du choc de la mort de Vladimir et des calmants. Mais cela n'entamait pas sa résolution. C'était Wallander qui avait tué son mari. Le même policier qui leur avait rendu visite, à Hallunda. Konovalenko lui avait décrit la mort de Vladimir d'une manière qui ne correspondait en rien à la réalité. Aux yeux de Tania, Wallander apparaissait comme un monstre d'une cruauté incontrôlée, sadique. Elle jouerait donc le rôle que Konovalenko lui avait confié. Elle le ferait pour Vladimir.

Elle se présenta dans le hall d'accueil du commissariat. La femme dans la cage de verre lui sourit.

— Je peux vous aider ?

— Je voudrais signaler un vol commis dans ma voiture, dit Tania.

— Hou là. Je vais voir si quelqu'un peut vous

recevoir. Le commissariat est sens dessus dessous aujourd'hui.

— Je comprends, dit Tania. C'est terrible, ce qui se passe.

— Jamais je n'aurais cru qu'on vivrait des choses pareilles à Ystad. C'est idiot, bien sûr.

Elle prit son téléphone et essaya plusieurs postes, jusqu'à ce que quelqu'un décroche enfin.

— Martinsson ? Tu as le temps de t'occuper d'un cambriolage de voiture ?

Tania crut entendre une voix stressée à l'autre bout du fil. Mais la réceptionniste ne s'avoua pas vaincue.

— Nous devons tout de même essayer de fonctionner normalement. Personne ne m'a répondu, à part toi. Ça ne prendra pas beaucoup de temps.

Elle raccrocha.

— Vous pouvez parler à l'inspecteur Martinsson, dit-elle. Troisième porte à gauche.

Tania entra dans un bureau en plein chaos. Le policier assis derrière la table encombrée de paperasse semblait au bord de la crise de nerfs. Il la considéra avec une irritation non dissimulée, lui ordonna de s'asseoir et se mit en chasse d'un imprimé.

— Alors ? Votre voiture a été cambriolée ?

— Oui. Ils ont pris l'autoradio.

— C'est ce qui les intéresse, en général.

— Excusez-moi, dit Tania. J'ai la gorge très irritée. Pourrais-je avoir un verre d'eau ?

Martinsson la regarda, surpris.

— Bien sûr.

Tania avait déjà repéré le carnet d'adresses posé sur la table. Dès que Martinsson fut sorti, elle l'ouvrit à la lettre W. Il y avait le numéro personnel de Wallander et celui de son père, à Löderup. Tania le nota très vite sur un bout de papier tiré de la poche de son manteau. Puis elle remit le carnet à sa place et regarda autour d'elle.

Martinsson revint avec le verre d'eau et un café pour lui. Le téléphone sonna ; il décrocha et posa le combiné sur la table. Ensuite il posa les questions habituelles. Elle répondit consciencieusement, donna le numéro d'immatriculation d'une voiture qu'elle avait garée dans le centre-ville, affirma que les voleurs avaient également pris un sac contenant des bouteilles d'alcool. Martinsson lui demanda de relire sa déclaration et de la signer. Elle s'était présentée sous le nom d'Irma Alexanderson, domiciliée à Ystad. Elle rendit le papier à Martinsson.

— Vous devez vous faire beaucoup de souci pour votre collègue, dit-elle sur un ton aimable.

— Oui. Ce n'est pas facile.

— Je pense à sa fille. Je lui ai donné des cours de musique autrefois, avant qu'elle ne déménage à Stockholm.

Martinsson la dévisagea avec un intérêt accru.

— Elle est ici en ce moment, dit-il.

— Ah bon ? Alors elle a dû avoir beaucoup de chance quand l'appartement a pris feu.

— Elle est chez son grand-père, dit Martinsson en replaçant le combiné sur son socle.

Tania se leva.

— Je ne vais pas vous déranger plus longtemps. Merci pour votre aide.

— Je vous en prie répondit Martinsson en lui serrant la main.

Tania pensa qu'il l'oublierait dès qu'elle aurait

franchi le seuil. Dans le cas contraire, il n'aurait jamais la possibilité de la reconnaître.

Elle hocha la tête en passant devant le guichet de la réception. Le hall s'était rempli de journalistes attendant l'heure de la conférence de presse.

Konovalenko l'attendait à une station service. Elle monta à l'avant, ôta sa perruque et secoua ses cheveux blonds.

— Elle est chez son grand-père, dit-elle. J'ai le téléphone.

Konovalenko la regarda. Un sourire apparut sur son visage.

— Alors on le tient, dit-il.

25

Wallander rêva qu'il marchait sur l'eau.

Le monde où il se trouvait était étrangement bleu. Le ciel avec ses nuages déchiquetés était bleu, tout comme la lisière de la forêt au loin et les rochers où se reposaient des oiseaux. La mer sur laquelle il marchait était bleue, elle aussi. Konovalenko était présent quelque part. Wallander avait suivi ses traces dans le sable ; au lieu de remonter vers le talus, elles disparaissaient dans l'eau. Il les avait suivies tout naturellement, avec la sensation d'avancer sur une fine couche de verre pulvérisé. La surface était irrégulière. Mais elle le portait. Au-delà des derniers îlots bleus de l'archipel, près de l'horizon, Konovalenko l'attendait.

Au réveil, le rêve était encore présent. Il se trouvait

sur le canapé de Sten Widén. Dimanche 17 mai. En se faufilant dans la cuisine, il constata qu'il n'était que cinq heures trente. Il jeta un coup d'œil dans la chambre à coucher. Sten était déjà sorti. Wallander se servit un café dans la cuisine et s'assit.

La veille au soir il s'était remis à réfléchir tant bien que mal.

Il avait lu les journaux. Sur un certain plan, sa situation était simple. Il était recherché. Personne ne le soupçonnait de quoi que ce soit. Mais il pouvait être blessé, il pouvait être mort. De plus il avait braqué ses collègues avec des armes, ce qui trahissait un déséquilibre certain. Pour capturer Konovalenko, il fallait retrouver la trace du commissaire Wallander. Jusque-là tout était très clair.

Il avait endossé le rôle du disparu. En réalité, il avait décidé de s'offrir lui-même en sacrifice. Pour épargner ses collègues, il allait s'occuper seul de Konovalenko. Cette perspective le terrorisait. Mais il ne pouvait l'esquiver. Il devait aller jusqu'au bout, quelles qu'en soient les conséquences. Il avait essayé d'imaginer le raisonnement du Russe. Il était parvenu à la conclusion que sa propre existence ne pouvait le laisser indifférent. Konovalenko, ne le considérait peut-être pas comme un adversaire à sa mesure, mais il savait maintenant que Wallander suivait son propre chemin et qu'il n'hésitait pas à se servir d'une arme. Cela devait lui inspirer un certain respect, même si l'image était fausse et qu'il le savait sans doute pertinemment. Wallander était un flic qui ne prenait pas de risques inconsidérés. Il était à la fois lâche et prudent. Les réactions primitives qu'il pouvait avoir étaient toujours le fait de situations désespérées, dans l'urgence. Mais le Russe pouvait bien rester dans le doute. Cela donnait à Wallander un semblant d'avantage.

Quels étaient les projets de Konovalenko ? Il était revenu en Scanie et il avait réussi à liquider Victor. Mais comment avait-il pu s'échapper ensuite ? Réponse : il n'était pas seul. Rykoff était mort, mais il devait avoir d'autres complices. Tania, la femme de Rykoff, était sûrement présente à l'arrière-plan. Elle n'était peut-être pas la seule. Alors ? Ils avaient encore dû louer une maison sous un faux nom. Une maison isolée... Ils s'y trouvaient sans doute encore.

À ce point de ses réflexions, Wallander comprit soudain qu'il avait laissé en suspens une question décisive.

Que devenait le projet d'attentat, après la mort de Victor ? Ce projet – c'est-à-dire en réalité l'organisation invisible qui tirait les ficelles, y compris la ficelle Konovalenko, – était au cœur de l'histoire. L'opération serait-elle annulée ?

Il finit son café en pensant qu'il n'y avait qu'une solution. Il fallait laisser Konovalenko venir à lui. À l'appartement de Mariagatan, c'était lui qu'on était venu chercher. Les derniers mots de Victor avaient été pour dire qu'il ignorait où était Wallander. Konovalenko, voulait à tout prix le savoir.

Il entendit des pas dans l'entrée. Sten Widén entra, en bleu de travail et bottes de caoutchouc boueuses.

— On a une course à Jägersro aujourd'hui. Ça te dit de venir ?

Wallander fut tenté d'accepter. Tout ce qui pouvait lui changer les idées était bienvenu.

— Brume y sera ?

— Oui, et elle va gagner. Mais je ne pense pas que les joueurs lui fassent confiance. Autrement dit, il y a de l'argent à gagner pour toi.

— Comment peux-tu le savoir ?

— Elle est d'humeur inégale. Mais aujourd'hui, j'ai l'impression qu'elle a envie de courir. Elle est inquiète. Elle sent que c'est du sérieux. Et la concurrence est assez moyenne. Il y aura quelques chevaux de Norvège que je ne connais pas. Mais, à mon avis, elle n'en fera qu'une bouchée.

— Qui est le propriétaire ?

— Un homme d'affaires. Un certain Morell.

Wallander avait récemment entendu ce nom. Mais où ?

— Il est de Stockholm ?

— De Scanie, comme toi et moi. Il habite à Malmö.

Ah oui. Peter Hanson et les pompes. Un receleur du nom de Morell.

— Quel genre d'homme d'affaires ?

— Plutôt louche, je crois. Il y a des rumeurs. Mais il me paie rubis sur l'ongle. Je ne cherche pas à savoir d'où vient l'argent.

— Je crois que je vais rester ici en définitive.

— Ulrika a acheté de quoi manger. On part dans deux heures. Il faudra te débrouiller seul.

— La Duett reste ici ?

— Prends-la si tu veux. Mais remets de l'essence. J'oublie toujours de le faire.

Wallander regarda les chevaux qu'on faisait monter dans le van. Peu après, il quittait à son tour le haras. En arrivant à Ystad il prit le risque de passer par Mariagatan. Les dégâts étaient considérables.

Un trou dans la façade, entouré de briques noircies ;
c'était tout ce qu'il restait de la fenêtre de sa chambre. Il sortit de la ville. Devant le champ de manœuvre, il vit une voiture de police au beau milieu du
terrain. Les distances semblaient bien plus courtes
maintenant que le brouillard avait disparu. Il continua jusqu'au port de Kåseberga. Il prenait un risque.
La photographie publiée dans les journaux n'était
pas très ressemblante ; le problème était plutôt de
tomber sur une connaissance. Il entra dans une
cabine et appela son père. Comme il l'avait espéré,
ce fut Linda qui répondit.

— Où es-tu ? demanda-t-elle aussitôt. Qu'est-ce
que tu fabriques ?

— Écoute-moi. Quelqu'un peut-il t'entendre ?

— Ce serait qui ? Grand-père est à l'atelier.

— Et à part lui ?

— Il n'y a personne, je te dis.

— La police n'a pas mis la maison sous
surveillance ? Pas de voiture sur la route ?

— Je vois le tracteur de Nilson dans un champ.

— Rien d'autre ?

— Arrête, papa. Il n'y a personne.

— J'arrive. Mais ne dis rien à grand-père.

— Tu as vu les journaux ?

— On en parlera tout à l'heure.

Il raccrocha en pensant qu'il était heureux que
l'identité du meurtrier de Rykoff n'ait pas été révélée. La police ne lâcherait pas l'information avant la
réapparition de Wallander. Il en était certain, après
toutes ces années dans la corporation.

Il prit la direction de Löderup, laissa la voiture au
bord de la route et fit la dernière partie du trajet à
pied.

Elle l'attendait à la porte. Quand il fut entré, elle l'embrassa. Ils restèrent silencieux. Il ne savait pas ce qu'elle pensait. Mais pour lui, ce silence était la confirmation qu'ils étaient en train de devenir si proches que les mots ne seraient plus toujours nécessaires.

Ils s'assirent dans la cuisine.

— Grand-père ne reviendra pas avant un bon moment. Je suis impressionnée par sa discipline de travail.

— Son entêtement maniaque, tu veux dire.

Elle éclata de rire en même temps que lui.

Puis il lui raconta en détail ce qui s'était passé, et la raison pour laquelle il avait accepté d'endosser le rôle du policier errant à moitié fou.

— Qu'est-ce que tu penses pouvoir faire, au juste ? Comme ça, tout seul ?

Difficile de savoir si ce commentaire était inspiré par la peur ou la méfiance.

— Je veux l'attirer hors de son trou. Je sais bien que je ne suis pas une armée à moi tout seul. Mais je dois faire le premier pas. Il faut en finir.

Comme pour protester, elle changea soudain de sujet.

— Il a beaucoup souffert ? Victor Mabasha ?

— Non. Ça s'est passé très vite. Je ne pense pas qu'il ait compris qu'il allait mourir.

— Que va-t-il lui arriver maintenant ?

— Je ne sais pas. Je suppose qu'il y aura une autopsie. Ensuite, il faudra voir si sa famille veut qu'il soit enterré ici ou en Afrique du Sud. À supposer qu'il soit effectivement de là-bas.

— Qui était-il en réalité ?

— Difficile à dire. Par moments j'ai eu l'impression

d'établir un contact avec lui. Puis il s'échappait à nouveau. Je ne sais pas ce qu'il pensait au fond. C'était un homme étonnant, extrêmement contradictoire. Si l'on devient ainsi à force de vivre en Afrique du Sud, alors ce doit être un endroit terrible.

— Je veux t'aider, dit-elle.

— Pas de problème. Appelle le commissariat et demande à parler à Martinsson.

— Non. Quelque chose que je serais seule à pouvoir faire.

— Ça, dit Wallander, on ne peut pas le programmer. Ça arrive, c'est tout. Quand ça arrive.

Elle appela le commissariat. Le standard ne réussit pas à localiser Martinsson. La main sur le combiné elle demanda ce qu'elle devait faire. Wallander hésita. Mais il ne pouvait pas attendre.

— Demande Svedberg.

— On me dit qu'il est en réunion. Il ne peut pas prendre d'appel.

— Présente-toi. Dis que c'est important.

Quelques minutes plus tard, elle tendit le combiné à Wallander.

— Svedberg ? C'est Kurt. Épargne-moi tes réactions. Où es-tu ?

— Dans mon bureau.

— La porte est fermée ?

— Attends.

Wallander entendit la porte claquer.

— Ça y est. Où es-tu ?

— Dans un endroit où vous ne pourrez jamais me retrouver.

— Arrête, Kurt, merde !

— Écoute-moi maintenant. Sans m'interrompre.

J'ai besoin de te voir. Mais à une seule condition. Que tu la boucles. Pas un mot à Björk, ni à Martinsson, ni à quiconque. Si tu ne peux pas me promettre ça, je raccroche tout de suite.

— On est en pleine réunion pour réorganiser les recherches te concernant. Ce serait un peu absurde que j'y retourne sans leur dire que je viens de te parler.

— Tant pis. Je pense avoir de bonnes raisons d'agir comme ça. Je compte mettre ma disparition à profit.

— Comment ?

— Je te le dirai quand on se verra. Allez, décide-toi !

Silence au bout du fil. Wallander attendit. Il ne pouvait prévoir la réponse de Svedberg.

— J'arrive, dit-il enfin.

— Certain ?

— Oui.

Wallander lui expliqua comment se rendre à Stjärnsund.

— Dans deux heures, dit Wallander. C'est possible ?

— Je me débrouillerai.

Wallander raccrocha.

— Je veux que quelqu'un sache ce que je fais, dit-il à Linda.

— Au cas où il arriverait quelque chose ?

La question avait fusé si vite qu'il n'eut pas la présence d'esprit d'éluder.

— Oui, dit-il simplement.

Il but encore un café. Au moment de partir, il hésita.

— Je ne veux pas t'inquiéter inutilement. Mais je

préférerais que tu ne quittes pas cette maison au cours des prochains jours. Il ne va rien se passer. C'est juste pour que je puisse dormir sur mes deux oreilles.

Elle lui tapota la joue.

— Je ne vais pas bouger. Ne t'inquiète pas.

— Quelques jours, c'est tout. Le temps que ce cauchemar finisse. Ensuite, je devrai commencer à m'habituer à l'idée d'avoir tué un homme.

Il partit sans attendre sa réaction. Dans le rétroviseur, il vit qu'elle était sortie sur la route. Elle le suivait du regard.

Svedberg était ponctuel.

À quinze heures moins dix minutes, il freinait dans la cour du haras. Wallander enfila sa veste et alla à sa rencontre.

Svedberg le dévisagea longuement. Puis il secoua la tête.

— Qu'est-ce que tu trafiques au juste ?

— Je crois le savoir. Mais merci d'être venu.

Ils allèrent jusqu'au pont qui enjambait l'ancien fossé de la forteresse. Svedberg s'appuya au parapet et considéra la mélasse verdâtre à ses pieds.

— J'ai encore du mal à y croire, dit-il. Tu peux m'expliquer ce qui s'est passé ?

— Non. Il faudra poser la question à Konovalenko.

Ils continuèrent en direction des ruines. Svedberg regarda autour de lui.

— Je ne suis jamais venu ici, dit-il. On peut se demander à quoi ressemblait la vie d'un flic à l'époque de cette forteresse.

Ils marchèrent un moment en silence au milieu des fragments de l'ancienne muraille.

— Tu dois comprendre que ça nous a secoués,

Martinsson et moi, de te voir comme ça, couvert de sang, hirsute, en train d'agiter tes armes. Tu en avais une dans chaque main.

— Oui, je comprends.

— Mais on a eu tort de dire à Björk que tu paraissais cinglé.

— Je me demande si ce n'était pas la vérité.

— Que comptes-tu faire ?

— Je veux pousser Konovalenko à me retrouver. Je crois que c'est la seule possibilité de le faire sortir de sa cachette.

Svedberg le regarda, l'air grave.

— C'est dangereux, dit-il.

— Le danger est moins grand quand on sait qu'il existe, répondit Wallander, en se demandant ce qu'il entendait exactement par là.

— Tu ne peux pas le faire seul.

— Si, répliqua Wallander avec fermeté. Il va vérifier que je suis seul. Il n'attaquera pas avant d'en être certain.

— Attaquer ?

Wallander haussa les épaules.

— Il va essayer de me tuer. Mais il n'y arrivera pas.

— Comment comptes-tu t'y prendre ?

— Ça, je n'en sais rien encore.

Ils rebroussèrent chemin et s'arrêtèrent à nouveau sur le pont.

— Je voudrais te demander un service, dit Wallander. Je me fais du souci pour ma fille. Konovalenko est imprévisible. Je veux que vous la surveilliez.

— Björk exigera une explication.

— Je sais. C'est pour ça que je te le demande à

toi. Parle-en avec Martinsson. Björk n'a pas besoin d'être informé.

— Je vais essayer. Je comprends ton inquiétude.

Ils se remirent en marche vers le haras.

— Au fait, dit Svedberg comme pour parler d'un sujet moins effrayant, Martinsson a reçu la visite hier de quelqu'un qui connaissait ta fille.

— Quoi ? Chez lui ?

— Dans son bureau. Elle venait signaler un vol, quelque chose comme ça. Elle avait eu Linda pour élève autrefois.

Wallander s'immobilisa.

— Qu'est-ce que tu viens de dire ? Répète !

Svedberg répéta.

— Comment s'appelle-t-elle ?

— Je n'en sais rien.

— À quoi ressemblait-elle ?

— Il faudrait poser la question à Martinsson.

— Essaie de te souvenir exactement de ce qu'il a dit !

Svedberg réfléchit.

— On prenait un café. Martinsson se plaignait, en disant qu'il allait attraper un ulcère à force de surmenage. « Si au moins on n'était pas dérangé à tout bout de champ. Je viens de voir une femme... Tiens, au fait, elle connaissait la fille de Wallander. Elle lui a donné des cours de piano. » Quelque chose comme ça.

— Il lui a dit que Linda était en Scanie ?

— Comment veux-tu que je le sache ?

— Il faut appeler Martinsson.

Wallander accéléra le pas. Puis il se mit à courir, Svedberg sur ses talons. Il entra en coup de vent et s'empara du téléphone.

— Appelle-le tout de suite ! Demande-lui s'il a dit à cette femme où était Linda en ce moment. Demande-lui comment elle s'appelait. S'il s'énerve, dis-lui que tu lui expliqueras plus tard.

— Tu penses que… ?

— Je n'en sais rien. Mais je n'ose pas prendre de risque.

Svedberg fit le numéro du commissariat. On lui passa Martinsson. Wallander le vit prendre quelques notes au dos d'un prospectus. Martinsson était visiblement dérouté par les questions de Svedberg. Celui-ci raccrocha et dévisagea Wallander.

— Il le lui a dit.

— Quoi ?

— Qu'elle était chez ton père.

— Pourquoi a-t-il fait ça ?

— Elle lui avait posé la question.

Wallander regarda l'horloge au mur.

— Appelle Löderup. Mon père risque de répondre, il doit être en train de déjeuner à cette heure. Demande à parler à Linda. Et passe-moi le téléphone.

Wallander lui donna le numéro. De longues sonneries dans le vide. Enfin, quelqu'un répondit. C'était le père de Wallander. Svedberg échangea quelques mots avec lui avant de raccrocher.

— Elle a pris son vélo jusqu'à la plage, dit-il.

Wallander sentit son estomac se nouer.

— Je lui avais pourtant dit de ne pas quitter la maison.

— Elle est partie il y a une demi-heure.

Ils prirent la voiture de Svedberg. Il conduisait beaucoup trop vite. Wallander ne disait pas un mot. Ils parvinrent à la sortie vers Kåseberga.

— Continue. Prochaine sortie.

Ils s'arrêtèrent au bord du talus. Il n'y avait aucune autre voiture en vue. Wallander se mit à courir, Svedberg derrière lui. La plage était déserte. Wallander paniqua. À nouveau, il sentit le souffle de Konovalenko sur sa nuque.

— Elle a pu s'asseoir à l'abri d'une dune.

— Tu es certain qu'elle est venue ici ? demanda Svedberg.

— C'est la plage de Linda. Si elle a dit qu'elle allait à la plage, c'est ici. On va chercher chacun de notre côté.

Svedberg prit la direction de Kåseberga pendant que Wallander remontait vers l'est. Il essayait de se convaincre qu'il n'était rien arrivé à Linda. Mais pourquoi ne lui avait-elle pas obéi ? N'avait-elle pas encore compris, après tout ce qui était arrivé ?

De temps à autre, il se retournait vers la silhouette de Svedberg. Aucun résultat encore.

Soudain, il pensa à Robert Åkerblom. Dans une situation comme celle-ci, il aurait sûrement prié. Moi, je n'ai pas de dieu. Je ne crois même pas aux esprits, comme Victor. J'ai ma joie et ma peine, et c'est tout.

Un homme debout en haut du talus regardait la mer. Il tenait un chien en laisse. Wallander s'approcha. Avait-il vu une jeune fille seule sur la plage ? L'homme secoua la tête. Il venait d'y passer vingt minutes avec son chien, et il avait été seul.

— Et un homme ? demanda Wallander.

Il lui décrivit Konovalenko. L'homme secoua encore la tête.

Wallander continua. Il avait froid, malgré le vent tiède. La plage lui paraissait infinie. Puis il se retourna. Svedberg était très loin. Mais il y avait quelqu'un avec lui. Et il lui faisait signe.

Wallander se mit à courir. Lorsqu'il s'arrêta devant Svedberg et sa fille, il était épuisé. Il regarda Linda sans un mot, en essayant de reprendre son souffle.

— Tu ne devais pas quitter la maison, dit-il enfin.

— J'ai pensé qu'une promenade sur la plage était permise. En plein jour, je veux dire. Les problèmes se passent la nuit, pas vrai ?

Ils reprirent la voiture. Svedberg au volant, Wallander avec Linda à l'arrière.

— Que dois-je dire à grand-père ? demanda-t-elle.

— Rien du tout. Je vais lui parler ce soir. Demain je viendrai jouer aux cartes avec lui. Il sera content.

Ils se séparèrent non loin de la maison de Löderup. Svedberg et Wallander prirent la route de Stjärnsund.

— Je veux que la surveillance soit mise en place dès ce soir, dit Wallander.

— Je vais en parler tout de suite à Martinsson.

— Une voiture de police sur la route. Bien visible.

Svedberg le déposa dans la cour du haras.

— J'ai besoin de quelques jours, dit Wallander. Pendant ce temps, vous devrez continuer les recherches. Mais appelle-moi régulièrement.

— Que dois-je dire à Martinsson ?

— Que c'est toi qui as eu l'idée de faire surveiller la maison de mon père. Il faudra trouver les arguments.

— Tu ne veux toujours pas que je lui dise la vérité ?

— Tu sais où je suis. C'est suffisant.

Après le départ de Svedberg, Wallander alla à la

cuisine et fit frire quelques œufs. Deux heures plus tard, les chevaux étaient de retour.

— Elle a gagné ? demanda Wallander quand Sten Widén entra dans la cuisine.

— Oui. Mais de justesse.

Peters et Norén buvaient un café dans la voiture.

Ils étaient de mauvaise humeur. Svedberg leur avait donné l'ordre de surveiller la maison du père de Wallander. Les heures n'étaient jamais aussi longues que pendant une planque. Rien à faire, sinon attendre la relève. Il était vingt-trois heures. La nuit venait de tomber.

— Qu'est-il arrivé à Wallander, à ton avis ?

— Je ne sais pas, dit Norén. Combien de fois dois-je le répéter ? Je ne sais pas.

— On s'interroge, c'est normal. Je me demande s'il ne serait pas alcoolique, par hasard.

— Qu'est-ce qui te fait croire ça ?

— Tu as oublié la nuit où on l'a arrêté sur la route ? Il était ivre mort.

— Ça ne fait pas de lui un alcoolique. Non. Mais quand même.

La conversation retomba. Norén sortit de la voiture pour pisser.

Ce fut alors qu'il aperçut la lueur. Il crut d'abord que c'était un reflet de phares automobiles. Puis il vit la fumée.

— Ça brûle ! cria-t-il.

Peters sortit à son tour de la voiture.

— Un feu de forêt peut-être ?

La fumée montait d'un bosquet de l'autre côté du champ le plus proche. Impossible de bien voir, le terrain était vallonné.

— Il faut aller vérifier, dit Peters.

— Svedberg a dit qu'on ne devait pas quitter la maison quoi qu'il arrive.

— Si c'est un incendie, on est tenus d'intervenir. Ça prendra dix minutes au maximum.

— Demande d'abord l'autorisation de Svedberg.

— Dix minutes, insista Peters. De quoi tu as peur ?

— Je n'ai pas peur. Mais les ordres sont les ordres.

Peters eut pourtant le dernier mot. Il passa la marche arrière et s'engagea sur un chemin de traverse boueux, en direction de la fumée. Sur place, ils découvrirent un vieux jerrycan. Quelqu'un l'avait rempli de papiers et d'un matériau plastique qui donnait aux flammes un éclat particulier. À leur arrivée, le feu était presque éteint.

— Drôle d'heure pour brûler des vieilleries, dit Peters en regardant autour de lui.

Il n'y avait personne. L'endroit était désert.

— On y retourne, dit Norén.

Vingt minutes après, ils étaient de retour devant la maison. Tout semblait paisible. Les lumières étaient éteintes. Le père et la fille de Wallander avaient dû aller se coucher.

Plusieurs heures plus tard, Svedberg arriva pour prendre la relève.

— Rien à signaler, dit Peters.

Il passa sous silence leur petite excursion.

Svedberg somnola dans la voiture. L'aube arriva, puis le matin.

À huit heures, il s'étonna de ne voir personne. Il savait que le père de Wallander était extrêmement matinal.

À huit heures trente, il sentit l'inquiétude le gagner. Il sortit de la voiture et traversa la cour.

Il sonna. Pas de réaction.

La porte n'était pas fermée à clé. Il entra dans le vestibule. Silence. Soudain, il crut percevoir un grattement. Comme une souris essayant de traverser un mur. Il suivit le bruit jusqu'à une porte fermée. Il frappa. Un rugissement étouffé lui répondit. Une seconde plus tard, il découvrait le père de Wallander couché dans son lit. Il était ligoté, la bouche couverte par un ruban adhésif.

Svedberg resta un instant comme pétrifié. Puis il détacha l'adhésif avec précaution et libéra le vieil homme, avant de fouiller les pièces l'une après l'autre. La chambre où devait dormir Linda était vide. Il n'y avait dans la maison que le père de Wallander.

— Quand est-ce que ça s'est passé ?

— Vers onze heures du soir.

— Combien étaient-ils ?

— Un.

— Quoi ?

— Un homme. Mais il était armé.

Svedberg se leva, la tête complètement vide.

Puis il alla téléphoner à Wallander.

26

Le parfum acidulé des pommes d'hiver.

Ce fut sa première pensée au réveil. Mais ensuite, lorsqu'elle ouvrit les yeux dans le noir, il n'y eut plus rien. Rien que la terreur. Elle était étendue sur le sol. Odeur de terre humide. Aucun bruit, bien que la peur écarquillât tous ses sens. Avec précaution, elle tâta la surface autour d'elle. Un assemblage de dalles irrégulières. Elle comprit qu'elle se trouvait dans une cave. Le cellier de la maison de son grand-père avait un sol semblable.

Lorsqu'il n'y eut plus rien à enregistrer avec ses sens, elle réalisa qu'elle avait terriblement mal au crâne. Combien de temps ? Sa montre était restée sur la table de chevet. Pourtant il lui semblait qu'il s'était écoulé plusieurs heures.

Ses bras étaient libres. Mais en essayant de se redresser, elle s'aperçut qu'elle avait des chaînes aux chevilles. Ses doigts rencontrèrent un cadenas. La sensation d'être captive d'un cadenas de fer lui donna brusquement froid. Est-ce qu'on ne ligotait pas plutôt les gens avec des cordes ? Les chaînes appartenaient à un passé lointain, à l'esclavage et aux procès d'hérétiques.

Mais le pire, c'étaient les vêtements. La forme, les couleurs qu'elle ne pouvait voir mais qu'elle croyait sentir sous ses doigts, la forte odeur de détergent... ce n'était pas ses vêtements à elle, et quelqu'un les lui avait enfilés. Quelqu'un lui avait enlevé sa chemise de nuit et l'avait rhabillée de force, des sous-vêtements aux chaussures. Cette intrusion lui donnait la nausée. Elle se prit la tête dans les mains, oscillant d'avant en arrière. Ce n'est pas vrai, ce n'est pas vrai... Si pourtant. Elle se souvenait même de la manière dont cela s'était passé.

Elle avait été brutalement réveillée, en plein rêve, parce qu'on lui couvrait le nez et la bouche avec un torchon imbibé de produit. Elle avait perçu une odeur écœurante, puis la sensation cotonneuse de l'anesthésie. Dans la chambre vaguement éclairée par la lampe du perron, elle avait vu le visage d'un homme tout contre le sien. Elle se rappela soudain qu'il puait l'après-rasage, alors qu'il n'était même pas rasé. Il n'avait rien dit. Mais elle avait vu ses yeux. Elle ne les oublierait jamais. Puis un grand trou jusqu'au réveil sur la pierre humide.

Elle comprenait, bien sûr. Les yeux de cet homme étaient ceux de Konovalenko. L'homme qui avait tué Mabasha. L'homme qui voulait la peau de son propre père. C'était lui qui s'était glissé dans sa chambre, qui l'avait déshabillée, rhabillée et enchaînée.

Lorsque la trappe s'ouvrit, elle sursauta. La lumière était très forte. Exprès pour l'aveugler ? Elle crut voir une échelle, une paire de chaussures marron, un pantalon qui approchait. Puis, en dernier, le même visage et les mêmes yeux. Elle détourna la tête. Elle était terrifiée. Mais elle eut tout le même la présence d'esprit de constater que la cave était plus grande qu'elle ne l'avait cru, dans le noir. Peut-être occupait-elle tout le sous-sol d'une maison.

L'homme masquait à présent la lumière. Il avait apporté une lampe torche. Dans l'autre main, il tenait un objet métallique qu'elle n'identifia pas tout de suite.

Puis elle comprit.

Elle poussa un hurlement. Suraigu, prolongé. Il était descendu pour la tuer, et il allait le faire… avec des ciseaux ! Éperdue, elle tritura violemment ses chaînes, comme si elle espérait pouvoir les arracher par la seule force de sa volonté. La lampe torche l'éclairait ; le visage de l'homme n'était qu'une ombre découpée par la forte lumière à l'arrière-plan.

Soudain, il retourna la torche vers lui, à hauteur du menton. Son visage éclairé de bas en haut ressemblait à une tête de mort. Elle se tut d'un coup. Les hurlements ne faisaient qu'amplifier sa terreur. En même temps, elle ressentait un épuisement étrange. Il était trop tard, toute résistance était inutile.

Le crâne prit la parole à voix basse.

— Tu cries pour rien. Personne ne t'entend. Et ça risque de m'énerver. Je pourrais te faire mal. Alors il vaut mieux te taire.

Ces derniers mots n'étaient qu'un chuchotement.

Papa, pensa-t-elle. *Aide-moi*.

Tout alla très vite. Sans lâcher la torche, il l'attrapa par les cheveux et la tira vers le haut. Elle tressaillit, de douleur et de surprise. Mais il la tenait fermement, impossible de bouger. Elle entendit le bruit sec des ciseaux qui lui coupaient les cheveux juste sous l'oreille, tout autour de la nuque. Puis il la lâcha. La nausée revint, mêlée d'un soulagement confus.

Konovalenko roula les mèches en une boule qu'il rangea dans sa poche.

Il est malade, pensa-t-elle. Malade, fou et sadique.

Avec sa lampe, il éclairait maintenant son cou et la fine chaîne ornée d'un bijou en forme de luth qu'elle avait reçu de ses parents pour ses quinze ans.

— Le bijou, dit Konovalenko. Enlève-le.

Elle obéit en faisant attention à ne pas toucher ses mains lorsqu'elle le lui tendit. Il la quitta sans un mot, remonta l'échelle, ferma la trappe et l'abandonna dans le noir.

Elle rampa au sol jusqu'à rencontrer un mur. À tâtons elle chercha le recoin le plus proche et essaya de s'y cacher.

Dès la veille au soir, après l'enlèvement réussi de la fille du policier, Konovalenko avait fait sortir Tania et Sikosi Tsiki de la cuisine. Il avait besoin d'être seul, et il voulait être dans la cuisine. C'était la plus grande pièce de la maison. On avait conservé le style d'origine, avec poutres apparentes, vaisselier et fourneau à bois. Des chaudrons de cuivre étaient suspendus au mur. Pour Konovalenko, c'était une réminiscence de sa propre enfance à Kiev, la grande cuisine du kolkhoze où son père avait été commissaire politique.

C'était la dernière maison louée par Rykoff avant de mourir... Il avait constaté avec surprise que Vladimir lui manquait ; à la longue, les réactions affectives avaient presque complètement disparu. Or la mort de Rykoff l'affectait. Cela renforçait sa haine à l'encontre du policier qui s'obstinait à lui barrer la route. Sa fille se trouvait maintenant sous ses pieds. Elle était l'appât qui le ferait sortir de sa tanière. Mais la vengeance anticipée ne le délivrait pas entièrement de la mélancolie. Il buvait sa vodka, lentement pour ne pas être trop ivre, et se contemplait de temps à autre dans le miroir fixé au mur. Son visage lui parut brusquement laid. Se faisait-il vieux ?

À deux heures du matin, alors que Tania dormait ou feignait de dormir et que Sikosi Tsiki s'était enfermé dans sa chambre, il appela Jan Kleyn. Il avait soigneusement préparé son rapport. Il n'avait aucune raison de lui cacher que l'un de ses collaborateurs était mort. Cela ne lui ferait pas de mal de comprendre que Konovalenko ne travaillait pas sans risque. Alors il décida de lui mentir une fois de plus. Il lui dirait que le policier récalcitrant avait été enfin neutralisé. Il était tellement persuadé de réussir, maintenant qu'il avait la fille sous clé à la cave, qu'il pouvait se permettre de prendre ce petit acompte sur la mort de Wallander.

Jan Kleyn l'écouta sans commentaire particulier. Konovalenko savait que son silence était le plus grand des éloges. Puis Jan Kleyn l'informa que Sikosi Tsiki devait être rapatrié rapidement. Konovalenko avait-il un doute quant à ses capacités ? Il répondit par la négative. Là encore, il s'avançait un peu. Il n'avait pas eu beaucoup de temps à consacrer à Sikosi Tsiki. Celui-ci lui faisait avant tout l'impression d'un homme à la sensibilité pétrifiée. Il ne riait pour ainsi dire jamais, et son comportement était aussi maîtrisé, aussi irréprochable que sa mise vestimentaire. Une fois qu'il aurait réglé le problème Wallander, il suffirait de quelques jours de formation accélérée pour que le candidat soit au point. Il se déclara donc satisfait de Sikosi Tsiki. Jan Kleyn se contenta de cette réponse. Il conclut la conversation en demandant à Konovalenko de le rappeler trois jours plus tard. Il lui donnerait alors les instructions exactes pour le retour de Sikosi Tsiki.

L'échange avec Jan Kleyn lui avait rendu un peu de l'énergie entamée par la mort de Rykoff. L'enlèvement de la fille avait été une opération d'une facilité presque embarrassante. Après la visite de Tania au commissariat, il avait rapidement localisé la maison de Wallander père. Il avait appelé là-bas en personne ; une femme de ménage lui avait répondu. Il s'était présenté comme un employé des Télécoms chargé d'établir l'annuaire de l'année suivante. Y avait-il un changement de domicile en vue ? Tania avait acheté une carte détaillée de Scanie à la librairie d'Ystad. Après l'avoir étudiée, il se rendit à Löderup pour surveiller la maison à distance. La femme de ménage était partie en fin d'après-midi. Deux heures plus tard, une voiture de police s'immobilisait au bord de la route. Quand il fut certain qu'il n'y avait pas d'autre dispositif de surveillance, il improvisa rapidement la manœuvre de diversion. De retour à la maison de Tomelilla, il prépara le jerrycan déniché dans la remise et donna ses instructions à Tania. À bord de deux voitures – dont une louée à une station-service des environs – ils retournèrent à Löderup en fin de soirée et se mirent à l'œuvre. Tania avait fait brûler le feu correctement et, comme prévu, elle avait réussi à disparaître avant l'arrivée des policiers. Konovalenko savait qu'il disposait de très peu de temps. Mais c'était un défi supplémentaire. Il avait rapidement forcé la porte d'entrée, bâillonné et ligoté le grand-père dans son lit, anesthésié la fille. Puis il l'avait transportée jusqu'à la voiture. Le tout ne lui avait pris que dix minutes. Lorsque les deux policiers revinrent, il était déjà loin. Dans la journée, Tania avait acheté des vêtements pour la fille, et elle l'avait habillée pendant qu'elle était encore inconsciente. Il l'avait traînée ensuite dans la cave et lui avait enchaîné les jambes. Tout s'était passé sans encombre. La suite serait-elle aussi simple ?

En découvrant le bijou à son cou, il avait d'abord cru que cela suffirait à son père pour l'identifier. En même temps, il voulait donner à Wallander une autre image de la situation, une image menaçante qui ne lui laisserait aucun doute quant au sérieux de ses intentions. Il avait alors décidé de lui couper les cheveux et d'envoyer les mèches en même temps que le bijou. Les femmes tondues, cela sentait la déchéance et la mort. Wallander était policier, il comprendrait.

Konovalenko se versa un autre verre de vodka et regarda par la fenêtre. L'aube pointait. Il faisait presque chaud déjà. Bientôt il vivrait sous un soleil permanent, loin de ce climat où l'on ne savait jamais à quoi s'attendre d'un jour sur l'autre...

Il s'allongea pour dormir quelques heures. Au réveil, il regarda sa montre. Neuf heures et quart, le lundi 18 mai. Wallander devait déjà savoir que sa fille avait été enlevée. Il attendait maintenant des nouvelles de Konovalenko.

Je le laisse attendre. À chaque heure qui passe, le silence sera plus insoutenable, et son angoisse plus forte que sa capacité à la contrôler.

La trappe de la cave se trouvait juste derrière la chaise où il était assis. Il guettait le moindre bruit. Mais tout était silencieux.

Il resta encore un moment à regarder par la fenêtre. Puis il se leva, prit une grande enveloppe et glissa à l'intérieur les cheveux coupés et le bijou.

La nouvelle de l'enlèvement de Linda parvint à Wallander comme un accès de vertige.

Sten Widén qui se trouvait par hasard dans la cuisine quand le téléphone avait sonné, et qui avait décroché avant de lui passer le combiné, fut stupéfait de le voir arracher l'appareil du mur et le balancer de toutes ses forces par la porte ouverte du bureau. Puis il vit la peur sur son visage. La peur nue, atroce. Il comprit qu'il s'était passé quelque chose de terrible. La compassion lui paraissait en général un sentiment assez suspect. Mais pas cette fois. Le désespoir de Wallander le touchait de plein fouet. Il s'accroupit près de lui et lui tapota l'épaule.

Pendant ce temps, Svedberg avait déployé une énergie enragée. Après s'être assuré que le père de Wallander n'était pas blessé – à vrai dire, il ne semblait pas même sous le choc –, il appela Peters chez lui. Sa femme lui expliqua que son mari dormait après sa longue nuit de garde. Svedberg rugit qu'il fallait le réveiller sur-le-champ. Lorsque Peters prit le téléphone en bâillant Svedberg lui donna une demi-heure pour trouver Norén et se pointer devant la maison qu'ils étaient censés surveiller. Peters blêmit et promit de se dépêcher. Vingt minutes plus tard, Svedberg leur apprenait l'effroyable nouvelle.

— Je vais te dire la vérité, dit Norén, qui s'était déjà douté la veille que ce jerrycan n'était pas orthodoxe.

Peters, qui était le vrai responsable de l'excursion dans le sous-bois, ne dit rien. Mais Norén ne lui fit pas porter le chapeau. Dans le compte rendu qu'il fit à Svedberg, ils avaient pris la décision à deux.

— J'espère pour vous qu'il n'arrivera rien à la fille de Wallander, dit Svedberg. Maintenant, écoutez-moi bien. Vous allez prêter un serment, ici devant moi. Si vous le respectez, j'essaierai d'oublier que vous avez transgressé les ordres hier soir.

Si la fille s'en sort, personne ne saura rien. C'est clair ?

Les deux policiers hochèrent la tête.

— Vous n'avez rien vu hier soir. Il n'y avait pas de feu. La fille de Wallander n'a pas été enlevée. Rien n'est arrivé.

Peters et Norén écarquillèrent les yeux.

— Je suis absolument sérieux, dit Svedberg. Il ne s'est rien passé. C'est cela que vous devez garder en tête. Rien d'autre. C'est capital, je vous demande de me croire.

— Est-ce qu'on peut faire quelque chose ? demanda Peters.

— Oui. Rentrez chez vous et dormez.

Ensuite Svedberg chercha en vain un indice dans la cour et dans la maison. Il fouilla le bosquet où se trouvait encore le jerrycan. Des traces de pneus y conduisaient, c'était tout. Il retourna à la maison et parla encore une fois au père de Wallander, qui buvait un café dans la cuisine.

— Qu'est-ce qui s'est passé ? Linda a disparu…

— Je ne sais pas, répondit Svedberg sincèrement. Mais ça va sûrement s'arranger.

— Tu crois ? – La voix du père était pleine de doute. J'ai bien entendu que Kurt était bouleversé, au téléphone. Où est-il, au fait ? Qu'est-ce qui se passe au juste ?

— Il vous l'expliquera mieux que moi, dit Svedberg en se levant. Je vais le voir.

— Salue-le de ma part. Dis-lui que je vais bien.

— Vous pouvez compter sur moi.

Wallander l'attendait, pieds nus dans la cour de Sten Widén. Il était près de onze heures, Svedberg lui expliqua en détail la manière dont les choses avaient dû se passer. Il ne lui cacha pas avec quelle facilité Peters et Norén avaient été éloignés pendant les quelques minutes nécessaires à l'enlèvement. Pour finir, il transmit les salutations paternelles.

Wallander l'avait écouté sans broncher. Mais il paraissait absent. En général, on pouvait toujours capter le regard de Wallander quand on lui parlait. Là, son regard errait comme s'il n'avait nul endroit où se poser. Svedberg pensa qu'il était auprès de sa fille, où qu'elle fût.

— Pas de traces ? demanda-t-il pour finir.

— Aucune.

Ils entrèrent dans la maison.

— J'ai essayé de réfléchir, dit Wallander lorsqu'ils furent assis à la cuisine.

Svedberg vit que ses mains tremblaient.

— C'est évidemment Konovalenko qui l'a fait. C'est ce que je redoutais. Tout est de ma faute. J'aurais dû être là. Maintenant il se sert de ma fille pour me retrouver. Et il n'est pas seul.

— Non, dit Svedberg doucement. Si j'ai bien compris Norén et Peters, il n'aurait pas eu le temps d'allumer le feu lui-même avant de s'introduire dans la maison.

— Le feu a été allumé par Tania, dit Wallander après un instant de réflexion. La femme de Rykoff. Ils sont au moins deux, autrement dit. On ne sait pas où ils se cachent. Sans doute dans une maison des environs d'Ystad. Une maison très isolée. Que nous aurions pu localiser si la situation avait été différente. Maintenant c'est impossible.

Sten Widén entra sans bruit et posa une cafetière sur la table. Wallander leva la tête vers lui.

— Il me faudrait un truc plus fort, Sten.

Widén revint avec une bouteille de whisky enta-mée. Wallander dévissa distraitement la capsule et but une rasade au goulot.

— Il va prendre contact avec moi, dit-il. Il va se servir de la maison de mon père. C'est là que je dois attendre les nouvelles. Je ne sais pas quelle sera sa proposition. Dans le meilleur des cas, ma vie contre celle de Linda. Dans le pire des cas, quelque chose que je préfère ne pas imaginer.

Il regarda Svedberg.

— J'ai raisonné comme ça. Je me trompe ?

— Non, sans doute. Mais qu'est-ce qu'on peut faire ?

— Personne ne va faire quoi que ce soit. Pas de policiers autour de la maison, rien du tout. Konova-lenko flairera le moindre danger. Je dois être seul avec mon père. Ta mission à toi sera de veiller à ce que personne n'approche.

— Tu n'y arriveras pas sans aide, Kurt.

— Je ne veux pas que ma fille meure, dit Wallander simplement.

La discussion était close. Il avait pris sa décision, il n'en changerait pas.

— Bon. Alors je te conduis à Löderup.

— Ce n'est pas nécessaire, dit Sten Widén. Kurt peut prendre ma voiture.

Wallander hocha la tête. En se levant, il faillit tomber et dut se raccrocher au bord de la table.

— Tout va bien, dit-il.

Ils sortirent dans la cour. Svedberg et Widén le virent disparaître au volant de la Duett.

— Comment ça va finir ? demanda Svedberg.

Sten Widén ne répondit pas.

Lorsque Wallander arriva à Löderup, son père était à l'atelier.

Pour la première fois de sa vie, Wallander vit qu'il avait abandonné son éternel motif. Ce paysage-ci était différent, plus sombre, plus chaotique. Aucune unité de composition. La forêt semblait pousser hors du lac, les montagnes à l'arrière-plan basculaient vers le spectateur.

Au bout d'un moment il posa ses pinceaux. Lorsqu'il se retourna, Wallander vit la peur sur son visage.

— On rentre, dit-il. J'ai renvoyé Gertrud chez elle.

Dans la cour, son père posa une main sur son épaule. Il ne pouvait se rappeler quand le vieux avait eu pour la dernière fois un geste semblable.

Dans la cuisine, Wallander lui raconta tout. Son père paraissait perdu dans cette multitude d'événements enchevêtrés. Mais il voulait tout de même lui donner une image de ce qui s'était passé au cours des trois dernières semaines, lui dire qu'il avait tué un homme et que sa fille était en danger.

Lorsqu'il se tut, son père regarda longuement ses mains.

— Je vais nous sortir de là, reprit Wallander. Je suis un bon flic. Maintenant je vais attendre ici que cet homme prenne contact avec moi. Ça peut se produire d'un instant à l'autre. Mais, à mon avis, pas avant demain.

L'après-midi s'écoula. Aucun signe de Konovalenko. Svedberg appela à deux reprises, mais Wallander n'avait rien de neuf à lui communiquer. Il envoya son père à l'atelier en lui disant de continuer à peindre. Il n'avait plus la force de le voir ainsi immobile, assis, à regarder ses mains. En temps normal, le vieux aurait réagi à un tel ordre par un accès de rage. Là, il se leva simplement et sortit.

Wallander fit les cent pas, s'assit un instant, se releva aussitôt. Il sortit dans la cour et scruta l'horizon par-dessus les champs. Puis il retourna à l'intérieur et se remit à tourner en rond. À deux reprises il essaya de manger quelque chose. Impossible. L'angoisse, l'impuissance, la rage lui brouillaient l'esprit. Robert Åkerblom fit plusieurs apparitions dans ses pensées. Mais il le chassa, de peur que cette image n'agisse comme une malédiction sur le sort de sa fille.

La soirée passa. Toujours aucune nouvelle de Konovalenko. Svedberg l'appela pour lui dire qu'il serait maintenant joignable à son domicile. Wallander téléphona à Sten Widén, sans raison particulière. À vingt-deux heures, il envoya son père se coucher. La nuit était très claire. Il resta un moment assis sur les marches de la cuisine. Lorsqu'il fut certain que son père dormait, il appela Baiba Liepa à Riga. Le téléphone sonna dans le vide. Il réessaya une demi-heure plus tard. Elle répondit. Très calmement, il lui raconta que sa fille avait été enlevée par un homme excessivement dangereux. Il lui dit qu'il n'avait personne à qui parler. C'était la pure vérité. Puis il lui demanda pardon une nouvelle fois pour la nuit où il l'avait réveillée. Il essaya de lui décrire ce qu'il éprouvait pour elle, mais c'était difficile. Les mots anglais étaient trop lointains. Avant de raccrocher, il lui dit qu'il la rappellerait. Elle n'avait presque rien dit pendant leur échange, se contentant de l'écouter.

Après coup, il se demanda s'il lui avait même réellement parlé.

La nuit passa très lentement. De temps à autre, il s'asseyait dans l'un des vieux fauteuils râpés de son père et fermait les yeux. Mais chaque fois, au bord du sommeil, il se réveillait en sursaut. À nouveau, il se mit à marcher dans la maison, et ce fut comme un voyage à travers toute sa vie.

À l'aube, il contempla un lièvre solitaire assis immobile au milieu la cour.

Mardi 19 mai.

Peu après cinq heures, il se mit à pleuvoir.

Le taxi arriva à huit heures. C'était une voiture de Simrishamn. En l'entendant approcher, il était sorti sur le perron. Le chauffeur lui remit une épaisse enveloppe.

Elle était adressée à son père.

— D'où vient-elle ? demanda Wallander.

— Une dame l'a laissée chez nous à Simrishamn, dit le chauffeur qui ne souhaitait pas s'attarder sous la pluie. Elle a payé. Tout est OK. Pas besoin de récépissé.

Wallander hocha la tête. Tania avait repris les tâches de son mari.

Le taxi disparut. Wallander était seul dans la maison. Son père travaillait déjà à l'atelier.

Une enveloppe matelassée. Il l'examina soigneusement avant de l'ouvrir. Tout d'abord, il ne comprit pas ce qu'il avait sous les yeux.

Comme pétrifié, il regardait fixement les mèches répandues sur la table. Puis il fondit en larmes. La douleur passa un nouveau cap. Il n'avait plus la force d'y résister. Qu'avait-on fait à Linda ? Tout était de sa faute, lui qui l'avait entraînée dans cette histoire, lui qui n'avait pas su la protéger.

Serrant dans sa main le petit bijou en forme de luth, il s'obligea à lire le court message qui accompagnait l'envoi.

Douze heures plus tard exactement, Konovalenko reprendrait contact avec lui. Ils devaient se voir pour régler leur problème, écrivait-il. D'ici là, Wallander devait attendre, rien d'autre. Tout contact avec la police mettrait en danger la vie de sa fille.

La lettre n'était pas signée.

À nouveau, il contempla les mèches de cheveux de Linda. Le monde était impuissant face à ce type de mal. Comment croire alors qu'il puisse avoir la moindre chance contre Konovalenko ?

C'était sans doute précisément le genre de pensée que souhaitait lui inspirer le Russe. Il lui avait d'ailleurs laissé douze heures de réflexion, pour lui ôter tout espoir quant à une solution autre que celle dictée par lui.

Wallander était prostré sur sa chaise.

Il n'avait aucune idée de ce qu'il pourrait faire.

27

À l'origine des temps, Karl Evert Svedberg avait décidé de devenir policier pour une seule raison, qu'il tentait de garder secrète.

Il avait peur du noir.

Il avait traversé toutes les nuits de son enfance

avec la lampe de chevet allumée. Contrairement à ce qui se passe en général, sa peur n'avait pas diminué avec les années. Au contraire. Elle n'avait fait que croître, en même temps que sa honte de souffrir d'une tare qui ne pouvait être assimilée qu'à de la lâcheté. Son père, qui était boulanger et se levait chaque matin à deux heures et demie, lui suggéra de choisir le même métier. Il dormirait pendant la matinée, et le problème se résoudrait de lui-même. Sa mère, qui était modiste et qui, dans le cercle de plus en plus restreint de sa clientèle, était créditée d'un grand talent pour donner vie à des chapeaux de dame personnels et expressifs, voyait la chose d'un œil nettement plus sérieux. Elle conduisit son fils chez un psychologue pour adolescents, qui affirma que la phobie du garçon finirait bien malgré tout par disparaître avec le temps. La suite démentit ce pronostic. Mais Svedberg ne réussit jamais à comprendre l'origine de sa peur. Pour finir, il décida de devenir policier, dans l'idée qu'il combattrait sa faiblesse en renforçant son courage personnel. Mais au matin de ce mardi 19 mai, sa lampe de chevet était allumée, comme d'habitude, et la porte de sa chambre fermée à clé. Svedberg vivait seul dans un appartement du centre-ville.

Il éteignit la lampe et se leva. Il avait mal dormi. Les événements qui avaient culminé la veille avec la découverte de l'enlèvement de Linda le bouleversaient et l'effrayaient. Il devait absolument aider Wallander. Il y avait réfléchi pendant la nuit. Qu'allait-il bien faire sans violer son serment de silence ? Peu avant l'aube, sa décision était prise. Il allait tenter de localiser la maison où se cachait Konovalenko. Il supposait que la fille de Wallander était avec lui. Peu avant huit heures, il arriva au commissariat. Il n'avait qu'un seul point de départ : les indices relevés sur le champ de manœuvre. C'était Martinsson qui avait passé en revue les rares affaires personnelles retrouvées sur les deux cadavres. Rien de remarquable. Mais au cours de la nuit, Svedberg avait résolu d'y jeter un coup d'œil lui-même. Il entra dans la salle où étaient conservés les éléments découverts sur les lieux de différents crimes et finit par dénicher les bons sacs plastiques. Martinsson n'avait absolument rien trouvé dans les poches de l'Africain, ce qui était remarquable en soi. Ce sac-là ne contenait que quelques grains de gravier. Puis il vida avec précaution sur la table le contenu du deuxième sac. Dans les poches du gros Rykoff, Martinsson avait ramassé des cigarettes, un briquet, des brins de tabac, des nids de poussières indéfinissables et autres débris divers. L'intérêt de Svedberg se concentra immédiatement sur le briquet, qui portait un texte publicitaire presque entièrement effacé. Svedberg le tourna vers la lumière. Après avoir rangé les sacs à leur place initiale, il emporta le briquet dans son bureau. Une réunion était prévue pour dix heures trente, une réunion consacrée aux recherches concernant Konovalenko et Wallander. D'ici là, il voulait être tranquille. Il prit une loupe dans un tiroir, ajusta le faisceau de sa lampe de travail et se mit à examiner le briquet. Une minute plus tard, son cœur fit un bond. Il avait déchiffré le texte. Ce n'était peut-être pas grand-chose, mais il avait reconnu une publicité pour le supermarché ICA de Tomelilla. Rykoff avait pu se le procurer n'importe où. Mais s'il s'était rendu en personne dans ce magasin, un caissier se souviendrait peut-être d'un homme qui parlait avec un accent et qui était surtout d'une corpulence peu commune. Il rangea le briquet dans sa poche et quitta le commissariat sans préciser où il allait. Il prit la route de Tomelilla, trouva le magasin ICA, exhiba sa carte et demanda à parler au gérant. Un jeune homme arriva. Svedberg lui montra le briquet et s'expliqua. Le gérant réfléchit avant de secouer la tête. Il ne se rappelait pas qu'un homme très gros soit venu faire ses courses au magasin ces derniers temps.

— Parlez-en à Britta. C'est la caissière. Mais j'ai peur qu'elle n'ait pas très bonne mémoire.

En tout cas, elle est distraite.

— Est-ce la seule caissière ?

— Nous avons une personne qui vient nous épauler le samedi. Elle n'est pas là aujourd'hui.

— Téléphonez-lui. Demandez-lui de venir immédiatement.

— C'est si urgent que ça ?

Le gérant partit téléphoner. Svedberg ne lui avait pas laissé le choix. Il attendit que Britta, une femme d'une cinquantaine d'années, en eût fini avec un client qui avait aligné sur le comptoir toute une série de coupons de rabais. Svedberg se présenta.

— Je veux savoir si un homme gros et massif est venu faire ses courses ici récemment.

— On a beaucoup de gros clients.

— Pas gros. Énorme. Colossal. Et il a un accent. L'avez-vous vu ?

Elle fit un effort, mais Svedberg vit bien que la curiosité gênait sa concentration.

— Il n'a rien fait d'intéressant, précisa-t-il. Je veux juste savoir s'il est venu ici.

— Non. S'il était gros à ce point, je m'en souviendrais. J'essaie moi-même de maigrir. Alors je regarde les gens.

— Vous êtes-vous absentée une journée, ces derniers temps ?

— Non.

— Pas même une heure ?

— Ça m'arrive.

— Qui s'occupe de la caisse dans ces cas-là ?

— Sven. Le gérant.

Svedberg sentit retomber son espoir. Il la remercia et fit le tour de la boutique tout en attendant l'arrivée de la caissière occasionnelle. Il réfléchissait fébrilement. Que ferait-il si l'indice ne donnait rien ? Comment poursuivre ?

La fille qui travaillait le samedi était jeune, dix-sept ans tout au plus. Elle était d'une corpulence remarquable et Svedberg s'inquiéta aussitôt à l'idée de devoir lui parler d'un homme gros. Le gérant la présenta : Anika Hagström. Svedberg pensa à une femme qu'on voyait sans cesse à la télévision. Par où commencer ? Le gérant s'était discrètement éclipsé. Ils se trouvaient devant une gondole d'aliments pour chiens et chats.

— On m'a dit que vous travailliez ici de temps à autre, commença Svedberg sans conviction.

— Je ne trouve pas de boulot. Alors je viens donner un coup de main le samedi. C'est tout ce que je fais.

— Ce n'est pas facile par les temps qui courent, dit Svedberg sur un ton qui se voulait compréhensif.

— J'ai envisagé d'entrer dans la police, dit soudain la fille.

Svedberg écarquilla les yeux.

— Mais je crois que l'uniforme ne m'irait pas. Pourquoi ne portez-vous pas l'uniforme ?

— On ne le met pas toujours.

— Alors je vais peut-être y réfléchir. Qu'est-ce que j'ai fait ?

— Rien du tout. Je voulais juste vous demander si vous aviez vu un homme ici dans la boutique. Un homme... euh... différent.

— Différent comment ?

— Un homme très, très gros. Qui parle mal le suédois.

— Ah, lui !

À nouveau, Svedberg écarquilla les yeux.

— Il est passé samedi, poursuivit-elle.

Svedberg chercha fébrilement son bloc-notes.

— Quand ?

— Vers neuf heures.

— Il était seul ?

— Oui.

— Vous vous souvenez de ce qu'il a acheté ?

— Plein de choses. Plusieurs paquets de thé, entre autres. Ça lui a fait quatre gros sacs en tout.

C'est lui, pensa Svedberg. Les Russes boivent du thé comme nous le café.

— Comment a-t-il payé ?

— En liquide.

Les réponses fusaient vite, sans hésitation.

— Quel effet vous a-t-il fait ? Était-il nerveux ?

— Il était pressé. Il a entassé la marchandise en vrac dans les sacs.

— A-t-il dit quelque chose ?

— Non.

— Alors comment pouvez-vous savoir qu'il avait un accent ?

— Il a dit bonjour et merci. Un accent, ça s'entend tout de suite.

Svedberg acquiesça. Il ne lui restait qu'une seule question.

— Vous ne sauriez pas par hasard où il habite ?

Elle plissa le front et réfléchit. Serait-il possible qu'elle puisse répondre aussi à cette question...

— Quelque part du côté de la carrière, dit-elle enfin.

— La carrière ?

— Savez-vous où se trouve le centre de formation pour adultes ?

Svedberg acquiesça. Il le connaissait.

— Dépassez-le, et prenez ensuite à gauche. Puis à nouveau à gauche.

— Comment savez-vous qu'il habite là ?

— Dans la file d'attente derrière lui, il y avait un vieux qui s'appelle Holgerson. Il a tendance à bavarder au moment de payer. Il a dit qu'il n'avait jamais vu un type aussi gros. Il a ajouté qu'il l'avait vu devant une maison du côté de la carrière. Il y a quelques fermes abandonnées là-bas. Holgerson sait tout ce qui se passe à Tomelilla.

Svedberg rangea son bloc. Il était pressé.

— Tu sais quoi ? dit-il. Je me demande si tu ne devrais pas essayer d'entrer dans la police.

— Qu'a-t-il fait ?

— Rien du tout. Si jamais il revient, lui ou un autre type avec un accent, tu fais semblant de rien. Surtout, tu ne parles pas d'un policier.

— Je ne dirai rien. Ce serait possible de visiter le commissariat ?

— Téléphone et demande-moi. Demande Svedberg. C'est moi. Je te montrerai la maison.

Le visage de la jeune fille s'éclaira.

— Je vais le faire !

— Mais attends quelques semaines. On a beaucoup de travail en ce moment.

Quittant le magasin, il suivit les indications de la jeune fille. Parvenu à l'embranchement, il s'arrêta et prit ses jumelles dans la boîte à gants. Il gagna la carrière et grimpa sur un casse-pierres abandonné.

Il vit deux fermes, à bonne distance l'une de l'autre. L'une était à moitié en ruine, l'autre paraissait en meilleur état. Il ne vit aucune voiture devant. La maison paraissait déserte. Pourtant il sentit intuitivement que c'était la bonne. Elle était isolée. Aucune route ne passait par là. Personne n'emprunterait ce cul-de-sac à moins de devoir se rendre à la ferme.

Il attendit sans lâcher les jumelles, sous la pluie fine.

Trente minutes plus tard, la porte s'ouvrit. Une femme sortit. *Tania*, pensa-t-il. Elle alluma une cigarette et la fuma, debout sous un arbre.

Il posa ses jumelles. La fille de la boutique avait de bons yeux, de bonnes oreilles et une bonne mémoire. Il retourna à sa voiture. Il était dix heures passées. Il décida d'appeler le commissariat et de se porter malade. Il n'avait plus de temps à perdre en réunions. Il devait parler à Wallander.

Tania jeta le mégot et l'écrasa sous son talon. Elle s'attarda dans la cour humide. La météo cadrait bien avec son humeur. Konovalenko s'était retiré avec le nouvel Africain ; leur conversation ne l'intéressait pas. Vladimir l'avait tenue informée, de son vivant. Elle savait qu'un politicien important devait être éliminé en Afrique du Sud. Mais qui ? Pourquoi ? Vladimir le lui avait sûrement dit, mais elle n'en gardait aucun souvenir.

Elle était sortie dans la cour pour avoir quelques minutes de solitude. Elle n'avait presque pas eu le loisir de penser aux conséquences de la mort de Vladimir. Le chagrin qu'elle éprouvait l'étonnait elle-même. Leur mariage n'avait jamais été autre chose qu'un arrangement pratique qui leur convenait à tous deux. Lorsqu'ils avaient fui l'Union soviétique, ils s'étaient entraidés. Ensuite, en Suède, elle avait assisté Vladimir dans ses différentes tâches. Tout cela avait changé lorsque Konovalenko s'était soudain matérialisé dans leur vie. Au début, Tania s'était sentie attirée par lui. Son autorité, son assurance contrastaient avec la personnalité de Vladimir. Quand Konovalenko avait commencé à s'intéresser à elle, elle n'avait pas hésité. Très vite pourtant, elle avait compris qu'il l'utilisait. Sa froideur, son mépris total pour les autres l'avaient effrayée. Il en était venu à dominer complètement leur vie. Parfois, en fin de soirée, lorsqu'ils étaient seuls, Vladimir et elle, ils avaient parlé de partir, de recommencer de zéro, loin de l'influence de Konovalenko. Mais cela ne s'était jamais fait et à présent Vladimir était mort. Il lui manquait. Elle n'avait aucune idée de ce qui allait se passer maintenant. Konovalenko était comme possédé par l'idée de détruire le policier qui avait tué Vladimir et lui avait causé personnellement tant d'ennuis. Elle pensa que les projets d'avenir devraient attendre ; quand le policier serait mort et que l'Africain serait retourné chez lui, on verrait... Elle savait qu'elle dépendait de Konovalenko. Il n'y avait pas de retour pour les exilés. Elle pensait de plus en plus rarement à Kiev, leur ville natale, à Vladimir et à elle. Ce qui lui faisait mal, ce n'était pas tant les souvenirs que la certitude de ne jamais revoir les lieux et les gens qui étaient autrefois sa vie même. La porte avait été claquée, la clé jetée. Les ultimes débris du passé avaient disparu avec Vladimir.

Elle pensa à la fille enfermée à la cave. C'était le seul sujet sur lequel elle avait interrogé Konovalenko au cours des derniers jours. Qu'allait-il lui arriver ? Il avait répondu qu'il la relâcherait une fois qu'il aurait mis la main sur son père. Mais elle avait des doutes. L'idée qu'il puisse la tuer, elle aussi, la remplissait d'effroi.

Tania avait du mal à démêler ses propres sentiments. Elle éprouvait une haine sans réserve pour l'homme qui avait assassiné son mari d'une manière barbare – aux dires de Konovalenko, qui n'était pas entré dans les détails. Mais sa fille n'y était pour rien... Il ne devait pas la sacrifier, c'était impossible. En même temps, elle savait qu'elle ne pourrait rien faire pour l'en empêcher. Le moindre signe de résistance de sa part ne ferait que retourner Konovalenko contre elle, avec des conséquences qu'elle n'osait même pas imaginer.

Elle grelottait sous la pluie. Elle décida de retourner à l'intérieur. La voix de Konovalenko lui parvenait comme un murmure à travers la porte fermée. Elle regarda la trappe, puis l'horloge. C'était l'heure de nourrir la prisonnière. Elle avait déjà préparé un sac en plastique contenant un thermos et quelques tartines. Jusqu'à présent, la fille n'avait touché à rien. Elle alluma l'ampoule installée par Konovalenko, et ouvrit la trappe. À la main, elle tenait une lampe torche.

Linda était dans un coin. Roulée en boule, comme si elle souffrait de crampes. Tania éclaira le pot de chambre posé à même le sol. Il n'avait pas été utilisé. Un éclair de pitié la traversa. Jusque-là, elle avait été si enfermée dans sa douleur de la perte de Vladimir qu'il n'y avait eu de place pour rien d'autre. À présent, en la voyant ainsi recroquevillée, paralysée par la peur, elle eut un mouvement de révolte. Il n'y avait aucune raison que cette fille soit obligée de rester là, dans cette cave plongée dans le noir. Avec des chaînes autour des jambes, en plus. On aurait pu la mettre dans une chambre du premier étage, entravée au besoin, mais pas avec des chaînes.

La fille ne bougeait pas. Du regard, elle suivait les mouvements de Tania. Celle-ci avança. La vue de ses pauvres cheveux lui serra le cœur. Elle s'accroupit.

— Ce sera bientôt fini, dit-elle.

La fille ne répondit pas. Elle regardait Tania droit dans les yeux.

— Tu dois essayer de manger un peu. Ce sera bientôt fini.

La terreur a déjà commencé à la dévorer, pensa-t-elle.

Soudain, elle comprit qu'elle devait aider Linda. Cela lui coûterait peut-être la vie. Mais elle le ferait

469

quand même. La cruauté de Konovalenko était trop lourde, y compris pour elle.

— Ne t'inquiète pas, murmura-t-elle.

Elle remonta l'échelle, ferma la trappe et se retourna.

Konovalenko était là. Elle poussa un cri. Cette manière qu'il avait de s'approcher sans bruit... Qu'avait-il entendu. Parfois elle avait l'impression que son ouïe était anormalement développée. Comme un animal de nuit. Il entend ce que les autres ne perçoivent pas.

— Elle dort, dit Tania.

Konovalenko la dévisagea. Puis il sourit et quitta la cuisine sans un mot.

Tania se laissa tomber sur une chaise et alluma une cigarette. Ses mains tremblaient.

Svedberg appela Wallander peu après treize heures. Il décrocha à la première sonnerie. Svedberg était resté longtemps assis dans sa cuisine à réfléchir au meilleur moyen de le convaincre. Wallander ne réagissait plus avec sa raison. D'une certaine façon, pensa Svedberg, on ne peut pas se fier à lui. Il est dominé par la peur de ce qui risque d'arriver à sa fille. Il est capable de tout.

— J'ai trouvé la maison de Konovalenko, annonça-t-il sans préambule.

Il crut l'entendre tressaillir à l'autre bout du fil.

— Je te passe les détails. C'est une vieille ferme, à l'est de Tomelilla. Près d'une carrière abandonnée.

— J'espère que personne ne t'a vu...

Svedberg perçut son épuisement et sa tension extrême.

— Sois tranquille.

— Comment veux-tu que je sois tranquille ?
Svedberg ne sut que répondre.

— Je crois que je situe cette carrière, reprit
Wallander. Si tu as raison, ça me donne une avance
sur lui.

— Il t'a contacté ?

— Il respectera l'horaire. Vingt heures, ce soir. Je
ne ferai rien avant.

— Kurt, écoute-moi. Tu ne peux pas agir seul.

— Je n'ai pas le choix. Quel que soit le lieu du
rendez-vous, il aura un contrôle total de la situation.
Personne d'autre que moi ne pourra approcher. S'il
s'aperçoit que je ne suis pas seul...

— J'ai bien compris. Mais on doit essayer.

Silence.

— Je sais que ton intention est bonne, dit Wallander enfin. Mais je ne peux pas prendre de risque. Je
ne te communiquerai pas le lieu du rendez-vous.
Merci d'avoir trouvé la maison. Je ne l'oublierai pas.

Il raccrocha. Svedberg resta assis, le combiné à la
main.

Il n'avait pas envisagé que Wallander puisse tout
simplement choisir de ne pas lui révéler l'information décisive. Que faire maintenant ? Wallander
disait n'avoir besoin de personne. Quant à lui, il
sentait qu'il avait absolument besoin de quelqu'un.
Mais vers qui se tourner ?

Il alla à la fenêtre et contempla la flèche de l'église
par-dessus les toits. Après sa fuite sur le champ de
manœuvre, Wallander avait choisi de contacter Sten
Widén. Svedberg n'avait jamais rencontré cet homme
auparavant. Il n'avait jamais entendu Wallander
parler de lui. Pourtant, ils étaient manifestement
amis et se connaissaient depuis longtemps. C'était

vers lui que s'était tourné Wallander lorsqu'il avait eu besoin d'aide. Svedberg décida maintenant de faire la même chose. Il quitta la ville. La pluie tombait plus fort, et le vent s'était levé. Il roulait le long de la mer en pensant que tout ceci devait bientôt s'arrêter. C'était beaucoup trop grand, beaucoup trop lourd pour un petit district de police comme Ystad.

Il trouva Sten Widén dans les écuries. Devant un box où un cheval inquiet marchait de long en large en donnant des coups de sabot dans la porte. Svedberg le salua et resta debout à côté de lui. L'animal était immense et beau. Svedberg n'était jamais monté sur un cheval. Il avait beaucoup de respect pour les chevaux et ne comprenait pas qu'on puisse de son plein gré passer sa vie à les entraîner.

— Elle est malade, dit Sten Widén. Je ne sais pas ce qu'elle a.

— Elle paraît un peu agitée...

— C'est parce qu'elle a mal.

Widén tira le verrou, entra dans le box et saisit le bridon. La jument se calma aussitôt. Puis il examina la jambe avant gauche. Svedberg se pencha craintivement pour mieux voir.

— Elle est enflée, dit Sten Widén. Tu vois ?

Svedberg ne voyait rien. Mais il marmonna un assentiment. Sten Widén caressa un peu la jument et ressortit du box.

— J'ai besoin de te parler, dit Svedberg. Viens.

Dans la maison, Svedberg découvrit une vieille dame assise dans un canapé au milieu d'une grande pièce en désordre. Elle ne cadrait pas du tout avec le décor. Vêtue avec élégance, très maquillée, des bijoux coûteux. Sten Widén avait capté son regard.

— Elle attend son chauffeur, dit-il quand ils

furent dans la cuisine. Elle possède deux chevaux ici.

— Ah.

— C'est la veuve d'un entrepreneur de Trelleborg. Elle vient de temps en temps. Je crois qu'elle est très seule.

Ces dernières paroles avaient été prononcées avec une empathie qui prit Svedberg au dépourvu.

— Je ne sais pas très bien pourquoi je suis venu, commença-t-il. Enfin si, je le sais, bien sûr. Je veux te demander ton aide. Mais je n'ai aucune idée des conséquences.

Il lui parla de la maison de Tomelilla. Sten Widén se leva et fouilla dans une armoire débordant de papiers et de programmes de courses. Pour finir, il dénicha une vieille carte tachée, déchirée par endroits, qu'il déplia sur la table. De la pointe d'un crayon, Svedberg lui indiqua l'emplacement de la ferme.

— Je n'ai aucune idée de ce que compte faire Wallander, dit Svedberg. Il n'ose pas prendre de risque, à cause de sa fille. Ça se comprend. Le problème est juste qu'il n'a pas la moindre chance contre Konovalenko.

— Tu as l'intention de l'aider ?

Svedberg hocha la tête.

— Mais je n'y arriverai pas tout seul. Je n'ai trouvé personne d'autre que toi à qui parler. La police doit rester hors du coup. C'est pour ça que je suis venu. Tu le connais, tu es son ami.

— Peut-être.

— Pardon ?

— Ça fait très longtemps qu'on se connaît. Mais

on a pratiquement cessé de se voir. Depuis au moins dix ans.

— Ah. J'avais imaginé les choses autrement.

Une voiture s'arrêta dans la cour. Sten Widén se leva pour raccompagner la veuve de l'entrepreneur. Svedberg pensa qu'il avait commis une erreur. Sten n'était pas réellement l'ami de Wallander.

— Quelle est ton idée ? demanda Widén en revenant.

Svedberg lui expliqua : peu après vingt heures, il appellerait Wallander. Il espérait pouvoir lui soutirer, sinon le lieu, du moins l'heure du rendez-vous. Ensuite il se rendrait à la ferme, de préférence avec quelqu'un. Juste pour être là, invisible, en cas de besoin.

Sten Widén l'avait écouté sans réagir. Il se leva et quitta la cuisine. Svedberg se demanda s'il était allé aux toilettes. Mais, à son retour, il avait une carabine.

— On va essayer de l'aider, dit Widén simplement.

Il s'assit et entreprit d'examiner la carabine. Svedberg posa son arme de service sur la table pour montrer qu'il était prêt, lui aussi. Sten Widén fit la grimace.

— Pas génial pour chasser un fou furieux aux abois.

— Tu pourras quitter les chevaux ?

— Ulrika dort ici. C'est une fille qui m'aide aux écuries.

Svedberg ne se sentait pas très à l'aise. Le mutisme de Widén, son côté original pour ne pas dire bizarre faisaient qu'il avait du mal à se détendre en sa compagnie. Mais il était content de ne plus être seul.

Vers quinze heures, Svedberg rentra chez lui. Ils

avaient convenu qu'il l'appellerait dès qu'il aurait parlé à Wallander. En chemin, il acheta les journaux du soir. Il les feuilleta dans la voiture. Konovalenko et Wallander étaient déjà relégués à la page trois.

Soudain, il imagina des gros titres. Insoutenables.

Avec une photo de la fille de Wallander en première page.

Il appela Wallander à vingt heures vingt. Konovalenko s'était manifesté.

— Donne-moi au moins l'heure, supplia Svedberg.

Wallander hésita.

— Sept heures, demain matin.

— Mais pas à la ferme.

— Non. Ailleurs. Ne me pose pas d'autres questions, s'il te plaît.

— Que va-t-il se passer ?

— Il a promis de relâcher Linda. C'est tout ce que je sais.

Mensonge, pensa Svedberg. Tu sais qu'il va tenter de te tuer.

— Sois prudent, Kurt.

Svedberg était à présent certain que la rencontre aurait lieu à la ferme. Wallander avait répondu un peu trop vite.

Il appela Sten Widén. Ils convinrent de se retrouver vers minuit.

À l'heure dite, ils partagèrent un café dans la cuisine de Svedberg. Dehors il pleuvait toujours. À deux heures moins le quart, ils se mirent en route.

28

L'homme était revenu. C'était le troisième matin d'affilée que Miranda le voyait de l'autre côté de la rue, parfaitement immobile. Elle l'observa à travers le voilage. Un Blanc, en costume et cravate. Il semblait perdu comme un étranger. Le premier jour, elle l'avait aperçu juste après le départ de Matilda pour l'école. Elle avait réagi tout de suite, car la rue était d'habitude déserte. Le matin, les hommes qui vivaient dans les villas partaient dans leurs voitures vers le centre de Johannesburg. Plus tard, les femmes prenaient leurs propres voitures pour faire leurs courses, ou pour se rendre à l'institut de beauté, ou tout simplement pour disparaître. À Bezuidenhout vivait une tribu déçue et inquiète de la classe moyenne blanche, celle qui n'avait pas réussi à gravir les derniers degrés de la pyramide sociale. Miranda savait que, parmi ses voisins, beaucoup envisageaient d'émigrer. Une vérité supplémentaire commençait lentement à se faire jour. Pour ces gens-là, l'Afrique du Sud n'était pas réellement une patrie. Même s'ils y étaient nés, ils n'avaient pas hésité à programmer leur fuite lorsque De Klerk avait tenu son discours de février, laissant entrevoir la possibilité d'une ère nouvelle. Une ère nouvelle qui verrait peut-être d'autres Noirs que Miranda s'installer à Bezuidenhout.

Mais cet homme n'était pas du quartier, et Miranda se demandait ce qu'il voulait. Il semblait observer sa maison. Cela lui fit peur. Pouvait-il être un officiel, un envoyé de ces organes insaisissables qui réglementaient encore la vie des Noirs ? Elle attendait qu'il se manifeste, qu'il sonne à sa porte. Mais plus le temps passait, plus elle doutait. D'ailleurs, il n'avait pas de porte-documents. Les Blancs s'adressaient aux Noirs par l'intermédiaire de chiens, de policiers, de matraques et de véhicules blindés, ou alors à travers des documents officiels. Mais cet homme-ci avait les mains vides.

Le premier matin, Miranda était retournée plusieurs fois à la fenêtre. Il était toujours à la même place. Elle avait pensé à une statue que personne ne savait où mettre, ou dont personne ne voulait. À neuf heures, il avait disparu. Mais le lendemain il était à nouveau à son poste, au même endroit, le regard tourné vers ses fenêtres. La peur l'étreignit. Matilda avait été dénoncée ! Cet homme pouvait très bien être de la police secrète ; à l'arrière-plan, invisibles depuis ses fenêtres, des voitures attendaient, des hommes en uniforme... Mais son comportement était trop singulier. Elle eut alors pour la première fois l'idée qu'il voulait qu'elle le voie, et qu'elle comprenne qu'il ne constituait pas un danger. Il lui donnait le temps de s'habituer...

Ce matin, mercredi 20 mai, était le troisième. Soudain, elle le vit jeter un regard à gauche et à droite avant de traverser la rue. Il ouvrit le portail et remonta l'allée jusqu'à sa porte. Elle était encore derrière le rideau lorsque la sonnette tinta. Ce jour-là, Matilda n'était pas à l'école. Elle s'était réveillée avec la fièvre – peut-être la malaria – et elle dormait dans sa chambre. Miranda ferma doucement la porte de sa fille avant d'aller ouvrir. Il n'avait sonné qu'une fois. Il savait qu'il y avait quelqu'un, et il était certain qu'on lui ouvrirait.

Il est jeune, pensa Miranda lorsqu'elle fut face à lui dans l'entrebâillement de la porte.

L'homme parla d'une voix claire.

— Miranda Nkoyi ? Puis-je vous demander la permission d'entrer ? Je ne vous dérangerai pas longtemps.

Une voix intérieure lui cria de prendre garde. Mais elle le laissa entrer, le conduisit au salon et le pria de s'asseoir.

Georg Scheepers se sentait peu sûr de lui, comme toujours en présence d'une femme noire. Cela ne lui arrivait pas souvent, sinon avec l'une ou l'autre secrétaire, au bureau ; des assistantes noires avaient commencé à apparaître dans les locaux du ministère public depuis le récent assouplissement des lois raciales. Mais c'était la première fois qu'il se trouvait seul avec une femme noire chez elle.

Il avait l'impression que les Noirs le méprisaient. Il cherchait toujours chez eux des signes de défiance. Son sentiment de culpabilité confuse n'était jamais aussi fort que lors d'une rencontre seul à seul. Et, face à cette femme, sa vulnérabilité augmentait encore. Avec un homme, cela aurait été différent. En tant que Blanc, il avait habituellement l'avantage. Là, cet avantage était balayé ; son fauteuil lui parut rapetisser jusqu'à ce qu'il eût la sensation d'être assis à même le sol.

Il avait consacré les derniers jours, week-end compris, à pister le secret de Jan Kleyn. Il savait maintenant que celui-ci n'avait jamais cessé de rendre visite à la maison de Bezuidenhout. Cela durait depuis des années, depuis que Jan Kleyn était arrivé à Johannesburg après ses études. Grâce à l'influence de Wervey et à ses propres contacts, il avait pu forcer le secret bancaire, révélant que Jan Kleyn effectuait chaque mois un important virement au bénéfice de Miranda Nkoyi.

Le secret était dévoilé. Jan Kleyn, ce fonctionnaire respecté, ce Boer qui affichait ses convictions avec orgueil, vivait en secret avec une femme noire. Pour elle, il était prêt à prendre les plus grands risques. Si De Klerk était un traître que dire de Jan Kleyn ?

Mais Scheepers sentait bien qu'il y avait autre chose. Il avait donc pris la décision de rendre visite à cette femme. Il ne lui dirait pas qui il était, et il était possible qu'elle ne parle pas de sa venue à Jan Kleyn. Dans le cas contraire, l'identité du visiteur serait rapidement révélée. Mais Jan Kleyn ne saurait pas pourquoi il était venu ; il serait terrifié, et cela donnerait à Scheepers un moyen de pression sur lui. Bien entendu, il pouvait décider de l'éliminer. Scheepers ne quitterait donc pas cette maison sans avoir fait comprendre à Miranda qu'il n'était pas le seul à connaître le secret.

Elle le regardait. Il eut le sentiment qu'elle voyait à travers lui. Elle était très belle. La beauté survivait à tout, à l'humiliation, à la contrainte, à la douleur, tant que subsistait une résistance. La résignation, elle, entraînait la laideur, le tassement, le délabrement mortel.

Il lui dit ce qu'il en était. Jan Kleyn était soupçonné de conspiration contre l'État. Il crut comprendre qu'elle était au courant, au moins d'une partie des faits. Il eut aussi l'impression paradoxale qu'elle était soulagée, comme si elle s'était attendue à autre chose, de plus redoutable pour elle. Il se demanda tout de suite ce que cela pouvait être. Il devait effectivement y avoir *autre chose...*

— J'ai besoin de savoir, dit-il. Je ne vous demande pas de témoigner contre lui.

— Mais vous êtes son ennemi. Lorsque le troupeau flaire un danger, certains animaux s'égarent et se perdent. C'est cela ?

— Peut-être, dit Scheepers.

Il était dos à la fenêtre. Au moment où Miranda lui parlait du troupeau, il perçut un mouvement imperceptible du côté de la porte. Comme si quelqu'un avait lentement baissé la poignée avant de se raviser. Alors seulement, il se rappela qu'il n'avait pas vu la jeune fille quitter la maison ce matin-là.

C'était là une autre circonstance remarquable qu'il avait découverte au cours de ces derniers jours. Miranda Nkoyi était partout enregistrée comme l'employée de maison d'un homme du nom de Sidney Houston, qui passait le plus clair de son temps dans son ranch des grandes plaines, à l'est de Harare. L'arrangement avec ce cow-boy absentéiste avait été facile à percer à jour, surtout depuis qu'il avait découvert que Houston et Kleyn avaient partagé les mêmes bancs à l'université. Mais la fille de Miranda n'était enregistrée nulle part. Elle n'existait pas. Et maintenant, elle écoutait leur conversation derrière une porte.

Après coup, il comprit qu'il avait à été induit en erreur par ses propres préjugés, les barrières raciales si profondément ancrées en lui qu'elles l'empêchaient de voir l'évidence. Il venait de comprendre qui était la fille. L'énorme secret de Jan Kleyn s'ouvrait enfin, comme une forteresse cédant sous l'ultime poussée des assiégeants. La vérité avait pu rester si longtemps cachée tout simplement parce qu'elle était impensable. Jan Kleyn, l'étoile des services secrets, le Boer fanatique, avait une fille avec une femme noire. Une fille qu'il aimait sans doute plus que tout. Mais que s'imaginait-il donc ? Que Nelson Mandela devait mourir pour que sa fille puisse continuer à vivre et à s'anoblir au contact des Blancs ? Pour Scheepers, cette hypocrisie-là ne méritait rien d'autre que la haine. Ce fut comme si sa propre résistance cédait enfin, vaincue, écrabouillée. En même temps, il crut comprendre le caractère inouï de la mission que s'étaient imposée le président De Klerk et Nelson Mandela.

Miranda le regardait sans ciller. Elle ne pouvait deviner ses pensées. Mais elle voyait bien qu'il était bouleversé.

Scheepers indiqua le manteau de la cheminée où était posé un portrait encadré de la jeune fille.

— Votre enfant, dit-il. La fille de Jan Kleyn.

— Matilda.

Scheepers se rappela le dossier consacré au passé de Miranda.

— Elle porte le même nom que votre mère.

— Oui.

— Aimez-vous votre mari ?

— Ce n'est pas mon mari. C'est le père de Matilda.

— Et elle ?

— Elle le hait.

— Elle écoute notre conversation derrière la porte.

— Matilda est malade. Elle a de la fièvre.

— Elle écoute quand même.

— Pourquoi ne le ferait-elle pas ?

Scheepers hocha la tête. Il comprenait.

481

— J'ai besoin de savoir, dit-il. Réfléchissez. Quelque chose, n'importe quoi, qui puisse nous aider à retrouver ces hommes avant qu'il ne soit trop tard.

Miranda pensa que l'instant qu'elle espérait depuis si longtemps était arrivé alors qu'elle s'y attendait le moins. Elle n'avait jamais imaginé qu'il y aurait un témoin lorsqu'elle parlerait enfin. Elles seraient seules, sa fille et elle. Tout était changé maintenant. Elle se demanda comment elle pouvait faire si entièrement confiance à cet homme, alors qu'elle ne connaissait même pas son nom. Était-ce sa vulnérabilité ? Sa timidité face à elle ? La faiblesse était-elle la seule chose à laquelle elle osât encore se fier ?

La joie de la délivrance, pensa-t-elle. C'est ce que je ressens en cet instant. Comme de sortir de la mer, propre, lavée enfin.

— J'ai longtemps cru qu'il était un fonctionnaire comme les autres. Je ne savais rien de ses activités criminelles. Puis j'ai été informée.

— Par qui ?

— Je vous le dirai peut-être. Le moment venu.

Il regretta de l'avoir interrompue.

— Il ne sait pas que je suis au courant, poursuivit-elle. C'est mon avantage sur lui. Cela m'a sauvée, cela me tuera peut-être. À chacune de ses visites, je me suis levée la nuit. J'ai fouillé ses poches, j'ai mémorisé ses moindres paroles, j'ai épié les marmonnements de son sommeil. Et j'ai transmis l'information.

— À qui ?

— À ceux qui nous défendent.

— Je vous défends.

— Je ne connais même pas votre nom.

— Ça n'a rien à voir.

— J'ai parlé à des hommes dont l'existence est aussi secrète que celle de Jan Kleyn. Vous comprenez ?

Il connaissait les rumeurs. Des rumeurs insistantes, selon lesquelles les Noirs possédaient leurs propres services de renseignements, peut-être directement liés à l'ANC. Mais on n'avait jamais pu prouver quoi que ce soit. Miranda venait de lui confirmer l'existence de ces gens.

Jan Kleyn est un homme mort, pensa-t-il.

— Ces derniers mois, dit-il. Ce qui s'est passé avant ne m'intéresse pas. Qu'avez-vous découvert ?

— J'ai transmis les informations et je les ai oubliées. Pourquoi aurais-je fait l'effort de m'en souvenir ?

Il comprit qu'elle disait la vérité. Comment faire ? Il devait absolument entrer en contact avec ces intermédiaires.

— Quelles raisons aurais-je de vous faire confiance ? demanda-t-elle.

— Aucune. Il n'y a pas de garanties. Rien que des risques.

Elle réfléchit en silence.

— A-t-il tué beaucoup de gens ?

Elle avait posé la question à haute et intelligible voix. Il comprit qu'elle voulait que sa fille l'entende.

— Oui. Il a tué beaucoup de gens.

— Des Noirs ?

— Des Noirs.

— Des criminels ?

— Parfois. Pas toujours.

— Pourquoi les a-t-il tués ?

— Parce qu'ils refusaient de parler. C'étaient des rebelles. Des semeurs de trouble.

— Comme ma fille ?

— Je ne connais pas votre fille.

— Moi oui.

Elle se leva brusquement.

— Revenez demain, dit-elle. Quelqu'un sera peut-être prêt à vous rencontrer. Partez maintenant.

Il quitta la maison. En arrivant à sa voiture qu'il avait laissée quelques rues plus loin, il était en nage. Il démarra en pensant à sa propre faiblesse. Et à sa force à elle. Existait-il un avenir où ils pourraient se rencontrer et faire enfin la paix ?

Matilda sortit de sa chambre après le départ de l'homme. Miranda la laissa tranquille. Mais le soir venu, elle s'attarda auprès de sa fille, à nouveau alitée, en proie à une forte fièvre.

— Tu es triste ? demanda Miranda.

— Non. Je le hais encore plus qu'avant.

Scheepers garderait de sa visite à Kliptown l'image d'une longue descente dans les enfers qu'il avait jusqu'à présent toujours réussi à éviter. En suivant la ligne blanche qui guidait les Boers du berceau à la tombe, il avait traversé l'existence comme un homme borgne. Là, il empruntait pour la première fois l'autre route, la ligne noire. Il n'oublierait jamais ce qu'il avait vu. Cela le touchait, cela devait le toucher, puisqu'il s'agissait de la vie de vingt millions de personnes. Vingt millions de personnes qui mouraient prématurément, sans avoir jamais eu la possibilité de vivre.

Il était retourné à la maison de Bezuidenhout au matin, comme convenu. Miranda lui ouvrit. Matilda vint le saluer. Il eut le sentiment qu'on lui octroyait un grand privilège. Matilda était aussi belle que sa mère. Sa peau était plus claire, mais les yeux étaient les mêmes. Il ne décela aucune ressemblance avec son père. Elle l'accueillit avec une grande réserve, se contentant de hocher la tête lorsqu'il lui tendit la main. À nouveau il ressentit le manque d'assurance, devant la fille cette fois, qui n'était pourtant qu'une adolescente. Dans quoi s'était-il lancé ? L'ombre de Jan Kleyn pesait peut-être sur cette maison bien plus qu'il ne pouvait le deviner. Mais il était trop tard pour changer d'avis. Une voiture s'arrêta devant la maison. Le tuyau d'échappement traînait par terre et le pare-chocs était à moitié arraché. Sans un mot, Matilda ouvrit la porte et fit signe à Scheepers de la suivre.

— Je croyais qu'il devait venir ici... ?

— Venez. On part en visite dans l'autre monde.

En grimpant à l'arrière, il perçut une odeur familière. Plus tard, il comprit qu'elle lui avait évoqué les poulaillers de son enfance. Le conducteur portait une casquette rabattue sur les yeux. Il se retourna et le dévisagea sans un mot, avant de démarrer. Matilda et lui engagèrent la conversation dans une langue que Scheepers ne comprenait pas, mais qu'il savait être le *xhosa*. L'homme avait pris vers le sud-ouest. Il conduisait beaucoup trop vite. Bientôt, Johannesburg fut derrière eux, et ils se retrouvèrent sur le tentaculaire réseau autoroutier. Soweto, pensa Scheepers. C'est là qu'ils m'emmènent.

Mais le but du voyage n'était pas Soweto. Ils arrivèrent à Meadowsland... Une fumée épaisse recouvrait la poussière du paysage. Juste après l'amoncellement invraisemblable de baraques, de chiens, d'enfants, de poules, de carcasses calcinées, le chauffeur s'arrêta. Matilda sortit de la voiture et monta à ses côtés, à l'arrière. Elle tenait une cagoule noire.

— Il faut la mettre, dit-elle.

Il protesta.

— Que craignez-vous ? Il faut vous décider.

— Pourquoi ?

— Vous ne devez pas voir, vous ne devez pas être vu.

— Ce n'est pas une réponse, dit-il, exaspéré. C'est une énigme.

— Pas pour moi. Décidez-vous !

Il enfila la cagoule. Ils continuèrent. La route se détériorait de plus en plus. Mais le chauffeur roulait toujours aussi vite. Scheepers parait les secousses de son mieux. Pourtant, sa tête heurta durement le toit à plusieurs reprises. Il perdit la notion du temps. La cagoule lui grattait le visage.

La voiture s'immobilisa enfin. Il entendit des aboiements rageurs, et une vague musique de radio. Il perçut l'odeur des feux. Matilda l'aida à descendre. Puis elle lui enleva la cagoule. Le soleil l'aveugla. Lorsqu'il se fut accoutumé, il vit qu'il se trouvait au milieu d'un dédale de baraques hétéroclites faites de tôle ondulée, de carton, de bouts de plastique, de toile de jute, de bâches. Dans certaines, une carcasse de voiture faisait office de chambre. Forte odeur de détritus. Un chien pelé lui mordilla la jambe. Il considéra les gens qui vivaient là, dans cette misère. Aucun d'entre eux ne parut faire attention à lui. Ni menace ni curiosité ; seulement de l'indifférence. Il n'existait pas à leurs yeux.

— Bienvenue à Kliptown, dit Matilda. Je dis Kliptown comme je pourrais dire autre chose. Vous n'en retrouveriez jamais le chemin, de toute façon. Tous les *shanti-town* se ressemblent. La misère est la même partout, l'odeur est la même, les gens sont les mêmes.

Elle le précéda. Il eut la sensation de pénétrer dans un labyrinthe qui, très vite, l'avala, lui dérobant en un clin d'œil tout son passé. Après quelques pas, il avait perdu toute notion des directions. Il pensa que c'était invraisemblable d'être là en compagnie de la fille de Jan Kleyn.

— Que voyez-vous ? demanda-t-elle.

— La même chose que vous.

— Non ! Est-ce que cela vous révolte ?

— Bien sûr.

— Pas moi. La révolte est un escalier qui a de nombreuses marches. Nous ne sommes pas sur la même.

— Vous êtes peut-être tout en haut ?

— Presque.

— La perspective est-elle différente ?

— On voit plus loin. Il y a des troupeaux de zèbres aux aguets. Des antilopes qui s'arrachent à la pesanteur. Un cobra caché dans une termitière abandonnée. Des femmes qui portent de l'eau.

Elle s'arrêta et lui fit face.

— Dans leur regard, je vois ma propre haine. Mais vos yeux à vous ne peuvent pas la voir.

— Que voulez-vous que je réponde ? Ça me paraît un enfer de devoir vivre ainsi. Mais est-ce ma faute ?

— Ça peut le devenir. Ça dépend.

Ils s'enfoncèrent dans le labyrinthe. Il ne pourrait

jamais retrouver son chemin seul. J'ai besoin d'elle, pensa-t-il, de la même manière que nous avons toujours dépendu des Noirs. Elle le sait.

Matilda s'arrêta devant une baraque un peu plus spacieuse que les autres. Elle s'accroupit devant la porte, un panneau de fibres bricolé à la va-vite.

— Entrez, dit-elle. Je vous attends ici.

Scheepers entra. Au début il eut du mal à voir quoi que ce soit dans la pénombre. Puis il distingua une table en bois sommaire, quelques chaises à barreaux et une lampe à pétrole qui fumait. Enfin un homme, qui le considérait avec un petit sourire. Scheepers pensa qu'ils devaient avoir le même âge. Mais l'homme était massif, barbu. Il émanait de lui la même dignité réservée que Miranda et Matilda.

— Georg Scheepers ! s'exclama l'homme, avec un rire bref.

— Qu'y a-t-il de si drôle ?

Scheepers avait du mal à masquer son manque d'assurance.

— Rien. Appelez-moi Steve. Et asseyez-vous, dit-il en indiquant une chaise.

— Vous savez pourquoi j'ai voulu vous rencontrer, commença Scheepers.

— Moi ? Non. Vous vouliez voir quelqu'un qui vous raconte sur Jan Kleyn des choses que vous ne savez pas encore. Il se trouve que c'est moi, mais cela aurait pu être un autre.

— Pourrions-nous en venir au fait ?

— Les Blancs n'ont jamais de temps pour quoi que ce soit, dit Steve. Je n'ai jamais compris ça.

— Jan Kleyn, coupa Scheepers.

— Oui. Un homme dangereux. Pour nous, mais aussi pour vous. Pour tout le monde. Commencez donc par me dire ce que vous savez. Ensuite, nous essaierons ensemble d'éclairer les recoins les plus sombres.

Scheepers ne lui dit pas tout. Mais il lui révéla l'essentiel. C'était déjà un risque énorme. Il ne savait pas à qui il avait affaire. Steve l'écouta en se caressant la barbe.

— On en est donc déjà là, commenta-t-il. Nous attendions effectivement une action de ce genre. Mais, à vrai dire, nous pensions qu'ils essaieraient d'abord d'égorger De Klerk.

— Un tueur professionnel, dit Scheepers. Nous ignorons de qui il s'agit. Mais il peut être déjà connu, dans l'entourage de Jan Kleyn en particulier. C'est peut-être un Noir. Cela n'aurait rien d'impossible. Selon mes informations, on lui aurait proposé beaucoup d'argent. Un million de rands, peut-être plus.

— On devrait pouvoir l'identifier. Jan Kleyn ne choisit que les meilleurs. Si c'est un Sud-Africain, blanc ou noir, nous le trouverons.

— Trouvez-le, dit Scheepers. Trouvez-le et tuez-le. Nous devons collaborer. L'enjeu est trop grave.

— Non. Cette entrevue n'aura pas de suite. Nous ne travaillerons pas ensemble, ni maintenant ni à l'avenir. Le contraire est impossible.

— Pourquoi ?

— Tout est encore trop incertain. Nous ne partageons pas les mêmes secrets, vous et moi. De notre côté, nous évitons toute communication, *à fortiori* tout accord, à moins d'une nécessité absolue. Nous sommes ennemis, ne l'oubliez pas. Et la guerre dans ce pays dure depuis longtemps. Même si vous refusez de l'admettre.

— Nous ne voyons pas les choses de la même manière.

— Précisément.

L'entretien n'avait duré que quelques minutes. Mais Steve se leva, signifiant que l'audience était terminée.

— Miranda, dit-il. Vous pouvez passer par elle.

— D'accord. Il faut à tout prix empêcher cet attentat.

— Oui. Mais je pense que c'est vous qui devez le faire. Pour l'instant, c'est encore vous qui disposez des ressources. Je n'ai rien. À part une cabane en tôle. Et Miranda. Et Matilda. Imaginez ce qui se produira si l'attentat a lieu.

— Je préfère ne pas y penser.

Steve le considéra un instant en silence. Puis il disparut sans dire au revoir. Scheepers sortit à sa suite dans la lumière éblouissante. Matilda le raccompagna en silence jusqu'à la voiture. Il était à nouveau à l'arrière, la cagoule sur le visage. Dans l'obscurité, il préparait déjà ce qu'il dirait au président.

De Klerk avait un rêve récurrent.

Il se trouvait dans une maison où chaque lame de plancher, chaque mur, chaque meuble était attaqué par des termites affamés. Il ignorait pourquoi il était venu là. L'herbe poussait entre les lames disjointes, les fenêtres étaient brisées et la frénésie vorace des bestioles lui donnait des démangeaisons comme si elles s'attaquaient à son propre corps. Dans le rêve, il disposait de très peu de temps pour rédiger un important discours. Son rédacteur habituel avait disparu et il devait faire le travail lui-même. Mais lorsqu'il commençait à écrire, un grouillement de termites sortait de son stylo.

Il se réveillait en général à ce point du rêve. Était-ce un présage ? Il était peut-être déjà trop tard... Ce qu'il voulait réaliser, éviter l'explosion de l'Afrique du Sud tout en préservant dans la mesure du possible l'influence des Blancs, était peut-être en trop grand décalage avec l'impatience de la population noire. Au fond, seul Nelson Mandela pouvait le convaincre qu'il n'y avait pas d'autre issue. De Klerk savait qu'ils partageaient la même peur. Celle d'une violence déchaînée que nul ne pourrait contenir, terreau idéal pour un coup d'État militaire ou une lutte sans merci entre ethnies rivales, qui s'entre-détruiraient jusqu'à ce qu'il ne reste rien.

Il était vingt-deux heures, le jeudi 21 mai. Le jeune substitut Scheepers attendait dans l'antichambre. Mais il n'était pas encore prêt à le recevoir. Il était épuisé, usé par la quantité de problèmes qu'il devait sans cesse s'efforcer de résoudre. Il se leva et approcha des hautes fenêtres. Parfois, l'étendue de sa responsabilité le paralysait. Il éprouvait alors l'envie instinctive de fuir, de se rendre invisible, de disparaître dans le *bush*, de se dissoudre comme un mirage. Mais il ne le ferait pas. Le Dieu auquel il croyait de plus en plus difficilement le protégeait peut-être encore. Combien de temps lui restait-il ? Son humeur changeait sans cesse. Tantôt il lui semblait déjà vivre à crédit, tantôt il croyait disposer de cinq ans au moins. Son grand projet – retarder le plus longtemps possible le passage à la société nouvelle tout en attirant vers son parti un grand nombre de voix noires – demandait du temps. Mais il savait aussi que Nelson

Mandela lui refuserait tout temps qui ne serait pas consacré à préparer la transition.

Dans tout ce que je fais, pensa-t-il, il y a comme un élément de fausseté. Au fond, je porte moi aussi le rêve impossible que mon pays ne change jamais. La différence entre moi et un fanatique qui chercherait à défendre le rêve impossible par la violence brute, cette différence est très petite.

Il se fait tard en Afrique du Sud. Ce qui se passe maintenant aurait dû intervenir il y a des années. Mais l'histoire ne suit pas une invisible ligne droite.

Il retourna à son bureau et enfonça le bouton de la sonnette. Scheepers entra quelques instants plus tard. De Klerk commençait à apprécier son énergie et son indéniable compétence. Le trait d'innocence naïve qu'il croyait déceler chez le substitut ne lui causait pas trop de souci. Ce jeune Boer devait lui aussi apprendre que la douceur du sable cachait des récifs dangereux.

Il écouta le rapport de Scheepers les yeux mi-clos, laissant les paroles du jeune homme pénétrer sa conscience. Lorsqu'il eut fini, De Klerk rouvrit les yeux et le scruta du regard.

— Je suppose que tout ce que vous venez de m'apprendre est exact, dit-il.

— Oui. Il n'y a aucun doute.

— Aucun ?

— Aucun.

De Klerk resta un moment silencieux.

— Je comprends leur raisonnement, dit-il. Les conséquences seraient encore plus effroyables. Une immense révolte chez les Noirs, avec des conséquences qu'on peut imaginer... et un groupe de Boers influents attendant à l'arrière-plan le moment d'intervenir pour mettre fin à la guerre civile. La Constitution est balayée, les instances du pouvoir sont mises hors jeu. Un régime corporatiste prend sa place, composé à parts égales de militaires, de policiers et de civils. L'avenir devient un état d'exception permanent... Mais revenons à l'urgence. L'attentat doit donc avoir lieu dans très peu de temps.

— Il y a des raisons de penser qu'il est programmé pour le 12 juin.

— Pourquoi ?

— Mandela tiendra un meeting au Cap ce jour-là. D'après mes renseignements, le bureau d'information de l'armée a manifesté un intérêt inhabituel pour le dispositif de sécurité prévu à cette occasion. D'autres indices vont dans le même sens. Ce n'est qu'une hypothèse. Mais elle est étayée.

— Trois semaines, dit De Klerk. Trois semaines pour arrêter ces fous furieux...

— On ne peut évidemment exclure la possibilité d'une fausse piste. L'attentat peut avoir lieu dès demain.

— N'importe quand, autrement dit. N'importe où. Et que pouvons-nous faire ?

Il se tut.

— Monsieur le président, dit Scheepers. Au risque de me répéter, la clé est entre les mains de Jan Kleyn. Il faut l'arrêter. Le risque existe évidemment qu'il ne dise rien. Ou qu'il choisisse le suicide. Mais je ne vois pas d'autre possibilité.

De Klerk acquiesça.

— Nos responsables des interrogatoires sont des gens très compétents. Capables de soutirer la vérité à n'importe qui.

À des Noirs, pensa Scheepers. Qui meurent ensuite dans des circonstances non élucidées.

— Je pense préférable de l'interroger personnellement, dit-il. Je suis le mieux informé, jusqu'à nouvel ordre.

— Vous pensez pouvoir l'affronter ?

— Oui.

Le président se leva. L'entretien était terminé.

— Jan Kleyn sera arrêté demain. Je veux être informé en continu à partir de maintenant. Une fois par jour.

Scheepers salua le vieil huissier au passage. Il rentra chez lui dans la nuit, le pistolet posé sur le siège avant.

De Klerk resta longtemps à la fenêtre, perdu dans ses pensées.

Puis il continua de travailler quelques heures encore.

Dans l'antichambre, l'huissier lissait soigneusement coussins et tapis en prévision du lendemain, sans cesser de penser à ce qu'il venait d'entendre, l'oreille collée à la porte du bureau présidentiel. L'heure était grave. Il alla dans la petite pièce qui lui servait de bureau. Le téléphone était relié au standard. Mais derrière un panneau de lambris mal ajusté, il y avait une autre prise, qu'il était seul à connaître. Il y enfonça la fiche du téléphone et composa un numéro.

Jan Kleyn ne dormait pas encore. En écoutant le rapport de son informateur, il comprit qu'il allait passer une nuit blanche.

Compte à rebours
vers le vide

29

En fin de soirée, Sikosi Tsiki tua une souris d'un lancer de couteau bien ajusté. Tania était partie se coucher. Konovalenko attendait l'heure d'appeler Jan Kleyn pour recevoir les dernières instructions concernant le retour de Sikosi Tsiki, et pour évoquer son propre avenir en tant qu'immigrant en Afrique du Sud. Aucun bruit de la cave. Tania était descendue voir la fille une heure plus tôt ; elle dormait. Pour la première fois depuis très longtemps, il éprouvait ce soir-là une satisfaction sans mélange. Il avait pris contact avec Wallander, et il avait exigé de lui un sauf-conduit en échange de sa fille. Konovalenko avait l'intention de retourner immédiatement à Stockholm ; Wallander s'engageait à lui laisser une semaine de répit, en concentrant pendant ce temps les recherches de la police sur le sud de la Suède.

Wallander y avait-il cru ? Dans ce cas, il redevenait ce que Konovalenko avait imaginé au départ, le policier de province naïf. Mais, dans le doute, il n'allait pas commettre l'erreur de le sous-estimer une fois de plus.

Au cours de cette journée, il s'était consacré

entièrement à Sikosi Tsiki. Comme avec son prédécesseur, il avait passé en revue tous les scénarios possibles en lien avec l'attentat. Sikosi Tsiki réfléchissait plus vite que Mabasha. Il semblait de plus complètement insensible aux allusions racistes fugitives mais dénuées d'ambiguïté dont Konovalenko aimait à parsemer ses commentaires. Au cours des prochains jours, il avait l'intention de le provoquer davantage pour tester ses limites.

Sikosi Tsiki partageait cependant avec Mabasha un trait caractéristique. Konovalenko en venait à se demander si cela tenait à la nature africaine. Ce côté hermétique... Impossible de deviner ce qu'ils pensaient en réalité. Cela le rendait fou, lui qui avait l'habitude de déchiffrer les gens sans difficulté et d'anticiper leurs moindres réactions.

Il contempla l'homme noir, qui venait de transpercer une souris avec son couteau à la lame étrangement courbe. Il s'en sortira bien, pensa-t-il. Quelques jours d'entraînement encore, et il sera prêt. Sikosi Tsiki, mon ticket d'entrée pour l'Afrique du Sud.

Le Noir se leva pour récupérer son couteau. La souris était empalée dessus. Il la jeta à la poubelle avant de rincer la lame sous le robinet. Konovalenko l'observait tout en buvant sa vodka à petites gorgées.

— Je n'ai jamais vu un couteau comme celui-là.

— Mes ancêtres les fabriquaient il y a plus de mille ans.

— Pourquoi une lame courbe ?

— Personne ne le sait. Le secret n'a jamais été dévoilé. Lorsqu'il le sera, le couteau perdra son pouvoir.

Il se retira dans sa chambre, laissant Konovalenko exaspéré par cette réponse énigmatique. Il entendit Sikosi Tsiki fermer sa porte à clé.

Il était seul. Il fit le tour de la pièce et éteignit toutes les lampes, sauf celle qui éclairait la table du téléphone. Il regarda l'horloge. Minuit et demi. Il prêta l'oreille. Pas un bruit dans la cave. Il se versa une autre vodka. Il ne la boirait qu'après avoir parlé à Jan Kleyn.

La conversation fut brève.

Jan Kleyn écouta les assurances de Konovalenko concernant la fiabilité du remplaçant, dont la stabilité mentale ne faisait aucun doute. Puis il distribua les ordres. Sikosi Tsiki devait revenir en Afrique du Sud au cours des sept prochains jours. Il fallait donc s'occuper immédiatement des billets. Konovalenko eut le sentiment que Jan Kleyn était sous pression. Impossible d'en avoir le cœur net, évidemment, mais cela l'empêcha d'évoquer ses projets d'avenir personnels. Après coup, il se sentit mécontent. Il vida son verre en se demandant si Jan Kleyn avait par hasard l'intention de le duper. Non, impossible. Il était convaincu que ses compétences intéressaient les Sud-Africains. Il but un autre verre, puis il sortit pisser sur le perron. Il pleuvait. Il regarda la brume en pensant qu'il aurait dû être content. Dans quelques heures, ses problèmes seraient temporairement résolus. Sa mission touchait à son terme. Ensuite, il pourrait songer à l'avenir. En particulier, décider s'il emmènerait Tania en Afrique du Sud, ou s'il la laisserait derrière lui, comme il l'avait fait pour sa femme.

Il ferma la porte à clé et alla dans sa chambre. Sans prendre la peine de se déshabiller, il s'allongea sur le lit, sous une couverture. Tania dormirait seule cette nuit. Il avait besoin de repos.

De sa chambre, Tania entendit Konovalenko se coucher après avoir verrouillé la porte d'entrée. Elle avait peur. Au fond d'elle-même, elle se doutait qu'il serait impossible de faire sortir la fille de la cave sans que Konovalenko l'entende. Impossible aussi de fermer à clé la porte de sa chambre sans qu'il s'en aperçoive. Elle avait déjà essayé au cours de la journée, pendant que l'Africain s'entraînait au tir dans la carrière, sous sa supervision. En plus, il pourrait toujours sauter par la fenêtre. Si elle avait eu des somnifères, elle aurait pu en glisser dans la vodka. Là, elle ne pouvait compter que sur ses propres ressources, et tenter le tout pour le tout. Dans l'après-midi, elle avait préparé un petit sac contenant de l'argent et des vêtements. Elle l'avait dissimulé dans la grange, avec son imperméable et une paire de bottes.

Elle regarda sa montre. Une heure et quart du matin. Le rendez-vous avec le policier, elle le savait, aurait lieu à l'aube. Elles devraient déjà être loin à ce moment-là. Dès qu'elle entendrait les ronflements de Konovalenko, elle se lèverait. Konovalenko avait le sommeil léger. Sauf au cours de la première demi-heure.

Elle ne savait toujours pas pourquoi elle prenait cette initiative. Elle risquait sa propre vie. Mais les explications étaient inutiles. Certains actes s'imposaient d'eux-mêmes.

Konovalenko s'agitait sur son lit en toussant. Une heure trente-cinq. Certaines nuits, Konovalenko ne dormait pas. Il se reposait simplement sur son lit. Si c'était le cas maintenant, elle ne pourrait pas aider la fille. Curieusement, cette menace l'effrayait plus que le danger qu'elle-même encourait.

À deux heures moins vingt, elle entendit enfin les premiers ronflements. Elle attendit trente secondes. Puis elle se leva. Elle était tout habillée, serrant dans sa main la clé du cadenas et la lampe torche. Elle ouvrit doucement la porte en évitant de marcher sur les lames grinçantes. Elle se glissa dans la cuisine, souleva la trappe et alluma sa lampe. C'était un moment critique ; la fille pouvait se mettre à crier. Cela ne s'était encore jamais produit, mais comment savoir ? Konovalenko ronflait, Elle prêta l'oreille, puis elle descendit l'échelle avec précaution. La fille était recroquevillée, les yeux ouverts. Tania s'accroupit près d'elle et lui murmura quelques mots tout en lui caressant les cheveux. Elles devaient partir, dit-elle. Mais elles ne devaient faire aucun bruit. La fille ne réagit pas. Ses yeux étaient complètement inexpressifs. Tania eut soudain peur qu'elle ne puisse plus bouger. La terreur l'avait-elle paralysée ? Elle fut obligée de la tourner sur le flanc pour atteindre le cadenas. La fille commença à se débattre. Tania eut tout juste le temps de lui écraser la bouche d'une main avant qu'elle hurle. Tania était forte, et elle appuyait de toutes ses forces. Un seul cri étouffé suffirait à éveiller Konovalenko. Et il était tout à fait capable de clouer la trappe et de les abandonner toutes deux dans le noir. Tania continua à murmurer des paroles apaisantes tout en lui comprimant la bouche. Le regard de la fille avait changé. Doucement, Tania retira sa main, ouvrit le cadenas et défit les chaînes.

Au même instant, les ronflements s'interrompirent.

Tania retint son souffle. Nouveaux ronflements. Elle se leva très vite, grimpa à l'échelle, ferma la trappe, et redescendit. La fille avait compris. Elle s'était assise et ne pipait mot. Mais son regard était vivant.

Soudain, Tania crut que son cœur allait cesser de battre. Elle avait entendu des pas dans la cuisine. Les pas s'arrêtèrent. Maintenant il ouvre la trappe, pensa-t-elle en fermant les yeux. Il m'a entendue.

La délivrance arriva sous forme d'un bruit de capsule. Konovalenko s'était levé pour boire une autre vodka. Les pas s'éloignèrent. Tania éclaira son propre visage avec la lampe et tenta de sourire. Puis elle prit la main de la fille et la serra dans la sienne. Au bout de dix minutes, elle rouvrit la trappe avec précaution. Konovalenko ronflait. Elle expliqua à la fille ce qui allait se passer. Elles allaient grimper à l'échelle et gagner la porte d'entrée en silence. Tania avait huilé la serrure pendant la journée. La porte s'ouvrirait sans bruit. Si tout allait bien, elles partiraient ensemble. Mais si Konovalenko se réveillait, elles s'enfuiraient dans des directions opposée. Avait-elle compris ? Courir, juste courir. Il y avait une brume de pluie dehors. Cela faciliterait sa disparition. Mais elle devait courir, courir sans se retourner jusqu'à trouver une maison ou un automobiliste. Mais surtout, d'abord, il fallait courir pour sa vie.

Avait-elle compris ? Elle le pensait. Son regard était vivant. Et elle pouvait remuer les jambes, malgré sa faiblesse. Tania prêta à nouveau l'oreille. Puis elle lui fit signe.

Tania monta la première. Konovalenko ronflait. Elle tendit la main pour l'aider à grimper à son tour. La fille était soudain pressée. Tania dut maintenir l'échelle solidement pour l'empêcher de grincer. Dans la cuisine, la fille plissa les yeux, malgré la pénombre. Elle est presque aveugle, pensa Tania. Elle la tenait fermement par le bras. Konovalenko ronflait. Elles se mirent en marche vers l'entrée, pas à pas, avec une lenteur infinie. Il y avait une tenture à l'entrée du vestibule. Tania l'écarta très lentement, la fille toujours pendue à son bras. Elles étaient à la porte. Tania était inondée de sueur. Ses mains tremblaient lorsqu'elle commença à tourner la clé dans la serrure. En même temps, elle commençait à espérer. Ça allait marcher... Elle tourna la clé. Il y avait un point de résistance, qui produisait un claquement si elle tournait la clé trop vite. Elle sentit la résistance et continua à tourner le plus lentement possible. Elle avait passé le seuil critique. Pas un bruit. Elle fit signe à la fille. Puis elle ouvrit la porte.

Au même instant, elle entendit un fracas dans son dos et sursauta. La fille avait heurté le porte-parapluies. Tania n'eut pas besoin de réfléchir pour comprendre ce qui allait se produire. Elle ouvrit la porte, poussa la fille dehors, sous la pluie et lui cria de courir. La fille paraissait désemparée. Tania la poussa derechef et soudain, par miracle, elle obéit. Il ne lui fallut que quelques secondes pour disparaître dans la grisaille.

Tania savait que, pour elle, c'était déjà trop tard. Elle voulut tout de même essayer. Sans se retourner, elle se mit à courir, dans une autre direction, dans une dernière tentative pour égarer malgré tout Konovalenko, retarder de quelques secondes précieuses le moment où il comprendrait par où la fille était partie.

Tania était au milieu de la cour lorsque Konovalenko la rattrapa en criant.

— Qu'est-ce que tu fabriques ? Tu es malade ?

Elle réalisa alors qu'il n'avait pas encore découvert la trappe ouverte. Il ne comprendrait qu'une fois de retour dans la maison. La fille aurait pris une avance suffisante. Konovalenko ne la retrouverait jamais.

Tania sentit qu'elle était épuisée. Mais elle avait fait ce qu'il fallait.

— Je ne me sens pas très bien, dit-elle.

— Viens, on rentre.

— Attends. J'ai besoin de prendre l'air.

Je lui donne ce que je peux, pensa-t-elle. Chaque seconde qui passe lui sauve la vie. Pour moi, il ne reste plus rien.

Linda courait dans la nuit. Il pleuvait. Elle n'avait aucune idée de l'endroit où elle se trouvait, elle courait simplement, droit devant elle. Parfois elle tombait, mais se relevait aussitôt et continuait de courir. Elle arriva à un champ, dispersant sur son passage des lièvres aussi affolés qu'elle. La boue collait à ses semelles. Elle finit par enlever ses chaussures et continua en chaussettes. Le champ paraissait infini. Tout disparaissait dans la brume. Il n'y avait que les lièvres et elle. Pour finir, elle parvint à une route. Elle n'avait plus la force de courir. Ce n'était pas une route, c'était un chemin de gravier. Elle avait mal à chaque pas. Enfin, elle parvint à une route goudronnée. La ligne blanche discontinue brillait dans le noir. Elle ne savait pas quelle direction prendre. Mais elle continua. Elle n'osait pas encore penser à ce qui s'était passé. Elle se sentait poursuivie par une ombre, ni homme ni bête, comme un vent froid, qui était là tout le temps, et qui était le Mal. Elle continua à marcher.

Des phares approchèrent. Le conducteur avait rendu visite à sa petite amie, ils s'étaient disputés, il avait décidé de rentrer chez lui. Il était justement en train de se dire que s'il avait eu de l'argent, il serait parti. Quelque part. Loin. Les essuie-glaces raclaient le pare-brise, la vue était mauvaise. Soudain, il vit quelque chose. Il crut à un animal et freina, puis s'arrêta complètement. C'était un être humain. Il eut du mal à croire ses yeux. Une jeune fille aux cheveux bizarrement coupés, sans chaussures, couverte de boue. Un accident de la route ? Il la vit s'asseoir à même le bitume. Lentement il sortit de la voiture et s'approcha.

— Qu'est-ce qui vous arrive ?

Elle ne répondit pas.

Il ne voyait pas de sang. Aucun véhicule dans le fossé. Il la souleva et la porta jusqu'à sa voiture. Elle ne tenait pas sur ses jambes. Il répéta sa question.

Pas de réponse.

À deux heures moins le quart, Sten Widén et Svedberg avaient quitté Ystad sous la pluie dans la voiture de Svedberg. Trois kilomètres plus loin, Svedberg constata qu'un pneu arrière avait crevé. Il s'arrêta en espérant que la roue de secours n'était pas hors d'usage. Une fois l'opération terminée, il sembla qu'elle tiendrait le coup. Mais ils avaient pris du retard. Svedberg pensait que Wallander essaierait de s'approcher de la ferme avant le jour. Ils devaient donc arriver tôt pour ne pas le croiser. Il était déjà trois heures lorsqu'ils laissèrent la voiture à l'abri d'un taillis, à plus d'un kilomètre de la maison. Ils étaient pressés. Ils contournèrent un champ situé au nord de la carrière. Svedberg avait proposé qu'ils essaient d'approcher le plus possible. Mais comme ils ignoraient d'où surgirait Wallander, ils devaient faire extrêmement attention. Tous deux pensaient qu'il viendrait par l'ouest, où le terrain était vallonné, couvert d'une épaisse végétation jusqu'aux limites de la ferme. Ils avaient donc décidé d'approcher par l'est. Svedberg avait repéré la présence d'un vieux ballot de paille dans l'intervalle entre deux champs. À trois heures trente ils étaient en position, prêts à tirer.

La maison était visible à travers la brume. Tout était silencieux. Sans vraiment savoir pourquoi, Svedberg eut l'impression que quelque chose clochait. Il sorti ses jumelles, nettoya les lentilles et laissa errer son regard le long de la façade. Il y avait de la lumière, derrière les rideaux tirés de la fenêtre qu'il pensait être celle de la cuisine. Rien d'anormal à cela. Il n'avait pas pensé que Konovalenko dormirait cette nuit-là. Il devait attendre, dans le silence. Peut-être même était-il sorti…

Ils attendirent, tous les sens en alerte, chacun dans son monde.

Ce fut Sten Widén qui, le premier, découvrit Wallander. Il était alors cinq heures. Et il venait effectivement de l'ouest. Widén, qui avait une bonne vue, crut d'abord à la présence d'une biche. Il effleura le bras de Svedberg. Celui-ci prit ses jumelles et distingua le visage de Wallander derrière les feuillages. Ils n'avaient aucune idée de ce qui allait se produire. Wallander suivait-il les instructions de Konovalenko ? Ou allait-il malgré tout tenter de le prendre par surprise ? Et où était Konovalenko ? Où était la fille de Wallander ?

Ils attendirent. La maison était complètement silencieuse. Sten Widén et Svedberg se relayèrent aux jumelles pour surveiller le visage immobile de Wallander. Svedberg eut à nouveau l'impression que quelque chose n'allait pas. Il regarda sa montre. Cela ferait bientôt une heure que Wallander attendait. Toujours aucun bruit du côté de la maison.

Soudain, Sten Widén lui tendit les jumelles. Wallander s'était redressé. Très vite, il se faufila jusqu'à la bâtisse et s'aplatit contre le mur. Il tenait un pistolet. L'estomac de Svedberg se noua. Mais il ne pouvait rien faire d'autre qu'attendre. Sten Widén avait épaulé la carabine ; Wallander s'était accroupi à côté de la porte d'entrée. Svedberg vit qu'il écoutait intensément. Puis il tata la poignée. La porte n'était pas fermée à clé. Brusquement, il l'ouvrit et se jeta à l'intérieur. Sten Widén et Svedberg s'élancèrent.

Ils n'avaient rien décidé, sinon qu'ils devaient suivre Wallander à la trace. Ils s'abritèrent derrière l'angle de la maison. Toujours aucun bruit. Soudain, Svedberg comprit.

La maison était vide.

— Ils sont partis, murmura-t-il à Sten Widén. Il n'y a personne.

— Comment tu le sais ?

— Je le sais.

Svedberg s'avança et cria le nom de Wallander.

Celui-ci sortit sur le seuil. Il ne parut pas surpris de les voir.

— Elle n'est plus là, dit-il.

Il paraissait épuisé. Sur le point de s'écrouler d'un instant à l'autre.

Ils entrèrent. Sten Widén qui n'était pas policier se tint à l'arrière-plan tandis que Svedberg et Wallander fouillaient la maison. Wallander ne dit pas un mot quant au fait qu'ils l'avaient suivi. Au fond de lui, pensa Svedberg, il devait savoir qu'ils ne l'abandonneraient pas. Peut-être même leur était-il reconnaissant d'être venus...

Ce fut Svedberg qui découvrit Tania. Il avait ouvert la porte d'une chambre et contemplé le lit défait. Mû par il ne savait quelle impulsion, il avait jeté un regard en dessous. Elle était là. L'espace d'une seconde atroce, il crut que c'était la fille de Wallander. Puis il comprit que c'était l'autre femme. Avant de signaler sa découverte, il jeta rapidement un regard sous les autres lits. Il ouvrit le congélateur et différentes penderies. Lorsqu'il fut certain que Linda n'était cachée nulle part, il fit part à Wallander de sa découverte. Ils déplacèrent le lit. Sten Widén se tenait toujours en retrait. Mais lorsqu'il vit le corps, il se détourna et sortit précipitamment. Il vomit dans la cour.

Elle n'avait plus de visage. Tout ce qu'il en restait était une masse sanguinolente. Svedberg alla chercher une serviette qu'il posa sur la plaie. Puis il examina le corps. Il trouva cinq impacts de balles. Svedberg sentit la nausée le submerger. On avait transpercé ses deux pieds, puis les mains, enfin le cœur.

Ils l'abandonnèrent et continuèrent à fouiller la maison en silence. Ils ouvrirent la trappe et descendirent à la cave. Svedberg réussit à cacher la chaîne. Mais Wallander comprit que c'était là, dans le noir, que Linda avait été retenue captive. Svedberg le vit serrer les mâchoires. Combien de temps encore aurait-il la force de tenir ? Ils revinrent dans la cuisine. Svedberg découvrit un grand chaudron contenant de l'eau teintée de sang. Il y plongea un doigt. L'eau était tiède. Il commençait à comprendre. Lentement il parcourut la maison une fois encore. Pour finir, il proposa à Wallander de s'asseoir. Wallander était presque apathique. Svedberg réfléchit intensément. Oserait-il ? C'était une lourde responsabilité. Puis il se décida.

— Je ne sais pas où est ta fille, dit-il. Mais elle est vivante. J'en suis certain.

Wallander le regardait sans rien dire.

— Je crois que les choses se sont passées ainsi. Je ne peux pas en être sûr. J'essaie de déchiffrer les traces. Je crois que la femme a aidé Linda à fuir. Je ne sais pas si elle y est parvenue. Mais il l'a tuée avec une rage sadique qui semble suggérer que oui. Il lui a ébouillanté le visage. Ensuite il l'a tuée. Les pieds, à cause de la fuite, puis les mains et enfin le cœur. Je préfère ne pas y penser. Ensuite, il est parti. Pour moi, c'est le signe que Linda a réussi à s'échapper. Voilà ce que je crois. Mais ça a pu se passer autrement.

Il était sept heures. Wallander ne disait toujours rien.

Svedberg alla téléphoner. Il dut attendre, Martinsson était dans sa salle de bains.

— Rends-moi un service, dit Svedberg. Retrouve-moi à la gare de Tomelilla dans une heure. Et ne dis rien à personne.

— Tu deviens bizarre, toi aussi ?

— C'est important.

Il raccrocha et regarda Wallander.

— Dans l'immédiat, tu n'as rien de mieux à faire que dormir. Rentre avec Sten. Ou si tu veux, on te conduit chez ton père.

— Comment pourrais-je dormir ? dit Wallander d'un air absent.

— En t'allongeant. Maintenant tu vas faire ce que je te dis. Si tu veux aider ta fille, tu dois dormir. Dans ton état, tu ne pourras bientôt que nous gêner.

Wallander hocha la tête.

— Il vaut mieux que j'aille chez mon père, dit-il.

— Où as-tu mis la voiture ? demanda Widén.

— Je vais la chercher. J'ai besoin de prendre l'air.

Il partit. Svedberg et Sten Widén échangèrent un regard. Trop épuisés, trop bouleversés pour parler.

— Je suis content de ne pas être flic, dit Widén lorsque la Duett apparut dans la cour.

— Merci pour ton aide, répondit Svedberg.

Il les regarda partir. Il se demanda quand ce cauchemar prendrait fin.

Sten Widén laissa Wallander devant la maison de son père. Ils n'avaient pas échangé un mot de tout le trajet.

— Je te rappelle dans la journée.

Pauvre diable, pensa-t-il. Comment va-t-il faire pour tenir ?

Wallander trouva son père attablé dans la cuisine, mal rasé et aussi, en juger par l'odeur, mal lavé. Il s'assit en face de lui.

Ils ne dirent rien pendant un long moment.

— Elle dort, annonça son père enfin.

Pas de réaction.

— Elle dort, répéta-t-il.

Wallander finit par comprendre qu'on s'adressait à lui.

— Quoi ? Qui est-ce qui dort ?

— Je parle de ma petite-fille.

Wallander le dévisagea fixement. Pendant plusieurs secondes, sans bouger. Puis il se leva et ouvrit lentement la porte de la chambre.

Linda dormait dans le lit. Ses cheveux avaient été tailladés. Mais c'était bien elle. Wallander resta un long moment immobile, puis il s'approcha et s'agenouilla à côté du lit. Il ne fit aucun geste. Il ne voulait pas savoir comment ça s'était passé, comment elle avait réussi à rentrer. Il ne voulait que la regarder. Il savait que Konovalenko était toujours là, quelque part, tout près. Mais en cet instant, cela lui était indifférent. En cet instant, il n'y avait qu'elle.

Il s'allongea par terre à côté du lit. Il se roula en boule et s'endormit. Son père posa sur lui une couverture et ferma la porte. Puis il retourna à l'atelier et continua à peindre. Il était revenu à son motif habituel. Il en achevait un avec coq de bruyère.

Martinsson arriva à la gare de Tomelilla peu après huit heures. Il sortit de la voiture.

— Qu'est-ce que tu me veux ? demanda-t-il sans masquer son agressivité.

— Tu vas voir, dit Svedberg. Mais ce n'est pas un beau spectacle.

— De quoi parles-tu. ?

— Konovalenko. On a encore un cadavre sur les bras. Une femme.

— Merde !

— Suis-moi. On a beaucoup de choses à se dire.

— Et Wallander ? Il est impliqué ?

Svedberg n'entendit pas. Il marchait déjà vers sa voiture.

30

En fin d'après-midi, elle alla chez le coiffeur.

Puis elle lui raconta tout. Wallander avait insisté pour qu'elle aille voir un médecin. Elle avait refusé.

— Aucun médecin au monde ne peut accélérer la repousse de mes cheveux.

Wallander redoutait les suites. Il craignait que sa fille retourne le traumatisme contre lui. Il aurait beaucoup de mal à se défendre. La faute lui incombait totalement. Mais elle avait pris sa décision, pour le médecin, et il renonça à la convaincre.

Une seule fois, au cours de ce mercredi, elle fondit en larmes. Ils allaient se mettre à table lorsqu'elle lui demanda ce qui était arrivé à Tania. Il lui dit la vérité, qu'elle était morte. Il ne précisa pas qu'on l'avait torturée. Il espérait que les journaux ne donneraient pas trop de détails. Il lui dit aussi que Konovalenko était encore en fuite.

— Mais c'est un homme aux abois maintenant, ajouta-t-il. Il ne peut plus attaquer comme il veut.

Wallander n'était pas tout à fait sûr de ce dernier point. Konovalenko était sans doute aussi dangereux qu'avant. Et lui, Wallander, reprendrait bientôt la traque. Mais pas encore, pas ce jour-là, alors que sa fille venait de lui revenir de la nuit, du silence et de la peur.

Dans la soirée il parla à Svedberg au téléphone. Il

lui demanda de lui accorder cette nuit encore pour réfléchir et se reposer. Le lendemain, il referait officiellement surface. Svedberg lui dit que les recherches battaient leur plein. Mais aucune trace de Konovalenko.

— Il n'est pas seul, dit Svedberg. Il y avait quelqu'un d'autre dans la maison. Rykoff est mort, Victor Mabasha est mort, Tania est morte. Konovalenko aurait dû être seul. Mais il ne l'est pas.

Sten Widén téléphona peu après. Wallander supposait qu'il était en contact avec Svedberg.

— Comment va Linda ?

— Ça va aller.

— Je repense à cette femme, dit Sten. J'essaie de comprendre comment il est possible de s'en prendre à quelqu'un de cette manière.

— Ces gens-là existent. Ils sont sans doute plus nombreux qu'on ne le croit.

Lorsque Linda fut endormie, Wallander rejoignit son père dans l'atelier. C'était peut-être une vue de l'esprit, mais il lui semblait qu'ils se parlaient plus facilement depuis quelques jours. D'un autre côté, comment savoir ce que comprenait réellement le vieux ? Il avait tout de même quatre-vingts ans.

Wallander s'assit sur un tabouret.

— Tu as toujours l'intention de te marier ?

— Je ne plaisante pas avec les choses sérieuses. Ça va se faire en juin.

— Linda a été invitée. Pas moi.

— Patience.

— Où allez-vous vous marier ?

— Ici.

— Dans l'atelier ?

— Pourquoi pas ? J'ai l'intention de peindre une grande toile de fond. Ça représentera l'horizon.

— Que va dire Gertrud ?

— C'est elle qui a eu l'idée.

Son père se retourna et lui sourit. Wallander éclata de rire. Il ne se rappelait pas quand il avait ri pour la dernière fois.

— Gertrud est une femme remarquable, ajouta son père.

— Il faut croire que oui.

Le jeudi matin, Wallander se réveilla reposé. Le bonheur de savoir sa fille indemne décuplait son énergie. Il se sentait prêt à reprendre la poursuite.

À huit heures, il appela Björk. Il avait soigneusement préparé son discours.

— Kurt ! Bon sang de bois ! Comment vas-tu ? Où es-tu ? Que s'est-il passé ?

— Je crois que je me suis un peu effondré, dit Wallander en s'efforçant de parler lentement et à voix basse pour être crédible. Mais ça va mieux. Il me faudrait quelques jours de repos, je crois.

— Un arrêt de travail, dit Björk sans hésiter. Je ne sais pas si tu as compris que tu étais recherché. C'était très désagréable. Je vais arrêter ça tout de suite, on va publier un communiqué de presse. Où es-tu ?

— À Copenhague, mentit Wallander.

— Qu'est-ce que tu fous là-bas ?

— Je me repose dans un petit hôtel.

— Et tu n'as évidemment pas l'intention de me dire le nom de cet hôtel ?

— Je préfère pas.

— On a besoin de toi le plus vite possible. Mais en

bonne santé. Il se passe des choses terribles ici. Martinsson et Svedberg et tous les autres, on se sent impuissants sans toi. On va demander une assistance à Stockholm.

— Je reviens vendredi. Pour le congé maladie, ce ne sera pas nécessaire.

— Tu n'imagines pas comme je suis soulagé. On a été très inquiets. Qu'est-ce qui s'est passé au juste sur le champ de manœuvre ?

— Je vais rédiger un rapport. Je reviens vendredi.

Après avoir raccroché, il repensa à ce qu'avait dit Svedberg. Qui était le deuxième homme ? La nouvelle ombre de Konovalenko ? Il s'allongea sur son lit et regarda le plafond en déroulant le film des événements depuis le jour où Robert Åkerblom était entré dans son bureau. Il se rappela les synthèses successives auxquelles il s'était essayé. Il refit le chemin, une fois de plus, pas à pas, trace à trace. Il retrouva la sensation d'une enquête qui ne cessait de lui échapper. Il n'avait toujours pas découvert ce qui se cachait *derrière*. En fin d'après-midi, il appela Svedberg.

— On n'a aucune idée de l'endroit où ils ont pu disparaître, répondit celui-ci à sa question. Mais je crois que ma théorie concernant les événements de la nuit est correcte. Il n'y a pas d'autre explication.

— J'ai besoin de ton aide. Je voudrais retourner à cette maison dès ce soir.

_ Tu ne veux pas me dire que tu as l'intention de repartir en chasse tout seul ?

Svedberg était effaré.

— Pas du tout. Mais ma fille a perdu un bijou à la cave. Vous ne l'avez pas retrouvé ?

— Pas que je sache.

515

— Qui est de garde là-bas ce soir ?

— À mon avis, une patrouille va y jeter un coup d'œil de temps à autre, c'est tout.

— Peux-tu éloigner cette voiture entre vingt et une heures et vingt-trois heures ? Officiellement je suis à Copenhague, comme Björk te l'a peut-être dit.

— Oui.

— Comment je fais pour entrer ?

— On a trouvé une clé de réserve dans la gouttière du pignon droit. Elle y est toujours.

Après coup, Wallander se demanda si Svedberg avait ajouté foi à son histoire. S'il y avait eu un bijou dans la cave, la police l'aurait déjà trouvé. Il ne savait pas ce qu'il espérait découvrir au juste. Svedberg avait acquis une compétence remarquable pour l'investigation des lieux de crime. Un jour peut-être, il atteindrait carrément le niveau de Rydberg. Et si Svedberg avait fait une découverte, il le lui aurait dit.

Pourtant, il fallait commencer par là. Le plus vraisemblable bien sûr était que Konovalenko et son acolyte inconnu étaient retournés à Stockholm. Mais rien n'était sûr.

À vingt heures trente il prit la route de Tomelilla. Il faisait chaud. Il baissa sa vitre, en pensant soudain qu'il n'avait pas encore évoqué la question des vacances avec Björk.

Laissant la voiture dans la cour, il récupéra la clé. Une fois à l'intérieur, il commença par allumer toutes les lampes. Il regarda autour de lui. Puis il fit lentement le tour de la maison en essayant de déterminer ce qu'il cherchait. Une trace conduisant à Konovalenko ; un but de voyage ; une indication quant à l'identité de l'acolyte ; un indice révélant ce qui se cachait derrière... Après une première inspection, il s'assit dans un fauteuil. Il n'y a rien ici, pensa-t-il. Konovalenko était pressé de partir, mais il n'a rien laissé. Le cendrier de Hallunda, c'était un coup de chance. Ça n'arrive qu'une fois.

Il se leva et refit le tour de la maison, avec une vigilance accrue s'arrêtant pour soulever une nappe, feuilleter un magazine, tâter un rembourrage. Toujours rien. Il parcourut les chambres à coucher, en gardant pour la fin celle où ils avaient retrouvé Tania. Rien. Dans la poubelle, déjà fouillée par Svedberg, il y avait une souris morte. Wallander la retourna du bout d'une fourchette. Elle n'avait pas été prise dans un piège. Elle avait été transpercée. Un couteau, pensa-t-il. Konovalenko est un homme qui s'en tient aux armes à feu. Ce n'est pas un adepte de l'arme blanche. Et l'acolyte ? Victor Mabasha avait eu un couteau. Mais Victor Mabasha était à la morgue. Wallander alla dans la salle de bains. Konovalenko n'y avait rien laissé. Il retourna dans le séjour et se rassit une fois de plus, en choisissant un autre fauteuil pour observer la pièce sous un angle différent. Il y a toujours quelque chose. Il suffit de trouver... Prenant son élan, il parcourut la maison une troisième fois. Rien. Lorsqu'il se rassit, il était déjà vingt-deux heures quinze. Il n'avait plus beaucoup de temps.

Les anciens occupants de la ferme étaient des gens méticuleux. Il y avait une place bien définie pour chaque objet, chaque meuble, chaque appareil électroménager. Il cherchait quelque chose qui tranchât sur l'ordre ambiant. Son regard s'arrêta sur un rayonnage. Les livres étaient soigneusement alignés. Sauf sur la dernière étagère, celle du bas. Un livre avait été mal rangé. Il se leva et le prit. C'était un atlas routier de la Suède. Le rabat de la jaquette était glissé entre deux pages. Une partie du Smäland : la région de Kalmar et l'île d'Öland. Il considéra la carte. Il s'assit à une table et ajusta le faisceau de la lampe. À quelques endroits, il repéra une légère trace de mine. Comme si quelqu'un avait suivi un trajet en effleurant la page avec un crayon. L'une des traces correspondait au début du pont reliant Öland à Kalmar. En bas de la page, près de Blekinge, il en trouva une autre. Il réfléchit un instant. Puis il chercha la carte de Scanie. Aucune empreinte de crayon. Il revint à la page précédente. Les traces suivaient la route de la côte vers Kalmar. Il reposa le livre, alla à la cuisine et appela Svedberg chez lui.

— Je suis à la ferme. Si je te dis « Öland », que me réponds-tu ?

Svedberg réfléchit.

— Rien du tout.

— Vous n'avez pas trouvé de bloc-notes dans la maison ? Pas de carnet d'adresses ?

— Tania avait un petit calendrier de poche dans son sac. Mais il n'y avait pas d'annotations.

— Aucun bout de papier ?

— Si tu regardes dans la cheminée, tu verras que quelqu'un y a brûlé des papiers. On a examiné les cendres. Il n'y avait rien. Pourquoi me parles-tu d'Öland ?

— J'ai trouvé une carte, c'est tout.

— Konovalenko est sans doute retourné à Stockholm. Je crois qu'il en a assez de la Scanie.

— Oui. Excuse-moi de t'avoir dérangé. Je vais partir.

— Pas de problème avec la clé ?

— Elle était à sa place.

Wallander rangea l'atlas sur l'étagère. Svedberg avait sans doute raison. Konovalenko était retourné à Stockholm.

Il alla dans la cuisine et but un verre d'eau. Son regard tomba sur l'annuaire posé sous le téléphone. Il le prit et l'ouvrit.

Quelqu'un avait noté une adresse sur la page de garde. *Hemmansvägen* 14. Au crayon. Il réfléchit un instant, puis il appela les renseignements et demanda le numéro d'un certain Wallander, domicilié à Kalmar, Hemmansvägen 14.

— Il n'y a pas de Wallander à l'adresse indiquée, dit la standardiste.

— L'abonnement est peut-être au nom de son chef. Mais j'ai oublié son nom...

— Edelman peut-être ?

— C'est bien cela.

Elle lui donna le numéro. Il la remercia. Puis il resta un instant immobile. Était-ce possible ? Konovalenko avait-il une autre retraite encore, sur l'île d'Öland cette fois ?

Il éteignit toutes les lampes, ferma la porte et replaça la clé dans la gouttière. Il y avait un peu de vent. La soirée était tiède. Sa décision avait pris forme toute seule. Quittant la ferme, il prit la route de Kalmar.

À Brösarp, il s'arrêta pour téléphoner. Ce fut son père qui répondit.

— Elle dort, dit-il. On a joué aux cartes.

— Je ne rentrerai pas cette nuit. Mais vous ne

devez pas vous inquiéter. Je dois juste rattraper le temps perdu. Elle sait que j'aime travailler la nuit. Je rappellerai demain matin.

— Tu viens quand tu veux, dit son père simplement.

Wallander raccrocha en pensant que leur relation était peut-être vraiment en train de s'améliorer. Le ton entre eux avait changé. Pourvu que ça dure. Qu'il sorte malgré tout quelque chose de bon de cette épouvante...

Il arriva à Kalmar à quatre heures du matin. Il s'était arrêté à deux reprises, pour faire le plein et pour dormir un peu. Il contempla le gigantesque pont qui se dressait devant lui. L'eau scintillait dans le soleil matinal. Dans la cabine téléphonique du parking, il avait trouvé un annuaire déchiré. Hemmansvägen se trouvait juste de l'autre côté du pont. Avant de traverser, il sortit le pistolet de la boîte à gants et vérifia qu'il était chargé. Soudain, il se rappela qu'il était venu sur l'île autrefois avec ses parents et sa sœur Kristina. Le pont n'existait pas à cette époque. On traversait le détroit à bord d'un petit ferry. Ils avaient campé pendant une semaine. Il ne lui restait pas de souvenirs précis de ces vacances, seulement une sensation lumineuse. Un court instant, il crut capter quelque chose, comme une ombre enfuie. Puis ses pensées revinrent à Konovalenko. Il se trompait sûrement. Les traces de crayon à papier et l'adresse griffonnée sur la page de garde n'étaient pas de la main du Russe, et lui, Wallander, serait bientôt de retour à Ystad.

De l'autre côté du pont, il s'arrêta pour examiner le plan de l'île. Hemmansvägen était une petite rue latérale, juste avant l'entrée du parc animalier. La circulation était encore clairsemée. Après quelques minutes, il découvrit qu'il s'agissait d'une zone interdite aux engins à moteur. Il laissa la voiture sur un petit parking. Hemmansvägen était bordé de villas, neuves ou anciennes, qui avaient toutes de vastes jardins. La première portait le numéro 3. Un chien le considéra avec méfiance à travers le grillage. Il continua un peu et fit le décompte jusqu'au numéro 14. Il l'observa à distance. C'était une villa ancienne à deux étages peinte en jaune, ornée d'une petite tour, d'une fenêtre en encorbellement et de corniches chantournées. Il rebroussa chemin. Il voulait aborder la maison par l'arrière.

Un terrain d'athlétisme jouxtait le fond de la propriété. Il escalada la palissade, déchirant son pantalon à hauteur de la cuisse. À l'abri des gradins de bois, il s'approcha. Un kiosque au rebut était adossé à la clôture du jardin. Il courut, plié en deux, prit position sous l'auvent en panneau de fibres et tira son arme. Pendant cinq minutes, immobile, il contempla la maison. Tout était silencieux. Un peu plus loin, il y avait une cabane à outils. Il observa la villa encore un instant. Puis il rampa le long de la clôture, se hissa dessus, perdit l'équilibre et réussit in extremis à se laisser tomber du bon côté, dans le petit espace compris entre la clôture et la cabane. Il était hors d'haleine. Il observa la villa de cette nouvelle position. Pas un mouvement. Le jardin était mal entretenu. À côté de lui, une brouette remplie de feuilles mortes de l'année précédente. Il commençait à croire que la villa était à l'abandon. Quittant la cabane à outils, il courut jusqu'à la véranda. La porte d'entrée devait se trouver de l'autre côté. Un hérisson apparut devant ses pieds. Dans un long sifflement, il hérissa ses piquants, faisant sursauter Wallander, qui le braqua sans raison avec son arme. Une corne de brume résonna par-dessus le détroit. Qu'est-ce que je fais ici ? S'il y a quelqu'un dans cette maison, c'est sûrement un couple de vieux qui ne vont pas tarder à se réveiller après une bonne nuit. Que diront-ils en découvrant un commissaire enfui rôdant dans leur jardin ? Il avança jusqu'à l'angle de la villa et risqua un coup d'œil.

Konovalenko était dans la cour en train d'uriner contre un mât de drapeau. Pieds nus, vêtu d'un pantalon et d'une chemise déboutonnée. Wallander n'avait pas bougé. Quelque chose pourtant alerta le Russe. Il se retourna. Wallander avait son pistolet à la main. Pendant une fraction de seconde, tous deux évaluèrent la situation. Wallander comprit que Konovalenko avait commis l'erreur de sortir sans arme. Konovalenko comprit que Wallander aurait le temps de tirer avant qu'il puisse gagner la porte d'entrée. Il se rejeta sur le côté. Puis il se mit à courir en zigzagant vers le portail. Il le franchit d'un bond. Il était déjà sur la route. Tout était allé si vite que Wallander ne put voir Sikosi Tsiki, observant la scène depuis la fenêtre.

Sans saisir la situation, Sikosi Tsiki pensa que les instructions données par Konovalenko la veille devaient maintenant entrer en vigueur. *S'il arrive quelque chose,* avait dit le Russe en lui remettant une enveloppe, *ces papiers te permettront de retourner en Afrique du Sud. Une fois là-bas, l'homme que tu as déjà rencontré te donnera l'argent et les dernières recommandations.*

Il attendit un instant à la fenêtre.

522

Puis il s'assit à une table et ouvrit l'enveloppe.

Une heure plus tard, il avait quitté la villa.

Konovalenko avait une avance d'environ cinquante mètres. Comment pouvait-il courir à cette vitesse ? Il se dirigeait vers le parking où Wallander avait laissé sa voiture. Konovaienko devait en avoir une au même endroit ! Wallander jura et tenta d'accélérer. Konovalenko s'engouffra dans une Mercedes, dont la portière n'était pas verrouillée. Le moteur rugit ; Wallander comprit que la clé devait déjà être dans le contact. Konovalenko était préparé, même s'il avait commis l'erreur de sortir de la villa sans arme. Au même instant, Wallander capta un reflet et se baissa d'instinct. La balle le dépassa en sifflant et ricocha contre l'asphalte. Wallander se jeta derrière un râtelier à vélos. Il entendit la voiture démarrer dans un crissement de pneus.

Il se rua vers sa propre voiture, en pensant qu'il avait déjà perdu la trace de Konovalenko. Mais celui-ci, il en était convaincu, chercherait en premier lieu à quitter l'île. Il mit les gaz. Au rond-point juste avant le pont, il l'aperçut. Au péril de sa vie, il doubla un poids lourd et faillit se retrouver dans les fleurs. Il se lança sur le pont en accélérant encore. La Mercedes était devant lui. Il devait inventer quelque chose. En cas de course poursuite prolongée, il n'aurait aucune chance.

Tout prit fin à l'endroit où le pont était le plus haut.

Konovalenko roulait très vite, mais Wallander le serrait de près. Lorsqu'il fut certain de ne pas risquer de toucher une voiture arrivant en sens inverse, il tira par la vitre ouverte. La première balle rata sa cible. Mais la deuxième, par un coup de chance incompréhensible, percuta une roue arrière. La Mercedes fit une embardée. Wallander freina désespérément et la vit s'encastrer dans le béton du parapet. Le choc fut violent. Wallander ne pouvait voir ce qu'il en était de Konovalenko. Sans réfléchir, il passa la première et fonça droit sur la Mercedes. Il eut un coup au cœur lorsque la ceinture de sécurité se tendit brutalement. Il malmena le levier de vitesses pour repasser en marche arrière. Les pneus hurlèrent. Puis il fonça à nouveau. Wallander recula et sortit de la voiture en s'abritant derrière la portière. Une file s'était formée derrière lui. Lorsqu'il agita son pistolet en criant aux automobilistes de dégager, certains abandonnèrent leur voiture et partirent en courant. Un embouteillage s'était aussi formé en sens inverse. Konovalenko demeurait invisible. Wallander tirait sur la tôle défoncée. Une balle fit exploser le réservoir. Il ne réussit jamais à déterminer si c'était cela qui avait mis le feu à l'essence, mais soudain le véhicule s'embrasa. Wallander approcha prudemment.

Konovalenko brûlait.

Il était coincé sur le dos, le haut du corps dépassant du pare-brise. Wallander se rappellerait toujours son regard fixe, comme s'il ne parvenait pas à croire ce qui lui arrivait. Ensuite ses cheveux prirent feu. Quelques secondes plus tard, Wallander comprit qu'il était mort. Il entendit des sirènes approcher au loin. Lentement, il retourna à sa propre voiture, qui était dans un sale état, et s'appuya contre la portière.

Il regarda le détroit de Kalmar. L'eau scintillait. L'air sentait bon le sel et la mer. Il avait la tête complètement vide. Quelque chose venait de prendre fin, et c'était une sensation étourdissante. Puis il entendit un porte-voix hurler que quelqu'un devait poser son arme. Il finit par comprendre que cela s'adressait à lui. En se retournant, il vit des voitures de pompiers et de police à l'entrée du pont, du côté de Kalmar. La Mercedes brûlait toujours. Wallander regarda son pistolet. Puis il le balança par-dessus le parapet. Des hommes approchaient, l'arme au poing. Il agita sa carte.

— Commissaire Wallander ! Je suis de la police !

Il fut bientôt encerclé par des collègues méfiants.

— Je m'appelle Wallander, répéta-t-il. Vous avez peut-être entendu parler de moi dans les journaux. Je suis recherché depuis une semaine.

— Je te reconnais, dit un policier avec un accent du Småland à couper au couteau.

— Le type qui brûle dans la voiture là-bas est Konovalenko, dit Wallander. Celui qui a tué le jeune policier de Stockholm. Et pas mal d'autres gens.

Wallander regarda autour de lui.

Il sentait monter quelque chose qui était peut-être de la joie, peut-être du soulagement.

— On y va ? J'ai besoin d'un café. Je crois qu'il n'arrivera rien de plus ici.

31

Jan Kleyn fut arrêté dans son bureau le vendredi 22 mai à l'heure du déjeuner. À huit heures, le procureur général Wervey avait écouté le rapport de

Scheepers et pris connaissance de la décision du président la veille au soir. Sans commentaire, il avait signé le mandat d'amener et l'ordre de perquisition. Scheepers avait demandé que l'interpellation soit menée par le commissaire Borstlap, qui lui avait fait bonne impression dans le cadre de l'enquête sur le meurtre de Van Heerden. Après avoir laissé Jan Kleyn dans une salle d'interrogatoire, Borstlap informa Scheepers que l'arrestation s'était passée sans encombre. Il disposait de très peu d'informations. Scheepers avait invoqué le secret défense, mais lui avait cependant confié que l'ordre émanait du chef de l'État lui-même. Borstlap résolut donc de lui faire part d'une observation qui lui causait souci.

Jan Kleyn n'avait pas été surpris de ce qui lui arrivait. Son indignation était mal jouée. Or Borstlap savait que la décision de l'arrêter avait été prise en toute hâte. Jan Kleyn devait donc avoir des amis dans l'entourage immédiat du président, ou une taupe au sein du parquet général. Scheepers l'écouta. Il s'était écoulé moins de douze heures depuis son entrevue avec De Klerk. En dehors du président, seuls Wervey et Borstlap étaient au courant. Scheepers comprit qu'il devait immédiatement prévenir De Klerk que son bureau était sur écoute. Il demanda à Borstlap d'attendre pendant qu'il téléphonait. Mais il ne réussit pas à joindre le président. Son secrétariat lui dit qu'il était en réunion et qu'il ne serait disponible qu'en fin d'après-midi.

Scheepers retourna auprès de Borstlap. Il avait décidé de faire attendre Kleyn. Il n'avait aucune illusion concernant la vulnérabilité de celui-ci.

C'était plutôt lui, Scheepers, qui avait besoin de temps pour se préparer à la confrontation.

Ils prirent la route vers la maison de Jan Kleyn dans les environs de Pretoria. Borstlap au volant, Scheepers affalé à l'arrière. Soudain, il repensa à la lionne qu'il avait vue avec Judith. C'est l'image de l'Afrique, pensa-t-il. La bête au repos, le calme juste avant qu'elle se lève et déploie ses forces bandées. Le fauve qu'on ne peut se permettre de blesser, qu'il faut tuer du premier coup.

Scheepers regardait par la vitre en se demandant ce qu'allait être désormais sa vie. Le grand dessein de De Klerk et de Nelson Mandela, impliquant en bout de course le retrait des Blancs, avait-il une chance d'aboutir ? Ou bien conduirait-il à un déchaînement de haine, à une guerre civile sans pitié où les positions et les alliances changeraient sans cesse, avec une issue impossible à prévoir... L'apocalypse, pensa-t-il. Le cauchemar que nous avons tenté d'enfermer comme un esprit récalcitrant dans une bouteille. L'esprit se vengera-t-il le jour où la bouteille explosera ?

Ils s'arrêtèrent devant les grilles de la grande villa. Borstlap avait informé Jan Kleyn dès son arrestation qu'une perquisition aurait lieu à son domicile. Il lui avait demandé les clés. Jan Kleyn avait sorti le grand jeu de l'innocence blessée. Borstlap lui avait dit alors qu'au besoin, ils enfonceraient la porte. L'autre avait fini par lui remettre le trousseau.

Scheepers salua le gardien et se présenta. Un jardinier se trouvait avec lui. La grille s'ouvrit. Scheepers jeta un regard circulaire. Dans l'enceinte murée de la propriété, le parc s'étendait selon un système de lignes droites. Tellement tirées au cordeau que toute vie l'avait déserté. Voilà Jan Kleyn, pensa-t-il. Le règne de l'idéologie. Des règles strictes. Aucune déviance n'est tolérée, que ce soit dans ses pensées ou dans son jardin. Mais il y a le secret. Miranda et Matilda.

Ils entrèrent. Un serviteur noir écarquilla les yeux. Scheepers lui demanda d'attendre dehors pendant qu'ils parcouraient la maison. Il devait aussi informer le jardinier et le gardien de ne pas s'éloigner sans autorisation.

La maison était meublée de façon spartiate et coûteuse. La préférence de Jan Kleyn allait au marbre, à l'acier et au bois massif. Aux murs, quelques lithographies. Les sujets étaient empruntés à l'histoire de l'Afrique du Sud. Il y avait aussi une collection d'épées, de pistolets anciens et de gibecières. Au-dessus de la cheminée un trophée de chasse ; une tête d'antilope kudu aux puissantes cornes spiralées. Tandis que Borstlap s'occupait du reste de la maison, Scheepers s'enferma dans le bureau de Jan Kleyn. La table de travail était vide. Une armoire à documents était placée contre le mur. Il redescendit dans le séjour où Borstlap examinait une bibliothèque.

— Il doit y avoir un coffre-fort...

— Mais pas de clé, répondit Borstlap en agitant le trousseau.

— Il a sûrement choisi un endroit improbable. C'est par là qu'il faut commencer. Alors ?

— Sous notre nez, dit Borstlap. La meilleure cachette est la plus évidente.

— Concentrez-vous sur le coffre-fort, dit Scheepers. Oubliez les bibliothèques pour l'instant.

Borstlap rangea le livre qu'il tenait à la main. Scheepers retourna dans le bureau. Il s'assit et ouvrit les tiroirs l'un après l'autre.

Deux heures plus tard ils n'avaient encore rien trouvé. Les papiers de Jan Kleyn concernaient essentiellement sa vie privée, et sa collection de monnaies. À sa grande surprise, Scheepers avait découvert que Kleyn était président de l'Association numismatique d'Afrique du Sud et qu'il travaillait dur sur ce front-là. Encore une déviance, pensa-t-il. Mais sans intérêt pour mon enquête.

Borstlap avait fait deux fois le tour de la maison sans trouver de coffre-fort.

— Il doit pourtant exister, s'entêta Scheepers.

Borstlap appela le serviteur. Une armoire secrète, dit-il. Toujours fermée à clé...

— Il n'y en a pas.

Borstlap le renvoya, exaspéré. Ils se remirent à chercher. Scheepers essayait de repérer d'éventuelles irrégularités dans l'architecture. Il n'était pas rare que des Sud-Africains fassent aménager chez eux des chambres secrètes. Il ne trouva rien. Borstlap s'était introduit sous les combles et les fouillait à l'aide d'une lampe de poche. Scheepers sortit dans le jardin et examina la maison de l'extérieur. Il découvrit la solution tout de suite. Il n'y avait pas de cheminée.

Il retourna à l'intérieur, s'accroupit devant le foyer et éclaira le conduit. Le coffre-fort était incrusté dans la maçonnerie. En tâtant la poignée il remarqua avec surprise qu'elle s'ouvrait facilement. Borstlap descendit l'escalier.

— Une excellente cachette, dit Scheepers.

Borstlap hocha la tête, visiblement vexé de ne pas l'avoir trouvée tout seul.

Scheepers s'assit à la table en marbre placée devant un vaste canapé en cuir. Borstlap était sorti dans le jardin pour fumer. Scheepers parcourut les documents. Des papiers d'assurance, quelques enveloppes contenant des pièces de monnaie anciennes, les titres de propriété de la maison, une vingtaine d'actions et quelques obligations. Il les repoussa et se concentra sur un petit agenda noir. Il était rempli de notes. Des noms de lieux, des combinaisons de chiffres... Scheepers résolut d'emporter le carnet pour l'examiner tranquillement. Il replaça les papiers dans le coffre-fort et rejoignit Borstlap dehors.

Une pensée venait de le frapper. Il appela les trois hommes accroupis un peu plus loin, qui les regardaient sans bouger.

— Quelqu'un est-il venu à la maison tard hier soir ?

— Seul Mofololo le sait, répondit le jardinier. C'est le gardien de nuit.

— Il n'est évidemment pas là ?

— Il arrive à dix-neuf heures.

Scheepers acquiesça. Il reviendrait.

Ils retournèrent à Johannesburg, s'arrêtant en cours de route pour un déjeuner tardif. À seize heures quinze, ils se séparèrent devant le commissariat. Scheepers ne pouvait plus repousser l'échéance. Mais avant, il devait joindre De Klerk.

En recevant l'appel de l'huissier vers minuit, Jan Kleyn avait été surpris. Il savait naturellement qu'un jeune substitut du nom de Scheepers avait reçu pour mission d'enquêter sur la mort de Van Heerden, mais il croyait disposer d'une bonne longueur d'avance. Il l'avait manifestement sous-estimé. Il se leva et s'habilla. Il avait quelques heures devant lui. Scheepers aurait besoin de temps pour préparer tous les papiers nécessaires à l'interpellation. D'ici là, il devait avoir distribué ses ordres. Il descendit à la cuisine et fit du thé. Puis il commença à écrire. Il y avait beaucoup de points à régler.

Cette arrestation représentait une complication inattendue, quoique prévisible. D'ailleurs, il l'avait prévue. La situation était ennuyeuse, mais pas ingérable. Il ignorait combien de temps Scheepers comptait le retenir ; il devait donc agir dans l'hypothèse où il serait détenu jusqu'après l'attentat contre Mandela.

C'était sa première tâche cette nuit-là transformer à son avantage l'événement du lendemain. Tant qu'il serait prisonnier, personne ne pourrait l'accuser de participation active à quoi que ce soit. Il réfléchit à ce qui allait se passer. Il était plus d'une heure du matin lorsqu'il appela Franz Malan.

— Habille-toi et viens.

Il l'avait réveillé. Mais Malan ne posa aucune question.

Peu après deux heures, il se présentait dans le salon de Jan Kleyn. Les rideaux étaient tirés. Le gardien de nuit qui lui avait ouvert avait des consignes strictes. Il ne devait révéler à personne les visites qui avaient lieu en fin de soirée ou pendant la nuit, sous peine de renvoi immédiat. Jan Kleyn lui versait un salaire très élevé pour s'assurer de son silence.

Franz Malan était nerveux ; Jan Kleyn ne l'aurait jamais appelé à moins d'une raison grave.

Jan Kleyn lui laissa à peine le temps de s'asseoir avant de lui expliquer ce qui allait se passer le lendemain et ce qui devait être fait d'ici là. La nervosité de Franz Malan s'accrut.

— On ne sait pas quelles informations Scheepers a réussi à se procurer. Mais nous devons prendre nos précautions. La première urgence est de dissoudre le Comité et de détourner l'attention du Cap et du 12 juin.

Franz Malan le dévisageait, incrédule. Parlait-il sérieusement ? La responsabilité exécutive allait-elle lui incomber entièrement ?

Jan Kleyn perçut son inquiétude.

— Je serai bientôt libre. Je reprendrai le commandement à ce moment-là.

— Je l'espère bien. Mais dissoudre le Comité...

— C'est nécessaire. Scheepers en sait peut-être plus long qu'on ne l'imagine.

— Mais comment s'y est-il pris ?

Jan Kleyn haussa les épaules.

— Corruption, chantage, menace. Il n'y a pas de limite, pour eux pas plus que pour nous. Le Comité ne doit plus se réunir. Il cesse d'exister. Il n'a jamais existé. Dès cette nuit, nous allons contacter tous les membres. Mais avant, on a du travail.

— Si Scheepers est au courant, pour le 12 juin, on doit reporter la date. On ne peut pas prendre de risque.

— Trop tard, répondit Jan Kleyn. Scheepers ne sait rien avec certitude. Il suffit de le convaincre que le 12 juin est une manœuvre de diversion. On retourne la situation.

— Comment ?

— Pendant l'interrogatoire, demain, je l'aiguillerai sur une fausse piste.

— Ce n'est pas suffisant.

— Bien sûr que non.

Jan Kleyn sortit un petit carnet. Il l'ouvrit devant Malan. Les pages étaient vierges.

— Je vais gribouiller, dit-il. Ici et là, je noterai un lieu et une date. Tous seront barrés sauf un. Et ce ne sera pas le 12 juin au Cap. Je laisse le carnet dans mon coffre-fort. Et je laisse le coffre-fort ouvert, comme si j'avais tenté en toute hâte d'en retirer des papiers compromettants.

Franz Malan hocha la tête. Il commençait à croire que Jan Kleyn avait raison. Ce serait possible.

— Sikosi Tsiki est en route, dit Jan Kleyn en lui tendant une enveloppe. Il t'incombera de l'accueillir, de le conduire à Hammanskraal et de lui donner les dernières instructions. Tout est noté là-dedans. Relis les papiers, vois s'il y a quelque chose à rectifier. Ensuite, il faudra commencer à passer des coups de fil.

Pendant que Franz Malan parcourait les instructions, Jan Kleyn remplit son carnet. Il se servit de plusieurs crayons pour donner l'impression que les notes s'étendaient sur une longue période de temps. Il réfléchit un instant avant de se décider. Durban, le 3 juillet. L'ANC avait prévu un grand meeting dans la ville ce jour-là. Ce serait sa fausse piste.

Franz Malan reposa les papiers.

— Tu n'as rien écrit concernant les armes.

— Konovalenko l'a entraîné avec un fusil à longue portée. On a une réplique exacte de cette arme dans l'entrepôt souterrain de Hammanskraal. D'autres questions ?

Ils distribuèrent les coups de fil. Jan Kleyn disposait de trois lignes téléphoniques différentes à son domicile. Les signaux partirent aux quatre coins de l'Afrique du Sud. Des hommes soulevèrent le combiné en bâillant avant de se réveiller tout à fait. Certains manifestèrent de l'inquiétude, d'autres se contentèrent de prendre note du changement de programme. Certains eurent du mal à se rendormir, d'autres non.

Le Comité était dissous. Ne subsistait que la rumeur de son existence. Il avait disparu car il était devenu provisoirement inutile, et dangereux. Mais, à la première opportunité, il entrerait à nouveau en fonction. Ses membres n'abandonneraient jamais. Leur détermination, fondée sur un mélange d'illusion, de mensonge et de fanatisme désespéré, était sans faille. Pour certains d'entre eux, il ne s'agissait que de haine.

Franz Malan repartit dans la nuit.

Jan Kleyn rangea sa maison. À quatre heures trente, il monta se reposer. Qui donc avait pu fournir ces informations à Scheepers ? La sensation désagréable de n'avoir pas vu quelque chose le hantait.

Quelqu'un l'avait trahi.

Mais qui ? Il ne voyait pas.

Scheepers ouvrit la porte de la salle d'interrogatoire.

Jan Kleyn était assis sur une chaise contre le mur et le dévisageait en souriant. Scheepers avait résolu de s'adresser à lui avec une politesse irréprochable. Il avait consacré une heure à éplucher le carnet noir. L'attentat contre Nelson Mandela avait-il réellement été déplacé à Durban le 3 juillet ? Il n'avait absolument aucun espoir que Jan Kleyn lui livre la vérité. Mais peut-être parviendrait-il à lui soutirer quelques informations susceptibles de l'orienter.

Scheepers s'assit en pensant que c'était le père de Matilda qu'il avait en face de lui. Il connaissait le secret, mais il ne pourrait s'en servir contre lui sans mettre en danger les deux femmes. Jan Kleyn ne pouvait pas être retenu éternellement. D'ailleurs, il semblait prêt à quitter la salle d'interrogatoire d'un instant à l'autre.

Le sténographe entra et s'assit à une petite table à l'écart.

— Jan Kleyn, commença Scheepers. Vous êtes soupçonné de menées subversives visant à attenter à la sûreté de l'État. Qu'avez-vous à dire à ce sujet ?

Jan Kleyn répondit sans cesser de sourire.

— Une seule chose. Je ne parlerai qu'en présence de mon avocat.

Scheepers fut désarçonné. La procédure prévoyait la possibilité pour toute personne mise en examen de contacter l'avocat de son choix aussitôt après son interpellation.

— Tout s'est passé dans les règles, ajouta Jan Kleyn comme s'il lisait dans ses pensées. Mais mon avocat n'est pas encore arrivé.

— Alors nous pouvons peut-être commencer par les questions d'état civil...

— Bien entendu.

Scheepers quitta la pièce aussitôt après cette formalité, en demandant à être rappelé dès que l'avocat serait là. Le temps d'arriver au parquet, il était en sueur. L'arrogance détachée de Jan Kleyn l'effrayait. Comment pouvait-il rester si calme face à des accusations qui, si elles étaient confirmées, entraîneraient sa mise à mort ?

Scheepers se demanda soudain s'il avait les capacités d'affronter cet homme. Peut-être devait-il se tourner vers Wervey ? Se faire remplacer par un responsable d'interrogatoire plus expérimenté ? Mais Wervey n'était pas homme à lui laisser une deuxième chance. Ses perspectives de carrière se réduiraient de façon spectaculaire s'il faisait preuve de faiblesse maintenant. Il ôta son veston et se rinça le visage à l'eau froide. Puis il passa une nouvelle fois en revue les questions qu'il avait l'intention de poser à Jan Kleyn.

Il essaya à nouveau de joindre De Klerk. Cette fois, on le lui passa, et il lui fit part de ses soupçons. De Klerk l'écouta sans l'interrompre.

— Je vais faire vérifier ce point, dit-il simplement.

Vers dix-huit heures, on l'informa que l'avocat était arrivé. Il retourna aussitôt à la salle d'interrogatoire.

L'avocat assis aux côtés de Jan Kleyn pouvait avoir une quarantaine d'années. Il s'appelait Kritzinger. Ils se saluèrent avec une certaine froideur. Scheepers comprit aussitôt que Kritzinger et Kleyn se connaissaient depuis longtemps. L'avocat avait peut-être retardé son arrivée exprès pour désarçonner le responsable d'interrogatoire. Mais si c'était bien là le but de la manœuvre, elle produisit sur Scheepers l'effet inverse. Soudain, il était parfaitement calme. Dissipée, l'angoisse des dernières heures.

— J'ai pris connaissance des chefs d'inculpation, dit Kritzinger. Ce sont des accusations graves.

536

— Attenter à la sûreté de l'État est un crime grave, répondit Scheepers.

— Mon client nie catégoriquement ce dont on l'accuse. J'exige qu'il soit relâché sur-le-champ. Est-il vraiment raisonnable d'arrêter des gens qui consacrent chaque jour leurs efforts à garantir précisément la sûreté de l'État ?

— Jusqu'à nouvel ordre, dit Scheepers, c'est moi qui pose les questions. Et votre client doit y répondre.

Il jeta un regard à ses papiers.

— Connaissez-vous Franz Malan ?

— Oui, répondit aussitôt Jan Kleyn. Il travaille pour les services d'information de l'armée.

— Quand l'avez-vous vu pour la dernière fois ?

— À l'occasion de l'attentat terroriste contre le restaurant de Durban. Nous avons été appelés tous les deux dans le cadre de l'enquête.

— Connaissez-vous l'existence d'un groupe de Boers se réunissant secrètement sous l'appellation de « Comité » ?

— Non.

— En êtes-vous certain ?

— Mon client a déjà répondu, protesta Kritzinger.

— Rien ne m'empêche de poser la même question plus d'une fois, coupa Scheepers froidement.

— Je ne connais pas de « Comité », répondit Jan Kleyn.

— Nous avons des raisons de croire que ce groupe prépare un attentat contre un dirigeant nationaliste noir. Différents lieux et différentes dates ont été évoqués. Êtes-vous au courant de cela ?

— Non.

Scheepers sortit le carnet noir.

— Lors d'une perquisition à votre domicile aujourd'hui, la police a découvert ce carnet. Le reconnaissez-vous ?

— Bien entendu. Il m'appartient.

— Ce carnet contient des annotations concernant certains lieux et certaines dates. Pouvez-vous me dire ce qu'elles signifient ?

Jan Kleyn jeta un coup d'œil à son avocat, comme pour l'interroger sur la légitimité de cette question. Kritzinger hocha la tête.

— Il s'agit de notes privées concernant des anniversaires et des rendez-vous avec différents amis.

— Qu'allez-vous faire dans la ville du Cap le 12 juin ?

Jan Kleyn répondit sans ciller.

— Rien du tout. Je devais y aller pour rencontrer un collègue numismate. Mais le rendez-vous a été reporté.

Il paraissait toujours aussi détaché.

— Et Durban le 3 juillet ?

— Rien.

— C'est-à-dire ?

Jan Kleyn murmura quelques mots à l'oreille de son avocat.

— Mon client souhaite ne pas répondre à cette question pour des raisons personnelles, dit Kritzinger.

— Raisons personnelles ou pas, je veux une réponse.

— C'est inacceptable, s'indigna Jan Kleyn.

Scheepers s'aperçut soudain que l'homme transpirait. Sa main posée sur la table tremblait.

— Jusqu'ici, vos questions ont été entièrement dénuées de pertinence, dit Kritzinger. Je ne vais pas tarder à exiger la fin de cet interrogatoire et la libération immédiate de mon client.

— Lorsqu'il s'agit de ce type de soupçon, la police et le parquet disposent de grandes libertés, répliqua Scheepers courtoisement. Je voudrais maintenant une réponse.

— Je fréquente une femme à Durban, dit Jan Kleyn. Elle est mariée. Je dois donc observer la plus grande discrétion.

— La voyez-vous régulièrement ?

— Oui.

— Comment s'appelle-t-elle ?

Jan Kleyn et Kritzinger protestèrent de concert.

— Je reviendrai à cette question plus tard. Mais si vous la voyez régulièrement et que vous avez l'habitude de noter vos rendez-vous dans ce carnet, n'est-il pas un peu étrange qu'il n'y ait qu'une seule annotation concernant Durban ?

— J'utilise au moins dix carnets par an. Je les jette au fur et à mesure. Ou alors je les brûle.

— Où les brûlez-vous ?

Jan Kleyn semblait avoir retrouvé son calme.

— Dans l'évier. Ou aux toilettes. Comme vous le savez déjà, le conduit de ma cheminée a été muré par les précédents propriétaires. Je n'ai jamais trouvé le temps de le faire rouvrir.

L'interrogatoire se poursuivit. Scheepers posa plusieurs questions concernant le Comité, ponctuées par des protestations de Kritzinger. Jan Kleyn continuait de nier en bloc. Au bout de trois heures, Scheepers résolut de conclure. Il se leva en précisant que Jan Kleyn resterait en garde à vue. Kritzinger se fâcha pour de bon. Mais Scheepers contra ses objections sans difficulté. La loi l'autorisait à retenir Jan Kleyn pendant au moins vingt-quatre heures encore.

Il faisait déjà nuit lorsqu'il partit faire son rapport à Wervey, qui s'était engagé à l'attendre. Les couloirs étaient déserts. Il trouva la porte du procureur général entrebâillée. Wervey dormait dans son fauteuil. Il frappa, Wervey ouvrit les yeux et le pria de s'asseoir.

— Jan Kleyn prétend ne rien savoir, ni d'une conspiration ni d'un attentat. Je pense qu'il ne parlera pas. La perquisition n'a rien donné, à part un carnet retrouvé dans son coffre-fort. Des lieux et des dates. Tous étaient barrés sauf un. Durban, le 3 juillet. Nous savons que Nelson Mandela doit prononcer un discours à Durban ce jour-là. La date qui nous intéressait auparavant, le 12 juin au Cap, est biffée.

Wervey se redressa et demanda à voir le carnet. Scheepers le tira de sa mallette. Wervey le feuilleta lentement sous la lampe de travail.

— Quelle était son explication ? demanda-t-il.

— Différents rendez-vous. Il prétend avoir une relation avec une femme mariée à Durban.

— Commence par là, dès demain.

— Il a refusé de livrer son nom.

— Dis-lui qu'il restera en garde à vue tant qu'il ne nous aura pas donné la réponse.

— Quoi ? C'est possible ?

— Mon jeune ami, dit Wervey. Tout est possible quand on est procureur général et qu'on a mon âge. N'oublie pas qu'un homme tel que Jan Kleyn sait parfaitement recouvrir ses traces. Il doit être vaincu au combat.

— J'ai eu l'impression de le déstabiliser à quelques reprises, dit Scheepers avec hésitation.

— Il sait maintenant qu'on le talonne de près. Mets-lui la pression demain. Les mêmes questions, encore et encore. Attaque sous différents angles, mais toujours au même endroit. C'est clair ?

— Oui. Il y a aussi autre chose. Le commissaire Borstlap a eu l'impression que Jan Kleyn était prévenu. Pourtant, la décision ne remontait qu'à quelques heures.

Wervey le considéra pensivement.

— Ce pays est en guerre. Il y a partout des oreilles, humaines, électroniques... Dévoiler des secrets, c'est une arme qui surpasse souvent les autres. Ne l'oublie pas.

Sur le parking, Scheepers s'arrêta pour inspirer l'air frais de la nuit. Il était épuisé. Alors qu'il s'apprêtait à ouvrir sa voiture, un garde se détacha de l'ombre.

— Un homme a laissé ça pour vous, dit-il en lui tendant une enveloppe.

— Qui ?

— Un Noir. Il n'a pas dit son nom. Juste que c'était important.

Scheepers prit l'enveloppe avec précaution. Trop mince pour contenir une bombe. Lorsque le garde se fut éloigné, il s'installa dans sa voiture et lut le message à la lumière de l'habitacle.

Auteur probable de l'attentat un Noir qui s'appelle Victor Mabasha.

La lettre était signée « Steve ».

Le cœur de Scheepers battit plus vite. *Enfin*, pensa-t-il.

Il rentra chez lui. Judith l'attendait, elle avait

préparé un dîner. Mais avant de s'asseoir, il appela le commissaire Borstlap chez lui.

— Victor Mabasha. Ça vous dit quelque chose ?

Borstlap réfléchit un instant.

— Non.

— Demain à la première heure, il faudra éplucher les fichiers. Il s'agit sans doute de l'auteur désigné de l'attentat. C'est un Noir.

— Vous avez réussi à faire parler Jan Kleyn ? demanda Borstlap, surpris.

— Non. Peu importe dans l'immédiat comment je me suis procuré l'information.

Il raccrocha. Victor Mabasha, pensa-t-il en s'asseyant à table.

Si c'est toi, nous te capturerons avant qu'il soit trop tard.

32

Ce jour-là, à Kalmar, Kurt Wallander comprit enfin à quel point il allait mal. Plus tard, alors que le meurtre de Louise Åkerblom et le cauchemar qu'il avait déclenché commençaient déjà à apparaître comme une série d'événements irréels, un lointain théâtre désolé, il continua à se référer obstinément à cette scène : la vision de Konovalenko sur le pont d'Öland, avec ses yeux écarquillés et ses cheveux en flammes. Les souvenirs atroces avaient beau tourner comme dans un kaléidoscope chaotique, c'était là, il le savait, le point de départ, l'instant décisif, celui où il avait définitivement perdu le contrôle. À sa fille, il dit qu'un compte à rebours avait commencé pour lui à ce moment-là, un compte à rebours vers... rien. Le vide. Le médecin d'Ystad qui s'occupa de lui à la mi-juin pour tenter de venir à bout du mal écrivit dans son dossier que, *selon le patient lui-même, la dépression avait commencé alors qu'il prenait un café au commissariat de Kalmar pendant qu'un homme brûlait sur le pont.*

Il avait donc bu un café au commissariat de Kalmar. Ceux qui le virent au cours de cette demi-heure, tassé sur sa chaise, regardant fixement son gobelet, eurent l'impression d'un homme absent, complètement inaccessible. Personne ne prit l'initiative de lui tenir compagnie ou de lui demander si ça allait. L'étrange policier d'Ystad était entouré d'une sorte de respect embarrassé. Alors, on se contenta de le laisser tranquille pendant qu'on s'occupait de démêler le chaos sur le pont et d'affronter les journalistes qui assiégeaient le standard. Après une demi-heure, il s'était soudain levé en demandant à être conduit à la villa jaune. En passant sur le pont, où traînait encore la carcasse fumante de la Mercedes, il ne réagit pas. Dans la villa, en revanche, il prit aussitôt les commandes, en oubliant que les recherches étaient officiellement conduites par un commissaire de Kalmar du nom de Blomstrand.

On le laissa faire. Au cours des heures qui suivirent, il déploya une énergie considérable. Il semblait déjà avoir oublié Konovalenko. Ce qu'il voulait en premier lieu, c'était obtenir le nom du propriétaire de la villa. D'autre part, il ne cessait de répéter que Konovalenko *n'avait pas été seul*. Il ordonna aux policiers présents de frapper aux portes des voisins et de prendre contact immédiatement avec les chauffeurs de bus et de taxi.

La question du propriétaire se révéla assez épineuse. L'ancien propriétaire, un archiviste veuf du nom de Hjalmarson, était décédé dix ans plus tôt. Son fils, qui vivait au Brésil – représentant d'une firme suédoise selon certains voisins, marchand d'armes aux dires des autres –, n'était même pas rentré pour l'enterrement. Selon le vieux monsieur qui s'était proposé spontanément comme le porte-parole des riverains, cela avait été une époque troublée dans la vie de Hemmansvägen. On avait donc poussé un soupir de soulagement lorsque le panneau « à vendre » avait disparu et qu'on avait vu débarquer, à la suite des camions de déménagement, un officier de réserve à la retraite. Cet homme était une véritable relique : un ancien major des hussards de Scanie. Il s'appelait Gustaf Jernberg et communiquait avec son entourage par des rugissements aimables. L'inquiétude était revenue lorsqu'il apparut que Jernberg passait le plus clair de son temps en Espagne pour soigner ses rhumatismes. En son absence, la maison était occupée par son petit-fils, un garçon de trente-cinq ans, qui ne respectait aucune des règles tacites du voisinage, et qui était d'une arrogance et d'une impertinence peu communes. Il s'appelait Hans Jernberg. On ne savait rien de lui, sinon que c'était une sorte de businessman, qui faisait des apparitions imprévues à la villa jaune, souvent en compagnie de personnages plutôt étranges.

La police se mit aussitôt en quête de Hans Jernberg. Il fut localisé vers quatorze heures, dans un bureau de Göteborg. Wallander lui parla personnellement au téléphone. Au début, il fit celui qui ne comprenait rien. Wallander, qui n'était pas d'humeur à patienter ce jour-là, le menaça de faire intervenir la police de Göteborg, en ajoutant que la presse ne manquerait pas de s'en mêler. En pleine conversation, un policier vint glisser un mot sous le nez de Wallander. Une brève recherche dans les fichiers avait révélé que Hans Jernberg était lié a des groupes néo-nazis. Wallander fixa le Post-it du regard avant de comprendre quelle question il devait poser.

— Quelle est votre opinion concernant l'Afrique du Sud ? demanda-t-il de but en blanc.

— Je ne vois pas le rapport, répliqua Hans Jernberg.

— Répondez à la question.

Il y eut un court silence.

— Je considère que l'Afrique du Sud est l'un des pays les mieux gérés au monde. Je considère comme un devoir de soutenir les Blancs qui vivent là-bas.

— Et vous le faites en prêtant votre maison à des criminels russes qui travaillent pour le compte des Sud-Africains ?

Cette fois, Hans Jernberg parut sincèrement surpris.

— Je ne vois...

— Vous me comprenez parfaitement. Alors écoutez-moi bien. Qui, parmi vos amis, avait accès à la maison au cours de cette dernière semaine ? Réfléchissez avant de répondre. La moindre équivoque, et je vous fais arrêter sur l'heure. Croyez-moi, je ne plaisante pas.

— Ove Westerberg. C'est un vieil ami à moi qui est entrepreneur en bâtiment, ici à Göteborg.

— Son adresse.

Tout semblait extrêmement confus. Mais une intervention efficace de quelques enquêteurs de Göteborg permit enfin de faire la lumière sur ce qui s'était passé dans la villa jaune. Ove Westerberg était un ami de l'Afrique du Sud au même titre que Hans Jernberg. Un intermédiaire, lui-même contacté par un autre intermédiaire, l'avait sollicité : la maison pouvait-elle être mise à la disposition de quelques invités sud-africains, moyennant finances ? Hans Jernberg se trouvait à ce moment-là à l'étranger. Ove Westerberg ne l'avait informé de rien. Wallander devina que l'argent était resté dans les poches de Westerberg. Mais celui-ci ignorait qui étaient les « invités ». Il ignorait même qu'ils étaient effectivement venus. Wallander ne réussit pas à aller plus loin ce jour-là. Il laissa à la police de Göteborg le soin de fouiller l'étendue des contacts entre ces néo-nazis suédois et les défenseurs de l'apartheid en Afrique du Sud. En attendant, on ne savait toujours pas qui avait séjourné dans la villa jaune avec Konovalenko. L'interrogatoire des voisins et des chauffeurs de bus et de taxi n'avait encore rien donné. En inspectant la maison, Wallander constata que deux chambres à coucher avaient servi récemment, et qu'elles avaient été abandonnées en toute hâte. Pourtant, il n'y traînait aucun effet personnel. Il était évidemment possible que l'autre visiteur ait tout emporté. Il était aussi possible que la prudence de Konovalenko ne connût pas de limites. Peut-être dissimulait-il ses affaires chaque soir avant d'aller se coucher, de crainte d'un cambriolage ? Wallander fit appeler Blomstrand, qui examinait la cabane à outils, et demanda que tous les policiers disponibles fouillent la villa à la recherche d'une valise.

— Je ne sais pas à quoi elle ressemble. Mais elle se trouve forcément quelque part.

— Que contiendrait-elle ? demanda Blomstrand.

— Des papiers, de l'argent, des vêtements. Peut-être une arme. Je ne sais pas.

Les recherches commencèrent. Plusieurs objets furent apportés à Wallander, qui attendait au rez-de-chaussée. Il dépoussiéra un vieux porte-documents en cuir qui renfermait des photographies et des lettres commençant par *Gunvor adorée* ou *Mon Herbert*. Une mallette, tout aussi poussiéreuse, découverte au grenier, contenait une collection d'étoiles de mer et de coquillages exotiques. Wallander patienta en appelant Linda. Les événements du matin avaient été relayés par les médias. Wallander lui dit qu'il allait bien, que tout était fini, qu'il reviendrait à la maison le soir même et qu'ensuite ils iraient passer quelques jours ensemble à Copenhague. Il entendit à sa voix qu'elle n'y croyait pas. Ni au fait qu'il aille bien, ni que ce soit fini. En raccrochant, il pensa qu'il avait une fille qui le perçait à jour avec une facilité déconcertante. Puis il appela Björk au commissariat. Leur conversation prit fin de façon abrupte. Pour la première fois depuis qu'ils se connaissaient, Wallander lui raccrocha au nez. Il était hors de lui. Björk s'était permis de le critiquer : comment avait-il pu manquer de jugement au point de se lancer une fois de plus à la poursuite de Konovalenko seul, sans en informer quiconque ? Björk avait sûrement raison.

Mais ce qui le scandalisait était qu'il en parle maintenant, alors qu'il se trouvait en pleine phase critique de l'enquête. Björk, de son côté, prit l'accès de fureur de Wallander comme une confirmation du fait qu'il était malheureusement déséquilibré. Il va falloir surveiller Kurt, dit-il à Martinsson et à Svedberg.

Ce fut Blomstrand qui finit par dénicher la valise. Konovalenko l'avait dissimulée derrière un tas de bottes, dans un cagibi du long couloir conduisant de la cuisine à la salle à manger. Une valise en cuir fermée par une serrure à chiffres. Wallander se demanda si une charge d'explosifs pouvait y être reliée. Blomstrand emporta donc la valise à l'aéroport de Kalmar pour la faire radiographier. Pas de danger, apparemment. Il retourna à la villa jaune. Wallander prit un tournevis et força la serrure. La valise contenait des papiers, des billets d'avion, quelques passeports et une forte somme d'argent. Il y avait aussi un petit revolver. Un Beretta. Les passeports portaient tous la photo de Konovalenko. Ils avaient été établis en Suède, en Finlande et en Pologne, sous des noms différents. En tant que citoyen finlandais, Konovalenko s'appelait Mäkelä. Son nom polonais avait une consonance allemande : Hausmann. Il y avait aussi quarante-sept mille couronnes suédoises et onze mille dollars en coupures. Mais Wallander était surtout intéressé par les indices révélant l'identité de l'acolyte. Les feuillets manuscrits étaient malheureusement rédigés dans une langue incompréhensible qu'il supposa être du russe. Cela ressemblait à des notes prises au jour le jour. Il y avait des dates dans la marge.

Wallander se tourna vers Blomstrand.

— Il faut dénicher quelqu'un qui parle le russe, dit-il.

— Ma femme, proposa Blomstrand.

Wallander haussa les sourcils.

— Elle est très intéressée par la culture russe. Essentiellement les écrivains du dix-neuvième siècle.

Wallander referma la valise.

— Très bien, dit-il. On va chez vous. Le désordre qui règne ici pourrait la déranger.

Blomstrand habitait un lotissement au nord de Kalmar. Son épouse, une femme intelligente et ouverte, plut immédiatement à Wallander. Pendant qu'ils prenaient le café dans la cuisine, elle emporta les papiers dans son bureau. Il lui fallut une heure, avec l'aide de son dictionnaire, pour déchiffrer le texte et rédiger la traduction. Wallander put alors lire les notes de Konovalenko. Il eut la sensation de revivre ses propres expériences dans une perspective inversée. Plusieurs détails trouvèrent une explication. Mais il s'étonna de n'avoir pas du tout deviné qui était le dernier compagnon de Konovalenko. Victor Mabasha avait eu un successeur. Un Africain du nom de Sikosi Tsiki. Il était arrivé du Danemark. *L'entraînement n'est pas terminé*, écrivait Konovalenko. *Mais ça suffira. Et son sang-froid surpasse celui de Mabasha*. Konovalenko faisait ensuite allusion à un homme en Afrique du Sud, un certain Jan Kleyn. Wallander supposait que c'était un intermédiaire important. En revanche, il n'y avait aucun indice quant à l'organisation qui devait pourtant exister à l'arrière-plan.

— Un Africain, dit-il à Blomstrand. Il se trouvait

à la villa jusqu'à ce matin. Quelqu'un a dû le conduire quelque part. Il n'a pas pu traverser le pont à pied, et on peut exclure qu'il soit encore sur l'île. Mais il avait peut-être sa propre voiture... Ce qui est sûr, c'est qu'il va tenter de quitter la Suède. On ne sait pas où, ni quand. Il faut absolument l'arrêter.

— Ça ne sera pas facile.

— Je ne sais pas. Il ne doit pas y avoir beaucoup de Noirs qui franchissent chaque jour la frontière suédoise.

Wallander remercia la femme de Blomstrand. Ils retournèrent au commissariat. Une heure plus tard, l'avis de recherche était lancé. À peu près au même moment, la police avait retrouvé un chauffeur de taxi qui, le matin même, après l'incendie de la voiture, avait chargé un Africain sur le parking situé non loin de Hemmansvägen. Wallander comprit que l'Africain était resté au moins une heure caché dans la villa. Le chauffeur de taxi l'avait conduit dans le centre de Kalmar. Il avait payé avant de disparaître. L'homme était grand, musclé, il portait une chemise blanche et une veste sombre. Le chauffeur ne put en dire plus. Ah si, il s'exprimait en anglais.

L'après-midi touchait à sa fin. Wallander n'avait plus rien à faire à Kalmar. Lorsqu'ils auraient rattrapé l'Africain en fuite, le dernier fragment du puzzle trouverait sa place.

Blomstrand lui proposa de le faire reconduire en voiture à Ystad mais il refusa. Il voulait être seul. Peu après dix-sept heures, il prit congé de Blomstrand, en s'excusant de la désinvolture avec laquelle il avait pris le commandement pendant quelques heures en milieu de journée.

Il avait étudié la carte et constaté que le trajet le plus direct passait par Växjö. Les forêts lui parurent interminables. Il y avait là le même isolement muet qu'il ressentait intérieurement. À Nybro il s'arrêta pour manger et s'obligea à appeler Blomstrand pour savoir si l'on avait retrouvé la trace de l'Africain. Réponse négative. Il continua à travers les forêts. Parvenu à Växjö, il hésita. Allait-il passer par Älmhult ou par Tingsryd ? Il choisit Tingsryd, pour prendre d'emblée la direction du sud.

Ce fut juste après la traversée de la petite ville, alors qu'il venait de bifurquer vers Ronneby, que l'élan surgit sur la route. Il l'aperçut beaucoup trop tard. Un court instant désespéré, le hurlement des freins dans les oreilles, il réalisa qu'il allait heurter l'énorme animal de front, et qu'il n'avait même pas sa ceinture. Mais soudain, le grand mâle fit un bond de côté et, sans savoir comment, Wallander s'aperçut qu'il l'avait dépassé sans même l'effleurer.

Il s'arrêta au bord de la route, et resta un moment complètement immobile. Il avait la nausée ; son cœur battait la chamade. Lorsqu'il fut un peu calmé, il sortit de la voiture et resta debout, les bras ballants au bord de la forêt silencieuse. Il était passé à un cheveu de la mort. Curieusement, il ne ressentait aucune joie. Plutôt une culpabilité confuse. Le vide qu'il avait éprouvé dans la matinée en buvant son café revint. S'il avait eu le choix, il aurait tout laissé en plan. Il se serait enfoncé dans la forêt. Pas pour toujours ; juste le temps de retrouver son équilibre, de surmonter le vertige que lui inspiraient les événements des dernières semaines. Pour finir, il reprit le volant et continua vers le sud, avec la ceinture cette fois. Vers vingt et une heures, il s'arrêta dans un bar ouvert toute la nuit. Quelques routiers étaient assis en silence à une table ; des jeunes faisaient du bruit autour d'un jeu électronique. Le café de Wallander avait complètement refroidi. Il le but quand même et retourna à la voiture.

Peu avant minuit, il freinait dans la cour de la maison de son père. Linda vint à sa rencontre. Il lui sourit et dit que tout allait bien. Puis il lui demanda s'il y avait eu un appel de Kalmar. Rien, dit-elle. Seulement quelques journalistes qui avaient réussi à dénicher le numéro de téléphone de Löderup.

— Ton appartement est réparé, au fait. Tu peux y retourner quand tu veux.

— C'est bien.

Il se demanda s'il devait appeler Blomstrand. Mais il était trop fatigué. Ça attendrait le lendemain.

Cette nuit-là, ils parlèrent longtemps. Mais Wallander ne lui dit rien de l'accablement qu'il ressentait. Jusqu'à nouvel ordre, c'était quelque chose qu'il préférait garder pour lui.

Sikosi Tsiki avait pris le car de Kalmar à Stockholm. Il avait suivi les instructions de Konovalenko à la lettre. Peu après seize heures, il était dans la capitale. L'avion pour Londres quitterait Arlanda à dix-neuf heures. Ne parvenant pas à trouver le chemin des bus de l'aéroport, il héla un taxi. Le chauffeur, qui se méfiait des étrangers, lui demanda de payer la course d'avance. Il lui donna un billet de mille avant de monter à l'arrière. Sikosi

Tsiki n'avait aucune idée du fait qu'il était recherché par la police des frontières. Il savait seulement qu'il devait quitter le pays avec un passeport suédois établi au nom de Leif Larson, qu'il avait appris à prononcer correctement. Il était très calme ; il faisait entièrement confiance à Konovalenko. En traversant le pont dans le taxi, ce matin-là, il vit bien qu'il y avait eu un accident. Mais pour lui, il ne faisait aucun doute que Konovalenko avait réussi à neutraliser l'inconnu surgi dans le jardin.

À Arlanda, Sikosi Tsiki récupéra sa monnaie et fit non de la tête au chauffeur qui lui demandait s'il voulait un reçu. Il procéda à l'enregistrement et s'attarda dans le hall pour acheter quelques journaux anglais.

S'il ne l'avait pas fait, il aurait été arrêté au contrôle. Mais pendant les minutes qu'il passa à choisir et à payer ses journaux, la relève intervint aux guichets. L'un des policiers en profita pour aller aux toilettes. L'autre, une jeune femme qui s'appelait Kerstin Anderson, avait été très retardée ce jour-là. Sa voiture était tombée en panne et elle était arrivée hors d'haleine. D'habitude, elle se présentait toujours en avance pour prendre connaissance des messages de service de la journée et relire les avis de recherche précédents. Cette fois, elle n'eut pas le temps de le faire et Sikosi Tsiki franchit le contrôle sans encombre avec son passeport suédois et son visage souriant. La porte se referma sur lui pendant que le collègue de Kerstin Anderson revenait des toilettes.

— Des instructions particulières pour la soirée ? demanda-t-elle.

— Oui. Un Sud-Africain noir.

Elle pensa à l'homme qui venait de passer. Mais il avait la nationalité suédoise. Vers vingt-deux heures, le chef de l'équipe de nuit vint s'enquérir de la situation.

— N'oubliez pas l'Africain. On ne sait pas comment il s'appelle ni quel passeport il aura.

Kerstin Anderson sentit son estomac se nouer.

— Tu avais parlé d'un Sud-Africain, dit-elle à son collègue.

— Sans doute. Mais ça ne nous dit pas sous quelle nationalité il va chercher à quitter la Suède.

Elle lui raconta aussitôt ce qui s'était passé quelques heures auparavant. Après un moment d'activité frénétique, on constata que l'Africain au passeport suédois avait pris le vol de dix-neuf heures de la British Airways pour Londres.

L'avion était parti à l'heure. Il avait déjà atterri à Heathrow, et les passagers avaient franchi les contrôles. Sikosi Tsiki avait déchiré son passeport suédois dans les toilettes et tiré la chasse d'eau. Désormais il était Richard Motombwane, citoyen zambien. Comme il n'avait pas de bagages, la fille de l'enregistrement en Suède n'avait vu que son billet pour Londres. Au guichet des transits à Heathrow, il montra son deuxième billet, pour Lusaka. Le premier, il l'avait fait disparaître en même temps que les restes de son passeport suédois.

Le vol DC 10 Mkowazi de la Zambia Airways décolla à vingt-trois heures trente. Sikosi Tsiki atterrit à Lusaka à six heures trente le samedi matin. Il prit un taxi jusqu'au centre-ville et retira son billet pour le vol de la SAA vers Johannesburg l'après-midi même. La réservation avait été faite à l'avance. Cette fois il voyageait sous son propre nom, Sikosi Tsiki. Il retourna à l'aéroport et procéda à l'enregistrement avant de déjeuner dans le hall des départs. À quinze heures, il embarquait ; l'avion atterrit deux heures plus tard sur l'aéroport Jan Smuts, où il fut accueilli par Malan qui le conduisit directement à Hammanskraal. Il montra à Sikosi Tsiki l'avis de virement de cinq cent mille rands, qui constituait la dernière avance avec le versement du solde. Puis il le laissa, en l'informant qu'il reviendrait le lendemain. D'ici là, il ne devait pas quitter la maison. Une fois seul, Sikosi Tsiki prit un bain. Il était fatigué mais satisfait. Le voyage s'était passé sans problème. Son unique interrogation concernait Konovalenko. En revanche, il n'était pas spécialement curieux de savoir qui était l'homme qu'il devait abattre moyennant cette somme vertigineuse. Un seul individu pouvait-il vraiment valoir autant d'argent ? Avant minuit, il s'endormait entre les draps frais.

Le samedi 23 mai, deux événements se produisirent presque au même instant. À Johannesburg, Jan Kleyn fut relâché. Scheepers l'informa cependant qu'il pouvait s'attendre à être convoqué à nouveau pour interrogatoire.

Par la fenêtre, il regarda Jan Kleyn et Kritzinger se diriger vers leurs voitures respectives. Scheepers avait demandé que Kleyn soit surveillé vingt-quatre heures sur vingt-quatre. Jan Kleyn devait s'attendre à cette mesure ; cela le contraindrait du moins à une certaine passivité.

Il n'avait pas réussi à lui soutirer la moindre information concernant le Comité. En revanche, Scheepers était maintenant convaincu que l'attentat devait bien avoir lieu à Durban le 3 juillet et non pas au Cap le 12 juin. Chaque fois que les questions revenaient au carnet noir, Jan Kleyn avait montré des signes de nervosité. Aux yeux de Scheepers, il était impossible de simuler des réactions physiques telles que la transpiration et le tremblement des mains.

Il bâilla. Vivement que cette affaire se termine. Wervey serait content de lui. Les choses paraissaient en bonne voie.

Il songea soudain à la lionne au bord du fleuve. Bientôt, il pourrait lui rendre à nouveau visite.

À peu près au même moment, Kurt Wallander entrait dans son bureau à Ystad, après avoir accueilli les félicitations des collègues présents au commissariat à cette heure matinale avec un sourire tordu et des marmonnements inaudibles. Il ferma la porte et décrocha le combiné. Il avait comme une sensation de gueule de bois persistante. Pourtant il n'avait rien bu. Ses mains tremblaient. Il transpirait, avec une impression bizarre de repentir... Il mit presque dix minutes à mobiliser la force suffisante pour appeler Kalmar. Blomstrand prit l'appel et lui transmit la triste nouvelle. L'Africain avait sans doute réussi à franchir le contrôle à Arlanda la veille au soir.

— Comment est-ce possible s'indigna Wallander.

— Négligence et malchance.

Il lui fit un bref résumé. Wallander en resta sans voix.

— Pourquoi est-ce qu'on se démène au juste ? demanda-t-il pour finir.

— Bonne question. Je me la pose souvent.

Wallander raccrocha avec le doigt et posa le

combiné sur la table. Il ouvrit la fenêtre et écouta un oiseau qui chantait dans un arbre. La journée serait belle. Bientôt le 1er juin. Tout le mois de mai s'était écoulé sans qu'il ne s'aperçoive de la présence des feuilles dans les arbres, des fleurs, des parfums...

Il se rassit à sa table et glissa une feuille dans la machine à écrire. Puis il prit son dictionnaire suédois-anglais et commença lentement à rédiger un rapport à l'intention des collègues inconnus en Afrique du Sud. Il nota ce qu'il savait du projet d'attentat et parla longuement de Victor Mabasha. En arrivant à la fin de la vie de celui-ci, il glissa une nouvelle feuille dans la machine et continua à écrire. Une heure plus tard, il conclut en révélant l'essentiel : un homme du nom de Sikosi Tsiki avait été désigné pour remplacer Mabasha. Il avait malheureusement réussi à quitter la Suède. On pouvait supposer qu'il était en route vers l'Afrique du Sud. Il finit la lettre en déclinant son identité. Enfin, il dénicha le numéro de télex de la section suédoise d'Interpol et le nota sur la feuille, en priant les collègues de prendre contact avec lui s'ils avaient besoin d'autres renseignements. Puis il laissa les pages à la réception en ordonnant qu'elles soient transmises en Afrique du Sud le jour même.

Ensuite, il rentra chez lui. Pour la première fois depuis la nuit de l'explosion, il franchit le seuil de Mariagatan.

L'appartement lui parut étranger. Les meubles abîmés dans l'incendie avaient été regroupés sous une bâche plastique. Il récupéra une chaise et s'assit.

Ça sentait le renfermé.

Il se demanda comment faire pour surmonter tout cela.

Pendant ce temps, l'original du texte de Wallander était parvenu aux bureaux d'Interpol à Stockholm. Un suppléant peu expérimenté fut chargé d'expédier le télex en Afrique du Sud. Mais en raison d'un problème technique dont le suppléant ne prit pas la peine de s'enquérir, la deuxième page du rapport ne fut jamais envoyée. Au soir du 23 mai, la police sud-africaine crut donc recevoir l'information qu'un homme du nom de Victor Mabasha était en route vers l'Afrique du Sud. Les policiers d'Interpol à Johannesburg restèrent perplexes. L'étrange message n'était pas signé et s'achevait de façon très abrupte. Comme le télex était arrivé à Johannesburg le samedi en fin de soirée, Borstlap n'en eut connaissance que le lundi matin. Il prit immédiatement contact avec Scheepers.

Celui-ci estima lui aussi que le télex s'arrêtait de façon très étrange et s'étonna de l'absence de signature. Mais comme il corroborait l'information qui lui était déjà parvenue par l'intermédiaire de « Steve », il ne s'en préoccupa pas davantage.

Ils concentrèrent dès lors toutes leurs ressources à traquer Victor Mabasha. Tous les postes frontières du pays furent mis en état d'alerte. Ils étaient prêts.

33

Aussitôt après sa libération, Jan Kleyn téléphona à Franz Malan de sa villa de Pretoria. Il était convaincu que ses lignes étaient sur écoute. Mais il disposait d'une ligne supplémentaire, dont l'existence n'était connue que d'une seule personne : le responsable des communications sensibles au sein des services de renseignement. Il y existait ainsi un réseau parallèle, non officiel, et qui reliait entre eux un certain nombre de téléphones dans le pays.

Franz Malan fut surpris. Il ignorait que Jan Kleyn avait été relâché le jour même. Comme il y avait toutes les raisons de penser que Malan était lui aussi sur écoute, Jan Kleyn avait demandé à parler à « Horst », avant de s'excuser et de raccrocher. Franz Malan vérifia la signification dans sa liste de codes. Deux heures après l'appel, il devait se rendre dans une cabine précise et appeler un autre téléphone public.

Jan Kleyn était extrêmement pressé de savoir ce qui s'était passé pendant sa garde à vue. Franz Malan continuerait à porter l'essentiel de la responsabilité exécutive. Jan Kleyn ne doutait pas de sa propre capacité à se débarrasser des ombres gênantes. Cependant il n'osait pas prendre le risque de se rendre personnellement à Hammanskraal où Sikosi Tsiki ne tarderait pas à arriver.

En quittant la villa, Jan Kleyn repéra presque aussitôt la voiture qui le suivait. Il savait qu'il y en avait une autre, devant lui. Dans l'immédiat il ne s'en préoccupait pas. Le fait qu'il s'arrête pour téléphoner d'une cabine éveillerait naturellement leur curiosité. Il y aurait un rapport. Mais personne ne saurait ce qui s'était dit.

Jan Kleyn fut surpris d'apprendre que Sikosi Tsiki était déjà arrivé. Pourquoi Konovalenko n'avait-il pas réagi ? Selon le plan de contrôle, il était convenu que le Russe confirmerait l'heure d'arrivée prévue de Sikosi Tsiki, trois heures au plus tard après son départ. Jan Kleyn donna à Franz Malan quelques ordres brefs. Ils convinrent de se rappeler le lendemain à partir de deux autres cabines choisies d'avance. Jan Kleyn tenta de déceler une éventuelle trace d'inquiétude chez Franz Malan. Mais il n'en perçut aucune, en dehors de la légère nervosité qui lui était naturelle.

Ensuite, il alla déjeuner dans l'un des meilleurs restaurants de Pretoria, en pensant avec satisfaction à la tête que ferait Scheepers en recevant la note de frais de son espion. L'homme était attablé à l'autre bout de la salle. En sous-main, Jan Kleyn avait déjà décidé que Scheepers avait perdu le droit de vivre dans une Afrique du Sud qui, d'ici un an, serait redevenue fidèle à ses lignes directrices, créées à l'origine et préservées pour toujours par un peuple boer uni et solidaire.

Par instants, pourtant, il était submergé par la pensée effroyable que tout était condamné. Les Boers avaient perdu. Leur vieille patrie serait à l'avenir dirigée par des Noirs qui écraseraient leurs privilèges. C'était une sorte de prémonition négative, contre laquelle il avait du mal à se défendre. Mais sa faiblesse ne durait guère. Je me laisse influencer par l'attitude critique des Anglo-Saxons à notre égard, pensait-il. Ils savent que nous sommes l'âme de ce pays. Le peuple élu par Dieu et par l'histoire sur ce continent, c'est nous et non eux, de là leur incurable jalousie.

Il paya l'addition et passa avec un sourire devant la table où était installée son ombre, un petit homme grassouillet et suant. Puis il rentra chez lui. Dans le rétroviseur il vit que l'ombre se faisait à présent remplacer par une autre. Lorsqu'il eut laissé la voiture au garage, il reprit l'analyse méthodique de la situation.

Il se versa un petit verre de porto et s'installa au salon après avoir fermé les rideaux et éteint toutes les lampes, sauf une qui éclairait discrètement un tableau. Il réfléchissait toujours mieux dans la pénombre.

Les jours passés en compagnie de Scheepers avaient aiguisé sa haine contre le désordre qui régnait dans le pays. Il ne pouvait pardonner l'humiliation d'avoir été arrêté et placé en garde à vue, lui, le fonctionnaire haut placé, loyal, entièrement dévoué à sa patrie. Menées subversives ? C'était tout le contraire. Sans le travail secret qu'il accomplissait avec le Comité, la destruction de l'État était un risque réel, et non illusoire. Il était plus déterminé que jamais. Nelson Mandela devait mourir. Il ne voyait plus la chose comme un attentat, mais comme une exécution commandée par la loi que lui-même incarnait.

Dans l'immédiat cependant, il avait un problème à résoudre. Dès l'instant où son informateur fidèle l'avait appelé, il avait commencé à chercher. Qui avait fourni les informations à Scheepers ? Le coupable figurait nécessairement dans son entourage immédiat. Ce qui l'inquiétait, c'était que ce pouvait fort bien être Franz Malan. Ou un autre membre du Comité. En dehors de ces hommes, il ne voyait que deux, ou peut-être trois, de ses collaborateurs qui auraient pu fouiller dans sa vie et décider, pour des raisons inconnues, de le livrer aux chiens.

Dans l'obscurité, il pensa à chacun de ces hommes, à tour de rôle, en cherchant des indices dans sa mémoire.

Son cerveau travaillait à plein régime. Qui pouvait avoir quelque chose à gagner en le trahissant ? Qui pouvait le haïr au point de prendre le risque d'être découvert ? Il réduisit le groupe potentiel de seize à huit personnes. Puis il recommença. À chaque fois, les candidats se faisaient plus rares.

Pour finir, il n'avait personne. Sa question était restée sans réponse.

Ce fut alors qu'il eut pour la première fois l'idée qu'il pouvait s'agir de Miranda. Cette intuition lui était venue par défaut, sous la contrainte. L'idée le bouleversait. Elle était interdite, impossible. Pourtant, le soupçon était là, sans qu'il ne puisse y échapper et il était obligé de lui en faire part. Ses craintes étaient probablement sans fondement. Il ne lui faudrait que quelques minutes pour en avoir le cœur net. Il lui paraissait en effet impossible que Miranda lui mente sans qu'il ne s'en aperçoive immédiatement. Il devait donc trouver le moyen de semer ses ombres au cours des prochains jours pour lui rendre visite à Bezuidenhout. Mais l'hypothèse était absurde. La solution se trouvait ailleurs, dans la liste qu'il venait d'établir un peu plus tôt. C'était juste qu'il ne l'avait pas encore découverte. Repoussant ces pensées désagréables, il se leva pour s'occuper un moment de sa collection. La contemplation des monnaies anciennes, leur beauté autant que leur valeur, lui donnait toujours une sensation de calme. Il soupesa une pièce d'or. C'était un Krugerrand de la première époque. Elle avait la même constance intemporelle que les traditions des Boers. En l'examinant à la lumière de la lampe de travail, il vit qu'elle avait une toute petite tache, presque invisible. Il prit le chiffon soigneusement plié et frotta doucement la surface jaune jusqu'à ce qu'elle brille à nouveau de tout son éclat.

Trois jours plus tard, le mercredi en fin d'après-midi, il rendit visite à Miranda et à Matilda à Bezuidenhout. Il avait décidé de se débarrasser des ombres avant même d'avoir quitté Pretoria. Quelques manœuvres simples suffirent à égarer les envoyés de Scheepers. Sur l'autoroute, il continua pourtant de surveiller le rétroviseur. Et il tourna longtemps dans le centre de Johannesburg pour s'assurer qu'il ne s'était pas trompé. Ensuite seulement, il s'enfonça dans les petites rues qui le conduiraient à Bezuidenhout. Il était exceptionnel qu'il leur rende visite en pleine semaine, surtout sans prévenir. Ce serait une surprise. Il s'arrêta pour acheter de quoi préparer un dîner. Il était dix-sept heures trente lorsqu'il s'engagea dans la rue.

D'abord il crut avoir mal vu.

Puis il dut se rendre à l'évidence. C'était bien le portail de Miranda. Un homme venait de sortir de chez elle.

Un Noir.

L'homme approchait, sur le trottoir opposé. Il baissa les pare-soleil pour ne pas être vu, et l'observa.

Soudain, il le reconnut. C'était un homme qu'il avait fait surveiller longtemps. Sans en avoir jamais acquis la certitude, on pensait qu'il appartenait à un groupe de la fraction la plus radicale de l'ANC, soupçonné d'une série d'attentats à la bombe contre des magasins et des restaurants. Il se faisait tour à tour appeler Martin, Steve ou Richard.

L'homme passa devant sa voiture et disparut.

Il était comme paralysé. Dans son esprit régnait une confusion totale. Mais il n'y avait plus de retour possible. Il avait vu juste. Miranda... C'était incompréhensible. Pourtant, c'était vrai. Un court instant, le chagrin le domina complètement. Puis la froideur prit le dessus. Une rage froide. En quelques secondes, l'amour se transforma en haine. Il s'agissait de Miranda, pas de Matilda, car elle, il la considérait comme innocente, victime elle aussi de la trahison de sa mère. Il serra les poings sur le volant, dominant son envie d'enfoncer la porte. Il ne pouvait pas s'approcher de la maison avant d'avoir retrouvé un calme de façade. Les émotions incontrôlées trahissaient la faiblesse. Il ne voulait en montrer aucune à Miranda ni à sa fille.

Jan Kleyn ne pouvait absolument pas comprendre. Dans son existence, chaque action avait une origine et un but déterminés. Pourquoi Miranda l'avait-elle trahi ? Comment avait-elle pu choisir de mettre en danger la belle vie qu'il lui avait donnée, ainsi qu'à leur fille ?

Il ne pouvait pas comprendre. Et ce qu'il ne comprenait pas le mettait en colère. Il avait consacré sa vie à combattre le désordre. La confusion faisait partie du désordre. Ce qu'il ne comprenait pas devait être combattu au même titre que toutes les autres causes de dégradation, de désagrégation, de décadence.

Il resta longtemps dans la voiture. La nuit tomba. Lorsqu'il fut complètement maître de lui, il mit le contact et avança jusqu'à la grille. Il crut voir un mouvement derrière le rideau de la grande fenêtre du séjour. Il prit ses sacs de provisions et franchit le portail.

Lorsqu'elle ouvrit la porte, il lui sourit. L'espace d'un instant, si court qu'il eut à peine le temps de le saisir, il souhaita s'être trompé.

Il avait du mal à distinguer son visage dans la pénombre.

— Je suis venu, dit-il. Une surprise.

— C'est la première fois...

Sa voix lui parut rauque et étrangère. Il aurait voulu la voir plus clairement. Devinait-elle qu'il avait vu l'homme quitter la maison ?

Au même instant Matilda sortit de sa chambre et le dévisagea sans un mot. Elle sait, pensa-t-il. Elle sait que sa mère m'a trahi. Comment pourrait-elle la protéger, sinon par son silence ?

Il posa les sacs et ôta sa veste.

— Je veux que tu t'en ailles, ajouta Miranda.

Il crut avoir mal entendu. Il se retourna, la veste à la main.

— Tu me demandes de partir ?

— Oui.

Il regarda un instant sa veste avant de la lâcher par terre. Puis il la frappa, de toutes ses forces, en plein visage. Elle tomba. Avant qu'elle ait pu se lever, il l'agrippa par son chemisier et la souleva brutalement.

— Tu me demandes de partir, siffla-t-il. Si quelqu'un doit partir d'ici, c'est toi. Mais tu n'iras nulle part.

Il l'entraîna de force dans le salon et la jeta sur le canapé. Matilda voulut porter secours à sa mère, mais il lui rugit de se tenir tranquille.

Il s'assit dans un fauteuil en face d'elle. La pénombre dans la pièce le rendait soudain à nouveau hors de lui. Il se leva d'un bond et alluma toutes les lampes. Il vit alors qu'elle avait le nez et les lèvres en sang. Il se rassit et la dévisagea fixement.

— Un homme est sorti de ta maison, dit-il. Un Noir. Que faisait-il ici ?

Elle ne répondit pas. Elle ne le regardait même pas. Le sang qui coulait lui semblait indifférent.

Il pensa que ces questions n'avaient pas de sens. Quoi qu'elle eût dit ou fait, elle l'avait trahi. Le chemin s'arrêtait là, en cet instant. Il n'y avait pas de suite. Il ne savait pas encore ce qu'il allait faire d'elle. Il ne pouvait imaginer une vengeance à la mesure du crime qu'elle avait commis. Il regarda Matilda. Elle était complètement immobile. Avec une expression qu'il ne lui avait encore jamais vue. Il n'aurait pu la définir. Cela le fit hésiter. Puis il vit que Miranda avait levé les yeux vers lui.

— Je veux que tu t'en ailles maintenant, dit-elle. Et que tu ne reviennes jamais. C'est ta maison. Tu peux y rester. Nous allons déménager.

Elle me défie, pensa-t-il. Comment ose-t-elle ? À nouveau la rage. Il se maîtrisa pour ne pas la frapper encore.

— Personne ne va partir, dit-il. Je veux juste que tu me racontes.

— Que veux-tu savoir ?

— À qui tu as parlé. Ce que tu as dit. Et pourquoi.

Elle le regardait droit dans les yeux. Le sang avait déjà noirci sous son nez, sur son menton.

— J'ai dit ce que j'ai trouvé dans tes poches la nuit, quand tu dormais. J'ai dit ce que tu marmonnais dans ton sommeil. J'ai tout noté. Ça n'a peut-être aucune valeur. Mais j'espère que cela contribuera à ta chute.

Elle s'était exprimée de la même voix rauque,

étrangère. Il comprit soudain que c'était sa voix réelle. Celle qu'elle avait toujours eue avec lui, pendant toutes ces années, n'était qu'un déguisement. Tout avait été travesti, il ne voyait plus de vérité nulle part dans leur relation.

— Où serais-tu sans moi ? demanda-t-il.

— Peut-être morte. Ou peut-être heureuse.

— Tu aurais vécu dans un bidonville.

— Nous aurions peut-être été là pour le démolir.

— Ne mêle pas ma fille à ça !

— Tu es le père d'un enfant, Jan Kleyn. Mais tu n'as pas de fille. Tu n'as rien. Rien du tout.

Un cendrier en verre était posé sur la table. Maintenant qu'il n'avait plus de mots, il s'en empara et le lança de toutes ses forces, en visant son visage. Elle l'esquiva. Le cendrier atterrit dans les coussins. D'un bond, il se leva, repoussa la table d'un coup de pied, ramassa le cendrier et le souleva au-dessus de la tête de Miranda. Au même instant il entendit un sifflement, comme celui d'un animal. Il vit Matilda qui avançait sur lui en sifflant, dents serrées, il ne comprit pas ce qu'elle disait, mais il vit qu'elle tenait une arme.

Puis elle tira. La balle l'atteignit en pleine poitrine. Il s'affaissa sur le tapis. Son agonie dura une minute à peine. Elles étaient debout au-dessus de lui. Sa vision était de plus en plus grumeleuse. Il voulut dire quelque chose, se raccrocher à la vie qui s'écoulait lentement hors de lui, avec le sang, sur le tapis. Mais il n'y avait rien à quoi se raccrocher. Il n'y avait rien du tout.

Miranda ne ressentait aucun soulagement, ni aucune peur. Elle regarda sa fille, qui avait tourné le dos à l'homme mort. Elle lui prit le revolver des mains. Puis elle alla téléphoner à l'homme qui leur avait rendu visite, et qui s'appelait Scheepers. Il lui avait donné un numéro de téléphone.

Ce fut une femme qui répondit en disant son nom, Judith. Elle appela son mari, qui promit de venir tout de suite à Bezuidenhout. Il lui demanda de ne rien faire, seulement de l'attendre.

Il expliqua à Judith qu'il ne pouvait plus dîner avec elle. Elle résista à l'envie de l'interroger. La veille encore, il lui avait dit que sa mission serait bientôt terminée. Ensuite tout reviendrait à la normale, ils retourneraient dans le parc Kruger pour voir si la lionne blanche était encore là, et s'ils avaient encore peur d'elle. Il appela Borstlap à différents numéros avant de trouver sa trace. Il lui donna l'adresse, en lui ordonnant de l'attendre, de ne pas entrer avant lui.

Lorsqu'il arriva à Bezuidenhout, il vit Borstlap dans sa voiture. Miranda leur ouvrit. Ils allèrent dans le séjour. Scheepers posa la main sur l'épaule de Borstlap. Il ne lui avait encore rien dit.

— L'homme qui est étendu là est Jan Kleyn.

Borstlap attendit une suite qui ne vint pas.

Jan Kleyn était mort. Sa pâleur était impressionnante, tout comme la maigreur extrême de son visage. Scheepers se demanda si c'était une histoire cruelle ou tragique dont il contemplait l'épilogue. Il n'avait pas encore la réponse.

— Il m'a frappée, dit Miranda. Je l'ai tué.

Matilda se trouvait à ce moment-là dans le champ de vision de Scheepers. Il vit sa surprise, et comprit que c'était elle qui avait tiré. Mais Miranda avait bien été frappée ; son visage était en sang. Alors ?

Jan Kleyn avait-il compris qu'il allait mourir et que c'était sa fille qui tenait le revolver ?

Il ne dit rien. Il fit signe à Borstlap de le suivre dans la cuisine et referma la porte derrière eux.

— Débrouille-toi, dit-il. Je veux que tu éloignes le corps et que tu fasses croire à un suicide. Jan Kleyn a été mis en examen, placé en garde à vue. Cela l'a humilié. Il a défendu son honneur en se tuant. Ça devra tenir, comme mobile. D'ailleurs, il n'est pas très difficile d'étouffer les événements liés aux services. Je veux que tu t'en occupes dès cette nuit.

— Je risque ma place, dit Borstlap.

— Tu ne risques rien. Tu as ma parole.

Borstlap lui jeta un long regard.

— Qui sont ces femmes ?

— Tu ne les as jamais rencontrées.

— Il en va bien entendu de la sûreté de l'État.

Scheepers perçut l'ironie lasse dans sa voix.

— Oui, dit-il. Précisément.

— Encore un mensonge... L'Afrique du Sud est une chaîne de montage où des mensonges sont fabriqués jour et nuit. Que va-t-il se passer quand tout çà s'écroulera ?

— Pourquoi essayons-nous d'empêcher cet attentat ?

Borstlap hocha lentement la tête.

— Je vais le faire, dit-il.

— Seul.

— Personne ne me verra. En plus, je peux m'arranger pour être nommé responsable de l'enquête.

— Je vais leur expliquer, dit Scheepers. Elles t'ouvriront quand tu reviendras.

Borstlap quitta la maison.

Miranda avait posé un drap sur le corps de Jan

Kleyn. Scheepers sentit qu'il n'en pouvait plus de tous ces mensonges dont avait parlé Borstlap, qui l'entouraient en permanence. Et qui existaient en partie aussi en lui.

— Je sais que c'est votre fille qui l'a tué. En ce qui me concerne, ça ne change rien. Si ça a une importance pour vous, je ne peux pas vous aider. Mais le corps va disparaître cette nuit. Le policier qui était avec moi viendra le chercher. Il fera passer sa mort pour un suicide. Personne ne saura ce qui s'est passé. C'est la garantie que je peux vous offrir.

Scheepers vit l'étonnement et la gratitude dans le regard de Miranda.

— D'une certaine façon, dit-il, c'était un suicide. Un homme qui vit comme lui ne peut sans doute pas s'attendre à une autre fin.

— Je ne peux même pas le regretter, dit Miranda. Il n'y a rien.

— Je le haïssais, dit soudain Matilda.

Scheepers vit qu'elle pleurait.

Tuer quelqu'un pensa-t-il. Peu importe le degré de haine, ou de désespoir au moment de l'acte, ça crée une faille dans l'âme qui ne guérit jamais tout à fait. Et c'était son père. Elle ne l'avait pas choisi, mais elle ne pouvait pas le nier.

Il ne s'attarda pas. Il comprenait qu'elles avaient surtout besoin l'une de l'autre en cet instant. Mais lorsque Miranda lui demanda de revenir, il promit de le faire.

— Nous allons déménager, dit-elle.

— Où ?

Elle écarta les mains.

— Je ne sais pas. Peut-être vaut-il mieux laisser la décision à Matilda.

Scheepers rentra chez lui et dîna avec sa femme. Il était pensif, absent. Lorsque Judith lui demanda ce qui se passait, il eut un accès de remords.

— Ce sera bientôt fini, dit-il.

Borstlap l'appela peu avant minuit.

— Je voulais seulement t'informer du suicide de Jan Kleyn, dit-il. On le retrouvera demain matin sur un parking entre Johannesburg et Pretoria.

Qui est l'homme fort à présent ? pensa Scheepers après avoir raccroché. Qui est maintenant à la tête du Comité ?

Le commissaire Borstlap habitait une villa de Kensington, l'un des plus anciens quartiers de Johannesburg. Sa femme était infirmière dans la principale base militaire de la ville. Elle travaillait de nuit. Leurs trois enfants avaient depuis long-temps quitté la maison ; Borstlap passait donc seul la plupart de ses soirées en semaine. En général, il était si fatigué en rentrant qu'il avait tout juste la force d'allumer la télévision. Parfois, il descendait dans le petit atelier qu'il s'était aménagé à la cave. Il y découpait des silhouettes. Il avait appris cet art de son père, sans jamais parvenir à l'égaler. C'était une occupation reposante de découper des visages dans le papier noir et doux. Ce soir-là, après avoir transporté le corps de Jan Kleyn jusqu'au parking mal éclairé qu'il connaissait bien parce qu'un meurtre y avait été commis peu de temps aupa-ravant, il eu du mal à se détendre. Il s'était assis pour découper le profil de ses enfants, tout en pen-sant au travail des derniers jours avec Scheepers. De fait, il se plaisait bien en compagnie du jeune substitut. Scheepers était intelligent et énergique, et il avait de l'imagination. Il écoutait ce que lui disaient les autres et reconnaissait facilement ses erreurs. Mais Borstlap se demandait ce qu'il fabriquait au juste. Il avait compris que c'était sérieux ; une conjuration, un attentat qu'il fallait à tout prix empêcher. Au-delà, il ne savait pas grand-chose. Il devinait un groupe influent. Jan Kleyn en avait fait partie. Mais à part lui ? Parfois, il lui semblait participer à l'enquête les yeux bandés. Il l'avait dit à Scheepers, qui avait répondu qu'il comprenait, mais qu'il ne pouvait rien faire. Il travaillait sous le sceau du secret.

Lorsque l'étrange télex s'était retrouvé sur son bureau le lundi matin, Scheepers avait déployé une énergie intense. Après quelques heures, on avait trouvé Victor Mabasha dans les fichiers. Il sentit monter la tension en constatant qu'il avait été soupçonné à plusieurs reprises de meurtre commandité. Il n'avait jamais été condamné. Entre les lignes, on comprenait que c'était un homme très intelligent qui s'entourait d'un luxe de précautions et de camouflages habiles. Son dernier domicile connu était Ntibane, près d'Umtata, non loin de Durban. Cela avait aussitôt augmenté à ses yeux la valeur de l'hypothèse Durban le 3 juillet. Borstlap avait contacté ses collègues d'Umtata, qui confirmèrent les informations concernant Mabasha. L'après-midi même, Scheepers et Borstlap étaient sur les lieux. Il fut décidé de prendre son domicile d'assaut à l'aube du mardi. Mais la bicoque était abandonnée. Scheepers eut du mal à cacher sa déception. Ils revinrent à Johannesburg et mobilisèrent toutes les ressources disponibles pour retrouver la trace de l'homme. Scheepers et Borstlap s'étaient mis d'accord : jusqu'à nouvel ordre, l'explication officielle serait que Victor Mabasha était recherché pour une série de viols dont avaient été victimes des femmes blanches dans la province du Transkei.

Toutes les personnes concernées avaient reçu des ordres stricts : pas un mot aux médias. Ils travaillaient pratiquement jour et nuit. Mais ils n'avaient pas encore retrouvé sa trace.

Borstlap posa ses ciseaux et s'étira.

Le lendemain ils recommenceraient de zéro. Mais il leur restait encore un peu de temps, que la date programmée fût le 12 juin ou le 3 juillet.

Borstlap n'était pas aussi convaincu que Scheepers de l'hypothèse Durban. Il pensa qu'il devait se mettre dans la position de l'avocat du diable par rapport aux conclusions de Scheepers, et ne pas lâcher la piste du Cap.

Borstlap et Scheepers se retrouvèrent à huit heures le jeudi 28 mai.

— Jan Kleyn a été retrouvé à six heures ce matin. Par un automobiliste qui s'était arrêté sur le parking pour uriner. La police a tout de suite été informée. J'ai parlé à la première patrouille envoyée sur les lieux. Les gars m'ont dit que c'était clairement un suicide.

Scheepers hocha la tête. Il avait fait le bon choix en demandant à collaborer avec le commissaire Borstlap.

— Il reste encore deux semaines jusqu'au 12 juin. Et un peu plus d'un mois jusqu'au 3 juillet. Je ne suis pas policier. Mais je suppose que c'est un délai raisonnable pour retrouver un homme.

— Ça dépend. Victor Mabasha ne manque pas

d'expérience. Il peut se rendre invisible pendant longtemps. Il se cache peut-être dans une *township*. Dans ce cas, on ne le retrouvera jamais.

— Il le faut, coupa Scheepers. Je peux mobiliser des ressources illimitées.

— Ce n'est pas ainsi qu'on y arrivera. Tu peux faire encercler Soweto par l'armée et envoyer les paras, si tu veux, le seul résultat sera que tu te retrouveras avec une émeute sur les bras.

— Alors ?

— Une discrète récompense de cinquante mille rands, dit Borstlap. Un message tout aussi discret au milieu, comme quoi on est prêts à payer pour retrouver Mabasha. Là, on a des chances.

Scheepers était sceptique.

— C'est comme ça que travaille la police ?

— Parfois. Rarement.

Scheepers haussa les épaules.

— Tu le sais mieux que moi. Je vais me procurer l'argent.

— La rumeur sera connue dès ce soir.

Ensuite, Scheepers se mit à parler de Durban. Il fallait d'ores et déjà visiter le stade où Nelson Mandela devait tenir son meeting et se renseigner sur le dispositif de sécurité prévu par la police locale. Et mettre sur pied une stratégie, au cas où Mabasha resterait introuvable. Borstlap se faisait du souci ; Scheepers n'accordait pas la même importance à l'autre possibilité. Il décida en silence de parler à l'un de ses collègues du Cap et de lui demander un petit service.

Dans la journée, Borstlap prit contact avec ses informateurs réguliers.

Cinquante mille rands, c'était beaucoup d'argent.

34

Le mercredi 10 juin, Kurt Wallander fut placé en arrêt de travail avec prise d'effet immédiate. Le médecin, qui voyait en lui un grand inhibé, avait longuement tenté de le faire parler. Mais Wallander ne parvenait pas à nommer les causes de son tourment. Il se plaignait confusément de cauchemars, d'insomnies, de maux de ventre, de panique nocturne où il croyait que son cœur allait cesser de battre, bref, tous les symptômes bien connus d'un stress aggravé, prélude probable à une dépression. Wallander rendait visite au médecin un jour sur deux. Les symptômes variaient ; à chaque nouvelle consultation il avait changé d'avis sur ce qui lui causait le plus de problèmes. Puis il commença à souffrir de crises de larmes incontrôlées. Le médecin finit donc par l'arrêter pour dépression grave, et lui prescrivit un traitement combinant une psychothérapie et des antidépresseurs. Il n'avait aucune raison de sous-estimer l'état du patient. En un laps de temps très court, cet homme avait tué quelqu'un et contribué activement à ce qu'un autre soit brûlé vif. Il se sentait également responsable de la mort de la femme qui avait aidé sa fille à fuir. Surtout, il se sentait coupable de la mort de Victor Mabasha. Le fait que la réaction se soit manifestée juste après la mort de Konovalenko n'avait rien de surprenant. L'apparition de la dépression indiquait de façon paradoxale que Wallander était soulagé. Il n'avait plus rien à faire, sinon s'occuper de ses comptes personnels ; les digues avaient alors rompu, libérant l'angoisse refoulée jusque-là. Wallander quitta donc le commissariat. Au bout de quelques mois, certains collègues commencèrent à croire qu'il ne reviendrait jamais. De temps à autre, on apprenait qu'il était allé ici ou là, au Danemark ou aux Caraïbes, d'étranges voyages sans queue ni tête. Björk se demanda, bien que cette idée fût pour lui consternante, s'il ne fallait pas lui proposer un départ en préretraite. Wallander finit pourtant par revenir.

Le lendemain de sa mise en congé maladie, un jour d'été chaud et sans vent dans le sud de la Scanie, il fit une apparition au commissariat. Il avait pas mal de paperasserie à finir avant de ranger son bureau et de s'en aller pour de bon. Il était rongé par l'incertitude, doutant de pouvoir jamais un jour reprendre le travail.

Il était arrivé au bureau dès six heures, après une nuit sans sommeil. Au cours de ces premières heures de la matinée, il acheva enfin son rapport sur le meurtre de Louise Åkerblorn et tous les événements qui en avaient découlé. En se relisant, il eut l'impression de revivre une fois de plus la descente aux enfers qu'il aurait préféré ne jamais entreprendre. En plus, ce rapport d'enquête qu'il s'apprêtait à remettre à Björk était à plusieurs égards mensonger. C'était encore pour lui une énigme : comment sa cohabitation secrète avec Victor Mabasha avait-elle pu ne pas être révélée ? Ses explications, peu crédibles et parfois explicitement contradictoires, n'avaient pas suscité la méfiance escomptée. Il prit le parti de croire que ses collègues avaient pitié de lui ; une commisération peut-être renforcée par un esprit de corps confus, pour la raison qu'il avait tué un homme.

Il posa le volumineux dossier sur la table et ouvrit la fenêtre. Il entendit un rire d'enfant.

À quoi ressemblerait le rapport véridique que je n'ai pas écrit ? Je me suis retrouvé dans une situation que je ne maîtrisais pas du tout. J'ai commis toutes les erreurs qu'un policier peut commettre. J'ai mis en danger la vie de ma fille. Elle m'a assuré que je n'étais pas responsable à ses yeux des jours de terreur qu'elle a passés, enchaînée dans une cave. Mais ai-je le droit de la croire ? Ne lui ai-je pas causé une souffrance qui se traduira à l'avenir par de l'angoisse, des cauchemars, une vie tronquée ?

Il retourna à son fauteuil. Il n'avait pas dormi, d'accord, mais sa fatigue venait d'ailleurs, du fond de son accablement. Elle était son accablement même. Il pensa à ce qui allait lui arriver maintenant. Le médecin lui avait suggéré d'entreprendre une psychothérapie sans attendre, afin de retravailler ses expériences. Wallander avait cru entendre un ordre auquel il ne pouvait qu'obéir. Mais que pourrait-il dire à un thérapeute ?

Sous les yeux, il avait une invitation au mariage de son père. Il ne savait pas combien de fois il l'avait lue, depuis qu'elle était arrivée par le courrier quelques jours plus tôt. Son père allait épouser sa femme de ménage avant la Saint-Jean. Dans dix jours. Il avait plusieurs fois parlé à sa sœur Kristina qui, au cours d'une courte visite quelques semaines plus tôt, au pire du chaos, avait cru dissuader leur père de son projet. Wallander ne doutait plus maintenant de sa réalisation. De sa vie, il n'avait jamais vu son père de si bonne humeur. Il avait peint une immense fresque dans son atelier, où devait se dérouler la cérémonie. Incrédule, Wallander avait constaté que c'était exactement le même motif qu'il avait peint toute sa vie : le paysage de forêt romantique et immobile. Mais en grand format cette fois. Wallander avait aussi parlé à Gertrud. C'était effectivement elle qui lui avait demandé de réaliser cette toile de fond ; il comprit qu'elle aimait sincèrement son père. Cela l'émut et il lui dit qu'il était content pour eux.

Linda était repartie pour Stockholm une semaine plus tôt. Je reviendrai pour le mariage, avant de continuer vers l'Italie. Cela avait donné à Wallander une idée effrayante de sa propre solitude. Où qu'il se tournât, il lui semblait voir la même désolation. Il avait rendu visite à Sten Widén un soir, en s'attaquant sérieusement à la réserve de whisky. Ivre mort, il s'était mis à parler de ce qu'il éprouvait, ce sentiment d'à quoi bon, de désespérance. Il pensait partager avec Sten Widén, même si celui-ci avait ses jeunes filles qui partageaient parfois son lit, ce qui pouvait donner au moins une illusion d'intimité. Wallander espérait que ce contact renoué avec Sten Widén tiendrait la route. Pas au point de ressusciter leur amitié de jeunesse bien sûr, il n'avait pas d'illusion là-dessus. Celle-là était perdue, impossible à recréer.

Il fut interrompu dans ses pensées par un coup frappé à la porte, qui le fit sursauter. Cette dernière semaine au commissariat, il s'était aperçu qu'il avait peur des gens. Svedberg passa la tête et demanda s'il pouvait le déranger.

— Entre.

— J'ai entendu que tu allais nous quitter pendant quelque temps...

Wallander eut immédiatement une boule dans la gorge.

— C'est sans doute nécessaire, marmonna-t-il en se mouchant.

Svedberg perçut son émotion et changea de sujet.

— Tu te souviens des menottes que tu avais trouvées dans un tiroir chez Louise Åkerblom ?

Wallander s'en souvenait. Pour lui, l'image des menottes évoquait l'énigme que portait en soi tout un chacun. La veille encore il s'était demandé quelles étaient ses propres menottes invisibles.

— J'ai fait le ménage chez moi hier, poursuivit Svedberg. Il y avait un cagibi plein de vieilles revues que j'avais décidé de jeter. Mais tu sais ce que c'est, je suis resté à les feuilleter. Et là, je suis tombé sur un article consacré aux artistes de variétés des trente dernières années. Il y avait la photo d'un ancien roi de l'évasion qui se faisait appeler le Fils de Houdini, quelle imagination... En fait il s'appelait Davidsson, et il a fini par renoncer à ses cages. Tu sais pourquoi ?

Wallander secoua la tête.

— Il a rencontré Jésus. Il a rejoint une communauté religieuse. Devine laquelle ?

— L'Église méthodiste, dit Wallander pensivement.

— C'est ça. J'ai lu tout l'article. À la fin, on apprenait qu'il était heureux en ménage et qu'il avait plusieurs enfants. Entre autres une fille, Louise. Née Davidsson, épouse Åkerblom.

— Les menottes...

— Eh oui, dit Svedberg. Un souvenir de son père. Voilà toute l'histoire. Je ne sais pas ce que tu en as pensé sur le moment. Mais je dois avouer que quelques pensées interdites aux mineurs m'ont traversé l'esprit.

— Moi aussi.

Svedberg se leva.

— Autre chose, dit-il. Tu te souviens de Peter Hanson ?

— Le voleur ?

— Oui. Comme tu me l'avais demandé, je lui ai dit d'ouvrir l'œil, au cas où des affaires volées dans ton appartement referaient surface. Il m'a appelé hier. Curieusement, il avait réussi à se procurer un CD qu'il affirme être à toi.

— Il t'a dit lequel ?

— Attends, je l'ai noté quelque part.

Svedberg fouilla ses poches et finit par dénicher un bout de papier chiffonné.

— *Rigoletto*. Verdi.

Wallander sourit.

— Il m'a manqué, ce disque. Remercie Peter Hanson de ma part.

— On ne remercie pas un voleur.

Svedberg quitta le bureau dans un éclat de rire. Wallander commença à trier ses papiers. Il était presque onze heures. Il pensait avoir fini pour midi.

Le téléphone sonna. Il faillit ne pas décrocher.

— Il y a un homme ici qui voudrait parler au commissaire Wallander, dit une voix de femme qu'il ne reconnut pas ; sans doute la remplaçante d'Ebba pour les mois d'été.

— Je ne prends pas de visites.

— Il dit que c'est important. Il est danois.

— Un Danois ? De quoi s'agit-il ?

— Il dit que ça a à voir avec un Africain.

Wallander réfléchit.

— Envoyez-le-moi.

L'homme se présenta sous le nom de Paul Jörgensen, pêcheur professionnel domicilié à Dragör. Il était très grand, massif. Lorsque Wallander lui serra la main, il crut être happé par une griffe d'acier. Jörgensen s'assit et alluma un cigare. Par chance, la fenêtre était ouverte. Wallander chercha un cendrier dans ses tiroirs.

— J'ai quelque chose à dire, commença Jörgensen. Mais je ne sais pas si je vais le faire.

Wallander haussa les sourcils.

— Vous auriez dû vous décider avant de venir.

En temps normal, il aurait été exaspéré. Là, il entendit que sa voix manquait complètement d'autorité.

— Ça dépend, dit Jörgensen. Si vous êtes capable de fermer les yeux sur une bricole.

Wallander se demanda si l'homme se foutait de lui. Dans ce cas, il n'avait pas choisi le bon jour. Il comprit qu'il fallait reprendre le contrôle de cette conversation qui menaçait de déraper d'entrée de jeu.

— On m'a dit que vous aviez une information importante à me communiquer concernant un Africain. Si c'est vraiment important, je peux éventuellement fermer les yeux, comme vous dites. Mais je ne promets rien. C'est à vous de décider. Faites vite.

Jörgensen le considéra les yeux plissés derrière la fumée du cigare.

— Je prends le risque, dit-il.

— Alors je vous écoute.

— Je suis pêcheur à Dragör. Je m'en sors ric-rac, entre les frais du bateau, la maison et les bières du soir. Alors quand il y a une possibilité de se faire un peu d'argent à côté, n'est-ce pas... J'emmène les touristes en mer de temps à autre, c'est toujours un revenu. Mais il m'arrive aussi de faire la traversée. Ça n'arrive pas souvent, deux-trois fois par an. Ça peut être des passagers qui ont loupé le ferry, vous voyez ? Il y a quelques semaines, j'ai fait l'aller-retour dans l'après-midi. Je n'avais qu'un seul passager.

Il se tut comme s'il attendait une réaction. Wallander lui fit signe de continuer.

— C'était un Noir, dit Jörgensen. Il parlait bien l'anglais. Très poli. Il est resté près de moi sur la passerelle pendant tout le trajet. Je dois peut-être préciser que ce voyage était un peu particulier. On me l'avait commandé à l'avance. Un Anglais, qui parlait danois. Il est arrivé au port un matin en demandant si je pouvais emmener un passager à Limhamn. Ça m'a paru louche. Alors j'ai proposé un tarif délirant, pour me débarrasser de lui. Cinq mille couronnes. Il a sorti les billets tout de suite. D'avance.

Wallander était tout ouïe. Un court instant, il s'était oublié lui-même pour se concentrer entièrement sur le récit du Danois.

— J'étais marin dans ma jeunesse, dit Jörgensen. C'est comme ça que j'ai appris l'anglais. J'ai demandé au Noir ce qu'il allait faire en Suède. Il m'a dit qu'il rendait visite à des amis. Je lui ai demandé combien de temps il comptait rester. Il a répondu qu'il retournerait en Afrique un mois plus tard. J'ai bien soupçonné qu'il essayait d'entrer en Suède. Un clandestin, quoi. Étant donné qu'on ne peut rien prouver contre moi, j'ai pris le risque de vous en parler.

Wallander leva la main.

— Reprenons, dit-il. De quel jour parlons-nous ?

— Permettez ?

Jörgensen prit le calendrier sur la table de Wallander.

— Le mercredi 13 mai, dit-il. Vers dix-huit heures.

Ça pouvait coller, pensa Wallander. Ce pouvait être le remplaçant de Victor Mabasha.

— Il vous a dit qu'il comptait rester environ un mois ?

— Je crois.

— Vous croyez ?

— J'en suis sûr.

— Continuez, dit Wallander. Les détails.

— On a parlé de choses et d'autres. Il était ouvert, aimable. Mais j'ai eu comme l'impression que sa vigilance ne se relâchait pas. J'ai du mal à le dire mieux que cela. On est arrivés à Limhamn. J'ai accosté et il a sauté à terre. Comme j'avais déjà été payé, j'ai tout de suite fait demi-tour, et je n'y aurais sans doute pas repensé si je n'étais pas tombé par hasard sur un vieux journal l'autre jour. J'ai cru reconnaître la photo en première page. Un homme qui était mort au cours d'une fusillade avec la police.

Il marqua une pause.

— Avec vous, dit-il. Il y avait aussi une photo de vous.

— De quand datait ce journal ? coupa Wallander, bien qu'il connût la réponse.

— Je crois que c'était un jeudi. Peut-être le lendemain. Le 14 mai.

— Continuez. On pourra vérifier plus tard, au besoin.

— J'ai reconnu le gars, sur la photo. Mais je n'arrivais pas à le situer. Ce n'est qu'avant-hier que j'ai compris. Quand j'ai laissé l'Africain à Limhamn, il s'est dirigé vers un type. Un type énorme, qui se trouvait un peu à l'écart comme s'il ne tenait pas à être vu. Mais j'ai de bons yeux. C'était lui. J'ai réfléchi. J'ai pensé que ça pouvait être important. Alors j'ai pris un jour de congé pour venir vous voir.

— Bien, dit Wallander. Je ne vais pas vous retenir pour aide à l'immigration clandestine. À condition que vous arrêtiez immédiatement.

— J'ai déjà arrêté, dit Jörgensen.

— Cet Africain. Décrivez-le.

— La trentaine. Grand, costaud. Athlétique, je dirais.

— Rien d'autre ?

— Je ne crois pas. Ce n'était peut-être pas important, après tout.

— Si, dit Wallander en se levant. Merci d'être venu.

— Merci à vous.

Après le départ de Jörgensen, Wallander dénicha la copie qu'il avait conservée de sa lettre. Il réfléchit un instant. Puis il composa le numéro d'Interpol à Stockholm.

— Commissaire Wallander à Ystad. Je vous ai fait transmettre un télex à l'intention d'Interpol en Afrique du Sud le samedi 23 mai. Je voudrais savoir s'il y a eu une réaction.

— Dans ce cas, on vous l'aurait envoyée directement.

— Pouvez-vous vérifier ?

La réponse arriva après quelques minutes.

— Un télex d'une page est effectivement parti le

23 mai au soir. On n'a rien reçu d'autre que l'accusé de réception.

Wallander fronça les sourcils.

— Une page ? J'en ai envoyé deux.

— J'ai la copie sous les yeux. C'est vrai que ça manque un peu de conclusion.

Wallander regarda sa propre copie.

Si la deuxième page manquait, cela signifiait que ses collègues de l'hémisphère Sud n'avaient pas eu accès au nom de Sikosi Tsiki.

Wallander comprit immédiatement les conséquences.

La police sud-africaine traquait depuis près de deux semaines un homme mort.

— Comment est-ce possible ? rugit-il. Comment avez-vous pu n'envoyer que la moitié de mon télex ?

— Aucune idée. Il faudra poser la question à la personne de garde ce jour-là.

— Plus tard, dit Wallander. Je vais vous en envoyer un autre. Et celui-là doit être transmis *immédiatement* à Johannesburg.

— On envoie tout immédiatement.

Wallander raccrocha. Comment était-ce possible ?

Il glissa une feuille dans la machine à écrire et rédigea un court message.

Victor Mabasha hors de cause. Il faut chercher un homme du nom de Sikosi Tsiki. Trente ans environ, athlétique (là, il dut s'aider de son dictionnaire et se décida pour « wellproportioned »). *Ce message annule le précédent. Je répète que Victor Mabasha n'est plus d'actualité. Sikosi Tsiki est son remplaçant présumé.*

Il signa de son nom et alla dans le hall d'accueil.

— Envoyez ça immédiatement à Interpol à

Stockholm, dit-il à la réceptionniste qu'il n'avait encore jamais vue.

Il resta près d'elle pendant qu'elle envoyait le télex. Puis il retourna dans son bureau. Il était sans doute trop tard.

En temps normal, il aurait immédiatement demandé une enquête pour identifier le responsable de la bourde. Là, il n'avait pas la force de s'en occuper.

Il se remit à sa paperasse. Il était presque treize heures lorsqu'il eut fini. La table était vide. Il ferma à clé ses tiroirs personnels. Sans se retourner, il quitta son bureau et referma la porte. Il ne croisa personne dans le couloir. Il pouvait disparaître du commissariat sans être vu de quiconque à part la réceptionniste.

Il n'avait plus qu'une chose à faire. Ensuite, il ne resterait rien. Son agenda était vide.

Il descendit la côte, dépassa l'hôpital et prit à gauche. Il lui sembla que tous les passants le regardaient. Il essaya de se rendre invisible. Sur la place centrale, il entra chez l'opticien et acheta une paire de lunettes noires. Puis il descendit Hamngatan, traversa Österleden et se retrouva bientôt dans la zone portuaire. Il y avait un café ouvert l'été. Un an plus tôt, il y avait écrit une lettre à Baiba Liepa. Au lieu de l'envoyer, il était sorti sur la jetée. Il avait déchiré la lettre et éparpillé les fragments dans le bassin du port. Il pensait maintenant faire une nouvelle tentative. Il avait pris sa décision. Cette fois il l'enverrait. Il avait dans la poche de sa veste du papier et une enveloppe timbrée. Il s'assit dans un coin abrité, commanda un café et repensa à ce jour-là, un an plus tôt. Il avait été d'humeur sombre. Mais rien à voir avec sa situation actuelle. Il n'avait aucune idée de ce qu'il allait lui écrire. Il commença au hasard. Il lui parla du café où il était, du temps qu'il faisait, du bateau de pêche blanc aux filets vert clair qui était amarré devant lui. Il tenta de décrire l'odeur de la mer. Puis il essaya de décrire son état intérieur. Il avait du mal à trouver ses mots, en anglais. Il lui dit qu'il était en arrêt de travail pour une durée illimitée, et qu'il ne savait pas s'il retournerait un jour au commissariat. *J'ai peut-être fini ma dernière enquête. Et je l'ai mal finie, je ne l'ai pas finie du tout. Je me dis que je ne suis peut-être pas fait pour le métier que j'ai choisi. Je ne sais plus.*

Il se relut en pensant qu'il n'aurait pas la force de recommencer, même si plusieurs phrases, flottantes, confuses, lui inspiraient une sorte d'aversion. Il plia la feuille en quatre, scella l'enveloppe et demanda l'addition. Il y avait une boîte aux lettres dans le port de plaisance voisin. Il s'y rendit, glissa l'enveloppe dans la fente. Puis il sortit sur la jetée et s'assit sur une bite d'amarrage. Un ferry arrivait de Pologne. La mer passait du gris acier au bleu, au vert. Il pensa soudain au vélo qu'il avait trouvé dans le brouillard et qu'il avait abandonné prés de la sortie vers Kåseberga. Il résolut de le restituer le soir même.

Au bout d'une demi-heure il se releva et rentra à pied à Mariagatan. Il s'immobilisa sur le seuil.

Par terre dans l'entrée, il y avait une chaîne stéréo toute neuve. Une carte était posée sur le lecteur de CD.

Avec tous nos vœux d'un prompt rétablissement et en espérant ton retour. Tes collègues.

Il pensa que Svedberg avait encore la clé de réserve qu'il lui avait donnée pour faire entrer les ouvriers après l'incendie. Il s'assit à même le sol et regarda la stéréo. Il était ému aux larmes. Mais il lui semblait qu'il ne la méritait pas.

Le même jour, jeudi 11 juin, il y eut une coupure des liaisons télex entre la Suède et l'Afrique australe entre midi et vingt-deux heures. Le message de Wallander resta donc en souffrance. Vers vingt-deux heures trente, le responsable de nuit l'envoya aux collègues en Afrique du Sud. Le télex fut reçu, enregistré et déposé dans le panier des messages à distribuer le lendemain. Mais quelqu'un se rappela qu'un substitut du nom de Scheepers avait fait circuler un mémo demandant à être informé de l'arrivée de tout télex en provenance de Suède. Les deux policiers présents dans la salle des téléscripteurs ne savaient pas en revanche ce qu'il fallait faire au cas où un tel télex arriverait le soir ou la nuit. Le mémo, aurait dû se trouver dans le dossier des consignes du jour. Impossible de mettre la main dessus. L'un était d'avis que ça pouvait attendre le lendemain. L'autre se mit à chercher le mémo disparu, par énervement et pour tromper son envie de dormir. Il le découvrit une demi-heure plus tard, dans un autre classeur. Scheepers était catégorique : tout télex devait lui être lu au téléphone, peu importe l'heure. Résultat de tous ces petits délais imputables à la négligence ou à la paresse, Scheepers n'obtint l'information qu'à minuit et trois minutes, le vendredi 12 juin. Bien qu'il fût convaincu dans son for intérieur que l'attentat aurait lieu à Durban, il avait eu du mal à s'endormir. Il regrettait de ne pas avoir emmené Borstlap au Cap. À défaut d'autre chose, ç'aurait été une expérience instructive. Par ailleurs ils n'avaient pas obtenu le moindre renseignement sur la cachette possible de Victor Mabasha, malgré l'importance de la récompense. Borstlap avait plusieurs fois laissé entendre que ce n'était pas normal. Judith gémit dans son sommeil en entendant la sonnerie du téléphone. Scheepers prit le combiné comme s'il attendait cette conversation depuis très longtemps. Il écouta attentivement le message que lui lisait le policier d'Interpol. Il ramassa un stylobille sur la table de chevet et nota deux mots sur le dos de sa main gauche.

Sikosi Tsiki.

Il fit le numéro de Borstlap.

— Un nouveau télex de Suède, dit-il. Ce n'est pas Victor Mabasha, mais un certain Sikosi Tsiki. L'attentat aura peut-être lieu aujourd'hui.

— Et merde, dit Borstlap.

Ils convinrent de se retrouver immédiatement au bureau de Scheepers.

Il était minuit passé de dix-neuf minutes.

35

Le vendredi 12 juin s'annonçait comme une journée limpide, mais fraîche dans la ville du Cap. Au matin, un banc de brouillard avait recouvert Three Anchor Bay. Il était à présent dissipé. On allait vers la saison froide dans l'hémisphère Sud. Beaucoup d'Africains se rendaient déjà à leur travail protégés par de grosses vestes et des bonnets tricotés.

Nelson Mandela était arrivé la veille au soir. Il

s'était réveillé à l'aube, concentré sur le jour naissant. C'était une habitude de l'époque de sa captivité à Robben Island. Un jour à la fois ; c'était la manière dont les détenus mesuraient le temps. Maintenant encore après plus de deux ans de liberté, il avait du mal à s'en défaire.

Il se leva et alla à la fenêtre. Là-bas, dans la mer, Robben Island. Il était perdu dans ses pensées. Tant de souvenirs, tant d'instants amers, et le triomphe, pour finir.

Il pensa qu'il était un vieil homme. Son temps était limité. Tout ce qu'il demandait, c'étaient quelques années encore, avec De Klerk, pour piloter le pays à travers la passe difficile, douloureuse, extraordinaire, qui déboucherait sur la fin définitive de l'apartheid. Le dernier retranchement colonial du continent noir allait enfin tomber. Lorsqu'ils auraient atteint ce but, il pourrait se retirer, et peut-être mourir. Mais, à plus de soixante-dix ans, sa vitalité était encore immense. Il voulait être là jusqu'au bout pour voir le peuple noir se libérer des siècles d'humiliation et de servitude. La route serait difficile, il le savait. Les racines de l'oppression plongeaient au fond de l'âme africaine.

Nelson Mandela savait qu'il serait le premier président noir de l'Afrique du Sud. Ce n'était pas un objectif pour lui. Mais il n'avait pas non plus d'argument pour refuser la mission. C'est un long chemin, pensa-t-il. Un long chemin pour un homme qui a passé la moitié de sa vie adulte en captivité.

Il eut un demi-sourire. Puis il pensa à ce que lui avait dit De Klerk lors de leur dernière entrevue une semaine auparavant. Un groupe de Boers haut placés avait monté une conjuration visant à le tuer. Pour provoquer le chaos, conduire le pays au bord de la guerre civile.

Il savait bien entendu qu'il existait des Boers fanatiques. Des gens qui haïssaient tous les Noirs, qui voyaient en eux des bêtes sans âme. Mais pensaient-ils vraiment pouvoir empêcher l'évolution du pays par cet acte désespéré ? Pouvaient-ils être aveuglés par la haine – ou par la peur – au point de croire possible un retour à l'ancienne Afrique du Sud ? Ne voyaient-ils donc pas qu'ils représentaient, malgré leur influence, une minorité en voie d'extinction ? Étaient-ils réellement prêts à sacrifier l'avenir dans un bain de sang ?

Il n'arrivait pas à y croire. De Klerk avait dû mal interpréter certaines informations. Pour sa part, il n'avait pas peur.

Sikosi Tsiki était lui aussi au Cap depuis la veille au soir. Contrairement à celle de Nelson Mandela, son arrivée s'était faite en toute discrétion. Il avait pris le car, à Johannesburg ; à l'arrivée, il s'était fondu dans la foule.

Il avait passé la nuit dehors, dans un coin reculé du parc Trafalgar. À l'aube, il avait gravi Signal Hill jusqu'à l'endroit prévu et il s'était installé. Tout concordait avec le plan détaillé et les instructions que lui avait remises Franz Malan à Hammanskraal. Il éprouvait de la satisfaction à être servi par des organisateurs compétents. Il n'y avait personne ; la pente dénudée n'était pas un but d'excursion. Le chemin carrossable qui serpentait jusqu'au sommet des trois cent cinquante mètres de la colline se trouvait sur l'autre versant. Il n'avait pas pris la peine de se procurer un véhicule. Il se sentait plus libre à pied. Quand tout serait fini, il redescendrait très vite et se mêlerait à la foule déchaînée. Puis il quitterait Le Cap.

Il savait maintenant que sa cible était Mandela. Il l'avait compris dès l'instant où Franz Malan lui avait communiqué le lieu et l'heure de l'attentat. Il avait lu dans les journaux que Nelson Mandela tiendrait un meeting à Green Point Stadium dans l'après-midi du 12 juin. Il regarda le stade ovale. La distance était d'environ sept cents mètres. Cela ne lui causait pas de souci. Le viseur et l'arme proprement dite satisfaisaient pleinement son exigence de précision et de portée.

Il n'avait pas réagi outre mesure en découvrant l'identité de sa victime. Sa première pensée fut qu'il aurait dû s'en douter. Si ces Boers déments voulaient avoir la moindre possibilité de semer le chaos, ils devaient d'abord se débarrasser de Nelson Mandela. Tant qu'il serait debout, tant qu'il parlerait, on pouvait penser que les masses noires resteraient sous contrôle. Sans lui, c'était moins sûr. Mandela n'avait pas d'héritier évident.

À titre personnel Sikosi Tsiki aurait l'impression de réparer une injustice. Ce n'était pas Nelson Mandela qui l'avait viré de l'ANC. Mais en tant que dirigeant suprême, il devait pourtant être tenu pour responsable.

Sikosi Tsiki regarda sa montre.

Il ne restait plus qu'à attendre.

Scheepers et Borstlap atterrirent à l'aéroport du Cap peu après dix heures, gris de fatigue après avoir passé la nuit à tenter de rassembler des informations sur Sikosi Tsiki. Des enquêteurs avaient été tirés du lit et cueillis à leur domicile en voiture, une veste enfilée par-dessus le pyjama, pour un résultat nul. Sikosi Tsiki n'existait dans aucun fichier. Personne n'avait entendu parler de lui. Il était complètement inconnu. À sept heures trente, ils prirent la route de l'aéroport Jan Smuts. Pendant le vol, ils tentèrent de formuler une stratégie. Leurs chances d'arrêter Sikosi Tsiki étaient extrêmement faibles, pour ne pas dire inexistantes. Ils ne savaient rien de lui. Dès l'atterrissage au Cap, Scheepers disparut pour informer De Klerk de la situation, et lui demander de supplier Nelson Mandela d'annuler son apparition prévue dans l'après-midi. Il fallut une explosion de rage et la menace de faire arrêter l'ensemble des policiers de l'aéroport pour qu'ils acceptent enfin de le laisser seul dans un bureau. Ensuite, il dut attendre presque un quart d'heure avant d'avoir le président en ligne. Il lui expliqua succinctement les événements de la nuit. Mais De Klerk rejeta sa demande. Mandela n'accepterait jamais d'annuler le meeting. » Ils pouvaient fort bien s'être trompés de date et de lieu. Mandela avait consenti à ce que sa garde personnelle soit renforcée. On ne pouvait rien faire de plus pour l'instant. Scheepers raccrocha avec l'impression désagréable que De Klerk n'était pas prêt à aller jusqu'au bout pour protéger la vie de Nelson Mandela. Était-ce possible ? Avait-il pu se tromper à ce point sur son compte ? Mais il n'avait pas le temps de penser au président dans l'immédiat. Il rejoignit Borstlap qui avait profité de l'attente pour récupérer la voiture réservée par la police de Johannesburg. Ils se rendirent tout droit au stade de Green Point où Nelson Mandela devait parler trois heures plus tard.

— Trois heures, ce n'est rien, dit Borstlap. Qu'est-ce qu'on peut faire ?

— L'arrêter.

— Ou arrêter Mandela. Je ne vois pas d'autre possibilité.

— Non. Il sera à la tribune à quatorze heures. De Klerk a refusé d'intervenir.

Ils montrèrent leur carte. On les laissa entrer dans le stade. Partout, le drapeau de l'ANC et des banderoles multicolores. Musiciens et danseurs se préparaient. Les spectateurs n'allaient pas tarder à affluer de Langa, de Guguletu, de Lyanga. Ils seraient accueillis par la musique. Pour eux, un meeting était aussi une fête.

Scheepers et Borstlap montèrent sur l'estrade et regardèrent autour d'eux.

— Question, dit Borstlap. Est-ce que c'est un attentat suicide ?

— Non. Ce serait trop dangereux. On a affaire à un homme qui essaiera de prendre la fuite une fois qu'il aura abattu Mandela.

— Comment sais-tu qu'il se servira d'une arme à feu ?

Scheepers le considéra avec un mélange de surprise et d'irritation.

— À ton avis ? Un couteau, et ce serait le lynchage immédiat.

— Alors, ses possibilités sont innombrables. Il peut choisir le toit du stade, il peut choisir un endroit à l'extérieur – Borstlap indiqua Signal Hill –, il n'a que l'embarras du choix.

— Pourtant il faut l'arrêter.

Borstlap comprit ce que cela impliquait. Ils seraient obligés de choisir, de prendre des risques. Ils n'auraient tout simplement pas le temps d'explorer toutes les options. Scheepers pensait qu'ils ne pourraient vérifier qu'une possibilité sur dix, Borstlap espérait un peu plus.

— On dispose de deux heures et trente-cinq minutes. Si Mandela est ponctuel, il prendra la parole à ce moment-là. Je suppose que notre homme n'attendra pas inutilement.

Scheepers avait demandé qu'on mette à sa disposition dix policiers expérimentés. Ils étaient commandés par un jeune capitaine.

— Voici la situation, lui dit Scheepers. Nous avons deux heures pour fouiller ce stade. Nous cherchons un homme. Un Noir. Il est armé, extrêmement dangereux. Il faut le capturer. Vivant, de préférence.

— C'est tout ? Pas de signalement ?

— Non, coupa Borstlap. Déployez vos hommes, arrêtez tous les individus qui se comportent de façon suspecte ou qui se trouvent à un endroit où ils ne devraient pas se trouver. Ensuite, on fera le tri.

— Il doit y avoir un signalement, insista le capitaine.

Les policiers marmonnèrent leur assentiment.

— Il ne doit rien y avoir du tout, rugit Scheepers. On divise le stade en secteurs et on s'y met.

Ils fouillèrent donc le stade, explorant le moindre cagibi, le moindre lieu de stockage ; ils rampèrent sur le toit et sur les arcs de soutènement. Pendant ce temps, Scheepers quitta le stade, traversa Western boulevard et High Level et commença à gravir la pente. Non, c'était absurde. La distance était beaucoup trop grande. Suant et hors d'haleine, il retourna à Green Point.

Sikosi Tsiki, qui l'avait aperçu entre les taillis, pensa que c'était un agent de sécurité qui contrôlait les abords du stade. Il s'y attendait. Son principal souci était qu'ils puissent envoyer des chiens. Mais l'homme était seul. Sikosi Tsiki se colla au sol et braqua sur lui son pistolet muni d'un silencieux. Lorsque l'homme fit demi-tour sans même prendre la peine d'inspecter le sommet, il pensa qu'il était sauf. Nelson Mandela n'avait plus que deux heures à vivre.

Il y avait déjà beaucoup de monde dans le stade. Scheepers et Borstlap durent se frayer un chemin dans la foule mouvante. Partout des tambours, des gens qui chantaient et dansaient. Scheepers était terrorisé à l'idée de l'échec qui s'annonçait.

Une heure plus tard – trente minutes avant l'arrivée de Mandela –, Scheepers était en état de panique. Borstlap essaya de le calmer.

— Bon, dit-il. Qu'est-ce qu'on a bien pu négliger ?

Son regard s'arrêta sur les hauteurs de l'autre côté du stade.

— J'y suis allé, dit Scheepers.

— Qu'as-tu vu ?

— Rien.

Borstlap acquiesça pensivement. Il commençait à croire qu'ils n'y arriveraient pas.

Ils restèrent silencieux l'un près de l'autre, au milieu de la foule.

— C'était trop loin, ajouta Scheepers.

Borstlap se retourna vers lui.

— Pardon ?

— Personne ne peut atteindre une cible à cette distance, répondit Scheepers, irrité.

Borstlap mit un instant à comprendre qu'il parlait encore de la colline.

— Dis-moi ce que tu as fait exactement, dit-il.

— Je suis monté un peu. Puis j'ai fait demi-tour.

— Tu n'es pas allé jusqu'au sommet ?

— C'est trop loin, je te dis !

— Pas du tout. Certains fusils ont une portée de plus d'un kilomètre. Et ils atteignent leur cible. D'ici à Signal Hill, il y a tout au plus huit cents mètres.

Au même instant, un tonnerre d'applaudissements s'éleva, suivi par des roulements de tambours frénétiques. Nelson Mandela était arrivé. Scheepers crut entrevoir ses cheveux gris-blanc, son visage souriant et sa main levée.

— Viens ! cria Borstlap. S'il est quelque part, c'est sur la colline.

Sikosi Tsiki suivait les mouvements de Nelson Mandela dans son viseur. Il l'avait détaché du fusil pour le suivre dès sa descente de voiture à l'entrée du stade. Les gardes du corps étaient peu nombreux. Il ne semblait pas y avoir de vigilance ou d'inquiétude particulière dans l'entourage de l'homme aux cheveux blancs.

Il rajusta le viseur sur le fusil, contrôla la charge et prit la position qu'il avait longuement répétée. Il avait installé au sol une petite structure de métal léger de sa propre fabrication, destinée à fournir un appui idéal à ses avant-bras.

Il jeta un regard vers le ciel. Le soleil ne lui causerait pas de souci inattendu. Pas d'ombre, pas de reflet, pas d'aveuglement. La colline était déserte. Il était seul avec son arme et quelques oiseaux qui sautillaient non loin de là.

Encore cinq minutes. Les cris d'allégresse lui parvenaient distinctement, malgré la distance.

Personne n'entendrait le coup de feu.

Il avait deux cartouches de réserve, posées sur un mouchoir à côté de lui. Il ne pensait pas qu'il en aurait besoin. Il les garderait comme souvenir. Peut-être un jour en ferait-il une amulette ? Pour lui porter chance à l'avenir...

Il évita en revanche de penser à l'argent qui l'attendait. D'abord il devait accomplir sa mission.

Il épaula le fusil et vit dans son viseur que Nelson Mandela approchait de la tribune. Il avait décidé de tirer dès que l'occasion serait favorable. Il n'y avait aucune raison d'attendre. Il reposa le fusil et essaya de décontracter ses épaules tout en inspirant profondément. Il tâta son pouls. Il était normal. Tout était normal. Puis il épaula à nouveau, appuya la crosse contre sa joue et ferma l'œil gauche. Nelson Mandela était maintenant au pied de la tribune, partiellement masqué par des gens de son entourage. Il s'en détacha et gravit les quelques marches. Il leva les bras au-dessus de sa tête comme un vainqueur. Son sourire était immense.

Sikosi Tsiki tira.

Il avait senti la douleur à l'épaule, une fraction de seconde avant que la balle ne quitte son logement avec une vitesse foudroyante. Mais il n'avait pu retenir son doigt sur la détente. Le coup partit, mais dévié de presque cinq centimètres ; la balle percuta une voiture garée loin du stade.

Sikosi Tsiki fit volte-face.

Deux canons de revolver étaient braqués sur lui.

— Posez le fusil, dit Borstlap. Lentement.

Sikosi Tsiki obéit. Il n'y avait pas d'autre issue. Il était clair que les deux Blancs n'hésiteraient pas à tirer.

Que s'était-il passé ? Qui étaient-ils ?

— Les mains au-dessus de la tête, poursuivit Borstlap en tendant à Scheepers une paire de menottes.

Scheepers s'avança et les passa aux poignets de Sikosi Tsiki.

— Levez-vous.

Sikosi Tsiki se leva.

— Conduis-le à la voiture, dit Scheepers. J'arrive.

Borstlap s'éloigna avec le prisonnier.

Scheepers resta debout à écouter les vivats. Et la voix caractéristique de Nelson Mandela, diffusée par les haut-parleurs. Le son portait loin.

Il était inondé de sueur. Il ressentait de l'épouvante. Le soulagement ne l'avait pas encore atteint.

Il pensa que c'était un instant historique. Mais qui resterait méconnu. S'ils n'étaient pas arrivés à temps, si la pierre qu'il avait lancée avait manqué sa cible, un autre événement se serait produit. Et celui-là aurait été bien plus qu'une note en bas de page dans les livres d'histoire.

Je suis un Boer. Je devrais pouvoir me mettre à la place de ces fous furieux. Même si je ne le veux pas, ce sont aujourd'hui mes ennemis. Ils n'ont pas compris. Ils vont être contraints de revoir toutes leurs positions. Beaucoup d'entre eux ne le feront jamais. Ils préféreraient voir le pays à feu et à sang. Mais ils n'y parviendront pas.

Il regarda la mer. Il pensait à ce qu'il dirait au

président. Henrik Wervey attendait lui aussi un rapport. Il avait aussi une visite importante à faire dans une maison de Bezuidenhout Park. Il se réjouissait à la pensée de revoir les deux femmes.

Il n'avait aucune idée de ce qui allait arriver à Sikosi Tsiki. Mais c'était le problème de Borstlap. Il rangea le fusil et les cartouches dans la mallette. Le cadre de métal léger resta à sa place.

Soudain, il se rappela la lionne blanche allongée au bord du fleuve. Il proposerait à Judith de retourner bientôt à Nwanetsi. La lionne serait peut-être encore là...

Il quitta la colline, perdu dans ses pensées.

Comme si un écran avait été retiré de ses yeux, il venait enfin de comprendre le message délivré par la lionne dans le clair de lune.

Il n'était pas en premier lieu un Boer, un homme blanc.

Il était un Africain.

Postface

Une partie de ce récit se déroule en Afrique du Sud. Un pays où le traumatisme individuel et collectif a atteint un point tel que certains n'envisagent plus d'autre issue qu'une catastrophe apocalyptique. Mais l'espoir subsiste que l'empire raciste tombe dans un avenir prévisible. À l'heure où j'écris ces lignes, en juin 1993, une date préliminaire a été fixée pour les premières élections libres en Afrique du Sud. Le 27 avril 1994. Selon les mots de Nelson Mandela : on a enfin atteint un point de non-retour. Avec les réserves inhérentes à tout pronostic politique, on peut prévoir l'évolution à long terme : l'instauration d'un État de droit démocratique.

À court terme, l'issue est plus incertaine. L'impatience compréhensible de la majorité noire et la résistance active de certains éléments de la minorité blanche conduisent à une violence sans cesse accrue. Personne ne peut affirmer que la guerre civile est inévitable. Personne ne peut davantage affirmer qu'elle aura lieu. L'incertitude est la seule certitude.

Plusieurs personnes ont à différents titres – parfois

sans le savoir – contribué aux épisodes sud-africains de ce livre. Sans le travail de fond d'Iwor Wilkins et de Hans Strydom concernant la société secrète baptisée *Broederbond* (la Confrérie), je n'aurais jamais eu vent de son existence. La lecture des textes de Graham Leach sur la culture boer est une aventure en soi. Enfin, les récits de Thomas Mofololo m'ont éclairé sur les croyances africaines, et en particulier sur le monde des esprits.

Je remercie sans les citer tous ceux dont l'expérience et le témoignage personnel m'ont été précieux.

Ceci est un roman. Certaines dates, certains noms de personnes et de lieux ont pu être modifiés.

Les conclusions, tout comme le récit dans son ensemble, relèvent de ma seule responsabilité.

Henning Mankell.
Maputo, Mozambique, juin 1993.

Composition et mise en pages réalisées
par IND - 39100 Brevans
Achevé d'imprimer par Rodesa en Novembre 2004
N° d'édition : 41496
Dépôt légal : Novembre 2004
Imprimé en Espagne